Tres novelas de época

ALAN PAULS

Historia del llanto
Historia del pelo
Historia del dinero

RANDOM HOUSE

Papel certificado por el Forest Stewardship Council®

Primera edición: febrero de 2024

© 2007, 2010, 2013, Alan Pauls
Todos los derechos reservados
© 2022, Penguin Random House Grupo Editorial, S.A., Buenos Aires
© 2024, Penguin Random House Grupo Editorial, S.A.U.
Travessera de Gràcia, 47-49. 08021 Barcelona

Penguin Random House Grupo Editorial apoya la protección del *copyright*.
El *copyright* estimula la creatividad, defiende la diversidad en el ámbito de las ideas y el conocimiento, promueve la libre expresión y favorece una cultura viva. Gracias por comprar una edición autorizada de este libro y por respetar las leyes del *copyright* al no reproducir, escanear ni distribuir ninguna parte de esta obra por ningún medio sin permiso. Al hacerlo está respaldando a los autores y permitiendo que PRHGE continúe publicando libros para todos los lectores.
Diríjase a CEDRO (Centro Español de Derechos Reprográficos, http://www.cedro.org) si necesita fotocopiar o escanear algún fragmento de esta obra.

Printed in Spain – Impreso en España

ISBN: 978-84-397-4318-7
Depósito legal: B-21.381-2023

Impreso en Liberdúplex (Sant Llorenç d'Hortons, Barcelona)

RH 4 3 1 8 7

HISTORIA DEL LLANTO

Un testimonio

A una edad en que los niños se desesperan por hablar, él puede pasarse horas escuchando. Tiene cuatro años, o eso le han dicho. Ante el estupor de sus abuelos y su madre, reunidos en el living de Ortega y Gasset, el departamento de tres ambientes del que su padre, por lo que él recuerde sin ninguna explicación, desaparece unos ocho meses atrás llevándose su olor a tabaco, su reloj de bolsillo y su colección de camisas con monograma de la camisería Castrillón, y al que ahora vuelve casi todos los sábados por la mañana, sin duda no con la puntualidad que desearía su madre, para apretar el botón del portero eléctrico y pedir, no importa quién lo atienda, con ese tono crispado que él más tarde aprende a reconocer como el sello de fábrica del estado en que queda su relación con las mujeres después de tener hijos con ellas, ¡que baje de una vez!, él cruza la sala a toda carrera, vestido con el patético traje de Superman que acaban de regalarle, y con los brazos extendidos hacia adelante, en una burda simulación de vuelo, pato entablillado, momia o sonámbulo, atraviesa y hace pedazos el vidrio de la puerta-ventana que da al balcón. Un segundo después vuelve en sí como de un desmayo. Se descubre de pie entre macetas, apenas un poco acalorado y temblando. Se mira las manos y ve como dibujados dos o tres hilitos de sangre que le recorren las palmas.

No es la constitución de acero del superhéroe que emula lo que lo ha salvado, como se podría creer a primera vista y como se encargarán luego de repetir los relatos que mantendrán con vida esa hazaña, la más vistosa, si no la única, de una infancia que por lo demás, empeñada desde el principio en no llamar la atención, prefiere irse en actividades solitarias, lectura, dibujo, la jovencísima televisión de la época, indicios de que eso que normalmente se llama mundo interior y define al parecer a criaturas más bien raras, él lo tiene considerablemente más desarrollado que la mayoría de los chicos de su edad. Lo que lo ha salvado es su propia sensibilidad, piensa, aunque mantiene la explicación en secreto, como si temiera que revelarla, además de contrariar la versión oficial, lo que lo tiene perfectamente sin cuidado, pudiera neutralizar el efecto mágico que pretende explicar. Esa sensibilidad, él no llega todavía a entenderla como un privilegio, que es como la consideran sus familiares y sobre todo su padre, lejos el que más partido saca de ella, sino apenas como un atributo congénito, tan anómalo y a sus ojos tan natural, en todo caso, como su capacidad de dibujar con las dos manos, que, festejada a menudo por la familia y sus allegados, no tiene antecedente alguno y no tarda en perderse.

Porque de Superman, héroe absoluto, monumento, siempre, cuyas aventuras lo absorben de tal modo que, como hacen los miopes, prácticamente se adhiere las páginas de las revistas a los ojos, aunque menos para leer, porque todavía no lee, que para dejarse obnubilar por colores y formas, no son las proezas las que lo encandilan sino los momentos de defección, muy raros, es cierto, y quizá por eso tanto más intensos que aquellos en que el superhéroe, en pleno dominio de sus superpoderes, ataja en el aire el trozo de montaña que alguien deja caer sobre una fila de andinistas, por ejemplo, o construye en segundos un dique para frenar un torrente de agua devastador, o rescata en un vuelo rasante la cuna con el bebé que un camión de mudanzas fuera de control amenaza con aplastar.

Distingue dos clases de debilidad. Una, que valora pero sólo hasta cierto punto, deriva de un dilema moral. Superman debe elegir entre dos males: detener el tornado que amenaza con centrifugar una ciudad entera o evitar que un ciego que mendiga trastabille y caiga en una zanja. La desproporción entre los peligros, evidente para cualquiera, es para Superman irrelevante, incluso condenable desde un punto de vista moral, y es precisamente por eso, por la intransigencia que lo lleva a conferirles el mismo valor, por lo que queda en posición de debilidad y es más vulnerable que nunca a cualquier ataque enemigo. La otra, en cambio, es una debilidad orgánica, original, la única, por otra parte, que lo obliga a él, a sus cuatro años, a pensar en lo impensable por excelencia, la posibilidad de que el hombre de acero muera. Para que sobrevenga es absolutamente imprescindible la intervención de alguna de las dos llamadas piedras del mal, la kriptonita verde, que lo hace flaquear pero no lo mata, la roja, la única capaz de aniquilarlo, llegadas ambas desde su planeta natal como recordatorios de la vulnerabilidad que el mundo humano, quizá menos exigente, se empeña en hacerle olvidar. Si algo lo pierde es ese hombre de acero que, apenas expuesto a la radiación de los minerales maléficos, siente un vahído, entorna los párpados y, obligado a suspender en el acto lo que está haciendo, posa una rodilla en tierra, luego la otra, los hombros vencidos por un peso intolerable, y termina arrastrando su cuerpo azul y rojo como un moribundo. Es ése el que, como exportando al más allá de la página el efecto letal de la piedra, lo hiere también a él en el plexo nunca tan bien llamado solar, en el corazón de su corazón, con una fuerza y una profundidad de las que ninguna hazaña, por extraordinaria que sea, podrá jamás jactarse.

Si hay algo en verdad excepcional, eso es el dolor. Sólo hay una cosa en el mundo que puede causarlo, y esa cosa, mucho más que todas las acciones providenciales por las que Superman es reverenciado, es lo que pronto él pasa a temer, a esperar, a prever con el corazón en la boca cada vez que vuelve del kiosco y mientras camina sin detenerse, a riesgo, como más de una vez le ha pasado, de llevarse algo por delante, abre la revista recién comprada y se zambulle en la lectura. [...] El dolor es lo excepcional, y por eso es lo que no se soporta.

Divide los episodios en dos clases incomparables, los episodios en que intervienen las piedras fatales y los que no. Desprecia a los segundos confinándolos al último cajón de su armario, el mismo en el que juntan polvo las revistas, juguetes y libros que su madurez va dejando atrás, que ahora detesta y que más tarde, cuando ya se siente fuera de su órbita de influencia, exhuma con arrobamiento y adora, testimonios del idiota cándido que ya no es pero con el que ahora no puede sino enternecerse. Si le preguntaran qué lo impresiona tanto, qué siente exactamente cuando ve el halo luminoso de las piedras acercándose al cuerpo del hombre de acero y tiñéndolo por un segundo de rojo o de verde y por qué se estremece de ese modo cuando, ya sin fuerzas, como desangrado, Superman queda tendido en el suelo, idéntico en su aspecto a como era antes, cuando vencía la gravedad y superaba la velocidad de la luz y nada en el mundo podía dañarlo, y sin embargo débil, completamente a merced de sus enemigos, él no sabría qué decir. No tiene palabras. No es de hablar mucho.

Lo que sabe es que el fenómeno es muy parecido al ardor que siente crecer del lado de adentro de las yemas de sus dedos los domingos, al caer la noche, cuando su padre lo despide en la puerta del edificio de Ortega y Gasset después de haber pasado el día juntos en Embrujo, Sunset, New Olivos o cualquiera de las piletas semipúblicas que tan pronto como empiezan los primeros calores del año, mediados de octubre, a más tardar principios de noviembre, ocupan sus salidas de fin de semana. Llegan a eso de las once, once y media de la mañana, cuando la poca gente que hay —en general mujeres solas de la misma edad que su padre, tan bronceadas que apostaría a que viven en un verano perenne, una suerte de estado tropical paralelo del que la pileta probablemente sea la capital, y unos pocos hombres también solos, también en malla, el rostro blindado por anteojos de sol que sólo se sacan para exhibir fugazmente las aureolas violáceas que la noche del sábado les ha hecho crecer alrededor de los ojos y, luego, para untarse los párpados con cremas, lociones, aceites que él, hasta el día de hoy, nunca sabe a ciencia cierta si protegen de las quemaduras o más bien las promueven— no ha llegado a ocupar todavía los mejores lugares del solario, el césped, el bar, las reposeras plegables.

Al llegar, siempre el mismo orgullo: siente que no hay en toda la pileta nadie más joven que su padre. Pero no tanto por cuestiones de edad, en las que, dada la suya propia, sería el primero en declararse incompetente, como por la máscara de sordidez que la falta de sueño, los estragos del alcohol y el tabaco y la disipación sexual han estampado en todos los demás, dándoles ese aire de familia disimulado que sólo comparten los miembros de una misma raza viciosa. No más llegar, su padre se asegura un puesto en el pasto extendiendo la toalla a modo de mojón, siempre siguiendo la dirección del viento, de modo que no la desfiguren pliegues indeseados, y desaparece en el vestuario para cambiarse. Él, que siempre lleva la malla puesta debajo del pantalón, según una costumbre que contrajo muy pronto, por las suyas, y que mantiene a toda costa, aun con la incomodidad que hace del viaje en taxi desde el edificio de Ortega y Gasset hasta la pileta un verdadero calvario, se saca la ropa clavando los dos talones desafiantes en la toalla, acto con el que ratifica la posesión del territorio alrededor del cual orbitará todo el resto del día, y, como si tuviera que hacer algo para evitar que el orgullo que le causa la juventud de su padre lo ahogue, corre y se tira de cabeza en el agua. Nunca sabe si el agua está fría o si, como él, como el día mismo, incluso como el verano, que en rigor no ha hecho más que anunciarse, sólo es demasiado joven, pero se lanza en busca del fondo a toda velocidad, agitando los brazos y las piernas para que no se le congelen, toca la boca abierta del pulpo pintado en los azulejos del piso y sale propulsado hacia el otro extremo de la pileta, donde emerge unos segundos después con el pelo completamente chato, los párpados apretados, los pulmones a punto de estallar.

Puede que no se dé cuenta entonces, pero si al ganar el borde de la pileta se mirara la yema de los dedos con los que ha tocado la boca del pulpo, reconocería ya las rayitas verticales que más tarde, con los roces repetidos a que lo expone una rutina de actividades siempre idéntica —trampolín rugoso, zambullida, expedición a las fauces del pulpo, descanso junto al borde áspero de la pileta, búsqueda de las monedas, llaveros e incluso relojes pulsera *water proof* que su padre echa sucesivamente a la pileta para entrenarlo en el arte del buceo, etcétera— y agravadas por la acción prolongada del agua, se transforman en suaves manchas rojizas que llama raspones y más tarde en ese enrojecimiento general, sin contornos definidos, que le hace creer por enésima vez que tiene los dedos en llamas, que en vez de dedos tiene fósforos de carne. En seis o siete horas de pileta, la piel se le ha adelgazado de tal modo que es casi transparente, tanto que le cuesta decidir, cuando se mira los dedos a la luz de la tarde que cae, si el rojo intenso que ve es el color de la sangre que hierve dentro de la yema o sólo el efecto de los rayos del sol que lo hacen recrudecer, atravesando sin resistencia la membrana debilitada. Ese mismo ardor, ese mismo adelgazamiento de la membrana que debería separar el interior del exterior, es lo que siente cuando Superman, en las páginas de la revista recién comprada, va sucumbiendo al resplandor criminal de las piedras malas. [...] El daño no es instantáneo. Tiene su lentitud. Lo que él reconoce como ardor en la serie de la piel y la pileta no es sino el modo en que resuena en él la agonía del hombre de acero a lo largo de los cuadritos que la despliegan. Es tal la proximidad con el superhéroe, tan brutal el desvanecimiento del límite que debería separarlos, que juraría que la mezcla de ardor, vulnerabilidad y congoja que siente alojada en el centro de su plexo viene directamente del brillo de la kriptonita dibujada en la revista. Una vez, de hecho, llega incluso a apagar la luz del velador de su cuarto para ver si las piedras malas siguen destellando en la oscuridad.

El dolor es su educación y su fe. El dolor lo vuelve creyente. Cree sólo o sobre todo en aquello que sufre. Cree en Superman, en quien por otra parte es evidente que no cree, no importa la prueba contraria que aporte su pobre cuerpo de cuatro años enfundado en un traje de superhéroe atravesando el vidrio de la puerta-ventana del living de Ortega y Gasset. Cree cuando lo ve encogerse por acción de las piedras y boquear, rodilla en tierra, y quedar fuera de combate, empequeñecido, él, siempre tan gigantesco, a merced de sus archienemigos. En la felicidad, en cambio, como en cualquiera de sus satélites, no encuentra más que artificio; no exactamente engaño ni simulación, sino el fruto de un artesanado, la obra más o menos trabajosa de una voluntad, que puede entender y apreciar y a veces hasta comparte, pero que por alguna razón, viciada como está por su origen, siempre parece interponer entre él y ella una distancia, la misma, probablemente, que lo separa de cualquier libro, película o canción que representen o giren alrededor de la felicidad. [...] La dicha es lo inverosímil por excelencia. No es que no pueda hacer nada con ella. En un sentido más bien al contrario, como después de todo lo prueban él mismo, el oficio al que se dedica, su vida entera. Pero todo cuanto haga con Lo Feliz, como después, también, con Lo Bueno en general, está ensombrecido por la desconfianza —y por Bueno él entiende grosso modo el rango de sentimientos positivos que otros suelen llamar bondad humana, el más famoso, hasta donde él sepa, el cineasta japonés Akira Kurosawa, de quien ve y admira toda la obra con una sola excepción, la película precisamente llamada *Bondad humana*. Ese mero título, y poco importa lo bien que sepa que no ha nacido de la cabeza de Kurosawa sino de la del distribuidor local, basta para mantenerlo alejado de los cines donde la exhiben, y esto no sólo contra la opinión general, siempre sensible a la alianza extorsiva entre bondad y humanidad, o los elogios desvergonzados con que la crítica celebra su estreno, sino contra el arrobamiento de su padre, que en un primer momento, citando sin saberlo las palabras de los mismos críticos que viernes a viernes condena a arder en el infierno por ineptos, no duda en considerarla "la obra cumbre" de Kurosawa y objeta la reticencia de su hijo con escándalo, pero algunos años después, cuando la sustancia del conflicto ya es historia pero no su forma, recicla su vieja indignación en una gran escena de humor repetitivo, por otro lado su género predilecto de humor. El gag, que no tarda en volverse clásico, consiste básicamente en llamarlo por teléfono cada jueves, día de estrenos de cine en Buenos Aires, y antes de decirle nada, antes incluso de saludarlo, preguntarle a boca de jarro: "¿Y? ¿Al final fuiste a ver *Bondad humana?*", así cada jueves de cada semana, hasta que él alcanza la mayoría de edad y al jueves siguiente, después de hacerse asesorar por un conocido con alguna experiencia en cuestiones legales, atiende el teléfono y adivina la voz de su padre sin necesidad de oírla, y antes de que articule una vez más la pregunta de rigor, si al final fue a ver, etcétera, lo amenaza con mandarlo a la cárcel por abuso psicológico reiterado. [...] En todo está siempre la voluntad, casi la obsesión, que pone en práctica con una lucidez y un encarnizamiento asombrosos, de comprobar la sospecha de que toda felicidad se erige alrededor de un núcleo de dolor intolerable, una llaga que la felicidad quizás olvide, eclipse o embellezca hasta volverla irreconocible pero que jamás conseguirá borrar —no, al menos, a los ojos de los que, como él, no se engañan, no se dejan engañar, y saben bien de qué subsuelo sangrante procede esa belleza. Y su tarea, la de él, que no recuerda haber elegido pero muy pronto adopta como una misión, es despejar las frondas que la ocultan, sacar la herida oscura a la luz, impedir por todos los medios que alguien, en algún lugar, caiga en la trampa, para él la peor imaginable, de creer que la felicidad es lo que se opone al dolor, lo que se da el lujo de ignorarlo, lo que puede vivir sin él. Así que cuando su padre, hablando de él ante un amigo, menciona su famosa sensibilidad y pone los ojos en blanco, en un trance extático que cuanto más parece elevarlo más aplasta a quien se lo causa, más lo hunde en el abatimiento, quizás haría mejor en decirlo todo y hablar de lo que está realmente en juego: una sensibilidad que sólo tiene ojos para el dolor y es absoluta, irreparablemente ciega a todo lo que no sea dolor.

Modestísima como es, la superficie de las yemas paspadas de sus dedos no tarda en estar para él tan llena de secretos como el cielo nocturno para un astrónomo, pero el interés y la concentración que pone en interrogar ese diminuto mapa de piel se disipan de golpe, irreversiblemente, cuando algo le llega del mundo con una sonrisa en los labios, cuando el signo de alguna forma de felicidad, no importa si es tenue o flagrante, parece apelar a su complicidad o solicitar su consideración. Lo único que atina a hacer en esos casos, y lo hace sin pensar, de manera mecánica, respondiendo a alguna clase de programación secreta, es comportarse como un consumidor entrenado, siempre alerta para detectar la astucia con que pretenden engañarlo: cargar contra, desgarrar el velo sonriente con que la dicha se le presenta, atravesarlo y dar con el oscuro coágulo de dolor que oculta y del que según él, y ésa es quizás una de las cosas que más lo sublevan, esa especie de parasitismo nunca confesa do no hace más que alimentarse. Eso cuando se le da por hacer algo. Porque las más de las veces ni llega a eso. La desazón es tal, y tan abrumador el desánimo que lo invade, que baja los brazos, se deja caer, desvía la cara para mirar hacia otro lado.

[...] Descree de la dicha, como por otra parte de cualquier emoción que haga que quien la atraviesa no necesite nada. Por algún motivo se siente cerca del dolor, o desde muy temprano ha sentido la relación profunda que hay entre la cercanía, cualquiera sea, y el dolor: todo lo que hay de álgido en el hecho de que entre dos cosas, de golpe, la distancia se acorte, desaparezca el aire, los intervalos se eliminen. Ahí él brilla, brilla como nadie, ahí él encuentra un lugar. A Lo Feliz y Lo Bueno, él, si pudiera, les opondría esto: Lo Cerca. Antes incluso de haberlo experimentado aproximándose a los ojos, casi hasta enceguecerse, el papel de las páginas de las revistas de historietas, antes de ver cómo la piel de las yemas de sus dedos se pule casi hasta desaparecer, Lo Cerca ha sido para él una imagen en primer plano, nunca sabrá si de cine o de televisión, en la que una boca susurra, más bien vierte algo que él no alcanza a escuchar, que ni siquiera aseguraría que suena, en la cavidad espiralada de un oído, un poco como lee después en una tragedia isabelina que se vierten, no en el estómago ni en la sangre sino en el oído, los venenos verdaderamente letales. Es lo que sucede, salvadas las distancias, con el chiste gráfico de Norman Rockwell que en algún momento cae en sus manos en casa de sus abuelas, sin duda el lugar menos natural para encontrarlo, aunque también allí, guardadas bajo doble llave en el armario de los juegos de mesa, tropieza con los dos mazos de cartas de póker con fotos de mujeres desnudas de los años cincuenta, primera fuente de inspiración para sus desahogos lascivos. En el chiste una mujer cuenta un chisme al oído de una amiga, la amiga se lo cuenta a su vez a una amiga, esta amiga a otra, y ésta a otra más, y así de seguido —a razón de media docena de amigas chismosas por hilera y de media docena de hileras—, hasta que una última amiga le cuenta el chisme a un hombre, el primero y único de toda la página, que pone cara de escándalo y en un arrebato de furor va e increpa a su esposa, que no es otra que la primera mujer, la que encendió la mecha de la serie. En ese gag, que nunca deja de ejercer sobre él un magnetismo misterioso, encuentra la encarnación visible, aunque mitigada por la comicidad y el espíritu caricaturescos del dibujo, de la escena del envenenamiento auricular.

Pero ¿él qué es: la boca o el oído? ¿Los labios que susurran las palabras de muerte o la cavidad que las recibe? Ya a los cinco, seis años, él es el confidente. A diferencia de los músicos prodigio, que tienen oído absoluto, él es un oído absoluto. Está entrenadísimo. Vaya uno a saber cómo son las cosas, cómo se arma el circuito, si es que él tiene el talento necesario para detectar al que arde por confesar y le ofrece entonces su oreja o si son los otros, los desesperados, los que si no hablan se queman o estallan, quienes reconocen en él a la oreja que les hace falta y se le abalanzan como náufragos. Es evidente en todo caso que si hay algo que su padre admira de él y comenta a menudo con sus amigos, en esas rondas de padres que la generación del suyo, poco dada por naturaleza a intercalar en una agenda saturada de mujeres, ex mujeres, dinero, deportes, política, cosas del espectáculo, el tema de los hijos —secuelas vivientes, por otra parte, de una concesión hecha a las mujeres de la que después no les alcanza toda la vida para arrepentirse—, sólo se rebaja a mencionarlos cuando presentan alguna rareza positiva que lo justifica, pero también con él mismo, en un trance de intimidad y franqueza que roza la obscenidad —si hay algo que lo regocija es precisamente esa vocación de escuchar, de la que su padre, cada vez que la exalta, destaca siempre lo mismo, el don de la ubicuidad, que parece ponerla todo el tiempo a disposición de todos, la paciencia aparentemente ilimitada, la atención, que no se pierde detalle, y la capacidad de comprensión, que su padre define como una anomalía total, ya insólita en un chico de cinco o seis años, pero inconcebible en el noventa y cinco por ciento de las personas adultas que le ha tocado conocer.

En su presencia, casi como resultado de un efecto químico, igual que la imagen sólo se hace visible en el papel cuando se la expone a la acción del ácido indicado, los adultos se ponen a hablar. No tiene la impresión de hacer nada en particular: no es que pregunte, o interrogue con la mirada, o se interese, eventualmente alarmado por el gesto de desazón, la expresión sombría o el asomo de lágrimas con que el otro delata el calvario que atraviesa. Pasa así. Está sentado en el piso dibujando, jugando con sus cosas, un auto en miniatura, uno de esos corgy toys que adora y que, sobre todo cuando tienen puertas articuladas que él puede abrir para reemplazar la rústica efigie del conductor por otra, no cambiaría por nada del mundo, y de golpe alguien se le une, un adulto, cuya sombra inmensa ve primero cernirse sobre la autopista serpenteante que ha imaginado en la alfombra y termina encapotando el cielo con una promesa de tormenta. Hay un prólogo incómodo, dubitativo. El adulto siente la necesidad de ponerse a su altura, se arrodilla, se acomoda a su lado y hasta le roba —con una impertinencia que sin duda se animaría a defender, atribuyéndola a la impulsividad que estimula el desconsuelo, pero que él directamente no puede tolerar— un autito, por lo general su preferido, que quizá para congraciarse con él, quizá para darle algún sentido a una usurpación que no puede ser más agraviante, de pronto hace derrapar con deplorable falta de convicción en la zona de la alfombra más próxima a sus piernas, donde es evidente para cualquiera menos para el adulto, absorto como está en su drama interior, que la autopista imaginaria no pasa ni pasará nunca.

Así, como si se turnaran para no abrumarlo, han desfilado su madre, su abuela, su abuelo, incluso la mucama que trabaja por horas en la casa. Su madre le ha confesado que a los veinticinco años, condenada por el canalla de su padre, que se mandó mudar, a vivir entre las cuatro paredes de ese departamento de clase media, otra vez a merced de su madre y su padre, en quienes la tristeza de ver sola y con una criatura a cuestas a su única hija no es nada, absolutamente nada, comparada con la euforia triunfal que les producen el hecho de tenerla otra vez con ellos, bajo su influencia, y, sobre todo, la evidencia de cuánta razón tenían —toda la del mundo— cuando cuatro años antes, en vísperas de una boda concertada a las apuradas, le habían profetizado que por intensa que fuera "la calentura no duraría" y en dos o tres años, a lo sumo cuatro, ella volvería a ellos con una mano atrás y otra adelante y sin derecho a nada, se siente vieja, usada, vacía, en una palabra: muerta, una muerta en vida, que es la expresión con la que él de hecho la describe para sus adentros unos años más tarde, cada vez que pasa frente a su cuarto a media mañana y la ve tendida entre almohadas en salto de cama, completamente inmóvil, con la cara embadurnada de crema, los ojos tapados por dos algodones húmedos y dos o tres frascos de pastillas en la mesa de luz, entregada a toda clase de tratamientos que le prodiga un pequeño ejército de mujeres solícitas a las que ella llama cosmetóloga, masajista, manicura, fisioterapeuta, acupunturista, poco importa, pero que él ya sabe que no son sino reanimadoras profesionales, gente especializada, como los bomberos o los bañeros, en devolver a una vida por otro lado bastante precaria a personas que ya están con un pie del otro lado.

Su abuela, que en público, es decir básicamente en presencia de su marido, no abre la boca más que para decir sí y bueno —y eso sólo cuando su marido le dirige la palabra—, reírse de alguno de los chistes subidos de tono de los programas cómicos que ve por televisión o meterse bocados de comida que corta antes en el plato cada vez más chiquitos, le confiesa una tarde que su marido acaba de descubrir, disimulado en una media, el dinero que ella ha estado ahorrando día tras día durante cuatro años en cantidades ínfimas, desviándolas, de modo que él no lo note, de la modestísima caja chica que él se digna darle para los gastos cotidianos de la casa, para comprarse la máquina depiladora que acabaría con el vello que la avergüenza desde hace cuánto, ¿treinta años?, y que él, como es natural, no quiere ni ha querido jamás que ella destierre de su cara, porque sabe que aunque a él tampoco le guste, a tal punto la avejenta prematuramente y la vuelve masculina, la función que cumple es de todos modos vital, quizá la más vital de todas, impedir que ella pueda resultar deseable para cualquiera que no sea él, que por otra parte lleva años sin desearla, y que después de descubrirlo y obligarla a comparecer ante él allí mismo, en el lugar de los hechos, como se dice, ha contado uno por uno monedas y billetes y luego de calcular la cantidad exacta que según él le ha robado, luego de arrancarle, bajo amenaza incluso de violencia física, el destino que pensaba darle al dinero, la ha obligado a echarlo todo, hasta el último centavo, a las fauces negruzcas del incinerador.

Su abuelo, que ya entonces, a sus cuatro, cinco años, suele saludarlo a su manera inmortal, asiéndole un gran mechón de pelo de la coronilla y tironeando de él con fuerza mientras le pregunta al oído: "¿Cuándo te vas a cortar este pelo de nena, me querés decir, mariconcito?", lo sorprende un día dibujando sus historietas precoces en unas hojas canson grandes como sábanas y sentándosele enfrente, en el borde de la mesa baja del living, entrelaza los dedos de las manos, donde deja clavada la mirada a lo largo de los veinte minutos que siguen, y le cuenta a boca de jarro que si fuera por él vendería todo, la fábrica que levantó desde cero, él solo, contra la incredulidad y hasta el sarcasmo de su propio padre, inmigrante ferroviario, y que ahora, además de dar de comer a medio centenar de empleados, le permite a él gozar de un tren de vida que el sarcástico de su padre sólo habría creído posible en gente nacida en cuna de oro y respaldada por siglos y siglos de riqueza, todo, el departamento más que holgado en el que vive con su esposa y el que le presta —contra su voluntad, porque a él le gustaría verla aprender la lección, es decir verla empezar todo de nuevo pero realmente sola— a su hija descarriada, el departamento en el centro de Mar del Plata, los terrenos en las sierras de Alta Gracia y Ascochinga, la casita de Fortín Tiburcio, los tres autos, vendería todo lo que tiene y desaparecería del mapa de un día para el otro, sin dejar rastros, y se dedicaría a vivir por fin la vida, su propia vida, no la de los demás, y en los demás lo incluye naturalmente también a él, con ese pelito de nena, aun cuando es evidente que esa vida que llama suya, su abuelo no tiene la más mínima idea de cómo sería ni cómo querría vivirla, pero que sabe que es un cobarde, que nunca lo hará, que no le dará el cuero, y que por eso, porque el resplandor de esa otra vida, aunque imposible, nunca se apagará del todo y seguirá recordándole todo lo que desea y no hace, está condenado a una amargura sin remedio, condenado a envenenarse y a envenenar la vida de los que lo rodean, él incluido, naturalmente, él y su pelo rubio de mariquita y su traje de Superman y sus dibujitos y esos crayones infames que dos por tres deja olvidados en el piso y después alguien aplasta sin darse cuenta y terminan hechos polvo en la alfombra, manchándola para siempre.

Una noche, en el baño, mientras él contempla cómo el jabón que ha salvado de naufragar en el agua de la bañadera disfruta de su inesperada sobrevida a bordo de la esponja que hace de balsa, la mucama entra, apaga la luz por error y lo hace estremecerse de miedo. No llega a llorar, pero la mucama, quién sabe si para consolarlo de antemano por las lágrimas que no derramó o para conseguir que las derrame de una vez, se sienta en el borde de la bañadera con las piernas de costado, como él ha visto que hacen las mujeres cuando montan a caballo, y le cuenta de su novio Rubén, cabo de la policía en San Miguel de Tucumán, de quien espera un chico y con quien se imaginaba casada en menos de tres meses hasta que recibió la carta de una mujer llamada Blanca, de la que nunca había oído hablar en su vida, que le anuncia que es la mujer de Rubén, su mujer legítima desde hace cinco años, con el que tiene ya los dos hijos que aparecen en las fotos que le adjunta, y le pide de buena manera que deje de una vez de escribirle al destacamento y trate de rehacer su vida con algún otro hombre que no tenga el corazón tomado. Y así de seguido.

Con su padre, en cambio, escucha menos de lo que habla —y de lo que llora. Su padre es el superior ante el cual comparece regularmente, para informar, sin duda, aunque nunca le es fácil decidir hasta qué punto las historias que le lleva le importan, pero sobre todo para garantizarle que tiene, que sigue teniendo en él a un todo oídos, alguien capaz de hacer hablar a cualquiera por efecto de su sola presencia física. A decir verdad, por el aire distraído y en ocasiones hasta de fastidio con que las sigue, no son historias lo que su padre parece esperar de él en esas sesiones en que él siente que está reportándose, ni siquiera las historias que cuenta su madre, que dejan a su padre invariablemente mal parado, y eso no sólo como padre sino también como marido, como amante y como profesional, historias que en vez de indignar a su padre, como él esperaría que suceda, lo enternecen, lo endulzan casi hasta el empalagamiento, al punto de que, lejos de desmentirlas, su padre, que nunca termina de escucharlas sin rogarle que en vez de juzgar a su madre la comprenda, le tenga paciencia, parece más bien confirmarlas —no son historias sino lágrimas. Si la historia que su hijo le ofrenda es indicio de su sensibilidad, del grado de cercanía que es capaz de establecer con cualquier adulto, el llanto es la prueba, la obra maestra, el monumento, que él alienta y celebra y protege como si fuera una llama única, inapreciable, que si se apaga no volverá a encenderse jamás.

Difícil como siempre saber qué es causa y qué efecto, pero él, esa capacidad extraordinaria que tiene de llorar ante el menor estímulo, dolor físico, frustración, tristeza, la desgracia ajena, incluso el espectáculo fortuito que le presentan en la calle mendigos o personas mutiladas, tiene la impresión de que sólo la pone en práctica, incluso de que la posee, así, lisa y llanamente, cuando su padre está cerca. Lejos, en otros contextos, la vida con su madre, por ejemplo, o con sus abuelos, o sin ir más lejos la vida escolar, tan pródiga en crueldad, humillación y violencia, que hasta los niños más duros, o más sensibles al descrédito social, jamás la atraviesan sin moquear, hay que infligirle un daño inhumano para arrancarle una lágrima, y en las contadísimas ocasiones en que se la arrancan ni siquiera es legítimo decir que llora, a tal punto lo que le brota de los lagrimales, además de escaso, queda neutralizado por el estado de impasibilidad en que se mantiene el resto de su cuerpo. Es casi patológico, tanto como más tarde lo será su reticencia a sudar.

Su madre ha pensado en hacerlo ver, pero al imaginarse frente al médico se ha arrepentido. ¿Qué dirá? ¿"Mi hijo no llora"? ¿A quién le dirá una frase como ésa? No hay psicólogos todavía, no al menos orbitando como cuervos alrededor de una familia de clase media como los habrá después, y la psicopedagogía es una disciplina en pañales que calienta sus motores en los gabinetes de las instituciones escolares. ¿Al médico de la familia? Tal vez. Pero su madre antes tendría que dar con un médico verdadero, alguien que, a diferencia del que ha heredado de su padre, un carnicero veterano que sólo en sentido muy figurado puede decirse que los atiende, para el cual nada que esté por debajo de una neumonía aguda o una peritonitis merece llamarse enfermedad ni justifica el tiempo de una consulta, pueda escuchar un comentario como ése sin estallar en carcajadas, mirarla como si estuviera demente o incluirla en la lista de pacientes que no volverá a recibir. Todo lo que no llora de un lado lo llora del otro. Es tan simple como eso. Puede estar corriendo en el patio del colegio con sus zapatos de suela, ortopédicos, porque tiene pie plano o "el arco vencido", como le dice después el mismo traumatólogo progresista que a los doce le serrucha los juanetes de ambos pies, y resbalar y desollarse las rodillas contra las baldosas y ponerse de pie en el acto y seguir corriendo sin siquiera mirarse las heridas. Pero si sabe que su padre anda cerca y ve de golpe un perro vagabundo que se arrastra rengueando entre cajones de fruta por el club es capaz de llorar veinte minutos de corrido. Desde cuándo tiene esa capacidad, eso no podría decirlo. Pero le resulta difícil imaginarse con su padre sin verse tocado de algún modo por el llanto, o bien llorando, o bien sonándose los mocos después de llorar, o bien asaltado por el temblor, la congestión masiva que presagian el llanto. Hasta se extraña cuando ve fotos viejas donde aparece con su padre y se descubre con la cara seca. "No soy yo", piensa.

[...] Considera las lágrimas como una especie de moneda, un instrumento de intercambio con el que compra o paga cosas.

O tal vez es la forma que Lo Cerca adopta en él cuando está con su padre. Hay en llorar algo que le recuerda a las yemas de los dedos pulidas por el roce con el fondo de la pileta. Si los dedos pudieran sangrar, si sangraran sin herida, sólo por el adelgazamiento extremo de la piel, entonces sería perfecto. Con el llorar, por lo pronto, compra la admiración de su padre. Puede sentir hasta qué punto su condición de lágrima fácil lo convierte de algún modo en un trofeo, algo que su padre puede pasear por el mundo con un orgullo único, que no tendrá que compartir con ningún otro padre, al revés que las destrezas deportivas, la lascivia temprana, incluso la inteligencia, virtudes infantiles redituables pero demasiado comunes. Muy pronto tiene conciencia de ser una especie de niño prodigio, pariente menor de los niños ajedrecistas de los que cada tanto habla la revista *Selecciones del Reader's Digest*, que lee siempre en casa de sus abuelos, y también del monstruo de flequillo y pantalones cortos que contesta ceceando sobre Homero en el programa de televisión de preguntas y respuestas que mantiene en vilo al país entero. Sólo que lo suyo es la sensibilidad. Escuchar, llorar, a veces, muy de vez en cuando, también hablar. Hablar, cuando se da, es el estadio superior. En ocasiones habla de lo que lo ha hecho llorar, el vendedor ambulante sin pierna, la mujer hemipléjica que fuma con un solo lado de la cara, el compañero de banco que una tarde de invierno pierde el micro escolar y debe volverse caminando al tenebroso suburbio donde vive. Pero lo máximo, el colmo, la función de gala de la escena íntima con su padre es cuando habla de sí, cuando "se expresa", cuando dice "lo que le pasa". Ahí, otra que niño prodigio. Ahí es campeón olímpico, semidiós, la mar en coche. Hay que ver lo bien, lo preciso que habla. De dónde saca ese talento, su padre no lo sabe. De hecho no ha dejado de preguntárselo desde el primer día, desde que lo sorprende por primera vez llorando en el vestuario del club y le pregunta qué tiene como al pasar, como si el pliego de condiciones de padre que algún crápula le ha hecho firmar en un momento de inconsciencia, en la penumbra malsana de alguno de los guindados de la recova de Palermo que sin duda frecuenta las noches de sábados en que él, postrado por una angina, debe pasar el fin de semana en el departamento de Ortega y Gasset con su madre, agregando al ardor de las placas de pus, las amígdalas inflamadas y la fiebre el malestar que le provoca una intimidad tensa, torpe, en rigor menos una intimidad que la coexistencia forzada, bajo un mismo techo, de dos personas que no hacen sino ignorarse, una porque aunque ame a la otra y esté dispuesta a todo por ella, en rigor no tiene la menor idea de qué hacer con ella, la otra porque no hay minuto que pase en el que no sienta el deseo de estar en otro lado, con otra persona —como si el pliego fatídico incluyera el deber no sólo de asociar la mueca del llanto con la razón invisible que pueda estar causándola sino también de preguntarles a los hijos qué les pasa cuando la mueca empieza a deformarles la cara. Y en el momento menos pensado, cuando su padre sólo espera que la dé vuelta para esconder las lágrimas y cambie de tema o se mande mudar a toda carrera, fingiendo responder al llamado de un amigo que rumbea, raqueta en mano, hacia las canchas de tenis, él le enrostra esa razón invisible, que no es una sino dos, tres, un largo reguero de razones atesoradas quién sabe desde hace cuánto tiempo, y no en el idioma balbuceante que se esperaría de una criatura sino en un monólogo orgánico, articulado, tan consistente que su padre, por un momento, juraría que habla dormido, dormido y con los ojos abiertos, como le ha llegado a través de su ex mujer la noticia de que hace a veces por las noches durante la semana. [...] Desde ya que ese talento no lo saca de su padre, formado en una escuela para la que la introspección, como las palabras que la traducen, es una pérdida de tiempo si no una debilidad. Más bien al revés: es él, el hijo, con sus ¿cuántos?, ¿seis?, ¿siete? años tiene cuando el padre sorprende en sus ojos el destello de ansiedad con que mira al amigo que enfila hacia las canchas de tenis, único salvador posible, y el rapto de decisión que lo lleva a quedarse, a rechazar la posibilidad de huir, a quedarse a llorar y hablar?, es él el que de algún modo forma, reforma al padre y lo enrola en la escuela de la sensibilidad, a tal punto que, como el drogado perenne de Obélix con la poción mágica, ya no necesitará volver a bañarse en ella para disponer de sus poderes. Claro que si hay algo insondable ¿no es acaso eso: de dónde se sacan las cosas, de dónde que no sea ese adentro impreciso, blando, siempre ya saturado de emoción, tan convincente y extorsivo, por otra parte, como su contrapartida exterior, el afuera igualmente inmundo hacia el cual las cosas siempre deben sacarse?

No puede evitar recordar la escena en que con su primer llanto seguido de confesión conmueve a su padre hasta las lágrimas y lo alista para siempre en las filas de la sensibilidad cuando, llevado precisamente por su padre, va una noche a uno de esos bares con música que la ciudad empieza a llamar no sin jactancia "pubs" y asiste al concierto, "mítico", según las crónicas que lo evocan algunos años después, con el que un cantautor de protesta se reencuentra con sus seguidores después de seis años de exilio. No hay mucha gente, quizá porque el "pub", categoría relativamente nueva en una esfera pública todavía dominada por el "bar" y el "café" y mucho más nueva, por no decir desconcertante, para el repertorio clásico de espacios de difusión musical, no convoca todavía las pequeñas muchedumbres a las que están acostumbrados los teatros, quizá porque el cantautor, que, recién llegado al país, aún no tiene una idea cabal de la irritación que su regreso puede despertar en los criminales que gobiernan, descendientes marchitos pero directos de los que lo obligaron a irse, no ha querido correr riesgos y ha convencido a los dueños del "pub", también organizadores del concierto, de evitar las promociones llamativas que sin duda merece. De entrada tiene la impresión, no sabe si agradable o desagradable, de estar participando no de un acto ilegal, porque mal que mal él ha leído acerca del concierto en algún diario, y si estuviera amparando alguna actividad reñida con la ley, el "pub" no tendría las puertas abiertas de par en par ni esos faroles de un amarillo pálido encendidos en la entrada, a la vista de todo el mundo, incluso de los patrulleros que cada tanto desfilan a paso de hombre por una de las avenidas más notorias del barrio de Belgrano, sino de un acontecimiento híbrido, mucho más perturbador, en el que "lo clandestino", quizá para no asustar y no perder del todo sus prestigios, ha aceptado confundirse con "lo exclusivo". Así, recién llegado, apenas su padre se escabulle en la trastienda para saludar a alguno de sus conocidos del mundo de la noche, el que un domingo, por ejemplo, satinado de bronceador bajo el sol fatal del verano, pica en el trampolín de New Olivos y clava en el agua una carpa perfecta, o el que, sentado a la mesa del guindado que, a fuerza de ocuparla durante años, tiene todo el derecho de llamar suya, lleva el paquete de cigarrillos calzado en la manga de la camisa recogida a la altura del antebrazo y le habilita a su padre chicas, uno que otro pase, una ración generosa de "vidrios", como llama la época a los whiskies, él deambula entre las mesas indeciso y se pregunta qué hacer, con quién hablar, dónde sentarse, y tampoco sabe cómo tomar el hecho de que haya tan poco público, si como un motivo de goce o de desazón, de regocijo o de abatimiento. No es más que un concierto, pero para él, formado como tantos en la dialéctica de la masa y la célula, la plaza y el sótano, el puñado de hombres y mujeres al que se reduce la audiencia con la que se reencuentra esa noche el cantautor de protesta, el mismo que apenas siete u ocho años atrás colma estadios y cede complacido sus melodías a los redactores de consignas militantes, no puede no ser una señal, y una señal no de las mejores, sobre todo cuando la penumbra calculada del "pub", el falso antiguo de sus revestimientos de madera, el aire radiante de esas mujeres vestidas de blanco y esos hombres bronceados que llevan vasos largos en la mano reproducen a la letra el clima, la escenografía y los protagonistas de los avisos gráficos de marcas de cigarrillos o de whisky que ocupan las contratapas de las revistas de actualidad que seis años atrás denunciaban al cantautor de protesta como una amenaza y exigían la prohibición de sus canciones.

[...] Es viernes. Rompiendo inesperadamente un silencio de meses, su padre lo ha llamado a último momento, casi sobre la hora del concierto. Él ha vacilado. No tiene nada que hacer, ha pensado incluso quedarse en casa, pero le basta escuchar el entusiasmo teñido de culpa con que le proponen el programa para que de golpe mil otras posibilidades de salida lo encandilen en el horizonte de la noche. Miente: "Es un poco tarde. Estaba por salir". Es tarde, en efecto. Pero si su padre lo ha llamado tan a último momento es porque recién se entera del concierto, y no por el diario, como sería de esperar, ni por terceros, sino por boca del propio cantautor de protesta, que, le confía su padre, "un poco intimidado por el evento" —acaba de llegar de España con un pasaporte provisorio, su abogado le ha recomendado que no deshaga todavía las valijas, es la primera vez en siete años que toca en una ciudad de la que prácticamente no reconoce nada—, ha decidido que esta noche, la noche de su debut, sea una "noche íntima" y sólo haya "caras amigas" en las primeras filas.

Una vez más, como siempre que su padre exhibe la relación que lo une con una persona notoria, le cuesta creer, entrecierra los ojos en señal de desconfianza. Como si por fin se rindiera a las evidencias de una vida secreta, que siempre han estado a la vista pero él nunca aceptó reconocer, ve de golpe a su padre como uno de esos fanáticos de pelo teñido y ojos anhelantes que coleccionan fotos autografiadas, montan guardia en la puerta de los canales de televisión para sorprender a sus estrellas favoritas y después transforman el saludo, las palabras de cortesía o la sonrisa fugaz, ligeramente asustada, que sus ídolos les dedican, menos para reconocerlos que para sacárselos de encima sin despertar su ira, en pruebas de una complicidad o un afecto que no existen ni existirán nunca. Desconfía incluso en los casos en que la relación tiene antecedentes que la confirman, como sucede con el cantautor de protesta, del que recuerda haber oído a su padre hablar a menudo cuando el cantante está en los picos máximos de su fama, primero en el momento en que irrumpe, imponiendo de un día para el otro su leve acento italiano, su campechanía, la humanidad empalagosa de canciones que cantan, en un suave dialecto de calle de clase media, la sencillez y la pureza de valores que a fuerza de estar a la vista se han vuelto invisibles, y se vanaglorian en secreto de todo lo que nos impide reconocerlos, incluso todo lo que los condena a desaparecer, porque es precisamente la suerte trágica que corren esos valores perdidos la que les da a las canciones el eco melancólico que les permitirá conmover, extorsionar, seguir cosechando adeptos; segundo cuando más tarde, a tono con la época, el cantautor decide revestir la humanidad de sus canciones con la capa de agresividad, crispación y denuncia que exigen para pasar sin problemas de la industria de lo sensible al mercado político, y llama a desalambrar la tierra o a expropiar los medios de producción con el mismo tono próximo, cómplice, confidencial, con que hasta entonces celebra el milagro cotidiano de un chaparrón, invita al bar a la chica que ve todos los días en la parada del colectivo o contempla envejecer a su padre en una ensoñación piadosa.

Esa misma noche, sin ir más lejos, mientras se dirigen al "pub", él, en parte para ponerlo a prueba, en parte porque lo indigna tropezar con un aspecto de su padre que siempre se las ingenia para olvidar, le pregunta cómo es que el cantautor en persona lo ha invitado al concierto, por qué, en calidad de qué. Y si se lo pregunta es sólo porque es más fuerte que él, porque en verdad no puede evitarlo. Si pudiera, ¡cómo lo evitaría! Porque apenas ha hecho la pregunta reconoce en la cara de su padre el aire de satisfacción y a la vez de misterio que daría todo, todo lo que tiene, por ahorrarse. Una vez más, ha picado. Y mientras se debate con el anzuelo incrustado en el paladar, maldiciéndose una y otra vez por haber caído en la trampa, y no por imprevisión, porque siempre la detecta a la legua, sino por debilidad, curiosidad, incluso envidia, su padre exhala un largo suspiro y él entiende exactamente lo que hay que entender: que se trata de "una historia larga", "complicada", "imposible de resumir", de la que en los minutos que siguen su padre, sin embargo, con un arte que él nunca dejará de admirar, a tal punto le parece específico, se las arregla para hacer aflorar, en medio de un relato que multiplica los rodeos, las marchas y contramarchas, los puntos suspensivos, una serie de términos inquietantes, "aguantadero", "línea clandestina de teléfono", "pasaporte falso", "Ezeiza", que quedan flotando en él como boyas fosforescentes, vestigios de un incalculable mundo sumergido que él ya no puede sacarse de la cabeza. Si al menos hablara claro. [...] Es justamente el carácter vago de su relato, la imprecisión en la que deja que se diluyan las fechas y los hechos, las zonas confusas que no sólo no parece evitar sino que hasta fomenta, es todo eso, que él nunca sabe si atribuir a una memoria despreocupada, que desdeña los pormenores, o simplemente al cálculo, lo que le da que pensar. ¿Y si habla así, con migajas, con la doble intención de satisfacer su curiosidad y al mismo tiempo no comprometerlo? Quizás la frivolidad de eso que él toma por una relación de reverencia servil, y que le merece una condena inapelable, sin matices, no importa si el personaje notorio en cuestión es admirable o indigno, una eminencia o el último cero a la izquierda, un genio o un idiota, porque entiende que coloca a su padre en un puesto particularmente bajo de la escala humana, no sea sino una cortina de humo, una pantalla destinada a disimular un lazo más estrecho, y también más peligroso, que pondría instantáneamente en riesgo a quien accediera a él.

Pero esa noche ve aparecer al cantautor de protesta en el escenario del "pub", ve su silueta avanzar desde el fondo, alta, desgarbada, rociada de aplausos y gritos mordidos, tanto que de golpe se hace difícil precisar si lo alientan o lo amenazan, y acomodarse con su guitarrita criolla en el taburete alto que han instalado en proscenio, ve cómo un haz luminoso disparado desde el techo lo entuba de brillo y recorta su cabeza enrulada y el contorno de sus anteojos de miope, los dos hallazgos más persistentes de su iconografía personal —además, claro, de la sempiterna sonrisa, tan inseparable de su rostro que más de una vez la han atribuido a una forma benévola de atrofia muscular—, intactos, todos, a pesar de los siete años de exilio, y de algún modo puestos de relieve por el mameluco blanco que lleva puesto, uno de esos "carpinteros" que se abrochan a la altura del pecho y que usan no los carpinteros, que no han visto uno ni pintado, sino las mujeres embarazadas, las maestras jardineras y los actores que, hartos de probar suerte en audiciones multitudinarias y ser rechazados, terminan asilándose en el mundo de las obras de teatro para chicos o las comedias musicales, lo único nuevo, por otra parte, que parece haberse traído del molino sin luz ni agua potable en el que dicen que vivió en las afueras de Madrid, eso, el mameluco blanco, y una canción que esa noche no tarda en cantar, primicia para todos y revelación total para él, que al escucharla cree comprender algo decisivo para su vida —esa noche lo ve, él, que sólo lo conoce por las tapas de sus discos, las fotos de las revistas, las presentaciones en programas de televisión, y se pregunta estupefacto a quién puede habérsele pasado por la cabeza que pueda ser peligroso, que valga la pena hostigarlo, hacerle la vida imposible, forzarlo a dejar el país, borrar del mapa sus canciones.

Y sin embargo, si tuviera en ese momento que elegir algo en el mundo que hable de él, algo que lo nombre y que él no pueda eludir por más que quiera, porque lo que nombra es una especie de núcleo idiota y recóndito que ni él mismo se ha atrevido aún a nombrar, él elegiría tres versos de la canción que el cantautor de protesta estrena esa noche, tres versos que, más que afectarlo, lo que implicaría que salen de la boca del cantautor y viajan por el aire y actúan sobre él, parecen en rigor salir de él mismo, salir y sin viajar, porque él, por lo que sepa, no ha abierto la boca, volverse audibles en boca del cantautor, según ese milagro del credo populista por el cual el autor de todo, incluidos por supuesto los tres versos-estreno en los que esa noche él, como los moribundos, ve desfilar toda su vida, es el pueblo, es decir el público, y los artistas, a lo sumo, meros médiums, portavoces orgullosos del mensaje que el pueblo los elige para que transmitan —pero ¿a quién? ¿Que transmitan a quién, si ellos son a la vez los emisores y el público, y fuera de ellos no queda nadie, nadie digno, en todo caso, de escuchar ese mensaje?

No es que no se haga la pregunta. Se la hace, pero es más fuerte y más lo arrastra lo otro, el modo en que los tres versos de la canción que canta por primera vez en su ciudad, en su país, en los que, como confiesa antes de ejecutarla, no ha dejado de pensar mientras la componía, encienden la verdad que él llevaba grabada en secreto. *Hay que sacarlo todo afuera / Como la primavera / Nadie quiere que adentro algo se muera*. Escucha esos versos y descubre cuál es su causa, la causa por la que milita desde que tiene uso de razón, desde esa edad en que los niños se desesperan por hablar y él, en cambio, por escuchar, y el descubrimiento lo inunda de una especie de terror maravillado, tan desconcertante y nuevo, por otra parte, que se pierde el resto de la estrofa, y sólo le presta atención cuando el cantautor, fiel en todo a la forma canción, la repite al poco tiempo con una o dos medidas más de brío, envalentonado por el eco favorable que ha visto que cosechó la primera vez, y las palmas, que antes, aunque entusiastas, sólo irrumpen al final de cada canción, a lo sumo mordiendo sus últimos acordes, se atreven ahora a acompañarla. *Vamos, contame, decime / Todo lo que a vos te está pasando ahora / Porque si no, cuando está tu alma sola, llora / Hay que sacarlo todo afuera / Como la primavera / Nadie quiere que adentro algo se muera / Hablar mirándose a los ojos / Sacar lo que se puede afuera / Para que adentro nazcan cosas / Nuevas, nuevas, nuevas, nuevas, nuevas.*

Entiende todo. Es quizás el gran acontecimiento político de su vida: eso que le revela la verdad de la causa por la que siempre ha militado es al mismo tiempo y para siempre lo que más le revuelve el estómago. De ahí en más lo llama la náusea. De ahí en más no puede ver ni oír ni enterarse de nada relativo al cantautor de protesta, que dicho sea de paso aprovecha el cambio de aire general, vende su famoso molino y vuelve a afincarse en el país y con el tiempo deja la guitarrita criolla y el carpintero blanco para dedicarse a la caridad política pero jamás abandona la sonrisa, ni los anteojos de miope, ni el tono de complicidad sencillista, sin rodeos, tan de "tomemos un café", tan de "charlemos", con el que solía cantar sus canciones, sin sentir el impulso de quemar el diario que publica la foto de su rostro, hacer polvo el televisor que lo muestra cantando en un teatro de Cali o una plaza de toros en Quito, únicos escenarios, al parecer, donde al "pueblo" sigue resultándole cómodo pronunciarse por su intermedio, o moler a golpes a la persona que acaba de soltar su nombre, no necesariamente para ensalzarlo, en medio de la conversación. De ahí en más, todo lo que rodea al cantautor de protesta, no sólo su letrista y sus amigos cercanos sino sus contemporáneos, sus coetáneos, sus, como se dice en la época, "compañeros de ruta", como también la época que lo encumbra, los valores que defiende, la ropa que usa, todo se le aparece rancio, viciado de la pestilencia singular, tan tóxica, de esos manjares que más allá de cierto umbral de tiempo, cuando se descomponen, irradian una fetidez bestial, difícil aun de concebir en las cosas en que la putrefacción es el único estado de existencia posible. Como es natural, su padre no tarda en caer en la volada —su padre, al que de pronto escanea de adelante para atrás, sometiéndolo al barrido implacable de su descubrimiento y de su ira, la peor, ira de usado, de corresponsal de guerra involuntario, de enviado especial al muere, como muy pronto empieza a pensarse. Todos y cada uno de los días de su vida ha sido enviado al mundo de la sensibilidad, al campo de batalla de la sensibilidad, donde todo es "cercanía", "piel", "emoción", "compartir", "llanto", y todos y cada uno de los días, soldadito obediente, ha regresado, y la algarabía con que su padre lo ha recibido cada vez, algarabía doble si lo ha visto volver sin una pierna, triple si con un ojo y una mano menos, ha sido menos un premio que un incentivo, el soborno necesario para asegurarse de que al día siguiente despertará temprano, se pondrá el uniforme, partirá otra vez. Caen en la volada su padre y sobre todo el velo húmedo que le empaña los ojos cada vez que lo ve volver, con botín o sin él, del campo de batalla de la sensibilidad, que parece adensársele en las esquinas de los ojos y cuando está por coagular, cuando está a punto de volverse lágrima, zas, se evapora —el mismo velo de humedad, por otra parte, que su padre, con el correr del tiempo, hace brillar como por arte de magia en sus ojos cada vez que él está a punto de objetarle algo, ir a fondo con un problema del que prefiere desentenderse, poner en evidencia lo que su necedad le impide ver, y que de pronto empaña sus ojos —"empaña", qué palabra que pasa a detestar, ligada como está al "café", a la "calidez" de un "café" en invierno, a los "enamorados" que "dibujan" un "corazón" en el "vidrio empañado" del "café", es decir a la repulsiva galaxia imaginaria donde sigue reinando el cantautor de protesta— y, además de protegerlos, ablandándola, desactiva al instante la ofensiva que lo amenaza. *Vamos, contame, decime.* Pero ¿*vamos* adónde? ¿*Contame* qué? ¿Quién, *decime*?

Demasiado tarde. La náusea, él puede detestarla cuanto quiera: eso no impedirá que lo trabaje, que lo siga trabajando como lo ha trabajado siempre, con paciencia, aplomo, confianza ciega en el futuro, con la certidumbre de que el tiempo está de su lado, del lado de la náusea, como el óxido trabaja hasta horadar aquello que trabaja, a la manera china. Porque no es la repulsión que le inspira esa noche el cantautor de protesta lo que merece explicación —ni ésa, dicho sea de paso, ni ninguna otra, ni nada que tenga que ver con la repulsión en general, gran agujero negro que no para de chupar, de tragarse un caudal de pensamiento que sería providencial, incluso salvador, si sólo se aplicara a los objetos adecuados. No. Es la atracción, el magnetismo del cantautor de protesta, difícil ya de resistir para cualquiera, como lo prueban los miles y miles de imbéciles que a lo largo de los años corean su nombre, se nutren de sus declaraciones a la prensa, cantan sus canciones, compran sus discos y agotan las entradas de sus conciertos, pero mucho más irresistible todavía para él, ideólogo confeso de Lo Cerca. Lo reconozca o no, el mismo cantautor de protesta es el que más tarde, terminado el concierto, cuando en el "pub" sólo quedan "los amigos", su padre entre ellos, naturalmente, y él, a modo de *sidecar*, con su padre, y su padre lo lleva a conocerlo —es él, el inmundo, con sus gafas redondas, sus rulitos tirabuzón, su aire de cuarentón que se niega a colgar la toalla, el que le da la clave del fenómeno. "Mi hijo", anuncia su padre cuando llegan hasta él, que, sentado en el borde del escenario, firma unos autógrafos. El cantautor devuelve una birome, achina los ojos y lo mira maravillado, como si él fuera ¿qué?, ¿una hogaza de pan tibio, recién horneado?, ¿un crepúsculo?, ¿un arma cargada de futuro? "¡Tu hijo!", exclama con suavidad, y en esa mezcla perfectamente dosificada de violencia y de ternura —"ternura", otra palabra que él ya no puede pronunciar sin sentir que se envenena— él cree reconocer la fórmula secreta de una complicidad fundada en lo que más aborrece en el mundo, imprecisión, superficialidad, autocomplacencia, y cuando él extiende con timidez una mano, el brazo rígido, como de autómata, para no dejar mal parado a su padre pero mantener con todo alguna distancia, el cantautor de protesta lo toma de los antebrazos y, atrayéndolo de golpe, de modo que él, tomado de sorpresa, no pueda resistirse, lo abraza largamente mientras apoya el mentón sobre su hombro y murmura: "Pero qué lindo. Pero qué hijo sensacional que tenés. Pero qué hijo impresionante" —y se lo dice no a su padre ni a él, por supuesto, por intermedio de su padre, ni a nadie en particular, sino a ese todo el mundo en particular para el que firma autógrafos y canta cosas como *Fui niño, cuna, teta, pecho, manta / Más miedo, cuco, grito, llanto, raza / Después cambiaron las palabras / Y se escapaban las miradas / Algo pasó / No entendí nada*. "Y si no entendiste nada", piensa él, "¿por qué no te callás? ¿Por qué no guardás la guitarrita en el estuche? ¿Por qué no te quedaste en tu puto molino?". Y mientras él se deja estrujar por esos brazos, demasiado delgados para las mangas de la camisola que viste, también blanca y con un sol sonriente bordado que sobresale de la pechera del carpintero, comprende hasta qué punto si es artista de algo, si es lícito asociar la palabra artista con alguien que a lo largo de dos horas y media ha brillado por dos cosas, una, entonar con una sonrisa perpetua, la sonrisa "de cantar", "de estar vivo", "de estar juntos", un repertorio de canciones que objetaría indignado el elenco más débil de débiles mentales, dos, citar con su mejor tono de argentino rehabilitado, que deja por fin atrás una penosa abstinencia idiomática, palabras como *joder, vale, camarero, gilipollas* y otras que ha aprendido durante su exilio español, que en su momento lo ampararon y de las que ahora, en el círculo íntimo del "pub", en Buenos Aires, se da el lujo de burlarse —comprende que el cantautor de protesta es precisamente eso, un artista consumado de la cercanía, alguien que nada conoce mejor que el valor, el sentido, la eficacia de la proximidad y sus matices, y comprende al mismo tiempo la ambivalencia verdaderamente genial de ese abrazo intempestivo que dos o tres minutos más tarde, si el cantautor de protesta no mantuviera sobre él el control firme que mantiene, empezaría a incomodarlo, porque por un lado parece limitarse a traducir, a poner en acto un lazo emocional que ya existía antes entre ellos, lo hubieran advertido o no, y por eso, modesto y recíproco, representa la quintaesencia de lo "entrañable", pero por otro es un regalo, un don, algo que existe y tiene algún viso de realidad sólo por voluntad del cantautor de protesta, porque el cantautor de protesta, como un sacerdote que no respondiera a Dios sino a su propio arbitrio, decide concederlo, y en ese sentido, milagroso y contingente, es un privilegio.

Es una suerte que Bondad Humana, como pasa a partir de ahí a llamar para sus adentros al cantautor de protesta, tenga esa noche algo que hacer, irse a comer con "los amigos" un "buen churrasco" con un "buen tinto", por ejemplo, o cualquiera de los programas de reeducación a los que optan por someterse entonces los argentinos que vuelven del exilio, a menudo tan concentrados e intensivos, es cierto, que los mismos argentinos no los resisten, e interrumpa de ese modo la intimidad que inauguró con ese abrazo inesperado. Porque si se quedara con ellos, con su padre y con él, que, por muy amigos del cantautor que sean, a la hora de la verdad, después de algún cabildeo que no pasa a mayores pero produce cierta víspera de incomodidad, quedan excluidos del grupo duro, el que en breve saldrá tras la pista del "buen bife" y "el tinto", lo que hunde a su padre en esa amargura cuyos síntomas él detecta en el modo en que de golpe todo cambia de signo, de manera que lo que antes fue excitación, entusiasmo, admiración, gratitud, ahora es decepción, inquina, desprecio, y el mismo cantautor de protesta que dos horas y media atrás o incluso durante el concierto, mientras cantaba *Soy el que está por acá / No quiero más de lo que quieras dar / Hoy se te da y hoy se te quita / Igual que con las margaritas / Igual el mar / Igual la vida, la vida, la vida, la vida*, era "valioso", tenía su "autenticidad" y su "gracia" y hasta sabía plasmar cierta "bonhomía argentina", ahora es "un desastre", "miente hasta cuando afina la guitarra" y canta canciones que "ya en los años setenta ni los sordos hubieran soportado" —si se quedara con ellos, si aceptara ir con ellos a comer y su padre en algún momento se levantara de la mesa y los dejara solos, Bondad

Humana, quizás amodorrado por el "buen bife" y "el tinto" del que, aun lejos del grupo duro, no se ha privado, no podría evitarlo y se pondría a hablar hasta por los codos, a confesar, a verter en el oído de él su veneno dulce y exclusivo, los secretos que nunca le contó a nadie, los más recónditos y los más miserables, los que ni él mismo sabe que encierra.

Eso es de hecho lo que hace con él uno de los mejores amigos de su padre la tarde en que vuelven juntos de una quinta del norte de la provincia de Buenos Aires. Viajan en un BMW último modelo. A la altura de avenida Lugones y Dorrego, con el velocímetro clavado en 175, cuando la conversación parece más que satisfecha con el temario que picotea desde que han dejado la avenida Márquez, las semifinales de Wimbledon, el inesperado fracaso de taquilla de una película policial argentina, la escalada del dólar, el efecto distractivo de los carteles publicitarios a los costados de Lugones, el tipo, con su bigote tupido y sus rayban impenetrables, un profesional del disimulo, le abre de buenas a primeras su corazón y le cuenta temblando, con palabras que es evidente que usa por primera vez, a tal punto le cuesta pronunciarlas, "amor", "soledad", "tristeza", probablemente las mismas que baraja Bondad Humana cuando se sienta a componer sus canciones, que lo ha dejado su mujer, que ve su cepillo de dientes en el baño y llora, que no duerme, que ya no es capaz de hacerse el nudo de la corbata sin ayuda. Eso mismo es lo que hace a los seis, siete, vaya uno a saber, un anochecer de domingo, cuando en el vestuario de Paradise o West Olivos, ya duchado y cambiado, va hasta el cubículo del encargado del vestuario a devolver su toalla y el hombre, que lo conoce, que ya ha recibido de él miles de toallas, con cuyos hijos, dos, él acostumbra jugar cuando se los encuentra en la pileta, pero con el que nunca ha intercambiado más palabras que las de rigor, prorrumpe en una especie de hipo líquido y le cuenta que ha visto al médico, que está enfermo, que le quedan máximo seis meses de vida.

Veinte años más tarde, una noche en que, eufórico por el amor que de la manera más inesperada ha entrado otra vez en su vida y la ha dado vuelta como un guante, acepta la invitación a una fiesta que una vieja amiga, para celebrar su regreso al país después de veinte años en el extranjero, da en la casa que le han prestado hasta que pueda instalarse por su cuenta, y poco después de comer, mientras monopoliza la sobremesa con un arrebato de locuacidad, una de esas efusiones verbales cuya exaltación sólo se justifica por ese brío típico de las dichas recién estrenadas, y sin duda por el afán de exhibirlas ante quien las causa, en su caso ese cuerpo que, más que enamorarlo, él siente que le ha devuelto la vida y al que esa noche y los tres años que siguen están dedicadas todas y cada una de las cosas que piensa, dice y hace, un hombre de barba, pañuelo al cuello, saco de tweed y botas de montar de antílope, sentado hasta entonces en la mesa frente a él, es decir, también, frente a la que desde hace apenas dos semanas él, ruborizándose, llama mi mujer, se incorpora de golpe y desaparece de su campo visual, y sólo reaparece unos segundos después, a su lado, ya no como imagen sino como voz —primera vez que lo oye en toda la noche, como se le da por pensar en el mismo momento en que siente que el otro se inclina sobre su hombro y empieza a volcarle su cosa infecta al oído: *Eso porque vos nunca estuviste atado a un elástico de metal mientras dos tipos te picaneaban los huevos.*

No reacciona. Es incapaz de moverse. Después, esa misma noche, cuando repta entre las sábanas para besar el sexo de la mujer que literalmente acaba de resucitarlo y se embadurna con la esperma que derramó recién en él, se le ocurre que lo que más lo ha pasmado del episodio del oligarca torturado, como de inmediato pasa a llamarlo, a tal punto el estilo de su vestuario, los modales, el porte rígido y la dicción resbaladiza, como de borracho, y por fin el apellido —al que accede, sin decir por qué le importa tanto saberlo, mientras se abrigan en la puerta y se despiden de la dueña de casa que los besa, les agradece que hayan ido y lamenta una vez más, con el tono exagerado con el que se acostumbra lamentar que no haya sucedido algo que jamás tuvo la menor posibilidad de suceder, que "el Gato" no haya estado allí para darle la razón, para corroborar que lo que ella le cuenta en un aparte en medio de la fiesta, que su amigo de los años sesenta, el famoso saxofonista Gato Barbieri, a los cuarenta años de edad, insiste en decir *ónigo* en vez de ómnibus, es rigurosamente cierto—, le recuerdan a los ganaderos, dueños de campos y productores agropecuarios que ha visto de chico, año tras año, en la exposición rural de Buenos Aires, excursión obligada de todo establecimiento escolar argentino —del episodio del oligarca torturado, piensa, lo que más lo pasma es el *Eso* con que empieza la frase de veneno que vierte en el agujero de su oreja. *Eso*, piensa. *Eso* ¿qué? ¿Qué es *Eso*? ¿Qué designa? ¿Todo lo que él ha estado diciendo en los últimos cuarenta minutos de la fiesta? ¿Lo que ha estado diciendo más la felicidad con que lo ha dicho? ¿Todo eso más él, él todo, entero, con su cara y su nombre y lo que hace y la manera de hablar y la edad que tiene? ¿Todo eso, él entero, de pies a cabeza, y poco importa evidentemente que sea la primera vez que el oligarca torturado se lo cruza en su vida, más ella, la mujer en cuyos brazos vuelve a dormirse y querría morir ahora, ya mismo, antes de que amanezca? Y no sólo qué designa sino qué conecta con qué, cómo "soluciona" o cómo y con qué alevosía fabrica la extraña continuidad entre el desborde de efusión que lo arrastra a él, enamorado flamante, pavo real cuyos despliegues de extroversión, en caso de no tolerarlos, sería fácil moderar con humor, frenar cambiando el tema de la conversación o incluso ignorar dejándolo hablar solo, en el vacío, como ya han hecho sin malevolencia varias de las personas que comparten la mesa, convencidas de que el caldo de amor en el que flota es tan pleno y excluyente que descubrirse flotando en él solo no sólo no disminuirá en nada su regocijo sino que acaso lo incremente —cómo liga su felicidad, en una palabra, con las cicatrices que el oligarca torturado esconde bajo el algodón de sus calzoncillos de marca, rastros de una pesadilla indecible que si no ha terminado, como es evidente, no es sólo por la alta probabilidad de que el uniformado que lo secuestró ande suelto por la calle, el que lo obligó a desnudarse no tenga más cuentas pendientes con la ley que una vieja multa por mal estacionamiento, el que lo ató al elástico compre el vino en cartón con el que se emborracha en el mismo supermercado que él, el que lo torturó entre y salga del país como Pancho por su casa y todos, semana por medio, se reúnan a evocar los buenos viejos tiempos en el bar de la esquina, sin temer más represalias que las que pueden propinarles una porción de tarta de acelga en mal estado, una gaseosa sin gas o una cuenta que les cobra más de lo que gastaron, sino también porque todavía quedan en el mundo personas como él, desconocidas, que irrumpen en una fiesta y atraviesan la noche fulgurantes como cometas, encendidos por la mujer que tienen a su lado, que no habla y de la que no pueden separarse, porque si se separaran de ella, como sucedería con la tierra si el sol dejara de brillar de golpe, toda la luz que los envuelve, y que sólo por una ilusión óptica parecen irradiar, se apagaría, y sólo parecen existir para enrostrarle al mundo la evidencia descarada de su dicha.

El episodio lo persigue durante algún tiempo. Al tormento de revivirlo con todo detalle, tal como sucedió, se agrega otro quizá más doloroso, sin duda más cruel, el de tener ahora, cuando ya es demasiado tarde, en la punta de la lengua, listas para entrar en acción y hacer polvo al oligarca torturado, todas las réplicas que en su momento no se le ocurrieron. Pero con los años, expulsada de las coordenadas de tiempo y lugar en las que ha ocurrido, la escena pierde vitalidad, se deshidrata y contrae, igual que se reseca el órgano extirpado si no lo acoge pronto el tejido pletórico de sangre y nervios de un organismo nuevo, hasta convertirse en una molestia ínfima, que casi no ocupa espacio ni hace falta disipar, a tal punto su energía hostil se ha debilitado, aunque a la primera de cambio, apenas entra en la órbita de una ofuscación mayor o más actual, convocado por uno de esos signos que de buenas a primeras, sin proponérselo, hacen que el presente más banal rime con una porción de pasado atroz, el pañuelo de seda que alguien lleva anudado al cuello, un apellido de estirpe, las botas de montar perfectamente alineadas que ofrece la vidriera de una tienda de artículos de talabartería, se irriga de golpe, milagrosamente, y vuelve a hostigarlo como lo ha hecho esa noche, la siguiente, muchas de las que han venido después. Y por más que aborrezca al oligarca torturado con todas sus fuerzas, por más que diez años después, con el frenesí un poco payasesco que tienen siempre las venganzas póstumas, que buscan reparar multiplicando saña y encarnizamiento la única tragedia que es en verdad irreparable, no haber estado a la altura de la oportunidad, todavía se despierte en mitad de la noche, aguijoneado por la furia, y del repertorio de venganzas que se arremolinan como moscas a su alrededor, una de las cuales, nacida probablemente de una página del humorista Quino, un chiste gráfico tan antiguo y quizá tan influyente para él como el de la cadena de chismosas de Norman Rockwell, lo insta a averiguar dónde vive y cuáles son sus horarios de entrada y salida, a tocarle el timbre de golpe y porrazo y a sorprenderlo, en el momento mismo en que abre la puerta, con una trompada que le rompe los dientes, con el riesgo, como sucede en el chiste de Quino, de que al abrir la puerta, dados los años que han transcurrido desde el incidente, la víctima que en esa fiesta fuera su verdugo haya vuelto, por esas cosas de la vida, a ser víctima y ahora esté de duelo por la muerte de un ser querido, o enferma, o sumida en una depresión terminal, o desesperada de todas esas venganzas por más que termine eligiendo una, siempre la misma, la que en la lucidez de esa vigilia indeseada le parece la más brutal: enrostrarle una y otra vez, en su imaginación desbocada, la belleza insultante de la mujer que tenía entonces a su lado, verdadera y única razón, entiende él, del ataque de encono del otro, comprende por fin lo mal que hace si toma a ese cretino que le vuelca al oído los vestigios pútridos de su suplicio por un artista del resentimiento, un chantajista sin escrúpulos o un psicópata profesional, lo ciego que está si él, que siempre se ha jactado de restituirle a la dicha el dolor que le hace falta, no se da cuenta de que el oligarca torturado es en rigor la horma de su zapato, alguien que le paga con su propia moneda y a su modo le pregunta: *¿Qué pasa? ¿Cuando la dicha es tuya no hay sospecha? ¿Cuando el dolor es de otro no lo exhumás? ¿Cuando la dicha es tuya y el dolor de otro entre dicha y dolor no hay relación?*

Quien dice dolor dice secreto, dice doble vida. El perfume de muerte que destila ese prodigio de vitalidad que el responsable del vestuario de club ha sido, es y seguirá siendo es un signo tan oscuro y vertiginoso, abre de par en par tantas puertas desconocidas como los suspiros que un amor difícil pone en boca de un hombre que hasta el día de ayer sólo pierde la cabeza por un nuevo modelo de Raybans y la calma cuando su entrenador personal no acude a la clase, y entra en pánico si la mujer en la que acaba de eyacular sigue a su lado cinco segundos después de haberlo satisfecho y encima pretende hablar, o como la idea de una punta de metal electrificada, originalmente diseñada, dicho sea de paso, para un propósito agropecuario como es facilitar el arreo de las vacas hacia el brete, que estremece los testículos de un hombre hasta hace muy poco tiempo ocupado básicamente en subastas de ganadería, viajes, excursiones a vela por el Río de la Plata con chicas en bikini en la cubierta. [...] Le gusta ser el único que conoce esos compartimientos secretos. Podrá despotricar y renunciar a su talento de escuchar apenas lo ha ejercido, abrirse, como se dice, de ese papel confidencial que si se descuida pronto se le volverá un destino, pero nadie le quitará el placer que lo estremece cada vez que alguien se da vuelta como un guante tentado por la disponibilidad de su oreja, que no sólo está ahí, al alcance de la mano, sino que parece hablar, hablar una lengua propia y silenciosa y llamarlo: *Vamos, contame, decime.*

¿Por qué no se hace cura? ¿Por qué no psicoanalista, chofer, puto, recepcionista de uno de esos servicios de asistencia al suicida que en las películas disuaden de arrojarse al vacío con un puñado de frases oportunas a los desesperados que hablan por teléfono mientras hacen equilibrio en una cornisa? *Hay que sacarlo todo afuera / Como la primavera.* No, no piensa lucrar con ese talento que aborrece tan pronto como descubre que lo tiene. La canción, en cambio, la atesora como una especie de himno inconfesable. La náusea. Cuando quiere darse cuenta ya está, ya no hay vuelta atrás: entiende que su canción, esa canción que, sensible como un bloque blando de cera, se deja imprimir por todo aquello que la rodeó o estuvo en contacto con ella y al conservarlo flecha y marca al rojo y pasa a encarnar verdad y belleza al mismo tiempo, en su caso es un engendro sin nombre, atroz, abominable, que no se atreve a tararear en público pero que oye incesante en algún lugar de su corazón, desde donde le dice una y otra vez quién es, de qué está hecho, qué puede esperar. Cura no, ni pensarlo —a menos que por cura se entienda al párroco que interpreta Nanni Moretti en *La messa è finita*, víctima, mártir, precisamente, del aura de comprensión, tolerancia y también sagacidad que lo envuelve, que de algún modo le permite "ascender", puesto que es ese don, raro aun entre los curas, que deberían venir de fábrica con él, el que hace que sus superiores decidan trasladarlo y de la oscura parroquia que administra en una isla del mar Tirreno lo destinen a una oscura parroquia de los suburbios de Roma, y que parece invitar a sus padres, a su hermana, al círculo de amigos con los que se reencuentra después de años, todos estragados por el tiempo, la frustración, la enfermedad, la amargura sexual, el derrumbe de los ideales, y uno de ellos, ex brigadista rojo, por la cárcel, a llorarle una y otra vez, a pedirle consuelo a cualquier hora del día y de la noche, a sepultarlo con lamentos, incertidumbres, súplicas de una salvación que ni él ni nadie está ni estará nunca en condiciones de brindar. Y aun cuando celebra alborozado las escenas culminantes en que el cura, hasta las narices de esa lluvia de ruegos que lo empapa día tras día, sacado, como se dice ahora, pierde los estribos por completo y abofetea a la hermana que pretende abortar, increpa a los gritos al amigo que se hace moler a palos por chupar pijas sin rostro en la oscuridad de los cines, rocía de maldiciones al que, abandonado por la mujer, resuelve encerrarse en su departamento y privar al mundo de su persona para siempre, aun cuando goza como nunca cuando en medio del trance, solo, Moretti se pregunta en voz alta qué creen que es él esa manga de imbéciles para volcarle encima sus problemas de cuarta categoría, igual se pregunta con escándalo cómo no lo hizo antes, cómo tardó tanto en estallar. Pero se lo pregunta él, que ni siquiera ha estallado, ni tarde ni temprano, nunca, y tampoco estallará.

En rigor, de cura lo separa algo "visceral" —un adjetivo que no usa absolutamente en ningún otro caso y del que, como sucede con "entrañable", se protege con el máximo cuidado, como debería protegerse Superman de las dos kriptonitas si la historieta, privada entonces de su mal motor, no corriera el riesgo de naufragar en la atonía: una aversión a las sotanas irremediable, derivada sin duda de la que le inspiran en general los uniformes. No es tanto el costado comunista, de igualdad y reconocimiento a simple vista de la igualdad, que más bien le gusta y hasta desearía ver usado más a menudo en la vida cotidiana, sino justamente el costado disfraz, el costado máscara, la promesa o más bien la evidencia de doble vida que encierran, ya sean uniformes de curas, policías, militares, cajeras de supermercado, alumnos de escuela. Los diseñan para significar sin malentendidos, para que el mensaje que comunican sea simple, directo, unívoco —no quita que para él sean sinónimo de duplicidad, señuelo, cebo de trampa. En todo uniformado no ve una persona sino dos, al menos dos y que se oponen, una que promete seguridad y otra que roba y viola a punta de pistola, una que vigila las fronteras de la patria y otra que saquea y extermina con la escarapela en el pecho, una que bendice y reconforta y otra que se hace pajear por monaguillos en el confesionario, una que sonríe y opera la caja registradora con profesionalismo y otra que suma productos que nadie ha comprado, y de esas dos hay una, la secreta, la que se agazapa detrás del verde oliva, la insignia de grado, el cuello sacerdotal, incluso el pañuelo y el saco de tweed y las botas de montar del oligarca torturado, que, probablemente ausentes de un catálogo oficial de uniformes, ocuparían doble página central en cualquiera dedicado a los usos y costumbres de la clase alta argentina, que es la persona que él teme, pero no tanto por lo que pueda hacerle, porque, alertado ya por el signo del uniforme, sabe de antemano el as artero que esconde bajo la manga y cómo evitarlo, como porque en algún momento, tarde o temprano, ese doble clandestino lo verá, lo reconocerá, le tocará un hombro, le confiará a él, sólo a él, lo que le arde en el pecho.

[...] Por irónico que suene, mientras hace estallar vestido de Superman el vidrio de la puerta-ventana que da al balcón del cuarto piso de Ortega y Gasset, abajo, en la calle, que con el tiempo empieza a recordar en blanco y negro, con árboles sin hojas cuyos troncos pintados a la cal, como los de un pueblo asolado por una peste, balizan regularmente la vereda, las pocas personas que se ven caminando, subiendo o bajando de automóviles o entrando o saliendo de edificios que, salvando detalles menores, sólo reconocibles para los que llevan años viviendo en el barrio, son prácticamente idénticos, están uniformadas. Natural: son militares, como son militares el barrio, el ingeniero que diseñó los edificios, la mayoría de los nombres de las calles, el hospital encaramado en la cima de una barranca en el que cada tanto, en medio de un estrépito que él, a pesar de que no es la primera vez que lo oye y sabe por su madre qué lo causa, en un primer momento se empeña siempre en atribuir a alguna clase de catástrofe natural que no dejará sobrevivientes, aterrizan helicópteros que imagina llenos de soldados sangrantes —como son militares los jeeps, los camiones, incluso los autos particulares, reconocibles por ese característico derroche de insignias patrióticas, que muy de vez en cuando aparecen en la calle, y el ex dueño del departamento en el que vive, un piloto de la Fuerza Aérea al que su abuelo conoce en una luna de miel grupal, un recurso que la época, mediados de los años treinta, pone en práctica para disimular, al menos durante las primeras semanas que siguen a la boda, el cáncer que por entonces viene implícito en todo contrato matrimonial, el aburrimiento, del que no tarda en hacerse amigo, al que saca del apuro en que lo hunde un vicio nunca aclarado del todo, juego, mujeres, negocios sucios, y que por fin, cuando es evidente que no podrá devolver el préstamo como lo recibió, en dinero, porque el juego, las mujeres, los negocios sucios o lo que sea que lo ha hecho caer tan bajo siguen consumiéndolo, se lo paga de una sola vez con ese departamentito de tres ambientes que la Fuerza, como la llama, le vendió en condiciones muy favorables cuando se casó y que, demasiado estrecho para sus pretensiones, demasiado altas, como corresponde a un aviador, nunca llegó a usar —como es también militar, parece, el vecino de bigote finito y pelo al rape que, alertado por el estruendo del ventanal que estalla y los gritos de su madre y sus abuelos, que ya se imaginan al pequeño Superman desfigurado, se apura en tocarles el timbre y cuando su abuela le abre, todavía estremecida por la risa de histeria que la asalta al comprobar que de milagro no ha pasado nada, entra, da sin pedir permiso tres zancadas ágiles y se planta en el extremo del living del departamento, en parte para, como él mismo lo anuncia, ofrecer su ayuda, en parte para verificar de primera mano qué clase de incidente ha podido arrancarlo de la siesta, como lo prueban la musculosa blanca y la camisa verde abierta encima, los pantalones abrochados a las apuradas y los pies descalzos, pequeñísimos.

Así como más tarde, transcurridos los años que las ruinas del pasado necesitan para apuntalar una ficción que siempre habla de otro, él ve las fotos de esa tarde, que su abuelo ha tomado para probar la cámara recién comprada, y las imperfecciones flagrantes del traje de Superman le arrancan carcajadas, no sólo las que trae de fábrica, el dobladillo descosido que él arrastra al caminar y a veces aplasta con el talón desnudo, los botones demasiado visibles, las costuras abiertas en las axilas, la tela que sobra y cuelga en el pecho, sino también las que él mismo le ha inferido en los veinte minutos que pasan desde que lo desembala, enganchando una manga con uno de los ángulos de la caja y rociando con un estornudo de leche chocolatada la "S" mal dibujada, por otra parte, que debería estallarle de tensión en los pectorales, así, pero al revés, cada vez que baja a patrullar la calle con su triciclo y se cruza con una pareja de militares, mínimo dos, porque alguna ley que él ignora parece prohibir que los militares caminen de a uno, lo que lo deja estupefacto es el aspecto absolutamente impecable que esos uniformes lucen de frente, cuando avanzan hacia él, y de espaldas, cuando él deja de pedalear y vuelve la cabeza para mirarlos, planchados, limpios, parejos de color, perfectamente a medida, flamantes, como si acabaran de salir no de la tintorería, que mal que mal alguna huella habría dejado en ellos, sino de los talleres mismos donde los confeccionan. Bien peinados, con la gorra donde debe estar, los zapatos lustrosos, el maletín oscuro a la altura adecuada y el paso siempre sincronizado, todo condena a los militares a la parodia, al mazapán, a la ingenuidad de los muñecos de torta. Pero él los ve, los ve de a dos, muy juntos, a la vez únicos, porque los civiles brillan por su ausencia en el barrio, y demasiado ralos, como si, ejemplares de una especie exquisita o moribunda, evitaran a toda costa derrocharse —los ve tan nuevos que se le cruzan por la cabeza los alienígenas de la serie *Los invasores* cuando adoptan forma humana, la única, por lo que él recuerde, en que aparecen, porque si tienen alguna otra, una forma original, la que se supone que traen del planeta del que huyen, él nunca la ha visto. Esa forma, *Los invasores* se la debe. Y esa deuda que la serie renueva episodio a episodio, además del carisma desvalido de David Vincent —héroe de una ficción que bien pensada sólo trata de un problema, la esperanza, cómo tenerla y perderla, cómo renovarla, y establece como un axioma esto: que la esperanza es sólo una diferencia, un resto que nunca brilla tanto como cuando tiende a cero—, es quizá lo que más lo induce todas las tardes, cuando vuelve de la escuela, a posponer las obligaciones más apremiantes para abismarse durante media hora frente al televisor.

[...] Pone el triciclo en posición, se sienta, y cuando apoya en el pedal el pie que ya a los cuatro, cuatro y medio, para vergüenza de su madre y su abuela, que cada vez que se dejan sorprender por esa obra maestra precoz de la deformidad esconden sus propios pies bajo la mesa ratona, empieza a curvarse por la presión del juanete, mira la calle desierta y huele algo en el aire, como los gatos. Alza los ojos, ve lo que pasa. No se mueve nada. Viento hay, una brisa linda le despeina el pelo que su abuelo sueña una y otra vez con cortarle, con ver amontonado en parvas en el piso reluciente de una peluquería que no admite mujeres, pero las pocas hojas que resisten en las ramas de los árboles están quietas, como si fueran de utilería. Baja los ojos al nivel del triciclo y ve a los militares venir juntos, tan al unísono que su andar parece ensayado. Ejecutan. Están siempre en misión. Hay un factor zombi en la limpieza mecánica de sus gestos, la falta de titubeo, la determinación con que se mueven. No es que no se distraen: la distracción, como respirar bajo el agua para un pájaro, ni siquiera representa una posibilidad para ellos. ¿Quiénes son? ¿De dónde vienen? Más que de un hogar, con sus livings calefaccionados, sus dormitorios a medio hacer, sus baños todavía empañados por el vapor de una ducha, más que de una oficina, con sus sillones giratorios, sus cortinas de baquelita, sus pisos alfombrados, se los imagina veinte minutos antes y los ve emergiendo de las cápsulas vidriadas en las que han hibernado toda la noche y que se abren de golpe, activadas quién sabe por qué cerebro central, con un chasquido que se prolonga en una exhalación, muy parecido al que años después harán los ómnibus de línea, no *ónigos*, cuando frenan y se detienen —las mismas cápsulas, mezcla de viejos secadores de pelo y ascensores transparentes, donde los invasores de *Los invasores* pasan en estado de inanimación el tiempo en el que no están ocupados tomando el control de fábricas de armamento, apoderándose de canales de televisión o anidando en los cuerpos de un elenco de terrícolas estratégicos. [...] Si algo sale al cruce del plan que los militares tienen que cumplir, y algo es cualquier cosa, un perro vagabundo que se echa a dormir bajo la cubierta dentada del jeep, un portero que los ve venir y sigue baldeando la vereda, él mismo, con su triciclo y la señora que lo cuida, cualquier obstáculo que una voluntad enemiga interpone en la trayectoria dibujada en el mapa que guardan doblado en cuatro en alguno de los bolsillos del uniforme impecable, la sorpresa, la ofuscación, el disgusto que sienten, y las reacciones inmediatas a que se exponen, son parientes directos de la chispa de contrariedad, y luego la determinación criminal, que destella en los alienígenas cuando alguien les da a entender, casi siempre sin quererlo, que sabe que no son lo que parecen.

¿Cuánto tarda en darse cuenta de que en él es al revés, de que ya en ese él que viendo venir a los alienígenas mira a la mujer que lo cuida y mantiene el pie quieto en el pedal, quieto hasta que se le acalambra, primero está la ficción y después la realidad, pálida, lejanísima? Eso explica que, como a su tiempo la opción cura, la opción puto haya quedado descartada a la hora de explotar su facultad para la escucha. Para puto Puig, piensa. El escritor Manuel Puig, que no soportaba que lo real estuviera tan lejos, que llegaba a lo real acelerando, acortando camino por la vía de la ficción, su verdadero y único *intermezzo*. Él, la ficción, la usa al revés, para mantener lo real a distancia, para interponer algo entre él y lo real, algo de otro orden, algo, si es posible, que sea en sí mismo otro orden. De ahí todo, o casi todo: leer antes incluso de saber leer, dibujar sin saber todavía cómo se maneja el lápiz, escribir ignorando el alfabeto. Todo sea por no estar cerca. (La precocidad, como más de una vez ha pensado, sólo sería un dialecto de esta obsesión de lo mediato). A la inversa de lo que le parece adivinar que sucede en muchas de las películas blanco y negro que ve los sábados por la tarde por televisión mientras su madre duerme una especie de mona eterna, donde los extraterrestres, que aparecen siempre precedidos por el ominoso ulular del théremin, son el símbolo de los invasores comunistas, para él los militares son el símbolo de los extraterrestres, así como el hospital encumbrado en la barranca es la metáfora del laboratorio donde se regeneran sus organismos y los jeeps, los tanques, los camiones-oruga la encarnación terrestre de medios de locomoción tan avanzados que la imaginación humana es incapaz de concebirlos. A él, sin ir tan lejos, le basta con los uniformes. Nunca una arruga, una mancha, una solapa doblada. ¿Cómo es posible?

Una de esas tardes raras en que su madre, fruto de una noche sin pesadillas o un cóctel de fármacos bien calibrado, decide para su sorpresa llevarlo ella misma de paseo a la plaza, él se mete en el pequeño ascensor y se acomoda como puede en el resquicio que ha quedado libre. Es una franja de espacio mínima, acorralada entre la puerta y el triciclo que su madre, que sólo ha tenido que lidiar con el vehículo una vez, el día en que los abuelos caen de improviso con él en el departamento y alguien —alguien que no puede ser su abuelo, que tiene la costumbre de agotar su modesta cuota de generosidad en la cosa que regala y después limitarse a contemplar, como si pertenecieran a una jurisdicción ajena, todas las operaciones verdaderamente cansadoras que el regalo desencadena— debe encargarse de liberarlo de los bloques de telgopor que lo inmovilizan y sacarlo de la caja, recién ha logrado hacer entrar en el cubículo después de un penoso forcejeo, y esto de la manera más incómoda y antieconómica posible: atravesándolo en diagonal, lo que divide el espacio del ascensor en dos triángulos sin proporción alguna. Así, su madre, que no ha puesto aún un pie en la calle y ya se ve, por la cara que tiene, que daría todo por volverse a la cama, ponerse otra vez el camisón, bajar las persianas, tomarse otra pastilla y dormir hasta que se haga de noche, cierra la puerta de reja y aprieta el botón de la planta baja cuando irrumpe desde afuera una mano que abre la puerta de golpe y detiene el ascensor que acaba de arrancar. Es el vecino, el vecino militar. Se disculpa y entra y con él, envolviéndolo, entra una nube helada de perfume, una de esas fragancias baratas que sólo la buena voluntad, o el hecho de que aparezcan asociadas con un cuerpo humano y no con un lugar vacío forrado de azulejos, impiden confundir con los desodorantes de ambientes que se respiran en la mayoría de los baños de los lugares públicos. Entra uniformado, como no puede ser de otra manera, y sólo el uniforme a simple vista limpio, planchado, impecable, como todos los que ve en la calle lucidos por sus dobles de Alfa Centauro, puede hacer que él desvíe los ojos de lo que los mantiene cautivos desde hace algunos segundos: la ranura de oscuridad que acaba de abrir demasiado cerca de sus piecitos el desnivel entre el piso del palier y el del ascensor, en la que siente que su cuerpo podría caber sin problemas y por la que ya se imagina, cospel humano, deslizándose hacia el abismo. Bajan en el ascensor —su madre y el vecino de aquel lado del triciclo, juntos, él de éste, con la rueda delantera del triciclo, que sigue girando por inercia, rozándole el flequillo, y aprovecha que su madre y el vecino intercambian unas frases protocolares en las que es evidente, sin embargo, lo mucho que ambos ponen de sí, mucho más de lo que la índole del diálogo les exige, su madre, sin duda, para apuntalar una respetabilidad que cree dañada por su condición de separada joven ya con la carga de un hijo, el militar quién sabe, quizá porque la desea, quizá porque se pregunta quién podrá ser esa separada joven ya con la carga de un hijo que sólo escucha jazz, se viste a la última moda y no consigue pegar un ojo sin somníferos, quizá porque él también tiene algo que ocultar —aprovecha entonces para escrutar de arriba abajo el uniforme del vecino. Otra vez la misma fascinación, el encandilamiento, el estupor en que lo sumen esas telas lisas, homogéneas, limpias de la más mínima irregularidad, cuya tersura, que no es de este mundo, sólo se le ocurre comparar con la de la carrocería de metal, si es que hay metal, naturalmente, en Alfa Centauro, de las naves en las que viajan los invasores. Y sin embargo, al segundo o tercer rastrillaje, sus ojos, después de subir y bajar, se dejan sorprender por una disonancia, algo que parece hacer ruido en el ruedo de la chaqueta, allí donde la mano del vecino abre y cierra una y otra vez esos dedos esbeltos y relucientes, evidentemente manicurados, sobre un juego de llaves. El forro de la chaqueta, descosido, deja escapar una lengua lánguida por debajo del ruedo.

Cambia todo, evidentemente. Porque si ya el uniforme joya es una señal de falsedad, una fachada trampa, ¿qué no será entonces un uniforme fallado? No lo puede creer. Le parece que su cabeza se pone a decir que no por su propia voluntad, sin que él haya tenido que ordenárselo. Siguen bajando. La nube de perfume, antes suspendida a la altura de la cabeza y los hombros del vecino militar, donde fue evidentemente rociada hace unos minutos, ha empezado a disolverse y precipitar, ya se desploma sobre él como un manto dulzón, mezcla untuosa de menta y flores y bosques patagónicos que, aunque él mantiene labios y mandíbulas apretados, más por la incredulidad que le produce el desperfecto del uniforme que para defenderse del vaho, termina metiéndosele en la boca y haciéndole estallar miles de chispas efervescentes contra el paladar. Tiene el forro descosido enfrente, a la altura de sus ojos, barrido por la rueda delantera del triciclo que sigue girando. Está tan cerca, piensa, lo tiene tan de frente, y tan en foco, que es casi como si él mismo lo hubiera descosido. Le da miedo de golpe que lo acusen. Decide no mirar, desvía los ojos y los clava en las puntas de sus propios zapatos, donde el cuero negro tiende a descascararse. Cuando pasan del tercer piso al segundo, la bocanada de perfume se espesa y solidifica a las puertas de su garganta: una pasta densa, todavía maleable, como la que un dentista alguna vez usa para forrarle los dientes y tomarle un molde de la boca pero que en segundos será dura y seca como una piedra. No tarda en ahogarse. Están llegando a planta baja cuando lo asalta una arcada, la primera, la más importante de las tres o cuatro que desembocan, poco después de que el vecino militar, previendo lo que se viene, se apure a abrir la puerta del ascensor, en la vomitada más portentosa que le haya tocado en su vida.

No es su madre la que toma las riendas de la emergencia, más preocupada, siempre, por el aspecto social de la situación, la vergüenza ante el vecino, la reacción que el enchastre del hall provocará sin duda en el encargado del edificio, el compromiso en el que la pone el hecho de recibir ayuda y la deuda que asume no al aceptarla, porque todo sucede tan rápido que ni siquiera hay tiempo para ofrecer ni aceptar, sino al no rechazarla, que por su aspecto materno-filial o médico. No es ella, que sólo atina a una serie de amagues espasmódicos, sin la menor convicción, agacharse hacia él, incorporarse con cara de asco, buscar algo en su cartera, un pañuelo, un diario, un remedio, algo que evidentemente no trae y que además no ayudaría y que simplemente representa su idea de la ayuda en un mundo abstracto, lejanísimo, el único en el que se imagina a sí misma ayudando, sino el vecino militar, que no vacila en poner en peligro el planchado perfecto de sus pantalones y, arrodillándose junto a él, que boquea reflejado en los cerámicos del piso, lo sujeta con delicadeza de las axilas y lo insta a seguir, a vomitar otra vez, todas las veces que hagan falta, dice, hasta aliviarse del todo, y las palabras que usa para alentarlo, como él mismo, llegado el momento, no deja de asombrarse y reconocerlo, cruzan el tiempo como flechas y repercuten en las que una noche, en el "pub" de Belgrano, canta con su guitarrita criolla y le clava en el corazón el cantautor de protesta amigo de su padre. En diez segundos tiene el cuerpo empapado de sudor, está helado, se pone a temblar. No bien ve que ya no volverá a vomitar, el vecino se sienta en el piso, recoge las piernas y lo acomoda en la cuna improvisada de sus muslos. Él se deja hacer. Le gustaría resistir, debatirse entre esos brazos desconocidos que ahora, en contacto con su cuerpo, lo sorprenden por flacos, por delicados, y en un momento, mientras pasa del piso duro al lecho que forman las piernas del vecino, hasta mira a su madre desde abajo con la intención de darle a entender, no hablando, porque teme que si abre la boca todo vuelva a empezar, sino mediante algún signo mudo pero elocuente, que si no se debate, si se deja llevar y acepta la hospitalidad del desconocido, no es porque lo desee o lo haya decidido sino sólo porque no tiene fuerzas para hacer otra cosa. No es su madre, de todos modos, la persona que ve cuando levanta los ojos, o al menos no la reconoce del todo en la mujer que, vestida sin embargo como su madre, lo suficientemente parecida a su madre para poder hacerse pasar por ella, mira durante un segundo el abanico de vómito que se despliega en el piso, la cara desfigurada por una mueca de disgusto, y después de decir dos veces algo sin sonido, una frase que él descifra leyéndole los labios, *Qué horror, qué horror*, anuncia casi sin voz, como si también ella estuviera a punto de vomitar, que sube en busca de un trapo mientras se precipita hacia el ascensor y lo abandona en brazos del desconocido.

[...] Ya no le alcanzan los dedos de las manos para contar las veces que ha intentado recordar el episodio con su madre y su madre lo ha mirado con sorpresa, con una especie de pasmo remoto o incluso con escándalo, como si en la insistencia de él en rememorar la escena no viera una avidez genuina de saber sino la voluntad obstinada de confundirla con otra persona. "No fue conmigo", dice ella, y aunque a su manera confirma, en efecto, la impresión de extrañeza que él tiene entonces, en el hall de entrada del edificio, cuando la mira y no consigue reconocerla, el hecho de que niegue una y otra vez haber participado del episodio y aborte así la posibilidad misma de darle algún crédito, de hacer un esfuerzo y afinar mejor el recuerdo, eso basta para sacarlo de quicio. Tampoco es que él recuerde mucho. Pero ¿no es justamente por eso, porque las huellas que el episodio ha dejado en él, niño, débil, enfermo, son vagas, indecisas, y a duras penas toleran nombres genéricos, "vecino", "departamento", "tarde", tan pertinentes para evocar ese episodio como cualquier otro —no es ésa la razón por la que más necesita él que su madre diga que sí, que estuvo ahí, y participe con él de la reconstrucción de la escena? No recuerda casi nada, a decir verdad; lo poco que queda se le va borrando con el tiempo, con su propia distracción, con las negativas sistemáticas de su madre. Cada vez que ella rechaza haber estado en el episodio, ni hablar cuando rechaza que el episodio pueda haber sucedido, él siente que pierde una parte vital de la escena, no una parte de las que ya están en su poder, por otro lado muy pocas, sino una nueva, todavía desdibujada pero promisoria, que tal vez le permitiera deducir todas las que le faltan pero que el mutismo de su madre, infalible, devuelve de inmediato a las penumbras de las que recién empezaba a salir. Él, en rigor, lo único que recuerda bien es lo último, lo que sucede una fracción de segundo antes de quedarse dormido en brazos del vecino. En voz muy baja pero al oído, del que, por tener su cuerpo recostado sobre las piernas, goza de una perspectiva ideal, el vecino ha empezado a cantar, se le ha dado por arrullarlo con una canción infantil, y mientras canta le ha tomado las manos heladas para frotárselas, sin pensar, naturalmente, que en las yemas de los dedos encontraría esas rayitas verticales rojas que no le pasan inadvertidas, que examina de cerca y roza apenas con las yemas de los suyos, como si sólo lo mismo pudiera conocer y curar a lo mismo, hasta que él, sobresaltándose, retira los dedos avergonzado, con el último aliento que le queda, antes de sucumbir a la canción y caer dormido.

El 11 de septiembre de 1973, de visita en casa de un amigo dos años mayor, una de esas amistades desparejas que han sido y serán su especialidad y en las que él siempre es el menor, sale del cuarto de su amigo para buscar una ración del budín marmolado que lo pierde y cuando vuelve, con cuatro rodajas oficiales en el plato y dos clandestinas en el estómago, lo sorprende sentado en el borde de la cama, llorando sin consuelo frente a la pantalla del televisor blanco y negro donde el Palacio de la Moneda de Santiago echa humo por todas las ventanas, cuatro veces bombardeado, a lo largo del día, por escuadrones de aviones y helicópteros de la Fuerza Aérea, mientras la voz compungida de un locutor de noticiero repite el rumor según el cual Allende —el todavía presidente Salvador Allende, como lo llaman, vaya a saber uno si por simpatía, por escrúpulo jurídico, en el sentido de que Allende no dejará de ser presidente de Chile cuando el Palacio que era sede de su poder quede reducido a cenizas por el fuego militar, sino cuando haya otro que ocupe su lugar, o simplemente por desconfianza, por un recelo profesional hacia los rumores que la insistencia con que el locutor se hace eco de éste no hace sino contradecir— se habría suicidado, después de resistir en el interior del Palacio con sus colaboradores más cercanos, disparándose en la boca con el fusil AK-47 que alguna vez le regaló Fidel Castro. Lo ve llorar, y antes de que entienda con todas las letras por qué llora, antes de conectar todo lo que sabe de las convicciones políticas de su amigo, muy parecidas a las suyas pero, según la impresión que siempre lo ha torturado, tanto más convincentes, a tal punto que desde que lo conoce y se familiariza con su posición política, como ambos llaman a eso que por entonces es obligatorio tener, que nadie puede darse el lujo de no tener, siempre se ha sentido de algún modo como un impostor, el doble pálido de su amigo, el farsante que repite en un lenguaje débil, plagado de reflejos automáticos y fórmulas de segunda mano, todo lo que de labios de su amigo parece brotar en la lengua natural de la verdad —antes de conectar todo lo que sabe de su amigo con las imágenes que ve, que evidencian hasta qué punto sus convicciones políticas acaban de sufrir una herida de muerte, siente una ola de envidia que le corta literalmente el aliento. Él también quisiera llorar. Daría todo lo que tiene por llorar, pero no puede. Ahí, parado en el cuarto de su amigo, mientras convoca a las apuradas las tragedias, todas virtuales, en las que confía para recibir la bendición de una congoja instantánea, se da cuenta de que no llorará. No sabe si son las imágenes, que por algún motivo no le llegan tanto o tan profundo o tan nítidas como a su amigo, o si son los dos años menos que tiene, que así como le dan prestigio —puesto que lo consagran como ejemplo de una tradición de precocidad política, la comunista, que cuenta ya con una larga lista de ejemplos notables, es decir: alguien que a los trece lee y comprende y hasta objeta con fundamento ciertos clásicos de la literatura política del siglo XX que pondrían contra las cuerdas a los militantes más experimentados—, así también de algún modo lo debilitan, disminuyen en él la capacidad física o emocional de experimentar la política que en su amigo, a los quince, está ya a pleno. O ¿no será en realidad que la presencia y el dolor de su amigo, sentado frente al televisor, con la cara, como buen miope, casi pegada contra la pantalla, absorbe de tal modo el significado y la fuerza de la información que irradia el aparato que para él ya no queda nada, ni restos, ni una miga del tamaño de las que él mismo acaba de dejar en la cocina al zamparse las dos rodajas de budín marmolado, nada que pueda afectarlo y traducir en él todo lo que entiende —porque lo entiende todo y mucho mejor, sin duda, que su amigo, a quien esa misma mañana, sin ir más lejos, le explica con tres o cuatro brochazos de impertinente lucidez la cadena de causas y efectos que une una vulgar huelga de camioneros con el derrumbe de los mil días de la primera experiencia de socialismo democrático de América Latina— al idioma último o primero de los sentimientos? [...] Envidia el llanto, desde luego, lo incontenible del llanto y todo el circo a su alrededor, los lagrimales rojo sangre, las erupciones de rubor, los accesos de hipo que sacuden a su amigo, la saña desconsolada con que se refriega las manos, el modo en que cada tanto se cubre la cara para ahogar, quizá para estimular, una nueva racha de lágrimas. Pero más que nada envidia lo cerca que su amigo está de las imágenes que lo hacen llorar —tanto que se diría que roza la pantalla con la punta de la nariz, la fachada en llamas del Palacio de la Moneda con la frente, las columnas de humo que brotan de las ventanas con sus labios inflamados, a tal punto que él, que lo contempla de pie, con el plato de budín marmolado en la mano, empieza a preguntarse si una lágrima, una sola de los miles que su amigo, contando plata adelante de los pobres, como se dice, no para de verter, no podría electrocutarlo si hiciera contacto con la pantalla del televisor.

No lo soporta. ¿Por qué no está así de cerca, él? ¿Qué lo separa de eso que entiende tan bien, que entiende mejor que nadie? Le parece que el mundo nunca ha sido tan injusto: sólo él tiene derecho a llorar, pero sus ojos están tan secos que podría frotar un fósforo contra ellos y prenderlo. Y es ese mismo derecho que siente que le niegan a él, que reúne más condiciones que nadie para merecerlo, el que ve y reconoce y se ve obligado encima a contemplar mientras sostiene el plato de budín marmolado en el otro, en su amigo, hecho una lágrima, como una condecoración mal asignada, la misma clase de privilegio descarado por el cual sospecha que los campesinos de la Edad Media, cuando se hartan, es decir cada muerte de obispo, se amotinan y pasan a degüello en unas horas de frenesí a la familia de nobles cuyos pies están acostumbrados a besar todos los días. El 11 de septiembre de 1973, veinticuatro horas antes incluso de que él y su amigo, que con el Palacio de la Moneda en llamas resuelven instalarse frente al televisor y, como el mismo

Allende allá, en la pantalla, en la Moneda, resistir, no moverse de la posición hasta recabar algún dato fehaciente sobre la suerte corrida por Allende, por sus colaboradores cercanos y por la vía chilena al socialismo en general, asistan al momento imborrable en que dos filas de bomberos sacan por Morandé 80, una de las puertas laterales del Palacio en ruinas, el cuerpo sin vida de Allende tapado por un chamanto, como él y su amigo se enteran entonces de que se llama esa manta en Chile, y su amigo vuelva a romper a llorar y él, en cambio, nada, ni una gota, no sólo no suelte una mísera lágrima sino que tampoco pueda cerrar los ojos —ese día fatídico, pues, maldice el día también fatídico, siete años atrás, en que decide no ceder más, no darle el gusto a su padre, dejar de llorar para siempre.

El club, otra vez. Algo le ha pasado. No algo "real", algo "del mundo", sino uno de esos nudos súbitos y aterradores que cada tanto se le forman en el pecho, sueltan su carga de tinta tóxica y empiezan a querer aspirarlo todo, sangre, oxígeno, órganos, corazón, corazón sobre todo, como un desagüe voraz que si algo milagroso, algo que nunca llega a saber qué es, no lo detuviera de golpe, se lo chuparía entero, dejando en su lugar, en la superficie del mundo, una pequeña protuberancia con forma de botón, de botón de colchonería. [...] Tiene la impresión de que si se queda quieto todo tenderá a agravarse, de que el lugar en el que lo ha asaltado la cosa, la confitería del club, que desde siempre ha llamado, siguiendo la costumbre de los socios más antiguos, de una pedantería encantadora, buffet, se volverá denso, irrespirable, y lo ahogará. Emprende la fuga, una vez más, como siempre, hacia el vestuario, y es ahí, apurando el paso por la larga vereda en damero que bordea la cancha uno, donde lo sorprende su padre, vaso en mano, toalla colgada del hombro, que camina en la dirección contraria hablando con su compañero de dobles. Él baja enseguida los ojos, busca empequeñecerse, pega el cuerpo contra la enredadera que cubre la pared del vestuario de damas. Se cruzan. Es el compañero de dobles, no su padre, el que al pasar a su lado le acaricia con afecto distraído la cabeza. Él sigue su camino feliz, tan feliz del éxito de su sigilo, de no haber sido visto por su padre, que le parece mentira, y el horizonte que ahora ve abrirse ante él es tan amplio y limpio, está tan lleno de promesas, que el agujero negro que le crecía en el pecho y lo había empujado a huir pierde fuerza y se desvanece, pero no bien da dos pasos arrogantes en su vida nueva, su flamante vida de indultado, oye la voz de su padre que lo llama.

¿Detenerse o seguir? Vacila un segundo —lo suficiente para que sea tarde. Gracias a esa fracción ínfima de duda su padre sabe que ha sido escuchado, sabe que por alguna razón es ignorado, sabe que hay algo ahí, en el hijo que está a punto de enfilar hacia el vestuario, siempre pegado a la enredadera, que se le resiste y lo llama. Y él, el descubierto, que reconoce en el tono de sorpresa con que su padre lo llama la ofuscación del que entiende que ha hecho algo por otro que el otro debería haber hecho por él, en vez de parar y darse vuelta, como su padre y el compañero de dobles esperan que haga, reanuda la marcha y rumbea hacia el vestuario a paso normal, como lo haría si fuera a ducharse o a buscar el tubo de pelotas que olvidó en su *locker*. No ha dado tres pasos, sin embargo, y ya siente a su padre atrás, ya escucha su voz que, ahora con alarma, vuelve a llamarlo. No hay vida nueva, no hay horizonte, no hay indulto. Todo ha fallado. Sólo queda escapar, y si quiere escapar no le queda más remedio que apurarse. Pasa casi al trote junto a la ventana minúscula, ya prácticamente enmascarada por la enredadera, que en invierno, cuando son las cinco de la tarde y es de noche, usa siempre para espiar a las mujeres que se duchan y que siempre lo decepciona, a tal punto la empaña el vapor de las duchas, y entra al vestuario a toda carrera. Atrás, muy cerca, irrumpe su padre jadeando, llamándolo a los gritos. Él sube los escalones, sortea el banco que alguien ha dejado atravesado como una valla, cierra de un golpe de hombro la puerta de un *locker* abierto y se detiene en vilo en el ángulo del fondo del vestuario. No hay donde ir. Se da vuelta, ve a su padre acercarse sin aliento, desconcertado. "¿Qué pasa?", le dice, "¿por qué te escapás así?". Él se sienta en el piso —su cuerpo cabe en el espacio entre dos puntas de bancos que deberían tocarse— y pega la frente contra las rodillas. "¿Pasó algo?", le dice su padre, y él oye esa voz que se endulza y se tapa los ojos con las manos. Mantiene los dedos muy juntos y tiesos, como hace cuando ve películas de terror en el cine. *Black out* total. "Hablame, por favor", le suplica su padre. "Nosotros siempre hablamos", dice. Hay un silencio. Él oye lejos el motor de una cortadora de pasto. De pronto siente el aliento de su padre entibiándole las rodillas. "¿No querés hablar conmigo?". Entreabre apenas los dedos, lo suficiente para ver sin que lo vean; ve un mundo muy negro, animado por chispas débiles, que clarea rápido y se pone en foco: su padre espera en cuclillas. Tiene los ojos húmedos de un perro viejo. Cuando él siente que el nudo reaparece, ahora para llevárselo, vuelve a juntar los dedos y se enceguece. Escucha: "Dale, hablame. Llorá conmigo". Y sin ver, como disparado, salta hacia delante, embiste a su padre, que cae de espaldas, y huye.

Adónde, en qué dirección, eso es lo que se pregunta esa tarde negra en casa de su amigo, cuando el Palacio de la Moneda arde tres veces, una en Santiago, otra en la pantalla del televisor, la tercera en su corazón comunista, precoz pero deshidratado, y él daría lo que no tiene por llorar, por hacer que aflore a sus ojos una, una sola, al menos, de todas las lágrimas que le niega a su padre en el vestuario del club y que el 11 de septiembre de 1973 inundan los ojos de su amigo. Lo cierto es que cuarenta y ocho horas más tarde se levanta temprano, más temprano que de costumbre, se viste, pasa por el baño como una exhalación, se saltea el desayuno, toma un taxi con el dinero que ha venido ahorrando para comprarse la nueva edición anotada de los *Grundrisse* de Marx y se baja a media cuadra del colegio, cerca de la entrada de la planta de la Fiat, en el claro milagroso que reserva, seguramente a cambio de una suma de dinero, el *pool* de corporaciones francesas que también financian el colegio, donde un ejército de choferes amenazantes estaciona los Lancia, los Volvo, los Alfa Romeo en los que viajan los alumnos más ricos, y permanece allí apostado, escrutando con impaciencia el fondo de la calle, y apenas ve arrimarse al cordón de la vereda el auto en el que viaja su novia, la novia chilena con la que novia desde hace cinco meses —un lapso que no puede sino provocar estupor en sus amigos, que si han tenido novia ha sido con toda la furia apenas por un fin de semana, tiempo suficiente, en todo caso, para desflorarlas en el cuarto de herramientas del jardín y abandonarlas o para comprender que no serían ellos los elegidos para desflorarlas, y también en las ex novias de sus amigos, que no dejan de preguntarse cómo lo logra, cómo lo mantiene atado—, baja entonces a la calle de un salto y abre la puerta antes de que el coche pueda detenerse, menos diligente que expeditivo, como si temiera que el chofer, por alguna extraña razón, pueda cambiar de idea a último momento, él, que no hace sino obedecer órdenes, y lleve de vuelta a la pasajera rubia que cabecea en el asiento trasero al piso fastuoso por donde la recogió, en cuyo balcón, ahora, vuelven a flamear desde hace cuarenta y ocho horas los mismos colores chilenos que cuelgan del espejo retrovisor del coche, y no bien su novia apoya en el pavimento una de las adorables botitas de gamuza que él la alentó a comprar y lo mira, todavía adormilada por la hora pero feliz, agradeciéndole con una de sus sonrisas de muñeca carnosa la galantería de la bienvenida, él le dice que se acabó, que ha dejado de quererla, que han terminado y ya no volverán a hablarse nunca.

Durante una semana, mientras los militares golpistas limpian las calles de Chile de todo brote opositor, reacondicionan los estadios deportivos como cárceles e imponen el aserramiento de manos como escarmiento para cantantes populares, él casi no hace otra cosa que ver a su ex novia llorar. No es algo que se proponga. No tiene otro remedio: si los cinco meses de su noviazgo han sido el gran acontecimiento sentimental del primer año del colegio secundario —cinco meses blancos, por otra parte, como es de esperar de una chica chilena de familia católica de derecha y un argentino fruto de una pareja de dubitativos pioneros del divorcio, trémulo y paciente, para quien el deseo, además, empieza a ser no un impulso sino la fase terminal, menos buscada que inevitable, de un proceso de saturación que si fuera por él podría durar meses, años, siglos—, la ruptura, y sobre todo el modo brutal en que él ha decidido consumarla, cuando nada en la relación ni en él mismo, hasta entonces de un comportamiento intachable, la ha hecho prever, no pueden no caer como una bomba y ocupar el centro de la escena. La ve llorar en el recreo debajo de la escalera, en cuclillas, cercada por un cordón de amigas que amplifican su condición humillada en un rosario de gestos ampulosos; en el laboratorio de ciencias naturales, vertiendo lágrimas en el saco ventral del sapo que algún compañero piadoso ha aceptado despanzurrar en su lugar; en el comedor, frente a un plato de pastel de papas que se enfría; en medio de una clase de gimnasia, donde, cegada por un acceso de llanto que la sorprende mientras toma carrera, termina llevándose por delante la barra que debería haber saltado; al salir del colegio, cabizbaja, mientras camina hacia al auto arrastrando por el piso el cuero carísimo de una valija vacía como su corazón. La ve llorar incluso cuando no la ve, cuando ella falta a clase sin aviso y alguien, uno o una de los que antes martirizaban con alfileres secretos la foto de ese romance descaradamente longevo, le dice que dicen que ya no come ni duerme, que de tanto moquear y sonarse tiene las ventanas de la nariz rojas, ásperas como la lengua de un gato, y que sus padres, pensando en matar dos pájaros de un tiro, ya especulan con volverse a Santiago, donde el Palacio de la Moneda ha dejado de humear y una hiena de uniforme, bigotes y anteojos ahumados manda fusilar gente sentada en el mismo sillón de donde eyectaron a Allende.

Después, de golpe, durante un tiempo, no tiene noticias. "No tiene noticias" quiere decir que ella vuelve al colegio, que él la ve, que se cruzan otra vez en el patio, la cantina, el laboratorio, el campo de deportes, pero que ya no hay rastros en ella del calvario que dos o tres días atrás, según las noticias que mensajeros quizá no del todo confiables llevaban al colegio desde el piso fastuoso donde flamea la bandera chilena, la confinaba a una especie de coma amoroso y obligaba a embarcarla entubada rumbo a Santiago en un chárter que revienta de fascistas ávidos de revancha. [...] Una tarde él hace cola frente al kiosco y mientras busca en la miscelánea de clips, botones, capuchones de birome y cospeles de subte que tiene en la palma de la mano la moneda traidora que le había prometido un alfajor y ahora se lo niega, demorada en el doble fondo de algún bolsillo descosido, siente que alguien lo atropella de atrás —la avalancha típica del hambre vespertina— y se vuelve en un pico de ira, dispuesto a todo, y descubre su cara blanca, impecable, apenas sombreada de rosa, como rejuvenecida por una lluvia benéfica, y sus ojos claros y sonrientes mirándolo desde la altura, desde esos ocho centímetros que le saca y que él siempre ha aceptado como un canje justo, en pago por los dos años que le lleva él. Ella señala la turba que forcejea a sus espaldas en la cola y se disculpa, irresistible como el día en que la vio por primera vez, "bella", piensa él, "como una mañana de sol después de una noche de tormenta", y luego lo saluda con una magnanimidad de diosa o de muerta, y a él se le caen las monedas, todas las monedas, incluida la que se le ha estado retaceando, que acaba de encontrar y que ahora tintinea contra el piso y rueda y desaparece bajo los quinientos kilos de chapa del kiosco. "No tiene noticias" quiere decir que por un tiempo todo sigue así, en ese extraño equilibrio de mundos paralelos invertidos —ella restaurada pero decorosa, orgullosa de su resurrección pero incapaz de regodearse en ella, él perplejo, cada vez más hundido en la ciénaga de su triunfo— que sólo parece hacer impacto en él, porque cada vez que lo somete a la consideración de algún tercero, la única respuesta que obtiene son hombros que se encogen, asentimientos de compromiso, muecas desinteresadas, así hasta que uno de sus mejores amigos, uno de esos pícaros que acumulan prestigio a fuerza de sumar amonestaciones y llevarse materias a examen, lo embosca una mañana de lluvia en el recreo de las diez y veinticinco y temblando, con las ojeras de un heroinómano terminal y los dedos teñidos de nicotina, le cuenta, prácticamente le vomita encima que sale con ella desde hace dos semanas y que su vida desde entonces, pendiente las veinticuatro horas del día de las atenciones, las gracias o apenas las miradas que ella, fría como un témpano, sólo le concede esporádicamente, cuando se cansa y accede a distraerlas de los mil brillos que las cautivan, el gremio entero de varones del planeta en primer término, es una pesadilla sin nombre, y aferrándose a las solapas raídas de su *blazer* le suplica por Dios, con ese mal aliento característico de los que están tan enfrascados en el sufrimiento que se olvidan de comer, por Dios que le diga cómo, cómo diablos hizo él, que estuvo con ella la eternidad de cinco meses, cómo hizo para no sufrir y cómo, por Dios, para dejarla. De modo que ahora la que llora no es ella sino él, su amigo, que no tiene la menor experiencia en la materia y a quien pronto empieza a ver a diario en el patio, en los pasillos, en la cantina, no caminando sino arrastrando los pies, encorvado como un signo de pregunta, la cara hundida en un pañuelo que al cabo de un par de semanas ni siquiera debe molestarse en sacar de un bolsillo o en guardar y que ya no renueva, a tal punto, a fuerza de usarlo para enjugarse los ojos, vaciarse de mocos la nariz o simplemente ocultar su estampa patética al escarnio de los otros, parece una extensión viscosa de su cuerpo.

Es el segundo gran acontecimiento político de su vida. Ahora él no es el que llora: es el que hace llorar. Primero a su novia chilena, que gracias al gozne extraño del llanto ha pasado al parecer de mosquita muerta a vamp, a mujer literalmente fatal; después, porque aunque es indirecta la causalidad salta a la vista, a uno de sus mejores amigos, el único que hasta entonces jamás ha sufrido por amor, que dos o tres semanas más tarde, fantasma, sombra triste del candidato a maleante que se ha jactado de ser desde que lo conoce, lo persigue a sol y a sombra para preguntarle ya no cómo hizo para no sufrir con la chilena, ya no cómo para dejarla él a ella, sino por qué, por qué, al dejarla, lo ha condenado a él a esa especie de insolación de dolor que parece no tener fin ni consuelo y que lo está volviendo loco; y muchos años después, cuando el episodio Allende ocupa ya su lugar en el nicho, exiguo pero influyente, asignado a las tragedias históricas de las que siempre lo recuerda todo con exactitud, en particular fechas, nombres, secuencia de hechos, cifras, todo lo que sistemáticamente olvida de las tragedias personales, y el incidente de la novia chilena, eclipsado por la envergadura de la tragedia histórica, se ha evaporado como por arte de magia años después, cuando ya el llorar mismo no parece ser un problema para él, hace llorar también a una mujer a la que conoce un verano en una ciudad extranjera, a cuyo departamento se muda apenas se extinguen los días de hotel que le pagan sus anfitriones y de la que se enamora casi sin darse cuenta, como en un sueño, con la misma rapidez irremediable con que se le hace evidente hasta qué punto todo es y será imposible entre ellos. Es de día y están en la cama, desnudos. Agobiado por un calor que lo sofoca por partida doble, porque las pocas veces que ha estado en esa ciudad ha sido siempre invierno, él pregunta si hay algo para tomar. Ella libera una pierna de entre las sábanas y planta un pie en el piso, y cuando toma impulso para incorporarse y la tensión le dibuja el largo paréntesis del gemelo en la pantorrilla, él, asomado al borde de la cama, el mentón apoyado sobre el pedestal de sus dos puños encimados, la contempla como desde un mirador y se deja conmover de nuevo por el modo en que esa pierna deja atrás el recodo escarpado de la rodilla y enflaquece y se aniña y parece protestar en vano por el peso que la obligan a cargar, que ella asocia, según le ha dicho, con una propensión de la rama familiar femenina al raquitismo, es decir, en sus propias palabras, "a la pata de tero", y él, en cambio, con el moño inmenso, de un anacronismo prodigioso, cuyas puntas sobresalen a los costados de la cabeza en la foto de infancia que ella termina regalándole y él pierde más tarde en una mudanza, y de pronto se detiene en una zona que brilla, un claro donde la piel se alisa en una superficie demasiado tersa, sin poros, ni pelos, ni accidentes, parecida a un parche de papel, más oscura que la piel o más reluciente, según le dé la luz o la ignore, y extiende una mano y la roza con los dedos en silencio, y ella balbucea, aunque no ha pretendido hablar, y rompe a llorar. *Vamos, contame, decime.* ¿Es el modo en que la rozan sus dedos, los mismos que durante años pulen los azulejos de las piletas de Embrujo, de Pretty Polly, de Sunset? ¿Es la cicatriz, que conserva en cuatro centímetros cuadrados de membrana muerta, intacto, el dolor que ella cree haberse acostumbrado a olvidar? ¿Es ella, ex erpia —según el nombre que ella misma no tarda en contarle, riéndose, que les daban sus carceleros a los miembros del Ejército Revolucionario del Pueblo—, que no sólo ha sobrevivido a lo peor sino que hace un uso de su cuerpo que envidiarían las mujeres más despreocupadas y saludables de la tierra, pero al mismo tiempo vive esclava de esa cicatriz, atormentada por un pedazo de piel ciega que debería aislarla del mundo y sin embargo, en contacto con otro cuerpo, no hace más que despellejarla, abrirla al medio? La hace llorar, hace llorar a la erpia, como le confiesa ella que tarde o temprano terminan llamándose a sí mismos todos, ella y los erpios como ella que comparten la cárcel cordobesa de la que algunos, ella, por ejemplo, deportados, tendrán la suerte o los medios de salir, y en la que la mayoría envejecerá, le roza la cicatriz y la hace llorar, y es tal el trance en el que lo hunde la comunión del llanto que le importa poco, durante los cinco días que vive, come, bebe, baila, se saca fotos en los fotomatones del subte y duerme con ella, no poder penetrarla, no poder acabar nunca adentro de ella, no poder gozar ni escucharla gozar. Piensa: "No me toca a mí entrar; me toca estar cerca". Piensa: "Hacerse uno con el dolor es volverse indestructible".

[...] Una tarde su madre debe salir, la señora que trabaja en la casa por horas no ha venido, imposible contar con el portero —odia a su madre, odia sus aires, sus modales, la cúspide inalcanzable desde la que parece contemplar un barrio por el que si no fuera por razones de necesidad ni siquiera condescendería a caminar— y los abuelos derrochan en un silencioso intercambio de hostilidades una preciosa semana de vacaciones en el Hotel Sierras de Alta Gracia, Córdoba, a menos de dos horas y veinte años de donde la erpia termina volviéndose erpia y el cabo de la policía que por azar obtiene el dato que da lugar a la redada que la mete presa celebra un ascenso que no esperaba dejándole la pierna marcada para siempre. Sin esperanzas, porque son las tres de la tarde y mal puede imaginarse a un militar en casa a las tres de la tarde de un día de semana, su madre toca el timbre del departamento del vecino y espera. Él la ha seguido hasta el palier en su triciclo y espera en actitud de alerta, el pie derecho apoyado en el pedal en alto y las dos manos en el manubrio, como dispuesto a huir o a cargar contra cualquier cosa que se interponga en su huida. Su madre está por rendirse cuando oye una llave que hurga en la cerradura y la puerta se abre apenas, lo máximo que permite la cadena del pasador. ¿Es él? ¿Es el vecino? Desde su posición, cerca de la puerta de su casa, él no llega a distinguirlo, pero huele la nube de perfume helado que brota por la puerta entreabierta y se apodera del aire del palier y ya empieza a crepitarle en la boca y la toma como una prueba cabal, mucho más inequívoca que la imagen de su rostro o que su voz. En el afán de explicar la situación, su madre se enreda en frases ansiosas, que alcanzan unos clímax prematuros, siempre a mitad de camino, y luego desfallecen. ¿Pidiendo otra vez? ¿Una deuda más? ¿Con qué piensa pagarla? Él baja los pies, se para, levanta apenas el triciclo y manteniéndolo suspendido diez centímetros sobre el piso se adelanta un metro y medio con pasos decididos. "Es un rato, nada más", dice su madre, abriendo los brazos en señal de impotencia, y se vuelve y lo mira con una expectativa perentoria, como esperando que haga un puchero, o tosa como un tísico, o exhiba una destreza irresistible, algo en todo caso que resulte un poco más conmovedor para el vecino que el bigote de cacao, las costras rojizas que los resbalones suelen dejarle en las rodillas, el reloj que a duras penas lee y le baila en la muñeca derecha, los zapatos ortopédicos.

No podría decir cómo, porque su madre sigue debatiéndose entre la vergüenza y la urgencia y el vecino, si es que está ahí, si es que no ha instalado en el departamento, como se le ocurre pensar a él en un rapto de perspicacia demente, alguna máquina de fabricar ese inmundo perfume de menta o cedro o sándalo que hace las veces de él y se activa sola, cuando algún forastero toca el timbre, jamás dice nada ni se digna mostrarse durante los cinco o seis minutos que dura la negociación, pero llegan a un acuerdo y al cabo de un rato, tan pronto como su madre, a las tres y diez de la tarde, ha terminado de vestirse y maquillarse como para una gala nocturna y él, encerrado en su pieza, ha reunido en el bolso de Pan Am con el que su padre acaba de pagar alguna reciente impuntualidad una provisión de historietas, autos en miniatura, blocs de dibujo, crayones, soldados y galletitas dulces suficiente para pasar un verano entero en una isla desierta, salen otra vez al palier, donde su madre cierra la puerta con llave, llama el ascensor y mientras lo espera le da un empujoncito en el hombro, un gesto que es mitad un estímulo, mitad un consuelo, según lo interpreta él, si es que eso que a su edad hace con los signos que emite el mundo puede ser llamado interpretar, y con la inercia de ese impulso original, porque jamás pedalea en el trayecto, él llega en el triciclo hasta el departamento vecino, el bolsito Pan Am colgado del manubrio, y atropella suavemente la puerta con la rueda delantera. [...] Espera con las manos en el manubrio, mirando fijo la ranura circunfleja de la cerradura. Al cabo de unos segundos, empujándose con los pies, vuelve a embestir la puerta con la rueda del triciclo. Recién cuando la luz del palier se apaga con un crujido y lo deja en la oscuridad más absoluta se da vuelta y descubre que está solo, que si su madre está y vive en algún lado es en ese lugar despiadado, a la vez cercano e inaccesible, donde no puede verla pero del que le llega, sin embargo, el eco puntual y como amplificado de todo lo que hace, todo lo que la aleja cada vez más de él, cerrar las dos puertas de reja del ascensor, cruzar a toda velocidad el hall del edificio, abrir y, con la mirada lanzada hacia la calle para capturar el primer taxi que pase, dejar que se golpee con estrépito la puerta de calle. Es tal su sorpresa al comprobar que está solo en la oscuridad, tal el desconcierto que le produce no haber registrado, mientras se producían, las señales sucesivas de la desaparición de su madre, que de pronto, mientras mira en dirección al ascensor, ahora subsumido en las tinieblas del pasillo, le parece verla de nuevo, a la vez en el pasado inmediato y en el presente, recortada contra el fondo luminoso del ascensor que acaba de llegar, despidiéndolo con una mano que barre algo invisible en el aire con el dorso de los dedos. Ve lo que no ha visto, lo que ha sucedido a sus espaldas, lo que quizá no ha sucedido nunca, y lanza otra vez la rueda del triciclo contra la puerta del vecino.

Lo que le queda de esa primera vez es lo poco que hablan. Porque por fin el vecino abre la puerta y él entra con el triciclo, ahora pedaleando, y se estaciona un centímetro antes de que la rueda muerda el borde de una alfombra desflecada, en medio de un living pequeño, casi tan oscuro como el palier, abarrotado de muebles viejos que cabecean como personas dormidas en una sala de espera. Las persianas están bajas y las cortinas cerradas; un televisor emite un resplandor mudo y parpadeante desde un ángulo de la sala, enfrentado a un sillón en uno de cuyos brazos cree ver una especie de cenicero negro en ele. Él se queda mirando las formas que se mueven en el cubo de luz grisácea —gente que empuja un auto con un cajón en medio de un océano de gente que camina muy despacio y llora— hasta que siente al vecino pasar por detrás —la estela de perfume le abofetea suavemente la espalda—, avanzar por un pasillo lateral y empujar una puerta que rechina. Él gira la cabeza. Por la puerta que ha quedado entreabierta lo ve de pie, de perfil, lo ve bajarse los pantalones, sentarse en el inodoro y mear largamente, con los codos en los muslos y la cara hundida entre las manos, como si llorara. Pero aun si llorara y si llorara así, sentado, sin moverse y sin parar durante días y días, jamás lloraría lo que llora la multitud que acompaña el automóvil y el cajón que ese cortejo de media docena de hombres empuja bajo la lluvia en la pantalla del televisor. Se baja del triciclo, y mientras reconoce por primera vez el parentesco que liga el movimiento que acaba de hacer con el que ha visto que hacen los vaqueros del oeste al desmontar sus caballos, al que a partir de entonces se aboca con plena conciencia, aprovechando toda ocasión para ensayarlo y llevarlo a la perfección, hasta que alguien, sin duda un adulto, viéndolo bajarse un día del triciclo, le aconseje con la mejor de las intenciones, probablemente para caerle bien, que lo ate al palenque si quiere evitar que se le escape y él decide entonces que las cosas vuelvan a su lugar, el triciclo al lugar del triciclo y los caballos al de los caballos, de donde jamás tendrían que haber salido, y pasar a otra cosa, cruza la alfombra haciendo crujir el piso y va hacia el televisor para subirle el volumen. Pero el vecino, que ha vuelto, le dice que no, que no toque el aparato, y después de eludir dando una zancada el triciclo cruzado en medio del living se deja caer en el sillón. Eso es todo lo que dice durante ¿cuánto?, ¿una hora y media?, ¿dos?, ¿tres horas?, un lapso que en todo caso excede cómodo lo que daría a entender el "rato" prometido por su madre. A él le basta de todos modos para notar hasta qué punto el timbre de la voz del vecino, que hasta entonces siempre le ha pasado inadvertido, quizá velado por el efecto de autoridad de signos más evidentes como el uniforme, o más bien la camisa verde oliva, que, pensándolo bien, es la única pieza del uniforme que le ve puesta y usa siempre abierta sobre una musculosa blanca, o el bigote, o el pelo cortado al rape, suena demasiado débil para la orden que acaba de impartir, y apenas lo ve hundirse en el sillón, entregar su cuerpo súbitamente empequeñecido a esa cavidad agigantada por la penumbra, se le ocurre que quizás haya alguna relación entre eso que lo sorprende de la voz y la agilidad de animal invertebrado con la que acaba de sentarse. Algo —pero ¿qué? No es sin embargo esa tendencia al laconismo, a menudo rayana en la introversión o incluso la hostilidad, lo que le llama la atención cada vez que le toca pasar "un rato" con el vecino militar, generalmente por la tarde, el momento del día más propicio, al parecer, para que su madre programe las emergencias elegantes que no tardan en solicitarla con una frecuencia cada vez mayor y de las que la ve volver desencajada, envuelta en un silencio hosco, con la tinta del delineador ligeramente corrida, sin fuerzas siquiera para pelar la manzana que se lleva a la cama, lo único que comerá esa noche. Nunca ha asociado los uniformes con el gusto por las palabras. [...] Pero siempre que la puerta del vecino se abre y él entra con el triciclo a modo de ariete, erguido con cierta solemnidad, como si accediera al interior de una fortaleza que se hubiera pasado años contemplando desde afuera, lo asombra que el cuerpo del vecino le resulte más pequeño de lo que era en su recuerdo, más menudo y sobre todo más vivaz, más maleable, y también que todo lo que sucede en esos "ratos", que es más bien poco y consiste básicamente en que el vecino militar sigue en lo que estaba cuando lo sorprende el impacto sordo de la rueda de caucho del triciclo contra su puerta —fumar, mirar televisión, hablar por teléfono, plancharse el uniforme, escribir cartas a su familia, estudiar mapas, limpiar el arma reglamentaria que él la primera vez ha tomado por un cenicero, quedarse dormido en el sillón, mientras él se limita a mirarlo hacer en silencio, a cierta distancia, como si le tocara aprender algo—, tenga la misma cualidad de extrañeza que el espacio donde esas insignificancias suceden. Porque el departamento del vecino es idéntico en tamaño y disposición al departamento en el que vive él, pero si nunca deja de desconcertarlo es porque todo lo que él encuentra allí repetido lo encuentra al revés, dispuesto en sentido inverso, de modo que lo que allá está a la izquierda acá está a la derecha, lo que allá es pura luz acá es penumbra, lo que allá es circulación acá es pared, lo que allá piso de madera acá baldosa y viceversa, y cada vez que él, dando por sentado que los dos departamentos son iguales, baja la guardia y pretende moverse a ciegas, dejándose guiar por la experiencia que tiene de su propio espacio, el departamento del vecino lo embosca sin clemencia, enrostrándole una puerta donde esperaba que no hubiera nada, o el aire, el vértigo del aire, donde tanteaba confiado en busca de un picaporte.

La penumbra. También eso, si lo piensa un poco —la penumbra, que de recortar muy a grandes rasgos los contornos de las cosas pasa, con el avance de la tarde, a difuminarlos, perdiéndolos en la confusión que tarde o temprano lo invade todo. Más de una vez, intrigado por el rostro o la casa o el paisaje que le parece notar a la distancia enmarcado y colgado de una pared, espera a que el vecino reanude sus tareas y no bien lo ve otra vez en lo suyo, tan ensimismado que podría jurar que no está allí, ante él, y que el cuerpo que él ve ligero y flexible y puede intuir si quiere cerrando los ojos, con sólo aspirar la aureola de fragancia boscosa que lo envuelve, es una ilusión, una réplica destinada a engañar y apantallar sus verdaderas actividades, que sin duda lleva a cabo en otra dimensión, lejos de cualquier mirada inoportuna, se baja del triciclo y rumbea hacia la pared para examinar la foto o el cuadro de cerca, pero cuando llega la luz ha cambiado tanto que la figura, no importa lo que represente, se ha vuelto indiscernible. Porque piensa bien o porque quiere consolarse, termina deduciendo que nada de todo lo que ve en el departamento —si ver es la palabra para nombrar la acción que da lugar a esas imágenes que con el correr del tiempo, a medida que las visitas se multiplican, parecen brotar más de su costumbre o su imaginación que del contacto entre sus sentidos y el mundo—, ni los viejos sillones desfondados, ni el juego de comedor de estilo, con su prole mixta de sillas legítimas y sillas bastardas, ni el biombo que acumula polvo plegado detrás del televisor, ni las cortinas siempre corridas, ni la araña de caireles que cuelga torcida, ni los retratos enhiestos sobre el bayut, nada, y menos que nada los objetos que a simple vista parecen más personales, nada es en rigor del vecino, nada ha sido elegido por él, nada comprado o atesorado o heredado o eventualmente hecho por el hombre que se deja caer en el fondo del sillón, cruza las piernas casi sin separarlas, frotando los muslos entre sí, y sólo parece entreabrir los ojos cuando pita y la brasa del cigarrillo le ilumina la cara. Y sin embargo, ese desconocido del que nunca llega a saber siquiera el nombre y que, como un intruso en su propia casa, restringe sus movimientos a una sola área, cocina, baño, living, y una sola serie de objetos, teléfono, mesa de planchar, termo, mapa, arma reglamentaria, los únicos que al parecer le están permitidos, a tal punto que todo lo demás, lo que queda fuera del campo autorizado, no sólo no lo usa sino que evita incluso rozarlo, como un soldado que atravesara un campo sembrado de minas —ese desconocido es el que acepta asilarlo, el que le da lugar y le permite dejar huellas en un lugar que él mismo por poco no se pone guantes para tocar, y el que a cada visita, tan pronto como le franquea la entrada y él, después de avanzar un metro y medio con el triciclo, se detiene y prepara las manos volviéndolas palmas arriba sobre el manubrio y lo espera, le roza las yemas de los dedos como si le midiera el grosor de la piel, el grado de erosión que los sábados en Pretty

Polly o New Olivos le infligieron, la distancia que separa en su cuerpo el exterior del interior, el umbral del dolor.

Eso es lo único que tiene para denunciar, en todo caso lo único verdadero, lo único que en efecto ha tenido lugar, si a él, el día menos pensado, se le ocurre poner al vecino militar en la picota y, amparado en la extravagancia por lo menos sospechosa de esas ¿cuántas?, ¿cincuenta?, ¿cien?, ¿doscientas horas de intimidad pasadas con un perfecto extraño?, le zampa de buenas a primeras una acusación de abuso. Eso —¿y qué más? ¿La sopa que el vecino toma de un tazón que sostiene con las dos manos, casi tiritando, como si ensayara una escena de intemperie, y que en su afán de convidar le acerca hasta la boca, rozándosela con el reborde de loza? ¿El día en que el vecino decide coserse el forro de la chaqueta del uniforme y lo usa de asistente y le cuelga el centímetro del cuello y le enseña a presentar los alfileres entre los labios? ¿La tarde en que el vecino se ducha con la puerta abierta y con una voz cuya dulzura vuelve a hechizarlo canta, velado por la cortina opaca del baño, "Ora che sei gia una donna" de Bobby Solo? ¿O cuando le pide que recoja y se deshaga de todas las medialunitas de uñas que acaba de cortarse en el bidet con una tijera en miniatura, la misma que usa su madre para cortárselas a él y hacerlo llorar, la misma en cuyos ojales más de una vez su abuelo, menos para cooperar que para ahorrarse la voz de su hija quejándose del trabajo que le da criar un hijo sola, ha querido en vano meter sus dedos gigantes? ¿O el sueño —el sueño que el vecino sueña una tarde en su presencia, en vivo, hundido en el sillón, y que al despegar los párpados, no al despertar, porque quién que oiga la voz con la que habla, que viene de cualquier lado menos de la vigilia, puede decir que se ha despertado, se pone a contarle?

"Pasaba en el futuro. Éramos cuatro, yo con una peluca rubia y tres compañeros, todos de uniforme. Insignias, gorras, pantalones, medias, toda la ropa la habíamos comprado en una sastrería militar. Íbamos a secuestrar a un famoso fusilador del ejército para juzgarlo. El plan era ir a su casa a ofrecerle custodia y llevárnoslo, y si se resistía matarlo ahí mismo. Subíamos, era en un octavo piso, nos atendía la mujer y nos ofrecía café mientras esperábamos que el tipo terminara de bañarse. Al fin aparecía y tomaba café con nosotros mientras le hacíamos la oferta de la custodia. Después de un rato nos parábamos, desenfierrábamos y le decíamos: 'Mi general, usted viene con nosotros'. Bajábamos, nos subíamos a un auto, después cambiábamos el auto por una camioneta donde había otros dos compañeros disfrazados, uno de cura, el otro de policía, y después cambiábamos y tomábamos otra camioneta, una con toldo, y salíamos a la provincia y llegábamos a un casco de estancia donde lo juzgábamos. Un compañero le sacaba unas fotos, pero cuando quería sacar el rollo de la cámara se le rompía y había que tirarlo. Le hacíamos las acusaciones y el tipo casi no respondía. No sabía qué decir. En un momento pedía papel y lápiz y escribía algo. Lo atábamos a la cama. A la madrugada le comunicábamos la sentencia. Nos pedía que le atáramos los cordones de los zapatos y si se podía afeitar y un confesor. Quería saber cómo íbamos a hacer desaparecer su cadáver y qué iba a ser de su familia. Lo llevábamos al sótano, le metíamos un pañuelo en la boca, lo poníamos contra la pared y le tirábamos al pecho. Le dábamos dos tiros de gracia y lo tapábamos con una manta. Dos hacían el pozo para enterrarlo, pero nadie se animaba a destapar el cadáver".

Pero a quién, a quién va a denunciar, si llegado el caso ni siquiera sabe su nombre. A quién, si lo único en firme que cree tener, lo poco que se atreve a dar por seguro, es justamente lo que más pies de barro termina teniendo, el departamento de Ortega y Gasset en el que vive, por ejemplo, alquilado bajo un nombre que resulta falso, del que un buen día se hace humo, llevándose sólo lo que traía al llegar y dejando meses de servicios impagos, o su condición de militar, que él ha puesto en duda desde el principio, desde que bajan juntos en el ascensor y le detecta la falla en el uniforme, o incluso su bigote, que la tarde del sueño, mientras duerme y sueña en su presencia, se le suelta y va deslizándose por la piel suave hasta quedar encallado sobre los labios, tachadura fraudulenta que se estremece como una pluma con cada ronquido. No, no lo denuncia, y aun si la idea se le ocurre, ya escandalosa en su incongruencia pero todavía de una extraña intensidad, ya no puede: es demasiado tarde. Con el tiempo, las estadías en lo del vecino militar se van disolviendo sin remedio en la nube oscura, expansiva, sin contornos interiores, con la que tiende a confundirse en la memoria su niñez, toda su niñez, incluido en primer lugar todo lo que, en el momento mismo en que lo experimenta, él se jura y perjura que va a recordar siempre, el departamento de Ortega y Gasset, el nombre del portero, los párpados de su madre descansando bajo unos discos de algodón encremados, el pulpo que busca presas con sus tentáculos en el fondo de la pileta de Embrujo, el reloj de bolsillo que su padre usa pero se cuida muy bien de consultar en público, el traje de Superman que le chinga, las astillitas de vidrio en las palmas de las manos [...] y la figura del vecino militar tiembla, pierde consistencia, termina dejándose ver, en las rarísimas ocasiones en que se deja ver, como objeto de una vaga misericordia, encarnado, por ejemplo, en la figura de uno de esos solitarios provincianos de uniforme que, recién llegados a la capital, sin familia y casi sin conocidos, mareados por una ciudad monstruosa que no les entra en la cabeza, esperan en un banco de plaza a novias que ya los abandonaron mientras sueñan con la redención que les promete una carrera militar.

A los catorce está entregado a una rapacidad marxista que no deja títere con cabeza: Fanon, Michael Löwy, Marta Harnecker, Armand Mattelart, la pareja Dorfman-Jofré, que le enseña hasta qué punto Superman, el hombre de acero que siempre ha idolatrado, que aún idolatra en esa especie de vida segunda, ligeramente desfasada, que corre paralela a la vida en la que se quema las pestañas con el pensamiento revolucionario latinoamericano, es en verdad incompatible con esa vida y uno de sus enemigos número uno, enemigo disfrazado y por lo tanto mil veces más peligroso que los que aceptan que un uniforme los delate como tales —sin ir más lejos, porque la catástrofe ha sucedido hace apenas un año y está fresca, los carniceros que prenden fuego al Palacio de la Moneda de Santiago, que de sede de gobierno pasa a tumba de la vía chilena al socialismo. A los catorce es tan incapaz de dar el paso y entrar en la acción política como de apartar los ojos de todo aquello que la celebra a su alrededor, imágenes, textos, periódicos, libros, testimonios en primera persona, narraciones noveladas, versión vibrante, llena de sangre, pólvora y coraje, de todo lo que se despliega con severidad pontificial en las páginas de Theotonio dos Santos, André Gunder Frank o Ernest Mandel, y nada lo impacienta más, nada lo pone más en vilo que esperar todos los primeros martes del mes, cuando sale la nueva edición de su revista favorita, *La causa peronista*, órgano oficial de la guerrilla montonera, el momento de correr al kiosco de la vuelta de su casa y llevarse el ejemplar que el kiosquero se ha comprometido a reservarle. No tiene novia, la chica chilena que después se venga martirizando hasta las lágrimas a uno de sus mejores amigos no ha tenido reemplazante, pero aun si la tuviera, la inminencia de una cita de amor sin duda no lo encresparía tanto como lo encrespa la víspera de la aparición de cada nuevo número de *La causa peronista* con sus tipografías erráticas, su modesta bicromía, su gráfica de pasquín, sus interlineados defectuosos, las únicas veleidades estéticas, por otro lado, que parecen tolerar el voluntarismo de sus partes de situación, sus caracterizaciones de la coyuntura, sus crónicas de las luchas populares, sus comunicados, sus relatos de triunfos sindicales, tomas de fábricas, copamientos, sus fotos de héroes, de mártires, de verdugos. Cada primer martes del mes se despierta de madrugada para ir al colegio y ya tiene los dientes y la mandíbula resentidos, agarrotados por el dolor de los que, impacientes, han dormido mordiendo toda la noche. Se viste con una torpeza entumecida, como si ni el contacto de sus pies desnudos con las baldosas del baño, ni el sabor picante de la pasta dental, ni el agua fría alcanzaran para despabilarlo. Empieza cosas que nunca termina. Le sudan las manos, se le acalambra el estómago, bosteza sin motivo. Los síntomas, que lo atormentan a lo largo de todo el día, recién ceden hacia las ocho de la noche, cuando se rinden a una especie de hormigueo eufórico que, sea lo que sea lo que esté haciendo, siempre mal, por otro lado, siempre con la cabeza en otra parte, en la cuenta regresiva que no para de hacer desde que se ha levantado de la cama, lo obliga a escapar de su casa rumbo al kiosco. [...] No, aun cuando compartan cierto aire de familia, no es la misma excitación que siente cuando emprende lo que sólo para sus adentros, a tal punto lo avergüenzan, se atreve a llamar "acciones", cuando por ejemplo, a modo de contribución para el periódico del partido, le entrega un buen porcentaje del estipendio semanal que le da su madre al hermano mayor de un amigo, un estudiante de medicina bastante antipático al que apenas conoce pero ya admira sin reservas porque ha abrazado el credo trotskista y roto, como en su momento, quizás, el oligarca torturado, con una familia acomodada pero algo venida a menos, o cuando sale del colegio y echa su vistazo de siempre, cargado de orgullo y de fruición retrospectivas, al acceso lateral de la planta de la Fiat por donde entraba uno de los máximos ejecutivos de la empresa, de apellido Salustro, antes de que un comando erpio lo secuestrara y liquidara de tres tiros en el extremo oeste de Buenos Aires, o cuando, esperando el ómnibus, nunca el *ónigo*, para volver a su casa, desafía al policía que custodia la esquina del colegio con una bravuconada sigilosa, palpar con sus yemas al rojo el ejemplar del *Manifiesto del partido comunista* que lleva disimulado en el cuaderno de ciencias biológicas. Es más, mucho más que eso. Es tanto más que eso que se acercan las ocho y entra en una dimensión de opresión física. Tiembla, se le seca la boca, el corazón se le acelera. ¿Es política eso? ¿Es sexo? No es la acción, no es sólo la ilusión de sumarse, comprando la revista, a la clandestinidad de la guerrilla montonera, una condición cuyos atractivos, aunque intensos, se disipan de manera irremediable siempre que ve que el kiosquero le entrega *La causa peronista* con la misma sonrisa de despreocupación bovina con que entrega un semanario deportivo, una revista de labores o el último fascículo escolar —no es eso lo que lo excita así, lo que lo aísla en esa especie de microclima febril, a la vez insalubre y embriagador, en el que los ardores que experimenta de muy chico, cuando descubre en un tomo de la enciclopedia *Lo Sé Todo* las viñetas que reproducen las escalas más sublimes de la pasión de Hércules —Hércules abrasado por la túnica envenenada que Neso ha confeccionado para vengarse de él, Hércules ardiendo para siempre en la pira—, fermentan ahora en un mismo caldo con los que le despiertan los portentos de la lucha revolucionaria —la historia del arsenal militar expropiado en un operativo comando, por ejemplo, con su cuota igualmente inevitable de caídos y bajas enemigas, o el jefe de policía que paga su vieja pasión por el tormento volando en pedazos por el aire— y los que lo estremecen algunas mañanas en que se finge enfermo para quedarse en casa y desde la cama oye cerrarse la puerta de calle, señal de que tanto su madre como el marido de su madre han salido, señal de que no hay obstáculos que se interpongan entre él, que ha estado esperando esa señal desde que se ha despertado, y las revistas pornográficas que el marido de su madre esconde en el armario del dormitorio, entre los pulóveres ingleses que guarda envueltos en sus fundas de plástico originales. Ya no es estar cerca, no, lo que lo pone al límite de sus fuerzas. Es la inminencia de leer. Y así sale de su casa como una exhalación, pensando que sale no al mundo exterior sino al anexo más o menos público del horno malsano y voluptuoso en el que empieza a consumirse, con las ojotas y la ropa casi de ciruja que usa en verano, cuando permanece encerrado en su cuarto todo el día, mal abrigado en invierno, sin medias, con las mangas del piyama asomando bajo la tricota escuálida.

Una noche extraordinaria de invierno llega corriendo al kiosco y compra su ejemplar de *La causa peronista* —aunque comprar es un decir, porque lo que hay en vez del clásico intercambio de producto por dinero que los libros del economista trotskista Ernest Mandel le exigen interrogar hasta el fondo, hasta en sus resortes más ínfimos, de modo de desnaturalizarlo y acabar con la ilusión de que sus términos, siempre injustos, son fatales, es más bien el pacto tácito de incluir la revista en la cuenta familiar, donde a principios de cada mes *La causa peronista*, como a menudo también *Estrella roja* o *El combatiente*, órganos de prensa erpios cuyos partes de coyuntura, tan severos y científicos que los de *La causa peronista*, en comparación, suenan soñadores como fábulas picarescas, lee con atención y un entusiasmo más bien laborioso, como quien sigue el mejor curso de lucha armada por correspondencia, licúa su precio en el monto total al que asciende el consumo mensual de matutinos, publicaciones femeninas, revistas de actualidad perfectamente burguesas. [...] Casi sin aliento se aparta del kiosco y se apoya un instante contra la vidriera de la confitería San Ignacio, menos para reponerse, en realidad, que para gozar ya, ahora, en el acto, del banquete de leer, a la luz amarilla que ilumina tortas, botellas de sidra, colecciones de masas secas, cajas de bombones de colores metalizados. Eso quisiera él, eso más que cualquier otra cosa en el mundo: que leer fuera lo único que ocupara todo el espacio del presente, que todas las cosas que suceden en el planeta en un mismo punto del tiempo fueran de algún modo tragadas al unísono por la acción de leer. [...] La claridad de la vidriera se derrama primero sobre la tapa de la revista, que anuncia eufórica la caída de un ministro en un restaurante familiar de suburbios, y después sobre una doble página cualquiera, abierta al azar de su voracidad, donde da con la foto que le hiela la sangre.

Es la primera mujer real que ve desnuda en su vida —no cuentan las chicas años cincuenta de las cartas de póker, no cuenta la mujer pintada de oro que James Bond descubre muerta en su cama en *Dedos de oro*, no cuentan las bailarinas del Crazy Horse de París que posan en *Oui*, no cuenta la negra con el sexo afeitado de *Penthouse*— y aun así, viéndola no sólo desnuda sino baleada, sucia de tierra, como si, ya muerta, la hubieran arrastrado boca abajo por el terraplén del destacamento militar donde cayó, según dice el epígrafe que acompaña la foto, y borroneada por la mala calidad de la impresión, que podría convertirla en un cadáver más, indigno de atención —aun así esa cara, la cara de la comandante Silvia, como la llama el epígrafe, le dice algo. Es algo que quizá no sea capaz de decirle a nadie más en el mundo, pero se lo dice en un idioma que él no ha escuchado nunca y que no entiende. Ahora está condenado a leer. Todo lo demás, autos, transeúntes, luces, se adormece en una especie de invierno nevado. Lee inmóvil junto a la vidriera. Cuando la encargada de la San Ignacio, ya sin uniforme, baja la llave general del local y prende los fluorescentes pálidos que seguirán iluminando la vidriera toda la noche, él se acerca aún más, como la boca sedienta al pico de la canilla que gotea, y pega la revista abierta perpendicular contra el vidrio, tratando de aprovechar hasta el último resto de esa luz lunar que convierte a las masas, las tortas, las cajas de bombones, en tristes sosías de manjares. Lee: infancia en la provincia de Tucumán, madre maestra, padre empleado del correo, visita de Evita y deslumbramiento, Revolución Libertadora y caída de Perón, padres presos, tío en la resistencia, mudanza a Buenos Aires, encuentro con Cooke, la clásica biografía de la que está llamada a vencer o a morir —y en un momento la luz es tan pobre, las palabras parpadean tanto, que cierra los ojos y sigue leyendo como imagina que leen los ciegos, rozando las frases con las yemas de sus dedos, hasta que un golpecito frío en el dorso de la mano, uno y después otro, y otro, y otro, lo obligan a detenerse. Abre los ojos. ¿Llueve? No: llora. Llora en la ciudad como llueve en su corazón. [...] No vuelve a ver la cara de la comandante Silvia hasta mucho más tarde, en la cama, cuando el golpe de una llave contra una morsa hace estallar el sueño sin imágenes en el que flota. Se despierta y la ve de un modo brutal, imposible, como si la durmiente del cuadro de Füssli se incorporara de golpe y pudiera ver el rostro bestial del súcubo contemplándola entre los dos paños de cortinado, y reconoce en ella al vecino de Ortega y Gasset, el militar, el abusador que le ha cantado al oído, le ha dado asilo, ha leído en los hollejos de sus dedos el secreto de su dolor, ha soplado dormido su propio bigote, el bigote falso que eligió llevar durante meses para, como dice la crónica de *La causa peronista*, entrenarse, prófuga de la justicia, en el arte de vivir clandestina en campo enemigo, el más difícil y elevado en el que puede aventurarse el combatiente revolucionario. Descubre al mismo tiempo quién es y que ha muerto. Tarde otra vez, demasiado tarde. Se pregunta si, de haberlo sabido antes, hubiera podido salvarla, si él y su triciclo y su bolsito Pan Am cargado con el repertorio de pasatiempos que no ha usado ni usará nunca y que termina, él también, cuando se asila en el departamento de enfrente, ocultando como una bomba de tiempo, hubieran impedido que la balearan, que la arrastraran boca abajo, como el pedazo de carne que es, para humillación y escarmiento de los prisioneros, por el terraplén del destacamento militar. Se pregunta qué habría sido de él, qué vida tendría, si la comandante Silvia lo hubiera tocado, si en vez de limitarse a ofrecerle el tazón de sopa le hubiera acercado una mano a la cara y metido dos dedos en la boca, si le hubiera hundido la lengua y explorado el lado de adentro de los labios, las encías, las paredes carnosas de la boca, si en vez de tenerlo ahí parado, con alfileres entre los labios y el centímetro alrededor del cuello, lo hubiera obligado a meterle una de sus manitos de niño abandonado hasta el fondo último, húmedo, de la concha. [...] Ya no llora. Siente una congoja seca, áspera, como si una espátula lo raspara por dentro. Es simple: no ha sabido lo que había que saber. No ha sido contemporáneo. No es contemporáneo, no lo será nunca. Haga lo que haga, piense lo que piense, es una condena que lo acompañará siempre. Pero ahora tiene al menos una prueba: su madre ya no podrá alegar que el episodio del vecino militar no ha sucedido.

Es muy tarde. La casa está amordazada por la oscuridad. Se levanta de la cama, recoge el ejemplar de *La causa peronista* y deja su cuarto. Cruza el largo pasillo oscuro que de chico, a tal punto lo aterra, parece no separar sino excluir su habitación del mundo. Aunque ya no tiene miedo, el método que usa —caminar rozando las dos paredes del pasillo con las palmas de las manos— es el mismo que descubre y pone en práctica a los seis, siete años, cuando la distancia que adivina que hay entre su cuarto y el resto de la casa es la misma que hay en las películas de ciencia ficción entre la cápsula que queda boyando en el espacio y la nave que acaba de expulsarla. Hace una ele, llega al cuarto de su madre, encuentra la puerta abierta. No lleva abierta mucho tiempo, como lo prueban la condición fresca del aire, que, recién removido, todavía vibra, y el cartel de No Molestar que oscila todavía colgado del picaporte, recuerdo de un hotel y un viaje y una felicidad que ya han entrado en la historia de lo que no se repetirá. Golpea igual, débilmente, menos para alertar a su madre que para justificar la osadía que emprende, y entra. Reconoce con los pies el tejido suave de una media, pañuelos de papel, un libro abierto boca abajo, anteojos que crujen, frascos con píldoras. Busca a ciegas la llave de luz, y cuando está a punto de prenderla oye la voz de su madre, una voz sofocada que parece venir desde muy lejos. "No quiero luz", dice. Se da cuenta de que está sola en la cama y se sienta en el borde y espera con la revista en la mano mientras la oye llorar en la oscuridad.

HISTORIA DEL PELO

Para Vivi

No pasa día sin que piense en el pelo. Cortárselo mucho, poco, cortárselo rápido, dejárselo crecer, no cortárselo más, raparse, afeitarse la cabeza para siempre. No hay solución definitiva. Está condenado a ocuparse del asunto una y otra vez. Así, esclavo del pelo, quién sabe, hasta reventar. Pero incluso entonces. ¿O no ha leído que...? ¿No les crece el pelo también a...? ¿O eran las uñas?

Una vez, en verano, escapando del calor —son las cuatro de la tarde, casi no hay gente en la calle—, se mete en una peluquería desierta. Le lavan el pelo. Está boca arriba, con la nuca apoyada en la canaleta de plástico. Aunque está incómodo y le duelen las cervicales, y lo inquieta un poco la desaprensión con que su garganta parece ofrecerse al tajo del primer degollador que le salga al cruce, el masaje de los dedos, la dulce nube de perfume vegetal que se desprende de su cabeza y la presión de los chorros de agua tibia lo embriagan, transportándolo de a poco hacia una especie de ensueño. No tarda en dormirse. Lo primero que ve cuando vuelve a abrir los ojos, tan cerca que lo ve fuera de foco, como pintado sobre una superficie de arenas movedizas, es la cara de la chica que le lava la cabeza inclinada sobre él, invertida, la frente de ella suspendida a la altura de su boca. ¿Qué está haciendo? ¿Lo huele? ¿Está por besarlo? Se queda quieto, vigilándola con sus ojos ciegos, hasta que la chica, después de unos segundos de concentración en que se priva hasta de respirar, intercepta con una uña larga y filosa el afluente descarriado de champú que estaba a punto de metérsele en un ojo. Recién despierto, no puede recordar, aunque lo intenta, cómo era en verdad esa cara diez minutos atrás, cuando acababa de entrar en la peluquería y la vio por primera vez y ella sin duda le salió al cruce para preguntarle: "¿Te vas a lavar?". Ahora la tiene tan cerca que sería incapaz de describirla. Podría enamorarse de ella. De hecho no sabe si no se ha enamorado ya, al abrir los ojos y descubrir su rostro casi pegado al suyo, gigantesco, un poco como le sucede en el cine cuando se queda unos segundos dormido y al despertar se rinde al hechizo, siempre infalible, de lo primero que ve en la pantalla.

No importa si lo que aparece es un paisaje, un paredón comido por una enredadera, una avenida que hormiguea de gente, una manada de animales, el bendito portón de la fábrica de los hermanos Lumière —la primera imagen siempre es una cara. La cara es el fenómeno por excelencia, el único objeto de adoración para el que no hay defensa ni remedio. Es algo que aprende de muy joven, traduciendo a Shakespeare, cuando un teatro municipal le encarga una versión en castellano actual del *Sueño de una noche de verano*. Traduce el texto a velocidad récord, en estado de trance, como traduce por entonces todo lo que cae en sus manos: manuales de instrucciones de electrodomésticos, diálogos de películas, Kant, ensayos de teología de la liberación, psicoanálisis lacaniano, encargos que tan pronto como acepta procede a pasar por la máquina, como llama entonces a traducir, y luego expele en una especie de alocado vértigo digestivo. Pero después, una vez que ha entregado su trabajo y le toca recibir los comentarios del director que han contratado para poner en escena la obra, un ex acróbata diminuto que fuma en boquilla y escupe el humo de costado, por la arcada que le ha dejado a un lado de la boca una muela prófuga, todo el precioso tiempo que ha ganado con su método de traducción-bala lo pierde, lo pierde sin consuelo, cuando se descubre volviendo a casa con las ochenta y cinco páginas de la versión y la sugerencia, la orden más bien, dado que los ensayos empiezan en una semana, de insuflarle un tono un poco más juvenil —justamente él, que no tiene veintitrés años y ya parece de cuarenta—, cortar páginas enteras de versos soberbios, incrustar el texto con la misma desoladora fruta abrillantada de siempre, chistecitos, referencias a la actualidad local, canciones ridículas, única manera, según le confiesa avergonzado el director, de venderles un Shakespeare a esas hordas de estudiantes secundarios que pronto, obligados a su vez a comprarlo por sus escuelas, clientes principales, si no únicos, de esa clase de iniciativas del teatro municipal, harán retumbar sus salvas de carcajadas y sus eructos en el circuito de salas moribundas que persisten en programarlas.

¡El teatro! De la experiencia, sin embargo, él, más bien vergonzoso, poco dado a socializar, rescata ante todo el modo en que lo obliga a abrirse al mundo, la necesidad —en su caso absolutamente inédita— de someter su trabajo a la opinión, las ideas, el gusto de los otros, y eventualmente de corregirlo si su traducción, perfecta como suene en el papel, apenas salida de la máquina, en boca de los actores, como más de una vez lo ponen en evidencia los ensayos, deja que desear o resulta lisa y llanamente impronunciable. Acostumbrado a trabajar solo, a ser su propio patrón y no tener socios, le cuesta confiar en el tipo de sociabilidad de la que hace alarde el teatro, a la vez incondicional y caprichosa, que así como nace con bombos y platillos con la presentación oficial del elenco, florece con el llamado trabajo de mesa, los ensayos, las pruebas de vestuario, las rivalidades, el flirteo indiscriminado, se consolida con esos inmensos volúmenes de tiempo dilapidados en esperas, llegadas tarde, crisis de llanto en los camarines, sobremesas en los cafés de los alrededores del teatro, y llega a la cima absoluta con el estreno, así también no tarda en disiparse con las primeras funciones, como si todo ese articulado andamiaje social sólo se hubiera puesto en pie para hacer frente a las exigencias extremas del estreno, y termina esfumándose pocas semanas después, una vez que la obra baja de cartel y los mismos que un mes atrás habrían dado la vida por cualquier otro miembro del elenco se alejan ahora cada uno en una dirección distinta, en una estampida triste, sin sonido, en busca de algún nuevo contrato de trabajo. Así y todo, él —a su escala, como es lógico, porque tampoco es cuestión de pedirle peras al olmo— adhiere a esa fraternidad inestable con entusiasmo, como quien abraza un tratamiento médico cuya eficacia es estrictamente proporcional a los sacrificios que reclama. Adhiere incluso cuando se expone a las inclemencias para las que menos preparado está: por ejemplo, vencer una timidez enfermiza y ponerse a charlar con una actriz a la que ve por primera vez en su vida, que le gusta (aunque pueden pasar meses antes de que lo reconozca) y que de golpe, sin aviso alguno, mientras roe con pudor el orillado brillante de una de las alitas del traje que le ha tocado en suerte, le pregunta si le pasó alguna vez que un hada de un bosque de las afueras de Atenas le ofreciera chuparle la pija en el baño de un camarín de teatro; o, como le sucede una tarde que no olvidará, que semanas después sigue ruborizándolo, no importa dónde lo asalte el recuerdo, esto: tener que cruzar en presencia del elenco entero el vasto patíbulo de la sala de ensayo, vestido con su pantaloncito de corderoy, su camisa a rayas, su chaleco de lana sin mangas y su susceptibilidad, señales de un apocamiento, un apego a la convención y un "miedo al cuerpo" —como oye después, mientras huye escaleras abajo, que alguien comenta en voz baja— en los que jamás se le ocurriría pensar, a tal punto forman parte de su naturaleza, si no se los enrostraran la sorna con que lo contemplan los actores —ellos, que no están vivos si no los mira alguien— y su propia imagen, desvalida y vacilante, reflejada en el espejo que ocupa de parte a parte la pared más larga de la sala.

Rescata de la experiencia el burbujeo social, la excitación, la pasión de depender de los otros, de prestarse medias, zapatillas de baile, maquillajes, tampones, incluso la compulsión de los actores a besarse y abrazarse por cualquier motivo, mucho más propia de ex compañeros de un viaje de egresados o de sobrevivientes de una catástrofe aérea que de gente acostumbrada a verse la cara día por medio en el escenario de un teatro, un curso de clown o uno de esos restaurantes del centro de la ciudad que siguen abiertos hasta bien entrada la madrugada. Rescata en suma todo aquello que lo contradice y lo saca de sí, de su ensimismamiento, aun a riesgo de incomodarlo o, como termina sucediéndole, de hacerle jurar en secreto que ni todo el oro del mundo lo convencerá otra vez de escribir una sola línea para el teatro.

Pero en particular, del texto de *Sueño de una noche de verano* propiamente dicho, se queda con un hallazgo del que por alguna razón no le alcanzan los años que tiene ni tendrá para reponerse: la idea de un filtro de amor que, derramado sobre los párpados de alguien que duerme, forzará al durmiente, una vez despierto, a enamorarse de lo primero que vea al abrir los ojos, no importa lo que sea, animal salvaje, niño, harpía sin dientes, belleza celestial. El recurso aparece en la primera escena del segundo acto, donde el rey Oberón pretende ponerlo en práctica con Titania, su mujer, para desenamorarla del joven paje al que también él acaba de echarle el ojo, pero en rigor está en el origen de todos y cada uno de los malentendidos sentimentales que se multiplican en la comedia. Tocados por el elixir mientras duermen, Titania, que sólo desea a su paje, se enamora de un cómico ambulante perfectamente vulgar, Lisandro olvida a su adorada Hermia para caer rendido ante Elena y así sucesivamente. Una gota, una sola gota de ese jugo, destilado no de cualquier flor sino de una sola, el pensamiento, y el deseo se sale de quicio.

Por qué, es algo que desde entonces no puede evitar preguntarse. Entiende perfectamente el carácter convencional del truco, no es insensible a su pérfida comicidad, pero, aun así, ¿por qué un rostro cualquiera, contemplado al volver en sí después de un sueño, debería tener esa capacidad de sortilegio? ¿Sólo porque es lo primero que se ve, y porque el que se despierta lo ve cuando más vulnerable es, antes de que la precaución, la distancia, la sospecha, todo el diversificado sistema de defensas que hace tolerable la vida en la vigilia tenga tiempo de volver a organizarse y atrincherarlo? ¿O quizás porque es justamente ese rostro que ve al despertar, a la vez anodino y providencial, indiferente y milagroso, el que lo repatria del sueño y lo rescata de la oscuridad, lo salva, lo devuelve a la vida? ¿Por qué no?, se pregunta. Dormir, abrir los ojos, sucumbir... No saber del otro más que eso que se sabe en el acto, instantáneamente: que es un objeto de amor. Eso es todo lo que sabe: que no es más que un objeto de amor.

Sin ir más lejos, aunque le basta poner en foco sus ojos demasiado pintados, sus pecas, las dos perlitas de aluminio que le brillan en las ventanas de la nariz y pronto se infectarán, para darse cuenta de que no se ha enamorado de la chica que esa tarde le lava el pelo en la peluquería, él mismo no sabe nada de ella y ella no sabe nada de él, nada más, en todo caso, que lo que se ofrece a su vista. No lo ha conocido a los doce años, por ejemplo, cuando él tiene el pelo lacio, rubio, largo hasta los hombros y sólo le presta alguna atención, sólo se da cuenta de que lo tiene y de cómo lo tiene, cuando algún incidente perturba la naturalidad en la que ya se ha acostumbrado a olvidarlo: cuando su abuelo, en uno de los arrebatos de afecto viril que más parecen exaltarlo, le agarra al vuelo un mechón con una mano y amenaza cortárselo de cuajo con la tijera que forma con el dedo índice y el mayor de la otra, mientras una banda sonora improvisada con la lengua, *tzic, tzic, tzic,* adelanta la ejecución de lo que prometen los dedos, o cuando en una cola, en el correo, por ejemplo, el kiosco de revistas, la farmacia, alguien a sus espaldas quiere preguntar algo en voz alta, dice "¿señorita?" y después de unos segundos, al sentir el dedo del desconocido que acaba de hablar tecleándole un hombro, él se da cuenta de que lo han confundido con una mujer, o cuando, recién llegados a Río de Janeiro, primera vez que viaja en avión, primera que sale del país y que está en un lugar donde se habla una lengua desconocida, sale a caminar por la playa con su padre y su hermano y un enjambre de mujeres negras los sigue un largo rato mientras anochece, todas agolpadas a su alrededor, pegando gritos y rozándole la cabeza con un asombro reverencial, como si su pelo irradiara un brillo sagrado capaz de rejuvenecerlas o quemarles las manos.

No: por más ofensivo que le resulte, la chica no lo conoce, y la desproporción que él nota que hay entre ese desconocimiento donde se mezclan la inexperiencia, el desinterés, la rutina de un trabajo según ella muy por debajo de sus posibilidades, y todo lo que ella o cualquiera que estuviera en su lugar —tenga o no perforadas las ventanas de la nariz, se vuelva para él un objeto de amor o no— debería conocer de él, de su caso, según él, para que el hecho de poner su cabeza en manos de ella no sea lo que él ve ahora a todas luces que será, el preámbulo de un acto suicida, representa exactamente el tipo de pesadilla capaz de ensombrecerle la vida a lo largo de los siguientes veinte minutos, que es lo que dura en promedio un corte de pelo común y corriente. Pero ¿quién tendría derecho a reprocharle nada? ¿Qué podría saber ella de él —suponiendo que alguna vez llegue a "saber" algo, y a recordar algo de lo que "sabe", de los cientos de cabezas que pasan por sus manos cada semana— si es la primera vez que entra en esa peluquería?

Porque hay una cuestión antes y es ésta: ¿cómo él, que es un caso, cómo él, con su problemita, sigue yendo a peluquerías por primera vez? ¿Cómo persiste en ir de ese modo al matadero? Y sin embargo es así: sigue. No puede no seguir. Es la ley del pelo. Cada peluquería que no conoce y en la que se aventura es un peligro y una esperanza, una promesa y una trampa. Puede cometer un error y hundirse en el desastre, pero ¿y si fuera al revés? ¿Y si da por fin con el genio que busca? ¿Y si por miedo no entra y se lo pierde? Es un paso siempre temerario, que por lo general no da si no tiene alguna garantía o hasta no haber agotado una larga serie de debates estériles. Esta vez, a diferencia de otras, no conoce la peluquería de nombre, nadie se la recomendó, no ha leído nada sobre ella, ni siquiera le ha llamado la atención su aspecto, del que mal podría decir una palabra, a tal punto viene obnubilado por la incandescencia de la tarde de verano cuando la descubre. Simplemente ha visto desde la vereda de enfrente los espejos, los sillones, la luz de los tubos fluorescentes, un aire general de limpieza que asocia de manera automática con el fresco, ha cruzado la calle, ha entrado. Y la peluquería está desierta. Es el colmo. ¿Qué más le hace falta para saber que está liquidado, que aun antes de que lo sienten frente al espejo, le cubran el cuerpo con la estúpida mortaja de plástico, lo enfrenten con el dilema más inútil y más insoluble, ¿tiene que meter los brazos o no?, y le pregunten cómo lo quiere —ya está listo, ya no tiene chance alguna? Ya de chico le enseñan que no se entra a un negocio vacío. Nunca a un restaurante, menos que menos a una peluquería. Más tarde, cuando todo haya pasado y salga otra vez al calor de la calle con por lo menos un mes, un mes y medio de oprobio inenarrable tallado en la cabeza, quién le creerá cuando se disculpe diciendo que entró por el calor, que sólo una verdadera emergencia explica un acto tan irrazonable en alguien como él, irrazonable en más de un aspecto pero sin duda no en el aspecto pelo, que le quita el sueño desde hace ¿cuánto, exactamente? ¿Cuánto tiempo hace en concreto que el pelo lo ronda, lo solicita, lo taladra?

No podría contestar. Hay un momento en su vida en que empieza a pensar en el pelo como otros en la muerte. No es que, de buenas a primeras, ¡ah, el pelo! No descubre algo cuya existencia ignoraba. Siempre ha sabido que el pelo está ahí, agazapado en alguna parte, pero ha podido vivir perfectamente sin tenerlo en cuenta, sin hacerlo presente. No descubre una experiencia sino una dimensión; no algo que su vida no hubiera incluido hasta entonces: algo que ya estaba en él, trabajándolo en silencio, con una paciencia de rumiante, a la espera del momento oportuno para despertar y emitir los primeros signos de una vida visible. La muerte es un ejemplo clásico. Se sabe que "hay muerte" como se sabe que el destino de todo cuerpo es caer o que el agua se vuelve vapor a una temperatura determinada. Es algo que se da por sentado: una certidumbre invisible, administrada a diario y en dosis tan infinitesimales que pierde consistencia, se confunde con el continuo de la vida y termina por pasar inadvertida. Así años. Hasta que de golpe aparece y reclama lo suyo. Un conocido sufre un ataque mientras maneja y la silla que dos semanas después le tenía reservada su cena de cumpleaños queda vacía para siempre. Alguien cercano se queja de una molestia ínfima al tragar y días después el médico que anota en una ficha su relato del episodio deja de escribir y levanta la cabeza y lo mira frunciendo el ceño. De golpe algo precipita y se solidifica: lo que era invisible y sigiloso se vuelve material, de piedra, ineludible, un obstáculo oscuro que no llega a bloquear del todo el camino pero contra el que no hay forma de no tropezar, y que, intruso vigilante, empieza a aparecer en todas y cada una de las fotografías que nos tomamos cuando jugamos a imaginar nuestro futuro.

De las dos ramas en que se divide su familia, paterna y materna, rama calva y pilosa respectivamente, él pertenece sin duda a la segunda. Lo sabe antes de llegar a los veinte años. Su padre no ha cumplido veinticuatro y ya dos feroces cuñas de piel le entran a los costados de la cabeza como lenguas de mar en un continente. Su hermano mayor emigra de cuarto a quinto año de la escuela sin llevarse una sola materia a examen, y cuando cree que el único cambio que sufrirá la soleada vida que tiene por delante es el que experimenta por el momento la biblioteca de su pieza, que de la noche a la mañana ve desaparecer los libretos de ópera y florecer en su lugar una colección de cuadernillos de turf, unos y otros, aunque parezca mentira, idénticos en formato, cantidad de páginas y en los esfuerzos mnemotécnicos que le exigen, en un caso para cantar un aria al unísono con el barítono, en el otro para presentarse en la ventanilla y apostar sin la menor vacilación, con la genealogía de su potrillo fresca en la cabeza, se descubre agachado bajo la ducha, teniendo que destapar el desagüe de algo que primero cree que es una hoja de plátano que entró por la ventana y descubre después que es pelo, su pelo, pelo que antes de meterse bajo la ducha formaba parte de su cabeza y ahora en cambio no tendrá más remedio que tirar, no importa la repulsión que le produzcan los desechos orgánicos cuando se codean con los industriales, en el tacho de basura del baño, el mismo donde ya agonizan pedazos de papel higiénico, una hoja de afeitar usada, curitas, un par de algodones manchados con la solución astringente que usa para secarse los granos de la cara. Así pasan las cosas. Otro hermano, uno menor, se despierta un mediodía al cabo de una noche animada por una agradable serie de escaramuzas solitarias y luego de verificar los rastros que sus hormonas de adolescente tardío han dejado en las sábanas comprueba los dos minúsculos restos de pelo que han quedado adheridos en los extremos de la almohada, entrecomillándole la cabeza mientras la perdía entre el amasijo de piernas y brazos de una alegre orgía de trasnoche de la que no recuerda nada.

Pelados, todos. Irremediablemente pelados antes siquiera de cruzar el umbral que los hará hombres. A él, en cambio, le ha tocado tener pelo. Mejor: tiene pelo de más. Es cierto que durante un tiempo lo desconsuela el temor de ser lampiño, y que su profusión de pelo rubio y lacio le sirve de poco cuando lo que se juzga —en esa olimpíada de proezas corporales que es la adolescencia— no son cabezas sino cuerpos, en particular pecho, axilas, piernas, zona púbica. Sobre todo zona púbica. Se pregunta una y otra vez qué ventaja le aporta eso que su abuelo siempre llama despectivamente melena a la hora de entrar a la sala de duchas del club, ese teatro azulejado de tormentos, sin otra cosa para exhibir que una piel lisa, tersa, tan libre de pelos como la de un delfín. Quizás lo mucho que tiene arriba esté en relación con lo poco que tiene abajo, piensa en algún momento. Lo piensa menos para tranquilizarse —porque la hipótesis es demasiado abstracta para aliviar el peso que siente cada vez que participa de esas ruedas de reconocimiento que tienen lugar en las duchas— que para asignarle a su rareza un lugar en algún lado, aunque más no sea en una frase, algo que pueda repetir en silencio, para sí, cuando sea necesario, como un mantra, y calmarse. Por lo demás, es cuestión de tiempo, y todo lo que es cuestión de tiempo, como no tarda en descubrir, se resuelve haciendo tiempo.

A tal punto tiene pelo para tirar al techo, como se dice, que en un momento dado se da el lujo por excelencia: renuncia a la laciedad. No lo sabe, pero es su manera de proletarizarse. Empiezan los años setenta y miles y miles de hijos de la clase media y media alta, de la burguesía y hasta de la alta burguesía abdican de la mañana a la noche de los tronos que les corresponden por nacimiento, rechazan por propia voluntad los privilegios de los que han gozado, abandonan los hogares confortables, los barrios caros, las mucamas, el rugby, los taxis, los viajes, la ropa de marca, el dominio de lenguas extranjeras, todas las frivolidades que hasta entonces forman el elemento en el que han vivido y respirado, a la mañana parte indisociable de lo que son, sello de identidad y fuente de satisfacción y placer, a la noche emblema de violencia, indignidad, explotación inhumana, y se mudan a vivir a villas miseria, barrios carenciados, monoblocs de suburbios sórdidos, sin alumbrado ni agua potable, de calles de tierra, donde se mimetizan y aprenden, siguiendo una técnica que décadas más tarde otros llamarán inmersión, las reglas de vida de las clases explotadas cuyo destino se proponen cambiar. Él, a los once, doce, de qué va a abdicar si no del trono de su pelo. ¿De su colección de revistas de historietas? ¿De su ejemplar deteriorado de *Tintín en el país del oro negro*? ¿De las dos Rotring 0.2, una mortalmente deshidratada, con las que dibuja unos chistes gráficos que nunca han hecho reír a nadie? Nada de todo aquello de lo que goza le pertenece. Ni siquiera el derecho a gozar. El pelo, en cambio... En su caso no se trata sólo de una condición excedentaria. Más bien intuye, instigado sin duda por la época, hasta qué punto un pelo rubio y lacio como el que tiene, que él ha dado por sentado hasta entonces de un modo natural, sin hacerse demasiadas preguntas, igual que otros dan por sentado el color de ojos con el que nacen o la medida de zapatos que calzan, en el mercado general del pelo, sin embargo, deja de ser un pelo más, uno entre otros, uno como otros, y se convierte en un pelo mejor, superior, deseable, como una de esas monedas que, acostumbradas a pasar inadvertidas, caen de pronto en un sistema donde son escasas y ven dispararse hasta las nubes su cotización. El pelo es su riqueza, su oro, su lingote. El resto quizás sea pura sensibilidad de época, o simple oportunismo. El país cruje. Si queda en él algún lugar para los lacios, no queda sin duda en rubio, color burgués, color cipayo por excelencia. Quedará a lo sumo en morocho, negro azabache, el modelo criollo o de suburbios, que a veces va acompañado de un bigote cepillo y vuelve con todo de la mano del fogón, la peña, la asamblea sindical, la militancia radicalizada.

Pero sin duda la unidad de pelo estrella es el rulo, y el estilo número uno ese que de Angela Davis a esta parte se conoce como afro. Aunque no podría formularlo en términos tan diáfanos, en parte porque el valor icónico del pelo no necesariamente tiene un equivalente en el campo del lenguaje verbal, en parte porque basta la amenaza de una imputación infamante como la de frivolidad para que un incómodo pudor organice la agenda de temas de toda una generación, él lo ve clarísimo: la verdadera moneda es el afro. Treinta años más tarde ve *Black Panther Newsreel*, la película de Agnès Varda sobre los Panteras Negras, y lo asaltan dos sentimientos cruzados: la euforia instantánea, casi suicida, de comprobar cuánta razón tuvo entonces, cuando, como otros toman la decisión de perder, renunciar a bienes y prebendas y empobrecerse, él pega un portazo y deserta del mundo lacio, y una pesadumbre inconsolable, ya que nunca la desdicha es tan grande como cuando el azar, con imperdonable desaprensión, nos concede demasiado tarde los argumentos que nos habrían rescatado de una situación en la que naufragamos. No es sin duda por frivolidad, ni por exceso de tiempo libre, ni por una sensibilidad enfermiza a las tendencias de la moda, por lo que gente a todas luces poco propensa a perder el tiempo en primicias de salón de belleza como Huey Newton, ministro de defensa de los Panteras Negras, entonces preso en la cárcel de Alameda y con una sentencia de entre dos y quince años suspendida sobre su cabeza, o Bobby Seale, cofundador del movimiento, o Eldrige Cleaver, todos negros de armas tomar, desfilan ante la cámara de Varda y ocupan tres de los quince minutos que dura la película en explicar por qué el afro, signo soberano, puesto que desconoce los géneros y uniforma a hombres y a mujeres, es una declaración de autoafirmación política ni más ni menos cabal que un manifiesto con los reclamos del grupo, las banderas que enarbolan las tropas de choque que acordonan la cárcel de Alameda, los anteojos de sol, las camperas de cuero o la exhortación del mismo Cleaver a violar mujeres blancas como parte del programa de entrenamiento para la insurrección.

Sin embargo, esa transición política, la que va del eclipse de lo lacio al ascenso irrefrenable del afro, él sólo la percibe de manera oblicua, en una segunda instancia. Si la percibe. En él es más bien un pasaje al acto: le llegan unas señales del fenómeno, una especie de goteo, y da lo que se llama un salto al vacío. De un día para el otro se convierte al afro, a ese afro pobre, enclenque, por demás inconvincente, mucho más próximo al desvalimiento aturdido en el que despierta un pelo no del todo limpio tras una larga noche de cama que al aplomo orgulloso, la imagen de poder, la dignidad enhiesta que irradian cinco años antes, cuando efectivamente reclaman la libertad de Huey Newton, y treinta después, cuando él ve la película de Agnès Varda que los ha documentado en pleno reclamo, las cabelleras de los Panteras Negras. Sin duda es la indecisión de ese afro acomplejado lo que desorienta a los demás miembros de su familia en las fotos de la época, en particular una serie de cinco o seis en blanco y negro, tomadas en el comedor de la casa probablemente un sábado, único día en que la familia se reúne, y después de almorzar, único ritual capaz de reunirla. Todos parecen mirar a la cámara, conscientes de la excepcionalidad de la situación y dispuestos, en su honor, a postergar viejos enconos al menos por el tiempo que dure el almuerzo, o por lo menos el primer plato, o en su defecto el fogonazo del flash, pero mientras él la mira con decisión, de frente, enrostrándole al mundo, como una provocación, el nuevo estilo que luce en la cabeza, los demás, madre, marido de madre, abuela, hermanos, se debaten en un extraño dilema: mirar a la cámara, como efectivamente hacen todo lo posible por mirar, o mirarlo a él y detenerse esta vez de lleno, con toda franqueza, no con el disimulo incómodo con que lo han estado haciendo a lo largo del almuerzo, en esa especie de nido revuelto que le ha crecido en la cabeza.

Y sin embargo, irrisorio y patético, como lo son casi siempre los blancos cuando usurpan papeles de negros y se ponen a tocar la trompeta, visten trajes chillones, usan dientes de oro o maldicen, ese pelito alborotado que cuelga de un hilo, ese rulo penoso, esa parodia de afro le ha costado lo suyo. No es que el anhelo de tenerlo lo haya empujado hasta la peluquería. No ha llegado al bigudí, como es un secreto a voces que hacen muchos de los que entonces, envalentonados por los que se sacan el traje y se ponen el overol, dejan la universidad y entran a la fábrica, se despiden de la mesada paterna y abrazan el salario miserable, se montan al *boom* del rulo, actores, *mannequins*, artistas, cantantes populares. Recurre a los medios que tiene a su alcance: pasa semanas sin tocar el champú, evita peinarse por las mañanas, termina de ducharse y se frota con frenesí de loco la cabeza y después sale al mundo a pavonear su pelambre de electrocutado. Una vez sale de la ducha y al secarse el pelo le parece notarlo más encrespado que nunca; atribuye el fenómeno al cambio accidental del agua caliente por la fría —la típica desinteligencia del que maniobra con las canillas a ciegas, con la cara llena de champú— y durante semanas repite el procedimiento. Lo tiene sin cuidado la cara de asombro con que lo mira su madre cuando lo ve entrar en la cocina recién despierto, con esa pajarera en la cabeza. Lo mismo las chicanas incrédulas que le dispara su hermano, que siempre parece intuir más de lo que dice. Puede lidiar con eso. A fin de cuentas, no es por ellos que ha renunciado a ser lacio. No son ellos los que explican tanto denuedo. Es la época.

Decirlo es fácil, pero ¿hacerlo? Porque ¿qué es la época? ¿A qué se reduce, cuánto dura una época sin mentir o evaporarse si no cristaliza en un nombre propio, un estilo personal, un cuerpo marcado por señas particulares y por huellas? A sus ojos, como a los de tantos otros, la epidemia de Pelo Nuevo que atraviesa a la época se da a conocer por un conjunto de señales triviales, una conspiración de síntomas que se declaran, como de costumbre, en el lapso paradojal de las vacaciones, por un lado páramo adulto, tierra muerta, vacía de hechos, a juzgar por la indigencia informativa que se instala en las primeras planas de los diarios, por otro, para los doce o trece años que tiene —disciplinados desde que tiene seis, de marzo a diciembre, indefectiblemente, por el régimen carcelario de la doble escolaridad, de ocho y cuarto a cuatro y media todos los días, todos los santos días del año—, un intervalo cargado de puras novedades, vertiginoso, en el que hasta dormir, comer o bañarse son pérdidas de tiempo imperdonables, único período, en verdad, digno para él de llamarse histórico, a tal punto los acontecimientos que lo pueblan, nimios o radicales, son siempre únicos, no se dejan anticipar y aportan las reservas de vida que lo mantendrán en pie durante el año que vendrá, cuando todo a su alrededor tienda a hundirlo en la inercia, el tedio, el suplicio de tener que ejecutar órdenes dictadas por otros.

El nuevo estado de cosas empieza a insinuarse a fin de año, un par de semanas antes de las fiestas, cuando ve los avisos de un espumante nacional barato, un mal llamado champagne que a primera vista promete felicidad y en el fondo garantiza una úlcera instantánea, y advierte que el galán que alza su copa mientras clava sus ojos de lince en la chica que está más allá, del otro lado de la fiesta, inaccesible no sólo por la distancia que los separa sino también por el cordón de admiradores que la cortejan, ese Casanova de pacotilla es cuatro, quizás cinco años más joven que el que lo precedió en su mismo papel en el afiche del año pasado, y en vez de estar peinado a la gomina, como lo ordenan el dogma de belleza oficial y las dos escuelas en que se inspira, el tango y el fisonomismo policial, luce ahora un peinado afro exuberante, tan alto que el borde superior de la foto no ha tenido más remedio que rebanarlo.

Es sólo el principio. A ese indicio muy pronto siguen otros: el entrenador de fútbol que da rienda suelta a un huracán de tirabuzones, el cantante de tango cuya cabeza florece como un jardín, el actor elegido para integrar el elenco de *Hair*, los bañeros de las piletas públicas, que de un verano a otro rifan las décadas y décadas de pelo corto que les venían prescriptas por los códigos de higiene. En el horizonte irrumpe incluso un sobrino del marido de su madre, condenado hasta entonces a reprimir, cortándoselo al ras, el pelo mota con el que nació, nunca más típico de una oveja negra que en su caso, ya que su clase de origen, como empieza a decirse entonces, sólo se concibe a sí misma con el pelo lacio y condena cualquier otro tipo de pelo al ostracismo que merecen ciertas anomalías étnicas. De modo que termina febrero y no necesita atar cabos. Se atan solos, como sucede en toda conspiración. Y a mediados de marzo, primer día de clase, cuando llega al colegio demasiado tarde, con los discursos ya pronunciados y la ceremonia del himno a punto de concluir, y busca con avidez alguna cara conocida entre las filas de estudiantes que rompen, los celadores que los arrean, los profesores rumbeando hacia sus aulas, de golpe, en uno de esos extraños oasis de quietud que se abren a veces en medio de una estampida, queda de frente a una pareja que se besa largamente contra una de las columnas de cemento del patio, el chico de espaldas a él, la chica de frente aunque casi tapada por la cabeza del chico, en cuya selva de rulos oscuros hunde los dedos de las dos manos y los mueve como serpientes voluptuosas.

El cuarto de rostro que queda a la vista alcanza para hacerle saber quién es: conoce esa blancura, conoce esa ceja tupida cuyos pelitos, a medida que la ceja se ensancha, van separándose entre sí y arqueándose hacia un costado, como las primeras acróbatas de agua de la fila que se zambullen a la pileta de costado desde el trampolín. Conoce el modo en que los diminutos capilares de esa piel, cuando los arrebatan los besos, estallan en mil manchitas de rubor que después la avergüenzan y que esconde alzándose las solapas de un abrigo dos talles más grande. Ella lo ve, le sonríe mientras suelta una exclamación de asombro o de pudor, y él ve que el mocasín rojo cuya suela tenía apoyada contra el arco —típica indolencia de chica que besa para ensayar, posar, quizás para vengarse— va a reunirse rápidamente con el que permanecía plantado en el piso. Sin dejar de abrazarla, de aplastarla más bien contra la columna, el chico se da vuelta. Podría ser cualquiera, y en ese caso él sólo tendría ojos, como se dice, para la mata enrulada de su pelo, para constatar hasta qué punto el afro es un flagelo y ha llegado a todas partes. Pero no es cualquiera; es Monti, su mejor amigo.

El punto no es ella. Fue su novia cinco años atrás, un lapso que en la métrica histórica de la niñez probablemente equivalga al que necesitó la humanidad para inventar la rueda, decapitar a Luis XVI, tomar el Palacio de Invierno y plantar un pie y una bandera en la faz de la luna. Ya ha olvidado cuánto la quiso, cuánto la hizo sufrir susurrándole cada día, dos minutos antes del fin de la última clase del día —cuando lo único que ella espera, sentada en el borde del banco con su valijita de cuero sobre los muslos, es el sonido del timbre—, que ya no la quería, cuánto la hizo llorar de alegría al decirle al día siguiente que estaba arrepentido y volvía a adorarla. Ha olvidado cuánto le gustaba que usara esos mocasines de vieja extranjera, rojos, de cuero corrugado, sin hebilla. A decir verdad ni siquiera recordaba que estuviera viva, a tal punto a esa edad lo que se llama vida, vida en general, no comprende mucho más que lo que cae dentro de los límites que establece nuestra propia persona, cuando no nuestro mero campo visual. El punto es Monti, esa cosa que le ha crecido en la cabeza, esa... novedad. Se indigna. ¿No tenía el pelo corto la última vez que se vieron, días antes de las fiestas, jugando al pingpong a las cuatro y media de la mañana en el living de una pareja de mellizos amigos abandonados por un padre millonario en una torre del barrio de Belgrano? Entonces, ¿cuándo fue que...? ¿Cómo pudo ocurrírsele...? ¿Cómo es que él no...? Evidente: ¡las vacaciones! Entonces las vacaciones, ese tiempo que era para él fuente de una vida mágica, llena de aventuras, de peligro, de imprevistos, ese tiempo que habría dado la vida por defender si las fuerzas siniestras del año lectivo hubieran querido arrebatárselo, ese tiempo también era clandestino para otros, también para otros era oscuro y fresco y excitantemente ilegal aunque lo calcinara un sol de mediodía de verano, también para otros era el teatro de vidas posibles que después ofrecerían su fulgor, su prestigio, la excepcionalidad envidiable de sus frutos en el mercado del año escolar... Lenta, pacientemente, casi gozando del dolor que se inflige, se saca el corto puñal artero que le han clavado en la espalda y esa misma noche, bajo la ducha, mientras se quita de encima con cuidado la película de sudor que le dejaron encima dos horas de gimnasia, se cuida muy bien de mantener la cabeza lejos, muy lejos del agua.

¿Qué gana con renunciar al lacio? Tendrán que pasar años hasta que lo sepa. Entonces ni siquiera se lo pregunta. Renuncia, simplemente. Y cómo añorará tiempo más tarde, cuando crea saber en qué lo favoreció dejarse crecer esa peluca ridícula, víspera eterna de un afro que le estaba negado, negado por definición, cómo añorará ese vértigo del puro hacer, esa falta de motivo, esa especie de zambullida ciega en lo desconocido. Por lo pronto las cosas con Monti se estabilizan, fluyen, dejan atrás sin problemas la zozobra que más de dos meses sin verse ni tener contacto alguno, dos meses en los que todo puede haber sucedido —no sólo que su amigo adopte un peinado afro sino, por ejemplo, que ambos descubran que la amistad puede ser otra cosa, algo cien por cien diferente de lo que él y su amigo se han hecho creer uno al otro que es—, y hasta incorporan con asombrosa naturalidad la variable potencialmente explosiva de la chica de los mocasines rojos.

Aunque incorporan es un decir, si no una ironía. En verdad son dos mundos. Una lógica que ninguno de los tres aclara pero rige de manera categórica las relaciones establece que cuando uno entra el otro sale y viceversa. Él y Monti esperan el ómnibus en la parada, ella aparece (va al dentista, tiene clase particular de física, lo que sea), él los deja, cruza la calle y se queda esperando otro colectivo en la parada de enfrente, aun cuando cambiar de línea lo obligue a tomar dos ómnibus en vez de uno y llegue media hora más tarde a su casa. Ella está con Monti en el patio, él aparece, rebosante, como casi todos los lunes, de sarcasmos sobre la fecha deportiva del domingo, y ella se va sin decir una palabra y se mezcla con los chicos que hacen cola para comprar en el kiosco. Es una lógica del abandono, extraña pero eficaz. Viven casi sin tocarse, como en dimensiones paralelas; lo máximo que un mundo llega a ser para el otro es un espectáculo del que no se participa, que se ve desde lejos y nunca, por ninguna razón, se comenta.

Dos cosas lo rondan, sin embargo: una, la imagen de los dedos de ella abriéndose paso por entre los rulos de su mejor amigo, el contoneo de esa patrulla de soldaditos voluptuosos que exploran cada recodo de esa selva oscura y de pronto, lánguidos, se abandonan al roce de los mechones espiralados, ceden a la resistencia que le oponen las matas más espesas y por fin, exhaustos, se quedan quietos, como camuflados en la maraña de pelo, a la espera de la próxima batalla; dos, la intensidad, la energía con que se besan, y sobre todo la duración de los besos, tan dilatada que a veces él, que desde ese primer día de clases ya no puede dar un paso en el colegio sin encontrárselos, sin sorprenderlos uno en brazos del otro, trenzados en una de esas ceremonias de succión mutua que los raptan del mundo, tiene la impresión de que van dejando de moverse, aplacan la respiración, se dejan mecer por el ritmo de lo único que sigue vivo en ellos, la danza muda de sus lenguas, y terminan por dormirse.

Sufre. No es tan idiota, por supuesto, para flagelarse poniendo en un platillo de la balanza esa clase de trances, tan nuevos para él, y tan extravagantes, que cuando los presencia sólo atina a pensar en imágenes y velocidades que no son humanas, imperceptibles por lo tanto para el ojo —el modo, por ejemplo, en que dos caracoles rozan sus antenas cuando se preparan para aparearse—, y en el otro platillo los besos que él mismo se daba con ella en la época en que estaban juntos, tan tímidos y vacilantes que ahora, cuando quiere recordarlos con alguna nitidez, sólo los ve si los traduce al lenguaje de los dibujos animados. Lo que lo aflige es esa sombra de duda que los besos de su mejor amigo y su ex novia proyectan sobre su propia vida amorosa, que, al menos últimamente, no tiene muchos brillos de los que jactarse. A priori no debería haber nada demasiado inquietante en eso: el mundo adolescente es de por sí inestable, alterna altos y bajos con caprichosa inconstancia y en la mayoría de los casos circunscribe las relaciones amorosas a los borradores rápidos y ensimismados que deberían prologarlas. En cuanto a él, sin embargo, le juega en contra una cierta fama, que nunca buscó pero ha terminado por aceptar. A los trece, en vísperas de pegar un estirón que se demora, y mientras se escudriña a diario las axilas en busca del brote de pelo que lo absuelva del oprobio lampiño, ya es el que tiene novias, el que tiene novias que le duran, el que les hace regalos a sus novias, el que va a la casa de sus novias, el que recibe cartas de sus novias durante las vacaciones, rarezas que sus pares nunca saben bien cómo tomar, si como privilegios de pionero o concesiones de un sobreadaptado incurable. Sólo la distancia con que él encarna esa fama —una manera sutil pero incondicional de no coincidir del todo con ella, como si vistiera un traje un talle más grande, o de entrecomillarla— hace que los demás mal que mal la respeten, cuando en rigor todo, la edad, el estado de guerra perpetuo que viene con la edad, la necesidad de librarse en el acto de cualquier cosa que obligue a barajar en simultáneo más de dos opciones, el horror a la oscilación, los empujaría en rigor a aborrecerla, y a hacer de él el blanco de una hostilidad sanguinaria.

De modo que, en su escala personal, los meses que lleva sin novia se cuentan como años. Menos por un impulso erótico que para probar las ventajas de esa intermitencia que tanto exaltan sus amigos, flirtea con dos chicas a la vez, amigas entre sí. Pero, desprovisto como está de todo instinto especulativo, comete un error, el único que ni el más imprudente de sus amigos cometería: hace cosas distintas con cada una. A la corpulenta la acompaña hasta la casa, la protege de un hermano hipoacúsico que no para de husmear en su habitación, pero sobre todo la abraza, la acaricia, le aparta el pelo con el dorso de la mano para regodearse con sus orejas perfectas, su cuello, el pequeño y suave trapecio cóncavo de su clavícula. Tanta deferencia le ha valido incluso un acceso inesperado a la playa

—esa franja sublime donde confluyen la lana áspera y la piel de la cintura— que un pulóver retráctil, demasiado dócil a los abrazos, ofrece a veces a sus dedos azorados. Con la otra, la menuda, dotada de esa leve chuequera que siempre lo conmoverá, todo es más cultural: se escriben, intercambian tarjetas postales con reproducciones de sus pintores preferidos, comentan por teléfono los avatares de la telenovela cuando el cadáver de cada episodio no se ha enfriado todavía. Y se besan. Pero si eso es besar, piensa él, si besar es ese duelo de bocas tensas, que nunca saben bien cuándo ni cuánto abrirse ni qué hacer, si absorber a la otra o dejarse tragar por ella, cómo producir la saliva que humecte un poco la operación y qué papel, sobre todo, darle a la lengua, siempre dubitativa entre el acecho amenazante y la sobreactuación, en ese pequeño drama íntimo donde todo parece reclamarla, entonces ¿qué es lo que su ex novia hace ahora con su mejor amigo? ¿Sexo tántrico? ¿Arte? ¿Cómo es posible que Monti, el mismo que hasta el año pasado tiene, como se dice, hormigas en el culo, no dura un mes haciendo el mismo deporte, no fuma una misma marca de cigarrillos más de dos semanas seguidas, no escucha diez días el mismo disco, no sale dos veces con la misma chica —cómo es posible que ahora sucumba y se eternice como una ameba en un ritual que cada vez que le toca verlo en el cine, lo que le sucede sólo cuando el que elige la película es otro, y por supuesto un imbécil, no le arranca más que muecas de sorna, silbidos, atronadores eructos de protesta?

Dos meses después, en un recreo que, para su sorpresa, no comparte con la chica de los mocasines rojos, como es costumbre desde que sale con ella, sino con él, fumando sentado en el cantero de cemento donde un plátano no termina de pudrirse, Monti lo interrumpe en medio de una crónica matutina —la puntería perfecta, como de arquero zen, con que el profesor de biología, sin moverse del pizarrón, girando de golpe como un trompo, le estampa el borrador en la frente a Defaux, que por una vez no ha hecho nada—, y mientras él aprovecha la perpleja fracción de segundo que sigue a la interrupción para pensar en lo único que realmente le ha importado en los últimos diez minutos, dónde, por dios, dónde está la chica de los mocasines rojos, Monti une en catapulta su dedo mayor y su pulgar, tira la colilla muy lejos, batiendo su propia marca, y le dice: "Está embarazada". Alza la vista y en el acto, como si hubiera recibido una descarga eléctrica, se levanta del cantero y devuelve de volea una pelota de fútbol que venía cayendo del cielo. La sigue un segundo con la mirada y se lleva una mano a la boca: "Huy, la colgué", dice.

Pero Monti es un sobreviviente. Sobrevivirá siempre, no importa lo que le pase. Apenas él se repone del estupor en que lo ha dejado la noticia, recapitula, vuelve a ver la escena y lo comprende. Ve otra vez cómo el aire acorralado con el que Monti contó que embarazó a la chica de los mocasines rojos se disipa, cómo sus ojos despiertan, se sacan de encima el terror y vuelven a brillar, pulidos por una especie de amnesia instantánea, cuando alza la mirada y detecta en el aire la pelota que se dirige hacia él, hacia donde él, que ya está incorporándose, calcula que la interceptará y, sin dejar que pique, la devolverá a la cancha de la que se ha escapado. Y él comprende que su amigo siempre irá mucho más lejos que él, siempre más a fondo. ¿No es eso acaso un sobreviviente? ¿Alguien con quien es imposible medirse? Pensándolo bien, así ha sido siempre entre ellos. Como se funda a menudo en la paridad, la proporción, la coincidencia de dos ritmos que, sin dejar de ser particulares, nunca son tan plenos como cuando se combinan, la amistad, en el caso de ellos dos, siempre se ha fundado en la disparidad, en esa especie de lejanía radical.

Hay que barajar y dar de nuevo. La cuestión besos, que un segundo atrás era para él un caso testigo, ahora, a la luz de la nueva noticia, le suena ridícula, un juego de niños. Se avergüenza: él tiene la cabeza puesta en besar y Monti en abortar, en conseguir el dinero para abortar, en cómo es abortar, cómo quedará después del aborto el interior del cuerpo de la chica de los mocasines rojos. Por ejemplo: ¿siente algo nuevo la pija al entrar en el cuerpo que pasó por el raspaje? Hace un esfuerzo y piensa en él, en su mejor amigo, en el modo en que sufre, y su mejor amigo ya está dos pasos más allá, ya piensa en huir, ya deja atrás la tristeza de abortar, y cuando devuelve la pelota ya se ha escabullido, ya está en otra parte, ya es libre otra vez, ya puede buscarse otro infierno. No es que deserte. Sigue ahí, pero ya no está. Va el sábado convenido al rancho de Banfield que le recomiendan bajo el nombre de clínica pero llega tres cuartos de hora tarde, dormido y sin lavarse los dientes, cuando lo peor ha pasado y la chica de los mocasines rojos ya ha dejado de aullar, volteada por una dosis de sedantes para caballos, y ahora dormita balbuceando en camisón, sentada en el patio techado que la mujer que barre en ropa deportiva llama salita de espera. Está ahí para recibir la ropa de su novia, pero no bien se la entregan sus manos la dejan caer, espantadas, como si recibieran los despojos de una muerta. Está ahí para pagar, pero tiene que hacer malabarismos, explotar al límite la combinación de encanto personal, astucia y retórica picaresca que tantos frutos le ha dado con las chicas y tan pocos con los profesores de la escuela, para que la médica que hizo el trabajo acepte cobrar en el curso de la semana lo que falta, la parte que no le paga y no podría pagarle nunca, porque en vez de estar en el bolsillo trasero de su pantalón, donde ha resistido hasta bien entrada la madrugada, cuando la partida de póker llega a su culminación y Monti, bendecido hasta entonces por la suerte, no sólo tiene resuelto el pago del aborto sino también el regalo carísimo, un par de guantes verdes, de antílope, con el que piensa hacer sonreír a la chica de los mocasines rojos cuando salga de la anestesia, ahora debe de estar durmiendo en la billetera del canalla de Mafioli, que después de dejarse sopapear por él toda la noche se recupera como por arte de magia y lo esquilma en una seguidilla de manos prodigiosas.

¿Qué puede saber de todo eso la chica que le lava la cabeza esa tarde de verano, que corta el chorro de la ducha de mano con que lo enjuagó, le escurre el grueso del agua del pelo alisándoselo con las palmas de las manos, lo peina hacia atrás, lo frena —porque él, que ya no da más de las cervicales, quiere incorporarse antes de tiempo—, le acomoda la toalla sobre los hombros y lo invita a pasar al salón mientras le hace la pregunta fatídica: "¿Te cortás con alguien en especial?". Nada. Ni una palabra. Es un escándalo pero es así: no sabe nada. Si fuera por él, no habría peluquería de la ciudad ni del mundo autorizada a cortarle el pelo a nadie sin disponer antes, y consultar, y haber procesado como es debido, toda la información personal necesaria ya no sólo para cortarle el pelo sino apenas para osar ponerle un dedo en la cabeza a nadie. ¿No es lo primero acaso que hacen los médicos, previo a auscultar, tocar, percudir, previo incluso a hacer la pregunta de rigor, "Qué lo trae por aquí", "Qué puedo hacer por usted", "En qué puedo ayudarlo"? Hace tiempo que sueña con un mundo mejor, un mundo donde las peluquerías —como los médicos las historias clínicas— compartan, hagan circular, enriquezcan día a día las historias de vida de pelo de sus clientes, de modo que cada vez que alguien cometa la imprudencia de entrar a una peluquería por primera vez, cada vez que alguien, como él ahora, por ejemplo, se ponga de pie, sienta las últimas gotas de agua helada deslizársele por el cuello y confiese lo que tarde o temprano lo llevará a la tumba, que no, que no se corta con nadie en especial, que de hecho es la primera vez que se corta en esa peluquería, el peluquero que le toque en suerte, que en segundos lo verá, también él, por primera vez en su vida, tenga al menos en su poder, en dedos, como dicen los pianistas del repertorio de las piezas que están en condiciones de tocar siempre, en cualquier circunstancia, sin que medie preparativo alguno, todo lo que necesita saber de él para saber qué hacer con él una vez que lo tenga sentado en su sillón, incómodo frente al espejo, tenso, ya transpirado, aceptando el café o el vaso de agua mineral que le ofrecen —y que dejará enfriar u olvidará en ese estante, entre la brocha y el pote de cera— con toda la solvencia de hombre de mundo que le falta cuando le pica la nariz, ahora, ya, antes de que el corte haya empezado, y debe desenredar una mano de la mortaja que le han puesto para rascarse, pendiente de los clientes que detecta con el rabillo del ojo en los sillones vecinos, pero no para buscar una cuota de solidaridad más que razonable —al fin y al cabo son tan víctimas o candidatos a víctimas como él— sino para deplorar ya, por anticipado, el ridículo que no tardará en hacer ante ellos, el espectáculo triste que dará, el minucioso desastre que se llevará media hora más tarde puesto en la cabeza. Y si ese mundo con el que sueña se le aparece como un mundo ideal, sabio, extraordinariamente civilizado, es porque, tal como se las imagina, esa colección de fichas minúsculas, redactadas en una caligrafía casi microscópica —a tono con el alto desarrollo que la motricidad fina suele alcanzar entre los peluqueros—, donde quedarían registrados los pormenores de la historia de su pelo, la historia de su relación con su pelo, los cortes de pelo, las peluquerías, ese archivo lo eximirá, llegado el momento de cortarse otra vez, no de la tentación ni la necesidad de confesarse ante el peluquero, no de compartir con él su problemita —porque una posibilidad semejante le resulta lisa y llanamente inconcebible—, sino simplemente de tenerlo presente en la cabeza, sentir su presión, sufrir su acoso siniestro. Eso ya sería bastante. Un alivio inmenso, tanto como el que puede sentir un órgano una vez extirpado el tumor que lo oprimía. Liberado de su problemita, piensa, ya no llegaría maltrecho, indefenso, sin la menor esperanza de sortearla, o aun de sucumbir a ella con dignidad, a la situación atroz, también de rigor, que lleva treinta años temiendo y humillándolo, en la que el peluquero deja eso siempre tan importante que estaba haciendo en alguna otra parte de la peluquería, llega hasta su sillón un poco apurado, elige un peine y una tijera y, sondeándolo a través del espejo —en esa desconcertante triangulación óptica que él, a lo largo de su vida, sólo atina a comparar con la que tiene lugar en las audiencias de los procesos judiciales, donde el testigo que declara nunca contesta directamente las preguntas de los abogados sino a través de un tercero, el secretario, encargado de tomarle declaración, único nexo que le permite tener alguna relación con el mundo—, le hace la pregunta que él daría lo que no tiene por no escuchar nunca más, la pregunta que lo mata: "¿Qué te vas a hacer?", o su variante cínica: "¿Qué querés que hagamos?", con ese plural venenoso que siente entrándole en un costado como un puñal.

Más de una vez se ha preguntado si hay alguien en el mundo —categoría, alguien en el mundo, en la que incluye naturalmente a las mujeres, aun cuando la relación particular que mantienen con la ingeniería de la belleza parecería más bien excluirlas— que pueda contestar esa pregunta. Contestarla, no balbucear, irse en generalidades, distraerse con fobias vagas, soltar frases porque sí, para dejar que se deshagan en puntos suspensivos. Contestarla, es decir: satisfacer a la vez dos exigencias: la del que quiere cortarse el pelo, que tiene o debería tener en mente una idea de cómo quiere usarlo, y la del que se dispone a cortarlo, que necesita, si no instrucciones, alguna pista al menos para llevar a cabo su trabajo. Él, por lo pronto, nunca ha sido capaz. No importa cuánto la piense, con qué seriedad se prepare para enfrentarla, hasta qué punto ensaye en su casa, frente a un espejo, con alguien a su lado que haga las veces de peluquero, el texto con que la contestará, las precisiones que dará, el grado de detalle con que dirá por fin lo que quiere —basta que esté sentado en el sillón de la peluquería y le llueva la pregunta para verse reducido a la condición de un imbécil instantáneo. Abre la boca —"ah..."—, vacila —"sabés qué... me gustaría... no soporto cómo... una vez, hace mucho tiempo, me hicieron..."—, invoca unos principios básicos y se envalentona —"muy corto no, parezco un milico"—, arremete con energía —"odio que se me infle así, como un casco"— y enseguida languidece —"no hay remedio, ¿no?, es mi pelo, ¿no?"—, lee en el estupor con que lo mira el peluquero la indigencia de las metáforas que se pasó horas eligiendo en su casa —"irregular, ¿sabés?, un corte como de reformatorio"—, hasta que se cansa, se rinde, y todo eso que no ha podido decir con palabras termina delegándolo en sus pobres manos, mil veces más torpes que su lengua, que suben temblando hasta su cabeza y revolotean haciendo muecas alrededor del pelo: "Acá... así, ¿ves?... bajar esto... un poco más... más corto no: menos pelo...".

Una pesadilla. Una pesadilla fría, limpia, desinfectada, como las peluquerías en las que tiene lugar. Una pesadilla de la que reconoce, mientras la padece, cada peripecia, cada indicación escénica, cada gag trágico —y que empezó ¿cuándo? ¿Dónde arranca esta maldición del pelo, la condena de decir con todas las letras qué quiere del pelo, qué es lo que él mismo quiere de su propio pelo? ¿En qué puto momento se volvió responsable de su pelo? ¡Ah, el niño que fue! Es de la opinión, en líneas generales, de que lo mejor que puede hacer el niño que fue es quedarse quieto donde está, en esas fotos diminutas, de bordes dentados, donde aparece en shorts, descalzo, corriendo en medio de un bosque eterno con una sonrisa de madera balsa, pinchada con alfileres sobre un frondoso fondo de pánico. Pero también es cierto que... Sí: es él, está sentado en la peluquería del Automóvil Club Argentino, un subsuelo sin luz natural donde forman, como soldados de un ejército pasado de moda, ya pasado de moda en los años sesenta, cuando si hay algo que está de moda es el ejército, diez o doce sillones corpulentos, forrados de cuero verde, con estribos de hierro labrado que sus piecitos sólo tocan al subir o bajar y con extrema precaución, a tal punto se le confunden con plataformas de una máquina de electrocutar niños de pelo largo. Un gordo viejo y asmático con un delantal celeste le corta el pelo de abajo hacia arriba con una máquina que zumba, como una cortadora de pasto en miniatura. Roe, más que cortar; poda, le mordisquea el cuello con esos dientes ínfimos, breves, veloces, de perro que se mata pulgas. Tienen la respiración sincronizada. El peluquero jadea cuando la máquina no zumba; la máquina zumba cuando el peluquero para de jadear. Allá atrás, sentada en una larga banqueta, lejos de todo, su madre, que hace tiempo mirando una revista. Eso, mirar una revista, no leerla ni hojearla, es una de las pocas cosas que reconoce haber aprendido de ella, además naturalmente del miedo, el gusto por las madrigueras, la avidez por el alcohol solitario.

"No muy corto". Es todo lo que dice su madre cuando lo empuja hacia el sillón y lo entrega al peluquero. Para qué se molestará. No termina de decirlo, no ha empezado siquiera a decirlo y ya el peluquero desenfunda la máquina, ya lo ayuda a trepar al sillón y se aboca a la esquila. Un cuarto de hora después, cuando todo ha terminado, él busca algo que explique el aire de desnudez, esa cara aterida de pupilo de orfanato alemán que lo mira atónito desde el espejo y va y viene entre los tres puntos de referencia que tiene a su alcance para explicárselo, la máquina de cortar, que, aunque apagada, todavía parece vibrar en manos del peluquero, su madre, que se incorpora con un suspiro, cansada de esperar, sin sacar los ojos de su revista, y las pequeñas matas de pelo que se dispersan en el piso alrededor del sillón. No lo consigue. "No muy corto". ¿Escuchó eso de boca de su madre o fue una ilusión, un espejismo auditivo? Chico como es, se da cuenta de todos modos, estudiando a lo largo del tiempo a los clientes adultos que desfilan por el sótano sin luz natural del Automóvil Club Argentino, jóvenes o viejos, algunos con más pelo que él, otros con menos, que tarde o temprano, no importa qué digan, pidan lo que pidan al entrar o al sentarse, le den conversación al peluquero o no abran la boca, todos terminan siendo víctimas del estilo boina verde, como lo llama riéndose su madre mientras le raspa la coronilla con la palma de la mano. Todos cortados por la misma tijera.

Ahí, al menos, no hay nada que decir. No se espera que nadie diga nada, y la frase que suelta su madre cada vez que entra al subsuelo del Automóvil Club Argentino es menos un pedido, algo susceptible de ser concedido o rechazado, que un truco retórico, una de esas fórmulas a la vez vacías y determinantes que no significan demasiado pero sirven, en cambio, para ratificar la realidad de una situación particular: hijo, madre, peluquero, peluquería, corte de pelo. Como lo demuestra el estado de cepillo indefectible en el que sale siempre su cabeza, que entra bajo el lema "No muy corto", nada garantiza que usarlas conducirá al resultado perseguido, pero todo indica —al menos para él, que a los cinco, seis, siete años tiene la impresión, que por otro lado no lo abandonará nunca, de que absolutamente todo lo que se ve y sucede en este mundo es precario y cuelga del hilo tenue y descabellado de una o dos frases que, para ser eficaces, sólo pueden ser pronunciadas de una sola manera— que sin ellas, si su madre no las profiriera a cada vez, siempre con el mismo tono de madre profesional, antes de hundirse en su revista, el peluquero, la cortadora de pasto en miniatura, el sillón, la temible tijera con dientes que le tironea, él mismo, todo temblaría hasta evaporarse.

Es el afro, la tentativa de afro que emprende para estar a la altura de la época. Eso lo marca para siempre. Quimera o payasada, es algo de lo que no vuelve intacto, si es que se puede decir que vuelve. Da por terminado el experimento a los tres meses, cuando ha agotado todos los recursos para preservar, porque de mejorar ni hablar, el resultado lamentable que consiguió y se da cuenta, tanto se lo grita en la cara el insultante festival de motas que ve florecer a su alrededor, motas robustas, despreocupadas, rozagantes, motas genuinas que miran al futuro y se comen el mundo, de que ese sueño no es para él. Renuncia. Si hay un momento para rendirse, es ahora. Su mejor amigo ha faltado al colegio y, por lo que le cuenta el hermano mayor que lo atiende cuando llama a su casa, el mayor mayor, porque hay otro mayor menor, es probable que siga sin ir dos, tres más, los días que se tome la angina pultácea —expresión que oye pronunciar con alguna dificultad, como si fuera una incorporación reciente y apurada a un vocabulario no del todo familiarizado con los tecnicismos— que lo ha abatido hasta decidirse a ceder. Su proyecto afro habrá fracasado, al menos se ahorrará la humillación de tener que releer ese fracaso cada vez que se enfrente con el derroche de vitalidad, la sobredosis de alegría que irradia la cabeza enrulada del otro.

De modo que una noche se baña, se lava la cabeza con medio frasco de champú, gasta en enjuagárselo dos sachets y medio de desenredante que roba del baño de servicio, se peina con una dedicación sobrenatural, la misma que pone en asearse el preso la mañana del día en que sale en libertad, y se va a dormir. Y a la mañana siguiente, cuando se despierta, se descubre en efecto con una cabeza normal, si por normal se entiende que, salvo algunos estertores vagamente rizados que persisten en la parte de atrás, ya no quedan rastros de la penosa ingeniería capilar que lució durante noventa días. Pero ¿se reconoce? ¿Ha vuelto a ser lo que era? Si fuera así, ¿dónde está lo rubio y dónde lo lacio?

Despierta y tiene otro pelo. Así de simple, de milagroso. "Paciencia", se dice. Le parece lógico, piensa en los días que siguen, que después de soportar durante tres meses un tratamiento tan sistemático, y sobre todo tan contrario, por no decir hostil, a su verdadera naturaleza, el pelo se tome un tiempo para recuperar sus propiedades originales. "Ya volverá", se repite. Es la frase amuleto que pronuncia en silencio, para sí —en parte para protegerla de todo lo que podría amenazarla si sonara en el mismo mundo donde suenan las demás cosas, en parte porque es así, según ha leído en alguna parte, o le han dicho, confinado en la intimidad muda, como los amuletos conservan su fuerza y ejercen toda su influencia—, todas las noches antes de irse a dormir, cuando ha dedicado a su pelo todo el esmero, la paciencia, los recursos que le retaceó durante meses. Pero una y otra vez se despierta y esa cosa pajiza que la víspera estaba en el lugar de su pelo sigue ahí, impávida, sin darse por enterada de la ansiedad, a esta altura la urgencia, con que se espera que desaparezca. Pasan los días, y con los días el tiempo, y él ¿qué va a hacer? ¿Ponerse a llorar? Se va acostumbrando. En todo caso carga la contrariedad a la cuenta de lo que ha tenido que pagar para escapar del estado imberbe que lo ha avergonzado los últimos dos años y del que por fin, a juzgar por los tímidos retoños de pelo que asoman en la zona púbica, como brotes de un pasto sembrado al descuido, y la aspereza que lo sorprende un día en la piel de sus axilas, hasta entonces tersa y suave como la de un recién nacido, efectivamente parece estar saliendo. Llega un momento en que ya está, en que hasta empieza a gustarse así, como ha quedado, a tal punto que más de una vez le pasa que cuando se seca el pelo frente al espejo siente una especie de tirón, una sacudida interna que le encabrita el fondo de la verga, como si un cable invisible pero poderoso conectara la imagen que ve, su cara enmarcada con ese pelo crespo, alborotado por el trabajo de la toalla, con la fuente que le bombea sangre al sexo.

Y así podría seguir, así de hecho sigue, adaptándose a su nueva personalidad, hasta que poco después se encuentra una tarde con su padre, una tarde como otras, como las tantas que han pasado juntos en los últimos tiempos, y volviendo del baño del bar donde acostumbran darse cita, su padre se sienta a la mesa, lo mira incrédulo y con un tono hostil, como de estafado, su padre, pelado desde los veinticinco años, es decir, en otras palabras, desde que tiene uso de razón, le pregunta a boca de jarro: "¿Se puede saber qué te hiciste en la cabeza?". Si fuera una mujer se llevaría en el acto unos dedos trémulos al pelo. Lo congela en cambio un furor amargo, desconsolado. Piensa atropelladamente por qué su padre no se lo dijo antes, por qué no notó eso "que se hacía en la cabeza" mientras se lo estaba haciendo, por qué no puso el grito en el cielo entonces, cuando una simple señal del apego, la fidelidad, la devoción por su viejo pelo de niño —su pelo original, rubio y lacio— que su padre manifiesta ahora, demasiado tarde, con la vehemencia atrabiliaria que sólo le despiertan los desertores ignominiosos, políticos, críticos de cine y teatro, médicos, mecánicos, psicólogos, gente que por hache o por be nunca está a la altura de la ética que defiende, el lugar que ocupa o la misión que ha asumido y se pasa la vida traicionándolos, habría bastado quizás para disuadirlo de seguir adelante con el experimento afro. Pero él no dice una palabra. Como siempre, no ha terminado de condenar a su padre y ya lo indulta. Ve las luces del bar reflejársele en la calva tostada, el letrero de neón estampándole una marca de café en la parte superior de la frente, que la publicita unos segundos, como una pantalla, hasta que el letrero se apaga y vuelven a primer plano manchas, lunares, restos de despellejamiento, cascaritas, todos los rastros que sesiones de sol celebradas a las horas y épocas del año más peligrosas han ido dejándole en el cuero en este caso mal llamado cabelludo y que su padre expone con orgullo, como si fueran condecoraciones. Lo entiende demasiado bien. Se siente un frívolo, un cínico, alguien que tiene la indecencia de contar plata adelante de los pobres. O un despilfarrador, uno de esos niños bien que, empalagados hasta la náusea por todo lo que tienen, que nunca les alcanzará el tiempo para usar, no encuentran otra alternativa que arruinarlo o destruirlo. A tal punto que de ahí en más, cada vez que él se corte el pelo y se encuentre con su padre, le será imposible no sentir en la cabeza el peso de su mirada escrutadora, la mirada ya condenatoria con que el experto en inversiones que no tiene nada propio examina el registro de los movimientos financieros del que lo tiene todo y ha decidido, por una vez, administrarlo por su cuenta.

El hecho es que esa tarde, arrojado a la historia, sale del bar con un solo propósito: meterse en la primera peluquería que encuentre. Es la primera vez en su vida que necesita cortarse el pelo. Se ha despedido de su padre, que después de recoger su saco príncipe de Gales va hasta una mesa vecina y se hace un lugar en el grupo humano que desde hace años los mozos, cajeros y habitués del bar llaman a secas la mesa —una mezcla de tertulia, parlamento de trasnoche y set de televisión sin cámaras donde un editor de un semanario de derecha que duplica las ventas en verano, un mesadinerista, un agente de cambio, un director de cine, un distribuidor de películas extranjeras, un actor cómico, un productor de televisión, un portavoz que alquila sus servicios al mejor postor y un par de cuadros maduros y poco conspicuos de dos partidos políticos que en un par de años disimularán la podredumbre íntima que los corroe con la larga hibernación a la que los confina un golpe de Estado militar, todos emparentados por la adoración incondicional que profesan por el microcentro de la ciudad, del que el bar donde se reúnen es una suerte de cuartel general, y la convicción de que si dejaran pasar un día sin reunirse, uno solo, el país sufriría un déficit fatal de inteligencia y de chispa, discuten a diario el repertorio de temas que cada uno ha recogido en la prensa esa misma mañana, con la tríada fútbol-política-espectáculos a la cabeza—, y desde ahí lo saluda con un "¡Chau, porra!" estentóreo, que atrae sobre él la mirada de varios de sus contertulios y les arranca unos redobles de risas cómplices. Toma la peatonal, elude el par de tarjeteros trajeados que le ofrecen visones, botas altas y guantes de cabritilla con voz viciosa, como si fueran drogas o adolescentes ninfómanas, y se mete sin pensar en la galería de la plaza.

 Esta vez no ralenta el paso para paladear esas vidrieras llenas de polvo, iluminadas por tubos que parpadean, donde envejecen juntas pero a ritmo desparejo boleadoras de cuero crudo, iglesitas de cerámica, túnicas hindúes, apagacigarrillos de ónix, mates de plata labrada, sahumerios, vestigios tristes y cada vez más escasos —no porque se los disputen los turistas sino porque tarde o temprano, víctimas del abandono, se cascan, se rompen o terminan en los bolsillos rápidos de un ladrón— de una edad de oro que él sólo conoció de oídas, entre otros por su padre, que, aun ajeno por completo al espíritu psicodélico que la hizo célebre, es un buen devoto del microcentro y como tal no podía dejar de interesarse por ella, y de la que quizás por eso, por haber llegado tarde, aprecia los ecos decadentes con una tortuosa fruición, como si fueran manjares reservados para paladares muy exquisitos. Avanza por los pasillos oscuros, deja atrás las vidrieras tapiadas con cajas de cartón, la glorieta del bar con la cortina metálica cerrada y una parva de facturas impagas asomando sus lenguas por abajo. Pero lo que ha entrado esta vez a la galería a buscar no es la disquería diminuta de siempre, nacida —como esas formas de vida nuevas que brotan por milagro de una catástrofe— de las ruinas de la edad de oro, que exhibe todos los discos que querría tener pero apenas le da para contemplar, a tal punto, importados de Londres, Nueva York, Roma, están fuera del alcance de su presupuesto. Esta vez busca una peluquería. Busca La Lana Loca, quizás la única rémora que ha sobrevivido intacta de la época en que la galería, con su hedor de pachuli, sus publicistas bronceados, sus minifaldas, sus asonadas de arte conceptual y sus patrullas policiales armadas, marcaba el pulso moderno de la ciudad. ¿Cuántas veces, yendo al encuentro de su padre, que lo espera en el bar, ha mirado de reojo el local de La Lana Loca mientras cruza la galería para acortar camino, burlándose en silencio —él, que con su pelo rubio y lacio, definitivo, se da el lujo de prescindir de las peluquerías— de los clientes que adivina sentados en esos estridentes sillones amarillos, todos jóvenes, todos con ínfulas de guitarristas, bajistas, bateristas de rock, esperando que les hagan en la cabeza lo mismo que sus héroes musicales llevan en las suyas, a juzgar por la tapa del disco que acaban de comprarse en la disquería? Ahora, sin embargo, sube las escaleras a los saltos, sortea un charco disimulado por papeles de diario, un balde, una barricada de sillas de oficina tullidas, y ya está, ya empuja la puerta, ya siente la música de Jefferson Airplane soplándole en la cara como un viejo huracán que se niega a rendirse. Es la primera vez que pisa el lugar y ya sabe todo lo que hay que saber. Es algo muy suyo: sabe mucho, bastante más que la mayoría de los de su edad, pero de nada parece saber tanto como de lo que jura que no le interesa. Sabe que sólo se escucha Jefferson Airplane, que la tipografía psicodélica con que han escrito La Lana Loca en el frente es la misma que la del *Submarino amarillo*, que los centenares de bocas rojas que se abren espantadas en las paredes, con lengua, dientes blanquísimos y una glotis gruesa e irrigada en el fondo custodiando el pórtico de una garganta enrojecida, salen de la tapa del primer disco de King Crimson. Sabe que sólo hay una persona que corta y es una mujer, la dueña de la peluquería y una especie de Musa esquiva de la galería, una mujer de malhumor crónico, pómulos cadavéricos y dentadura de caballo que lleva el pelo largo, chato y quieto, como los jugadores de fútbol lo llevarán cuatro años más tarde, de la que se dice que es lesbiana y se llama Laura. Y apenas él entra, todavía empujado por el envión con que subió las escaleras, Laura, sin mirarlo, haciendo chasquear su famosa tijera rojo sangre en la selva de pelo que tiene entre manos, le dice con su peor voz: "Sentate ahí. Vas a tener que esperar".

Es la primera, no la única. La primera de una serie de heridas que lo acompaña y lo ve envejecer y llega hasta aquí, hasta hoy, hasta el momento crítico en que la chica del lavado le pone sobre los hombros la toalla húmeda con que le ha estado frotando la cabeza y mientras lo guía hasta un sillón con una delicadeza un poco inexplicable, como si fuera ciego o terminaran de operarlo de algo muy grave, le dice: "Pasá por acá. Te va a cortar Celso", y le señala a un pequeño ropero humano, casi una cómoda, de camiseta blanca y brazos gruesos como troncos, que barre el piso de cemento alisado del local con un escobillón y un cuidado lento y metódico. Ordena los restos de pelo en pequeñas parvas, dispone las parvas en parejas asimétricas y después, sólo después, las reúne en un montículo único que acomoda con un empujoncito sobre una pala de plástico. Así, si veinte o treinta años más tarde se acuerda de Laura no es tanto por la persistencia de sus excentricidades de peluquera hippie o sus costumbres secretas de hippie lesbiana, o porque todo lo hace completamente sola, no sólo lavar y cortar, y secar, y planchar y teñir, y *brushear*, como se empieza a decir entonces —si no es ella en realidad la que inventa ese neologismo que hará historia—, sino también dibujar las letras del cartel de La Lana Loca, pintar las gargantas en las paredes del local, barrer y limpiar, elegir las canciones de Jefferson Airplane que se escucharán a lo largo del día, enviar por correo las promociones, atender a los proveedores y, sobre todo, colocar lo más rápido posible la marihuana rudimentaria que se comenta que vende entre corte y corte, al parecer su verdadera fuente de ingresos. Es más bien por el tipo de marca que le deja, por todo lo que inaugura, por el largo proceso que desencadena. En dos palabras: la experiencia de la decepción.

En el lapso de cuatro años, que es el tiempo que pasa entre esa tarde y la última vez que pisa La Lana Loca, lo aprende más o menos todo. Aprende en principio lo que el cráneo yermo de su padre y sus hermanos lleva años enseñándole, acaso en un lenguaje demasiado sutil, o cifrado, para que no tenga dificultades en entenderlo: que tener pelo es una condena porque es tener la posibilidad de perderlo, y es una condena atroz porque, apenas descubre que puede perderlo, el que tiene pelo sabe que ha dejado de ser inocente, sabe que de ahí hasta que se muera, en el mejor de los casos, o hasta que el pelo empiece a caérsele, en el peor, está destinado a un calvario perfectamente estéril: conjurar el peligro ocupándose del pelo. Y eso no es nada. Porque a esa atrocidad perpetua se agrega otra: la evidencia de que tener pelo, además, es tener que cortárselo, que cortárselo es exactamente lo contrario de perderlo, porque se pierde el pelo una sola vez y para siempre, de manera definitiva, igual que se encanece de la noche a la mañana por obra de un trauma o un golpe de terror, mientras que un corte no es más que el punto de partida de una serie, la primera de un reguero infinito de repeticiones, porque si cada corte es único, fruto de un conjunto complejo de variables, el estado en que el pelo llega al corte, el pedido puntual del que se lo hace cortar, el peluquero al que confía su pelo, el punto en el que está en ese momento la técnica de la peluquería, las herramientas puestas en uso en el corte, el nivel de estrés o de calma que impera en la peluquería en el momento del corte —todos se parecen, todos son de algún modo un único y mismo corte en tanto ninguno, nunca, le da ni le dará al que se corta el pelo lo que quiere. No es el mal ni el bien; es el fantasma, la bestia negra, el demonio de la irregularidad lo que se le mete en el cuerpo. Aprende básicamente que no hay peluquero que corte dos veces del mismo modo. En su caso, o bien porque él nunca consigue pedir lo que quiere dos veces de la misma manera, o bien porque el peluquero nunca entiende el pedido del mismo modo, o bien porque, aun cuando el corte sea el mismo, el pelo, sorprendido en una fase determinada de crecimiento, casi seguro distinta en minutos, horas o días, de la fase en la que fue cortado la última vez, lo interpreta y modula de una manera diferente, desviándolo a menudo de su sentido original. Aprende el dolor de la insatisfacción, esa tortuosa mezcla de hastío, de hambre y de insomnio que empuja a muchos de los que chapotean en la época con él a calzarse un arma en la cintura, infiltrarse en el vestuario de un club para robar billeteras y portadocumentos ajenos o aprovechar la casa de una abuela permisiva para desplegar mapas de unidades militares sobre las carpetas de macramé. La insatisfacción: que no le corten bien, que le corten bien pero que el efecto bien dure sólo unos días, que el corte espléndido que ilustra la foto de revista que lleva como modelo para su corte no simpatice con su pelo, o pegue mal con su cara, o simpatice y pegue bien pero convierta su cara en una estúpida cara de foto de revista.

Esa tarde, sin ir más lejos, sale eufórico de La Lana Loca con su pelo nuevo. Sale casi en estado de trance. Ha tenido que esperar casi una hora y cuarto —el tiempo que Laura se toma para despachar dos cortes Peter Frampton y un Warren Beatty, fumarse tres cigarrillos ultralargos y encerrarse a parlamentar entre susurros con un chico flaco como un junco, con los brazos veteados de gruesas venas azules, en el cuartito donde tiene la pileta de lavar cabezas— hasta sentarse por fin en el estrecho sillón amarillo, más propio de una peluquería infantil, piensa, que de un local montado para apantallar la venta minorista de drogas. Por lo demás, Laura lo intimida, los cientos de gargantas que vociferan mudas en las paredes parecen a punto de vomitarle encima y para colmo no tiene la más mínima idea de cómo pedirle cómo quiere que le corte. O quizás la tiene y es ésta: "Quiero volver a mi pelo original". Pero apenas se imagina diciéndosela se siente tan avergonzado que le gustaría desaparecer sin dejar rastros. Se da cuenta tarde, cuando ya está sentado y unas correas invisibles, como las que atan a los condenados a la silla eléctrica, lo inmovilizan en el sillón, y por más que se concentre y hojee a toda velocidad las carpetas de su archivo mental de estrellas de rock, todas de segunda mano, todas de una nitidez enceguecedora, las únicas caras que ve, y que podría describir, son las de los cantantes comerciales que lo empacharon durante su infancia, Roberto Carlos, Nicola di Bari, Leonardo Favio, de los que ahora, como de todo lo que huele a su infancia, suele burlarse sin piedad, menos por lo que son, en realidad, o lo que representan, o la calidad de la música que hacen, que por puro y simple despecho, para borrar la humillación que le infligieron al seducirlo, y los únicos pelos que se le representan son las colecciones de pelos dibujados que vio de chico en esa misma galería, o tal vez al lado, en una exposición de historietas que lo marca de una vez y para siempre, a tal punto que después de visitarla, él, fanático inmemorial de las revistas de historietas, no volverá a abrir una ni a punta de pistola, el pelo del Príncipe Valiente, Rip Kirby, Peter Parker o incluso Superman, con su jopo legendario y su brillo azulado, todos —en caso de que alguno le gustara, y no es ése el caso— modelos con los que duda que Laura o nadie pueda hacer gran cosa. Pero aun si fuera capaz de mostrar o de decir, en un rapto de inspiración, cómo quiere el pelo, ¿de qué va a hablar? No ha pensado en eso. ¿De qué va a hablar con Laura mientras dure el corte? ¿Del pelo? ¿De rock nacional, del que lo ignora todo? ¿De la marihuana, que nunca probó? ¿De la chica de los mocasines rojos? ¿De que su mejor amigo falta ya desde hace cinco días al colegio? ¿Cómo llenará esa media hora de ávido desierto que se cierne sobre él?

Y sin embargo la media hora pasa y él sobrevive. Se deja cortar. No habla y no lo lamenta. Laura es de pocas palabras, seca, un poco antipática, lo que muy pronto despierta toda su simpatía. No parece tener ninguna curiosidad, no espera nada de él. Sólo le exige que ejecute los pasos básicos de la coreografía que tarde o temprano todos los peluqueros le hacen repetir, mantener la cabeza derecha, inclinarla hasta apoyar el mentón sobre el pecho, girarla apenas a izquierda o derecha, que él pone en práctica sin chistar o que ella, cuando lo sorprende distraído, lo obliga a realizar marcándoselos con una presión drástica de las manos. Por lo demás, la música es atronadora, lo llena todo y hasta comba los cristales de la peluquería, como le parece a él que sucede cuando aprovecha que Laura hace una pausa para fumarse un cigarrillo cien milímetros y él echa un vistazo por el espejo y se detiene asombrado en la vidriera del local, donde las letras de La Lana Loca se curvan como en un principio de animación tridimensional. Y cuando sale, ya cortado, y se estudia de reojo en la vidriera de un negocio abandonado, la imagen que ve, para su asombro, lo reanima.

Aprende también eso: el efecto droga de ciertos cortes. La inyección de brío y energía, el entusiasmo, el ímpetu que lo transporta cada vez que sale de una peluquería. Importa poco cómo le hayan cortado. El efecto es previo; lo percibe —lo impacta, más bien, porque es como un *shot*— antes de sentirse capaz de emitir cualquier juicio de valor sobre el corte, con la primera visión de sí con el pelo cortado que tiene fuera de la peluquería. Como si ese cambio de contexto, al arrojar el estado nuevo de su cabeza al mundo, le diera al corte la dosis de realidad, la vida que el decorado de la peluquería siempre mantiene en una suerte de suspenso, como una promesa. Es simple: le cortan el pelo y rejuvenece. Y esa especie de fervor exultante que lo arrebata apenas siente el fresco producido por el roce del aire en movimiento con su pelo todavía mojado no tiene nada que ver con la satisfacción de verse bien, o la belleza de un corte inspirado, o la novedad de un aspecto que nunca esperó tener. Es casi biológico, efecto puro del acto de cortar. A tal punto es así en su caso —lampiño, *baby face*, siempre, condenado a no tener nunca la edad que su cara dice que tiene— que pocos años después, cuando aún no ha alcanzado la mayoría de edad, adopta como una ley la costumbre de no cortarse el pelo nunca antes de ir al cine a ver una película prohibida para mayores de dieciocho años. No hay vez que al entrar a la sala no le pidan que muestre los documentos, trance ingrato que a partir de los dieciséis sortea mostrando con la mano que menos le tiembla la vieja cédula de identidad que le cede su hermano mayor, antes amante de la ópera y hoy apostador desenfrenado. Pero si acaba de cortarse el pelo, como le sucede más de una vez, ni siquiera eso lo salva. Si tiene dieciséis parece de catorce.

Tan vital se siente esa tarde mientras se aleja de La Lana Loca que decide pasar por lo de su mejor amigo, a quien imagina en la cama arropado hasta las orejas, volando de fiebre y con las amígdalas a punto de reventar, y así y todo sediento de noticias del mundo del colegio, mediocre o no, el único mundo del que vale la pena estar informado. De modo que después de corroborar de reojo —porque no resistiría la indignidad de hacerlo directamente— la imagen satisfactoria que espejos, vidrios, planchas metálicas o cualquier otra superficie reflejante le devuelven de su pelo, convenciéndolo de que así como sorteó con éxito la prueba de pasar de la peluquería a la galería, así sorteará también la de salir del encierro penumbroso de la galería a la luz de la calle, se toma un colectivo y baja a dos cuadras de la casa de su amigo, lejos la más pobre que le haya tocado conocer —más pobre incluso que la suya, que siempre imaginó como el colmo de las casas pobres—, aun cuando el barrio en el que está, simplemente porque orbita alrededor del zoológico y el jardín botánico, por otra parte dos de los escenarios más sórdidos de la ciudad, es desde siempre sinónimo de opulencia. Toca el portero eléctrico y oye a la madre de Monti que atiende con una voz decidida, entrenada en el oficio de ahuyentar desconocidos, y enmudece de golpe cuando él le dice que es él y quiere saber cómo está su amigo. Le dice que quiere verlo. Hay un silencio y después nada, pero nada a tal punto que decide volver a tocar, pensando que tal vez se haya confundido de piso y malinterpretado la voz. Ya no le contestan. Suena la chicharra y él empuja la puerta y entra, y cuando llega al sexto piso, sano y salvo, una vez más, después de haber temblado junto con el viejo ascensor durante dos minutos interminables, encuentra la puerta de la casa de Monti entreabierta y la cabeza de la madre apenas asomada, invitándolo a entrar en silencio. No ha puesto un pie en el departamento y ya la madre lo besa, le corrige un mechón de pelo todavía húmedo y se deshace en explicaciones abruptas. La angina, cuatro días en cama y después de la angina, cuando la fiebre empezaba a ceder, piojos. Piojos, piensa él, mientras un escalofrío de satisfacción le recorre la espalda. No puede no ver la imagen de los dedos de la chica de los mocasines rojos abriéndose camino por entre los rulos de Monti tal como la reescribe ahora su rencoroso placer, en versión entomológica, con monstruosas larvas de colmillos afiladísimos haciendo el papel de los dedos. Y cuando está por rumbear hacia el cuarto de Monti, sin pedir permiso, como es ya su costumbre, simplemente atravesando el living a media luz, saludando al padre postrado en un sillón y manteniendo a raya al perro que le ronda las botamangas, siente que algo que viene de la madre se lo impide, una fuerza que su cuerpo se ha puesto a irradiar, primero, y luego, cuando él se perfila para emprender el cruce del living, una mano, la misma con la que acaba de retocarle el pelo recién cortado, que se le cuelga del antebrazo y lo frena con un vigor asustado. Él la mira, mira sin entender el óvalo negro de su cara, lleno de matices movedizos, recortado contra un fondo oscuro. "Tuvimos que...", la oye decir, y en su tono se mezclan la advertencia y la amenaza. "Tuvimos que cortarle...", dice. Sus labios tiemblan, se ablandan, la mujer rompe a llorar. Él tiene que sostenerla para evitar que se desplome.

Al día siguiente es él, con su corte de La Lana Loca recién estrenado, el que falta al colegio sin aviso. Se despide de su madre, deja su casa bien temprano, vestido de colegio, con el portafolio cargado hasta reventar, y aunque llovizna camina las seis cuadras de rigor y toma en la parada de siempre el colectivo de todos los días. Hasta ahí llega la farsa. Se baja tres paradas más tarde, a la altura de la casa de su amigo, espera a la madre, que aparece en batón, con un tapado encima, paran un taxi y van juntos, en silencio, a los Tribunales, donde se supone que Monti, sorprendido cinco noches atrás fuera de sí, en un estado de furor que asombra incluso al par de policías experimentados que se le van al humo, desvalijando una *coupé* Torino color marfil nueva, flamante, estacionada en la calle a cuarenta metros de su casa, prestará declaración ante un juez de menores. Son tres: Monti, el hermano mayor menor y un amigo de ambos, rugbier de fin de semana y proveedor de cigarrillos y perfumes importados. Participan los tres y los tres caen, pero el que detecta la *coupé* Torino es Monti, que según los otros le ha echado el ojo hace días. Monti es aparentemente el que violenta la puerta, vacía la guantera, arranca la radio y de a poco, a medida que lo gana el frenesí de saquear, va adelantándose a los otros y arrasando con todo, instrumental de la consola, herramientas, espejos retrovisores, rueda de auxilio, por fin ruedas a secas, las cuatro, que desmonta a una velocidad demencial, como de box de fórmula uno, con el críquet que ha encontrado en el baúl, desoyendo y hasta burlándose del sigilo que le piden que tenga sus dos cómplices, que temen que la operación se salga de quicio y termine alertando a la comisaría del barrio. Es Monti el que no tiene ojos ni oídos más que para el coche, para todo lo que el coche tiene todavía que ofrecerle a su rapacidad, volante, picaportes, cubretapizados, una linterna, un rosario que cuelga del retrovisor, y el que parece sordo a los gritos con que los otros le avisan que llega la policía, y el que, ya con dos oficiales encima, uno colgado de su cuello, el otro abocado a inmovilizarle los brazos, sigue forcejeando, tirando, haciendo palanca con la barreta de hierro para arrancar de cuajo el seguro cromado del ventilete de la puerta delantera, la única pieza del botín que sigue resistiéndosele.

Son las ocho y veinte. Nunca se ha imaginado tan temprano en otro lugar que no sea su cama o el colegio. La luz está quieta, como estancada, y una alfombra de aserrín amortigua el sonido de los pasos en el pasillo de los Tribunales. Mientras dice que no con la cabeza cada vez que la madre de Monti lo invita a compartir el termo con té y las galletitas de agua que se ha traído de la casa para hacer más tolerable la espera, se pregunta si podrá ver a su amigo, cómo estará vestido, si come, si tiene derecho a hablar, cuántos años de cárcel le darán, si le habrán pegado, si en caso de verlo puede —él, que no robó— hablarle, si puede hablarle aun cuando Monti tenga prohibido contestar y si Monti, desde aquel lado, el lado de los que robaron, será capaz de escucharlo. De golpe un mundo entero de mecanismos, reglas, procedimientos adultos que debería conocer y no conoce, y ni siquiera imagina, le pesa como una nube sombría sobre los hombros. Se siente inútil. Se pregunta si tiene sentido estar ahí, haber preparado la noche anterior, contra el parecer o más bien la vergüenza de la madre de su amigo, que intenta en vano disuadirlo, la bolsa de plástico blanca que cuelga ahora de la base de su dedo pulgar y su índice y pendula un poco entre sus piernas, en cuyo fondo, encerrado en el baño de su casa, único lugar donde se siente a salvo, ahora que sabe que es el mejor amigo de alguien que está preso por robar un auto, ha acomodado un cartón de cigarrillos negros, el número recién salido de una revista deportiva y el repertorio de golosinas que sabe que su amigo adora.

Cuando quiere darse cuenta, la madre se ha dormido y ronca suavemente con una mejilla estampada contra su hombro. Él, que ya ha limitado al máximo todo movimiento, a tal punto lo intimida la arquitectura de la ley, aun cuando lo que ha visto desfilar desde la mañana temprano, a la vez alivio y decepción, no son más que oscuros empleados de traje, ordenanzas, secretarias que usan los zapatos como pantuflas, aplastándoles los talones, algún que otro policía de aspecto inofensivo que pasa bostezando, ahora, con el peso del cuerpo de la madre contra él, se hunde todavía más, se repliega entero en una especie de implosión acobardada para no despertarla. Puede ver cómo le tiembla el labio superior al roncar, ve agitarse con cada espiración la sombra de un bigote muy fino, hecho de cientos de tenues acentos negros paralelos, mientras los ecos de una cena apresurada suben hasta él arrastrados por las oleadas ácidas de su aliento. Son las nueve y cuarenta y dos en el reloj del escritorio enclenque que hace las veces de recepción, las nueve y cincuenta en el del fondo. Tiene hambre. Justo cuando se le cruza por la cabeza y reprime la idea de picotear uno de los turrones que duermen en el fondo de la bolsa, de una oficina cercana brota un hombre joven, engominado, que viste un traje antiguo y abraza unas carpetas contra el pecho. Durante unos segundos busca a alguien con ojos apremiantes. Por fin, con una pizca de decepción, como resignándose a las opciones que le ofrece el pasillo, se detiene donde están ellos sentados y hace un gesto con la mano que le queda libre, un gesto que él ve con toda nitidez, un gesto para él. Él piensa que ha llegado la hora. Piensa en ponerse de pie pero descubre que está aterrado. Tiene miedo de no poder dar un paso, de cagarse encima, literalmente. Pero basta que tenga esa mera intención, moverse, responder, acudir al llamado, para que un reguero de tensión atraviese su cuerpo y alerte a la madre, que emerge del sopor, intercepta la señal del tipo del traje a rayas, se incorpora de un salto y desaparece en la oficina con el tipo. Él se queda sentado en el banco, con la bolsa de plástico colgándole de una mano y el termo, el vasito de plástico con el té y el paquete de galletitas de agua en la otra. Espera ¿cuánto? ¿Cuarenta minutos? ¿Una hora? Ya no mira los relojes. No es tanto que no confíe. Piensa más bien que el tiempo que miden no es el elemento donde se dilata su espera. Se abre una puerta: suenan un teléfono, una voz que dicta, la metralla de una máquina de escribir, y todo se apaga de golpe, tragado por el estrépito de la puerta que se cierra. Un tubo fluorescente pestañea. Pasa un ordenanza empujando el carrito del desayuno. En un costado del carrito, sujetada contra la chapa por un elástico que no la sostendrá mucho tiempo más, hay una bandeja redonda, de bar, de acero inoxidable, que lo refleja durante unos segundos. Y él se ve, se ve ojeroso, pálido como un fantasma, pero se ve flamante, y al verse con el pelo corto vuelve a sentir en algún lado, recóndita, como asordinada por el algodón del pudor, la misma explosión de deseo ciego, sin objeto, que sintió cuando salió de la peluquería y reconoció su cara nueva en la vidriera del local abandonado. Dura un segundo. El carro sigue de largo y se lleva su cara, y la puerta de la oficina vuelve a abrirse y la madre y el tipo del traje antiguo salen conversando en susurros, las cabezas muy juntas, y se detienen a unos pasos de la puerta. Él se pone de pie; recién entonces parece darse cuenta de todo lo que cargan sus manos. Ve salir un policía de uniforme que se para junto a la puerta, de frente a la madre, al tipo de traje y a él, y luego, despacio y en fila, como si acabaran de aprender a caminar, los dos esposados, el hermano mayor menor de su amigo, que trastabilla un poco, la vista clavada en el piso, y su amigo.

Lo han rapado. Tiene la cara lívida y demacrada, puro ojos, orejas, pómulos, dientes, que emparenta a todos los prisioneros del mundo. La madre apaga un puchero con un pañuelo arrugado que hace aparecer de la desembocadura de una manga del batón y se aparta un poco para dejarlos pasar. Un policía al frente, los dos reos, otro policía a la cola: la caravana enfila hacia él, que juraría, si le preguntaran, que llevan los tobillos engrillados, y pega la espalda contra la pared del pasillo. Es Monti: tiene el cráneo como sembrado de pequeñas cicatrices. Cuando pasa por delante y lo mira de costado, con alegría y con miedo, lo único que reconoce de su amigo en esa cara empequeñecida por la máquina de rapar es la curiosidad, la avidez inocente de los ojos, y la sonrisa, muy débil, con la que intenta tranquilizarlo —él, su mejor amigo, que viene de pasar dos días y pasará los próximos treinta encerrado en un instituto de menores— antes de que se lo lleven otra vez a su celda.

Raparse. ¿Por qué no? A menudo ha pensado que no hay nada que se acerque más a una solución final. Raparse y matar dos pájaros de un tiro: acabar de una vez con la vacilación, el anhelo insatisfecho, la esperanza de dar con la mano, el estilo, el tipo especial de corte que supone que le están destinados, enterrar para siempre —para la módica eternidad que demora el pelo en revivir, crecer, volver a la carga con sus complicaciones— el sueño de lo único en esa especie de páramo desolado, anónimo, indiferente, a que queda reducida la cabeza una vez barrida por la máquina de rapar, y de paso acceder al tesoro del cuero cabelludo, tan recóndito y superficial a la vez, donde, como lo descubre cuando Monti pasa esposado por delante y él aprovecha y le examina la corteza como alfombrada del cráneo, una serie de rayas y de muescas parecen trazar un dibujo secreto. De hecho es lo que hace la mayoría de los que rozan los veinte a principios de los años noventa, cuando, como un tiempo antes sucede con las cámaras de fotos y más tarde con las computadoras, las máquinas de rapar se modernizan, simplifican y abaratan, dejan de ser patrimonio de los especialistas de la industria del pelo, que las compraban en forma directa a los fabricantes, para venderse en las mismas tiendas de electrodomésticos que venden televisores o heladeras, y entran por fin en malón en las casas, donde, en manos de chicos probablemente hartos de las peluquerías o, en términos más generales, de que otros, adultos, les pongan las manos encima con cualquier pretexto, cortarles el pelo o lo que sea, desatan en un par de años una verdadera epidemia de rapado. De la mañana a la noche, un ejército de varones con el pelo al ras se desparrama por las calles de la ciudad, como si cuarteles, hospicios, internados, reformatorios y establecimientos penales se hubieran puesto de acuerdo para liberar en simultáneo a la población juvenil que hasta entonces saturaba sus pabellones. Él está tentado de sumarse. La máquina no es el problema: la ha visto en acción, es sencilla. Monti, de hecho, ha sido pionero en el rubro. Cinco meses después de liberado del instituto de menores, cuando la efervescencia de pelo que le habían podado de cuajo en la enfermería, al ingresarlo, ha vuelto a crecerle más oscura y fuerte que nunca y le llueve sobre la cara como los tentáculos de una planta exótica, se consigue una máquina, no cualquiera, una Oster, la mejor, pone la cuchilla en el nivel uno y él mismo, frente al espejo, imitando de memoria el aire expeditivo con que el oficial del instituto ejecuta en su momento la poda, en menos de cinco minutos de reloj se pela íntegra la cabeza. Está tentado, sí. Lo intimidan un poco la violencia, la dosis de irreversibilidad de la operación. ¿Y si rapado es un monstruo? ¿Cuánto tiempo deberá convivir con esa cara? De modo que se arrepiente. Pero enseguida, como siempre que retrocede ante algo y compensa el retroceso consagrándose con demasiada devoción a un aspecto menor, acaso menos nocivo, de lo que lo hizo retroceder, le llaman la atención de golpe todas esas cabezas rapadas con las que empieza a cruzarse, a coexistir, a compartir aulas, colas, asientos de ómnibus, cines, estaciones de tren, y que, grabadas todas con trazos análogos a los que descubrió en el cráneo de su amigo esa mañana en el pasillo de los Tribunales, líneas blancas, desfiladeros donde el pelo ralea, atajos que zigzaguean como caminitos de hormigas, parecen sacar a la luz acontecimientos, historias, mundos de los que ni sus propios portadores sabían que habían participado. En algunos casos son cicatrices: alguien sufrió un golpe, alguien se cayó y sangró, alguien fue cosido, y el siete o la recta enérgica o la pequeña herradura clara que aparecen cuando se rapa la cabeza son los *souvenirs* que impiden que los hechos se disuelvan en la niebla del pasado. Pero en la mayoría de los casos no ha habido nada, ni accidente, ni contusión, ni sutura, nada, y las marcas están ahí, nítidas como tatuajes o huellas digitales, líneas de Nazca que, trazadas en la tierra íntima del cuerpo, un día reaparecen y dan fe de una identidad de la que ninguna otra región del cuerpo o la memoria presenta rastro alguno.

Raparse es lo primero que le viene a la mente siempre que comete la imprudencia de entrar en una peluquería que no conoce. Esa tarde, sin ir más lejos, la chica que le ha lavado la cabeza le señala, lo condena a Celso, y la paciencia de siervo con que ve al peluquero abocarse a una tarea no sólo subalterna sino de parte a parte vana —repartir los restos de pelo que han ido dejando los clientes en montículos para luego reunirlos en una gran parva, recogerlos con la pala de plástico y tirarlos en un tacho de basura que le llega hasta la cintura, hasta el cinturón de cuero con tachas plateadas que le da dos vueltas a la cintura— lo llena de desaliento. ¿Qué? ¿Se va a dejar cortar por el que barre las sobras? ¿Por qué no entonces por el cadete con acné que paga las facturas de la peluquería, el plomero que dos veces por mes libera los desagües de los tumores de pelo que los bloquean, el vagabundo que cuida por unas monedas los autos estacionados en la cuadra? Eso por no hablar del pelo —del pelo triste y desolador de Celso: una de esas melenas largas y ralas, llovidas y adelgazadas por la desnutrición, la alopecia, los champús bajo costo, vaya uno a saber, que los que están perdiendo pelo se dejan crecer sin escrúpulos ni límites, como rendidos al ímpetu anárquico de una pura secreción corporal, y luego disponen en la cabeza mediante las maniobras más alambicadas, en un caos perfectamente calculado, única manera para ellos de disimular —con panes de pelo tan tenues que no hacen más que ponerlos en evidencia— los claros fatídicos que en breve tomarán toda la cabeza y ya no serán la excepción sino la regla.

Mal comienzo. Vacila. Una víspera de mareo le hace pensar en plantarse ahí mismo, a mitad de camino entre el sector lavado y el salón, y, antes incluso de las formalidades de rigor, saludar a Celso, sentarse en el sillón, etc., en decir en voz alta que no, que no le corte, que en vez de cortarle, según una expresión que no sabe de dónde ha sacado pero que, a diferencia de todas las que debe usar cada vez que entra en el área de influencia de una peluquería, cortar en primer lugar, mucho, poco, en segundo, por no hablar de tecnicismos como "entresacar", "rebajado" o "desmechar", todas abiertas, siempre, a un prodigioso abanico de malentendidos, le parece tener un significado único, inequívoco —que en vez de cortarle le dé máquina, lo pele de un saque con el último modelo de Aesculap que reconoce en una estantería bajo un espejo y acabe por fin de una vez con todo. No esperar nada, nunca más. Ojalá pudiera. Porque ¿quién en sus cabales elegiría morir despacio, paso a paso, en manos de un verdugo cuya cara no conoce? Cuando se sienta en el sillón, sin embargo, otra vez el viejo miedo. Percibe, cabizbajo, la sombra de Celso que se mueve, se deshace del escobillón y de la pala y se acerca; la adivina en el espejo que tiene enfrente y que se niega todavía a mirar, y cuando la mano de Celso entra en su campo visual, ofreciéndosele con esa docilidad que conoce tan bien, tan de peluquero primerizo, ya ha renunciado a todo, ya es un desertor, y la ambición radical que durante un instante lo sublevó, hechizándolo con la creencia de que otro porvenir era posible, no es ahora más que cenizas, un puñado de cenizas frías que nadie barrerá. Y sin decir nada termina estrechándole la mano, una mano firme y blanda a la vez, enérgica y como hinchada, en cuya muñeca le parece ver algo que vio por última vez en la muñeca de un tenista célebre, el único tenista sacrificado que tuvo el tenis argentino: una pulsera de cobre que ya destiñe sus jugos verdosos sobre la piel bronceada. Se acomoda en el sillón, se deja colocar la mortaja sin mangas y las dos suaves pesas en los hombros y empieza en silencio la cuenta. Diez, nueve, ocho, siete... Alza la vista, cliente y peluquero hacen contacto visual en el espejo. Celso, confiado, sonríe: "¿Qué te hacemos hoy?".

Y la cosa sucede. Contra toda previsión, contra la idea apresurada y salvaje que supone del peluquero el furibundo arsenal de respuestas mentales con las que aplastaría regocijado esa pregunta insoportable, Celso, el pequeño fisicoculturista que un segundo atrás, maestro del despilfarro, invertía sus músculos torneados en barrer estilizadamente, como una estrella menor de comedia musical, un leve tendal de cadáveres de pelo, resulta ser un artesano escrupuloso, dedicado, eficaz. El comienzo de la sesión no puede ser más crítico: Celso es zurdo, lo que, visto en el espejo, es decir de manera invertida, invierte también el efecto de rusticidad que suelen producirle los zurdos, convirtiendo su aire de cavernícola torpe en un estilo de un exotismo vertiginoso; tiene un dedo pulgar y un índice anormalmente gruesos, al borde de la elefantiasis, que él no se explica cómo logra insertar en los ojales de las tijeras. Corta el pelo con una técnica insólita, a la vez virtuosa y enloquecedora: fracciona la cabeza en diminutas parcelas imaginarias, cuyos contornos sólo él tiene en mente, y trabaja cada parcela con tijeretazos microscópicos, de una delicadeza inaudible. Todo es tan mínimo, tan infinitesimal, que por momentos él se pregunta si realmente le están cortando el pelo, si eso que lo impresiona como un prodigio de velocidad motriz no es en realidad una ilusión óptica o una farsa. De hecho, Celso interrumpe el corte dos veces para atender unas llamadas telefónicas y las dos él aprovecha y, torciendo la cabeza, echa un vistazo desconfiado a sus hombros, a los alrededores del sillón, buscando el pelo o la nada que confirmen o desmientan sus sospechas. El pelo está, sí, pero son más bien hebras finísimas, individuales, que parecen haber sido cortadas de a una. Nada más lejos de las opulentas matas oscuras que alfombran las peluquerías a última hora del día.

Por lo demás, sufre un poco por el tiempo. No es insensible a la minuciosidad, al valor de la parsimonia y el sentido del detalle. Pero tiene el pelo largo, más largo de lo acostumbrado, y a ese ritmo, suponiendo que su cabeza, en el estado en que está, sea susceptible de fraccionarse en ¿cuántos lotes?, ¿cuántos como los apenas dos que Celso se ha tomado veinte minutos para cortar?, ¿siete?, ¿doce?, tiene la impresión de que el corte no terminará nunca. El peluquero recoge con el peine un mechón insignificante, dos, a lo sumo tres centímetros de pelo, lo levanta y separa de la cabeza, como una pestaña, y luego, a medida que lo deja caer por partes, como un teloncito, va recortándolo con unos guadañazos sutiles. Así una y otra vez. Caerá la noche, se habrán ido todos —la chica de la fosa nasal incrustada en primer lugar—, la ciudad entrará en el sueño, los insomnes empezarán a trepar por las paredes y Celso seguirá ensimismado en sus ligeros, vibrátiles aleteos de acero inoxidable. Veinticinco minutos después, una capa espesa de sudor le pega la remera a la espalda. No se ha dado cuenta, pero hace rato que aprieta los extremos de los posabrazos del sillón con una fuerza demencial, como si estuviera a bordo de un avión a punto de aterrizar o estrellarse. No puede creer el tiempo que se toma. Ya se ve víctima de este prodigio: encanecer durante el corte de pelo. Hay un momento en que, de tan rápidas y aéreas, las puntas de la tijera casi no se mueven, casi no se ven moviéndose, y él tiene la impresión de que de un momento a otro, arrastrado por la velocidad imperceptible, como de colibrí, de los dedos de Celso, todo acabará por detenerse, el zumbido de los tubos fluorescentes de la peluquería, el chorro de agua de la pileta de lavar, las idas y vueltas de los otros empleados, el tránsito afuera, en la calle, el mundo.

Hablan. ¿Qué queda, si no? Celso es paraguayo, de Asunción. Lleva dos años y medio en Buenos Aires. Ya ha vivido en Constitución, Once, Congreso, Barrio Norte, Palermo. Siempre en Capital. Para suburbios, dice, se quedaba en Asunción. Pero nada como Palermo: los negocios, las razas de perros que se ven por la calle, los bares, esos cochazos. Las discotecas de Plaza Italia. ¡Las veces que habrá madrugado en Hypnosys! Ahora vive de nuevo en Once, dice, juntando tres dedos y frotando entre sí las yemas en señal de dinero. Habla un castellano juicioso, ordenado, a veces en el límite de lo audible, como si hubiera medido mal la dosis de sosiego con que decidió atenuar la belicosa entonación paraguaya. Sus dos padres también son estilistas, de años: tienen peluquería en el centro de Asunción, en Haedo y O'Leary, a dos casas de la óptica Nessi. Pero él todo lo que sabe de cortar lo aprende en Brasil. Apenas termina la secundaria les dice a los padres que se va a Río de Janeiro a estudiar turismo. Tiene miedo de decir que va a seguir estilismo y que los padres piensen que es homosexual. Río, qué años. Qué vida loca, qué paisajes, qué frutas. Y qué distinto el brasilero del porteño. A él le caen bien los dos. Ahora está cómodo acá, mañana no sabe. No es de quedarse mucho en el mismo sitio. Empieza en Stilo Stella, pasa a Fashination, un primo con el que no se ve en años se lo lleva a Coca Peinados. Corta en Men,

Voilà, Vivian de Lyon... Ya ha perdido la cuenta. En Volumen I está muy bien: otra categoría. Dos meses más y lo blanquean. Y mientras hablan, por increíble que parezca, todo sigue su curso. De algún modo, un poco como los magos, que encandilan al auditorio con pases vistosos para desviar la atención del escenario donde tiene lugar el truco, Celso avanza, termina con uno de los lotes imaginarios en que le ha parcelado la cabeza, pasa al siguiente y lo termina también sin atropellar, sin tomar atajos, siempre con sus picotazos de colibrí, *tzic tzic tzic*, y en media hora, sin que él pueda explicarse cómo ha hecho para que los últimos diez minutos rindan el doble, quizás el triple, que los primeros veinte, posa la tijera en la repisita, vuelve a su lado, le sostiene apenas la cabeza con dos dedos de cada mano, como un jíbaro que enmarcara un inminente trofeo de guerra, y con ese raro estrabismo que los peluqueros contraen cuando han terminado de cortar, que les permite contemplar al mismo tiempo el rostro de un cliente y una obra de arte, lo mira en el espejo esperando su opinión.

Es un genio. No se lo dice, naturalmente. Ni siquiera se atreve a confesárselo a sí mismo. Pero aun sin articular, informe y engañoso, ése es el veredicto que oye sonar en alguna parte de su cabeza mientras asiente frente al espejo y aprueba lo que Celso está mostrándole, y es el júbilo ardiente y sobre todo desconocido que le inspira la cara que ve en el espejo lo que trata de contrarrestar ahora sofocando la sonrisa que se le insinúa en los labios, haciendo unos gestos vagos que bien podrían querer decir objeción: alisarse una cresta de pelo que quedó tiesa cerca de una oreja, demasiado parada, medir un mechón quizás más largo de lo debido. Es un genio. Si no quiere decírselo, si ni siquiera va a tolerar que la frase se le forme adentro completa, es simplemente por prudencia: no hay experiencia de felicidad que no incluya como a su sombra un reflejo de ominosa superstición. Se mira en el espejo y todo le da miedo: que no sea verdad, que sea un hechizo, que el hechizo se rompa, que Celso pierda sus poderes apenas se entere por él de que los tiene. Por lo demás, será tan idiota como para volver a cortarse el pelo en una peluquería que no conoce ni le recomendó nadie, pero no, sin duda, para negarse a aprender la lección que le enseñaron todas las veces que cometió ese desatino. Conoce bien la ansiedad que se siente en esos casos. Conoce bien, sobre todo, la relación perversa, directa como una flecha, que suele conectar esa ansiedad inicial con la satisfacción ardiente, desorbitada, que a veces lo invade cuando verifica lo que le han hecho en el pelo. Sabe que no hay que confiarse, que esos picos de fervor, fogoneados por el estado de incertidumbre en el que entra a la peluquería, no suelen ser más que manía o ilusión, la antesala fugaz, en todo caso, de un aterrizaje forzoso que, si no lo prevé, no sólo lo hará sufrir el doble sino que tardará mucho más en pasar y ser olvidado. Es la ley pérfida pero fatal del corte, que —como toda droga— pone en primer plano uno de sus efectos, el efecto inmediato, "bueno", y hace pasar inadvertido el otro, el efecto tiempo, que previsiblemente nunca depara sino deterioro, tristeza, decadencia. Tiene que ser prudente. ¿O no le ha pasado ya que sale del salón contento, en estado de gracia, convencido de haber dado por fin en la tecla, y a los dos días, o al día siguiente mismo, o aun horas más tarde, o minutos, no más, cuando, arrancado de ese autismo voluptuoso por cualquier distracción, vuelve a pescar la línea de su propia cabeza en la ventanilla de un auto o el espejo de un ascensor, la ve suelta, emancipada de la mano que la esculpió, sin el respaldo ni el aura que le dan los últimos toques del peluquero —siempre pregnantes y estratégicos, como los últimos fotogramas de una película—, sin las lámparas dicroicas, la música funcional de la peluquería, el rumor de los secadores de pelo y el roce de las mortajas de plástico con la ropa, sin esa frenética puesta en escena que hace de todas esas cabezas una cuestión de vida o muerte —cuántas veces le pasa que ve su propia cabeza tal como es, una cabeza normal, con el pelo recién cortado, y se le va el alma al piso? De modo que pide una toalla, se seca un poco el pelo y vuelve a mirarse. "Está bien", dice. Es todo lo que dirá. De golpe está apurado. Querría estar afuera, muy lejos, en un planeta donde todo siguiera siendo bello y feliz más allá del bloque de tiempo y espacio donde tuvo lugar por primera vez. Se incorpora de un salto, tan a destiempo que golpea con su cabeza todavía húmeda el hombro de Celso, sorprendido mientras se acerca para desatarle la mortaja de plástico, y vuelve a desplomarse en el sillón, donde se la deja sacar. Celso le cepilla el cuello y los hombros con un escobilloncito de mano, le da una tarjeta con el logo y el teléfono de la peluquería, su nombre escrito en grandes letras de imprenta, su día de franco, y le estrecha la mano. "Soy Celso", dice. "Nos vemos en un mes".

Diez minutos más tarde, mientras atraviesa la ciudad como sedado, con los párpados que le pesan, se da cuenta: es la primera vez que un peluquero le revela el horizonte de vida de un corte. Como sigue sin reconocer de manera oficial el talento de Celso, todo el entusiasmo que por prudencia se niega a poner allí lo invierte en ese detalle. Le parece una prueba de franqueza extraordinaria; si lo apuran, una lección filosófica. Por obvio que sea, lo que Celso acaba de admitir es algo que jamás admitió ninguno de sus predecesores, incluidos el peluquero del Automóvil Club Argentino, Laura, el imbécil que un día, sin avisarle, se pone a recortarle las cejas, las decenas de ineptos que lo lavan sin calcular la temperatura del agua, y que le produce un efecto de alivio instantáneo: ningún corte es eterno. Celso, piensa, es el primero que corta en el tiempo, al revés que los otros, que apuestan todo al acto de cortar y se ciegan ante lo único que no deberían perder de vista: la vida del corte, ese porvenir sin el cual no es nada. ¿Cuánto cuesta eso? ¿Cuánto más que la cifra irrisoria que acaba de pagar? Le piden veinticinco pesos por el corte y cinco por el lavado. Él pagaría cien, cinco mil, veinte millones. Un peso por pelo, o cinco, o ciento cincuenta. Pero se los pagaría a él, a Celso, nunca a la pelirroja anémica de la recepción, emisaria a sueldo del crápula que lo explota. En realidad, aun cuando la veda de juicio no ha terminado todavía, el corte le parece tan único, tan excepcional, que ve como un ultraje adjudicarle un precio. Ni siquiera es capaz de imaginar la magnitud de ese extra que de algún modo personalizaría su pago, incorporándole el equivalente monetario de la gratitud que siente. En el mostrador de la recepción, de hecho, encuentra la alcancía de vidrio donde duermen unas propinas escuálidas y no deja nada, ni un solo centavo. Cuarenta y ocho horas más tarde, lapso más que suficiente para que el trabajo que le han hecho muestre la hilacha, si la tiene, y lo decepcione de una vez, el corte no sólo sigue vivo y rozagante sino que mejora. Se asienta y florece a la vez, encuentra su punto y sigue prometiendo, se integra a él, a su rostro, sus orejas díscolas, su nariz torcida y su ánimo, siempre frágil, siempre arrogante, y parece anunciarle algo que todavía no logra descifrar. Le da esperanzas. Ya está, ya no tiene por qué callárselo. Celso es un genio. El tiempo, la almohada, el despertar, la ducha, la toalla, la grasa, la luz, los espejos, el pelo de los otros, el viento, la vida en el mundo: no hay prueba que el corte no haya superado, y las ha superado todas sin el menor esfuerzo, con una holgura aristocrática. Es un genio y lo admite hasta Eva, su mujer, refractaria por principio a toda iniciativa cosmética que él tome sin consultarla. Más de una vez, mientras conversan, la sorprende en Babia, arrobada, mirándole la cabeza con la boca abierta, o entrecerrando los ojos para deducir la artimaña con la que Celso resolvió algún problema especialmente complicado, la parte de atrás de las orejas, por ejemplo, o el remolino de la coronilla que ya conspiraba contra el imperio lacio en las fotos de los nueve años, o el ángulo posterior del cráneo, antes curvo, como abatido por una triste mansedumbre ósea, y ahora recto, firme, rotundo. Y cuando la obliga a volver en sí, menos para seguir conversando que para poner en evidencia lo que la distrajo, y forzarla de ese modo a aceptar que él también puede decidir sobre su propio aspecto sin equivocarse —él, que tiende a bañarse cuando no hay más remedio, elige desodorantes empalagosos y celebra la suavidad de los champús en sachet de los vestuarios de las piletas públicas—, ella reacciona con una sacudida de cabeza imperceptible y dice suspirando: "*En serio*: te cortó muy bien". Y luego, llevándose las manos a su pelo: "¿Atiende también mujeres?".

Una noche les toca discutir. Curtius, cuándo no. A las ocho y veinticinco llama una empleada del lavadero y con voz de compadrita profesional, hastiada pero feliz de que alguien le dé pie para desplegar su reserva de malhumor cuando daba el día por perdido, pregunta de pésimo modo qué es lo que pasa: están a punto de cerrar, Curtius está listo desde las seis y cuarto, se suponía que pasarían a buscarlo a las seis y media, deben treinta pesos de corte. ¡Curtius! ¿Cómo se les pudo pasar? De la perplejidad del fenómeno (cero interés) pasan a la atribución de responsabilidades (interés máximo). ¿A quién le tocaba? No es algo fácil de dirimir. Para ella, que cree en los turnos y se tomó el trabajo de llevarlo, es obvio que a él. Para él, que cree que las acciones se ordenan en familias de acciones similares, es obvio que a ella: ¿quién más indicado para buscarlo que la persona que lo llevó? Alzan un poco la voz. En el colmo del desdén, se dejan vociferando solos. Suena otra vez el teléfono, lo dejan sonar mientras discuten, secretamente regocijados por el toque de desequilibrio extra, como de cine de terror psicológico, que la campanilla, por otro lado ensordecedora, dado que la última en graduarla fue la mujer que trabaja en la casa por horas, que es un poco dura de oído y esperaba una llamada de un cuñado enfermo de Santiago del Estero, aporta a la discusión. De pronto, con un encarnizamiento ofuscado y aparatoso, los dos se ponen a buscar sus juegos de llaves por toda la casa, hasta que él reaparece enarbolando un llavero y anuncia que irá solo. "¿Cómo sabés que son tus llaves?", desconfía ella. Por fin salen juntos: no piensan desaprovechar los cinco minutos a pie que tienen hasta la peluquería para seguir insultándose.

Curtius, el único capaz de enconarlos así, a esa velocidad supersónica, es el único que puede sedarlos. Curtius o esa especie de embrión famélico y acobardado que la peluquería les devuelve en su lugar. Tusado al ras, tan al ras que el dorado original de su pelaje ahora es rosa, rosa como el interior vulnerable de sus orejas, el perro parece la versión faquir, entre recién nacida y atlética, a tal punto se le marcan ahora los músculos, de un cocker spaniel. El único lugar donde le ha quedado pelo son las orejas, pesadas como telones, y las patas, abrigadas como pantuflas. La dueña del lavadero tiene suerte: enternecidos por la escualidez del perro, que apenas los ve llegando al local pega un salto hacia ellos y por poco no se ahorca con su propia correa, pagan los treinta pesos que deben y se lo llevan en el acto, sin revisar en detalle lo que han hecho con él, y recién en la cocina de casa, cuando Curtius, envalentonado por las caricias que él le prodiga en el lomo, se echa boca arriba y le ofrece la seda rosa pálido de su panza, detectan las heridas que le causó el carnicero encargado de tusarlo. Son unas cuantas, pequeñas, la mayoría superficiales, y dos más serias que se resecan en unas costritas amarronadas. Arrodillado junto al perro, que jadea de alegría y se frota el lomo contra las baldosas de la cocina, él le descubre dos cortes alrededor de la tetilla derecha, en la primera fila, uno, grande, bajo una axila, tres raspones en la ingle izquierda y uno largo, errático, que viborea cerca de la zona genital. El espectáculo lo indignaría, pero Curtius no le da tiempo. No bien le roza con sus dedos la panza rosada, reconociendo al tacto los daños que sus ojos se niegan a aceptar, el animal tensa el cuerpo en una especie de contracción súbita, como una arcada, recupera todo el brío que las caricias le habían adormecido, salta y se le clava entero en la parte más mullida, inocente y apetitosa de su mano derecha.

Todo dura nada: un segundo. Más que dolor siente asombro, y un peso, una presión concentrada en una superficie muy pequeña de su cuerpo, y la sensación de que las dos caras de su mano, separadas antes por un espesor hecho de tejido, huesos, tendones, se unen ahora a mitad de camino, como las dos caras de un colchón se unen en un botón. Entiende por primera vez la diferencia que hay entre ser un cuerpo y ser un pedazo de carne. Como si hubiera perdido todo interés, Curtius le suelta la mano, se sienta, mira a su alrededor en busca de algún pasatiempo agradable y, plegándose en dos, se precipita sobre la base de su cola para aplastar el típico motín de pulgas que sucede a los cortes de pelo. Él, con mucha precaución, se mira la mano. La herida ocupa el centro de una zona que ya empieza a ensombrecerse. Tiene forma de siete: una pestaña en ángulo que el empuje de una sangre oscura, casi negra, en proceso de licuarse, empieza a despegar de la piel. Recién con esa imagen, y con la sangre goteando lunares rojos sobre las baldosas negras, se presenta el dolor. Maldice al perro, arremete y le tira una patada que da lejos del blanco, en la nada del aire, saboteada por su propio miedo y por la indiferencia del animal, demasiado atareado todavía en exterminar la colonia de intrusos que le mordisquean los cuartos traseros. Eva abre la canilla de la pileta y lo obliga a meter la herida bajo el chorro de agua. "Por ahí no te reconoció", dice, extrañada. Él la mira sin entender. "Por el corte de pelo, digo", explica ella. "¿El mío o el de él?", pregunta él un poco escandalizado. Aunque la admira, siempre ha sentido como una desconsideración, un alarde de incivilidad ofensivo, la capacidad de Eva para, en medio de una emergencia, arbitrar los medios para resolverla y elaborar al mismo tiempo la teoría que pueda explicarla. "Los dos", dice ella. "Cuando los bañan o les cortan el pelo, los perros pierden el olor, su propio olor, y no se reconocen a sí mismos. Se psicotizan. Y vos, encima, que acabás de cortarte... ¿No viste qué raro se estuvo portando Curtius desde que fuiste a la peluquería?". Él jura que apenas tenga un poco de tiempo lo pensará. Apoyaría incluso la hipótesis sin pensarla si no sintiera que la mano se le entumece de dolor, como si el agua, una vez filtrada en la herida, una vez adentro de la carne, se le volviera hielo. Quiere retirar la mano; ella se lo impide: "Dejala un segundo más. Voy a buscar el terracortril". Apenas sale disparada al baño, él saca la mano del agua y se la envuelve con un repasador. Le duele tanto que casi no la siente. Piensa que si se masturbara sería como si lo masturbara otra persona. Echado, jadeante, Curtius lo mira y le enrostra el vacío de sus ojos amnésicos. Desde el baño le llegan ruidos, una percusión encadenada de puertas que se abren y cierran, frascos de vidrio que caen, goteros tintineando, y la voz de Eva que protesta contra un "ellos" anónimo, compacto, hermanado por la perversidad de usar remedios y no devolverlos al lugar que ocupaban antes en el botiquín. Y luego, como un trueno modesto, lo sobresalta el teléfono. Los ruidos en el baño se apagan. Lo oye sonar una, dos, tres veces. Piensa: "Si atiende me separo". Y apenas lo piensa, el teléfono enmudece. Curtius, que se aburre, intenta levantar con el hocico la tapa del tacho de basura. Es cierto que él es, ha sido, será siempre un negado para las exigencias del reino de la simultaneidad. Pero ¿cómo es posible que Eva esté disponible para todo al mismo tiempo: la sangre y la minucia, la entrega abnegada y las frivolidades del mundo? La oye volver, acercarse por el pasillo, y el silencio como amordazado en el que viene envuelta le confirma que atendió, efectivamente, sólo que el que tiene algo que decir no es ella sino el otro, el que ha llamado. Reaparece en la cocina con su mejor cara de estupor, el teléfono pegado a la oreja, agitando en el aire el terracortril en aerosol. "Si me pasa el teléfono me separo", piensa él. "Acá está, sí. Te lo paso", dice ella al teléfono. Pero el otro no está dispuesto a soltarla, y Eva tolera en silencio esa coda unilateral mientras busca la contraetiqueta del remedio. "Sí, claro", dice. "Y organizamos algo. Dale. Yo también. Hasta luego". "¿'Chau, linda'?", repite incrédula alcanzándole el teléfono. Él niega con la cabeza, enarbola su mano envuelta en el repasador ensangrentado. "Un tal Monti. Dice que fueron juntos al colegio", susurra ella, achinando los ojos para leer la tipografía diminuta de la contraetiqueta. "¿Estará vencido esto? Te está buscando hace años. Dice que hablan ahora o callan para siempre".

Aparte de él, de sus ojeras, su fidelidad incondicional, su buen humor, su manía de colgar las toallas después de usarlas, su gusto por los mapas y los picnics, su talento para las cuentas mentales y su problemita con el pelo, eso —esa voz que irrumpe desde la nada, que sobreentiende con desparpajo una intimidad que no existe y se despide con la fórmula "chau, linda" de alguien a quien no conoce ni vio nunca en su vida—, eso es lo que comparten entre ellas la media docena de mujeres con las que le toca vivir a lo largo de veinte años. Sigue llamándolo mi mejor amigo. No es que no haya pensado otras opciones. No tiene más remedio: cada vez que reaparece, Monti reaparece exactamente en el mismo lugar, con la misma vitalidad vociferante, el mismo despilfarro jovial, la misma terca vocación por ser feliz a pesar de todo. Lo atiende. Sin darse cuenta toma el teléfono con la mano herida, pega un respingo y, ya embadurnado de sangre, lo cambia de mano. No ha dicho nada todavía y ya el otro lo obliga a escuchar: "Te agarré. No te me vas a escapar. ¿Qué hacés, guacho hijo de una grandísima puta, tanto tiempo?". Es él, es suya esa manera de escandir la frase soltando el humo del cigarrillo. Y en cierto sentido es él sólo porque resucita y se le presenta por teléfono, porque el teléfono, más que el canal por el que se transmite su voz, es el ácido y el formol que la pulen, la conservan, la reducen a lo esencial, depurándola de los cambios con los que el tiempo podría volverla irreconocible. Lo oye, detecta el orgullo que sigue despertándole su propia desfachatez, la impunidad gozosa con que una vez más entra pateando puertas en una vida que no lo esperaba. "¡No lo puedo creer! Esperá que me siento y prendo otro faso", escucha que le dice. Lo para en seco: no puede hablar ahora. Le pide que le deje un teléfono. "Ni pienso: ahora que te tengo ahí me vas a escuchar". Le promete llamarlo apenas se desocupe. "No seas maricón". ¿Alguna vez le mintió? Hay un silencio en la línea. "No". Le jura que lo va a llamar. "Bueno, anotá", dice el otro, y exhala una bocanada de humo que suena como un vendaval resignado. Uno por uno, él escucha, repite y deja caer los números en el olvido. Y cuelga.

No lo llama, por supuesto. Pasa el par de horas que siguen sentado en la camilla de un box de hospital, ocupado en parte en no mirar las tres puntadas con que una médica de guardia que aprovecha para pregonar la supremacía de gatos sobre perros zurce el regalo de Curtius, en parte, también, en reprocharle a Eva que ni la casi pérdida de una mano ni el peligro de la rabia hayan bastado para disuadirla de obligarlo a atender a un viejo compañero de colegio. Pero tampoco lo llamaría en una situación normal. De hecho, las dos o tres veces que la voz de Monti lo taclea por teléfono en los últimos veinte años, él no chorrea sangre de una mano, no tiene perro sino un gato con asma, en un caso, y una pareja de tortugas que se pasan el verano fornicando, en el otro, y de las dos mujeres con las que vive sucesivamente en el momento de recibir las llamadas, una no sabe cómo aliviar un simple dolor de cabeza y la otra es incapaz de hacer dos cosas a la vez —cocinar mientras escucha música, por ejemplo— sin desesperarse, y aunque habla con Monti y acepta sin chistar, incluso conmovido, la sumaria puesta al día que el otro le propone en diez minutos de conversación telefónica, y le pide sus números y los anota con escrúpulo, escribiendo entre paréntesis su nombre y subrayándolo con tanta vehemencia que termina por desgarrar el papel, en verdad nunca vuelve a llamarlo. No se le ocurre para qué. Percibe en el otro una especie de devoción ciega, fijada en el pasado, intacta, que él no siente y por lo tanto no sabría cómo corresponder, y teme que devolverle el llamado lo interne en ese sutil infierno de culpa y tristeza que son las relaciones no bendecidas por la reciprocidad.

Y a la vez hay algo que no deja de desconcertarlo: las pocas veces que el azar los ha hecho cruzarse en veinte años, la escena puede cambiar de decorado, de horario, de atmósfera, pero la lógica que sigue es siempre la misma: se avistan, él sonríe y pronuncia en voz alta su nombre —con el tono entre marcial y cómico que alguna vez le roban a un comediante de televisión del que son fanáticos y que queda firme como una contraseña—, va hacia él para abrazarlo y a medida que se acerca, por el aire incómodo y contrariado que ve que pone, se da cuenta de que Monti no tiene la menor idea de con quién acaba de encontrarse. No lo reconoce. Por alguna razón, es algo de lo que nunca logra reponerse. Simplemente no lo entiende. Si ordena en una secuencia todo lo que sabe de Monti a partir de los cuatro encuentros casuales que tienen, cuatro en el lapso de unos quince años, la vida que saca en limpio es el colmo de lo imprevisible. En el primero, que tiene lugar en uno de esos restaurantes que se dicen románticos y parecen para ciegos, Monti, con el viejo afro intacto, importa café de Costa de Marfil, es adicto a la cocaína, está hechizado por lo que en el baño, entre dos rayas de droga que peina sobre la tapa del inodoro y se toma sin convidar, llama la ternura, el compañerismo y la rapidez mental de su nueva novia, una ex modelo que se hace famosa por usar pantalones dos talles más chicos, y entrena cuatro veces por semana con vistas a entrar, casi a los treinta años, en la primera división del equipo de rugby donde solía jugar a los catorce. En el segundo, tres años después, en el bar de un lavadero de autos, pesa veinte kilos más, usa anteojos, trata de domesticarse el pelo con capas y capas de un fijador que huele a chicle de uva, vive con su madre, su hermana y dos perros en el departamento donde nació y maneja un remís, aunque hace ocho meses que tiene el registro vencido. En el tercero, siete años más tarde, cuando su mata de rulos se repone de una poda reciente, salvaje, casi seguramente autoinfligida, Monti vende telas en el Once con sus hermanos —los mismos a los que llevó a juicio una década atrás por un asunto de vueltos muy poco claro en el negocio de importación de café— y está flaco como una espiga: acaba de separarse de una novia muy joven, sigue una dieta macrobiótica estricta y ha vuelto a su único y verdadero gran amor de la adolescencia: el disco *Crime of the Century* del grupo Supertramp. En el cuarto, seis años después, lo descubre de perfil, con un falso sombrero panamá, en la góndola de congelados de un supermercado, barriendo el canto de las estanterías con una panza majestuosa y atiborrando un carrito con cajas de pizza. Vive en un chalet de dos plantas en Villa Devoto, tiene el *franchising* de una marca de ropa deportiva, muchas deudas y el colesterol por las nubes, pero, dice, "de algo hay que morirse".

¡No hace más que cambiar! Podría incluso ser un impostor, un impostor profesional, uno de esos farsantes compulsivos que periódicamente desaparecen y emprenden una nueva vida —con nombre nuevo, nuevo corte de pelo, nuevos hábitos de ropa, nuevo trabajo, nueva mujer, nuevos amigos, nuevo pasaporte, nuevo pasado— a treinta escasos metros de donde todavía lloran sobre sus cenizas la esposa, el pasado, el trabajo, los amigos y el nombre que una mañana de lucidez o de locura, persuadidos por algún tipo de señal —la pérdida de un juego de llaves, una confusión de nombres, el nuevo perfil, con bigotes, nariz aguileña y anteojos, que un rayo de sol le profetiza sobre el cubrecama una mañana de clarividencia—, decidieron dejar atrás para siempre. Él lo reconocería siempre. A él no le puede mentir. Es capaz de detectar todos esos postizos ridículos en un abrir y cerrar de ojos y descartarlos con el dorso de una mano y en un segundo llegar —llegar y tocarlo— hasta el corazón, el hueso duro que pretendían disfrazar. No puede engañarlo. Pero él, en cambio, que no sólo no usa sino que desdeña esos accesorios; él, que a lo largo de veinte años sólo cree haber hecho una cosa: persistir, profundizar, ir a fondo con su propio ser, indiferente al hecho, por otra parte incuestionable, de que si sigue así, tarde o temprano terminará por agotar las reservas de identidad que le quedan, ¿cómo es posible que lo primero que provoque en Monti —al que insiste en llamar su mejor amigo aun cuando no lo haya visto en años, aun cuando sus mejores amigos sean evidentemente otros— sea un gesto de recelo y no de simpatía, la distancia del cálculo y no una corriente espontánea de complicidad, la clase de civilizada zozobra que causan los desequilibrados cuando abordan a un desconocido por la calle y no la seguridad de esa burbuja íntima, inmune, siempre lista para asilar a dos amigos que llevan años sin verse? Es algo muy fugaz, una fracción de segundo de indecisión, que alguien menos sensible que él, o más distraído, podría no percibir, perdonar, poner a cuenta de la sorpresa que causa el pasado cuando vuelve, y que Monti incluso se encarga personalmente de borrar cuando, casi en el acto, cae en la cuenta de quién es ese fantasma sonriente que avanza hacia él y barre cualquier rémora de aprensión con el torrente de alegría desbocada —ahora doble, en virtud del desaire que comprende que debe reparar— que le arranca el reencuentro.

Al parecer siempre es el pelo. Eso al menos alega Monti cuando, separándose del abrazo que por fin se dan, y que él deshace siempre antes de tiempo, un poco resentido por la desinteligencia que acaba de tener lugar, lo examina de frente, muy de cerca, tomándolo de los brazos para que no siga retrocediendo, y de golpe toda la desconfianza que un instante atrás lo había protegido de él, de su aparición, su cercanía física, Monti, fulminado por un relámpago de lucidez, pasa a concentrarla en lo que la causaba: su cabeza. Nunca reconoce su cabeza. "¿Qué te pasó?". "Vos a mí no me engañás". "Vos te hiciste algo". "Te estás quedando pelado". "¿Te pusiste pelo?". "¿Te sacaste?". "¿No eras rubio, vos?". "¿No eras lacio?". "¿No lo usabas corto atrás y largo adelante?". Él nunca contesta, o suelta unas vaguedades disuasivas que se evaporan en la espuma impaciente de la charla.

Qué lástima ahora... Si se encontraran ahora, él —con su mano cosida, su estómago reventado de antibióticos, sus vacaciones y su vida amorosa amenazadas por un *cocker spaniel* con problemas de autoridad— no tendría necesidad de inventar nada. Podría decir la verdad. Le diría a Monti que sí, que acaba de cortarse el pelo, que Celso es un genio. Por primera vez le diría a su mejor amigo —del que juraría que siempre mintió, que sólo recurría el argumento del pelo para justificar el intervalo que demoraba en reconocerlo— que tiene razón: todo está en el pelo. Quedará para otra vez —como tantas otras cosas, frases, decisiones, experiencias, amores, viajes, lugares donde vivir, vidas enteras que en algún momento desea, sueña o simplemente considera con atención, con la suficiente atención para que de golpe, por exóticas o descabelladas que parezcan, se vuelvan posibles y le hagan creer que están al alcance de su mano. Toma la decisión cuando no anota el número que le pasa por teléfono. Más tarde, cuando lo asalta el impulso de llamarlo, menos por interés que por culpa, y para no darle la razón retroactivamente, porque ya entonces Monti le había pronosticado que no lo llamaría, se acuerda de que no tiene el número. Después, por fin, olvida. Lo olvida todo, completo, y el incidente, así como pasó, podría no haber pasado nunca.

Una tarde, revisando su agenda, encuentra el nombre CELSO escrito en chorreantes mayúsculas verticales a lo largo de la columna del día miércoles: la C arranca a las nueve de la mañana; la O, tan artificialmente alargada para ocupar espacio que se dilata en un óvalo grotesco, termina a la altura de las diez de la noche. Está por cumplirse el mes. Entra en una crisis un poco desatinada. El corte sigue bien, saludable, asombrosamente vigente, dado el tiempo transcurrido: todas las sorpresas y contrariedades que podrían haberlo arruinado, que de hecho, más tarde o más temprano, han terminado arruinando los cortes que se hace desde que tiene uso de razón, esta vez, "recuperadas" de algún modo por el instinto previsor de Celso, parecen haberse suavizado, haberse rendido ante la autoridad del corte, como agentes secretos que un soborno o una revelación hacen cambiar de bando. Recién ahora cree entender lo que es un corte: no exactamente una interrupción, la acción que limita, pone freno a un desorden y cierra de algún modo un pasado, sino un salto hacia adelante, un cálculo en el vacío, una especie de visión que ve un horizonte y alucina un rumbo que son invisibles para todos menos para uno. Tan conforme está con su pelo que ya no necesita mirárselo. Le basta con intuirlo y representarse su forma general, la forma que poco a poco ha ido adoptando e inventando según la línea de puntos que trazó la tijera de Celso, para sentir sus efectos balsámicos. Puede confiar. Su pelo ya no es el monstruo proteico y traidor que lo maravilla a la noche para desanimarlo a la mañana siguiente. Pero, entonces, ¿qué hace? ¿Respeta el plazo o lo ignora? Si Celso acertó al cortar, y acertó sobre todo en el modo en que el corte viviría en el tiempo, ¿por qué habría de equivocarse en el plazo que le impuso a su propia obra?

Decide esperar que venza y ver. El día treinta y uno se despierta, se busca en el espejo por entre el velo de las lagañas y esa misma tarde, a primera hora, con tanta precipitación que ni siquiera se toma el trabajo de verificar que no sea el día franco de Celso, está entrando en la peluquería. No podría decir qué ve en su cara esa mañana. Nada flagrante, en todo caso; no sin duda el aburguesamiento, la satisfacción inercial, el desagradable aire de autocomplacencia que a esa altura del partido, cuando no mucho antes, suelen exhibir los cortes comunes con el paso del tiempo. Percibe una tendencia —como llama, por otra parte, a todo aquello que no es capaz de nombrar ni describir y que se manifiesta en una pérdida de forma no del todo gratuita, en la que algo parece incubarse—, una cierta dirección, todavía imprecisa, que él juraría sin embargo que Celso no tenía en mente en el momento de cortarle. Es una anomalía; demasiado temprano para juzgar si es buena o mala. Pero es la señal —junto con la cicatrización de la herida de la mano, que en los últimos días entra con fervor en su recta final— que él ha estado esperando para resolver el dilema del plazo. De hecho, cuando esa tarde se saluda con Celso, esta vez con un beso, uno de esos roces más de hueso a hueso que de labio a piel que hacen sentirse a los hombres particularmente viriles, y Celso, con su penetrante mirada profesional, le sondea la cabeza rumiando un diagnóstico, él se limita a decir: "Como ayer se cumplieron los treinta días...". "¿Lo mantenemos así, entonces? ¿Igual?", pregunta Celso, y ya está rastrillándole el pelo con sus dedos hinchados, abriendo claros, midiendo mechones, como si buscara algo crucial, una joya, una llave que hubiera perdido en un jardín salvaje. "Igual, sí", dice él.

Pero ¿es "mantener" la palabra correcta? ¿Lo quiere realmente "igual"? ¿A qué clase de "igual" tiene derecho a aspirar cuando han pasado treinta días? ¿Y si por "mantenerlo igual" se pierde mil otras posibilidades, mucho más inspiradas? ¿Qué es lo que quiere: repetir un milagro conocido o experimentar uno nuevo? Tendría mucho para preguntar, pero elige callarse la boca. Se habla menos esta vez, pero él no lo toma como un síntoma de tirantez sino de confianza. Piensa —porque recuerda haberlo oído en alguna parte, aunque no referido a la pareja peluquero-cliente sino a un par de escritores mayores, muy amigos, miembros de una clase que sólo tiene devoción por el pudor— que sólo una intimidad verdadera autoriza a dos hombres a abandonarse al silencio. Además, él no está ahí para hablar sino para dejarse embriagar por el chasquido infrasónico de los tijeretazos de Celso, que su oído, ahora, parece haber empezado a reconocer. Siente una ráfaga de orgullo, como si su capacidad de percibir sutilezas hubiera experimentado en un mes un avance que a los oídos más sensibles les llevaría un año. Ése, piensa, esa frecuencia de sonidos inaudible para el mundo ordinario: ése es el idioma en el que habla con Celso. Aun así, mete en un momento la mano en el cajón de sastre donde archivó los restos de la vez anterior y le pregunta por Paraguay, menos para llenar un vacío que no siente que para poder escucharse a sí mismo contar algo que al día de hoy, como si no terminara de convencerse de que no fue un sueño, todavía lo asombra: los cinco días que pasó hace unos años en un hotel de Asunción, quizás de los más extraños que le haya tocado vivir. Pero no llega a contar nada; ni siquiera empieza —ya vuelve Celso a la carga con su pareja de padres peluqueros, su falsa vida de estudiante de turismo en Río de Janeiro, sus noches de farra en Copacabana, con sus compañeros de curso de peluquería, y su fulgurante carrera en Buenos Aires: pasante en Stilo Stella, color y plancha en Fashination, segundo estilista en Coca Peinados, *brusher* en Men, primer estilista en Voilà y Vivian de Lyon... Hay algo mecánico en su voz, y no es sólo la repetición, o el esmero precavido con que habla una lengua que no es del todo la suya. Lo mira por el espejo con disimulo, fingiendo controlar la marcha del corte en las sienes, en los costados de la nuca. No hace calor, pero Celso tiene la cara tensa y reluciente, como bañada en cera, y transpira sin darse cuenta, y en un momento en que arremete, dispuesto a emprolijar la curva de pelo que bordea la base de la oreja derecha, él siente cómo la gota de sudor que un segundo antes se descolgaba de su patilla le pega en el antebrazo con un estrépito sordo, estampándole un lunar de ardor que tarda en desvanecerse. Un poco más tarde, cuando Celso, con tono algo cansado, retoma el ecuánime cuadro comparativo donde tabula a porteños y cariocas, se le vuelve obvio, incluso benigno, algo que en otras circunstancias seguramente lo atribularía: Celso no recuerda nada. Podrá contestar sus preguntas, podrá pescar al vuelo los pies de diálogo que él le ofrece y encadenar, y sostener con verosimilitud algún simulacro de charla, pero en rigor no se acuerda de haberlo visto antes. Está atendiéndolo por primera vez. Pero es tan profesional como la verdadera primera vez, y mucho más rápido, quizás porque, a diferencia de la primera vez, ahora pisa un terreno que ya pisó, que su tijera ya había abonado para el futuro. No hay interrupciones ni contratiempos —salvo quizás dos momentos extraños, uno en el que una de las chicas de lavado patrulla el salón con un anotador y una birome en la mano, recogiendo el menú que cada peluquero quiere para el almuerzo, y cuando llega hasta el puesto de Celso, que ya se dispone a pedir, se ensimisma de golpe en su anotador —una confusión de ensaladas, al parecer, que haría peligrar todo el pedido—, pega un saltito de alarma y se lo saltea sacudiendo su cola de caballo, y, un rato después, el otro, cuando lo ve abstraerse de pronto y fruncir el ceño, y sin dejar de cortar, más bien demorándose, ralentando el movimiento de los dedos, encauza la atención que distrajo del corte hacia algo que sucede más allá, y que él deduce —porque no bien se oye el bip de un teléfono que cuelga, Celso retoma su ritmo normal, de colibrí— que era la conversación que el dueño del salón mantenía por teléfono.

Perfecto, otra vez. ¡"Igual"! No es exactamente volver a cortarse lo que ha hecho. Se ha sentado en el sillón de una máquina del tiempo y cuando ha despertado es un mes y un día más joven y un paraguayo acaba de hacer milagros con su cabeza. Pero él, que es el viajero, sabe que si el milagro es realmente un milagro es porque es el segundo. El segundo consecutivo —lo que prueba que nunca hubo azar. Se pone de pie. Celso, de espaldas, sacude en el aire la mortaja de plástico. Él mira la nieve oscura de su pelo llover. No sabe qué decir. Está tan desarmado por la dicha que ni siquiera tiene fuerzas para acercarse al espejo y simular ese examen último, severo, amenazante, con el que un mes atrás pretendía evitar que Celso se durmiera en los laureles. Cuando se despiden —nuevo cruce de pómulos—, Celso le desliza una tarjeta en la mano. "Ya me la diste", dice él, que no la mira, y se arrepiente enseguida, como si temiera desairarlo o que el otro entienda que lo acusa de distraído. Pero Celso no lo escucha; le estrecha la mano donde deslizó la tarjeta con las dos manos, como abrigándola, en una especie de sobresaludo aparatoso, y da media vuelta y se pone a limpiar el campo de batalla con el escobillón.

Él recién se acuerda de la tarjeta a la noche, tarde, en la cama, mientras ve por televisión un documental sobre la vida de Elvis Presley que, como de costumbre, hereda de Eva. Antes de rendirse al sueño, él, con un último rapto de entusiasmo, se ha apoderado del control remoto y emprendido una de esas *tournées* generalmente estériles, desesperadas desde el vamos, en busca del gag, el cristal de nostalgia, el reductor de cintura, la fugaz epifanía pornográfica que les permita despedirse del día verdaderamente satisfechos. De golpe, mientras se dejan adormecer por el vértigo de esa calesita de imágenes sin sonido, ella apunta un dedo sonámbulo hacia el televisor y dice: "Ahí". "Ahí" es la camisa bolero azul, los pantalones claros a cuadros, las piernas espasmódicas de Elvis, que agiganta su boca abierta como si fuera a devorarse el micrófono. Eva dice "Ahí" y posa un costado de la cabeza en el pecho de él, de cara al televisor, y se duerme en el acto. Si fuera por él, cambiaría de canal, volvería —si recordara dónde los vio— a esos planos de cárcel, de cadáveres tapados con frazadas, de rostros encapuchados, de banderas con leyendas políticas. Pero está demasiado ocupado en no estornudar —algo le hace cosquillas en la nariz, el pelo de Eva o la corriente de estática que se crea entre el pelo de Eva y su labios—, y siente que la casualidad de haber resistido al sueño unos minutos más lo compromete ahora a seguir despierto como un centinela, a custodiar la última voluntad de Eva, ese "Ahí", y a velar por que se cumpla. Cinco minutos más tarde ha neutralizado el cosquilleo a fuerza de soplar y ha caído en las redes de la vida de Elvis. Sólo piensa en cómo liberar su pecho de esa cabeza que ronca y lo obliga a contorsionarse para seguir las imágenes en el televisor. Cae por Elvis, sí, pero no es él, en realidad, lo que lo cautiva. Es el peluquero de veinticuatro años que una tarde de 1964, según se entera en ese momento, tiene al Rey dos horas encerrado en el baño de Graceland, la mansión de Perugia Way, en Bel Air, y le lava literalmente el cerebro. Larry Geller. Le cambia la vida para siempre. Sube el volumen. "Geller le abre las puertas de la teología. Hinduismo, budismo, cristianismo, vegetarianismo, autoayuda...". Al poco tiempo, al parecer, Elvis lo contrata como asesor de tiempo completo. No lo llama mi peluquero sino mi gurú. Salvo el Coronel, su legendario mánager, no hay nadie en la corte de Presley que ostente su categoría. Por Elvis, Geller renuncia a Peter Sellers, Steve McQueen, Paul Newman, a toda su cartera de clientes. Le cortará el pelo siempre; la última vez, la mañana del 16 de agosto de 1977, el día de su muerte. "En un año, Elvis devora una bibliografía de más de cien títulos dedicados a todas las corrientes religiosas en busca de una respuesta a las preguntas que aquejan a todo ser humano: ¿quiénes somos?, ¿de dónde venimos? Pero sobre todo... ¿por qué *yo* he sido el elegido?". Un día, viajando juntos por Nuevo México, Elvis se enfrenta con Larry: se ha pasado un año entero estudiando y Dios no le ha dado una sola respuesta concreta. "Tienes que dejar tu ego a un lado para dejarlo entrar", le dice Geller. "Olvídate de los libros y del conocimiento y vacíate para que Dios pueda entrar en ti". Elvis rumia la crítica con humildad y maneja en silencio a través del desierto. Al rato le parece ver a Stalin dibujado en una nube. Para el coche, salta sobre el capó y grita fuera de sí: "¿Por qué Stalin? ¿Qué hace Stalin ahí arriba?". Enseguida, la cara de Stalin se transforma en la de Cristo. Es el primero de los encuentros de Elvis con Dios. "¿Qué pensarían mis fans si me vieran ahora?", le pregunta a su peluquero gurú con lágrimas en los ojos. "Te querrían todavía más", dice Geller. "Eso espero", dice el Rey, y saca su pañuelo. Es "ahí", en esa parte de la vida de otro, donde él se acuerda de Celso y de la tarjeta. Alarga el brazo que tiene libre, vivo —el otro, aplastado por el cuerpo de Eva, hace rato que no le pertenece—, y después de bucear en el bolsillo del pantalón que cuelga del respaldo de la silla vuelve con el botín entre dos dedos. La misma tarjeta, el mismo logo, el mismo día de franco. Sólo que en el dorso una mano apurada ha escrito el número de un teléfono celular.

Ni siquiera la guarda. La deja esa noche en la mesa de luz, acostada de canto entre dos pilas de libros, y a la mañana la olvida, y por la noche la usa para apoyar una taza de café (que le estampa un sello marrón tres talles más grande), y a los dos días, sucia de ceniza y vino y con dos de las esquinas dobladas, porque alguien en la casa, no él, ha descubierto lo útil que es para limpiarse las uñas, ya forma parte de ese altar modesto, hospitalario, donde atesora lo más personal que tiene: su colección de postergaciones nocturnas. A la semana la tarjeta experimenta una resurrección fugaz. Buscando su reloj, que por alguna razón siempre cree haber traspapelado entre las cosas de él, Eva revuelve entre los libros de la mesa de luz y al abrir uno boca abajo, como si sospechara que él puede usar su reloj como señalador, la ve caer, clavarse en el piso, y después de echar un vistazo al teléfono escrito a mano, a las apuradas, porque tiene un taxi esperándola abajo desde hace diez minutos, le pregunta mientras rumbea hacia la puerta hasta dónde piensa llegar con su peluquero paraguayo. Una ligera incomodidad lo persigue durante un par de días. No es que tenga presente la tarjeta, y menos la insinuación irónica de su mujer. Pero dondequiera que va, haga lo que haga, tiene la desagradable impresión de que hay algo de lo que está dejando de ocuparse, un compromiso que no cumple, un pedido que desoye. Después, el olvido total. Hasta que un mes más tarde, una página de su agenda calcada sobre la del mes anterior le recuerda que su corte está por vencer. En realidad, ve el nombre CELSO goteando en mayúsculas entre las ocho y las diez de un martes y se acuerda de golpe de que tiene pelo. Lo había olvidado por completo. Ha vivido un mes sin pensar en el pelo. Quizás pueda vivir sin cortárselo.

¿Será posible? Ya no es sólo feliz. En rigor, si lo piensa bien, y recuerda pocos momentos en los que se haya sentido tan en condiciones de pensar bien, la felicidad le parece una estupidez, una especie de arcaísmo superfluo, desvergonzadamente personal, como los tapizados de cuero de los autos, las estilográficas, los baldes para enfriar botellas de vino blanco. Ahora no es feliz: es libre. Y lo que lo asombra no es tanto el alivio, la vitalidad, la disponibilidad general que siente al cabo de un mes sin que la sombra del pelo se le haya cruzado siquiera una vez, como el hecho de que lo que lo liberó, si es que en efecto lo liberó, cosa que aún está por verse, sea un peluquero, su peluquero paraguayo. Le viene a la mente la ley de la homeopatía, *similia similibus curantur*, "lo mismo se cura con lo mismo", cuyo borrador de traducción personal, confeccionado con los restos lánguidos que le quedan de los cinco latines que estudió en la universidad en una época —mediados del terror militar— en que las lenguas muertas, aun enseñadas por quienes las enseñan, muertos-vivos que vociferan como senadores romanos y adoptan poses de friso, son lejos, porque todas las demás han sido literalmente arrasadas, las materias más vivas del programa de estudios, da algo así como "las cosas del pelo se curan con las cosas del pelo". La pregunta es ¿por qué él? ¿Por qué el milagro le sucede a él? ¿Por qué no a esos dos o tres actores de cine, teatro y televisión cuya carrera sigue bien de cerca, no porque le interesen los personajes que interpretan o los proyectos de los que participan, por lo general sin el menor interés, sino porque encarnan en una dimensión pública, incluso masiva, eso que en él es y ha sido siempre un drama íntimo, mudo, el drama de ser víctimas del pelo? Son célebres. Han hecho teatro de base en villas miseria, cine de denuncia, *Galileo Galilei*; han recitado a Cardenal y a Mario Benedetti, viajado por el mundo, ganado premios, recibido honores y llaves de ciudades. El pelo nunca los deja en paz. A cada peldaño de esas carreras envidiables, en podios y camas, en salas llenas y en cabinas de avión de primera clase, ensayando Pinter o comprándose ropa de marca, en la cresta de la ola del éxito y en las aguas profundas del arte, todos, siempre, tropiezan en algún momento con la pregunta que los obsesiona desde que el mundo es mundo: ¿qué mierdas voy a hacer yo con este puto pelo? Porque en ellos todo es perfecto, menos el pelo. Son galanes —el pelo los afea. Son serios —el pelo los ridiculiza. Son jóvenes —el pelo los envejece. No hay control sobre el pelo. Lo han probado todo: el descuido, la naturalidad, la prudencia, el corte extremo, la tendencia de moda, la gomina, el gel, la máquina de rapar, los ruleros, la falsa calvicie, la afeitada, el humor, la franqueza, la puesta en escena, la tintura, la plancha, el peine, los dedos, las horquillas, la red, el alisado caliente... Hay uno que empieza muy joven como actor y pronto, rendido a la evidencia de que no sirve ni servirá jamás para las tablas, hace las valijas y de un día para el otro emigra al mundo del rock, se deja crecer unas crenchas rubias y, a fuerza de sacudirlas en el escenario y aflautar la voz, lidera durante años la banda de metal que bate récords de ventas y de golpe desaparece, desaparece literalmente, como tragado por la tierra, para resucitar unos años después en televisión, a una hora imposible de la madrugada, prestando el testimonio más conmovedor, en todo caso el único verdadero, en uno de esos programas pseudomédicos que promocionan métodos de trasplante capilar pelo por pelo. De modo que se resignan. Ya maduros, la volátil melanina hace el resto: encanecen del todo, sobrellevan afligidos pero sin protestas la aspereza de un pelo que se desvitaliza día a día y van adoptando un aire inanimado, como de maniquíes entalcados. Contraen modales frágiles, afectaciones, coqueterías payasescas. Se vuelven lascivos, frenéticos, voluptuosos, como esos viejos marqueses que bailan apoyados en bastones en el gran salón del siglo $_{XVIII}$. Casanova, Valmont, el monstruoso Dolmancé... La decadencia del cuerpo es atroz, pero ninguna de sus provincias —ni la piel, que se cubre de manchas y se seca; ni los pies con sus callos, sus deformaciones óseas, el amarillo nicotina de sus uñas; ni la boca, con el hedor de sus muelas podridas y sus recónditos efluvios estomacales—, ninguna se degrada en vida tanto como el pelo. Ahora él sabe que no terminará como ellos. No morirá aplastado bajo el peso de esas pelucas tristes, cenicientas, insoportablemente calurosas. Iba hacia allí, un paso más y era el abismo. Se ha detenido a tiempo. Pero del acontecimiento liberación, él es sólo una cosa: el liberado. Todo se lo debe a Celso. De pronto lo ve como una especie de ángel, uno de esos dioses providenciales, de rango menor pero entusiastas, joviales, muy trabajadores, que algún oscuro sorteo celestial destina a enderezar la suerte de los imbéciles que sufren en la tierra. Le parece que sólo esa condición divina explica la paradoja de su función. ¿Puede un peluquero ejercer su arte con tal perfección que ni él mismo ni su arte sean ya necesarios? O lo ve como un doble agente, una especie de doble agente suicida: una pieza del sistema que cuando libera aniquila el sistema mismo. La pregunta, en todo caso, es: ¿lo verá otra vez? ¿Volverá a él ahora que puede prescindir y olvidarlo, ahora que el pelo ya no es un problema?

Se siente tan poderoso, tan aéreo, que se deja estar. Pierde un poco la noción del tiempo, se aparta sin darse cuenta de la métrica mensual que creía haber adoptado. Pasan los días. Probablemente se desentendería de todo el asunto si una noche, esperando a Eva en un bar, no leyera en un diario de la mañana que roba de una mesa vecina la historia de la subasta pública del mechón de pelo del Che Guevara que el cubano Gustavo Villoldo, ex agente de la CIA, le corta y se guarda en un bolsillo antes de enterrar el cadáver en las afueras de Villagrande. El mechón es la estrella de un lote que incluye fotos, mapas de la misión de captura del Che en Bolivia, en octubre de 1967, el texto de un mensaje interceptado que ayudó a localizar al grupo rebelde y las huellas tomadas de los dedos del guerrillero. Un librero de Houston, Bill Butler, ha pagado ciento diecinueve mil quinientos dólares por todo el conjunto, bastante menos de lo que esperaba recaudar la casa de remates. En la foto del diario se ve la pieza: un mechón largo, rizado en forma de número nueve acostado. Parece un pedazo de soga seca que el tiempo —y el cajón poco aireado del escritorio del departamento de Miami donde lo atesoró el gusano de Villoldo— ha destrenzado en un cordón de hebras pajizas que se decoloran. Mirándolo bien, o mal, según, podría ser un resto de cabellera teñida, o aclarada con agua oxigenada. Y mientras se pregunta cuánto habrá cotizado el mechón solo, cuántos de esos casi ciento veinte mil dólares habrían bastado para comprar esa pieza en particular, y después, ya derivando, cuánto pagaría él por una reliquia semejante, o más bien cómo la tasaría, con qué criterio, comparándola con qué, se da cuenta de hasta qué punto el estupor con que se toma la cifra que Bill Butler ofrece por teléfono y la subastadora acepta en el acto, tan estrepitoso es el fracaso del remate, es hermano gemelo del que se apodera de él la tarde en que conoce a Celso y llega el momento de pagarle el corte. Dos inconmensurables. O tres, contando con el día en que su madre, después de pasarse cuarenta y ocho horas de rodillas, las manos enfundadas en un par de guantes de látex amarillos, dando vuelta el departamento que una serie de negocios poco afortunados la empuja a vender, le entrega un sobre antiguo, pequeño, cuadrado. Él espera encontrar los fósiles clásicos: moneda fuera de circulación, estampillas, una carta nunca enviada, una foto, una entrada de cine, alguno de los mamarrachos rupestres con los que de chico convence a su familia de estar llamado a hacer carrera en el arte. Cuando abre el sobre, forrado con un suntuoso papel violeta, encuentra un mechón de pelo muy rubio, cortado a los dos días de su nacimiento. Es tan fino y suave que tarda un rato en decidirse a tocarlo, como si temiera hacerlo polvo. No sabe qué pensar. Podría preguntarse qué intención tiene su madre al dárselo ahora, cuando él tiene cuarenta largos y ella, que en breve desembarcará con sus huesos doloridos en un departamento más chico que un pañuelo, no sólo no se toma el cambio con desazón sino que lo celebra, a tal punto le entusiasma la posibilidad de, como ella misma dice, deshacerse por fin de años y años de basura. Sí, ¿por qué no? La basura tiene con el pelo una relación consustancial, mucho más íntima que la que tiene con cualquier otra secreción corporal, incluidos el sudor, la orina, los sueños y la mierda. Incluidas las uñas. Incluidas las palabras. Incluidos los millones y millones de células muertas que cada mañana quedan adheridas a las sábanas. Pero mira ese trofeo infantil y le da asco. Lo asquea el estado flamante del pelo, su invulnerabilidad, su prodigiosa conservación, su indiferencia histórica. Ha atravesado cuarenta años intacto, inmune a todas las heridas que hoy luce el cuerpo del que lo extirpó una enfermera del sanatorio Colegiales cuyo nombre nadie recuerda.

Pero pasan veinte días del plazo y vuelve a la peluquería. No hay ninguna razón técnica que lo justifique: el pelo crece bien, fuerte, sin perder armonía, al punto de que por primera vez en veinticinco años piensa en volver a dejárselo largo. Quizás vuelva a la peluquería a despedirse. Quizás cortarse, el acto que lo unió a Celso, sea también la mejor manera de sellar la despedida. "¿Con quién te cortás?", le pregunta la chica de la recepción, la misma que le lavó la cabeza la primera vez. La bolita de aluminio ya no brilla en la ventana de la nariz sino en su sien derecha, donde una aureola rojiza anuncia una próxima infección. "Con Celso", dice él con un orgullo casi patriótico. "Celso ya no trabaja más. Qué hora es. Las tres y veinte. Tres y media se libera Lino. Faltan diez minutos: podés aprovechar y lavarte. ¿Te anoto con Lino?".

Se queda mudo. Una cápsula de hielo ha estallado en alguna parte de su cabeza y se derrama en un delta de riachos álgidos. Mira, sólo para impedir que el estupor lo ocupe todo, hacia donde miró la chica al decir "Lino" por primera vez: un peluquero joven, muy flaco, con acné y el pelo tallado en forma de pagoda o de postre moderno, que revolotea descalzo alrededor de la cabeza pellizcada de horquillas de una mujer embarazada que bosteza. "Celso", dice de pronto esperanzado, "el chico paraguayo". Y se pone a describirlo físicamente, como si la chica pudiera haberlo confundido con otro. "Sí, sí", dice ella, "dejó de trabajar hace quince días". Él no se convence. Lo invade el mismo escándalo encarnizado de esos personajes de historias de conspiración, padres de familia honorables que vuelven al lugar donde la noche anterior fueron emboscados, drogados, fotografiados en cuatro patas bajo el látigo de un ejército de mujeres desnudas y en vez del sórdido tugurio espejado que todavía gira como un trompo en su cabeza encuentran la luz triste, los techos altos y descascarados, los empleados inofensivos de una irreprochable oficina municipal. "Pero ¿es normal?", se descubre protestando. "¡Me corté con él hace un mes y medio!". "Pasa mucho. Éste es un trabajo de alta rotación. Como el de los mozos, ¿viste?", dice la chica, que se saca la punta de la birome de la boca y se abalanza sobre la lucecita verde que titila en el teléfono: "Volumen Uno, ¿buenas tardes?".

Despedido, naturalmente, y de la peor manera, como le cuenta la chica quince minutos más tarde, en la calle, cuando baja a reaprovisionarse de agua mineral y lo encuentra sentado, derrumbado más bien en el borde de un cantero de cemento a pasos de la peluquería, los brazos muertos a los costados, y se compadece de sus ojos enrojecidos y su pelo, revuelto hasta el desastre por el remolino de viento que lo ha sorprendido al salir de la peluquería. Despedido sin indemnización, sin siquiera la quincena que le corresponde, acusado, entre otras cosas, de robarse o arruinar una tijera Kasho con filo al láser, un cepillo térmico, un secador Gamma Piu iónico, y de usar la infraestructura, el prestigio y un talonario de *vouchers* de la peluquería para su enriquecimiento personal. Al parecer todo ha sido rapidísimo: entra ese jueves a trabajar a las once y cuarto, cuarenta y cinco minutos tarde, atiende a un par de clientes, sale a las doce y media diciendo que tiene que hacer un trámite en migraciones y cuando vuelve, tres horas más tarde, despide un tufo a alcohol que voltea y viene acompañado por un tipo rapado que habla con acento extranjero y se mueve como si fuera su guardaespaldas. Darío, el dueño de Volumen, lo llama a su oficina. La cosa no tarda en caldearse: discuten a los gritos, se oyen ruidos como de vidrios rotos, hasta que la puerta se abre y Celso sale disparado como una flecha, hecho una furia, arrea al rapado con una seña de gángster y antes de irse —eso no se lo cuenta nadie: lo ve ella con sus propios ojos—, a modo de autoindemnización, como él mismo se toma el trabajo de aclarar, se embolsa tres frascos grandes de regenerador capilar con baba de caracol que esperaban para ser inventariados en el mostrador de la recepción. Que ella sepa, eso es todo. Él sigue demudado, los ojos en el piso. La chica lo mira como tasando su desolación. Luego se para y, con la misma mano que usó para apoyarse en el brazo de él y levantarse, le emprolija un poco el pelo. "Haceme caso: probá con Lino".

No, no piensa probar, ni con Lino ni con nadie. Piensa —es lo primero que hace que merece llamarse así luego del *black out* que lo mantiene largo rato atontado en el cantero—, piensa en quedarse con su pelo, conservarlo así, en el estado en que está, para siempre, como David Hockney, que a los veinte decide ser como siempre se ha imaginado que es, rubio, o como los sikhs, que tienen prohibido cortárselo y lo llevan sujeto con un peine de madera, envuelto en un turbante, hasta que se les pudre. Algún producto habrá: un barniz, una laca mágica, un aerosol, algún método de plastificado. ¿O acaso las momias egipcias no...? Pero ¿por qué no madura de una vez? ¿Por qué no termina de perder lo que ha perdido y acepta que lo ha perdido y pasa a otra cosa? No será la primera vez. No ha tenido una vida rica en tragedias, más bien al revés, pero por alguna razón se cree un experto en pérdidas. ¿Por qué no acude ahora, si lo tiene, a ese botiquín de primeros auxilios? ¿Cómo hizo con su abuela, una vez que el cáncer terminó de devorarla? ¿Cómo hizo con su máquina de escribir Continental, hecha pedazos en una mudanza? ¿Cómo con Dandy, el gato que una hepatitis lo obligó a sacrificar, o con Isabel Magallanes, la aprendiz de arribista que lo canjeó de la noche a la mañana por un deslumbrante imbécil con jopo y patillas, o con las Tintenkuli que llevaba siempre consigo, todas juntas, en una mochila, con una fruición de avaro, y que le robaron en una fiesta en la que se aburrió? ¿Cómo con Monti, su mejor amigo, sorprendido en pleno trance ladrón, arrestado, humillado, rapado por la policía, que apenas terminan el colegio se desvanece como las palabras de esos avisos que los aeroplanos escriben en el cielo en época de playa? Todo lo que se pierde está igualmente perdido. Todo lo que se pierde es igual. Pero piensa: es atroz. Con Celso no es sólo un genio lo que pierde, no pierde sólo el talento, la perspicacia, el arte de unos dedos mágicos que lo saben todo. No pierde sólo a su artista exclusivo sino algo más grande, más básico, más fundamental. Pierde el único reino en el que es capaz de sobrevivir: el reino de la necesidad. ¿Qué tendrá ahora el mundo para ofrecerle sino el puro inventario de sus contingencias, sus "opciones", sus "Linos", todas idénticas por definición, y todas desoladoras? No sabe qué podrá soportar menos: si la pérdida de Celso, abrupta, que lo desgarra como un tajo, o ese modo que tiene de pensar, lento, en espirales, que va erosionando sus reservas de vida y pronto lo ahogará. Tal vez sea una suerte que después del pensar venga la vergüenza, esa ardiente oleada de bochorno que de prolongarse un poco siente que le derretiría la cara. La sensación le dura toda la tarde. A tal punto que esa noche, ya en su casa, absorto ante el plato de comida que no ha tenido fuerzas para tocar, le cuesta incluso contarle el episodio a Eva. Y cuando reúne el valor o la desesperación necesarios y empieza a contárselo, le viene a la cabeza la tarjeta, la tarjeta con el número de celular, y recuerda maldiciéndose todas las veces que la vio en los últimos días, cuando no la necesitaba, todas las veces que la reconoció y no le dio importancia y toleró sin intervenir para impedirlas las inclemencias con que la vida cotidiana iba mancillándola, recuerda que no sabe dónde la dejó y piensa que acaso la haya perdido, o tirado —y escucha entonces a Eva que dice: "Encontré su tarjeta adentro de una de tus zapatillas y lo llamé. Viene a cortarme el sábado".

Cómo, cuándo, con qué derecho... Tendría tanto para reclamar, tantas preguntas que hacer. Pero se calla, asiente con toda la naturalidad de la que es capaz, recobra de golpe el hambre robado por el duelo y limpia el plato con la voracidad de un náufrago, sin siquiera darse cuenta de que la comida está helada. Se queda callado para no delatarse, para amordazar el escándalo que le producen una intrusión y una discrecionalidad que conoce bien, puesto que desde hace años es uno de sus conejillos de indias privilegiados, pero que ahora, aplicadas de un modo aparentemente casual al drama del que dependía su vida, le resultan de una brutalidad inaudita. El hecho de que lo beneficien no las absuelve, al contrario. Si esa manera subrepticia de maniobrar perturba más cuando hace el bien que cuando daña, es porque la gracia que concede la concede valiéndose del sigilo y el secreto, es decir: contaminando el bien que se supone que persiguen con el veneno que destilan esos dos instrumentos del mal; de modo que cuando descubre lo que se ha tramado a sus espaldas, el beneficiario rara vez puede disfrutar plenamente del bien que se le ha hecho, a tal punto lo preocupa, ahora, calcular a qué lo reducirían esas mismas armas si en vez de tener la intención de beneficiarlo se propusieran perjudicarlo. Sin embargo él puede, esta vez sí. Es por eso, también, que no habla mucho, ni esa noche ni los días que siguen. Se queda en silencio para regodearse en su dicha solo, como quien una noche de invierno polar huye de la intemperie y se refugia en el interior de un auto muy bien calefaccionado, y se pone a manejar, y una a una va despreciando todas las posibilidades de calor y hospitalidad que le ofrece el camino, bares, clubes, un cine, su misma casa, ante cuya puerta pasa sin aminorar la marcha, por el solo placer de perpetuar ese bienestar inmediato, simple, sin testigos. Cinco minutos atrás, antes de que Eva hiciera su anuncio, lo había perdido todo. Peor: había visto cómo él mismo, con su desaprensión y su soberbia, había permitido que se perdiera. Ahora lo ha recuperado todo: lo que tenía antes y un poco más, un extra que jamás hubiera imaginado posible. Celso en su casa...

Pero el sábado, cuando oye sonar el portero eléctrico y, anticipándose a Eva, a la que ve ya como una usurpadora de temer, llena de energía, ideas brillantes, sentido común, todo lo que a él le falta, le avisa que bajará él a abrir y baja, ¿es él? ¿Es Celso esa sombra achaparrada con gorra de béisbol y anteojos que ve a contraluz a través de la puerta de calle? Hace foco en él mientras va hacia la puerta con el juego de llaves en la mano. Espera algo: que lo salude alzando una mano, que sonría, que se saque la máscara de los anteojos. Pero la sombra sólo parece impaciente, inquieta, y se debate entre impulsos contradictorios, quedarse en el zaguán, retroceder y asomarse a verificar algo a la calle. ¿Es él? Le viene a la cabeza un tropel de escenas de películas en que una mujer, víctima de un robo, o un abuso, o un crimen, estudia a través de un paño de vidrio el repertorio de rostros sospechosos que le ha conseguido la policía y no se decide, y traga saliva porque quiere decidirse pero sabe que su decisión, por poco convencida que pueda ser, cortará en dos mitades drásticas la vida del otro. ¿Y si no es? ¿Y si al abrir la puerta le franquea el paso a un monstruo, uno de esos carniceros ávidos que fingen dedicarse a robar para dedicarse a matar y nunca gozan tanto como cuando sus víctimas, a punta de pistola o de faca, o con el hilo sedal abriéndoles un surco de sangre en el cuello, les confiesan lo único que desespera a los verdaderos ladrones, que no tienen dinero ni joyas, nada, luz verde, para ellos, para lo único que en verdad han ido a buscar: carne para faenar? Podría decir, en ese caso, sin mentir ni exagerar, que moriría por su pelo. Guirnaldas de tripas enredadas en falsos Calders, cuerpos abiertos en canal, aforismos bestiales escritos con sangre en las paredes: el mismo espectáculo que la policía encuentra el 8 de agosto de 1969 en el chalet de Cielo Drive del matrimonio Polanski-Tate, cuando él tiene ¿cuántos?, ¿diez años?, ¿once?, los suficientes, en todo caso, para comprender de manera espontánea, inmediata, que la masacre de Cielo Drive es la primera prueba que le da el mundo de la existencia del Mal en la Tierra —ese mismo espectáculo es el que encontrarán los agentes de la comisaría de su barrio cuando tiren abajo la puerta de su departamento y descubran su cuerpo y el de Eva y el del pobre Curtius apilados en la bañadera, irreconocibles, y los agentes podrán atribuir el hecho de sangre al falso Celso, a su ferocidad y su talento para manejar el cuchillo, pero se equivocarán, porque lo que está en el centro de esa escena de espanto no es nada más ni nada menos que su pelo.

No, no llega a saber si realmente es él. No lo sabe —porque el otro le ha dado la espalda para echar un vistazo hacia la avenida— cuando mete la llave en la cerradura, ni cuando abre la puerta, ni siquiera cuando el otro se da vuelta y lo enfrenta, a tal punto, dada la hora, las tres de la tarde de un día de verano, lo borronea el contraluz transformándolo en un manchón oscuro. Después todo sucede tan rápido… No ha empezado a tenderle una mano cuando el otro lo besa fugazmente, apenas rozándole una mejilla, y entra en el edificio con una atropellada ansiosa, de prófugo. Es él, desde luego, como lo intuye mientras se encaminan hacia el ascensor, Celso adelante, a paso rápido, con una mochila color naranja fluorescente pegada a la espalda y ese aire infantil, como de chicos que beben a escondidas tragos largos de colores, que tienen las personas bajas de estatura que hacen pesas, él atrás, sorprendido de pronto por una ráfaga de olor que lo envuelve como una bufanda rancia, y como lo comprueba unos segundos después, en el ascensor, cuando suben sin hablar, sonriéndose por turnos, obligados a compartir una intimidad para la que no estaban preparados. Es Celso, pero aunque evita mirarlo de modo directo, como hace siempre que sube con alguien, incluso con su mujer, en el ascensor, y aunque en este caso lo evita por partida doble, por el exceso de proximidad que hay entre los dos y por el papel lateral, subalterno, al que parece haberlo confinado, al menos por el momento, hasta que se siente para que le corte el pelo, el hecho de que no haya sido él sino Eva quien llamó y arregló la visita, las dos o tres veces que pasa rápidamente por su cara en camino hacia algún foco de atención menos incómodo, el ángulo del espejo donde un ratón dibujado anuncia temblando la fecha de una desratización inminente, el picaporte medio flojo de la puerta, la aureola que dejó en el piso una bolsa de basura, le llaman la atención el brillo de su piel, la línea demasiado marcada de la mandíbula, la tensión que se ha apoderado de sus músculos. "Te fuiste de la peluquería", le dice él para distraerse, seco, buscando reavivar algo del estupor que sintió cuando se enteró. "Me fueron", corrige Celso. Hay un silencio, dejan atrás dos pisos, pasa un ángel. Celso se encoge de hombros, anticipándose a su conmiseración. "Mejor", dice, abriendo apenas la boca, y él, en un plano picado, ve cómo le empasta las palabras una saliva blanca, densa, que tiende a agolpársele en las comisuras. "Había tocado mi techo. Ya no tenía nada que hacer". Un piso más. Celso se saca los anteojos, se sorbe unos mocos ruidosos como piedras y evita un goteo invisible frotándose la nariz con el dorso de la mano. "Estoy en juicio. Me maltrataron. Fui a buscar mis cosas y me echaron a patadas. Les voy a sacar hasta el último peso, por hijos de puta" —pero han llegado y vuelven a hacer silencio, acobardados por un súbito pudor, como si todo entre ellos fuera demasiado frágil y el menor cambio de espacio, de altura, de escenografía, les exigiera reglas de juego, temas de conversación y hasta tonos nuevos. Él abre la puerta, lo hace pasar. Apenas entran descubren juntos, al mismo tiempo, a Curtius, que interrumpe su siesta con un respingo, y a Eva en medio del living, en bata, recién salida de la ducha, sentándose en un viejo sillón tapizado de pana verde —el único con apoyabrazos, el único a la altura del desafío que lo han obligado a aceptar: hacer de sillón de peluquería—, frente a un espejo reclinado contra la pared. Mientras echa un vistazo ávido por la puerta entreabierta de la cocina, Celso, sorbiéndose los mocos de nuevo, le susurra: "¿No me hacés, mientras, algo de comer?".

Mantiene un lánguido aplomo profesional mientras le corta el pelo a Eva, que lo trata como si lo conociera desde siempre, con esa familiaridad ubicua y superficial que las mujeres tienen con los gremios con los que lidian con alguna frecuencia, pero tan pronto como ella se va, "¡volando!", al parecer la única manera que conoce de irse de un lugar, Celso deja de barrer los mechones de pelo mojado y, todavía masticando el sándwich de queso que él se encerró en la cocina a prepararle, va hasta el equipo de música, aborta de cuajo el agudo en el que una trompeta con sordina pretende eternizarse y después de hacer malabarismos con el dial, como un ladrón de cajas fuertes sorprendido practicando un *hobby* de domingos, termina sintonizando una radio de Asunción, la frecuencia modulada Babylon, "en directo desde el *after hours* de la discoteca Trauma", vuelve a cruzar el living en una víspera de danza —dos pasos adelante, uno atrás— y se pone a lagrimear. No quiere hablar; sólo desahogarse. Necesita dinero, algo para tirar hasta que consiga otro trabajo. Pensaba trabajar solo, ponerse por su cuenta, cortar durante un tiempo a domicilio, pero en un mes ésta es la primera visita que le proponen. Él se inquieta. Se pregunta en qué se convertirán la precisión, la clarividencia, la genialidad de los genios cuando un mar de lágrimas los empaña. Siente a Celso llorar mientras da vueltas a su alrededor, husmeándole de tanto en tanto el pelo con unas estocadas de peine automáticas. Está desesperado. Ha pensado en volverse a Río. Tiene en vistas un negocio con un amigo. Un negocio fácil, simple, directo. Una venta. Lo concreta y se vuelve a Río. "¿Y yo?", dice él, disfrazando el aleteo del pánico en una protesta fingida. "¿Con quién me corto, yo?". Celso se detiene y le acomoda la cabeza con el índice y el pulgar de la mano derecha, mientras con la izquierda calienta la tijera en el aire. Por primera vez parece contemplarlo con ojos profesionales. "Vos qué. Vos ya estás. Tenés perfecto el pelo. Ni me necesitás, vos. Te corto para no sentir que hice el viaje para nada, pero si tuviera un poco de decencia ni te tocaría". Y empieza a cortar. Corta y llora, corta y llora. Y cuando él quiere consolarlo lo interrumpe en seco. "Shh, escuchá, escuchá esa arpa", lo corta, inclinando apenas la cabeza en dirección al equipo de música, "y decime a qué suena. Decime si no son los dedos de un alma en pena que rasguñan la espalda del agua desde el fondo del río". Y vuelve a llorar. Dice y llora, dice y llora. Y mientras tanto corta, no deja de cortar, y el Celso que llora arrasado por el desconsuelo es cinco, diez veces más entusiasta, rápido, sutil, cien veces más artista que el Celso seco, cien por cien en sus cabales. Corta a lo loco, corta inútil, como él no deja de pensar, pero corta como un poseído.

Aunque lo intenta, tampoco logra arrancarle intimidades sobre el incidente del despido. Celso se escabulle. Basta que él le haga preguntas compasivas, dramáticas, para que el peluquero se ría, cambie de tema, corra a subir el volumen de la radio y se ponga a tararear entrecerrando los ojos el último éxito de Pipa para Tabaco. Pero cuando la pregunta es relajada y acusa el costado picaresco o ridículo del episodio, le tiembla la voz, rompe otra vez a llorar y reclama venganza. ¿Venganza por qué? ¿Contra quién? Disipado en ese laberinto de cambios de humor, respuestas evasivas, pretextos, el episodio pierde solidez y va hacia la leyenda. Quizás no sean exactamente sus cosas lo que Celso va a buscar a la peluquería. Quizás no sea el crápula de Volumen Uno sino un sereno intemperante el que lo echa esa noche cuando irrumpe en el local y es sorprendido robando o en pleno sabotaje, mientras altera las resistencias de los secadores de pelo. Quizás no. ¿Y si fuera alguien que va con Celso, un cómplice, el mismo gritón rapado con acento extranjero que lo acompaña la tarde en que lo despiden y que esta vez, insatisfecho con el reparto del botín, termina cobrándose lo que cree que le corresponde? Quizás no haya habido robo ni sabotaje sino una transacción temeraria que no salió como se esperaba. Quizás el hedor, ese perfume rancio, como de sudor pacientemente acuñado entre paredes de lana, sea fruto de una breve pero intensa temporada prófuga, días vividos en asientos traseros de autos, noches pasadas en sótanos, escaleras de servicio, guardamuebles. Quizás todo empieza en una discoteca de Plaza Italia, cuando un custodio no acepta su cara o su dinero o su *flyer* o simplemente ejecuta órdenes dadas por otro, que se la tiene jurada. Quizás Celso traiciona o es traicionado, quizás pierde, habla de más, se queda con un vuelto. Desfilan, como diapositivas movidas, un local de comidas rápidas de Pacífico, un vagón de tren, la trastienda llena de trastos de otra peluquería, un incómodo baño químico en el Jardín Zoológico. Celso aparece y desaparece como un espectro estroboscópico; viste como un dandy, está en harapos, lleva una toalla enrollada en la cintura. A veces sonríe de costado, con arrogante despreocupación; a veces, pálido de miedo, querría que se lo tragara la tierra. ¿Se venga o se hunde? ¿Estafa a alguien o lo entregan por unas monedas? ¿Cómo saberlo?

Poco a poco, a medida que, desconfiado y todo, él va paladeando una vez más el milagro en el que se transforma su pelo en el espejo, su pelo que pasado de fecha, vencido, como se dice de cualquier cosa que tiene vida orgánica y puede perderla, ya era un milagro y no parecía poder aspirar a nada más alto, nada que no fuera el paso en falso, la imprudencia soberbia que buscando embellecerlo lo arruinara sin remedio —poco a poco va sintiéndose extraño, como si entrara en una dimensión ilusoria. Igual, piensa, que si estuvieran tatuándolo. Nada más descabellado, naturalmente: jamás se ha tatuado, jamás se le ocurrió ni se le ocurriría tatuarse nada, ni siquiera las estrellitas o los dos o tres ideogramas chinos excavados de manuales de autoayuda pusilánimes, y ha desaconsejado el procedimiento siempre que ha tenido la ocasión, no importa lo poco que conozca al candidato a tatuarse. Y sin embargo... Más de una vez, haciendo tiempo en una galería del centro de la ciudad, un antro de tres pisos, rémora de cierta arquitectura comercial de los años setenta que veinte y hasta treinta años más tarde resiste intacta, sin el más mínimo cambio, con su noche eterna, sus tubos fluorescentes prendidos a las dos de la tarde, sus ascensores siempre fuera de servicio, sus disquerías y sus tiendas de ropa gótica ahumadas de marihuana, sus empleados pálidos como cadáveres, algo que no sabría cómo definir lo invita a detenerse ante las vidrieras de los cuatro o cinco locales de tatuajes que lo sorprenden en los rincones más inesperados de la galería, siempre llenos de gente, siempre rebosantes de actividad, a tal punto que juraría, sea verano o invierno, las doce del mediodía o las siete de la tarde, día de semana o feriado, que la ciudad es el epicentro sistemático de una convención de tatuadores o la sede de un desfile de tatuados a escala urbana, y aun intimidado por la vergüenza, porque las vidrieras de los locales podrán ser transparentes y hacer de la ceremonia del tatuaje un espectáculo público, pero a él nadie lo disuadirá jamás de la idea de que el encuentro entre las agujas y la carne es de naturaleza íntima y reclama privacidad, se ha quedado un rato largo mirando, atraído por la limpieza quirúrgica de la escenografía —el colmo de lo exótico en una galería famosa por la mugre que junta—, la presencia de una serie de personajes cuya función nunca comprende del todo, secretarias, asistentes, quizás instrumentistas, que orbitan siempre alrededor del tatuador y el tatuado pero permanecen inmóviles, a lo sumo fumando o mirando hacia afuera, en una actitud superflua pero vigilante, las posturas extrañas —a veces lánguidas, a veces en tensión, como congeladas en medio de un trance de intensidad que bordea lo intolerable— que adoptan los cuerpos, el del tatuado al someterse al tatuaje, el del tatuador al infligirlo, tan propias de modelos y escultores, de intérpretes de cuadros vivientes y también de torturados y torturadores, y por el carácter silencioso, o más bien privado de sonido, que cobra de este lado de la vidriera un espectáculo que no podría ser más ruidoso. Lo que en verdad lo absorbe, sin embargo, no es eso, no es tampoco el arte del tatuador, a la vez de orfebre y de miniaturista, a cuyos alardes no es de todos modos insensible, ni los dibujos o colores que es capaz de desplegar sobre la piel. Es una especie de compresión, como si el espectáculo entero estuviera sostenido en la concentración extrema de una inmensa cantidad de energía. Lo hechiza en el fondo el aura, la fabulosa sensación de presencia que irradia la ceremonia; ese prodigio de sincronismo que hace que tatuador y tatuado, durante el lapso en que se prolongue el tatuaje, sean más contemporáneos uno del otro de lo que ambos lo fueron de nadie ni nada en toda la vida. Algo de esa concentración lo ensimisma ahora en el living de su casa, lo rapta de algún modo del mundo, el mismo mundo que en alguna parte, ciego, persevera en su suceder —suceder: la tarde cae, sopla el viento, Eva abre la puerta de un taxi mientras busca dinero en la cartera, contempla su corte nuevo en el espejo de la polvera y ve con todas las letras lo que antes era un borrador confuso y culpable: el deseo de vivir una vida nueva, Curtius reemplaza su vieja pantufla autorizada por la que le tienen prohibida y ya le han sacado de las fauces dos veces, un segundo antes de que empiece a destrozarla—, y lo "cuelga", lo empalma sin solución de continuidad con los dedos de Celso, que hacen volar alrededor de su cabeza las mil chispas de sus estremecimientos metálicos. *Tzic tzic... Tzic tzic... Tzic tzic...* Cortar es un ensueño musical. La imagen ya está: queda atrás, lejos, versión primera y vulgar de una gloria demasiado grande para ser visual, demasiado profunda para quedar en la memoria. *Tzic tzic.* Ya no se ve en el espejo. No se vería ni aunque se mirara. Todavía percibe el aleteo de la tijera rondándolo, el cuerpo macizo de Celso yendo de derecha a izquierda y de izquierda a derecha en un semicírculo a su espalda, pero tiene los ojos muertos, como una cámara desactivada. No ve nada, sólo oye. *Tzic tzic tzic*. Oye el zumbido de las alitas del colibrí, esa vibración microscópica, como de libélula en vuelo, que embellece una a una las ceremonias fúnebres con que se despide su viejo pelo vencido. Oye y no sólo eso: *es* lo que oye. Ahora es el *tzic tzic* de la tijera, es el roce ínfimo del mechón cortado con el borde de su oreja, el hombro, el brazo, menos obstáculos que testigos mudos de su caída, así hasta el piso. Él es lo que pierde, cada pelo que le cortan, cada pelo caído. Qué belleza mortal: el piso a su alrededor, alrededor de sus pies perfectamente inmóviles, un pequeño cementerio plantado con cruces tenues, finísimas, hechas con las mismas hebras de pelo que reposan bajo tierra, en el interior de las tumbas.

Cuando termina de cortar, Celso clava la tijera de punta en la mesa del comedor y se deja caer en el sillón, demasiado agotado para barrer. Pide algo fuerte y espera con la nuca apoyada en el respaldo, la cara vuelta hacia el techo. Habla de su "negocio", del "golpe" que lo salvará, del amigo, el "único amigo" que tiene, con el que lo ha planeado todo. Él le pone un vaso de whisky en una mano. Después se agacha y recoge el pelo cortado reuniéndolo en el piso con las dos manos ahuecadas, en gesto de paréntesis. La idea de barrerlo con una escoba le parece sacrílega. Y cuando lo ha reunido todo hunde tres dedos de una mano en esa mata esponjosa, acolchada, y los deja ahí un rato, sin pensar, sintiendo cómo los pequeños panes de pelo vuelven a la vida, se reconocen, restablecen la comunicación y poco a poco empiezan a latir juntos, formando una nueva unidad. Cuando levanta la cabeza, Celso se ha dormido y ronca. Él se incorpora y va a apagar la radio. Con el silencio, todo se vacía de una manera brusca, brutal. Se acerca a Celso en puntas de pie, le roba con cuidado el vaso vacío de entre los dedos, lo empuja suavemente hasta acostarlo en el sillón y lo tapa con una manta de lana. Puede que lo que viene después no sea exactamente lo que sucede después, porque entre una cosa y otra pasan como dos horas: es él, cortado, otra vez joven, que se despierta, se saca de encima los jirones de un mal sueño —acaba de comprar un libro por los autores que reconoce en la tapa, y al abrirlo se da cuenta de que se ha equivocado, que los nombres son sólo homónimos ligeramente desfigurados de sus autores preferidos— y se levanta de la cama, y al pasar junto al baño debe atravesar los restos de una nube de vapor que todavía entibia el aire. Es de noche. Celso se ha ido. No están su mochila anaranjada ni sus tijeras, tampoco la manta con que lo abrigó mientras dormía. Encuentra a Curtius lloriqueando, atado con su propia correa al caño de desagüe de la pileta de la cocina, rodeado por los restos de sándwich con que lo sobornaron para que no ladre, y se ahorra la visión de sus ojos suplicantes cerrándole la puerta en la cara. Vuelve al dormitorio, se viste, atacado por un súbito pudor retroactivo, y cuando mete una pierna todavía entumecida en el pantalón descubre los bolsillos asomando a los costados como dos lenguas sedientas. No puede enojarse. Tiene la impresión de que todo ha sido limpio, justo. Celso se ha ido recién bañado, impecable, con el dinero que encontró y sin duda con el botín, todavía misterioso para él, que insinúan los dos cajones de la cómoda, los dos primeros de arriba, los de Eva, que por prisa o pereza o desprecio deja mal cerrados. Recién sabrá qué es, qué se ha llevado Celso esa tarde, la última en que le toca verlo, un mes y medio después, cuando Eva, que lo ha abandonado hace dos semanas y es feliz, por primera vez en años, viviendo con Curtius en un minúsculo departamento de soltera, se prepara para ir a una fiesta de disfraces y revuelve sin parar en la caja de cartón donde guarda su *stock* de accesorios festivos y no termina de encontrar lo que busca: una peluca rubia, barata, casi más de muñeca que humana, que imita un vago peinado de moda a fines de los años sesenta.

Lleva cierto tiempo sin pensar en Celso, sin sentir el asedio de lo que ha llamado siempre su problemita, aislado, al parecer, en ese misterioso pabellón de cuarentena donde cicatrizan las heridas más rebeldes, y de a poco pero de manera irreversible su pelo ha ido adquiriendo un aspecto abominable, heredero directo del corte años setenta que aborreció siempre, con toda el alma, y al que ahora, por fin, parece resignarse igual que a un destino fatal, como si fuera el estado al que tiende cuando queda librado a su propia inercia. Va rumbo al norte de la ciudad a bordo de su auto, a toda velocidad, a una velocidad literalmente de locos, como en verdad maneja —él, que siempre se ha jactado de su delicadeza, su prudencia, su civismo al volante— desde que Eva se harta de sus ojeras, su fidelidad incondicional, su buen humor, su manía de colgar las toallas después de usarlas, su gusto por los mapas y los picnics, su talento para las cuentas mentales y su problemita de pelo, y se manda mudar, y decide renunciar al auto a cambio de Curtius, algo que él habría aceptado sin chistar, incluso gratis, sin pedir absolutamente nada a cambio, a tal punto es y será incapaz de perdonar la herida que le hicieron los colmillos del animal, que todavía, con ayuda de ciertas condiciones climáticas, parecen clavársele cada tanto en la mano, y se detiene pisando el freno a fondo en un semáforo rojo, a veinte centímetros de la franja cebrada donde una pareja de aerobistas está a punto de cruzar al trote. No ve, por supuesto, los relámpagos de reprobación con que lo fulmina la pareja mientras pasa delante del auto que ruge, que él hace rugir acelerando en el vacío, preocupado como está, ya, y eso que no ha estado quieto ni diez segundos, por la falla en el sistema de sincronización de semáforos que adivina que lo obligará a clavar de nuevo el freno en tres minutos, tres minutos y medio, cuando, si el sistema funcionara como debe, para ese entonces ya debería poder circular sin trabas, como el bólido de acero que le gustaría ser. Todo en la calle lo contraría. Todo se interpone, lo obstruye, lo incomoda. Mataría a los choferes de colectivos por criminales, a los taxistas por su lentitud y su indolencia, a los ciclistas por la arrogancia con que exhiben su condición saludable, a los demás automovilistas por robarle espacio en la calle. Mataría a las ancianas que se deciden a cruzar avenidas anchas como mares justo cuando el semáforo se los prohíbe y se traban las ruedas del andador con que han salido a dar su vuelta diaria. Mataría a los paseadores de perros (en especial al que pasea a Curtius, y a Curtius con él, a Curtius en primer lugar), a los repartidores que viajan en moto, a los recién casados que viajan en caravana, a los domingueros. Mataría a los técnicos encargados de velar por el buen funcionamiento de los semáforos, en especial al que ha permitido que el semáforo que está cien metros más allá, ese que de rojo como debería estar, en segundos debería cambiar a amarillo y de ahí a verde, recién ahora entre en amarillo para pasar a rojo. No ve otra cosa que el rojo de su propio furor y tampoco escucha: tiene las ventanillas levantadas y la radio a todo volumen, clavada en uno de esos programas multitudinarios de la tarde en los que una legión de panelistas litigiosos parece haberse puesto de acuerdo en una sola cosa: hablar todos a los gritos y al mismo tiempo. Y, sin embargo, algo que no es una imagen y tampoco un sonido lo empuja a girar apenas la cabeza hacia el carril de su derecha, donde descubre a la par un Toyota gris, reluciente, y a un hombre que asoma la cabeza por la ventanilla y lo mira y gesticula en su dirección y le grita cosas que no escucha. Lo mira y lo descarta en el acto, como descartaría las frases sin destinatario de un loco. Pero el otro sigue agitando los brazos, aullando sin sonido. Tiene el pelo largo y blanco, de un blanco casi tan refulgente como la carrocería del auto. El semáforo cambia y él pone primera. Le parece oír una bocina, la voz del tipo que grita su nombre. El amarillo se hace verde, acelera haciendo chirriar las gomas en el pavimento, pero el otro le gana de mano y le cruza la trompa del Toyota, encerrándolo, y lo obliga a detenerse en vilo. Ya está: es su oportunidad. Mete una mano bajo el asiento, saca una barreta de hierro y baja del auto empuñándola como un machete. El otro, que ha bajado también, lo espera de pie, con los brazos abiertos, mirándolo, casi tragándoselo con su sonrisa gigantesca. Recién entonces, fuera del auto, el sonido del mundo lo sobresalta, liberándolo del sopor y la resaca del encierro. Sí, es su nombre lo que el otro pronuncia ahora en voz alta. A la manera escolar: primero su apellido y luego, como un tiro de gracia, corto, indoloro, eficaz, su nombre, con una estridencia en la que se mezclan felicidad, ironía y cierta sorpresa. Mira otra vez esa mata de pelo profusa, vital, sobre la que el encanecimiento parece haber caído de un modo arbitrario, como un castigo. "¿Qué? ¿Me vas a pegar?", escucha que le dice, menos con miedo que con sorna, como si se burlara, y él repara entonces en la barreta que arrastra en la mano. "¿A mí, a Monti, a tu amigo del alma?", dice el otro mientras se acerca sin miedo, como si el entusiasmo lo inmunizara contra cualquier peligro, y cuando lo tiene ahí, al alcance de la mano, lo mira bien, con atención, en detalle, y menea la cabeza en señal de incredulidad, y mientras lo abraza con una fuerza desesperada, como si se hubiera encontrado con un muerto, le susurra al oído: "Hijo de puta: estás igual, igual, igual".

Acomodan los coches junto al cordón, con las balizas puestas, y bajan a la vereda a charlar. Si fuera por él, lógico, se haría humo, que es lo que hace por principio cada vez que cae en una situación cuyas irregularidades no ha previsto y no podrá asimilar de inmediato, las reuniones de egresados, sin ir más lejos, a las que lo convocan periódicamente desde hace diez o quince años, al principio por teléfono o por carta, a través de emisarios elegidos entre los compañeros con los que tuvo más relación, luego por correo electrónico, por fin vía fotolog, esos álbumes de fotos grupales donde alguna vez, vagabundeando sin mayor pasión, cree reconocer a la chica de los mocasines rojos treinta y cinco años después de la última vez que la vio en persona, que tuvo su cara enfrente, al alcance de sus manos, su boca, sus labios ligeramente cuarteados por el frío, y por poco no se le para el corazón. Pero ya se hizo humo la última vez, por teléfono, mientras miraba a su perro olfatear las gotas de sangre que acababa de arrancarle a su mano, y piensa al mismo tiempo que tal vez aceptando la situación, quedándose y conversando unos minutos de pie, a la intemperie, al costado de una avenida poblada de autos que pasan como exhalaciones y los ignoran, tal vez así, con un sacrificio tan módico, logre pagar las decenas de reuniones de egresados a las que no asistió, las invitaciones que no contestó, los imprevistos de los que se escabulló. Y se queda, en efecto, y hasta siente un súbito ramalazo de placer cuando un rayo de sol se abre paso entre el follaje de los eucaliptus y le entibia un costado de la cara, pero se toma unos segundos antes de entrar en el juego de la conversación, todavía descolocado, sin duda, por lo sorpresivo del encuentro, pero también para calibrar un poco el mecanismo de su memoria. Contra toda lógica, porque la historia de esa relación póstuma que mantiene con su mejor amigo está gobernada por los contrastes más radicales, de modo que ningún encuentro permite profetizar cómo será el siguiente, le parece que si consigue poner en foco la última vez que lo vio, el aspecto que tenía Monti, el tipo de trabajo que hacía, su estado civil o sentimental, entenderá algo de la persona que tiene ahora ante sus ojos, gesticulando y lanzando pequeñas tandas de carcajadas celebratorias —algo que por el momento se le escapa por completo y convierte al otro en un desconocido. ¿Tenía un gimnasio? ¿Vivía en un hotel o había vuelto a lo de su madre? ¿Apadrinaba una red de comedores populares en el conurbano? ¿Entrenaba el equipo de rugby que lo había rechazado como jugador? Se le mezcla todo. Seguro, en todo caso, que no estaba tan canoso, ni tan flaco, ni tan tostado por el sol, ni inhalaba las ávidas bocanadas de aire que ahora persigue abriendo de ese modo la boca cuando habla. De modo que se entrega a la espuma de la conversación, acepta la extraña hospitalidad que le propone esa voz familiar, protectora y distante a la vez, y de golpe, para cortar de raíz el alud de piropos con que el otro lleva un rato festejándole su juventud, su buen estado de conservación, su talento para no dejarse marcar por los años —es decir, precisamente, todo lo que él más detesta de sí, lo que nunca ha conseguido ni conseguirá revertir, porque cuando tenga cincuenta le dirán que parece de cuarenta y cuando agonice que está para correr la maratón de la tercera edad y así sucesivamente, y nadie verá nunca el espectáculo al que él asiste todos los días, la erosión sorda pero implacable que esa juventud que no cede ejerce sobre los cimientos que la sostienen—, aprovecha la pausa que Monti se toma para respirar, cabecea en dirección al Toyota y, enarcando las cejas en señal de admiración, le dice: "Y a vos te va bárbaro, ¿no?". "¡Eso porque no lo viste por dentro!", dice Monti, riéndose. "Tengo cuatro chicos: si rasqueteara todos los caramelos y chocolates que le pegaron al tapizado podría poner un maxikiosco". Se ríen juntos. Pero sí, no se queja: tiene una empresa de piletas de natación, está solo, sin socios, lleva dos o tres años aprovechando el auge de los *countries* y los barrios cerrados... "Viste cómo es. Quien dice casa dice pileta", dice, como citando un refranero. Pero él no ha podido avanzar, no lo ha seguido, se ha quedado estancado en cuatro chicos. "¿Cuatro chicos tenés?". "Cuatro nenas. Ana y Carmen, las mellizas, y Mara y Lucía. Cuatro diablas divinas. No es fácil, pero...". "Me imagino". "No, no te imaginás. Nadie se imagina. ¿Vos querés arruinarte la vida? Haceme caso: tené cuatro hijos. Pobrecitas: ellas son adorables. Qué culpa tienen. Mirá que yo pasé por todas, eh. Volví de la estafa, de la merca... Volví de todo. Pero de cuatro hijos no se vuelve. Ahora la madre se quiere separar. Se dio cuenta de que no va más. ¿Podés creer? Justo ahora, que las nenas están por entrar a la escuela y a mí me descubren un cáncer. ¡Bingo! Pero contame de vos, ¿en qué andás, vos?".

Oye cáncer y es como si una piedra hiciera pedazos una ventana y cayera y rodara por el piso hasta detenerse a dos centímetros de sus pies. O como si un flagelo extravagante, incubado y desarrollado en las condiciones excepcionales que sólo le asegura un lugar en el planeta, uno solo, y remotísimo, azotara de golpe lugares donde su sola existencia era inimaginable y matara gente que no tenía por qué tenerle miedo. Cáncer, mejor amigo: hay en el medio un eslabón que falta, que faltará siempre, a tal punto le resulta inadmisible la idea de que alguien como él, de su misma edad, es decir todavía joven, y en particular alguien conservado en esa suerte de juventud artificial, prendida con alfileres pero persuasiva, que son los mitos de adolescencia, pueda caer en manos de una enfermedad letal, tan letal, en el fondo, que es menos una enfermedad que una abstracción, menos un mal que una categoría, algo —como descubre ahora que pensaba hasta hace diez segundos, hasta que Monti pronuncia la palabra cáncer— llamado a existir en algún más allá de la existencia que sólo tiene una razón de ser pedagógica, los simposios médicos, por ejemplo, o la investigación farmacológica, o la dimensión de las amenazas platónicas, que si prometen efectos mortíferos es porque nunca los producirán. Pero también hay otras posibilidades: que haya escuchado mal, por ejemplo, y que el cáncer sea el resultado ya no de una multiplicación desenfrenada de células malignas en el organismo de su mejor amigo sino de la combinación fortuita de un homófono banal, *tanza*, por ejemplo, o *lanza*, o *Banzer*, o *ranser* —la marca de electrodomésticos que no escucha nombrar desde hace siglos y ahora está seguro, juraría casi que Monti, vaya uno a saber por qué, acaba de traer a colación—, pronunciado con alguna indolencia, y el sonido del escape demasiado abierto de un auto, o del frotarse de las copas de los árboles, o incluso de algún percance de su propio oído, que desconocía que sufría y de ahora en más deberá hacerse ver. Pero ¿y si fuera un chiste? Es otra posibilidad; uno más, un chiste salvaje, psicopático —no tan ajeno, después de todo, al tipo de repertorio que de chicos comparten siempre, pródigo en tullidos que pisan cáscaras de banana, mogólicos onanistas y paracaídas que no se abren—, que le hace al pasar, paladeando el momento en el que revelará que es un chiste con una carcajada explosiva, para demostrarle lo equivocado que está si piensa que dándole conversación al costado de la avenida saldará la deuda que contrajo todos estos años huyendo de su pasado escolar. "Ojalá", dice. "Te juro por mis nenas que no. Mirá, ¿ves?", y se señala un pequeño punto negro, rodeado de una aureola rosada, que tiene al pie de la tráquea, en la horqueta que forma su camisa cuando se topa con el último botón abrochado. "Me hice una biopsia hace una semana. Tuve yo que convencerlos a los médicos. Si hubiera sido un dolor, en una de ésas zafaba... Pero sentía como un peso acá, una presión rara. Estrés, me decían. Nervios. Me daban relajantes musculares, rivotril, té de valeriana. A mí no me cerraba. Yo sabía que era otra cosa. Y era otra cosa. Era cáncer de pulmón. Empiezo la quimioterapia en diez días. Pero contame de vos, hijo de puta. ¿Soltero? ¿Casado? ¿Capado? ¿En qué andás?".

Lo deja hablar: siempre lo pasman esa capacidad de escupir preguntas que se acumulan sin esperar respuesta, ese entusiasmo reflejo, como de máquina averiada. Siente en el cuerpo una gravedad errática, sin dirección, que no entiende del todo pero que le inspira una vaga inquietud. Busca un punto donde apoyarse; reclina la cadera contra el costado de su auto y queda con el sol de frente y Monti intercalado en el medio, de modo que cuando los árboles apantallan la luz su rostro aparece nítido, definido, con esa precisión tenue que se come el contraluz cuando no logran filtrarla. Ahora que apoya con disimulo una mano sobre el marco del techo del coche reconoce la sensación que acaba de marearlo. La chapa, la tersura imposible, sin arrugas ni pliegues, como de otro mundo, de la chapa. La inhumanidad absoluta del metal.

Ha sentido lo mismo que siente por primera vez la áspera mañana de un lunes de otoño en que el director de la escuela irrumpe en el aula y cambia la vida de veintidós chicos atontados, la mayoría de los cuales no tienen fuerzas siquiera para mirarlo. Son las ocho y veinte, acaban de entrar, de ocupar sus pupitres y abrir sus portafolios, pero ni ese ajetreo mecánico ni el sol, uno de esos últimos soles de abril, de una intensidad y una rabia casi póstumas, alcanzan todavía para deshacer las babas del sueño. Dormitan, se acomodan, miran al frente como sonámbulos, esperando la orden que los despierte de una vez. La profesora, la pobre mujer que cada mañana, como en el mostrador de una carnicería, exhibe ante ellos el manojo de nervios que es su vida, intenta pasar lista cuando golpean a la puerta. El director asoma su pequeño cuerpo trajeado y entra con una precaución misteriosa, como si algo nocturno y extraordinariamente poderoso le hubiera revocado el rango que hasta ayer lo volvía amenazante, invulnerable. Él, como siempre, se ha sentado atrás; ha puesto el portafolios sobre la mesa y apoyado el costado de la cara sobre él, usándolo de almohada, y desde ahí, fingiendo que no siente el martirio de la hebilla de metal contra su mejilla, mira todo por la ranura de sus ojos entrecerrados. No es de los más sobrios, pero aun así siente una vibración de inquietud. Lo alarma que el director, que por definición es invisible y sólo debería manifestarse mediante circulares escritas, decretos o, en algún que otro acto escolar, púlpitos y micrófonos que la lejanía vuelve irreales, aparezca así, en persona, ante ellos, y trastabille un poco junto al mapa del continente americano que siguen sin llevarse, y antes de tomar la palabra carraspee dos veces, las dos sin necesidad. "Me da mucha pena tener que darles esta noticia. La alumna Natacha Tretyak tuvo un accidente el sábado. Se cayó de un caballo —ustedes saben la adoración que tenía ella por los caballos— y murió. Es un día muy triste para el colegio. Hemos decidido que vuelvan a sus casas. Hoy esta división no tendrá clase. Eso es todo". Y él, que ni siquiera puede despegar la cara de su almohada de cuero, ahora *sólo* siente la presión fría de la hebilla contra su piel. Se endereza y contempla la retirada del director, que cierra la puerta con una suavidad extrema, como si dejara atrás a un bebé que duerme, y la boca abierta de la profesora, suspendida en una mueca de estupor, y los cuerpos quietos y rígidos de sus compañeros, y apoya las palmas de las manos sobre el portafolios, sobre la zona que su cara debió entibiar, y luego de reconocer al tacto —porque sigue mirando hacia adelante, donde todo parece detenido— los accidentes del cuero, las costuras de los bolsillos, la lisura de las partes percudidas por el uso, de golpe, como si tocara una dimensión secreta de la valija, una chispa seca le sacude las yemas de sus dedos y lo obliga a retirar las manos. Algo en el cuero está frío, helado, tan helado como esa parte de la fórmica de la mesa por la que pasa los dedos después, y algo de la tela de su delantal, que palpa con ansiedad, como quien vuelve a una patria segura, y que lo espanta, y algo también de su propia piel, que roza con miedo y casi no reconoce como suya, ni como piel humana —helado, sí, como estará helada la mejilla de su madre cuando la bese media hora después, y como la colcha que cubre su cama, y la alfombra, y la tostada que esa tarde no podrá comer y todo lo que toque de ahí en más, orgánico o inorgánico, natural o manufacturado, cosa o ser, porque si la muerte de Natacha Tretyak es atroz, a tal punto que quedará para él, no importa la poca relación que haya tenido con ella, ni la indiferencia que le haya merecido siempre su adoración por los caballos, como un modelo de muerte eterno, no es sólo por el rostro redondo, rozagante y perezoso, tan ruso, que acaba de sustraerle al mundo sino también, y sobre todo, por lo nuevo que le ha agregado, por ese borde escarchado que a partir de entonces, como si estuviera en todas partes pero sólo fuera accesible a unos pocos, la cofradía de los que ya han sido rozados por la desgracia, él aprenderá a reconocer en todas las cosas del mundo. No es su capacidad de borrar del mapa personas, cosas, historias, lo que lo estremece de la muerte; es la verdad que le enseña sobre la composición del mundo.

Ojalá pudiera, como pueden muchos, como pueden incluso algunos de los compañeros con los que comparte esa mañana la noticia de la muerte de Natacha Tretyak, tan suave y tan taciturna que algunos, como se dice, se desayunan de que existía y formaba parte de la clase en el momento mismo en que se enteran de que ya no volverán a verla, refugiarse en la superstición de que si no le ha tocado a él, si le ha tocado a otro, no importa cuán cerca haya sucedido, o con más razón si ha sucedido muy cerca, él y su propia vida han ganado, se han alimentado, de alguna perversa manera, de la desdicha del otro y han salido robustecidos. Para él es simple: no hay superstición. Todo es real, real pleno, idiota. Baja de hecho las escaleras de la escuela esa mañana, baja lento, entorpeciendo un poco el ímpetu con el que pretenden bajar sus compañeros, que rápidamente sofocan la mala noticia con la euforia de un feriado imprevisto, y cuando uno que baja lento como él, uno de los llamados cerebros de la clase, lo mira y, buscando su complicidad, porque él también, más allá del énfasis con que procura convencerse a sí mismo, desconfía de que esté creyendo en lo que hay que creer, le confiesa su alivio y para respaldar su alivio cita algo que le oyó decir a su padre o su tío a propósito de las catástrofes aéreas, que nunca suceden dos veces seguidas en un mismo país, menos en un mismo aeropuerto y menos aún en la misma compañía aérea, él ni siquiera puede devolverle la mirada, a tal punto siente el filo acerado de la muerte ya no sólo en lo que toca —el pasamanos de la baranda de la escalera, la manija de cuero del portafolios, el interior del bolsillo del pantalón, agujereado, por donde se obstina en rascarse con dos dedos el muslo para saber si su carne reacciona y sigue siendo humana—, sino en su propia boca, en las encías, en la saliva que traga, que siente cruzar el umbral de su garganta y caer y derramarse y teñir de muerte los rincones más secretos de su cuerpo. Es exactamente así como interpreta años después, a principios de los setenta, cuando se dan en la ciudad las primeras alarmas calóricas y arrecian las primeras dietas, en su gran mayoría procedentes de los Estados Unidos y aun así, por increíble que parezca, inadvertidas o desestimadas por inocuas por los más escrupulosos detectores de contrabandos coloniales de la época, la expresión "gusto metálico", oída en boca de su madre cuando prueba por primera vez el café endulzado con una pastillita de ciclamato, el edulcorante artificial que más tarde pasa a mejor vida, acusado y condenado por cancerígeno, y es así, exactamente así, "gusto metálico", como se imagina que han de saber en la boca cuando se rompen, como si fueran chicles rellenos para adultos, las cápsulas de cianuro que los miembros de algunas organizaciones de lucha armada, cercados y sin posibilidad de escape, muerden para no caer vivos en manos del enemigo. Es de hecho así, "Gusto Metálico", como se le ocurre llamar de manera automática, para sus adentros, muchos años después, mediados de los ochenta, al guerrillero que reconoce una tarde retratado en una foto en la vidriera de una modesta casa de fotografía de barrio. Aunque la han ampliado para que no naufrague en el mar de imágenes que la rodean, fotos a todo color de bodas, bautismos, cumpleaños infantiles, fiestas religiosas, la mayoría movidas, calcinadas por el flash y decoloradas por la acción del sol contra la vidriera, pero con todo menos sombrías, sin duda, que ese rostro tenso, ceñudo, como oprimido por una corbata que alguien, probablemente una mujer, su compañera, que también llevaba una cápsula de gusto metálico en su cartera y también, probablemente, tuvo que morderla, le anudó con demasiada fuerza, o demasiado cerca de la nuez, es una foto carnet muy vieja, cuatro por cuatro, blanco y negro, como las que quince años atrás suelen exigir para el pasaporte, que las casas modestas de fotografía acostumbran mantener en exhibición para anunciar los servicios que prestan y la idoneidad con que los prestan y a veces, cuando el retratado con el tiempo se ha vuelto célebre, como también es el caso, aun hoy, de muchas peluquerías de barrio, cuyas marquesinas palidecen a medida que los neones se queman y no son reemplazados pero siguen ostentando las caras del galán, la vedette, el cantante de tangos —los mismos que hoy arrasan taquillas, prensa, corazones, y de tan populares que son no pueden salir a la calle— tal como quedaron al salir de la peluquería, con los cortes que les hicieron veinte años atrás, cuando eran aprendices desconocidos pero llenos de ambiciones, para jactarse de su clarividencia profesional y darse un poco de corte entre sus competidores del barrio. Es él; alguna vez lo vio en sus días de gloria en las páginas de la prensa guerrillera, alfabetizando campesinos en el norte, agitando en una asamblea sindical del cinturón rojo de Villa Constitución o expropiando armas en una comisaría de provincia. Lo reconoce por el pelo duro, enrulado, como de alambre, que se deja domesticar por dos o tres brillantes manos de gomina, sin duda para dar una imagen de respetabilidad ante el agente de migraciones o los oficiales de fronteras que alguna vez, más tarde o más temprano, a tal punto la situación para él, sus compañeros y la organización toda es desesperada, compararán la foto con su rostro y tendrán su vida en sus manos, pero no puede con su genio y atrás, en la base de la nuca, donde el encuadre de la cámara, bien frontal, debería hacerlo pasar inadvertido, se rebela en dos matas que asoman por los costados, desafiantes. ¿Cuántos años lleva muerto cuando lo ve en el negocio de fotos? ¿Cuánto hace que su cuerpo se pudre y libera sus efluvios metálicos en la tierra? ¿Cuánto tiempo tendrá que pasar hasta que sus restos se mezclen con los de Natacha Tretyak?

Mira la nube plateada del pelo de Monti a contraluz, blanca, impecable y hasta un poco artificial, como los copos de azúcar con los que ambos, antes del colegio, cuando todavía no se conocen, se enchastran manos y boca y ropa los fines de semana cuando van a la plaza, Monti con su madre, su padre, que acaso haya empezado a temblar, y sus hermanos, él con su padre y su hermano mayor, y piensa que toda la vida de ese hombre al que no puede evitar seguir viendo como a un chico, de ese desconocido que hoy, más de treinta años después, no vacila en seguir llamando mi mejor amigo, la vida que intuye que ha vivido, la que mal que mal entreví charlando de bueyes perdidos cada vez que se lo encuentra y la más vasta, rica, la que ignora por completo, esa franja inaudita donde pasa de buscavidas sin brújula a padre múltiple, a hombre abandonado, a organismo ocupado por un ejército de células monstruosas, piensa que la vida entera de su amigo descansa ahí, está expuesta ahí, en el abismo que separa esta espuma blanca y brillante de la cabellera negra, llena de rulos, en la que hundía sus dedos huesudos la chica de los mocasines rojos. Todo ahí, como en un museo oscuro, inaccesible, todo encriptado, pero él ¿tendrá acceso? ¿Será capaz de leerlo alguna vez? Y el pelo ¿en qué se convertirá cuando su cuerpo esté bajo tierra? Piensa en fotos de muertos, en momias, en la vez que visita una exposición de paleopatología forense y lo asombran esas calaveras de hace dos mil quinientos años, cráneos horadados por la sífilis o la lepra cuya única huella verdaderamente humana, tan humana que le da náuseas, son esas hebras de pelo que se mantienen intactas, se diría que hasta peinadas, como si la pulsión más vital de la especie, capaz incluso de imponerse en el más allá, fuera la coquetería. Le parece que el pelo es lo único que resiste, lo único de lo que se puede decir sin ironía, más que de los huesos, siempre roídos, comidos por la enfermedad y el tiempo, que sobrevive. De golpe *cree* en el pelo, y el desagrado que ha sentido siempre frente a esos mechones de pelo de infancia conservado como tesoros se atenúa, se endulza, termina convirtiéndose en una forma de orgullo.

Acepta acompañarlo. Está tan desolado que diría que sí a cualquier cosa que le propusiera. Comparado con lo que acaba de saber de su amigo, con lo que prevé, con todo lo que se imagina que le sucederá, calcado —aun en él, que se resiste casi por principio militante a ceder a las imágenes extorsivas que la televisión o el cine dan de lo que la televisión y el cine llaman la tragedia de la vida— sobre los lugares comunes de la vulgaridad más lacrimógena, todo, incluso su condición de abandonado reciente, humillado sexual, paria del amor, todo le resulta de una futilidad penosa. Es el momento, piensa, en que se sellan las complicidades más locas, en que las vidas más sensatas y las reputaciones más intachables, apartadas de su trayectoria natural por el roce con una fuerza imprevista, de signo diverso u opuesto, hábil sin embargo para detectar su debilidad y rápida para aprovecharla, naufragan y se hunden en el desastre. De hecho eso es lo primero que piensa cuando estaciona su coche en una calle lateral y se sube al Toyota y Monti arranca sin darle tiempo a que se ponga el cinturón de seguridad. No tienen nada que perder, piensa. No hay como una condena para inventarse una nueva vida. *Butch Cassidy*. ¿No vieron juntos *Butch Cassidy*? ¿No sintieron al mismo tiempo, como si compartieran un mismo estómago, el vacío del vértigo cuando Paul Newman y Robert Redford saltan al río desde el balcón del acantilado donde los han acorralado a sus perseguidores?

Salen a la ruta: el parásito eterno que late en él se despereza con fervor. Su mejor amigo está condenado y el que sueña con una vida nueva es él. Sueña, condimentándolas ahora con una dosis de adrenalina adulta, con las mismas formas de poder y despilfarro con que solía soñar de chico cuando hacía que manejaba y giraba en el vacío el volante de un coche detenido, prendía un cigarrillo real con un encendedor imaginario, se embadurnaba las mejillas con espuma de afeitar o extraviaba sus pequeños pies friolentos en el espacio inmenso de los zapatos de su padre. Sueña con violar semáforos, asaltar un supermercado, tomar de rehén al guardia de seguridad y liberar a la bella cajera que bizquea de la cárcel de promesas de ascensos, jefes lascivos y tickets canasta que estaba a punto de cerrarse sobre ella. Pueden tomar un cine y hacerse proyectar una tras otra todas las películas que no alcanzaron a ver o las que verían una y otra vez sin cansarse, *El fantasma del paraíso* primera en la lista. Pueden irrumpir en un casting y hacer desvestir, vestir y desvestir otra vez, durante horas, a veinte bellezas. Pueden tomar todas las drogas, practicar todos los deportes, beber todo el alcohol. Pueden vengarse de todas las cosas horribles que alguna vez les hicieron. Pueden robar ropa de neoprene como para vivir años entre las olas del mar y escapar en una avioneta privada. Pueden comprar documentos falsos, operarse la cara, usar lentes de contacto, vivir bajo otro nombre a dos cuadras de donde viven, de incógnito, y ver qué se dice de ellos ahora que han desaparecido, y castigar con sigilosos sabotajes nocturnos cualquier comentario que no los honre.

A lo largo de las dos horas que siguen, sin embargo, él, salvo para almorzar, cosa que hacen en una parrilla de la ruta a instancias de su amigo, que come con una voracidad de ogro, apenas si se baja del auto. Hablan de tonterías, evocan anécdotas de las que rara vez conservan el mismo recuerdo, discuten sobre fechas, apellidos de compañeros y profesores, turbias hazañas escolares, chicas precoces. No sólo no entra en otra vida; asiste desde afuera, a la vez impávido y desgarrado, a las tres o cuatro escenas previsibles en que se deja resumir la vida de su amigo, la única que tiene, la que por algún motivo, probablemente el orgullo, ha querido mostrarle esa tarde, mientras le queda tiempo. Todo es digno y atroz y tiene el carácter épico que las cosas más banales cobran a la luz de una despedida. Monti busca los anteojos de sol y él sorprende en la guantera un paquete de cigarrillos suaves ("¿Encima que tengo cáncer querés que deje de fumar?") que acecha entre un disco de Genesis y *Crime of the Century*. Lo ve pagar el peaje y leer en voz alta, como saboreándolo, el nombre de la chica de la cabina que le toca y, al recibir las monedas de vuelto, retener su mano con una presión insinuante hasta arrancarle unas manchas de rubor. En un momento, con el coche a ciento cuarenta kilómetros por hora y mientras se saca el saco, llama a su ex mujer y le avisa en su mejor tono civilizado que va en camino para llevarse a las nenas y diez segundos más tarde está aullándole el rosario de obscenidades más ofensivas, y apenas tira por la ventana el celular, todavía rojo de ira, señala algo al costado de la ruta y dice: "Huy, mirá: pusieron el vivero. Todas nuestras plantas son de ahí". Paran frente a un chalet en un barrio cerrado. Monti toca el timbre durante un rato, pide a gritos que le abran y le entreguen a las nenas, patea la puerta, mientras él, desde el auto, alcanza a distinguir la sombra de dos mujeres de perfil, una joven, la otra mayor, vigilando la entrada desde la ventana de una habitación del costado, y no dice una palabra. Monti insiste en que conozca su casa. Él dice que se le hace tarde y un segundo después la frase lo avergüenza de un modo indecible. Monti vuelve a la carga: "No te voy a volver a tener así, indefenso. No seas yeguo y vení. Después te llevo de vuelta a la capital". Llegan, frena el Toyota a cinco metros de la pileta —lo único de toda la casa que parece terminado— y sin siquiera apagar el motor Monti baja y va despojándose de la ropa mientras camina por el pasto y por fin, lanzando un alarido, se zambulle de cabeza en el agua agitando brazos y piernas como si lo electrocutaran en el aire, con el mismo afán de aprovechar al máximo esas fracciones de segundo transcurridas en el vacío, en caída libre, que tienen los chicos. No hay rastros de él durante un minuto, un minuto y medio. Y cuando el agua ha vuelto a cicatrizar y está quieta, sin una arruga, Monti emerge de golpe propulsado por una fuerza bestial, como un monstruo acuático, y nada hasta el borde de la pileta más cercano al coche y chorreando agua le dice: "Está espectacular. ¿Qué esperás para meterte, maricón?". No se meterá. Lo mirará nadar, hacer pruebas de acrobacia estúpidas debajo del agua, cruzar la pileta de lado a lado sin respirar, jugar a escupir lejos, muy lejos, hasta que el chorro de agua sobrevuele las lajas de los bordes de la pileta y caiga en el pasto. Un rato después, mientras se abrocha el cinturón del pantalón que se ha puesto sobre el cuerpo desnudo, sin secarse, Monti lo invita a entrar, a tomarse unos whiskies. Pero la puerta corrediza que da al jardín está cerrada por dentro. Cae la tarde. Monti desaparece y vuelve —ha dado toda la vuelta hasta la entrada principal— cabizbajo: se ha olvidado las llaves adentro. Se quedan unos segundos así, de pie, contemplando con las manos a modo de visera lo poco del interior del living que se ve por las hendijas de las persianas, hasta que Monti se pone a tiritar. "¿Por qué no vamos al auto?", propone él. A Monti se le encienden los ojos. No bien suben, prende la calefacción y pone *Crime of the Century*. Escuchan "Dreamer" una y otra vez, durante una hora larga.

Eso es lo que se lleva de la tarde que pasa con él: esa insensibilidad dichosa, esa especie de sed con la que hace las cosas, la generosidad casi obscena con que lo exime de cualquier ritual melodramático, y también su tarjeta, y la promesa de que esta vez, por una simple cuestión de prudencia, no dejará pasar cinco años antes de llamarlo. Eso es lo que se guarda y recapitula una noche mientras cruza la calle y se encamina hacia el Spring, el tenedor libre chino que está frente a su casa, el único lugar al que puede ir a cenar solo sin sentirse humillado. Ha hecho eso prácticamente toda la semana: se va la luz y la casa que de día lo alivia, sin Eva, sin Curtius, casi sin muebles, aligerada del peso del pasado, se le vuelve inhóspita, amenazante como una trampa. Tiene que salir y sale, no importan las sorpresas que le tenga reservadas el mundo. Cruzando esa misma calle, de hecho, y no hace tanto, un muchacho de buzo con capucha y anteojos de sol que viene en sentido contrario lo para en seco y le pregunta si no le gustaría trabajar en una película. Él parece retroceder. Lo que hace, en realidad, es cambiar de posición: se pone un poco de perfil, de modo que no ofrece tanto flanco abierto a lo que pueda venir. Retrocedería si tuviera cuarenta años menos y fuera un chico, un chico asustadizo, de pocas palabras y pelo lacio y rubio y, recién bajado de un tren en la estación Barrancas de Belgrano, se cruzara con un hombre mayor que estruja una gorra negra entre las manos y le dice a boca de jarro la misma frase que el muchacho de buzo, y cuando él, completamente desconcertado, contesta que no, que no le gustaría, arremete de nuevo, y mientras mira con sus ávidos ojos de roedor ahogado hacia todas partes, cosa de no perderse una posible presa por seguir porfiando en hacer caer a la que se le resiste, le pregunta con una amabilidad extrema, casi suplicando, si no tendría quince o veinte minutos de su tiempo para darle. Pero, como no retrocede, es el chico de buzo el que debe apartarlo del medio de la calle, donde una ambulancia desvencijada que acaba de doblar la esquina se dispone a aplastarlos. Le explica: preparan un *thriller* político "tipo Costa-Gavras", una película ambientada en los años setenta, "la época de la guerrilla, los parapoliciales, todo eso". Hay un personaje, secundario pero decisivo, "un abogado superbrillante que trabaja para empresas poderosísimas, que ve las salvajadas que hace la empresa metalúrgica para la que trabaja con los obreros y termina pasándose a la guerrilla. Vos serías perfecto: das el tipo cien por cien", le dice mientras le da una tarjeta y le estudia de soslayo el pelo: "Ni siquiera tendrías que pasar por peluquería".

Declina la oferta sonriendo, incluso con algún exceso de cortesía, como si agradeciera menos la oferta en sí que el alivio de no haber tenido que pasar por la incomodidad de la situación que temió cuando se la hicieron. Sin embargo, un regusto de insatisfacción lo acompaña durante algunos días, una especie de culpa tenue pero persistente, como la que inoculan las deudas impagas o los compromisos olvidados. No es actor, no lo ha sido nunca —salvo los cuarenta segundos que dura el funesto desfile que acaba con su reputación entre los miembros del elenco del Shakespeare para estudiantes secundarios—, nada le parece más ajeno a su naturaleza o sus deseos.

Pero lo tienta la época. Lo tienta la posibilidad, que las novelas suelen delegar en una serie de máquinas complicadísimas, llenas de riesgos y no necesariamente eficaces, de volver a una época que venera y que siente que no vivió, o que hubiera querido vivir de otro modo, con otra edad, o quizás sólo con otro corte de pelo... A tal punto llega su entusiasmo que en un momento empieza a imaginar, a barajar hipótesis sobre su personaje, todas las que sin duda no se le habrían ocurrido de haber aceptado la proposición. Un abogado brillante, asesor de multinacionales, que toma conciencia, cambia de bando y pone sus luces, su saber, sus años de trabajo en el riñón del capital al servicio de la lucha revolucionaria... Al principio de la historia podría moverse a cara lavada, siempre impecablemente afeitado, peinado bien tirante, a la gomina, casi un clon, ahora que lo piensa, de los matones que custodian a los ejecutivos de la empresa, siempre en la mira de las balas guerrilleras. Lo primero que desaparece con la toma de conciencia es la gomina: el pelo resucita, se despereza, recupera movilidad. Después irrumpe el bigote, primero tímido, finito, casi policial, luego espeso y desafiante. Por fin, la rebelión total: pelo largo y en desorden, incluso sucio, estilo crencha, y bigotes, y barba, y matas de pelo saliendo de los oídos, todo junto. Una molotov capilar ambulante. Pero es entonces, en el momento en que tiene todo el personaje diagramado, de la primera escena a la última, donde cae muerto en medio de un fuego cruzado y su cabeza golpea contra el pavimento, el pelo engalanado por una gran flor de sangre, cuando cae en la cuenta de su insensatez. Porque si vuelve atrás en el tiempo para cambiar, para ver qué sería de él con otro pelo, estará cambiando la única razón de ser de su regreso, la única razón, al menos, por la que a alguien, un empleado menor de la producción de una película, alguien que probablemente se haya olvidado de él y de su cara un segundo después de entregarle su tarjeta, se le ocurrió que era el más indicado para regresar.

De modo que ése es el espíritu extraño, como de euforia trunca, nublada por una ráfaga de melancolía, con el que acaba ahora de entrar al Spring, se somete al baño de luz fluorescente que es la ceremonia de bienvenida del lugar y reconoce la misma música blanda y azucarada que lo ha empalagado las últimas noches. "Julio Iglesias chino", le han dicho cuando pregunta. Mientras su cuerpo busca su mesa de siempre, junto a la ventana, en diagonal a la entrada de su propia casa, sus ojos van ganando tiempo y rastrillan las fuentes de acero que humean con el menú del día. Encuentra su mesa ocupada. No llega a ver por quién o más bien desiste de comprobarlo, demasiado contrariado por la frustración como para halagar al culpable tratando de identificarlo, y termina sentándose en una mesa poco feliz, oscura, cerca de la mesa de postres. Se sirve dos platos de comida que apenas toca y un vaso de té verde que le quema la lengua y el paladar. Lee muy por arriba, confundiendo siempre el nombre de la víctima con el del victimario, la crónica de una decapitación en el diario de la tarde, y cuando cierra el diario y lo deja en la mesa de al lado, asqueado, como siempre, al ver las manchas negras que la tinta y el papel barato dejan sobre la tela blanca del mantel, piensa en su pelo, en el modo sutil en que los años setenta, aprovechando su indolencia, lo han ido modelando, piensa en Monti, en el Monti desvalido que tirita en el jardín de una casa que acaso nunca verá terminada, y vuelve a sentir en las yemas de sus dedos el frío del metal, y llama a Celso por reflejo, como otros acuden a Dios cuando se les cruza una desgracia.

Necesita hablar con alguien. De hecho eso es lo primero que dice su voz trémula cuando lo atienden. ¡Hablar! Y después, con timidez, como si lo hubieran sorprendido gritando solo frente a un espejo, pregunta al teléfono con una sombra de desconfianza: "¿Celso?". Espera un segundo, se pone alerta. Oye una respiración que silba y luego, mullido y sentimental, el colchón de música contra el que se recortan los silbidos: el

Julio Iglesias chino. Entonces barre el Spring con la mirada y frena de golpe en su mesa de siempre, donde descubre a un hombre rapado, ni joven ni viejo, que acaba de volverse hacia él y lo mira fijo mientras sostiene un teléfono contra su oreja. Permanecen así unos segundos, mirándose a la distancia, oyendo cada uno la respiración del otro dos veces, una en vivo, en el restaurante, otra, ligeramente metalizada, por el canal del teléfono. Hasta que el rapado apaga su teléfono de un golpe, como si fuera una castañuela. Lo ve levantarse, recoger una bolsa de supermercado que cuelga del respaldo de su silla, cruzar el salón esquivando las pocas mesas que quedan ocupadas y sentársele enfrente con la bolsa sobre los muslos, como si no previera quedarse mucho tiempo.

No se conocen, pero apenas lo oye hablar repara en el acento extranjero —la dureza de las erres, las eses brillantes como azotes, esa entonación indecisa, capaz de flirtear al mismo tiempo con la pregunta y la exclamación— y sabe en el acto que es el amigo de Celso, el que está con él y alborota la peluquería la tarde en que lo despiden de Volumen I. Parece estragado por un cansancio de siglos, irremediable, y aun así sus ojos enrojecidos, de pupilas brillantes y dilatadas, siguen avivando una vieja llamarada de furor. El veterano de guerra, como pasa de inmediato a llamarlo, le tiende una mano —que él, indeciso, se limita a mirar— y luego, con tres dedos cargados de anillos, ágiles y veloces como tentáculos, aprovecha el desaire y le roba las dos rodajas de berenjenas que quedan huérfanas en el plato. No, no es un azar que esté ahora ahí, en el Spring. Lleva dos horas montando guardia, esperándolo. "Tengo algo que creo que es tuyo", dice, y levanta la bolsa de plástico, la mantiene un segundo en suspenso sobre la mesa y la deja caer sobre el otro plato, donde el arroz saltado lleva un rato enfriándose. Él se asoma al interior de la bolsa. Es una peluca, la peluca rubia que Celso se llevó de su casa. "No es mía", dice él, y luego, tratando de evitar que se le quiebre la voz: "Es de mi ex mujer". "Da igual", dice el veterano, quitando la bolsa del medio y encarando de nuevo las sobras del plato. "Ahora yo quiero recuperar la mía". Él se echa hacia atrás y pega la espalda contra la silla. "¿La mía?". El veterano se acoda sobre la mesa. "La que Celso me dijo que te dejó a vos: la peluca verdadera".

No entiende. No entiende nada. ¿Qué dice ese imbécil afrancesado, con los ojos inyectados en sangre y las costuras de los hombros de su viejo saco de corderoy reventadas? ¿De qué habla? Se siente un poco abusado, como uno de esos personajes que después de un día fatal, que empieza como cualquier otro, con una ducha, un café, un cielo con nubes, un colectivo que tarda, y termina convertido en un certamen de supervivencia desesperante y sangriento, vuelven a casa exhaustos, después de haber dado todo lo que tenían, contando uno por uno los minutos, los pisos, los pasos que los separan de su hogar, su familia, su cama tibia, y en el momento mismo en que meten la llave en la cerradura, la luz del palier se eclipsa de golpe y les cae encima una emergencia menor —un vecino fuera de sí, un corte de agua, los anteojos de leer que no están donde deberían—, ínfima al lado de todas las que debieron soportar durante el día, que sin embargo les asesta el golpe de gracia y los mata. Pero escucha *peluca verdadera* y un interés insalubre parece reanimarlo de pronto, reanimarlo a él, que languidecía, y darle al otro un toque de brillo inesperado. Peluca verdadera. ¿No es así, en el fondo, como ha empezado a pensar desde hace unos días en su propio pelo? ¿Como en un artefacto falso compuesto con materiales de verdad, de la misma improbable familia que una pierna ortopédica fabricada con carne, músculos, ligamentos reales, o un ojo postizo hecho de ojo? Pero, en ese caso, ¿qué diferenciaría a uno de otro, a la prótesis del órgano natural, al chiste del sentido primero, literal? Tal vez la relación con el resto, el lazo entre la parte y el todo... Piensa en el chico del buzo y la gorra y lo ve ahora como el propagador de una perversión nueva, alguien que anda por el mundo reclutando cuerpos o pedazos de cuerpos afectados por alguna irregularidad —una clase de anacronismo que sólo él ve— para reimplantarlos en la época de la que nunca deberían haber salido. Una especie de brujo. Piensa en buscarlo para que deshaga el hechizo con que lo envolvió. Pero en cambio, en el Spring, que pronto apagará y hará callar esos tubos fluorescentes que zumban y pronto cerrará, cara a cara con el veterano de guerra que le reclama la peluca verdadera con la que Celso sin duda se ha escapado, Celso, a quien ya no volverá a ver, como se da cuenta en ese mismo momento, se le ocurre decir esto: "La única peluca que tengo yo la tengo puesta. Es ésta", y se apunta al pelo con el dedo índice, como si fuera el caño de un revólver. El veterano lo mira con una intensidad nueva, como miraría a alguien que acabara de quitarse una máscara. Por primera vez ve en él algo distinto de lo que estaba preparado para ver, algo que escapa a sus planes. O descubre que lo que estaba preparado para ver era sólo una estimación modesta, imperdonablemente mezquina, de lo que en verdad están por mostrarle. Lo mira a los ojos, mira el dedo que sigue congelado apuntando a la cabeza, pero evita por todos los medios hacer foco en el pelo, lo único en verdad que le interesa, convencido de que si cede, si mira el pelo, tal vez se entere de algo que le gustaría saber pero perdería para siempre algo infinitamente más valioso. De modo que busca ganar tiempo y sonríe con suficiencia, como si comprendiera que todo es una farsa, y recién entonces, cuando cree que con su aire de superioridad ha neutralizado el poder del pelo, le mira directamente la cabeza y aun así, fingiendo y todo, tiembla. Y él lo ve temblar y, como quien asesta la última estocada, la fatal, dice: "¿O te creés que esto puede ser pelo verdadero?".

Es el pelo nefasto de los años setenta, el que atraviesa toda la década y la humilla y la calcina como un cometa ignominioso. No el pelo bueno de los militantes políticos, ni el de los revolucionarios, ni el de los resistentes, ni el de los artistas comprometidos. Es el pelo de la cultura de la imagen, el de la televisión, el de los conductores de los programas llamados ómnibus, el de los cantantes melódicos que cantan en los programas llamados ómnibus, el de los actores que sólo trabajan en publicidad, el de los modelos de avisos gráficos de revistas de actualidad, el de los protagonistas de las telenovelas de la tarde. Es el pelo tirando a largo, a dos aguas, fugado hacia los lados en degradé, con raya al costado, como en el caso de Jorge Martínez, que salta a la fama gracias a un comercial de vajilla irrompible y renuncia a todo, básicamente a una carrera de tenista que ha entrado en franca decadencia tras un pico en 1966, con la Copa Davis, y pasa sin pena ni gloria, haciendo un papel de policía, por el engendro de cine picaresco argentino con el que tropieza Werner Herzog en un cine de Iquitos al que entra para distraerse un rato del rodaje infernal de *Fitzcarraldo*, o bien partido por una raya al medio, según el modelo que entre muchos buscavidas del período populariza el malogrado Esteban Molar, nacido Mario Esteban Moreno Larronde, un ex empleado de sastrería que pasa a secretario personal de un gran capo cómico de la época, de ahí a ser el que le consigue los papeles, luego las bolsitas, por fin las tizas de cocaína que quince años después lo matarán, grandes como panes de jabón de lavar la ropa, de ahí a extra en los programas de humor más vistos de la época, de ahí a semental de las aspirantes a vedettes que revolotean en las puertas de los canales de televisión, de ahí a su representante artístico, de ahí a proveedor de aspirantes a vedettes para las fiestas que los jerarcas militares de cada fuerza organizan para impresionar a las fuerzas rivales —*potlatchs* pródigos en concheros, *strass* y lentejuelas— y, de paso, celebrar el éxito del plan de exterminio que llevan a cabo desde que toman el poder y aun desde antes, y de ahí al exterior, a Miami, a la televisión latina, a la diabetes, al resonante juicio por violencia conyugal que lo obliga a buscar refugio donde no le pidan rendición de cuentas alguna, la joven pero pujante industria húngara del porno, primero, el tráfico de jugadores de fútbol en Centroamérica después. *Ese* pelo. El pelo, por irónico que suene, de Calvo, del mismísimo Carlos Andrés Calvo, que a los veinte años, sin otro capital que ése, su pelo, y que la simpatía, la astucia y la sagacidad para aprovechar oportunidades, todas armas decisivas que aprende en eso que se llama la universidad de la calle, atesta con multitudes de fanáticas en estado de trance los gigantescos teatros de las ciudades balnearias de los que cada noche, acordonados por las hordas de admiradoras, debe salir disfrazado, con barba postiza y anteojos de sol, o vestido de mujer, con ropa que pide prestada a sus compañeras de elenco, o directamente escondido en el baúl de su propio auto. Es el pelo medio *brusheado* del galán, del pícaro, del que explota "la facha", "la pinta", "la percha" que la naturaleza le dio y asciende y se acomoda, que cae sobre la frente y las orejas en pequeñas ondas paralelas, como una especie de cortinado. El pelo que, no importa a qué inclemencias se someta, sople viento, llueva o truene, emerja del fondo del mar o de doce horas de sueño, siempre queda peinado, el pelo de Michael Sarrazin, de Warren Beatty, de Kurt Russell, de Clint Eastwood, de cientos de rostros de la década que, más o menos célebres y respetables, jamás harán olvidar lo único que no debe ser olvidado: que la patria de ese corte es la Argentina y que la época en que florece es la época en que todo lo que nace y crece de la tierra es hijo de los ríos de sangre que reemplazan a los abonos tradicionales de que se nutre la tierra.

Recién cuando la música se corta y el Spring queda en silencio, en ese vacío singular que sucede de inmediato a toda música, al principio brutal como un páramo, una pared áspera, pero en el que no tardan en reanudarse roces, tintineos, crepitaciones, todas las señales de vida que, sofocadas por la música, seguían sonando para alguien en alguna parte, el veterano de guerra, que ha estado escuchando sin hablar, casi en estado de estupor, parece de golpe volver en sí y, aprovechando la indolencia en la que ha caído todo, dispara como un latigazo una mano hacia la cabeza de él y tira con fuerza del largo mechón que ha empezado a cubrirle una oreja. Pero el pelo resiste, firme, y el veterano deja caer la mano sobre la mesa, furioso y decepcionado. Él se ríe. "Es *mi* peluca verdadera", dice. Y ahí, en el tenedor libre chino que cierra, mientras sonríe y asiente con la cabeza para ahuyentar al mozo que se ha acercado a cobrarles y lleva una mano al bolsillo en busca de dinero, se siente tan feliz, tan triunfal, que le dice que no, que Celso le ha mentido, que él no tiene ni ha tenido jamás esa peluca. Y aun así, magnánimo, como un señor feudal que comprara a un esclavo sólo para dejarlo en libertad, le ofrece comprársela. Saca todo el dinero que lleva consigo, separa un par de billetes para pagar las dos cenas y dispone el resto sobre la mesa, en abanico, para que el veterano tome lo que crea adecuado para cobrarse.

Es poco, al parecer. Eso es al menos lo que el veterano de guerra da a entender con la sonrisa compasiva que esboza cuando ve los billetes desplegados sobre la mesa, no muy distinta de la que deja escapar un padre cuando un hijo le propone pagar una mansión con pileta y árboles centenarios con los dos autitos matchbox que más quiere de su colección o un parque de diversiones con el incisivo medio ensangrentado que acaba de caérsele. De hecho, es menos o más que poco: es nada. Al parecer no hay nada ahí, sobre la mesa, ni habrá nada tampoco en la cuenta de banco de la que él se ofrece ahí mismo a sacar el dinero que falta para completar el precio. En otras palabras: no hay plata que pueda pagarla. Ésa es la frase que usa el veterano para disuadirlo de manera definitiva, no tanto de que tiene dinero suficiente para pagar la peluca como de la pretensión, la ilusión descabellada de poder pagarla. Más que decir la frase la usa, en efecto, y él escucha las comillas con que la escolta, forzado a citar el castellano cada vez que algo lo obliga a hablarlo, y se pregunta cuánto tiempo hace que el veterano de guerra es extranjero, cuánto hará que elige esas frases desde afuera, excluido del mundo en el que ve que nadan como peces en el agua.

Si es que la conoce, si no es en realidad que ha caído en las redes de un fabulador, un intrigante profesional, esa historia, la historia de la peluca imposible de pagar, él recién la conocerá un rato más tarde, en su casa, a la que deciden cruzar cuando los echan del Spring, como de costumbre, con esa brusquedad sonriente que es la especialidad de los tenedores libres chinos, y sólo una vez que el veterano recorre el departamento casi pelado, examina a fondo el interior de valijas, armarios y cajones vacíos y se cerciora de que no hay allí rastro alguno de la peluca. Encuentra en cambio una botella de whisky Ye Monks y, demudado por el hallazgo, se sienta a beberla en el piso del living. "Es un regalo de mi padre", dice él. Desde hace unos años, probablemente empujado por la edad, las enfermedades, la velocidad asombrosa con que todos los que compartieron alguna vez su vida van cayendo a su lado como moscas, a su padre se le da por regalar nostalgia: juegos de mesa hípicos, banderines de compañías aéreas que ya no existen, frascos de colonia de marcas desaparecidas que encuentra en tiendas de segunda mano. Una vez, para su cumpleaños de treinta, le regala un ejemplar del diario de la tarde aparecido el mismo día de su nacimiento, un miércoles, con la cartelera de cines y el programa de televisión. El veterano de guerra admira la abombada vasija de cerámica, bebe un trago del pico y se demora en la tipografía gótica de la etiqueta.

La vez que ve una botella de Ye Monks tiene ¿cuántos años? ¿Cinco? ¿Seis? Quizás sea la última imagen que queda asociada en su memoria con la Argentina. Pero la imagen se volatiliza enseguida, tan pronto como irrumpe, a tal punto que más de una vez se le ocurre pensar que el objeto que retrata nunca existió, que lo vio en sueños o fue un espejismo, un fraude urdido no para el paladar de los bebedores de whisky, que hasta donde el veterano sepa jamás probaron una gota de Ye Monks, sino para la imaginación infantil, refractaria al alcohol pero perfectamente capaz de abismarse en el aspecto de la botella, en su color anaranjado, tan insólitamente diurno para un whisky, y su corpulencia un poco medieval, como salida de un cuadro de Brueghel o una viñeta de Max & Moritz. No ha visto una en los más de treinta y cinco años que lleva en Francia, y cada vez que ha mencionado la marca Ye Monks entre sus amigos, ya sea al pasar, para ver si pica algún pez, ya con cierta dedicación, de modo de exhumar, en caso de que los haya, los recuerdos más recónditos, lo único que ha merecido es una curiosidad teñida de paternalismo, la misma que despiertan Patoruzú, Afanancio, el doctor Neurus o cualquiera de los personajes de historietas locales que acompañan su efímera infancia argentina entre sus conocidos europeos, o bien indiferencia lisa y llana. Una vez, incluso, como hace puntualmente cada vez que recibe una invitación de la embajada —es decir siempre, dado que su doble condición de argentino y ex refugiado político, el estatus con el que, huyendo de la pesadilla argentina, se asila con su madre en Francia a mediados de los años setenta, más tarde, cuando ya es mayor de edad, lo habilita al parecer a ser invitado a todo evento en el que su país esté involucrado—, asiste al estreno de una película argentina y casi pega un salto en la butaca cuando en la pantalla un personaje tropieza con otro, el héroe de la historia, y, aunque le ve cara conocida, recién termina de identificarlo cuando el héroe, a regañadientes, a tal punto la situación vuelve a humillarlo como treinta años atrás, cuando era cotidiana, le refresca el apodo con que solían llamarlo de chico, lámpara de botella, en alusión evidentemente al tamaño desproporcionado de su cabeza pero también, de manera indirecta, a un *hobby* clásico de la artesanía doméstica argentina, la costumbre de hacer veladores reciclando garrafones de whisky Ye Monks.

Tal vez porque no las busca, porque lo sorprenden siempre con la guardia baja, el veterano de guerra, entrenado, como todo paria, para estar siempre alerta, festeja esas epifanías con una euforia íntima, recelosa, como si pensara que proclamarlas pudiera quitarles intensidad, volverlas triviales, acaso extinguirlas. Ese tipo de flechazo puntual, que da en un blanco secreto sin liberar ningún sentido en particular, como si su única función fuera marcar una coincidencia vertiginosa, es lo que le hace creer por un momento que su país natal puede ser otra cosa que el origen o el telón de fondo heredados, genéricos, siempre un poco fuera de foco, que le impone toda una vida vivida lejos de él, protegido y criado primero, luego confinado, macerado en un mundo, el de los exiliados, y un suburbio particular de ese mundo, el de los hijos de exiliados, que nacen por obligación y se constituyen por necesidad, un poco como la arquitectura del búnker, por ejemplo, nace en respuesta a la posibilidad de los bombardeos aéreos, pero siguen obstinadamente vigentes una vez que el tiempo ha pasado y se ha llevado lo que los había hecho necesarios, aferrados a las reglas y costumbres que se impusieron al principio, basadas esencialmente en el culto de un espíritu de cuerpo incondicional, sin fisuras, aun cuando afuera no quede nada ya que justifique que los conserven y el aire que respiran, que alguna vez, cuando el mundo era pura opresión, fue el único saludable del que gozaron, ahora se haya vuelto tóxico.

Lleva eso en la sangre. Sabe que lo trae consigo cuando cerca de un año atrás, a poco de morir su madre, se compra un pasaje y vuela a la Argentina sin un propósito definido, "para ver", como ha escuchado decir a tantos que lo precedieron, con la idea, por el momento, de "probar", de "ir y venir", como se dice en la jerga del retorno, y pasan los meses y sin razón aparente, con una asombrosa naturalidad, se ha ido quedando, se ha ido hundiendo en la ciudad que lo ve nacer pero no es ni ha sido nunca la suya, y que él, sin embargo, escéptico como es, juraría que lo llama por lo bajo, con una voz de sirena que sólo él oye. Todo le parece fácil, fluido. Nadie diría que es su primera vez en Buenos Aires, su primera vez de adulto, al menos, y él menos que nadie, a tal punto tiene la impresión, recién llegado, por el efecto de familiaridad que le producen las calles, los rostros, el trato, las maneras de hablar, de que no se trata de un bautismo sino de un reencuentro, algo que se reanuda, el pago de una deuda pendiente. Le parece vivir en una especie de *déjà-vu* continuo: todo lo que ve y hace evoca en él un original difuso, que conoce bien pero ha quedado un poco atrás, y aun así funciona a modo de aval, la garantía que lo envalentona a internarse cada vez más en su nuevo mundo. Frecuenta los círculos a los que lo derivan sus conocidos de París, esa comunidad vasta, dispar, donde sobreviven las esquirlas humanas que deja el estallido de los años setenta, y descubre la simpatía, la solidaridad, a menudo la admiración que despiertan la sola mención de su padre o un resumen rápido de su historia familiar, sentimientos que acaso no comparta del todo o que discutiría pero que en su situación resultan útiles, lo gratifican y le abren puertas. Él, por su parte, conserva intacto el personaje que acuñó en París, por otro lado el único que tiene. Tiende a no hacerse notar, habla poco. Todo en él parece usado, gastado, al borde de la extenuación, como si siempre llegara de un viaje extraordinariamente extenso, plagado de peripecias agotadoras. Se lo reconoce por su acento, que recrudece con la timidez, por la textura siempre un poco paspada de sus mejillas, por el modo en que su pelo, por lo general sucio, se infla con una euforia pasada de moda cada vez que se libera del gorro de lana que lo oprime, y por el tipo de abrigo que usa, un gamulán de cuero forrado en corderito que un argentino rico que ya tiene el nuevo modelo entre ceja y ceja le regala en París a fines de los años ochenta, y que él suele dejarse puesto incluso cuando está bajo techo, en los interiores sofocantes de embajadas, centros culturales, galerías de arte. Si fueran deliberadas, todas esas señas particulares le darían un perfil de excéntrico; vistas como se las ve, más bien como rémoras de un pasado dramático que no eligió, secuelas de su larga condición de desterrado, son sellos de fábrica de víctima y, dondequiera que circule, pálido, casi siempre con las manos en los bolsillos del gamulán, en parte para protegerse de esa especie de frío endémico que lo persigue desde que llega, en parte por la vergüenza que le dan las mangas siempre demasiado cortas de sus pulóveres, cuyos bordes jamás asoman bajo los puños del gamulán, sólo pueden conmover.

Hasta qué punto al veterano le resulta todo familiar que muy pronto, mucho más de lo que jamás ha pensado, da con los contactos y las oportunidades correctas y se da cuenta de que puede sobrevivir haciendo lo mismo que, mal o bien, con sus altos y sus bajos, le ha dado de comer en París desde que tiene diecisiete años y decide mantenerse solo, la venta de drogas al menudeo, secuela natural, casi imperceptible, de la costumbre que tiene de tomarlas, que elige más como un pasatiempo rentado que como una ocupación y durante un tiempo coexiste con sus otras fuentes de ingresos —chofer, traducciones, cuidado de niños, clases particulares de español— hasta que, constituida su clientela, las reemplaza por completo. Es una clientela móvil, cambiante, multicultural, con la que entra en contacto en las mismas recepciones diplomáticas, los mismos actos políticos y culturales, los mismos eventos a los que lo invitan, a razón de media docena por mes, en su calidad de hijo de un caído mítico de la causa revolucionaria y refugiado político —una condición de la que, contra lo que se cree, no se vuelve jamás, no importa cuánto cambien las circunstancias concretas que alguna vez la determinaron—, y que se compone básicamente de delegaciones de países llamados amigos, mayormente latinoamericanos, del Tercer Mundo o del Este europeo, que pasan de gira por la ciudad para inaugurar una feria comercial o una semana de cine, estrenar un espectáculo de música y danzas folklóricas o participar de alguna competencia deportiva y que, como sucede en el noventa y cinco por ciento de los casos, no ven la hora de dejar el teatro, el estadio o los salones opulentos de los consulados para darse el baño de desquicio con el que sueñan desde que los confirman como integrantes de la delegación, y que quién sabe cuándo tendrán otra oportunidad de darse. Es el proveedor ideal, no tanto por la variedad, la calidad o el precio de las drogas que vende, nada del otro mundo, como por el hecho, bastante raro, de que efectivamente nada parece diferenciarlo de sus clientes —a los que, llegado el caso, convertido por la necesidad en un latinoamericanista experto, podría derrotar en su propio terreno—, y por la seguridad, el marco de complicidad y camaradería que ofrece a la hora de llevar a cabo las transacciones, único contexto en el que las pastillas de mdma pueden cambiar de mano al ritmo de Huerque Mapu y las discusiones sobre el autonomismo zapatista progresar a base de cocaína.

Poco a poco el veterano de guerra va haciéndose algo parecido a un lugar. Descubre que también por Buenos Aires pasan voleibolistas de Cuba, fabricantes de maquinaria industrial de Corea del Norte o artistas del trapecio chinos, miembros habituales de su cartera de clientes parisina, y que el *savoir faire* que tan buenos resultados le da con los jefes de prensa de las delegaciones en las sedes diplomáticas latinoamericanas de París es igualmente eficaz con los que pululan en las de Buenos Aires. Por lo demás, si hay algo que cree haber aprendido después de vender drogas durante veinte años es a merodear teatros, hoteles, salas de concierto, restaurantes, bares, discotecas, cualquier lugar público nocturno que concentre una población más o menos ociosa y diversa y ofrezca condiciones para que florezca la clase de necesidades que él se ocupa de satisfacer, a merodearlos no como los verdaderos merodeadores, que suelen moverse solos, se quedan siempre en el borde de las cosas y terminan por despertar sospechas, sino más bien con el estilo de esos habitués solitarios, algo distantes, que aprecian una vida social administrada en dosis homeopáticas, con intermitencias, saludando a unos, intercambiando frases de cortesía con otros, fieles a un principio de ligereza y prescindencia que les permitirá, llegado el caso, desaparecer del lugar sin hacerse notar.

Y sin embargo esa invisibilidad, que en Francia es quizás su máximo orgullo, no parece haber cruzado el charco intacta.

Sigilo, discreción, anonimato, todas las cualidades que en París consagran al veterano como el contacto más eficaz para matar dos pájaros de un tiro, conseguir una piedra de *hasch* al mismo tiempo, y por el mismo precio, que la dirección del sótano donde acaba de debutar la nueva esperanza del vallenato, o el nombre del barman que prepara los mejores mojitos de la ciudad, o el dato del pequeño almacén de suburbios donde se consigue manteca uruguaya, en Buenos Aires, sin embargo, cambian de signo, igual que la temperatura, la duración de la luz del día y los ritmos vitales en general se invierten con el trueque de hemisferios. Se vuelve *demasiado* invisible. Como si la inmunidad que consigue a fuerza de tacto, perspicacia y un dominio pleno del idioma de sobreentendidos que exige la compraventa, velara cualquier signo capaz de delatar lo que hace pero sofocara también, al mismo tiempo, todo lo que él es, su identidad personal, su presencia en el mundo. Si es que tiene alguna, como se le da por preguntarse hace unos meses.

Desde que llega vive sin tener que desear ni decidir nada. Se deja llevar por una profusa agenda social, mezcla de velorio, fiesta militante, mitin político, reunión de recaudación de fondos, tribunal y sesión de psicodrama a la que lo incorpora sin consultarlo, con esa hospitalidad compulsiva que sólo un pasado traumático común puede prescribir, la orden en la que sobreviven sus llamados pares, los que son de su palo, como se dice, viejos conocidos de su padre y su madre, compañeros de ruta, hijos de compañeros de ruta, simpatizantes tardíos, estudiosos de la época o la experiencia de la militancia radicalizada. Tiene suerte. Piensa qué sería de él sin la generosidad incondicional con que lo reciben, a qué quedaría reducido su famoso deseo de "probar", de "ir y ver" qué clase de vida le reserva la ciudad de la que todo el mundo, sin excepción, le dice lo mismo, que es su lugar, vaya a donde vaya y piense lo que piense, y le corre frío por la espalda, el mismo frío, por otra parte, que se apodera de él desde el momento en que a los seis años, huérfano de padre, con una madre completamente enajenada por los llamados anónimos que el último mes, día por medio, la sobresaltan para detallarle el repertorio de tormentos que la espera en caso de que persista en hacer de Buenos Aires su lugar, el suyo y el de su hijo, para quien, al parecer, tienen pensado un *kit* de suplicios adaptado a la edad, pisa el aeropuerto de París, y que no lo abandonará jamás, sólo que extendido a todo el cuerpo, y no como algo que lo atacaría desde el exterior, un frío "objetivo", parecido al que se deja medir con la nitidez del aire de una mañana invernal, las nubecitas de vapor que exhala la gente por la calle, la alfombra de escarcha que tapiza la vereda, sino como una fuerza que nace adentro, en las profundidades de su organismo, y se difunde por sus venas y alcanza y congela hasta el último confín de su cuerpo. Sin embargo, cada vez que llega a una de esas cenas, cada vez que cae en una peña, una reunión, un homenaje, siempre con su gamulán, que recién muy tarde, "bajo la gestión Celso", como dice riéndose, consigue reemplazar por el saco de corderoy que lleva esa noche de verano en que él solo, en unas cuantas horas, se termina la botella entera de Ye Monks, y siempre con las manos vacías, las mismas manos sucias, con las cutículas despellejadas, que una y otra vez, cuando le abren la puerta y lo abrazan como a alguna clase de hijo pródigo, saca de los bolsillos y abre a los costados del cuerpo en señal de disculpa mientras dice: "Qué tarado. Tendría que haber traído algo" —cada vez que acepta el vaso de vino y la cazuelita de locro o el plato de mole poblano que le alcanzan y se pone a deambular por el lugar, casa de familia, patio de centro cultural de barrio, salón de club, trastienda de unidad básica, lo invade la misma amargura: le parece que no es a él a quien reciben, saludan, invitan a entrar, presentan gente, sino a otro, alguien probablemente muy parecido a él pero menos definido, más general, una especie de categoría con forma humana, que siempre se las ingenia para llegar antes que él. Y le parece que todas esas personas que ve comer, reírse, discutir, incluso bailar, o besarse, o emborracharse —están todas muertas. Si afina el oído y traspasa la música, las voces, las risas, los golpes rítmicos en el piso de los pies de los que bailan, el tintineo de platos y vasos, la fricción de la ropa, toda esa espuma sonora superficial, escucha un solo sonido, el único real: el arrastrarse de pies de los condenados, mezcla desoladora de lamento y de cadenas que es el idioma de las almas en pena y los fantasmas. Llevan años muertos; décadas. Todo lo que hacen tiene el aire aprendido y razonable que tienen en un accidentado, alguien que de golpe pierde el dominio de sus piernas, sus manos, su lengua, los rituales más básicos, caminar, hojear un libro, articular palabras, cuando son el fruto paciente de una reconstrucción. Ve en ellos el mismo extraño fenómeno de inautenticidad en el que siente que él mismo está atrapado, ellos porque, como actores esclavos, están condenados a reproducir gestos, poses y textos originales de los que serán siempre las sombras, no importa el grado de perfección con que los ejecuten; él porque llega siempre después, demasiado tarde, cuando el otro ya ha llegado, y lo que queda para él no es más que la copia pálida, las sobras de lo que el otro se llevó.

Una tarde, a instancias del sobrino de una delegada sindical legendaria, un bribón que conoce el ecosistema de los años setenta como la palma de la mano y le oficia a veces de informante, va a una mesa redonda a la Escuela de Mecánica de la Armada. Es la primera vez que pisa ese ex teatro del horror en el que de chico, sin embargo, piensa a menudo, sin duda influido por todo lo que oye que se dice de él en la comunidad de exiliados de París, y que imagina como una proyección gigantesca, una versión a escala ciudad del tren fantasma, su juego preferido del Italpark, a decir verdad el único que conoce, dado que la tarde milagrosa en que su padre, por lo general reacio a las salidas infantiles, lo lleva al parque de diversiones con la idea, evidentemente, de que no hay mejor programa para un chico de un año y medio que internarse en ese tenebroso laberinto de cartón pintado y pasar quince minutos a merced de guillotinas de papel maché que se desploman del techo y brujas sin dientes que les escupen su aliento fétido en la cara, una tormenta feroz se desata a poco de llegar y los obliga a abortar el programa.

Entra al predio y se pierde, sacudido primero por las dimensiones del lugar, que exceden todo lo conocido, incluso la escala ciudad por la que se rige de chico, después desconcertado por ese espejismo de calles y edificios idénticos, desiertos, que parecen multiplicar al infinito una misma célula arquitectónica original, y cuando llega y entra a la sala, llena a tope, incluso en los pasillos laterales que las sillas deberían haber dejado libres, la mesa redonda ya ha empezado. Una mujer mayor habla desde una tarima que comparte con otros dos oradores. Tiene una voz débil, cascada, que el veterano de guerra no termina de oír bien y tampoco los otros rezagados con los que se ubica de pie en la última fila, a juzgar por el modo en que tuercen la cara e inclinan una oreja hacia adelante, o se la apantallan con la mano, o protestan entre dientes, en parte por culpa del micrófono, un modelo viejo, entablillado con trozos de cinta adhesiva, que la amplifica o la silencia por turnos, caprichosamente, cuando no la distorsiona con el gemido de los acoples, en parte por la acústica del lugar, que no es un salón ni una sala sino una especie de patio enorme, embaldosado, de techos altísimos, más concebido, sin duda, para una ceremonia castrense que para una mesa redonda, donde todo sonido humano no puede sino deshacerse antes de llegar a destino.

Lo impresionan el estado de concentración, la disposición total, casi religiosa, con que el público se ofrece a la mujer que habla y se ofrecerá sin duda a los dos oradores que la sucederán, y también, probablemente, a cualquiera que ocupe un lugar en la tarima y acerque sus labios al micrófono. Es el único rasgo que parece hermanar a una muchedumbre donde coexisten las edades, clases, fisonomías y estilos más heterogéneos. Y sin embargo, si mira mejor, con el suficiente cuidado, de paso, para detectar cinco o seis filas más allá a su informante, que a su vez lo ha visto, a juzgar por los gestos asordinados con que lo saluda, descubre algo más, algo que al panear de un modo general por los asistentes le parece encontrar en todos, como si fuera la otra cara de la devoción que acaba de notar, y es el modo en que todos parecen apoyarse en algo que tienen muy cerca, el puño de un bastón, una gorra, el borde del respaldo de la silla de adelante, la propia rodilla, la mano del que está al lado, un par de anteojos, un pañuelo, algo que les pertenece, o les es íntimo, o los ayuda, o les infunde valor, y a lo que se aferran con una desesperación que los cala hasta los huesos. Eso explica, piensa el veterano de guerra, la mueca de dolor que les endurece a todos la cara. Eso, la desesperación, o el frío —si es que son cosas distintas.

Está helado, aun con el gamulán y el gorro de lana puestos, y con las manos encajadas en el fondo de los bolsillos, donde no puede evitar rozar con la yema de un dedo el filo de uno de los papeles que tiene para vender. De dónde viene esa temperatura polar, masiva, perfectamente homogénea, que parece haber colonizado el espacio entero, no sabría decirlo. No de una corriente de aire, puesto que el lugar, aunque inmenso, parece al mismo tiempo hermético, y no hay huecos ni cristales rotos en los ventanales que van de pared a pared, y el frío es una masa tan quieta que parece sólida. No del exterior, donde una primavera todavía joven suaviza los últimos alientos del invierno. Viene de las entrañas mismas del lugar, que produce e irradia frío por el solo hecho de mantenerse en pie sostenido por las mismas paredes, el mismo cemento, la misma piedra que lo sostiene treinta años atrás, cuando no es el escenario improvisado de una mesa redonda sino la gran fábrica de atormentar y matar.

No tienen adónde ir. Es la única razón que se le ocurre para explicar por qué, si no escuchan bien, si no terminan de acomodarse en esas sillas de plástico que, al cabo de diez minutos, apenas el cuerpo se relaja, lo martirizan y lo obligan a contraerse, si tiemblan de un frío que saben que no podrán combatir, si todos y cada uno de los detalles del escenario en el que permanecen inmóviles, como hipnotizados, desde las incrustaciones de las baldosas del piso hasta el amarillo sucio y desvaído de las paredes, desde el filo mellado de los escalones de mármol hasta los vidrios rugosos del vitral, todo lo que los rodea les recuerda lo que todo —menos quizás una voluntad ciega, suicida, parecida a un insomnio infernal del que es imposible curarse— los empuja a olvidar —por qué no se van antes de que el frío los seque, los vuelva de piedra, por qué no recogen sus cosas y se levantan de sus sillas y se mandan a mudar de una buena vez, lo antes posible, todos, en estampida, incluidos los dos oradores que esperan su turno en la mesa y la mujer mayor que ahora, para ver si logra hacerse oír mejor, acerca la boca a la cabeza del micrófono, casi besándola, y habla, y lo que hace brotar de los parlantes, tan decrépitos como el micrófono, no es una frase sino una especie de viento atropellado, sombrío, incomprensible. No tienen adónde ir. Tienen techo y familias, departamentos, casas, autos, más de uno, incluso, una casa de fin de semana, una chacra, una isla en el Tigre, donde, con los años, a medida que se reponen del horror, vuelven a trabajar, prosperan y recomponen sus vidas, poco a poco restauran las condiciones de bienestar que alguna vez tuvieron o con las que soñaron. Una y otra vez, sin embargo, como sonámbulos, dejan la intimidad de sus nidos tibios y vuelven a ese lugar inhóspito, brutal, que sólo los acoge para torturarlos, y ahí se quedan, más huérfanos y a la intemperie que nunca. Se quedan incluso cuando el último orador termina de hablar y la gente aplaude y la mesa se levanta, y el técnico contratado por horas desconecta el equipo de sonido que dos horas más tarde usará en un cumpleaños infantil, y los oradores bajan de la tarima y se mezclan con un puñado de entusiastas de la primera fila a recapitular lo que se dijo, decirse lo que no les alcanzó el tiempo para decir, confesarse en privado lo que la solemnidad del lugar o la multitud los inhibió de confesar. Ya está, no hay más nada que hacer, cae la tarde y el frío, que ya es atroz, pronto será mortal, pero resisten y se quedan con un encarnizamiento extraño, a la vez obtuso y lánguido, como lo comprueba el veterano de guerra algo más tarde, una vez que sigue la seña con que el informante le marca a su cliente, un hombre más o menos de su edad, mal afeitado, con un gamulán como el suyo, envuelto en una larga bufanda de lana negra, baja una escalera y cierra su trato del día en el baño de mujeres del subsuelo, el único disponible, ya que el de hombres está clausurado, y cuando vuelve a subir se asoma y curiosea la sala, que imagina vacía, y ve para su asombro que nada ha cambiado: la mayoría de la gente sigue sentada, inmóvil, como suspendida en una espera sin fin, los pocos que se han atrevido a levantarse deambulan por el salón sin rumbo, dando pasos cortos y lentos, envejecidos casi hasta el límite de la invalidez, no importa la edad que tengan ni el estado físico en el que estén, moviéndose apenas en una dirección, luego arrepintiéndose, para detenerse y dar la vuelta y quedarse quietos otra vez, mientras fingen buscar a algún conocido entre los pequeños corrillos que se han ido formando, hasta que arrancan otra vez, en otra dirección. Pero el impulso dura poco, se apaga, los deja varados otra vez. Y ahí quedan clavados de nuevo, como si no hubiera para ellos otro lugar en el mundo que esa cripta infame que no tardará en volver a matarlos.

De ser por él, por el triste héroe invisible en el que ha ido transformándose, también el veterano de guerra se habría quedado en la Escuela de Mecánica de la Armada, arrastrando los pies con esa legión de muertos en vida de los que, si lo piensa bien, no es mucho lo que lo diferencia, y para los que en rigor sólo tiene palabras de gratitud, porque son de hecho los que, sin conocerlo, lo reciben con los brazos abiertos, lo guarecen, nunca lo dejarán solo. Si no se queda, si abandona el salón, desanda el largo camino que lleva hasta el portón de entrada, esta vez sin perderse, y se larga a caminar al costado de la avenida hasta que se hace de noche, ochenta, noventa, cien cuadras sin parar, no es porque resista o se subleve contra el mal que lo acecha, mezcla mortífera de inercia, abatimiento y pereza, sino, más bien al revés, porque entiende que el mal que lo acecha, demasiado poderoso para dejarse circunscribir a un lugar determinado, en este caso el más ominoso posible, la Escuela de Mecánica de la Armada, está y estará y lo sorprenderá siempre en cualquier lugar, en todas partes, dondequiera que vaya.

Incluso en Hypnosys, piensa el veterano cuando unas piernas que le cuesta reconocer como propias, agarrotadas por las horas de caminar, lo llevan hasta la gigantesca discoteca que brilla en el corazón de Plaza Italia, iluminada como una nave espacial decrépita, sucia, llena de grietas, que hubiera aterrizado no desde otro planeta sino desde otro tiempo. Ha oído hablar del lugar. Sabe que es uno de los templos sagrados donde se reúnen a bailar los inmigrantes de países limítrofes que entran de manera masiva en el país en los últimos veinte años, mientras él, en París, hace tintinear ante los ojos de sus clientes las llaves que comunican con las innumerables capitales latinoamericanas que proliferan de incógnito en la ciudad, París-La Paz, París-Santiago, París-Lima, París-Bogotá. No está dentro de los puntos de venta que dibujan su radio de acción habitual, pero le quedan sin vender unos gramos de marihuana, un par de papeles de cocaína y algunas pastillas y le parece una lástima irse sin tratar al menos de colocarlas. Tan pronto como entra, sin embargo, después de sortear el escrutinio a que lo somete el ogro que custodia la puerta, se pregunta si sabrá cómo. Empezando por la música, que, confusa hasta un punto extremo, no alcanza a decidir si es una sola, extraordinariamente heterogénea, o si son varias que suenan al mismo tiempo, batallando para ver cuál de todas se queda esa noche con la pista, no reconoce nada. Barre el lugar con la mirada, sorteando la cordillera de hombros y cabezas que lo rodea, y lo que ve, más que una discoteca, es una especie de plaza pública cerrada, sofocante, que vacila entre la tiniebla casi total, el parpadeo de la luz estroboscópica y momentos inesperados de una claridad brusca, sin matices, como la que ilumina un teatro cuando se produce un desperfecto y llaman a evacuar la sala, que le permite, sin embargo, ver todo lo que la gente hace además de bailar o mientras baila, comprar y vender cosas, beber, comer, jugar, trenzarse en rápidas ceremonias de lucha. No distingue partes en las que pueda dividir el espacio, cuyos límites, por lo demás, se desdibujan también, tragados por zonas de sombra o deformados por pasillos que se pierden en lo oscuro, a tal punto que, llegado con esfuerzo a una especie de nave central, al menos en el sentido en que las varias pistas de música parecen confluir en un vértice sobre su cabeza y desplomarse en cascada sobre él, sería incapaz de decir si el lugar es grande o pequeño, circular o cuadrado. Como en un milagro o una catástrofe, todo sucede en simultáneo: piensa en irse, súbitamente se siente opaco, visible por primera vez y distingue a lo lejos a una mujer que fuma quieta, con aire pensativo, apoyada contra una pared sin revocar de la que sobresalen pedazos de botellas rotas, y de pronto vuelve la cara, lo mira y desaparece lentamente, sin dejar de mirarlo, como arrastrándolo con ella, del otro lado de la pared. La sigue. Pasa junto a la pared sin revocar, se aparta para dejar pasar a un gnomo aindiado que avanza hacia él a los tumbos, frotándose la cresta de pelo negro que le parte en dos el cráneo afeitado, y un filo de vidrio le abre un tajo en un costado del gamulán, sobre el bolsillo. Sigue los reflejos dorados del chaleco de la mujer y avanza por un corredor húmedo, sembrado de charcos, con la pared de ladrillos a un lado y un murallón de cajones de botellas al otro, y deduce que está llegando a algún lado porque la música, de pronto, sin que la distancia lo justifique, se oye lejos, muy lejos, como empequeñecida, una musiquita infantil, portátil, que podría venderse en las tiendas de artesanías de los aeropuertos. Lo traiciona un escalón, trastabilla, y se da cuenta de que el bolsillo tajeado es el que tenía las drogas. Demasiado tarde: siente, como si sufriera una leve hemorragia, que se le caen los papeles y el sobrecito de plástico con las pastillas. Podría agacharse y recogerlos; se queda quieto, acobardado por una sensación de amenaza imprecisa. Intuye que hay gente muy cerca que podría ganarle de mano, quizás la mujer del chaleco dorado, que se ha esfumado en el aire, quizás los tres hombres rapados que forman una cola a un costado y esperan algo, apoyados contra el paredón de cajones de botellas. En el centro de la habitación, una especie de baño vagamente circular, como dibujado con un compás prehistórico, de paredes combadas y techo muy bajo, Celso lo mira sorprendido, inmóvil como una estatua. Tiene una afeitadora que todavía zumba suspendida a centímetros de la cabeza a medio pelar de un hombre joven, gordo, vestido con ropa deportiva, que apenas cabe en la vieja silla de ruedas donde está sentado y se contempla con aire divertido en el pedazo de espejo que cuelga de la pared de enfrente. A sus espaldas, en la pared opuesta, hay tres reservados con las puertas entreabiertas, y tres pares de pies con los pantalones alrededor de los tobillos. Basta que el veterano de guerra *piense* en agacharse para que el aire de la habitación cambie, se desequilibre, agitado por un par de compactas masas humanas que se mueven rápido en su dirección, dispuestas a todo. Pero se agacha igual y cierra instintivamente los ojos, creyendo que así amortiguará el impacto, y cuando ya se da por muerto oye la voz de Celso que dice: "Todo bien: es un amigo. Yo lo traje". Todo se aquieta, los gestos se reanudan. La máquina de rapar baja y ensordece su zumbido hundiéndose en el pelo del gordo. El veterano de guerra recoge el sobre de plástico y los papeles. "Pasá, vamos", le dice Celso. "Termino con éste y estoy con vos".

Nunca sabrá del todo lo que ha estado en juego esa noche en la discoteca. No sabrá si la intervención de Celso le salva la vida, o sólo le ahorra una paliza bestial, o simplemente evita que le roben la provisión de drogas en la que confía para sobrevivir esa semana, muy justa, por otra parte, y a la que Celso, de todos modos, termina convenciéndolo de renunciar, de modo que las reparte entre los participantes de la sesión, como si siempre les hubieran estado destinadas, y sostiene la farsa que lo ha salvado. Sabe, sí, que ya no tiene pelo, porque la farsa incluye que Celso lo haga sentar en la silla y lo rape despacio, muy despacio, ingeniándoselas para que los panes de pelo, como hojas de un árbol exótico, caigan en cámara lenta a los costados de la silla de ruedas, mientras los dos testigos gimen con una ligera asincronía en los reservados. Pero es sólo una idea, quizás una alucinación, y recién se da cuenta de veras de que si fue una idea fue una idea que sucedió, que le sucedió a él, en su propio cuerpo, cuando sale al fresco de la noche y se llena los pulmones de aire, como si hubiera estado horas aguantando debajo del agua, y siente millones de alfileres minúsculos rozándole la cabeza. No es agradable ni desagradable; es el preludio, el borrador de un estado que alguna vez querrá decir algo. No tiene la impresión de haber dejado al desnudo una zona que sólo conocía cubierta, como le pasa una vez que, para operarlo, le rasuran las ingles y al salir de la anestesia se toca la zona afeitada y la yema del dedo lo sobresalta como si fuera de hielo, o como si tocara directamente una arteria, sino más bien de que a su cuerpo le ha crecido una parte nueva, todo un paño de piel virgen, flamante, sin edad, todavía incluso sin poros, que enfunda su cráneo como las medias de lana enfundan las hormas de madera con las que su madre zurce en París a poco de llegar. Más tarde, en la pizzería de Pacífico en la que queda en encontrarse con Celso para agradecerle, siente un escalofrío, se le ponen lívidas las manos, la punta de la nariz, y empieza a temblar, y probablemente se desmayaría o saldría a toda carrera al aire de la noche para recuperar calor si Celso, antes incluso de sentarse a la mesa, con sólo verlo al entrar, no le calzara un gorro de lana en la cabeza. Ha pensado en todo. De hecho, lo primero que hace cuando se sienta es devolverle el dinero que el veterano perdió al desprenderse de las drogas, unos billetes sucios, arrugados, que va sacando en cuentagotas de distintos bolsillos y pone sobre la mesa de fórmica y procede luego a alisar con sus dedos deformes. El veterano de guerra ensaya una resistencia, pero entiende enseguida que es inútil y lo mira hacer en silencio, reconfortado por la tibieza que la lana le transmite ya a su cabeza, y lo invita a comer.

No tienen mucho que decirse. Cada vez que alguno abre la boca con intenciones de hablar, Celso, entre bocado y bocado, para describirle la esquina de Haedo y O'Leary en Asunción, donde hoy sus padres tienen salón y él sueña con montar alguna vez un salón de belleza propio, de lujo, con un anexo para *shavers*, el veterano, por el solo afán de coincidir en algo, para hablarle de la jungla que se tragó a su padre, tan cerca de la frontera con Paraguay, pasa rugiendo un tren por el puente de Pacífico que hace temblar los vidrios de la pizzería y la mesa y los obliga a callar, y cuando el rugido desaparece se quedan en silencio, como amedrentados. Hay entre los dos la intimidad extraña, a la vez descabellada e indestructible, que une a dos desconocidos que sobreviven juntos a un accidente o una catástrofe: la cercanía, la confianza y también la inconsistencia de los que no han compartido otra cosa que una porción de azar. Es poco, y sin embargo es todo. El veterano de guerra no podría pedir más. Para el espectro que es, para el quedado que ya no puede caminar sin arrastrar los pies, para la sombra que un peso indecible empuja cada día un poco más hondo hacia la tierra, que no tardará en tragárselo, las dos horas que pasa en Pacífico con ese desconocido que acaba de raparlo son un bálsamo extraño, un antídoto al que no piensa renunciar. Qué bendición no tener un pasado común. Qué bendición no verse obligados a progresar. Nada atrás, nada adelante. Les bastará repetir esa contingencia delicada todas las veces que quieran, muchas o pocas, allí, en esa pizzería crápula de paredes azulejadas, o en cualquier otra parte, para ser felices. Antes de despedirse, el veterano de guerra le pregunta cuánto tardará el pelo en volver a crecerle. No es que se arrepienta, todo lo contrario. Es como si hubiera probado una droga nueva, muy química, y, aun contento, como lo está el veterano con su cabeza rapada, no quisiera que el cronograma de sus efectos, la secuencia de sus altos y sus bajos, lo sorprendieran del todo. Quiere, como dice, saber en qué ritmo va a entrar. Celso le corrige el gorro que el veterano se desacomoda cuando pretende devolvérselo. De chico en Asunción, en la peluquería de sus padres donde pasa todas las tardes al volver de la escuela, escucha una vez decir a una empleada, una experta en manos llamada Francisca, que se puede cortar el pelo bien o mal, con estilo o a la que te criaste, con tijeras de tres mil dólares o con un serrucho de poda, pero que lo que hay que respetar a rajacincha es la regularidad, una vez por mes, llueva, truene o se desplome el techo del cielo sobre la cabeza del mundo, porque sólo cortándolo una vez por mes el pelo tiene la vida que tiene que tener para crecer bien, sano, para crecer aun cuando todo en el cuerpo haya dejado ya de crecer y esté muriéndose, para crecer aun después de muerto, que es el punto más alto del milagro, porque el pelo que les crece a los muertos crece *en el mundo* de los vivos.

Se vuelven a ver pronto, se encuentran tres, cuatro veces, y el veterano de guerra nunca recuerda con claridad dónde, por qué, en qué circunstancias. Apenas se despiden, el encuentro se desvanece sin dejar rastros. De ese ritual amnésico, lo que queda nunca son hitos, que la modestia extrema de Celso y la menos que vida del veterano de guerra vuelven inconcebibles, sino usos, modalidades, prácticas que uno toma a menudo del otro sin darse cuenta e incorpora a su propia vida con una naturalidad pasmosa, como si siempre las hubiera cultivado. Puede que sea así, de forma imperceptible, a la manera de un hábito que se olvida en el momento mismo en que se contrae —y no necesariamente a raíz de la segunda vez que Celso lo rapa, de madrugada, ahora en una peluquería *shaver* con todas las de la ley, con él sentado en un verdadero sillón de peluquero, frente al espejo, y los testigos, para él invisibles, ubicados del otro lado del espejo, un espejo Gesell que les permite ver cómo lo rapan y drogarse y gozar sin ser vistos—, como el veterano de guerra cambia de horizonte y de mundo, va alejándose de a poco de la órbita de la comunidad de sobrevivientes históricos a la que parecía estar condenado y de la que depende hasta entonces su subsistencia, hijos quedados como él, nietos de muertos o de salvados por milagro, deudos de mártires sin consuelo, vástagos más o menos estropeados de la era de las luchas revolucionarias, y habilitado de algún modo por Celso, que es, como no tarda en comprobarlo, toda una autoridad en la materia, aun cuando su modestia y su natural taciturno no lo hagan prever, se pone a rondar el ambiente *shaver*, al que en rigor sólo lo ata su cabeza recientemente rapada y en el que sus drogas son menos lujos recreativos o bálsamos para la desesperación que productos de primera necesidad.

En qué momento la peluca, la peluca verdadera, pasa a formar parte de esa misma categoría, es algo que le resulta difícil decir, a tal punto la vida —esa extraña vida que llevan juntos pero que a ninguno de los dos se le ocurriría llamar común, dado que lo único que comparten, además de un par de sesiones de *shaving* en que Celso es siempre el que rapa y él, el veterano, el rapado, uno más de los tantos que pasan por sus manos, y entre uno y otro no hay más contacto que el que se establece entre pelo y máquina de rapar, son siempre esas postrimerías que languidecen a medida que avanza la noche, trasnoches silenciosas en parrillas, puestos de comida callejeros, bares de estaciones de servicio— transcurre con fluidez, sin depresiones ni picos marcados, a menos que el reemplazo del gamulán por el saco de corderoy, que por otro lado el veterano de guerra sería incapaz de fechar, califique para entrar dentro de la categoría pico marcado, encarrilada por una especie de disciplina dócil que ninguno ha impuesto y ninguno se atreve a violar. En algún momento, sin embargo, así como el veterano de guerra se descubre vestido con el saco de corderoy, que no sabe de dónde ha sacado, y no tiene idea de qué ha sido de su gamulán, qué ha hecho con él, dónde ha ido a parar esa prenda que, si lo piensa bien, lo ha acompañado a lo largo de los últimos veinte años de su vida —algo que probablemente no esté en condiciones de decir de nada ni de nadie más, excepto quizás de su madre, ahora muerta, y del fantasma de su padre, al que siempre le ha debido todo, y del clima de París, húmedo, mezquino, de una amargura inhumana y, en ese sentido, perfectamente afinado con la desesperación con la que carga desde que llega a la ciudad, a los seis años—, así también, traspié, negligencia o fruto de un sabotaje envidioso, Celso pierde el puesto en la peluquería donde lleva más de un año trabajando y se descubre en la calle. En la calle literalmente, porque pierde también, como consecuencia natural, el departamento de Palermo en el que vive, cedido a cambio de un alquiler más que accesible por uno de los dueños de la peluquería, precisamente el que lo despide acusándolo de ladrón. Para asombro del veterano de guerra, formado, en tanto que exiliado, en la escuela más cruda de la precariedad, de la que es una especie de estudiante crónico pero contra la que en cuarenta años de existencia no consigue desarrollar el más elemental sistema de anticuerpos, Celso no se inmuta. Salvo la tarde misma en que se entera de que lo han despedido, cuando hace justicia por mano propia, como se dice, y se resarce del atropello que cometen en su contra indemnizándose con una serie de instrumentos de trabajo que se lleva de la peluquería, recibe los golpes sin mosquearse, menos con temple que con indiferencia, como si le llegaran desde lejos, descargados por algún enemigo enconado pero remoto, y hubieran perdido buena parte de su efecto en el camino. Nada cambia entre ellos. Celso no se muestra necesitado, no le pide nada: es como si nada hubiera sucedido. Dónde vive y de qué, aparte del dinero por el momento modesto que lo ve recaudar en las sesiones de *shaving*, de una frecuencia por otra parte discontinua, el veterano de guerra no lo sabe, y no se atreve a preguntárselo, a tal punto el silencio de Celso, su delicadeza extrema, casi rayana en el hermetismo, para tratar cualquier asunto de su vida personal, en los que antes encontraba la posibilidad de una serenidad insólita, ahora lo inhiben. Pero le cuesta encontrar un nuevo trabajo: ha corrido entre las peluquerías el rumor de que es díscolo y roba y tiene propensión a la violencia, una tendencia en la que sin duda tienen que ver los "elementos indeseables" con los que se deja ver de un tiempo a esta parte, y más allá de un par de clientes aislados, el principal de los cuales, si el veterano no se equivoca, es él, a quien Celso llama riéndose *tauraía acaranué*, el loco del pelo, y se hace atender ahí mismo, en ese living donde el veterano lleva horas hablando sin parar, el plan de cortar a domicilio no ha dado resultados. Sin esperar que Celso se lo pida o se lo dé a entender con hechos, ofreciéndole cualquiera de los espectáculos patéticos que a menudo le vienen a la mente cuando piensa en la suerte que ha corrido su amigo, muy parecidos, por lo demás, a los que él mismo y su madre dan más de una vez a lo largo de su calvario de expatriados, lo invita a vivir un tiempo en el pequeño departamento de Congreso donde él mismo, no hace tanto tiempo, fue asilado a su vez. Celso acepta sin vacilar pero también sin mayor entusiasmo, sin la euforia que es razonable que surja cuando se satisface de golpe una necesidad básica que antes urgía de manera insoportable, más bien como si la del veterano fuera una más de las muchas propuestas de vivienda que el otro tiene a su disposición. Y en algún momento, como otro podría haberle mostrado un álbum de fotos, o una colección de discos, o un puñado de cartas, menos por su valor económico que sentimental, o simplemente biográfico, el veterano de guerra le muestra la peluca.

Un relámpago que le cayera vertical en el centro de la coronilla no le haría el mismo efecto. Shock, *coup de foudre* total, amor a primera vista. Decirlo ahora es fácil, pero ¿entonces? Entonces nada: dinero. El veterano de guerra irrumpe en el living donde Celso despliega las sábanas para hacerse la cama en el sofá y le muestra la peluca. Celso apenas le echa un vistazo distraído. "Linda, sí", dice, como si ya la conociera, o ya hubiera tenido en sus manos los cientos de hermanas gemelas con que la marca previsiblemente inundó el mercado. Y mientras se esfuerza por despegar dos paños de sábana pegados le pregunta cuánto le ha costado. El precio, eso es todo. Eso es lo que Celso quiere que el veterano de guerra vea y eso es lo que el veterano de guerra ve. De haber visto otra cosa, de habérsele ocurrido siquiera la idea de ir más allá y ver si había algo más para ver, o algo distinto, más parecido en todo caso al deslumbramiento que a la apatía con que Celso la ignora, o la curiosidad filistea con que la humilla, el veterano de guerra no estaría ahora allí, sentado en el piso del living de la casa del *tauraía acaranué*, con una vasija de Ye Monks casi vacía entre las piernas, mientras la peluca verdadera se pierde sin él, lejos de él, olvidada de él.

No tiene idea del precio. Lo que sabe es que no hay plata que pueda pagarla. A lo sumo cambiarla por algo igualmente único, inapreciable... Una botella de Ye Monks, por ejemplo. Nada le resulta más desatinado que la idea de poner la peluca en un platillo de la balanza y dinero, no importa cuánto, en el otro. No hay equivalencia posible. Sin embargo, se imagina una botella de Ye Monks en lugar del dinero, una botella nueva, llena, y no le extraña que la balanza quede quieta, perfectamente estable. Sólo toleraría un trueque de esa naturaleza. Pero eso es ahora, cuando ya es demasiado tarde y empieza a hacer frío, el mismo frío de perros de siempre. Entonces, cuando no es tarde todavía, cuando todavía está a tiempo de equivocarse, el veterano se deja conmover. Entiende que Celso necesita dinero, que está incluso desesperado, con la soga al cuello, como se dice, y que sólo esa clase de desesperación sorda, inconfesable, puede explicar el reflejo instantáneo de tasador que se ha apoderado de él. Lo intriga el precio de todo, en particular de las drogas que vende el veterano, más en particular de la cocaína, que, aun moderadamente, y casi siempre en el contexto de las sesiones de *shaving*, donde todo de algún modo lo estimula, ha empezado a consumir. De modo que el veterano de guerra se pone a buscar un comprador para la peluca. No está del todo convencido de lo que hace. Quiere *dar* algo, es todo. Debe extremar la discreción y la prudencia que requiere el caso: a casi cuatro décadas del momento histórico en el que le toca jugar el papel que juega, la peluca conserva intactos su sentido, su valor simbólico, su poder de provocación. Le cuesta imaginar la clase de reacciones que podría despertar la noticia de que ha salido a la venta, pero no la perplejidad ni las preguntas, quién, cómo, por qué, a cuánto pretenden venderla y sobre todo a quién y dónde, ya que si a priori no hay en el país nada ni de lejos parecido a un mercado oficial de pelucas, mucho menos habrá uno capaz de acoger, tasar, pagar una pieza como la que el veterano de guerra tiene para vender: nada menos que la peluca de Arrostito, la prótesis rubia con claritos que la militante montonera Norma Arrostito compra en la tienda de pelucas y minipelucas Fontaine de Felipe Sinópoli, en Arenales al mil cuatrocientos, y se calza en la cabeza como un guante una mañana de mayo de mil novecientos setenta para secuestrar en su departamento, a sólo cuatro cuadras de la tienda del señor Sinópoli, al general Aramburu, emblema máximo del enemigo militar y blanco número uno de la organización armada.

Cómo llega hasta él ese tesoro sin precio es una historia larga. Al parecer, el veterano de guerra es de la idea de que hay dos clases de historias largas: las que no se dejan resumir, y obligan a quien las cuente a contarlas como las escuchó por primera vez, siempre completas, con sus peripecias laterales, sus transiciones, sus recodos más secretos, y las que aceptan traducirse en un párrafo, una frase, a veces una sola palabra. "O dos, como en mi caso", dice el veterano de guerra, los ojos clavados en el botellón de Ye Monks que ha apoyado en el piso: "Mi padre". Como le sucede con todo, no sólo lo que tiene sino lo que es y hace, la peluca de Arrostito le llega a través de su padre, primero militante montonero, como Arrostito, después, con el correr del tiempo, fanático, mesiánico enfermo, *kamikaze* sin remedio. La peluca es de hecho la herencia que su padre le deja, la única, aparte de una brújula, un par de botas de montaña y la libreta con las notas que toma en mil novecientos setenta y uno en la selva misionera, mientras encabeza la Operación Ortiga, excursión suicida disfrazada de operativo guerrillero en la que mueren sus trece hombres, tan dementes como él pero entre diez y quince años más jóvenes, y de la que él, que una noche, siguiendo el rastro de un pájaro, un macuco, se pierde en la jungla, nunca regresa. La peluca, la brújula, las botas de montaña y la libreta de notas, todo le cae encima años después, cuando habla francés a la perfección y castellano con acento y su madre, a punto de morir, con las cuerdas vocales comidas por un cáncer, le cambia las proverbiales últimas palabras del moribundo por el número y la llave de una caja de seguridad de la oficina postal del barrio de París en el que vive. Se lo debe todo a su padre. A fin de cuentas es gracias a él, a ese hombre del que apenas tiene recuerdos, en parte porque cuando se lo traga la selva él está ocupado balbuceando sus primeras palabras, en parte porque el rastro débil que deja en él durante esos dos años, interrumpidos por otro lado por períodos de ausencia que su padre dedica a viajar, a entrenarse para la revolución inminente o simplemente a desaparecer, un arte siempre provechoso en épocas de clandestinidad, queda literalmente aplastado por lo que dicen de su padre los demás, lo que muestran las fotos, las imágenes de archivo, las películas de súper ocho, lo que cuentan de él los libros, lo que se evoca de su vida en los homenajes que le rinden a lo largo del tiempo —es gracias a él, también, a la influencia espectral que su nombre sigue ejerciendo desde el más allá, como consigue un comprador para la peluca, no un comprador cualquiera sino el mejor, el único, en todo caso, cuyas credenciales pueden atenuar aunque sea un poco el malestar que inspira en el veterano de guerra la idea de vender algo que sabe que no hay plata en el mundo que pague. Su vida no puede ser más ejemplar. Ha sido militante, ha estado preso, ha dedicado la segunda fase de su vida —la misma que otros dedican a "insertarse" como parásitos en el sistema político que siempre han soñado con ver hecho escombros, o a reinvertir en oscuros emprendimientos empresariales el capital de estrategia, astucia y manipulación acuñado en la clandestinidad, o, como el veterano de guerra mismo, a arrastrar los pies como un fantasma de fantasmas— a historiar su pasado político y el de los compañeros con que lo compartió, amigos y enemigos, cómplices o traidores, a archivar luego todos los materiales, documentos y libros que encuentra sobre las luchas radicales de la Argentina contemporánea y sus mártires —Norma Arrostito en primer término, aborrecida y buscada como nadie por su participación en el asesinato de Aramburu, capturada en mil novecientos setenta y seis por los militares, que la dan por muerta, encerrada y exhibida como un trofeo, bien peinada y engrillada, en la Escuela de Mecánica de la Armada durante cuatrocientas diez noches, al cabo de las cuales se consagra al tarot, asesinada por fin en mil novecientos setenta y ocho— y por fin a convertirse en el más grande coleccionista de *memorabilia* de los años setenta que hay en el país. El veterano de guerra lo contacta y le ofrece la peluca. El otro se ríe, incrédulo, y luego se enfurruña y cuelga de mal modo, como si lo hubieran insultado. Si no cuelga la segunda vez, un minuto más tarde, es porque el veterano, anticipándose, le dice quién es y pronuncia el apellido de su padre, y el coleccionista se queda mudo. En cinco minutos el veterano consigue todo: la cita, la operación, un precio fabuloso, que en un primer momento, cuando lo oye, el coleccionista repite en voz alta, con escándalo, y se muestra renuente a pagar, pero termina aceptando cuando lo convence de incluir en el lote la brújula, las botas de montaña y la libreta de notas de su padre, todas las piezas que el veterano de guerra le ha contado que tiene en su poder un momento antes, para explicarle cómo llegó la peluca hasta sus manos y persuadirlo de que es la verdadera, la peluca de Arrostito. Se pregunta si contarle a Celso. Después de debatir unos días decide que no, empujado por el miedo a los efectos que una noticia semejante, auspiciosa pero dramática, podría producir en la naturaleza más bien átona de la relación. Una madrugada, sin embargo, volviendo juntos en tren de una maratón *shaver* en un club de Villa Urquiza, comete el error de hablar. Están sentados uno frente al otro, flotando en la oscuridad del vagón desierto, mientras la ciudad, afuera, va alejándose de la noche entibiada por los ecos de un sol remoto. A menudo se duermen cuando les tocan esos largos viajes de vuelta. Es la prolongación más natural no sólo del cansancio que los abate al cabo de una noche de trabajo, aun cuando, como esa noche en particular, para animarse, se administran pequeñas dosis de droga que sustraen de la provisión que tienen para vender a los testigos, sino, sobre todo, del estado de silencioso ensimismamiento en el que quedan. Aunque cabecea, adormecido por el traqueteo del tren, el veterano no puede dormirse. Celso viaja inquieto, con las manos apoyadas en el tapizado de cuerina, como si en cualquier momento fuera a saltar de su asiento. Le pide un pase, el último. El veterano le dice que no hay más, que todos los papeles que tenía los ha colocado a lo largo de la noche. Creyendo que le miente, Celso se arrodilla en el piso del vagón y le ruega una raya, una raya sola. No pedirá más. Pero comprende que le dicen la verdad y se echa a llorar a los pies del veterano, y cuando alza de nuevo la cara hacia él, ya sin ilusiones pero con el impulso de suplicar todavía marcado en los pómulos, la mandíbula, la boca torcida, está irreconocible. El veterano, para consolarlo, le confía la operación que ha pactado alrededor de la peluca. Le cuenta el precio, la fecha, todo. Celso balbucea unas protestas débiles y parece calmarse. Es de día cuando llegan al departamento de Congreso. De paso hacia su cuarto, el veterano ve a Celso por la puerta entreabierta del baño, limpiándose el maquillaje de la cara con unos discos de algodón encremados. No lo sabe entonces, pero es la última imagen que tendrá de él. Ya no está cuando despierta al día siguiente, ni sabe de él en los tres días que siguen. El veterano no se alarma: es así, en la intermitencia de esos parpadeos, como ha aprendido a conocerlo. Una noche, la noche del último viernes, lo espera en vano en el sótano *shaver* de Almagro donde quedaron en encontrarse. Lo llama a su celular, que le devuelve la voz soñolienta de Celso, grabada luego de una noche larga, y el prólogo instrumental de "Adiós en el muelle", la canción de Pipa para Tabaco que le ha hecho escuchar hasta el hartazgo. Vuelve a insistir más tarde, desde su casa, y mientras espera que lo atiendan oye el timbre familiar de un teléfono, unas gotas de arpa paraguaya, sonando desde alguna parte del departamento. Viene desde las entrañas del sofá cama del living. El celular de Celso. Entonces se precipita sobre el armario camuflado de la cocina donde guarda sus tesoros y descubre que la peluca ha desaparecido. En su lugar, con un papelito pegado con cinta scotch que dice "el enfermo del pelo", está la falsa.

Es de madrugada, también, y una pátina clara, como una catarata, empieza a velar el cielo cuando el veterano de guerra, haciendo un esfuerzo sobrehumano, como si tuviera que reunir su propio cuerpo disperso, se pone de pie temblando como una hoja. Tiene un frío atroz, como si el mundo entero estuviera bajo tierra, y está borracho. Él le ofrece quedarse a dormir. No tiene un colchón, pero puede improvisar uno con un par de mantas y toallas. El veterano asiente con la cabeza, pensativo. Tiene los ojos clavados en las puntas de sus zapatos y se balancea peligrosamente sobre sus talones. Por fin agradece y dice que no. No quiere asilo. Basta de asilos. Se considera pagado de sobra con la botella de Ye Monks. Piensa agregarla a la brújula, las botas de montaña y la libreta de notas de su padre. A propósito, ¿algo de todo eso le interesa? ¿La brújula? ¿Las botas de montaña? ¿La libreta de notas de su padre, cuyo pelo de muerto, dondequiera que esté, ha de estar creciendo, siempre, en el reino de los vivos? Lo despide abajo, junto a la puerta de calle, y cuando la abre para dejarlo salir siente la bofetada suave, benéfica, del aire apenas fresco del amanecer de verano. El veterano baja a la vereda casi saltando, con la intrepidez cómica de los borrachos, y se queda inmóvil ante el cordón de autos estacionados, buscando el resquicio por donde cruzar la calle. Él se queda de este lado, del lado de adentro: el lado del frío. No hay para él otra idea de vida posible que la vida polar en la que vive desde que Eva lo deja, y que él cultiva y embellece manteniendo la casa en el más estricto hermetismo, ventanas siempre cerradas, cero circulación de aire, prohibición de usar las hornallas de la cocina, deshaciéndose de todo, muebles, ropa, cuadros, libros, que le cede a Eva, que la convence incluso de aceptar, aun contra su voluntad, o que regala y vuelve a ver, días más tarde, cuando va a pedir otra prórroga para pagar las expensas, en las paredes de la portería o en el cuerpo mismo del portero. Nunca ha sufrido menos. Hay en esa condición álgida que abraza un alivio extraordinario, un milagro anestésico que no sabría cómo pagar. Tarda poco en comprender que si la ha elegido es para que el menor soplo templado, no caliente sino apenas templado, el aire fresco, por ejemplo, que se filtra esa madrugada por la puerta de calle cuando el veterano de guerra le da la espalda y vuelve a lo suyo, arrastrar los pies, lo estremezca y lo haga nacer de nuevo, con toda brutalidad, como los voltios de una máquina póstuma traen de nuevo a la vida el corazón roto de un muerto. El hielo lo protegerá, piensa. Lo mantendrá intacto, joven, incorrupto.

Por eso vacila un poco cuando unos días más tarde, alertado por una ex compañera de colegio que se toma el trabajo de rastrearlo y lo llama y lo sorprende en su madriguera glacial, sale del ascensor automático de una clínica del centro y queda frenado, como atontado por la densidad ardiente del aire de la sala de espera. Por un momento piensa que podría derretirse, como un pedazo de cera o un terrón de azúcar en un líquido hirviente. Pero sigue adelante. Hay tal silencio que puede oír el roce de su propia ropa. Avanza por un pasillo bajo una luz blanca, envuelto en un perfume muy químico, y luego de empujar con cuidado una puerta se detiene en una antesala diminuta, como un vestidor o una cabina, donde hunde las manos bajo unas descargas de desinfectante y se enmascara con un barbijo. Casi no hay luz en la habitación, donde el perfume, como el calor, se vuelve casi insoportable. Tiene que acercarse hasta tocar el pie de la cama de hierro para ver a su mejor amigo dormir boca arriba, pálido, demacrado, con una sonrisa burlona en la boca y el brazo derecho desnudo, apoyado sobre el cubrecama, en cuya vena gotea con una lentitud nefasta una especie de miel licuada. Una claridad muy tenue, suavizada al límite, baja, como del pasado, del tubo de luz de la cabecera. La chica de los mocasines rojos se ha quedado dormida en el sillón, a medio metro de la cama, probablemente después de haberse sacado los mocasines rojos, que parecen mantener una conversación animada en el piso, mientras leía ayudada con una linterna que ahora, a la deriva, besa con su ojo luminoso una palabra, una sola, *precocidad*, agigantándola en el renglón, en la página del libro que duda en cerrársele sobre la falda. Suena una música muy leve, o muy lejana, y en la pantalla de un televisor un árbitro corre en silencio a amonestar a dos jugadores trenzados en el pasto. Blanco, de un blanco puro y perfecto, como las nubes de azúcar que de chico, en las plazas, él nunca se atreve a comer, convencido de que es imposible que algo tan blanco sea comestible, el pelo de Monti brilla sobre la almohada. Él se mueve con delicadeza. Pellizca la linternita de entre las páginas del libro de la chica de los mocasines rojos y recorre la cara de

Monti con la luz, como si la dibujara en la penumbra. El tratamiento se ha llevado ya la mitad de las cejas. Ha dejado dos rayitas truncas, horizontales, sin canas, que se recortan nítidas sobre la piel pálida, como un maquillaje japonés. Se pregunta cuánto tiempo deberá pasar hasta que el pelo se les una, cuánto hasta que las marcas secretas de la cabeza vuelvan a ver la luz. Cuánto hasta que él, como lo descubre ahora, pueda darle lo que ha estado guardando desde la última vez que lo ve. Deja la linternita en el pliegue del libro, se inclina sobre la chica de los mocasines rojos y roza suavemente su boca enmascarada con la de ella. Otra vez en la calle, entra en la primera peluquería que encuentra —muebles de caña, almohadones floreados, viejos secadores de pelo de pie—, se sienta y pide:

—Rapame. Pero no tires el pelo. Me lo voy a llevar.

In memoriam M. M.

HISTORIA DEL DINERO

"Apenas llegue el dinero le aseguro que volveré a ser totalmente normal".
FRANZISKA ZU REVENTLOW

No ha cumplido quince años cuando ve en persona a su primer muerto. Lo asombra un poco que ese hombre, amigo íntimo de la familia del marido de su madre, ahora, encogido por las paredes demasiado estrechas del ataúd, le caiga tan mal como cuando estaba vivo. Lo ve de traje, ve esa cara rejuvenecida por la higiene fúnebre, maquillada, la piel un poco amarillenta, con un brillo como de cera pero impecable, y vuelve a sentir la misma antipatía rabiosa que lo asalta cada vez que le ha tocado cruzárselo. Así ha sido siempre, por otro lado, desde el día en que lo conoce, ocho años atrás, un verano en Mar del Plata, cuando falta poco para almorzar.

No corre una gota de viento, las cigarras ponen a punto otra ofensiva ensordecedora. Huyendo del calor, del calor y del tedio, él deambula a la deriva por ese caserón de principios del siglo veinte donde no termina de encontrar su lugar, poco importan las sonrisas con que lo reciben los dueños de casa apenas la pisa por primera vez, la habitación exclusiva que le asignan en el primer piso o la insistencia con que su madre le asegura que, recién llegado y todo, tiene tanto derecho al caserón y a todo lo que hay en él —incluyendo el garage con las bicicletas, las tablas de surf, los barrenadores de telgopor, incluyendo también el jardín con los tilos, la glorieta, las hamacas de hierro y esos canteros con hortensias que el sol chamusca y decolora hasta que los pétalos parecen de papel— como los demás, entendiendo por los demás la legión todavía difusa pero inexplicablemente creciente que él, con un desconcierto que los años que hace que escucha la expresión no han disipado, oye llamar su *familia política*, toda esa tropa de primastros, tiastras, abuelastras que le han brotado de un día para el otro como verrugas, a menudo sin darle tiempo para lo básico, retener sus nombres, por ejemplo, y poder asociarlos con los rostros a los que corresponden. El calvario del que se ve obligado a moverse porque no encaja: todos los pasos que da son en falso, cada decisión un error. Vivir es arrepentirse.

En alguna escala de su vagabundeo aterriza en la planta baja y lo ve, lo sorprende más bien —al muerto, desde luego, ¿a quién, si no?— deslizándose en el comedor como en puntas de pie, en actitud sospechosa. No tiene la agilidad inquietante de un ladrón. Si hay algo que no representa, rubicundo como es, de una afectación casi femenina, con esa piel siempre salpicada de manchas rojas, es una amenaza. Tiene el modo tenue de moverse, la delicadeza de un mimo o un bailarín, y pega unos saltos mudos, tan inofensivos como la misión que lo ha llevado hasta el comedor antes de que la campana anuncie oficialmente la hora del almuerzo: ganarle de mano al resto de la familia para saquear uno por uno, con los picotazos de sus dedos manicurados, metódicos, los platitos donde acaban de servir los crostines que decidió comprar él mismo esa mañana, una marca de nombre vagamente extranjero cuyas bondades, al parecer, lleva una semana promoviendo sin que le hagan caso.

Como todo el mundo, él ha confiado en que la muerte lave esa vieja aprensión. Al menos eso, si es que no consigue borrarla. De modo que se acerca al ataúd, lo único, además de la mujer del muerto —a la que por otro lado lleva un buen rato sin ver—, que lo atrae en ese departamento sofocante adonde su madre lo ha llevado sin decir una palabra tan pronto vuelve de la escuela. Avanza clavando el mentón contra el pecho, con el mismo aire grave y reconcentrado que ensombrece con una rara unanimidad la cara de los adultos y que en menos de diez minutos, con sólo echarle un vistazo, ya es capaz de plagiar a la perfección, envalentonado, además, por la formalidad del uniforme del colegio con el que su madre lo ha obligado a quedarse, lo único que su guardarropa ofrecía a la altura de la situación. Pero cuando llega hasta el cajón, con la esperanza de que ver al muerto en vivo —como alguna vez ha bromeado con los compañeros de colegio con los que comparte esa inexperiencia en asuntos de velorio— relegue la vieja hostilidad al subsuelo donde marchitan sus intolerancias de niño, las voces a su alrededor se entrelazan en un rumor confuso, el sonido ambiente se apaga y él, incrédulo, descubre que lo único que oye, lo que vuelve a oír intacto, conservado en estado de máxima pureza, es una sola cosa: el crepitar intolerable de los crostines dentro de la boca del muerto. Son en rigor dos sonidos alternados: el crujido que hacen los crostines al ser triturados por los dientes, nítido pero opaco, asordinado por el decoro de una boca educada para abrirse lo menos posible mientras mastica, y el chasquido vivaz, regular, los latigazos ínfimos que resuenan al instante de la trituración, cuando los labios se regodean prolongando unos segundos el deleite de saborearlos. Pero no: no están en el aire ni en su cabeza. No son una alucinación ni un recuerdo. Están ahí adentro, suenan en la boca misma del muerto.

Cuántas veces vuelve a cruzárselo a lo largo de los años que siguen: ¿diez?, ¿treinta veces? Y sin embargo, nada persiste tanto en él como ese crepitar repugnante. Ve al muerto casi todos los veranos en Mar del Plata y en las situaciones más diversas: en malla, por ejemplo, con la piel blanquísima, salpicada de lunares, achicharrada por el sol, encaminándose hacia el mar con los pies abiertos en ve, como un pato, o luciendo sus camisas color salmón en un descapotable italiano con el que dicen que ha probado suerte en el autódromo, o jugando al golf y perdiendo por paliza y dejándose distraer —apenas anota con el lapicito en su tarjeta los siete golpes grotescos que le exigió el par cuatro que acaba de dejar atrás— por las cosquillas que dice que le hace en la muñeca una costurita del guante que ha terminado por ceder, la punta ligeramente roma del *tee* que se mete entre los dientes o el hambre que ha empezado a sentir cuando no son todavía las diez de la mañana, nimiedades que comenta en voz alta, a veces a lo largo de hoyos enteros, como si fueran episodios de un drama ominoso, con el único fin de desconcentrar a sus adversarios y así, tal vez, remontar los números adversos de su tarjeta. Le toca también verlo en Buenos Aires, en su propia casa, invitado a algún cumpleaños familiar, moviéndose con la suficiencia un poco insolente de esos amigos de la familia que se arrogan un lugar más íntimo que los mismos parientes, o firmando cheques en una confitería de la calle Florida, uno de esos salones inmensos, pasados de moda, con sillones *capitonnés* y mozos de un profesionalismo ceñudo donde el marido de su madre, con el pretexto de familiarizarlo con un modelo de vida adulta que siempre le resultará ajeno, suele almorzar y cerrar tratos comerciales con colegas. Lo ve una vez bajo el sol en una chacra de la provincia de Buenos Aires, vestido con pantalones blancos y botas de montar y un vaso largo en la mano con una bebida color guinda que bebe de a sorbos cortos, casi aspirándola, como si estuviera muy caliente, mientras un peón flaquísimo, de boina, se ha retirado a un costado y espera con incomodidad algo que no llega.

Pero lo que le queda de él en todo ese tiempo no es el tono atiplado de su voz, ni sus nervios frágiles, siempre en carne viva, ni los aires de importancia con que toma la copa de vino por el tallo y la hace girar sobre el posabrazos del sillón. No son sus anteojos de sol, ni sus pulóveres de hilo claros anudados al cuello, ni sus mocasines con hebilla, ni esa especie de impaciencia crispada que es el sello de su relación con los demás y con el mundo, dos cosas o categorías de cosas cuya existencia sólo acepta a regañadientes, como si no tuvieran otra razón de ser que hacerle perder tiempo, especialmente los personajes subalternos que por hache o por be le salen al paso, peones de estancia, *caddies*, choferes, mozos, antes que nada el selecto ejército de mucamas que patrullan a toda hora el caserón de

Mar del Plata y todos los días, en el doble turno de almuerzo y cena, sirven en esos platitos de espejeante acero inoxidable los crostines que él, después de ensalzarlos todo un verano, termina por imponer, destronando a las galletitas de agua, y que de ahí en más acompañarán todas las comidas de la casa. Lo que a partir de ese mediodía de verano en Mar del Plata, al menos para él, identifica al muerto de manera inmediata, como una cicatriz, tan por arte de magia que el muerto ya no necesita emitirlo para que él lo reconozca envenenándole los oídos, es el sonido que hace con la boca cuando mastica esos putos crostines.

No quiere asomarse al cajón por miedo a encontrarle alguna miga pegada en la comisura de los labios. Sería demasiado. Está ahí, a tres pasos, entrando ya en la órbita del crepitar pero pensando qué no daría por estar en otro lado —metido en un cine, por ejemplo, viendo una de esas películas checas o húngaras que dan en el cine del partido comunista y a las que casi nadie quiere acompañarlo, o en la pieza de al lado, sin ir más lejos, de polizón, espiando desde algún escondite ignominioso cómo la viuda del muerto cede al efecto de los sedantes, se acomoda en la cama que rebosa de abrigos, extiende esas largas piernas huesudas que él conoce tan bien, y se saca los zapatos de taco con la punta de los pies—, y siente renacer en él la misma aprensión que lo asalta durante los almuerzos en Mar del Plata, cuando el muerto, sin dejar de hablar, cosa que hace siempre en el modo monólogo, al parecer el único que conoce, se mete en la boca un crostín detrás de otro. Si al menos se limitara a eso, a masticarlos con esa paciencia de roedor epicúreo que hace del crepitar la banda sonora de sus peroratas. Pero no: tiene también que paladear con los labios el banquete que acaba de darse, abriéndolos y cerrándolos con una fruición de recién nacido. A tal punto esta aprensión es tan intensa como aquélla, que saca de cuadro y borra todo lo demás, todo lo que distingue este instante de aquéllos y apuntala ese mundo asordinado, un poco submarino, que es la sociedad del luto: el crujido del parquet bajo sus pasos de intruso, el vaho dulce que despiden las coronas de flores, la penumbra llena de sollozos y hasta la pregunta que, como un secreto a voces, no para de circular desde la madrugada en que el equipo de buzos de la Prefectura encuentra al muerto en el fondo del río San Antonio: *¿dónde está la plata?* Antes que todo eso, sin embargo, lo que la vieja aprensión borra en él es la evidencia atroz de que el degustador de crostines está muerto, rígido y mudo como todo muerto, y que el sabor de esas tostadas que en vida lo vuelven loco de placer le es ahora tan inaccesible como todo lo que forma parte de este mundo, sin ir más lejos sus dos hijos, el mayor, al que mantienen en la cocina, sobornado por un vaso de chocolatada que se niega a probar, el menor, de meses, que duerme en una pieza bajo la custodia de una mucama, y su viuda, con sus ojos negros, sus labios siempre un poco paspados, su piel de leche constelada de pecas.

Pensándolo bien, lo que vuelve de la mano de la aprensión es todo un ritual de clase. La hora del almuerzo es la tribuna que el muerto usa para hacer política, lo que en su caso, obsesionado como está por el único drama injusto para el que parece tener alguna sensibilidad —la lucha desigual entre la vulgaridad y el buen gusto—, se reduce a denunciar el naranja chillón con que se les ha dado por pintar las sillas de mimbre del balneario, tradicionalmente blancas, o las ramblas inundadas de música para sirvientas, o la procacidad plebeya que infecta los títulos de las obras de teatro que se estrenan durante el verano. Menos por deferencia que por afán de convencer, el muerto despotrica mirando a sus interlocutores a los ojos. Pasa de uno a otro con naturalidad, empeñado en ganarlos para una causa que los demás acaso suscriban pero a la que tarde o temprano deben renunciar, abrumados por un énfasis que les cuesta compartir. Y mientras habla sus dedos se ponen en marcha, a ciegas pero seguros, y van planeando paralelos sobre el mantel hasta detenerse junto al platito de acero inoxidable, donde pescan la punta del primer crostín de la pila y se lo llevan a la boca. La operación tiene una elegancia aérea, como caligráfica, a la que el muerto, sin embargo, recién accede al cabo de días de aprendizaje. Además de crocante, la masa de los crostines es excepcionalmente delgada, y los poros por los que respira le dan una vertiginosa fragilidad. Cualquier cosa puede quebrarla, quebrada vale menos que nada. Cuántas veces, al principio, cuando todavía no calibra bien la consistencia de los crostines, el muerto mismo, que esgrime el milagro de delicadeza que son para denostar la rusticidad guaranga de las galletitas de agua, los hace trizas no bien desgarra el celofán en el que vienen envueltos, o los despedaza al llevárselos a la boca, o los hace estallar en el momento mismo de morderlos, a tal punto que una hora y media después, cuando el almuerzo termina y se levanta por fin de la mesa, la proporción que ha conseguido meterse en el estómago es ridícula comparada con los escombros que tapizan su sector del mantel.

Hay veces, viéndolo así, hablando y masticando sin parar, en que no sabe qué lo retiene, qué fuerza formidable le impide reaccionar, pararse sobre la silla, enchastrar con sus zapatillas embarradas la pana roja del tapizado y, saltando sobre la mesa servida, pisoteando fuentes, platos que humean, el mantel de hilo blanco recién sacado de la tintorería, lanzarse en un salto suicida contra el muerto y obligarlo a callarse poniéndole un cuchillo en la garganta, romperle los dientes, cortarle la lengua. Una y otra vez, sin embargo, se queda quieto en su silla, los brazos caídos a los costados, los ojos clavados en el plato que apenas si probará, mientras la voz del muerto y el crujir de los crostines siguen tejiendo a su alrededor su selva odiosa. Qué otra cosa podría hacer, a su edad y en ese territorio enemigo donde ni siquiera su madre termina de hacer pie —su madre, que es quien lo lleva y lo deja ahí, jurándole y perjurándole que no tiene nada que temer. Ayunar: ésa es toda su protesta. Ayunar y, dos horas más tarde, en plena siesta, bajar famélico hasta la cocina, robar en un golpe comando una buena provisión de galletitas de agua y zampárselas con rodajas de queso fresco a solas en su cuarto, con la persiana baja y el velador escupiendo su solitario cono de luz sobre una revista de historietas. Ayunar y esperar en silencio, con la valija hecha en su cabeza y el corazón palpitante, que el primero de febrero llegue de una vez y su padre se lo lleve de vacaciones lejos, muy lejos, a cualquier parte.

Como si fuera posible. Porque no hay manera de poner distancia, ni en el espacio ni en el tiempo. La prueba es que ocho años después, cuando el degustador de crostines yace de cara al cielorraso con las manos cruzadas sobre el pecho y él tiene catorce años, todas las hormonas en pie de guerra y ninguna obligación, ya, de sentarse a ninguna mesa en ningún territorio enemigo, la única música que suena en sus oídos no son las trompetas grandilocuentes de "Jerusalem", el tema que abre el disco de Emerson, Lake & Palmer que se pasa horas escuchando encerrado en su cuarto, sino el viejo crepitar de las mandíbulas del muerto ensañándose con los viejos putos crostines. Es de hecho alrededor de ese sonido magnético, que podría detectar y reconocer en cualquier parte, igual que un epiléptico la condición peculiar de la atmósfera que prefigura una crisis, como él ha ido incorporando y organizando a lo largo de los años todo lo que sabe en persona o le llega por otros del muerto, cosas a las que puede que sólo preste atención y consiga retener porque le llegan asociadas, soldadas de una vez y para siempre con el sonido del crepitar, y el crepitar, a su vez, con la ráfaga de aprensión que lo invade indefectiblemente, y luego con el impulso de levantarse de la silla, saltar sobre la mesa, calzarle al muerto un cuchillo en la garganta, etc. Es ese sonido el que se le presenta cuando alguien deja caer el nombre del muerto en una conversación y el que eclipsa todos los demás, incluido el estrépito de las cigarras, cuando se asoma a la ventana de su cuarto en el caserón de Mar del Plata y ve la trompa del famoso descapotable italiano frenando ante el portón cerrado, ése el que se le impone siempre que llega del colegio y descubre diseminadas en la casa, suficientes para decidirlo a tomar el camino a su cuarto que sabe que le evitará encontrárselo, las señales que delatan su presencia: el *blazer* azul con su escudo bordado en oro colgado del respaldo de una silla, el paquete de cigarrillos con el Dupont de plata maciza encima y el *attaché* de cuero marrón rojizo con sus iniciales marcadas a fuego, al estilo yerra, que lleva siempre con él, que dicen que lleva con él incluso la mañana en que aborda el helicóptero rumbo a Villa Constitución y del que no queda rastro alguno cuando los cuatro buzos de la Prefectura, después de rastrillar medio Delta, dan por fin con el helicóptero y los cuerpos en el fondo del río San Antonio. Volatilizado, hecho humo, como por otra parte todo lo que se supone que lleva adentro, papeles, documentación, planillas, chequeras, y sobre todo el paquete de dinero que le han encomendado esa mañana que traslade hasta la planta de Zárate, dinero negro, como es obvio, dados los fines más bien turbios a los que está destinado, cuya presencia en el *attaché,* sin embargo, confirman a media voz un par de empleados de la poderosa compañía siderúrgica para la que trabaja, afectada desde hace más de tres semanas por un conflicto sindical y ahora acorralada por los ceses relámpago de la producción, la elección por mayoría absoluta de una comisión interna más roja que la sangre que pronto correrá, la amenaza de tomar la planta por tiempo indeterminado y la muerte en circunstancias más bien oscuras de una de las figuras clave del conflicto, la única capaz de resolverlo o hacerlo estallar.

Hay que ver cómo tardan en irse esos últimos días de enero. A veces, de muy chico, intrigado por el modo en que quince minutos de reloj pueden pasar en cámara lenta o como un suspiro según el momento del día, las circunstancias, las personas con las que le toca estar, el clima, la luz, el estado de ánimo, las ocupaciones que lo esperan o que ha dejado atrás, se le ocurre pensar que quizás el tiempo no sea en absoluto universal sino el colmo de lo específico, una suerte de bien endémico que cada familia y cada casa y hasta cada persona producen a su manera, con métodos, criterios, instrumentos propios, y producen en el sentido más literal de la palabra, invirtiendo fuerza física, trabajo, materias primas, todo lo que la consistencia evanescente del tiempo parecería más bien volver innecesario, como si fuera más una artesanía doméstica que ese transcurrir esquivo que todos repiten que es.

Apenas entra en la última semana de enero y el mundo gana peso, las horas se arrastran boqueando, como si escalaran una cuesta sin fin. En vez de llevar al día siguiente, cada día es el obstáculo que lo pospone o lo vela. Llega un momento en que el tiempo se estanca —el tiempo real, que él sólo reconoce que pasa por el modo en que ve acercarse lo único que desea en el mundo, irse de una vez de Mar del Plata y dejar atrás el crepitar de los crostines en la boca del muerto, el caserón, la obligación de hacer silencio a la hora de la siesta, el aburrimiento de esos almuerzos y cenas en que permanece invariablemente mudo, casi inmóvil, intimidado por las reglas de una etiqueta que ignora y la variedad extravagante de cubiertos desplegada a los costados de su plato, que él no sabría cómo ni cuándo usar, aunque más de una vez, en el colmo del sopor, sacudido por el impulso de hacer algo, cualquier cosa, que disipe esa nube de modorra, se pone de golpe a clasificarlos, los reordena por tamaño, color, brillo, los usa para hacer rayas en el mantel de hilo blanco, hasta que alguien de la mesa —nunca su madre, que en materia de litigios de derecho familiar toma desde el vamos la decisión de hacer de cuenta que no oye, sino algún miembro de su llamada familia política, una abuelastra, un tiastro, incluso ese primastro que, apenas uno o dos años mayor que él, le habla con una autoridad incontestable, como un teniente a un soldado raso— lo reconviene desde la otra punta de la mesa. Porque el otro, el tiempo que marcan el reloj, la sucesión de comidas y atuendos, el avance del sol sobre la piel, los cuerpos bañados, el cansancio de los rostros, todo ese tiempo que parece avanzar, arrastrado por la métrica más o menos regular de los días, se ha reducido a una mera formalidad, una ficción destinada a disimular la paralización de las cosas.

Lo único que puede aliviarlo es el salvoconducto que lo sacará de allí. Los dos pasajes de ómnibus: el suyo y el de su padre. Tenerlos él mismo, en sus propias manos. No puede esperar. Ni siquiera lo conforma que su padre los saque y los lleve encima cuando lo pasa a buscar por el portón del caserón de Mar del Plata cada primero de febrero, según el calendario ecuánime —enero para ella, febrero para él— que sus padres definen para las temporadas de verano unos meses después de separados, de común acuerdo, según dicen, si es lícito llamar común al acuerdo orquestado por el abogado de una sola de las partes, la de ella, por el cual su madre, haciendo gala de una entereza y una convicción que no tiene, fija la política a seguir y su padre acata sin objetar nada, acobardado por la misma mezcla de hartazgo, incompetencia y culpa con que deja en su momento la casa familiar, al punto de renunciar al derecho de tener abogado, a su parte del Auto Unión azul modelo 57 y a su porcentaje del segundo piso por escalera donde han convivido poco más de dos años de pesadilla —regalos de bodas, ambos, de su suegro—, pero no al dinero con el que su suegro lo convence de dejar la casa familiar, que necesita, al parecer, para pagar deudas acumuladas.

Lo asalta la impaciencia. Se acerca la fecha del viaje —es cambio de quincena— y teme que los pasajes se acaben y se vean obligados a postergar el viaje. De modo que los va a comprar él mismo, en persona, con una antelación exagerada, a la estación de ómnibus de Mar del Plata. Al principio va acompañado por su madre. Está en edad de comprender perfectamente, y en orden, toda la secuencia —padre, irse, viajar, ómnibus, pasaje, comprar—, pero sigue siendo tan chico que ni siquiera poniéndose en puntas de pie consigue meter la cabeza en el campo visual del empleado de la boletería. Más tarde va solo, en bicicleta, feliz, ya que así, sin testigos, la idea de huir de Mar del Plata gana una estimulante cuota de ilegitimidad —aun cuando es su madre la que paga los pasajes y elige el horario del ómnibus que habrán de tomar—, pero también con el corazón en la boca, timoneando la bicicleta con una mano y usando la otra, metida hasta lo más hondo en el bolsillo, para contar dos o tres veces por cuadra los billetes y cerciorarse de que no ha perdido ninguno.

Se guarda y custodia como un secreto los pasajes recién comprados. Los lleva encima a todas partes, plaza, cine, recorridos en bicicleta, expediciones a terrenos baldíos, incluso esos restaurantes del puerto a los que le toca ir de vez en cuando con su familia política, protoparques temáticos que con un par de anclas, unas boyas misérrimas, unas redes de pesca suspendidas del techo y dos o tres achispados marineros de papel *maché* supervisando los salones quieren compendiar el mundo marino que desmerecen sus menúes, reducidos siempre al mismo puñado de opciones, mejillones a la provenzal, lenguado *meunière*, langostinos, y donde el muerto aprovecha para seguir haciendo de las suyas, puesto que no ha terminado de sentarse y ya les enrostra a los mozos el escándalo de una panera que abunda en miñones, pebetes de pan negro, grisines, galleta marinera, pero sigue ignorando sus crostines favoritos, una negligencia que se toma de manera personal, como una provocación directa contra él, y justifica que incluya al establecimiento en su cada vez más extensa lista negra de restaurantes. Contra la voluntad de su madre, que piensa que no hay mejor lugar para perderlos, se lleva los pasajes incluso a la playa, aun cuando eso lo obligue a renunciar al traje de baño —en cuyos bolsillos podría guardarlos y en algún momento, víctima de una distracción, olvidar que los tiene y meterse al mar con ellos, con las espantosas consecuencias previsibles— y a calcinarse usando pantalones con treinta y cinco grados a la sombra, forzado a mirar el agua de lejos. Llega hasta dormir con los pasajes encima, pero evita metérselos en el bolsillo del piyama, de donde podrían caérsele o alguien, sigiloso, robárselos durante la noche. Los mantiene apretados en un puño, como un talismán, a tal punto que, cuando llega el día, los pasajes han sido plegados y desplegados tantas veces, embutidos tan profundamente en los bolsillos, sometidos a tantos roces y manoseos, escondidos en tantos refugios inexpugnables, que la fecha y la hora del viaje y los números de asientos que les han tocado y hasta el nombre de la compañía de ómnibus a duras penas alcanzan a leerse. Así de gastados están la tarde en que cruza por fin, cargando su valijita azul marino, la puerta del caserón de Mar del Plata —solo, como le insiste siempre a su madre que quiere salir, menos por afán de autonomía que para negarle esos veinte últimos metros que ella, si los recorriera con él, usaría según él para tratar de disuadirlo de irse, cosa que ella está muy lejos de querer hacer, a tal punto la ilusiona la idea de descansar un mes entero del trabajo de ser madre—, recorre el largo camino de pedregullo que lleva hasta la calle, se trepa con la valija al paredón de piedra que nace del portón de entrada y se instala a esperar la llegada de su padre.

Es uno de esos días radiantes, sin nubes ni viento, perfectamente idílicos, que justifican la existencia del verano y nadie querría perderse. No es su caso, y no lo lamenta. Una alegría ciega le hincha el pecho y lo deja sin aliento. Mira pasar rumbo a la playa las caravanas de familias cargando sombrillas, sillas plegables, heladeras de telgopor, regocijadas por las horas de sol que tienen por delante, y nota la mirada doliente que le dedican al descubrirlo esperando junto al portón, vestido de pies a cabeza, con su ropa de calle y su valija, como si fuera un huérfano o alguna clase de enfermo que tuviera proscripta la playa. Los desprecia en silencio. Compara la felicidad que siente al pensar que en sólo media hora estará con su padre a bordo del ómnibus a Villa Gesell con el entusiasmo banal de esos rostros que en dos o tres horas volverán calcinados por el sol y tiene la impresión de ser la persona más privilegiada de la tierra. Pero pasan quince minutos, y luego veinte, y luego otros veinticinco, y con un ligero estremecimiento comprende que ha agotado los pasatiempos con los que iba distrayendo su impaciencia. Ya ha masacrado a la columna de hormigas que procuraban escalar su muslo desnudo para llevar al otro lado su cargamento de hojas. Prácticamente ha podado, de tanto jugar con sus hojas, el ligustro que corona el paredón de piedra. Ha cantado, ha contado —autos con chapa par e impar, bicicletas, perros vagabundos, segundos—, se ha rasqueteado la nariz de mocos que ha ido pegando a tientas, como el experto que es, en el paredón, sellando el desnivel levemente cóncavo que separa entre sí los bloques de piedra. Pasa media hora: ni señales de su padre.

En un momento se vuelve y mira hacia atrás, en dirección a la casa, y después de cerciorarse de que su madre no lo vigila apostada en alguna ventana, se descuelga del paredón y, aferrando siempre su valija, se acerca al borde de la vereda y mira a lo lejos la calle en pendiente por la que su padre tiene la costumbre de aparecer cada verano, siempre de a poco, como uno de esos sobrevivientes que emergen maltrechos pero altivos de algún abismo, la cabeza primero, calva, tostada, reluciente, con sus dos paños de pelo crespo creciendo con descuido a los costados, luego los hombros, luego el tronco con sus camisas recién lavadas. Pero lo que ve, proyectando su mirada a lo largo de toda una cuadra de vibrante visibilidad calcinada, es el cónclave íntimo de dos heladeros que han cruzado las trompas de sus triciclos a pleno sol, cuentan el dinero hecho a lo largo de ese día espléndido y lamentan quizás haberse quedado sin mercadería tan temprano, cuando son apenas las cuatro y cinco y quedarían como mínimo dos o tres buenas horas de venta.

Con una puntada de desesperación, sin dejar de mirar hacia la calle desierta, porque no hay nada que tema más que lo que puede encontrar si se vuelve ahora hacia la casa (la comprensión de su madre, esa solidaridad misericordiosa, como de monja, con que abre los brazos ofreciéndole asilo y, un poco más allá, las fases sucesivas del trance que lo espera: el portón, y el camino de pedregullo, y la casa, y su habitación exclusiva en el primer piso, cuyas paredes empapeladas —salvavidas con anclas, nudos náuticos, un simio vestido de marinero, versión infantil, apastelada, de los motivos que ambientan los restaurantes del puerto— conoce y odia de memoria), busca los pasajes, los despliega sobre un muslo y trata de ubicar la hora del viaje en ese jeroglífico de datos y números que los pasajes siempre fueron pero que él recién advierte ahora, cuando más necesitaría que fueran limpios y claros, y por un momento sólo tiene ojos para buscar lo que lo aliviaría, cualquier número superior a cuatro, no importa que sea la fecha o el número de pasaje o el teléfono de la compañía o la hora de llegada. Pero da por fin con la hora de salida, da con la expresión *hora de salida* y lee *cuatro* y se siente morir.

Se siente morir. Todo a su alrededor se suspende, como un líquido que después de entrar en efervescencia se aquietara en un reposo sólido, eterno. Todavía vuelto hacia la calle que baja, donde una pelota, escupida desde el jardín de una casa vecina, empieza a bajar rebotando, no ve el caserón pero lo intuye, adivina las formas del porch, el contorno levemente dentado de la fachada. Piensa en huir. Cualquier cosa, piensa, antes que retroceder. Entonces oye la voz de su madre llamándolo desde el otro lado del portón: "Debe haber tenido algún problema", le dice con tono displicente, como restándole importancia: "Ya va a llegar. Vení, vamos a esperarlo adentro". Él gira y empieza a volver. Su madre le abre el portón para que pase, y el crujido de las bisagras oxidadas suena en sus oídos como los escalones que llevan al patíbulo. Cuando pisa otra vez la superficie inestable y familiar del pedregullo, no puede más y se larga a llorar. Su madre le pasa una mano por los hombros, una mano leve, empeñada en pasar inadvertida. Tiene el tacto de no abrazarlo. Sabe que no lo soportaría. Pero aun así él se saca el brazo de encima y avanza, y avanza llorando. Y cuando ve la masa inmensa del caserón enfrente, casi cayéndosele encima, oye a su espalda una voz inconfundible que grita su nombre.

Se da vuelta y mira a su padre con estupor. No lo reconoce. No sabe quién es, por qué le sonríe de ese modo, qué lo lleva a dejar ese bolso de cuero en el piso y abrir los brazos y extenderlos hacia él, invitándolo a correr a su encuentro y abrazarlo. Han pasado las cuatro de la tarde y su padre ya no tiene razón de ser. Perdieron el ómnibus, el viaje queda en la nada y su padre —como todo lo que le estaba asociado en ese mundo posible que su impuntualidad acaba de echar a perder: los médanos de la playa norte, el residencial de los croatas, los panqueques de regreso de la playa, las defecaciones apoteóticas en los bosques de pinos, las maratones nocturnas de *flipper,* metegol y karting en el Combo Park de la avenida tres— no puede no esfumarse también, irremediablemente. La idea de que, abortada una primera posibilidad, surja una segunda capaz de reemplazarla, es una conquista tardía de la imaginación. Él no ha cruzado ese umbral todavía. Para él, una posibilidad siempre es una posibilidad, una sola: basta que deje de existir como posibilidad para que el mundo que la acompañaba deje de existir también, entero, para siempre.

De modo que ya no tiene padre. No lo tendrá hasta treinta segundos más tarde, un lapso que dedica a imaginar, a hacerse a la idea de cómo será su vida de ahí en más, no sólo su vida inmediata, sin duda condenada otra vez a las cuatro paredes del caserón de Mar del Plata, sino todo lo que vendrá después, la vuelta a las clases, el reencuentro con los compañeros, todos intactos y él cien por ciento cambiado, y el momento, que vislumbra ya con una excitación casi dolorosa, en el que se dé el lujo de soltar en un recreo la gran frase bomba: Ya no tengo padre. Pero treinta segundos después, a pesar de todo, ese hombre sigue ahí, sonriendo para un fotógrafo invisible, con los brazos abiertos, arrogándose todavía los derechos sobre él que acaba de perder, en primer lugar el derecho de mirarlo y hacer contacto inmediato con él, como si nada los separara, ni aire, ni sombras de árboles, ni reflejos de sol que enceguecen, ni ese polvillo que el viento a veces levanta cuando se arremolina a la entrada del caserón, y desde luego sin pasar por su madre, a la que no mira y casi ni se dirige desde que llega, ni siquiera para acordar los detalles técnicos de rigor —la fecha en que lo devolverá, las precauciones a tomar con el sol, la comida, el cepillado de dientes, la conveniencia de bañarse con alguna regularidad—, detalles que su padre, por otro lado, recién suele avenirse a considerar a último momento, cuando está con un pie en el ómnibus, y siempre a desgano, como si al considerarlos cediera a la voluntad de esa mujer que, aun cuando no lo tolere, aun cuando le cueste pronunciar su nombre y le tenga prohibido subir cuando pasa a buscarlo por el departamento de Ortega y Gasset, cada primero de febrero se empeña en retenerlo y retrasar su partida. Y no sólo sigue ahí sino que, con su mejor tono de suficiencia, sonriendo, le dice que no se ponga así, que no hay por qué "hacerse drama". Que sí, que efectivamente han perdido el ómnibus de las cuatro, pero que eso no tiene ninguna importancia. También pueden perder el siguiente, el de las cuatro y media, y también el siguiente, y cinco, veinte, cien ómnibus más, todos los que haya en la terminal de ómnibus de Mar del Plata y en todas las terminales de ómnibus del mundo. Porque ellos, él —lo señala con su dedo índice, el mismo con el que unos años antes, una mañana de sábado, se saca una línea de espuma de la cara y se la pone en la punta de la nariz a él, que lo mira afeitarse a su lado, en contrapicado— y él —y apunta el mismo dedo contra su propio pecho, en el centro mismo de la ve corta que forman los dos paños de su camisa desabrochada—, ellos pueden ir a Villa Gesell cuando quieran, cuando se les ocurra, cuando mejor les convenga. Ahora mismo, si quieren: ponen un pie en la calle y ya está, ya están saliendo, ya están de viaje. Porque ellos, dice, no van a Villa Gesell en ómnibus. Van en taxi.

Ciento tres kilómetros de ruta. Él no lo sabe, por supuesto. No en esos términos, al menos. Pero todo lo que ignora en materia de medidas convencionales lo compensa con una cierta conciencia de las proporciones, y sabe que todo trayecto que se recorra en un ómnibus de larga distancia, por descalabrado que esté, por lento que vaya, por muchas veces que pare en el camino, resulta inabarcable para cualquier otro medio de transporte sobre ruedas —cualquiera que no sea un auto propio, y auto propio, por lo que él sabe, su padre no tiene, no ha vuelto a tener desde que renuncia al Auto Unión azul cuyo motor acatarrado todavía le parece escuchar a veces entre sueños, y no piensa volver a tenerlo, como jura a menudo y siempre en voz alta, con la convicción enfática de un militante, confiado en que su desaire bastará para hacer quebrar a la industria automotriz entera, y de hecho no vuelve a tener hasta dos o tres años después, cuando la necesidad de complacer a una novia que no soporta irse de vacaciones en transporte público lo empuja a comprarse un Fiat seiscientos color crema de segunda mano. Entre ómnibus y taxi hay para él la misma relación, mejor dicho la misma falta de relación, la misma portentosa inconmensurabilidad que entre el avión y la bicicleta, por ejemplo, o entre un transatlántico y las colchonetas inflables en las que le gusta viajar de un extremo al otro de las piletas muy lentamente, entrecerrando los ojos.

En una fracción de segundo todo se revierte y se acelera. Va hasta su madre, recupera de un tirón su valija mientras le da un beso rápido, corre hacia su padre y le toma la mano —se reserva el abrazo para más tarde, para cuando su padre haya vuelto realmente a ser su padre— y bajan a la calle juntos, a la carrera. Mientras camina hacia atrás, en la misma dirección que los autos que avanzan pero enfrentándolos, como si no estuviera dispuesto a perder un segundo más, su padre estira un brazo, detiene el primer taxi (que frena con la misma precisión de siempre, con el picaporte de la puerta trasera servido en bandeja para su mano), empuja a su hijo al asiento de atrás, y después de amontonar el equipaje en el asiento delantero se acomoda a su lado. Y acalorado, bajando la ventanilla a toda velocidad, ordena: "A Villa Gesell".

En mil novecientos sesenta y seis, en la Argentina, los únicos que hacen en taxi ciento tres kilómetros de una ruta interbalnearia poceada, sin banquina ni estaciones de servicio, abastecida por los caminos afluentes de bicicletas, motos sin luz, rastrojeros con la columna de dirección a la miseria y otras amenazas mortales, son los dueños de taxis de vacaciones, los que huyen de la policía y los jugadores compulsivos que asoman, borrachos de euforia, de una noche de casino inesperadamente próspera. Su padre, que hasta donde él sabe no es ninguna de esas cosas, al menos no por el momento, más adelante se verá, se zambulle de cabeza en ese Rambler que hierve bajo el sol del día más perfecto del verano sin preguntar nada, ni siquiera si hacer el viaje que acaba de ordenar es efectivamente posible, si el taxista aceptará o no y sobre todo si le alcanzará el dinero que tiene para pagarlo. Lo da por hecho, como si ya hubiera sucedido. En rigor, nadie dedica una sola palabra a debatir el asunto durante el viaje. Su padre sin duda no, interesado como está, ahora, después de un mes entero sin ver a su hijo, en recuperar el tiempo perdido y enterarse de todo lo que hizo durante su ausencia. Él tampoco, ni una palabra. Lo acobarda el mismo prodigio de temeridad que un minuto antes lo fascinó. Piensa que si dice algo, si vuelve sobre lo que acaba de suceder, aunque más no sea para confirmar que efectivamente sucedió y revivir la exaltación que experimentó mientras sucedía, lo que sucedió puede dejar de suceder, la historia dar marcha atrás, todo esfumarse y volver a cero. Y así y todo, mientras se escucha recapitular los pormenores de su verano y congelar la imagen en el muerto, en su afición sin freno por los crostines y sobre todo en el ruido repulsivo que hace mientras los mastica —un detalle que su padre festeja a carcajada limpia, menos porque realmente lo aprecie o lo divierta que por vanidad, a tal punto lo enorgullece que él, a los seis años, y en el riñón de su familia política, pone en práctica ese don para la observación microscópica que según él ha caracterizado siempre a la estirpe masculina de la familia, y eso aunque un miembro importante de esa estirpe, su propio padre, haya usado ese don, en el que parece que brillaba, para hacer de la vida de su propio hijo una verdadera pesadilla—, toda su atención tiende a desviarse, atraída por el tictac del reloj del taxi donde las fichas han empezado a caer, caen, caerán, piensa, durante mucho tiempo, durante esa eternidad desconocida llamada ciento tres kilómetros, y seguirán cayendo, quién sabe, hasta llegar ¿a cuánto?

No tiene la menor idea. Ahora, con la cara del muerto tan cerca, alcanzado otra vez por la onda expansiva del crepitar de los crostines, no puede evitar preguntarse cuánto dinero hay en verdad en el *attaché* del que no hay ni noticias cuando los buzos de Prefectura encuentran el helicóptero y los cuerpos en el fondo del río, cuánto y sobre todo para qué le encargan al muerto trasladar ese dinero en persona hasta la planta de Zárate, si para pagar el extra que la policía pretende cobrar bajo la mesa para ejecutar la orden de reprimir que la patronal acuerda con las autoridades locales de la fuerza, o para contentar a los obreros con un aumento que los distraiga de las reivindicaciones radicales a las que los empuja la fracción roja de la dirigencia sindical, que juega a todo o nada, o incluso, directamente, para sobornar a la fracción roja de la dirigencia y resolver todo el asunto ahorrándose baños de sangre. Pero lo que en verdad le gustaría ahora es poder recordar cuánto cuesta el viaje en taxi a Villa Gesell. Y no hay caso: el blanco es total. Sabe, con todo, que es la primera gran magnitud de dinero de la que tiene conciencia, o la primera vez que tiene conciencia de que el dinero puede ser una magnitud. Hasta entonces es algo pequeño, portátil, una cosa entre las cosas, sólo que tocada por una especie de varita mágica muy arcaica —tan arcaica que los pocos que la han visto en acción están muertos—, que es la que le confiere esa capacidad de apoderarse de las demás cosas, de *comérselas*, la misma que tienen sus piezas con las piezas enemigas y viceversa, como descubre tiempo más tarde frente a un tablero de ajedrez, en el comedor del hotel de los croatas con el que sueña viajando en taxi a Villa Gesell. En taxi, a Villa Gesell, mientras el mundo prosigue ahí afuera su estúpida marcha, indiferente a la proeza.

Pero ¿qué relación hay entre ese dinero capaz de comerse un bloque de chocolate con leche, un paquete de figuritas, una goma de borrar, el pasaje de ómnibus a Villa Gesell que ahora agoniza en el fondo del bolsillo de su pantalón, y el dinero que haría falta reunir para comerse algo invisible, algo tan fuera de escala como esos ciento tres kilómetros de ruta a Villa Gesell? Ha visto dinero, por supuesto. A los seis años, incluso, ya lo ha prestado. Tiene lo que él llama mi caja, un viejo botiquín de primeros auxilios con la tapa floja y la cruz roja descascarada donde guarda su capital, monedas, billetes chicos o rotos, los vueltos con los que su madre o el marido de su madre o incluso su padre le permiten a veces quedarse. Es a él y a su caja —donde el dinero mientras duerme se impregna de olor a venda, a cinta adhesiva, a merthiolate— a quienes recurre su madre cuando necesita cambio para dar una propina o pagar algún gasto menor, lo que le sucede más a menudo de lo que desearía pero la toma siempre de sorpresa —hurgar a último momento en la cartera, con el portero, el hombre del puesto de diarios o el repartidor del almacén esperando, y no encontrar nada, nunca, ni una moneda—, llenándola de una dramática contrariedad. Su caja: cómo valora esas donaciones casuales cuando las recibe y qué poco parece tenerlas presentes después, cuando, al cuarto o quinto préstamo que le pide su madre —siempre corta de cambio, por otro lado, como no puede ser de otra manera en una ciudad y un país donde la plata chica es y será siempre un bien precioso—, se regodea recordándole los que sigue sin devolverle —todos los anteriores— y la conmina a ponerse al día.

Cuánto. Le gustaría saberlo ya, mientras se acomoda en el asiento trasero del taxi y se acurruca contra su padre, que ha bajado a tope su ventanilla y saca afuera el antebrazo desafiante que ya tiene perfectamente tostado antes de que empiecen sus vacaciones. Mira el reloj suspendido sobre la consola del taxi y se deja hechizar por la regularidad mecánica con que esos números antiguos, antiguos ya entonces, van reemplazándose unos a otros dentro de las dos ventanitas del aparato, como candidatos que renunciaran a un papel estelar —ser la cifra definitiva del viaje— por propia voluntad, sin que nadie se haya tomado el trabajo de evaluarlos ni rechazarlos. Si lo supiera podría abandonarse al que más tarde será uno de sus pasatiempos favoritos (que pone en práctica siempre que le toca pagar por una mercancía enumerable): el prorrateo. Prorratear la cifra total del viaje por los minutos que insume, saber cuánto cuestan no sólo los ciento tres kilómetros hasta Villa Gesell sino cada kilómetro, o el tiempo que le lleva al Rambler recorrer cada kilómetro. Pero no lo sabe. No lo sabrá hasta una hora y cuarenta y cinco minutos después, cuando lleguen a Villa Gesell y el taxi estacione junto al hotel de los croatas y su padre, con esa soltura excepcional, aprendida vaya uno a saber dónde, que le da a su gesto esa despreocupación prodigiosa, como si se ejecutara en un medio sin obstáculos posibles, el aire o el agua, meta una mano en el bolsillo y saque el fajo de billetes para pagar.

Lo impresiona el fajo: el fajo directo, en crudo, sin billetera, sin tampoco esos broches elegantes que mucho tiempo después, viendo una serie de televisión que reconstruye con un escrúpulo insano la época en que su padre y él hacen en taxi el viaje a Villa Gesell, misma época, si se puede decir así, sólo que en el centro de Nueva York, en el gueto de unos pioneros de la depredación que, pobres y todo, conscientes aun de su irredimible mediocridad, ya entrevén hasta qué punto el mundo empezará a pertenecerles en los años que se avecinan, ve que usan los cuarentones de éxito que visten exactamente como su padre, sacos de *tweed* a cuadros, camisas blancas siempre recién salidas de la tintorería y zapatos abotinados con hebilla al costado, y tienen con los bolsillos de sus pantalones la misma solvente complicidad que su padre, a tal punto no son los bolsillos los que parecen haber sido diseñados para las manos sino al revés, las manos para los bolsillos. ¿Cuántos billetes habrá? ¿Cuarenta? ¿Cincuenta? Doblado en dos, con los más grandes del lado de afuera y los más chicos del lado de adentro, ordenados siempre en riguroso sentido decreciente (con un último lugar del lado de adentro, luego de los billetes más chicos, reservado para el dinero que es su verdadera debilidad: moneda extranjera, principalmente dólares, francos suizos, libras esterlinas, liras, según la divisa que su padre más haya manejado últimamente en la agencia de viajes donde trabaja), el fajo es tan abultado que su padre no consigue cerrar la mano cuando lo sostiene, ni siquiera unir entre sí, cerrando la mano, la punta de los dedos. Y pesa, pesa como una cosa, como un sólido, no como el simple montón de papeles impresos que es.

De modo que han llegado, es momento de pagar. Y él, asaltado por una ráfaga de miedo, empieza a encogerse en su rincón del asiento trasero, ese paraíso de cuerina fragante donde vivió casi dos horas de felicidad, regodeándose con su descarado privilegio de pionero (otros cruzan el Canal de la Mancha a nado, él une Mar del Plata y Villa Gesell en taxi), y que ahora el terror transfigura en este infierno irrespirable donde fermentan el calor, el ronroneo del motor, el olor del gasoil quemado. Piensa: ¿y si el dinero no alcanza? Porque puede que su padre haya calculado mal. Puede que directamente no haya calculado, ansioso por reparar la decepción que causó al llegar tarde y perder el ómnibus. Pero enseguida lo ve inclinarse hacia adelante, apoyar un antebrazo en el respaldo del asiento y estudiar de más cerca el taxímetro, donde los números, ahora inmóviles, ofrecen su veredicto definitivo, y la actitud frontal con que encara la situación de algún modo lo tranquiliza. Todo sucede muy rápido. El taxista se echa hacia un costado, toma nota de la cifra que marca el reloj y se pone a buscar su equivalente en dinero en un tarifario plastificado. Hay otro tarifario igual colgando del respaldo de este lado, pero su padre, una vez más, decide ignorarlo: a la hora de sacar cuentas confía más en la pericia y la rapidez de su cabeza que en el veredicto de una planilla impresa, para colmo elaborada a cuatro manos en esos cuarteles generales de la estafa que son el sindicato de choferes de taxi y la Secretaría de Transportes. Y en este caso en particular, además, sabe muy bien que no hay tarifario de taxi que contemple un viaje tan fuera de libreto como un Mar del Plata-Villa Gesell. Es un duelo silencioso y patético. El dedo reumático del taxista tiembla todavía en esa selva de números rojos y negros, rastreando la cifra que nunca encontrará, cuando su padre anuncia el importe definitivo en voz baja, como para sí, o para un testigo invisible pero muy cercano, y elige cinco o seis billetes y los separa del fajo y paga.

Nadie cuenta dinero como su padre. Contar en el sentido de hacer cuentas, que, en el caso de su padre, formado en una escuela industrial de la que egresa con un solo patrimonio, un talento inusitado para eso que él mismo llama *los números*, el único del que por otra parte acepta jactarse (él, enemigo número uno de toda vanagloria) y que exhibe en público más o menos impúdicamente, son cuentas exclusivamente mentales y tienen vedado el uso de cualquier instrumental suplementario, tarifarios de taxis, naturalmente, pero antes que nada máquinas, calculadoras, ábacos, contadores manuales —ni que decir las contadoras de billetes eléctricas, grandes como máquinas de café exprés o expendedores de agua, que años más tarde pondrán de moda la inflación y el mercado negro de divisas, las Galantz, las Elwic, la MF Plus de Cirilo Ayling, orgullo argentino—, prótesis que representan lo peor, el escalón más bajo de la claudicación y la dependencia humanas, pero también lápiz y papel y hasta mecanismos por así decir naturales como los dedos de la mano. Pero contar, además, en el sentido de la acción física, como cuando se dice contar billetes. Es algo que lo impacta desde muy chico, una vez que tiene la tarde libre en el colegio y acompaña a su padre en su recorrida por el microcentro de la ciudad, donde trabaja, y lo ve cobrar cheques en bancos, pagar pasajes en compañías aéreas, comprar o vender moneda extranjera en casas de cambio, y lo impactará siempre, hasta los últimos días, cuarenta y dos años más tarde, cuando en el hospital, poco antes de la crisis pulmonar que lo condenará a la máscara de oxígeno y el entubamiento, su padre elija de un fajo ya considerablemente mermado los dos billetes de cincuenta pesos que ha decidido dar de propina "antes de que sea tarde", como él mismo dice, a la enfermera de la mañana, que lo sorprende hablándole en alemán mientras le cambia la vía, le aplica una inyección o le toma la temperatura. Nadie muestra ese aplomo, esa eficacia elegante y altiva que transforma el gesto de pagar en un acto de soberanía y hace olvidar el carácter siempre secundario, de respuesta, que en verdad tiene. Cuenta dinero y es como si lo contara por contarlo, por amor al arte, como se dice: porque es un acto bello, nunca porque se lo exija la lógica de la transacción. Jamás una torpeza, un billete que se adhiere a otro o se traba o se dobla, ni que decir se rompe. Siempre secos —si se humedece a veces las yemas con la lengua, como según él hacen los malos cajeros de banco, los comerciantes sin escrúpulos y los avaros, es sólo para burlarse, como se burla de los subterfugios con que las personas suplen las capacidades de las que carecen naturalmente, y siempre caricaturizando el ritual con los ademanes pomposos de un mal actor—, los dedos se deslizan ágiles, sin titubear y a ritmo constante, y las rarísimas veces que se detienen y vuelven a empezar, quizá porque algo exterior los ha distraído, quizá porque ellos mismos se han perdido, mareados por la velocidad, reanudan la operación con la misma impasibilidad con que la venían ejecutando, como si la contrariedad no hubiera existido, igual que un músico retoma la partitura en la frase que lo hizo tropezar y sigue adelante.

A diferencia de sus competidores en el arte de contar, cajeros, empleados de casas de cambio o mesas de dinero, incluso sus propios colegas de la agencia de viajes, que terminan sus jornadas de trabajo con las yemas negras, como adobadas por la pátina de mugre que les ha dejado el dinero manipulado a lo largo del día, su padre puede contar billetes durante horas sin ensuciarse los dedos. Hasta las bandas elásticas con que se sujetan los fajos de billetes doblados, que su padre manipula siempre con los dedos de una sola mano, malabarista manco, pierden con él su poder de engomar y ensuciar. Es como si el dinero no dejara en él huella alguna. Le basta pensar la frase para tener la impresión de que no es la primera vez que la escucha, y se da cuenta de que si la escucha es porque no es suya. La ha oído a menudo en boca de su madre, aunque no necesariamente con el sentido que tiene para él. De hecho es la frase que su madre repite un mes después, cuando él vuelve al departamento de la calle Ortega y Gasset de su febrero en Villa Gesell, tan tostado por el sol que sus pies, cuando se para descalzo y se apoya bien erguido contra la pared para que ella, como hace y hará siempre, mida los centímetros que ha ganado estando lejos de ella, se perderían en la madera oscura del piso si no fuera por las uñas, que brillan como diez manchitas luminosas, y de buenas a primeras, retomando el episodio del ómnibus perdido y el viaje en taxi, con esa memoria inclemente, como de abusada, de la que su madre hace gala cada vez que recuerda la última vez que lo vio antes de que su padre se lo llevara con él, le dice que así cualquiera, que gastando la plata de esa manera —pagando trescientos por lo que cualquier padre con un mínimo sentido de responsabilidad habría pagado veinte si hubiera llegado a tiempo a una cita pactada con meses de antelación— *cualquiera* queda a salvo de las huellas del dinero. ¿O no es acaso lo que ella misma hace años más tarde, cuando dilapida en una rauda y chispeante década de regocijos, ambición y negocios desafortunados la pequeña fortuna que hereda de su propio padre?

Él, en cambio, cada vez que maneja plata tiene que lavarse las manos. Está en el zoológico, por ejemplo, en una de esas sesiones combinadas de observación animal y dibujo a mano alzada que ocupan a menudo sus mañanas de sábado. Se le ocurre comprar un paquete de esas galletitas para animales con forma de animales que son su perdición y suele devorarse en un abrir y cerrar de ojos, primero osos, sus preferidas, después monos, tapires, cocodrilos, y así hasta que el fondo del paquete se convierte en una morgue de muñones desoladores: la trompa de un elefante, la pezuña de un pecarí, la cola espiralada de un chancho. Por un momento tiene la impresión de haber dado un paso de una temeridad aterradora, como si hubiera cruzado una frontera definitiva, de la que no se vuelve, o al menos no con la misma forma con que se la cruzó. Se pregunta en qué se convertirá un chico alimentado a base de galletitas para animales con forma de animales. Y mientras lo piensa se guarda el vuelto de las galletitas en un bolsillo —el recorrido puede cambiar, también los animales retratados, pero lo único que es ley cada vez que visita el zoológico es la idea, acordada con su padre, que es quien lo acompaña, de que todo lo que consume en el zoológico se lo paga él, con su propio dinero— y vuelve a la gigantesca hoja canson en blanco que acaba de desplegar sobre la valija donde lleva sus cosas de dibujo. Recién está trazando en el papel la leve curva del lomo de la cebra que tiene enfrente cuando lo embosca un trío de huellas digitales negruzcas, estampadas como un ojo de agua depravado en el corazón de esa blancura deslumbrante. Día arruinado. Posa el lápiz, se mira desolado los dedos, las yemas sucias por el contacto con los billetes, en cuya piel un poco pegoteada han quedado adheridas unas miguitas aisladas, como alpinistas olvidados en la ladera rosada de un cerro. De modo que rompe la hoja con un gesto brutal, se deja caer al piso cruzándose de brazos y se enfrasca en uno de esos trances de tenebroso malhumor que pueden durarle horas, días, y de los que nadie sabe cómo rescatarlo.

Cómo hace su padre, no lo sabe, no lo sabrá nunca. Es cierto que se cuida mucho las manos. Se las lava a menudo, no importa dónde esté, en la oficina, sobre todo, y siempre con su propio jabón, que guarda en el segundo cajón de su escritorio y se lleva consigo al baño, frotándoselas con encarnizamiento y fruición, y que la dedicación con que se lima las uñas —incluida la uña cubista, la que se agarra de joven con la puerta de un archivador de acero y le queda como un techo a dos aguas, un agua negra, la otra blanca con un matiz rosado, partido al medio por una filosa línea clara— no tiene nada que ver con el trato que reciben las de los pies, entregadas a un crecimiento sin freno que tarde o temprano acaba por arruinarle las medias. Pero eso no puede ser todo. Se explicaría si manejara cheques, pagarés, tarjetas de crédito, todos esos dobles higiénicos de dinero que empiezan a circular por entonces, fuerza de choque de una arrogante economía de vanguardia, y que él mismo ve que ya barajan como algo habitual los miembros de su familia política, el marido de su madre en primer lugar, cuyas chequeras tienen tatuada en la portada la misma bella inicial en mayúscula que tatúa las ancas del ganado que pastorea en su campo del sur de la provincia de Buenos Aires. Pero su padre es *cash*, cien por ciento. Por su trabajo, naturalmente, y porque no vive en un frasco, está familiarizado con todas esas formas modernas de pago, pero se cuida muy bien de usarlas y las trata con el mismo desdén aristocrático con que condena las calculadoras y, un par de décadas más tarde, cuando no le vengan nada mal, los anteojos, los audífonos o el bastón.

El fajo de billetes, siempre. No importa dónde esté, si en la calle o jugando al tenis, haciendo escala en el aeropuerto de Dakar o levantándose del sillón de ver televisión —en los últimos años, su verdadero lugar en el mundo— para recibir el pollo al horno con papas que ha encargado a la rotisería de la esquina, su sempiterno menú de separado, siempre parece tener el dinero al alcance de la mano. *Todo* su dinero, lo que incluye desde luego las libras, francos suizos, dólares y liras con las que acostumbra impresionar al emisario de la rotisería cuando casi en sus narices se pone a elegir entre el fajo los billetes para pagarle. La pregunta es cómo saber, dada la ley del *cash*, axioma único, de hierro, que rige su economía de principio a fin, si su padre es rico o pobre. Es algo que nunca deja de desorientarlo. El tamaño del fajo, su modo tan arrogante de abultar, la variedad de valores y colores que abarca, incluso el principio que mantiene en orden los billetes: todo parece indicar que la señal es de riqueza y de la riqueza más rica, la riqueza directa, inmediata, que no requiere de traducción ni conversiones ni instancias intermedias para hacerse efectiva. Pero siempre que sorprende a su padre sacando el fajo de un bolsillo para pagar algo, cualquier cosa, dos entradas de cine, un par de zapatillas, medio kilo de helado, las veintiocho noches en el hotel de los croatas de Villa Gesell, tan sublimes por otra parte que para él, como se dice, no tienen precio, y se deja maravillar por la idea de que ahí, en ese atado de billetes que su padre manipula con una soltura de tahúr, como si lo llevara pegado a la mano desde que nace, está efectivamente todo su dinero, siempre hay un momento en que el hechizo se congela, como azotado por un látigo maligno, y lo que aparece cuando se disipa es su contracara de duda y sospecha: el terror —justificado precisamente por la evidencia de que eso que se ve ahí es todo, de que no hay resto alguno— de que pueda acabarse, acabarse sin reposición posible, por completo, de una vez y para siempre.

Pero si tuviera dos dedos de frente, como se dice, se daría cuenta de que la cantidad no es lo que importa. Tener siempre todo su dinero a mano no hace que su padre sea rico ni pobre.

Lo vuelve alerta. Es simple: su padre está preparado. Puede hacer lo que quiera en cualquier momento, comprar lo que quiera, irse a donde quiera. Rico o pobre, es libre. La idea es demasiado abstracta y hasta temeraria para un chico de seis años, lo que quizás explique la suerte que le toca correr en su imaginación: durante años hiberna en un limbo oscuro e inaccesible, acompañada de otras ideas que, como ella, lo rozan alguna vez pero nunca lo tocan, como si no terminaran de juzgarlo digno de ellas, y se quedan contemplándolo a cierta distancia, tentándolo, pero tan fuera de su alcance como cualquier otro prodigio del mundo adulto, afeitarse, por ejemplo, o conocer todas las calles de una ciudad. Hasta que un buen día se entera de que Sartre —el filósofo más feo del mundo, como se lo describe la persona que le confía el dato— se jacta de llevar en los bolsillos de su saco todo lo que necesita para vivir, dinero, evidentemente, pero también tabaco, una libreta y algo para anotar, un cortaplumas, un libro pequeño y difícil, un par de anteojos de repuesto, y la idea revive y llena su cabeza de una claridad enceguecedora.

Libre, sí, pero ¿libre para qué? Probablemente para hacerse humo de golpe, de un día para el otro, sin avisar ni dejar rastros, como su madre —para avivarlo de una vez, según dice— le cuenta que hizo el padre de su padre, verdadero fundador de la escuela de escapismo familiar, que un buen día, inepto hasta para improvisar un pretexto mínimamente original, anuncia en mangas de camisa que se va a la esquina a comprar cigarrillos y no vuelve más, y recién envía una señal de vida dos años más tarde, desde el parador que regentea con una mujer española en un balneario todavía incipiente de la Costa del Sol, uno de esos paraísos para turistas con iniciativa donde el cielo, a juzgar por la foto de la postal que llega a la casa sin sobre, con el matasellos estampado directamente sobre la letra del prófugo y la intolerable indignidad de su revelación a la vista, tiene un color cian fosforescente y un ejército de palmeras custodia a los bañistas que toman sol tendidos en la arena.

Él nunca llega a ver esa postal que se traspapela y se pierde, como tantas cosas, o que su abuela destruye en un rapto de despecho, o quizá que retira de circulación y guarda bajo llave en algún lugar secreto y adora en silencio, cuando todos duermen y el barrio recupera la calma que tenía el día en que la dejó su marido, con la misma fidelidad torturada con que a veces las víctimas adoran, confinándola a un altar secreto, la tragedia que sigue haciendo arder sus vidas sin futuro. No la ve pero la conoce a la perfección, de oídas, y no tanto por lo que le cuenta su madre, que vuelve a ella a menudo, como si la famosa postal fuera la matriz de todos los desastres posteriores, empezando por su propio divorcio, sino por su propio padre, el primero en hablarle de ella y en los términos más resentidos, que treinta años después puede evocar con lujo de detalles el día perfecto de playa que brilla en una de sus caras y recordar sin margen de error cuántas palmeras hay en cada fila y cuántos bañistas tomando sol, y de qué color son sus trajes de baño, cuántos pisos tiene ya construidos el edificio de departamentos que crece del otro lado de la rambla, cuántas nubes asoman, cuánto dice el matasellos que costó enviar esa postal de Torremolinos a Buenos Aires en 1956.

Treinta años después, de hecho, él se la encuentra en una librería de viejo del centro de la ciudad. Lleva un rato ensuciándose los dedos con los lomos polvorientos de los libros, quizás el único objeto capaz de juntar más suciedad que el dinero. No busca nada en especial, y esa falta de propósito agrava la decepción que le producen todos esos libritos de poemas, esas escuálidas ediciones de autor, esas novelas idiotas, descomunales, de tapas estridentes, que no comprará, ni él ni nadie. Sin mayores esperanzas, sólo para distraerse un poco, se muda a la mesa de enfrente, donde una serie de largas cajas de cartón ofrecen una al lado de la otra diarios de época, revistas viejas envueltas en fundas de plástico, fotos de películas, planchas de estampillas, tarjetas postales. Y mientras se mira las yemas oscuras, como encallecidas por las capas de polvo, el librero, un asmático macizo vestido con tiradores antiguos que recorre el local renovando la oferta de sus mesas, se detiene un instante a su lado y vuelca en la caja donde él tiene hundidas las manos un sobre transparente lleno de postales antiguas. La primera, la que lo mira de frente, haciendo equilibrio sobre una de sus esquinas, es la postal de la playa de Torremolinos. Saca el sobre de la caja y se lo muestra al librero. Quiere comprarla. Venden el lote completo o nada. Él pregunta el precio y escucha, incrédulo: le piden ciento veinte veces lo que su abuelo prófugo pagó por enviar la postal original. Aun así está dispuesto a comprarla, pero mete la mano en el bolsillo y se da cuenta de que no lleva tanto dinero encima. Le alcanza el sobre con las postales al librero para que lo retire de la venta, no sea cosa que durante su ausencia aparezca alguien que le eche el ojo, y sale en busca de un cajero automático. El más cercano está fuera de servicio, en el segundo hay cola, el tercero no entrega dinero. Tiene que caminar otros quince minutos hasta hacerse con la plata. Cuando vuelve, la librería ha cerrado. Apoya la frente contra el vidrio, y haciendo visera con las manos reconoce el sobre en la primera fila de la caja de cartón, recostado con aire de desdeñosa superioridad contra el viejo ejemplar de un semanario político en cuya portada —corren, vuelan más bien los primeros años setenta— veinte kilos de trotyl han hecho saltar por el aire el crucero modelo setenta y tres, diseñado por el astillero Martinolli, donde esperaba para emprender su paseo semanal por el Tigre un jefe de policía sospechado de practicar apremios ilegales sobre presos políticos. Sorteando el triple filtro del sobre transparente, el vidrio sucio de la puerta del local y la cortina de hierro, el azul cian del cielo de Torremolinos sigue deslumbrando. Pero a medida que se aleja de la librería los detalles de la foto empiezan a borroneársele. La media luna de la playa tiembla y se evapora como un paisaje de ruta visto a la distancia, y el color de las mallas de los bañistas tiende a desaparecer. ¿Cómo estar seguro de que era ésa, de que era *la* postal? Su abuela y su padre, los únicos que podrían corroborarlo, están muertos. No volverá a la librería.

Nunca una cuenta de banco; cheques, ni pensarlo; jubilación, impuestos —su padre no está hecho para eso. Se ha casado y divorciado, ha tenido autos y algún departamento, ha renovado sus documentos, firmado contratos de alquiler, trabajado en compañías y firmado cartas comerciales en papel con membrete. Pero guarda el dinero en medias, hecho un rollo, y recién tramita su número de identificación fiscal pasados los sesenta y cinco años, a disgusto, después de hacer todo lo posible por evitarlo, convencido por un vecino que vive dos pisos más arriba y se ofrece a ayudarlo en la gestión. El típico tránsfuga que su padre acompañaría a todas partes con los ojos vendados: le quedan pocos dientes, dice ser contador público, va y viene por la cuadra con un viejo pantalón de gimnasia, arrastrando unas sandalias de plástico. Es hincha fanático de San Lorenzo, como él, y también experto vocacional en números, aunque en su caso es lo bastante ducho en números turbios para entender algo básico que su padre nunca entenderá: que nadie puede darse el lujo de dedicarse a los números turbios sin entregar a la ley nada a cambio, y que el número de identificación fiscal es la nada más inocua que se le puede entregar. Pero cuando el contador le avisa que el número por fin ha llegado, su padre se pasa tres días seguidos sin salir a la calle, sin bañarse ni atender el teléfono, tirado en el sillón de ver televisión pero dándole la espalda al aparato, tan deprimido está por la magnitud de su claudicación que no le dan las fuerzas para apretar la tecla de encendido del control remoto. Y sin embargo, cuando al muerto de los crostines lo encuentran en el fondo del río, horriblemente hinchado por los más de tres días que pasa en el agua, sin el *attaché* donde se supone que lleva el tendal de dólares por el que todo el mundo se pregunta, el que saca el tema del dinero y con un par de pases de magia mental calcula la cantidad que se perdió o se han robado, nadie sabe si ahí mismo, en el fondo del río, cuando dan con el helicóptero, o antes, en algún momento entre que el helicóptero despega y se va a pique, es su padre, el tiro al aire de su padre, que jamás ha visto al muerto en persona, y no, por lo que él sepa, su familia política, tan allegada al muerto por amistad, por negocios, por intereses de clase, que es difícil imaginar que ignoren el papel que juega en el polvorín de Villa Constitución, la misión con la que aborda esa mañana el helicóptero y también, sin duda, la cantidad de dinero con que lo envían a llevarla a cabo.

Y sin embargo alguien, alguno de ellos tendría que saber algo. Saber, al menos, ya que hablar no —porque, como oye decir más de una vez en la mansión de Mar del Plata, sólo hablan de dinero los que no lo tienen: los que lo tuvieron alguna vez y lo perdieron y los que lo hicieron de mala manera; es decir, los que lo hicieron a secas, los que lo hicieron en vez de heredarlo. Tal vez la viuda no tenga mucho que decir, mantenida en la ignorancia por la lógica del secreto y los mundos paralelos que por entonces alcanza a los parientes directos de los cuadros de la lucha armada y al círculo íntimo de las eminencias del mercado financiero, gente común, esposas, maridos, hijos, hermanos, que recién se enteran de con quiénes han compartido un hogar, una cama, planes, vacaciones, en el momento en que alguien los llama y les pide que pasen por la morgue a reconocer sus cadáveres. La misma lógica, por otra parte, que empieza a regirlo todo, lo específico y lo general, la vida de empresas como la que contrata desde siempre los servicios del muerto y la del país entero, con sus cruceros Martinolli volando por el aire, sus cinturones industriales en llamas y su economía estrábica, bifurcada en una dimensión oficial de comedia, con una moneda exangüe que hace las muecas de reinar, y otra, la llamada negra, donde el virus del dólar irradia sus vahos tóxicos.

Sí, todo tiende a lo turbio, a lo doble, y lo que sucede de un lado del espejo no necesariamente se sabe del otro, aun cuando repercuta en el otro y lo afecte y hasta lo ponga en peligro. Una noche de invierno, en el Hotel Gloria, tomándose un trabajo que no se ha tomado nunca en los cuatro días que llevan de vacaciones en Río de Janeiro, su padre lo apura para que se duche, le hace subir la cena al cuarto, lo mete en la cama y lo arropa y, después de apagar todas las luces menos la de la mesa de luz, le anuncia que esa noche, también por primera vez en cuatro días, saldrá solo, sin él, y que es muy posible que vuelva tarde. Cuando vuelva quiere encontrarlo dormido. Y luego, alzando un poco la voz, exagerando el tono admonitorio hasta ponerse casi a cantar, le suelta una sarta de advertencias y recomendaciones dispares, a veces tan contrastantes entre sí —no desvalijar el frigobar, no usar la cama de trampolín, protegerse de la flota de tucanes que en un rato acaso invadan la habitación, sedientos de venganza por la falsa comida para tucanes que les dieron esa tarde cuando visitaban el *jardim botanico*, en realidad unos restos de turrón viejo que él, sin saberlo, se trae de contrabando desde Buenos Aires en el bolsillo de un pantalón— que él, tapado hasta el mentón, aun aterrado por la perspectiva de quedarse solo, no puede no festejar riéndose. Pero ¿por qué no puede acompañarlo? ¿Por qué no pueden salir juntos, como hicieron anoche cuando fueron al local de jugos de la Beira Mar, o la noche anterior al cine, a ver *O dolar furado*, como repite a viva voz cuando salen, la versión doblada al portugués de *Un dólar marcado*, el *western* con Giuliano Gemma que ya han visto juntos en Buenos Aires media docena de veces? "Es un programa de grandes", dice su padre, volviendo a meter bajo la sábana la mano que él acaba de liberar en señal de protesta. "Tengo que ver a un amigo". "¿Ahora? ¿A la noche?", pregunta él. Juraría que sólo pide una información, una explicación de rutina, aunque un temblor leve pero incontrolable en el labio de abajo le dice que el asunto es más grave, que quizás esté por ponerse a llorar. "Es un amigo que me debe plata", dice su padre. Y se inclina sobre él, le besa el pelo todavía húmedo y se aleja hacia la puerta, poniéndose el *blazer* azul mientras camina. Lo ve detenerse en el hall de entrada, donde se examina por última vez en el espejo y con dos tirones secos rescata los puños blancos de la camisa que habían quedado atrapados bajo las mangas del saco. Después abre un cajón de la cómoda, saca un bulto oscuro que estudia unos segundos, cabizbajo, y se guarda en un bolsillo, y sale.

Él oye los pasos alejarse amortiguados por la alfombra, acelerarse de golpe en ese trotecito sobrador que emprende siempre que encara el descenso de la escalera, y cierra los ojos resignado. Tarda en dormirse. Se queda quieto en la cama, en la misma posición en que lo dejó su padre, ignorando las tentaciones que acechan en la oscuridad del cuarto, el televisor, las revistas de historietas, los *garotos* en el frigobar, los *cruzeiros* que ha ido acumulando en vueltos desde el comienzo del viaje y ya reclaman una primera revisión contable. Teme que si se mueve, algo en la vida de su padre —en esa vida enigmática y peligrosa que ha decidido vivir sin él, lejos de él— pueda cambiar, correr peligro. Así, rígido como un muerto, como el muerto que ocho años más tarde, tendido en su ataúd, sigue haciendo sonar en su cabeza el crepitar de crostines que lo atormenta durante veranos enteros, así lo sorprende el sueño en medio del silencio denso del hotel, cuando afuera ya ha empezado a clarear y los primeros ómnibus cargados de trabajadores hacen rugir sus viejos escapes carcomidos dos pisos más abajo. Lo despierta su padre, como siempre, revolviéndole el pelo con la mano, el pelo que la almohada ha planchado a su capricho, al azar del dormir, y ahora, eléctrico, dispara mechones cargados de estática en todas las direcciones. "Arriba, marmota, que nos perdemos el desayuno", le dice mientras se para, gira dándole la espalda y se vacía los bolsillos del pantalón en la mesa de luz. Él se tapa los ojos para que la luz que estalla en el cuarto no lo enceguezca. Luego, con mucha prudencia, entreabre apenas los dedos y lo espía como por las hendijas de una persiana: salvo el *blazer*, que cuelga del respaldo de una silla, lleva puesta la misma ropa que llevaba anoche cuando se fue.

La escena se repite tres veces, idéntica, a lo largo del viaje, pero su nube de incógnitas lo persigue durante años. Nunca termina de explicarse cómo su padre puede llamar "amigo" a alguien que le debe dinero. El problema no es la condición de deudor, que de hecho no le resulta desconocida. Cuántas veces escucha a su padre gritar que le deben dinero. Todos, todo el tiempo, le deben dinero. Es como si el mundo se dividiera en dos: su padre, solo, y una vasta marea de deudores que lo martirizan. Lo que se le hace difícil de entender es por qué lo proclama de ese modo. Hay algo allí de queja (como si el dinero que le deben fuera una maldición que sólo pudiera conjurar gritándola), pero también cierta desconcertante vanagloria que hace de su condición de acreedor un privilegio, uno de esos dones milagrosos —ser fértil en un mundo esterilizado por la radiación atómica, poder hablar o razonar en un planeta de bestias— con los que la providencia bendice a los héroes de las películas de apocalipsis. En realidad, lo que lo perturba es el dinero mismo. No consigue hacer coexistir la amistad y el dinero sin escandalizarse. Es como si, por efecto de un desarreglo cósmico insólito, dos reinos radicalmente extranjeros se intersectaran en una provincia inaudita, de la que quién sabe qué especies, qué plantas aberrantes nacerán. Y como no se lo explica, naturalmente, empieza a hacer conjeturas.

Su padre ha dicho "un amigo" para tranquilizarlo, para atenuar el efecto inquietante de "me debe plata", la única parte emocionante y por lo tanto verdadera de la oración. Por otro lado, ¿cómo "un amigo" podría compartir una secuencia sensata de acciones con el bulto oscuro que su padre saca del cajón y se mete en el bolsillo las tres noches que sale solo, dejándolo a él en el ojo de un huracán de presagios del que sólo se libera cuando se duerme? Si "un amigo" mal puede compartir frase con "deber plata", ¿qué clase de frase podría reunir sin ruborizarse "un amigo" y "un revólver"? Porque eso es lo que su padre se lleva cada vez que sale a ver al amigo que le debe plata, un revólver, uno de esos Colt 1873 Peacemaker de seis cartuchos y empuñadura de nogal con los que Montgomery Wood, el héroe de O *dolar furado*, pretende vengar el asesinato de su hermano. De modo que su padre está en peligro. Cómo no lo ha pensado antes. Es por eso, evidentemente, que sale solo. Deja el Hotel Gloria, atraviesa toda la ciudad en taxi, uno de esos bólidos demenciales que son los taxis en Río de Janeiro, y se mete en puntas de pie, con su Colt 1873 en ristre, en un departamento que no conoce, que está en penumbras y donde todo, desde el orden de los muebles hasta la ubicación de la última llave de luz y de los timbres, todo lo que podría servir a su propósito y también a frustrarlo, obedece a la voluntad de otro, del amigo que le debe plata. Es decir: a su peor enemigo, que no sólo no se la devolverá sino que aprovechará las ventajas de ser local, lo sorprenderá, le abrirá la cabeza con el borde filoso de una piedra o un trofeo y lo dejará tirado en el piso, ahogándose con su propia sangre. Hay veces, años después —cuando hace tiempo que el enigma está resuelto y ya no hay nada que temer—, que vuelve a representarse la escena, más por la inercia especial que tienen las ficciones interiores que por otra cosa, y, asaltado por un espanto retrospectivo muy eficaz, que con sólo tocar el pasado lo falsea al instante, se desvela y no vuelve a pegar un ojo en horas, hasta que, agotado, como cuando tiene once años, escucha los graznidos incontinentes de los pájaros estropear el silencio de la mañana.

Cuánto dinero pueden deberle a su padre. Qué monto capaz de justificar el ritual de esas tres noches sádicas: que lo pongan a dormir de ese modo, casi como si lo encerraran en un sótano, bajo llave, y lo condenen a la pesadilla del insomnio; que su padre se rocíe así de colonia, que se vista y se peine así, con ese cuidado; que se guarde el revólver en el bolsillo. Por no hablar de todo lo demás, ominoso y deformado como una serie de fotogramas expresionistas: el taxi, la ciudad a oscuras, el departamento, la cabeza hendida por el filo del trofeo, el charco de sangre. ¿Cuánto más que el dinero que lleva el muerto en el helicóptero? ¿Cuánto menos? ¿La misma cantidad? (Para él, y es un mal del que se curará muy tarde, y acaso de manera completamente casual, toda suma de dinero cuya magnitud desconoce es por definición la misma suma). Tres veces se repite la escena y tres, también, la respuesta que le da su padre cuando él, a la mañana siguiente, armándose de valor en la mesa del desayuno, aprovecha el trance de beatitud idiota en el que parece sumir a su padre la variedad enciclopédica de frutas que ofrece el hotel para hacerle la pregunta que lleva cuánto: ¿diez, doce horas macerando en su aterrorizada imaginación? Si cobró al final la plata que le debía su amigo. Las tres veces la misma respuesta: no. Las tres veces la misma explicación: no ha dado con él. Ha ido hasta la casa, ha tocado el timbre, nadie ha contestado.

Le parece una respuesta posible, lógica. Puede pasar, piensa, mientras su pequeña mano derecha —muy ducha para dibujar y esculpir monstruos en plastilina y otras proezas de la motricidad fina, pero asombrosamente torpe en las cuestiones de orden práctico más elementales— lucha por untar con manteca una rebanada de pan negro larga, vagamente ovalada, como la suela de una de sus zapatillas. Pero la tercera vez que la escucha queda atónito, con el trozo de pan suspendido a mitad de camino entre el plato y su boca. ¿Qué dice? ¿De qué está hablando? Lo que lo escandaliza no es que le mientan. Es la desproporción salvaje que siente que hay entre la respuesta —que su padre, por otra parte, le da sin siquiera pensarla, con toda despreocupación, mientras sus manos amontonan en el plato rodajas de *abacaxí* y sus ojos vuelan ávidos hacia las fuentes de mango, papaya, guayaba, maracuyá, frutas que lo vuelven loco, como repite sobre todo en Buenos Aires, donde son inhallables, pero cuyos nombres confunde y confundirá siempre— y las tres noches de calvario que le ha hecho pasar. Algo en él se oscurece, como cuando una nube arrastra su sombra larga y lenta sobre una terraza calcinada. Ya no piensa en su padre como en ese aventurero nocturno que despista serenos, abre ventanas por la fuerza y se desliza armado en casas ajenas para reclamar lo que es suyo a riesgo de ser repelido con violencia, incluso de morir. ¿Y si fuera un pusilánime? Baraja un segundo la opción y la imagen que antes, cuando despertaba y se la llevaba casi por delante, lo llenaba de felicidad —su padre sano y salvo a su lado, como si nada, sentado en el borde de su cama a primera hora de la mañana, reclutándolo para la orgía frutal del desayuno—, es ahora la evidencia de un oprobio. Sobrevivió, lo que significa que no ha tenido el valor de ir a fondo. Sale, para el taxi, le da la dirección, pero el temblor alarmado con que el taxista la repite en voz alta lo hace dudar. Lo intimidan las calles tenebrosas del barrio. Ve luz en la ventana del departamento y teme que el amigo deudor no esté solo. Llega justo cuando el otro sale y se da cuenta de que no lo recordaba tan alto, tan corpulento, tan dispuesto a todo.

Más lo piensa y más crece en él la convicción de haber sido estafado. Pero a esa altura, después de haberse dormido tres noches al alba y con el corazón en la boca, viéndose huérfano de padre en un cuarto de hotel en Río de Janeiro, ¿qué podría satisfacerlo, sino la escena que más teme? Así opera la imaginación: sometiendo a sus conejillos de Indias a los desafíos extremos que ella misma diseña, pero reconociéndolos como héroes cuando sucumben, nunca cuando sobreviven. Así opera también la época: los que vuelven de la muerte vuelven por cobardes, por vendidos o porque pagan, porque han pactado con el enemigo, nunca porque han sido más fuertes. El muerto de los crostines no: él, al menos, va a fondo y no vuelve. Su padre ha vuelto; puede contar el cuento, como se dice. Pero ¿qué clase de cuento debería contarle a él para pagar el tormento que le hizo pasar? No, sin duda, la sarta de generalidades que va soltando, y sólo cuando a él se le ocurre interrogarlo, a lo largo de los días que les quedan de vacaciones. Nunca un detalle. Las calles no tienen nombre, los barrios son "allá", "del otro lado de la Lagoa", "antes del puente". Nada sucede a una hora precisa. Todo lo que se repite —el taxi, la casa, el amigo que no acude al portero eléctrico— es indeterminado, insípido, como un ejemplo de frase de una gramática para extranjeros. A veces cree detectar un matiz inesperado, un cambio de tono de voz, una novedad que vuelve sospechosa alguna versión anterior de los hechos: el barrio no es tan lejos, despide al taxi que lo lleva (cuando antes ha preferido hacerse esperar), aparece un balcón iluminado con plantas donde sólo hubo el cuadrado negro de una ventana. ¿Qué plantas? ¿Ficus? ¿Helechos? ¿Palmeras enanas? Lo que se perfila ahí nunca es la verdad. Es la impresión, más bien, de que todo lo que salga de boca de su padre es y será falso.

Por lo demás, como se le ocurre pensar después, ya de vuelta en Buenos Aires: si nunca encuentra al amigo que le debe plata, ¿por qué no vuelve al hotel? ¿En qué gasta el resto de esas tres noches? "En el casino, mi querido", le dice su madre. Más que decírselo, lo intercala en la carcajada musical que lanza cuando termina de escuchar su crónica de esas tres noches tétricas en el Gloria, en particular la frase, que él cita en estilo directo, como si su padre hablara por él, *Un amigo me debe plata*, que ella encuentra de una comicidad irresistible. Él no tiene en principio la intención de contárselo. Tiene once años. Lleva ocho —desde que su padre, recién bañado, como ha hecho siempre todas las cosas decisivas de su vida, mete en un bolso sus camisas blancas con monograma, sus revistas deportivas, sus gemelos, su frasco de lavanda, su cartón de cigarrillos importados, sus zapatos de gamuza con hebilla, su brocha de afeitar, y deja para siempre el departamento de Ortega y Gasset— eludiendo hacer de doble agente. Conoce demasiado bien el potencial explosivo que adquieren ciertas informaciones cuando cambian de campo. Aunque tal vez eso mismo explique que lo haya contado. Tal vez recién cuando vuelve, tostado por el sol como nunca antes ni después volverá a tostarse, y ve a su madre vaciar su valija y un poco de arena carioca, cayendo de una media, chorrea sobre la alfombra, tal vez entonces se dé cuenta del rencor que ha juntado. ¿Casino? Se queda mirándola con un desconfiado estupor, como un profesional de la trampa miraría a su enemigo más entrenado.

Su padre muere y él nunca, en casi cincuenta años, lo habrá visto jugando. Llorar sí, y también ser humillado, y atravesar la madera barata de una puerta de placar de hotel de un puñetazo, y hacer toda clase de cosas patéticas a escondidas, y examinar con los brazos en jarra y aire de perplejidad absoluta el motor del Fiat seiscientos que humea en la banquina, y frenar el sangrado de un corte al afeitarse con un pedazo de papel higiénico, y mentir para esconder la vergüenza, y frotarse con saña la primera mancha de vejez que le aparece en el dorso de una mano. Pero esa escena —la escena de su padre sentado a una mesa de juego, con el vaso de whisky, el cigarrillo humeando apoyado en la muesca del cenicero, una mano boca abajo sobre el paño verde, quieta, la otra sosteniendo tres cartas de póquer en abanico a cuarenta y cinco grados, también boca abajo— se le negará siempre. Se la negará él, su padre, abierto en todo, incluso impúdico en asuntos de intimidad corporal, a la hora de bañarse, por ejemplo, o defecar —dos cosas que hace siempre con la puerta del baño abierta—, o tirarse pedos —un *hobby* para el que no reconoce límites de espacio ni restricciones sociales, que practica y enseña con la devoción de un cruzado—, pero de un recato inflexible cuando se trata del juego. Puede hablar del asunto, contar anécdotas de los casinos que visita y los jugadores que conoce, confesar lo que gana en su mejor noche y lo que pierde en la peor y hasta lograr la proeza de que las cifras suenen convincentes. Pero su padre jamás permite que lo vean jugando. A nadie, a seres queridos menos que a nadie, ni siquiera a aquellos que no tienen la menor objeción que oponerle —él, sin ir más lejos, que apenas se entera de que juega deja de despreciarlo como al cobarde que creyó que era y, aun sabiéndose engañado, pasa a respetarlo de nuevo, a adorarlo, a codiciar la intimidad de ese mundo nuevo donde acaba de enterarse de que reina. No quiere gente cerca cuando juega —y punto. Ni cerca ni con ganas de emularlo. De ahí la indolencia que lo invade —a su padre, que en cualquier otra materia en la que se destaque, números, naturalmente, lectura de diarios entre líneas, tenis, deportes en general, predicciones de éxito o fracaso de espectáculos, es un pedagogo nato, cuando no un evangelizador, alguien que no descansa hasta vaciarse de todo lo que tiene para enseñar— cuando alguien, él en primer lugar, le ruega que le enseñe algo de todo lo que sabe, cómo poner cara de póquer, martingalas para ganar en la ruleta, maneras de simular, técnicas para mezclar y repartir cartas, actitudes a adoptar en casinos, bebidas que pedir, formas de detectar rivales con mejores cartas que uno, cómo dirigirse a los tirabolas de la ruleta para que salgan los números que tienen que salir. Una vez más, todo es vago y general o ya es sabido. Los paños son verdes, se toma whisky solo o con hielo, conviene dejar una o dos fichas a la caja de empleados cuando se gana una bola, siempre es bueno jugar en más de una mesa a la vez, saber mentir es crucial. En otras palabras, nada. Le cuesta decidir si su padre se niega a compartir lo que sabe para no consolidar su imagen de jugador, por vergüenza —como el que, víctima de una enfermedad viciosa, cree que transmitiendo lo que aprendió sobre ella desde que la contrae transmitirá la enfermedad misma—, o porque teme que, al compartirlo, su saber prenda en otro jugador, el aprendiz concienzudo que alguna vez, cuando el azar los reúna en una mesa de juego, le pasará el plumero usando las técnicas que aprendió de él. En todo caso deberá consolarse con la versión pública que su padre acepta dar del talento que practica en privado, tan opaca, tan escandalosamente alejada del original como las versiones de ciertas películas que la censura de la época hace circular tras mutilarlas sin piedad: el *bluff* pícaro y sin consecuencias de un truco entre amigos, el rápido truco con que da vuelta el cubilete y saca una generala servida en la playa, los partidos de whist en la sala de juegos del club, a plena luz, con chicos jugando entre las mesas y grupos de ancianos cabeceando, por una plata que, en caso de ganarla, lo que —según la fama que lo rodea en el club— hace dos de cada tres veces, no alcanza para pagar los cafés consumidos durante la partida.

A su madre le pasa lo mismo. Recién casados, con él ya en camino, fruto no calculado de alguna de las escaramuzas en las que se trenzan antes de pensar si están enamorados, aunque ya con la idea fija, igualmente perentoria en ambos, de huir cuanto antes de sus respectivas familias, ella nota que su vientre perfecto, liso como una tabla y bendecido por una piel soñada —uno de esos vientres que la fotografía artística de la época retrata siempre en blanco y negro y muy de cerca, de manera que parezcan playas o paisajes lunares—, se tensa y va abombándose con el mismo ritmo con que su marido vuelve cada vez más tarde al departamento de Ortega y Gasset. La noche que cae, el teléfono mudo, la empleada de limpieza de la oficina que dice que se han ido todos, la comida fría, ya incomible, el plan del cine abortado. Una noche no aparece hasta las cuatro y veinte de la mañana. Cuando aparece, con la sombra de barba de un largo día, aureolado de un olor a cigarrillo que voltea, dice que ha tenido un incidente en la calle: sale de la oficina, cruza la calle, un imbécil le tira el coche encima. Demorado hasta hace media hora en la comisaría de Suipacha y Arenales. Ella no sabe bien qué pensar. No lo conoce. Sólo conoce de él, además del ímpetu torpe pero reconfortante de sus embestidas alemanas, lo que la exaspera y la defrauda, el repertorio de defectos que lo definen, todo lo que se dedicará a maldecir durante los cuarenta años que pasará sin él, liberada de él. Puede imaginarse el altercado callejero, aunque sabe por experiencia que si sucedió, no fue por un atentado a su prioridad de peatón, a menos que por prioridad su marido entienda lo que es evidente que entiende, el derecho de cruzar la calle por donde y cuando se le ocurra, preferiblemente por la parte de la calle donde el tránsito es más denso, cuando el semáforo está verde para los autos y a ningún peatón con dos dedos de frente se le ocurriría cruzar, y eso, además, con el estilo desafiante y sobrador de un verdadero artista del peligro.

Piensa que tiene una amante. Su madre es joven y bella, tiene la avidez de toda prófuga y el rencor de una aristócrata en el exilio, obligada a vestir ropa de segunda mano y comer comida recalentada. La candidata ideal para que el primer canalla que la seduzca la ancle en la tierra haciéndole un hijo mientras se va de gira por ahí. Les pasa a todas. ¿Por qué ella sería la excepción? Su madre ni siquiera saca el tema. Cada vez que siente el impulso de preguntar tiene la impresión de pisar una superficie muy frágil, como una alfombra de vidrio. Es como si hubiera nacido sin piel. Le dan miedo el roce de la ropa, el ruido que hace su garganta al tragar, los trémulos lunares de luz que el sol, atravesando la copa del plátano cuyas ramas invaden el balcón, proyecta contra el techo del cuarto. Hay mañanas en que se despierta y ni siquiera tiene valor para abrir los ojos. Pero nada la aterra tanto como darle un motivo para deshacerse de ella —y piensa que cualquier cosa puede ser un motivo. Una noche se va a dormir sola. Cada minuto que pasa sin él es un minuto perdido en la tortura de esperarlo, un metro más que se hunde en una ciénaga oscura, que no la matará pero la envenena de odio. A las seis y diez de la mañana escucha la llave escarbando en la puerta. Se pone de costado en la cama, dándole la espalda, y finge dormir. No quiere hablar con él, no quiere verlo. Sólo *sentirlo*, como si, escondida tras una puerta con un cuchillo entre la ropa, acechara el momento perfecto para hundírselo en el pecho. Él no disimula. Ni siquiera tiene el cuidado de no hacer ruido para no despertarla. Se saca la ropa —un gemelo tintinea contra la base de bronce del velador—, se ducha con la puerta abierta, se viste, vuelve a salir. Ella no vuelve a dormirse. Nunca olvidará el sonido de esas llaves.

A media mañana pasa a visitarla su madre. Trae ropa nueva para el bebé, otro de esos conjuntos llenos de cintas, volados y moños que compra de manera compulsiva, arrobada por la idea —por otro lado cierta, que es lo que a ella más la deprime— de que es el mismo estilo de ropa que ellos le compraban a ella antes de que naciera, y que ella acepta y archiva en el armario donde guarda las naturalezas muertas, los cisnes de vidrio verde, las cortinas de cretona con que la agasajan desde que se casa. Después de treinta horas sin pegar un ojo, no puede revolver una taza de té. Ni hablar de sostener la taza, que se hace pedazos en el piso de la cocina. Se pone a llorar y confiesa, y apenas confiesa se da cuenta del error que comete. Si hay dos personas que no pueden ayudarla, ésos son sus padres. Ella es una mujer diminuta y amargada, que cree haber dado todo lo que podía dar —siempre más bien poco— y se limita ahora a derivar los dramas de su hija hacia su marido. Él, un déspota corpulento, que se comunica con gruñidos y usa los pantalones muy altos, recibe los problemas y los modela a su gusto, usándolos como pruebas para la causa que nunca se cansará de defender: demostrarle a su hija que, mientras viva lejos de ellos, su vida será una catástrofe. Le suplica a su madre que no diga nada, que no la humille ante su padre. Su madre, sonriéndole, le dice que no se preocupe. Pero es demasiado tarde. Apenas vuelve a su casa, la mujer levanta el teléfono, llama a la fábrica y le pasa el parte a su marido.

Hay en la fábrica un tucumano joven, hermano de un capataz recientemente despedido por ladrón, que su abuelo ha conservado un poco por despecho, para atormentar al despedido —de cuya traición, como el patrón hijo de inmigrantes que es, paternalista incorregible, no consigue recuperarse—, y un poco porque le sirve. El chico es inexperto; por unas monedas hace todo lo que nadie aceptaría hacer, mandados, preparar mate cocido, oficiar de chofer o de sereno, y tiene ambiciones que la gratitud que siente por el patrón no hace más que reforzar. Le encargan por un extra —uno más de los muchos que colecciona, que juntos nunca harán una paga— que averigüe en qué anda su yerno. Seiscientos pesos moneda nacional: exactamente la suma que su padre necesita, cuatro noches después, para seguir en carrera en una mesa de póquer que le ha resultado adversa, inexplicablemente adversa, y de la que algo le dice, desplumado y todo, que no es hora todavía de retirarse. Son las cinco y cinco de una madrugada cruda de invierno y su padre ha salido a fumar a la calle en mangas de camisa. Un pulóver lo abrigaría. El juego es mejor: lo vuelve invulnerable. Aplasta el cigarrillo en el piso de baldosa, escupe un resignado chorro de humo en el aire helado, el último de la noche, y cuando alza los ojos detecta enfrente la silueta del tucumano moviéndose, temblando de frío, más bien, en el zaguán donde lleva un buen rato montando guardia. Tarda cinco segundos en darse cuenta de que es *alguien*, diez en cruzar la calle, veinte en darle alcance cuando el tucumano trata de correr, medio minuto en reconocerlo —lo recuerda bien: es el chico que se ríe por lo bajo cuando su padre, en una de las dos visitas a la fábrica que hace para complacer a su suegro, comenta que lo que más le gusta del lugar es la ropa que usan los obreros— y uno —dilatado por el camión de botellas que pasa por la calle, cuyo estrépito lo obliga a repetirle una segunda vez el arreglo que le propone— en sacarle los seiscientos pesos que acaba de cobrar. Es sólo un préstamo, le dice, apuntalando la idea con sutiles insinuaciones nepóticas. Se los devolverá sin falta en dos horas, en ese mismo zaguán, pero multiplicados por cuatro. Un rato más tarde, ella emerge de otra forcejeada sesión de insomnio y se lo encuentra en la cocina, sentado con el respaldo de la silla entre las piernas, haciendo girar una taza de café recién hecho entre las manos. Acaba de afeitarse, está más joven que nunca, sonríe como un chico maravillado. "Estaba muerto. Paliza total: ni una mano había ganado", le dice, con los ojos muy abiertos. "Me salvó el tucumano que tu padre contrató para seguirme".

El juego es su cosa —como para otros drogarse, robar en tiendas, vestirse de mujer, manejar a doscientos kilómetros por hora— y en su cosa está solo, y todo lo que se sepa de él en su cosa hasta que ambos se extingan se sabrá por error o por accidente. Porque las cosas son mundos y no hay mundos capaces de cerrarse sobre sí mismos del todo, no importa lo perfectos que sean. Esa mañana, en la cocina, su madre se da cuenta de que nunca habrá lugar en él para ella. No es algo que dependa de ella, de lo que haga o deje de hacer. La prueba es la falta absoluta de culpa, la naturalidad casi jovial con que él se saltea el trance de la confesión y da por sentado algo que para ella, hasta entonces, tenía la forma de un enigma y la torturaba de manera insoportable. La misma razón por la que no ha dicho antes que juega explica que lo diga ahora, y explica también el modo en que lo dice, para sí, como quien piensa en voz alta y no necesita interlocutores. Su silencio nunca ha sido un secreto. Por eso nunca ha sentido la urgencia de confesar. Para su madre, esa noche de juego es la primera y quizá la única, cargada como está de sorpresa y revelación. Para su padre es una más de una serie. Por eso habla de ella como si su madre estuviera al tanto de todas las que la precedieron.

Él, ahora, lo sabe también. Lo sabe casi con más conciencia que su propio padre, víctima de esa vocación mimética que despiertan en él ciertos enfermos indefinidos, todavía no diagnosticados o presos en las redes de un diagnóstico equívoco —melancólicos, perversos, soñadores, idólatras, procrastinadores—, con cuyos males mantiene una rara intimidad, como si los hubiera sufrido en alguna otra vida, y a la vez una distancia peculiar, hecha de compasión y perspicacia, más propia del médico que del enfermo. "En el casino, mi querido", le dice su madre después de reírse, y él, pasado el primer momento de estupor, se asoma por la puerta que ella ha entreabierto para él y tiene un panorama rápido de la cosa, el oro y el rojo de las alfombras, las luces titilantes de las máquinas tragamonedas, los mozos llevando bandejas con bebidas entre las mesas, los empleados de moño y chaleco que sacan pilas de fichas de sus cajas, las mesas acordonadas de jugadores de pie, los tapetes de paño, las cartas emergiendo del *sabot* y, de espaldas a él, sin el saco, que cuelga del respaldo de la silla, y con dos aureolas de sudor alrededor de los sobacos, la cabeza envuelta en el humo de su propio cigarrillo, ve a su padre volcado hacia adelante, con los hombros hundidos y los codos apoyados en el borde de la mesa.

A veces no puede evitarlo y se le escapa una duda sobre ruletas, *croupiers*, tramposos, las salas secretas sin sonido donde imagina que los grandes ganadores cambian sus fichas por dinero. Otras pasa directamente a la acción, pensando cuánto más conmoverá a su padre si se pone él mismo de ejemplo, si encarna todo lo que no sabe y le gustaría aprender. De modo que con cualquier pretexto se pone a mezclar cartas y mezcla mal, exagerando su torpeza, para tocar el orgullo de su padre e inducirlo a enseñarle, o pierde partidos de truco a propósito, cosa de despertar su piedad o su furor y, eventualmente, conseguir las gotas de su *expertise* que le ahorrarán más humillaciones. Son intentos débiles, sin esperanza. Su padre responde a desgano, con evasivas que él acepta sin protestar. Con el tiempo ya no vuelve sobre el asunto. Causa perdida. Y sin embargo cómo celebra esos momentos en que algo inesperado, un estímulo azaroso, desprovisto de cualquier intención, hace impacto en el blindaje que protege a su padre y su cosa y vuelve a abrir por un segundo la puerta abierta por su madre, y un destello ínfimo pero deslumbrante del mundo vedado escapa y llega hasta él, como la música de una fiesta hasta una habitación remota, y él tiene la impresión de que lo fecunda. Es algo que sucede rara vez, por lo general con películas, programas de televisión, obras de teatro, libros que en algún momento tocan el tema del juego, los jugadores, el hábito de apostar. Todo está bien, las escenas fluyen con normalidad, la película es más o menos entretenida, el libro está mejor o peor escrito, la obra marcha —hasta que aparece alguien que corta un mazo de cartas, un personaje cuenta una noche de casino en la sobremesa de una cena o una bola pega unos saltos indecisos en la pendiente de una ruleta que gira y su padre, que seguía el desarrollo del asunto en silencio, atrincherado en la indiferencia, de golpe se crispa, alcanzado por un dardo invisible, y, como reclutados de manera instantánea por un llamado marcial, todos sus sentidos, hasta entonces flotantes y dispersos, vuelven a aflorar a su rostro, se ponen en pie de guerra y disparan contra lo que estaba contemplando. En una fracción de segundo se convierte en lo que ya era pero mantenía en reserva: el centinela de una experiencia que nadie conoce de primera mano, y de la que sólo él posee la verdad última. Fanático del cine, por ejemplo, cuyas libertades está dispuesto a defender en nombre del arte, como licencias poéticas que ninguna exigencia de realidad tendrá jamás el derecho de impugnar, es de una susceptibilidad enfermiza, sin embargo, con las películas sobre el juego. Todo le parece negligente y disparatado, pero no por artificioso sino por falso. Sus argumentos, cuando los formula —cuando no se limita a reemplazarlos por una sonrisita de sarcasmo, un gesto de desdén dirigido al televisor, el escenario, la pantalla donde se comete el ultraje—, son poco específicos, siempre generales, a menudo sentenciosos. Son más bien vetos, leyes que sólo se dejan formular negativamente. "Nadie que haya jugado en una mesa de punto y banca mira mujeres mientras juega", dice. O: "Para un verdadero jugador la plata *nunca* es un problema". O: "Los jugadores no tienen cábalas". O: "No hay *croupiers* simpáticos". O: "Ningún jugador gana o pierde todo durante la primera hora de juego". O: "Nadie juega a todo". También lo sacan de quicio el efecto estético general, la imagen reluciente, como satinada, con que el cine embellece el juego en las películas, donde el dorso de los naipes centellea como espejos y el hielo en los vasos como diamantes, el paño verde parece césped inglés, los jugadores buenos son siempre elegantes y los malos unos monstruos llenos de cicatrices, proclives a las trampas más viles, incapaces de hacer o decidir nada sin la ayuda de esa corte de asistentes torvos que acechan de incógnito alrededor de la mesa. Pero el corazón del reproche es otro, más de fondo, más radical. Lo que enferma a su padre es que sean todas versiones de segunda mano, relatos de oídas, ecos pálidos de ecos. Podrán mantener al espectador clavado en su butaca, reventar las taquillas y alegar que se basan en historias reales, pero para su padre —para el que ha estado ahí, sumergido en la experiencia original— es obvio que nadie de los que participaron de la fabricación de esas supercherías ha estado ahí nunca. Nadie ha vivido el juego. Y es ese déficit de vida lo que vicia esas representaciones de una falsedad irreversible.

Tal vez la verdadera vida de su padre sea ésa, la recóndita, la que ellos no ven, esa extraña mezcla de paraíso puertas adentro y subsuelo insalubre, de oasis orgiástico y campo de trabajos forzados, de la que todo lo que pueden aspirar a saber es fruto de esas filtraciones que su padre deja escapar muy cada tanto, casi contra su voluntad, como un médium que abre la boca y habla y vuelve a cerrarla sólo cuando se lo dicta el espectro que habla por él. Es una idea un poco desoladora: lo obliga a pensar a su padre visible, primero el de todos los días (mientras sigue junto a su madre), después el de los fines de semana (cuando se manda mudar de Ortega y Gasset), como una suerte de doble de cuerpo de otro, invisible, la réplica que ejecuta de manera mecánica, como quien sigue un manual de instrucciones, todo lo que hace un padre, el original, al parecer demasiado ocupado orejeando cartas, duplicando apuestas y amedrentando rivales con manos que no tiene como para trabajar de padre.

A la larga, sin embargo, termina por acostumbrarse. El juego es un mundo y funciona. Tiene sus reglas, horarios, costumbres, uniformes, decorados, utilería. Su principio, como el de todo mundo —poco importan los peligros que incluya—, es la hospitalidad. Desolador o no, él sabe o puede adivinar ahora dónde está su padre cuando no lo encuentra donde espera encontrarlo, donde él y antes que él quizá su madre más lo necesitan, acudiendo a su lado cuando en medio de la noche lo asaltan esas pesadillas que lo poseen sin despertarlo y lo obligan a sentarse muy tieso en la cama, como Pinocho, con los ojos abiertos y ciegos como monedas, o llamando al pediatra después de quitarle el termómetro de la axila, o enjabonándole los intersticios entre los dedos de los pies. Mucho peor, pensándolo bien, es imaginárselo cruzando Río de Janeiro de noche a bordo de uno de esos Volkswagen cucaracha de colores lanzados a la velocidad de la luz, en busca de un deudor sin nombre ni rostro que si algo no tiene en su agenda inmediata es sin duda la deuda por la que están a punto de caerle encima.

Por lo demás, queda claro desde bien temprano, desde antes que él tenga uso de razón, como se dice, que si hay alguien competente para decidir dónde está la vida, ése es su padre. Es él, de hecho —cuya propia existencia, quizás a pesar de sí mismo, prueba que no hay nada menos dado y menos obvio que lo que se da por sentado cuando se dice vida—, quien se encarga del reparto cotidiano y, como un agrimensor, traza las fronteras —o más bien revela las que ya existen pero son invisibles— entre los simulacros de vida y la vida auténtica, las farsas y las experiencias, los disfraces y la verdad desnuda. Ya de chico, acompañar a su padre en sus recorridos por el microcentro de la ciudad equivale a tomar un curso acelerado en el arte de tasar vidas ajenas. (Aunque en tasar hay todavía una pizca de optimismo: su padre es un cotizador brutal, para el cual los matices son pura afectación o gradaciones del miedo. Para él, una de dos: se está vivo o se está muerto). Cualquier momento es bueno para empezar. La oficina, por ejemplo. Él ha venido del colegio a visitarlo, están por salir a almorzar. La primera lección (como casi todas) es ambulatoria; se imparte entre líneas mientras se encaminan hacia el ascensor y cruzan en diagonal la oficina, expuestos —sobre todo él, animal exótico, como toda criatura del mundo exterior que aterriza en el mundo laboral, con su timidez, su flequillo y los pitucones de sus rodillas lacerados por las ásperas baldosas del patio del colegio— al escrutinio de los empleados. Sin dejar de caminar, mientras saluda un poco en general, sacudiendo la cabeza y sonriendo, su padre va compartiendo con él los certificados de defunción que ya ha firmado: "La gorda de vincha: muerta. El que escribe a máquina con dos dedos: muerto. El vendedor de café: muerto. La fea que te saluda como si tuvieras tres años: muerta, muerta, muerta". Y sigue en plano secuencia en el ascensor que baja entre sacudidas, con el ascensorista casi dormido (muerto), sigue en el hall de entrada con el portero que baraja sobres con los dedos llenos de grasa (muerto), en la calle con el pelirrojo del kiosco de golosinas (muerto), la mujer de las flores (muerta), el diariero que cierra el puesto para irse a comer (muerto). Todos muertos. En eso consiste básicamente la lección. Muertos: es decir —según el existencialismo de oficina pública que impera por entonces en la región, con el erudito en *spleens* contables Mario Benedetti en el papel de Albert Camus, *La tregua* en el de *L'homme révolté* y su padre en el de portavoz oficial del dogma—, rehenes perpetuos en las celdas de una vida desdichada, impuesta, monocromática (el gris, color del *horror vacui* según el pantone de la época), sin sorpresas ni perspectiva alguna de cambio. Con el correr del tiempo, él cree comprender que la vida —eso que parece tan común, tan ecuánimemente distribuido— es en realidad un bien escaso y aflora donde él en principio no habría esperado encontrarlo: niños, mendigos, perros vagabundos, dementes —los únicos, según su padre, que cumplen con la única condición que la vida exige para ser vida verdadera: atreverse a desafiarlo todo. El chico descalzo que mete su mano sucia por la ventanilla del auto parado en el semáforo, el pordiosero aullando en un zaguán envuelto en bolsas de basura, el cachorro que olisquea sin pudor la vulva de la afgana arrogante, el loco y su mundo privado de soles incandescentes y órganos que se devoran a sí mismos: son las únicas anomalías felices que su padre parece reconocer en ese teatro unánime de muertos. Hay más vida ahí, dice, en esos cuerpos llenos de callos, costras, cicatrices, en esa intemperie humana, que en cualquier otra parte.

Él asiente en silencio, como se asiente a cierta edad ante cualquier manifestación más o menos aplomada de autoridad. Aun así quisiera aprender, saber de dónde saca su padre esa técnica para trazar la línea divisoria, qué signos hay que detectar y cómo leerlos para decidir cuál es la vida genuina, libre, soberana, y cuál la parodia que pretende usurpar su lugar. Ya entonces le gustan las cosas argumentadas. Puede admirar el filo de una decisión, el impacto puntual de un golpe de efecto, pero lo que lo fascina en ellos es también lo que lo desalienta: lo súbitos que son, qué poco duran. Por lo demás, si el taxista que vive maldiciendo a los autos con los que comparte la calle está muerto, tan muerto como la cajera que los atiende en el banco, que trabaja horas contando dinero ajeno sin levantar la cabeza, y como la moza del falso restaurante italiano donde suelen almorzar, roja de vergüenza por el uniforme de prostituta que la obligan a usar, con los botones de la camisa desprendidos hasta el ombligo y la pollera ajustada que apenas le tapa las nalgas —si toda esa gente que mal o bien respira, despega los párpados todas las mañanas y percibe la estocada gélida del agua en las encías y tiene miedo y habla con otros está muerta, muertísima, como dice su padre de la fea de la oficina que agita una mano inepta en el aire para congraciarse a la distancia con él y en los casos más extremos en general, cuando es probable que no haya sismo ni revolución que pueda resucitarlos, ¿qué decir entonces del amigo íntimo de la familia del marido de su madre, que deja una viuda y dos huérfanos y al marido de su madre en estado de shock, soñando durante meses con su cuerpo en el fondo del río, hasta sentir que le falta el aire y despertar casi en paro, con la almohada apretada con sus propias manos contra su propia cara?

Es su primer muerto. Como todo primer muerto, tiene la rara cualidad de ser al mismo tiempo inverosímil e inapelable. Apenas desembarca en el salón sobrecalefaccionado donde lo velan, todo —los cuchicheos, la luz suave que despiden las lámparas de pie y de mesa, el sonido furtivo de los movimientos, la uniformidad en el color de la ropa, la atmósfera de monotonía que lo envuelve todo— lo prepara para enfrentarse con un muerto, todo lo empuja a creer en él, a aceptar sin el menor asomo de duda la evidencia de su condición de muerto. Pero llega hasta el ataúd, ve el cuerpo maquillado, vestido como para salir, y lo primero que se le cruza por la cabeza es una frase inconfesable: "Ya está. Acabemos con esta farsa. Levantate de una vez". La verdad de un cuerpo sin vida no necesita nada. Es irreductible, dura como la piedra. Pero es precisamente esa especie de suficiencia impasible la que exige todo el teatro que la envuelve, ese afán de cuidados y embellecimiento que convierte a todo muerto en una extraña mezcla de títere, muñeco de cera y actor. Y aun así, por artificiosos que sean, los primeros muertos —como la tecla que toca el pianista antes de empezar a tocar, que se desvanece como nota tan pronto como suena pero persiste como clave siempre, a lo largo de toda la pieza, orientándola y dándole sentido— cambian el mundo que conocemos de manera radical, para siempre, inoculándole la única posibilidad —la posibilidad de la supresión— que un segundo antes de estar cara a cara con el cadáver nos parecía inimaginable, porque era lo contrario mismo del mundo.

Y además, en este caso, está la cuestión del dinero. Dónde está la vida —la vieja pregunta de su padre que el muerto hace carne, enfrentándolo con la fragilidad y la amenaza de que se tiñe el mundo cada vez que lo roza la desgracia— tiende a confundirse con la otra, dónde está la plata, que serpentea en el velorio a media voz, como circula en circunstancias solemnes o graves cierta conversación vulgar, malintencionada o cómica, para cortar la solemnidad y hacerla más tolerable o quizá recordarnos de qué estofa ruin está hecha, y enciende algunos conatos deliberativos cuando aparece en el velorio alguien en teoría habilitado para contestarla, un jerarca de la siderúrgica, algún funcionario policial, los dos o tres miembros de la armada y el ejército que se presentan de uniforme, precedidos por una compacta falange de custodios, y se limitan a estrechar las manos de quienes salen a su encuentro apenas los ven llegar, como si los deudos fueran ellos —que nunca vieron al muerto en persona y, después de cuadrarse junto al féretro, no tardan en irse— y no los que llevan horas consumiéndose en la luz macilenta del departamento. Dónde. Dónde está la plata.

No son ellos, aunque la sepan, los que darán la respuesta. Nada los obliga. El único que podría obligarlos es el muerto mismo, que quizá la haya descubierto antes que todos, en el momento en que sube hasta la terraza de la sede de la siderúrgica en Buenos Aires y después de abordar el helicóptero que hace girar sus aspas, ya sentado, le hace señas a su asistente para que le dé el *attaché* con el dinero y lo descubre en cambio con las manos vacías, cerrando de un golpe la puerta del helicóptero y ordenándole al piloto que despegue. Contaban con él. Se ha mantenido fiel a los intereses de la empresa ¿cuántos años? ¿Veinte? ¿Cuántas medidas de fuerza evita? ¿A cuántos dirigentes sindicales hace callar? Es el hombre ideal para la operación, el único capaz de entender su carácter excepcional, de operación de emergencia, justificada por una situación igualmente excepcional, fuera de control. Nadie ha podido pensar que se opondría por una cuestión de principios; es decir, que tuviera sus propios principios, independientes de los de la empresa. Llegado el momento, sin embargo, objeta todo: los medios, el propósito, la idea misma. Su lealtad sigue intacta, pero hay ciertos límites que no está dispuesto a cruzar. Es sorprendente. Lo más grave es que también es demasiado tarde, y eso no tiene remedio. Descubren no sólo que no les sirve, sino que ahora sabe demasiado. Entre un soldado leal con remilgos morales y un plan perfecto que pacificará toda la zona, bendecido encima por el gobierno, ¿con qué van a quedarse?

Estar, la plata está. No han pasado doce horas desde que la familia denuncia que el helicóptero no llegó a destino cuando una caravana de un kilómetro y medio de vehículos cargados de policías de la provincia, agentes federales enviados desde la capital y una brigada de selectos matones de sindicato, en total unos cuatro mil hombres repartidos en ciento cinco vehículos, contando coches particulares sin patente, patrulleros y carros de asalto, armados con armas largas y caracterizados con los accesorios de amedrentamiento que harán furor en todo el país en los próximos ocho años, falsos lentes rayban de sol, capuchas, gorras con visera, boinas azul marino o verdes, entra en Villa Constitución, bautizada alguna vez como la capital del cinturón rojo del Paraná, para acabar con la lista marrón y cortar de cuajo el complot subversivo contra la industria pesada del país, cosa que harán de ahí en más casi sin freno alguno, pagados alternativamente por el jefe de personal y el jefe de relaciones laborales de la siderúrgica a razón de cien y a veces ciento cincuenta dólares diarios por hombre, aprovechando el helipuerto de la planta para que aterricen los helicópteros de la policía, las playas de estacionamiento para acomodar sus autos, los comedores de la planta para almorzar y cenar a precios accesibles, las confortables casas originalmente destinadas a los ejecutivos para dormir, ver televisión, jugar a las cartas entre operativo y operativo, el albergue de obreros solteros para interrogar y torturar y almacenar el botín de las *razzias* cotidianas.

La plata está pero no se ve, como él no tarda en comprender que sucede casi siempre. Tal vez desaparecer no sea un accidente indeseado, una de las muchas contingencias que lo acechan, sino la lógica misma del dinero, su tendencia fatal. Puede que en eso, piensa, el dinero sea parecido a la vida —más en eso, incluso, que en el impulso a reproducirse, que también comparten. Está, pero está siempre traducido o encarnado en algo: ropa, revistas, comida, edificios, máquinas, útiles escolares, discos, entradas de cine, matones con anteojos ahumados que sacan el antebrazo por la ventanilla mientras amartillan sus armas checoslovacas. Por eso, porque lo conmueve el desafío anacrónico que representa, le gusta que su padre prefiera no disimular y ande siempre con los bolsillos llenos de billetes. Confía sólo en lo que ve, y lo que ve, lo que le toca ver a su padre —como a otros, antes, les toca ver granos de sal o de cacao, conchas marinas, plumas, oro—, es papel impreso.

Llegado el momento, no mucho tiempo después de la tarde en que ve en persona a su primer muerto, un día en que su madre, con cierta gravedad en la voz, lo cita de manera formal, aunque viven en la misma casa, porque quiere "hablarle de algo", se pregunta si la indemnización que la siderúrgica le paga a la viuda del muerto de los crostines —tan excepcional y puede que tan cuantiosa como la partida de dinero que debió viajar a bordo del helicóptero y que de algún modo condena al muerto a muerte, destinada a financiar a la tropa que mientras tanto da vuelta colchones, roba anillos de casamiento y arranca testículos en Villa Constitución— es en metálico. Se lo pregunta justo cuando su madre aparece en el living —viene de ducharse, tiene la cabeza envuelta en uno de esos turbantes de toalla que le quedan tan bien— y le alcanza un sobre tamaño carta con dos páginas mecanografiadas que le pide que lea y firme al pie.

Tarda un rato en entender qué está leyendo. "Ocurrido el siniestro...", "cobertura indemnizatoria...", "de resultas de lo cual...", "mediante el cobro de la prima estipulada...". La música arcaica, severa, como de otra civilización, que irradian las jergas técnicas. Reconoce los personajes del drama —"beneficiario", "asegurado", "la aseguradora"—, pero le cuesta identificar el tipo de relaciones que establece el texto entre ellos, y sobre todo su direccionalidad, quién le da qué a quién,

quién paga y quién cobra, qué es lo que tiene que suceder para que fulano haga tal cosa y mengano tal otra. Pierde el sentido en medio de las frases. Cada vez que tropieza con un "antemencionado" o un "el mismo" debe dar marcha atrás y buscar el antecedente, pero el camino es tortuoso y se extravía. Lo único que reconoce es su propio nombre tipeado en mayúsculas, solitario y titubeante, como un explorador perdido en la selva. Cuando termina de barrer el texto alza los ojos y se topa con los de su madre, cruzados por una impaciencia cansada. ¿Cuánto hace que lo mira así, con el turbante deshaciéndosele en la cabeza con esa lentitud geológica, como si estuviera vivo? Quería su firma, eso era todo. No pensaba que lo leería. Pero pensaba mal o pensaba en otro. Él lee todo. Basta que algo se presente escrito para despertar su interés, no importa si es el prospecto de un remedio, un volante callejero, una encendida promesa de sodomía garabateada en la pared de un baño o las cadenas de auspicios ominosos —fortuna y prosperidad para quien las perpetúe, ruina, dolor, naufragios para quien las interrumpa— con que empiezan a venir escritos los billetes de cinco mil pesos ley. Por qué ésos y no otros, es algo que se pregunta a menudo. Por qué no los rojos de diez mil, por ejemplo, o los de cien mil, con ese tornasolado tan exótico, donde el general José de San Martín, cuyo retrato —siempre el mismo, tres cuartos de perfil izquierdo, pelo y bigote encanecidos por completo, pañuelo al cuello: el Libertador en su exilio europeo, confinado a una habitación de alquiler en Boulogne-sur-Mer— aparece en todos los billetes de la serie, luce levemente más viejo y amargado que en los de cincuenta mil y levemente menos que en los de doscientos mil, como si las denominaciones, al aumentar, acompañaran el camino del prócer hacia la muerte. Tal vez, piensa, porque son los billetes de circulación masiva, los que se usan en las transacciones más corrientes, los que por más manos pasan, y una circulación fluida es un requisito clave para la reproducción de las cadenas supersticiosas.

Qué tendrá: ¿siete, ocho años, cuando le cae el primero de esos billetes marcados? Viene del kiosco, de comprarse un bloquecito Suchard azul de chocolate amargo, su golosina favorita, y ordenando el vuelto tropieza de pronto con una de esas profecías que lo inquietarán siempre, sean benévolas o aterradoras, redactadas con esa estrafalaria sintaxis bíblica. *Cuando llegue este billete a tus manos tu suerte cambiará, haz siete iguales, San Judas Tadeo...* Qué rareza, leer dinero. Y qué miedo que el destino salte en el dinero como salta en las líneas que cruzan las palmas de las manos o la borra del café. Se queda quieto junto al kiosco, entorpeciendo el paso de nuevos clientes, y mientras el primer trozo de chocolate se le derrite en la boca lee la plegaria en voz muy baja, empapándose, por el mero contacto con el billete, de un capital religioso que jamás ha tenido ni tendrá. *Asunción F., de la isla Los Roques, Venezuela, no continuó esta cadena y fue despedida de su trabajo y a los dos meses enfermó y perdió una pierna y murió.* Las vidas felices, salvadas —*María Y. escribió siete billetes iguales y viajó a Miami y hoy tiene casa y tres hijos hermosos, uno jefe de correos y uno ingeniero*—, nunca le hacen efecto. Ni siquiera cree que sean ciertas. Las trágicas, en cambio, son de un realismo insoportable y vuelven verosímil todo el dispositivo. A tal punto lo marcan los billetes marcados que ocho años después, la tarde en que, en parte para no contrariar a su madre y al marido de su madre, devastados por el episodio, en parte para verificar si la muerte, como ha escuchado que dicen todos, es lo único capaz de endulzar las aversiones más enconadas, se deja puesto el uniforme del colegio y acude al velorio del muerto de los crostines, no puede evitar preguntarse si no habrá sido ése el error fatal de ese hombre que, al día de hoy —y vaya a la cuenta de todo lo que aún espera respuesta qué sentido puede tener eso que se llama *hoy*—, nadie sabe a ciencia cierta si fue héroe o traidor, caído en cumplimiento del deber o víctima, soldado o agente doble, canalla sediento de sangre o padre de familia empeñado en evitar derramarla: si no es por haber interrumpido la cadena de oración que le propone un billete fortuito, no muy distinto, posiblemente, del que cae en sus manos tras haber comprado su bloquecito Suchard azul, la razón por la que se desploma al fondo del río San Antonio.

Claro que él, ¿no es el contraejemplo perfecto, él? ¿Cuántos billetes supersticiosos le caen en las manos desde entonces? ¿Cincuenta? ¿Cien? Los deja pasar todos y sin embargo está sano, lúcido, muy lejos, sin duda, de esas tragedias truculentas y masivas que vaticinan los billetes. Y no es que no piense en entrar en el juego. Ha llegado incluso a sentarse a la mesa con el billete ante él, bien alisado, y una birome en la mano, a pensar el texto de la plegaria que inventará. Su propia oración. Pero nunca entra. En el momento clave, cuando tiene que decidir, la idea de entregarse a esa circulación azarosa le da más miedo que las consecuencias de discontinuar la cadena. La idea persiste, de todos modos. Sabe que nunca la ejecutará, pero no hay día, al pagar algo y recibir de vuelto esos billetes chicos que, como especies amenazadas, se acercan cada día, cada hora, cada segundo a una extinción segura, en que, casi a pesar de sí, no busque sorprender en ellos la presencia de esas cursivas analfabetas, desteñidas por el roce pero todavía amenazantes, ni día en que no se diga que alguna vez se decidirá y entrará, alguna vez escribirá su oración y pondrá el billete con su marca a circular, lo echará al mar de dinero anónimo donde brillará, único, y alguna vez, también, seguramente el día menos pensado, años, quizá décadas después, si el país, en algún momento, sale del agujero negro que lo chupa, condenando a su moneda a una muerte periódica, alguien le pagará o le dará un vuelto en billetes y él, como a una especie de gemelo perdido, reconocerá de inmediato su propia mano, la oración redactada de su puño y letra en el billete.

"No te preocupes. Yo tampoco entiendo una palabra", le dice su madre alcanzándole una birome. "Tenés que firmar ahí abajo, arriba de donde dice 'Beneficiario'". Él vacila un segundo. Detesta su firma. La detesta el día mismo en que se ve obligado a tener una y termina decidiéndola sin pensar, a las atropelladas, apremiado por el oficial de la policía que espera tamborileando con esos dedos manchados de tinta que firme el formulario para tramitar la cédula de identidad. La ha detestado siempre. A medida que la va perfeccionando —desde el primer mamarracho de *zoo art* que reconoce como arte hasta el carnet del cineclub comunista—, su insatisfacción se complejiza y refina hasta límites increíbles. Como un artista que sólo invirtiera su talento en sus peores defectos, se mantiene fiel a un garabato que lo avergüenza (y que lo identifica dondequiera que vaya): dos relámpagos gemelos, peinados hacia la derecha en perfecta sincronía, como una pareja de patinadores sobre hielo sorprendida en pleno número. Eso es él. Pero se reconoce menos en eso que es que en las fotos que le sacan, empeñadas siempre, con esa maldad infantil, en devolverle la cara meliflua y esquiva de algún otro imbécil.

Firma, sin embargo, y en el momento en que firma cae en la cuenta de algo extraordinario: es rico. Es cierto que cae en la cuenta de manera un poco abstracta, igual que comprendemos sin dificultad, y sobre todo sin desesperación, que encajamos en una categoría poco auspiciosa como la de ser mortales, por ejemplo. Es rico quiere decir que cobrará doscientos mil dólares —cien mil por ella, otro tanto por su marido, aun cuando sólo sea su padre político— si al Jumbo jet que en una semana los llevará a Europa se le ocurre desplomarse en medio del Atlántico, o si un *guardrail* de la ruta Barcelona-Cadaqués intercepta para siempre la trayectoria de la Giulia Sprint 75 que el marido de su madre planea alquilar para recorrer la costa del Mediterráneo. La sola idea de una catástrofe es atroz, y en la fracción de segundo que dedica a pensarla, a dejarse estremecer por ella, suda cinco veces más que dando las quince vueltas al gimnasio que lo sentencia a dar el profesor de instrucción física por haberse olvidado la ropa de deporte. Pero la muerte es una hipótesis tan general que pierde fuerza, se disipa, y sobre todo queda eclipsada por la hipótesis de la riqueza instantánea, tan inesperada y próxima. Es cierto: hace falta que algo terrible suceda para que se cumpla. Pero, al mismo tiempo, ¿no son una catástrofe aérea o un despiste en un camino de cornisa vías de acceso a la riqueza más sencillas y accesibles, al menos para él, que todavía no ha cumplido quince años, que toda una vida de trabajo, un negocio salvador, una seguidilla de noches de casino afortunadas o un golpe maestro como el que dan *Los siete hombres de oro*, la película que le enseña todo lo que debe y deberá saber jamás sobre robos de bancos? Además, es precisamente la brutalidad sin medida de la idea lo que le impide representársela, desplegar su macabro fresco poscolisión lleno de estrépito, llamas, hierros retorcidos, cuerpos en pedazos. (Y aun así, aun cuando el fresco sea en verdad inimaginable, algo de su crudeza alcanza a filtrarse de todos modos por las rendijas de los dedos que mantiene unidos contra sus ojos para no verlo, como hace a menudo en el cine con los primeros planos de intervenciones quirúrgicas o de agujas de jeringas cargadas de heroína que entran en venas de adictos, y el destello del siniestro que se le filtra siempre incluye la visión de su madre en medio del accidente, todavía sujeta a la butaca por el cinturón de seguridad, no se sabe si agonizante o sólo atontada por el somnífero que se tomó al despegar para dormir de corrido durante el vuelo —su madre que parpadea con aire de disgusto, como preguntándose quién ha tenido el mal gusto de importunar de ese modo su sueño, mira a su alrededor, descubre el paisaje de devastación que la rodea y se da cuenta de que va a morir, y luego de arreglarse un poco el pelo piensa en él, y le desea con todo su corazón que haga buen uso del dinero que cobrará del seguro). De modo que toda la imaginación que le retacea a esa conflagración misteriosa que la póliza llama siniestro —único término técnico que retiene en la memoria, arcaico también, como sus colegas, pero preñado de una de esas indecisiones semánticas que sobreviven con su poder perturbador intacto a todas las épocas— la invierte en la idea de riqueza —rico, rico: ¡lleno de dinero!— y en descifrar el modus operandi de las compañías de seguros a la hora de tasar la vida de las personas que aseguran. Si lo piensa (y lo piensa efectivamente en el momento de estampar su aborto de firma al pie de la póliza, mientras su madre, bruscamente resucitada, deja que la toalla que le envolvía la cabeza se desoville como una serpiente y empieza a secarse el pelo con ella), ¿por qué cien mil dólares y no cincuenta, trescientos, un millón? ¿Y por qué la misma cantidad por la vida de su madre, que nunca se despierta antes de las once y se queda en la cama con la cara embadurnada de cremas y un antifaz de rodajas de pepino fresco hasta bien pasado el mediodía, que por la de su marido, que se levanta al alba y vive pegando volantazos en caminos de campo empantanados, entre vacas enfermas, bosta y vahos de desinfectante?

Es como si descubriera de golpe un sentido de la expresión *costo de vida* que hasta entonces le ha pasado inadvertido. ¿Dónde ha visto antes la especie cotizada de ese modo? En el cine, quizás... Los esclavos en las películas de romanos, vendidos y comprados en plazas públicas por un puñado de monedas rústicas, mal talladas, o por unos disquitos dorados que se las dan de monedas y una mano codiciosa debe agitar dentro de una bolsa para que hagan sonar su obscenidad de pandereta. Y las prostitutas, por supuesto, arcaicas pero siempre tan auráticas, cuyo precio, de todos modos, nunca se sabe si cotiza a la prostituta misma o el conjunto de servicios que proporciona. Pero eso es cine, y sólo él sabe hasta qué punto debe desconfiar de todo lo que lo ilusiona. Y en los dos casos, además —los esclavos bajo el látigo, las mujeres ofreciendo su carne en la calle—, está siempre ese *pathos*, ese descontrol emocional, verdadero cáncer extorsivo que impide entender nada. La póliza en eso es implacable. No atenúa la emoción: la abole. Una vida igual a cien mil dólares. Punto. ¿Dónde ha visto los órdenes de la carne y del dinero confluir así, con esa especie de evidencia impasible? Desde algún lejano almuerzo de domingo le llega de pronto la voz del muerto hablando con un estremecimiento de terror. Tarda en verlo, como le pasa a menudo con ciertos recuerdos que le vuelven sin alguna de las pistas que los componen, sin la imagen, el sonido, el olor o la vibración de experiencia, como si una mano los hubiera intervenido entre que salen del archivo y llegan a él. Pero sobre el cuadro momentáneamente negro escucha su voz en falsete que repite una y otra vez una cifra, *cuatro millones*, la suma que pide a modo de rescate la organización armada que secuestra al gerente general de la siderúrgica, hasta que la imagen se aclara y el muerto aparece fuera de sí, con la cara inyectada de sangre, gesticulando en mangas de camisa alrededor de una mesa donde la comida se enfría, y aprovecha el estupor general en el que han caído los comensales para estirar una mano y robarse un crostín. Sí, esas cifras le dicen algo. Mucho más, en todo caso, que la expresión *costo de vida* en su sentido corriente, de la que habla todo el mundo, porque no hay cosa o bien o servicio cuya cotización no cambie de un día para el otro, pero omitiendo explicar lo esencial: por qué incluye el comportamiento del precio de la leche o la ropa y no el del precio de un empresario frigorífico o un ejecutivo de empresa multinacional.

Es como una fiebre. No pasa semana sin que los diarios anuncien en primera plana un nuevo récord. Cuatro millones por el gerente general de la siderúrgica, un caso que el muerto conoce bien porque afecta a la corporación para la que trabaja, pero sobre todo porque, según él mismo dice, el tiro pega muy cerca y prueba hasta qué punto él, como lo pone blanco sobre negro el hallazgo de su cuerpo en el fondo del arroyo San Antonio, puede ser el próximo. Pero también los veinte millones que las Fuerzas Armadas Revolucionarias piden por Roggio en Córdoba, los cinco millones por el metalúrgico Barella, los dos millones trescientos que el Ejército Revolucionario del

Pueblo le saca a Lockwood, el millón a John Thompson de la Firestone, los doce millones que la Esso paga por Victor Samuelson después de cinco meses en cautiverio. Hasta llegar a la marca máxima, el golpe de todos los golpes, el *nec plus ultra* del tarifario carne-dinero, que incluye en sí mismo todo un ciclo inflacionario completo: los cinco millones que la organización Montoneros exige cuando secuestra a los hermanos Born, en septiembre de 1975, y los cuarenta o sesenta millones —las versiones divergen— que la cerealera Bunge y Born termina desembolsando en abril de 1976, cuando los ejecutivos son finalmente liberados. Él, que sigue las peripecias de esos operativos con fruición, con el mismo entusiasmo con que muchos de sus amigos —los mismos, por lo general, que le contestan con una mueca de burla o lo dejan directamente pagando cada vez que les propone ir al cineclub comunista a ver un ciclo de películas del Este europeo— siguen el metropolitano de fútbol, nunca celebra tanto como cuando los secuestrados recuperan la libertad y aparecen en las primeras planas de los diarios y los noticieros de la televisión, exhaustos pero felices, en medio de un cordón de cámaras y policías. No es exactamente la liberación lo que lo conmueve. No es el hecho, repetido a diestra y siniestra por la prensa burguesa, de que con la libertad los secuestrados recuperan el factor más vital de la vida y por lo tanto la vida misma, reducida durante el cautiverio en las llamadas cárceles del pueblo a dormir, mear, cagar, rumiar unos guisos infectos, caminar en círculos en ambientes minúsculos, escuchar de refilón las radios de los vecinos y responder interrogatorios. Las miserias humillantes de la supervivencia lo tienen sin cuidado. A fin de cuentas, esa vida casi subvital, a punto de caer por debajo del umbral mínimo de la vida, ¿no es acaso la vida que las empresas de las que los secuestrados son los cerebros, los símbolos, los portavoces orgullosos, condenan a vivir a los miles y miles de obreros que trabajan para ellas, y no durante dos semanas o tres meses, como les toca excepcionalmente vivirla a ellos, sino años, décadas enteras, toda una vida, a tal punto que deja para ellos de ser el sustituto perverso de la vida y pasa a ser la vida misma, la única, y, como tal, la vida que, penosa y toda, inmunda y sin salida como es, exige ser celebrada? No. Lo que lo exalta, flagrante en esas portadas de diarios como las capas de maquillaje que embellecen a los actores en las fotos pegadas en las puertas de los teatros, es la transformación operada en los secuestrados. Viajan en autos último modelo, lucen trajes hechos a medida y zapatos italianos y firman cheques con plumas de oro cuando un operativo comando perfectamente sincronizado los extirpa de la vida fastuosa que llevan. Días, semanas, meses después, cuando los liberan y ellos enfrentan encandilados el resplandor de los flashes, han encanecido, tienen el cuero cabelludo roído por los piojos, barba de semanas, escoriaciones en la piel. Están sucios, han adelgazado, se les notan los huesos de la cara. Tienen el aire apagado de los condenados, la mirada vidriosa y esquiva de los alcohólicos, los medicados, los apaleados. Visten ropa de gimnasia de mala calidad, conjuntos improvisados con las prendas que les dan sus captores, nada combina con nada —la camisa fuera del pantalón, zapatillas sin cordones, los dedos manchados de nicotina —los que ya fumaban cuando los secuestran siguen dándole al cigarrillo como chimeneas, y los que no, adoptan el vicio con una sed fatal—, las uñas sucias y rotas del que cava todos los días buscando en vano escapar. Están desorientados, tienen problemas de memoria, balbucean. Parecen bestias, retardados mentales.

Pero para él, que lo más cerca que habrá estado en su vida del departamento secuestros extorsivos y todo lo que se mueve en su órbita —ejecutivos de corporaciones-monstruo, comandos, armas largas, cárceles del pueblo, campanas, rescates, capuchas, falsos uniformes militares— es la cifra *cuatro millones* vociferada en medio de un ataque de pavor por el muerto de los crostines, y naturalmente el muerto de los crostines mismo, él en persona, a quien ve por última vez en un almuerzo de verano en Mar del Plata, despotricando contra el naranja chillón con que se les ha dado por pintar las sillas de mimbre de la playa mientras se llena la boca de crostines, y luego, sin solución de continuidad, como se dice, comprimido por las paredes estrechas de un ataúd, de traje oscuro y maquillado —para él ese deterioro físico y mental, esa pérdida de energía, ese envejecimiento prematuro que los secuestrados experimentan durante el secuestro y los periódicos reproducen en éxtasis en sus primeras planas, tiene menos que ver con las condiciones en que los mantienen cautivos, no importa lo rigurosas que sean, que con la exacción de dinero que les ha sido impuesta. La diferencia entre el ejecutivo recién secuestrado, rozagante y en pleno dominio de sus facultades, y el mismo ejecutivo liberado días, semanas o meses después, es una diferencia monetaria. Es la plata que le falta, que le han quitado, el flujo de *cash* —porque las organizaciones armadas aportan a la misma parroquia que su padre: sólo creen en el *cash*— que se chupa y lleva consigo las proteínas, los nutrientes, el plasma, los glóbulos rojos, todos los componentes básicos de cuya notoria merma dan fe, alarmados, los médicos de la policía que examinan a los secuestrados apenas los dejan en libertad. Él puede incluso ver el proceso en una especie de viñeta mental nítida, dibujada con la gráfica ya algo anticuada —habanos *king size* encendidos con billetes de cien dólares, vientres abombados por las copas de langostinos con salsa golf, relojes pulsera que brillan como lingotes de oro— que la prensa revolucionaria usa a menudo para satirizar a los capitalistas y sus lacayos: el secuestrado —todavía con su Montecristo entre los dedos— enflaqueciendo y consumiéndose en un camastro mientras una sonda cargada hasta reventar le extrae en un mismo movimiento, de la misma vena, el dinero y la sangre.

La pregunta, una vez más —como en el caso de la póliza de seguro de vida que le hace firmar su madre una semana antes de irse a Europa por un mes y medio con su segundo marido—, es por qué cuatro millones y no dos, siete o ciento veinticinco mil. Cómo hace la cúpula guerrillera, una vez capturado el objetivo, como se dice en la jerga militar que hace furor por entonces, para calcular el monto a pedir. Qué criterios siguen, a qué estimaciones se atienen, cómo razonan esa peripecia contable. Si son todos ricos, ¿por qué piden por unos setecientos mil y por otros dos millones y medio? ¿Piden lo que creen que el enemigo puede pagar o piden lo que necesitan para reabastecerse de armas, equipos de comunicación, vehículos, aguantaderos, o para distribuir alimentos y ropa en villas de emergencia y páramos rurales, o para planear acciones futuras? Sólo hay una cosa más incalculable que el precio de una vida humana: el arte. Cada vez que lee los diarios y se topa con alguna de esas cifras exorbitantes siente un primer impulso de alegría, una fiebre eufórica. Piensa en la pobreza, la miseria sin nombre, las necesidades atroces que los secuestrados y las corporaciones a las que representan imponen directa o indirectamente a porciones cada vez más crecientes de la sociedad y toda cifra le parece poco, toda cantidad ridícula. ¡Si no hay dinero que pueda pagarlas! El segundo impulso es un poco distinto: una vacilación sutil, teñida de cierto malestar. Vuelve a leer la cifra y piensa: si al menos hubiera una lógica. Si al menos siguieran el ejemplo del *tierra de nadie* Godard —como lo bautiza la tarde en que, hundido en una butaca crujiente de la cinemateca, estirando el cuello al máximo para eludir las nucas afro de la pareja que tiene adelante, ve por primera vez la escena de las ejecuciones en la pileta techada de *Alphaville*, con los tristes ejecutados de traje y corbata cayendo al agua y el cortejo de *pin-ups* en bikini zambulléndose tras ellos para escoltarlos hasta el borde de la pileta, y cuando sale del cine, con la solemnidad solitaria que tienen las decisiones tomadas a los quince años, decide que ya no repetirá la falacia que repiten todos, el francés Godard, el suizo Godard, incluso el suizo-francés Godard, a tal punto atribuye a la frontera que separa Francia de Suiza todo lo que admira en él, que es todo, desde los anteojos culo de botella hasta las botamangas de sus pantalones, angostas, demasiado cortas, pasando por sus mujeres, sobre todo sus mujeres, y esas ráfagas de música que irrumpen como descargas de lluvia, cortan en dos las imágenes de sus películas y se llaman de nuevo a silencio—, el tierra de nadie Godard, que cuando termina de rodar *Tout va bien*, el panfleto anticapitalista que filma con Jean-Pierre Gorin, y se sienta a pensar, como siempre que termina una película pero ahora más, precisamente porque lo que filma ahora no son películas sino panfletos anticapitalistas, quién diablos pagará una entrada de cine para verla, qué público real puede haber para esa obra maestra del *kino pravda slapstick* que tiene a Jane Fonda y a Yves Montand de rehenes en pleno fuego cruzado de un conflicto sindical, el techo que se fija es de cien mil espectadores, los mismos cien mil, piensa, que asisten al entierro en el Père Lachaise del militante maoísta Pierre Overney, asesinado a las puertas de la fábrica Renault de Billancourt —sin que haya ningún hermano Lumière para registrar el episodio— por el guardia de seguridad Jean-Antoine Tramoni. Siete kilómetros de cortejo fúnebre, cien mil deudos (entre ellos el filósofo más feo del mundo, el que jura y perjura que lleva todo lo que necesita para vivir en los bolsillos del saco), cien mil butacas ocupadas en París.

Es eso, sólo eso, lo que pide cuando lo aflige el vértigo: una economía. No importa cuál. Algo que conteste de algún modo a la pregunta por qué cuatro millones y no dos, veinte o quinientos mil. Robar un banco no. Tampoco asaltar una comisaría, un destacamento militar o una fábrica de armas. Pero todo pedido de rescate por un secuestrado *tiene* que fundarse en algo. Botellas de Coca-Cola, autos, metros lineales de acero, acciones bursátiles, propiedades no declaradas, cuentas bancarias en el exterior, cabezas de ganado, hectáreas de latifundio... ¡Algo! Si no, piensa, si no hay un metro patrón, un principio de valor que haga de medida para el rescate —por demencial que sea—, no hay más remedio que medirlo en lo peor: en vida humana. Y en ese caso, ¿cómo saber si lo que se pide es mucho o poco?

¿Cómo saberlo en el caso de su madre, por cuya vida, si la perdiera, la compañía de seguros ofrece cien mil dólares —cien mil *verdes*, como los llama ya la voz de la calle, inaugurando el ecologismo financiero que impregnará las conversaciones públicas y privadas a lo largo de las dos décadas siguientes— "pagaderos", según alcanza a leer en la póliza antes de firmarla, "contra la presentación de la correspondiente acta de defunción"? Y por otro lado ¿pagaderos cómo? ¿En su equivalente en pesos? ¿En dólares? Y si es en dólares, ¿a qué cambio? ¿Al cambio oficial, que en abril de mil novecientos setenta y cinco pide quince pesos con cero cinco centavos por dólar? ¿Al cambio paralelo, que pide más del doble, treinta y seis con cuarenta y cinco? Y de ser el paralelo, ¿paralelo de cuándo? ¿De julio del setenta y cinco, cuando en las llamadas *cuevas* donde se decide la vida secreta del dinero pagan por dólar sesenta y seis pesos con cinco centavos? ¿De septiembre, cuando ya pagan ciento diez? Y si fuera en pesos, ¿qué pesos? ¿Los de antes de junio de mil novecientos setenta y cinco o los de después, cuando el boleto de ómnibus ya ha subido un ciento cincuenta por ciento y el litro de nafta un ciento setenta y cinco? Como a todo el mundo, le cuesta entender el modo en que de buenas a primeras las cifras trepan por las nubes y los ceros, en las verdulerías de la ciudad, en esos cartones violetas ligeramente cóncavos donde los verduleros cotizan con tiza blanca sus mercancías, se multiplican de manera demencial, como si designaran magnitudes extraterrestres —años luz, por ejemplo— o extensiones de tiempo geológicas, y no el precio de una planta de lechuga, hasta que de un día para el otro una ley les pone freno y los rebana de cuajo, y lo que antes costaba diez mil pesos cuesta ahora uno. Pero más trabajo le da entender que los ceros se multipliquen al tasar la vida de su madre y el marido de su madre —en viaje, por lo demás, y lo más panchos, a bordo de la Giulia descapotable que alquilan en Portofino—, sin que ese incremento exponencial signifique necesariamente que valgan más, que sean más caras, que haya que pagar más dinero por ellas en caso de que las liquide un accidente.

Su madre. ¿Cuándo es que su desafiante belleza empieza a marchitarse? ¿Con la devaluación de junio del setenta y cinco? ¿Con la de mediados de julio, aún más inesperada, golpe de gracia que aniquila a los pocos sobrevivientes de la de junio? No podría decirlo, si es que alguna vez lo supo. Recuerda, sí, que de regreso de ese famoso viaje a Europa en temporada alta en el que, muy lejos de morir en una catástrofe aérea, un despiste o un atentado de alguna de las numerosas organizaciones armadas que azotan al continente —en especial Italia, donde pasan doce días de sol absolutamente inolvidables, y Alemania, territorio que se cuidan muy bien de pisar, aunque menos por temor a la banda Baader-Meinhof que por un rechazo visceral a todo lo que sea alemán, empezando por esos obscenos embutidos de piel blancuzca—, al parecer los tres siniestros principales que tienen en cuenta las compañías de seguros a la hora de extender pólizas de seguros de vida, se gastan buena parte del dinero que le habría tocado a él si no hubieran tenido la suerte que tienen, le nota unos extraños paréntesis morados en la zona de las sienes y debajo de los ojos, como si unas arterias diminutas se le hubieran reventado bajo la piel, derramando hilos de una tinta negrorrojiza. La ve y piensa en un golpe, el resultado de una frenada brusca en un auto, como si se hubiera llevado algo por delante y el marco de los anteojos se le hubiese clavado en la piel. Se abstiene de preguntar, en parte porque todavía no sale del estupor que le ha causado volver a verlos vivos y en la fecha estipulada, luego de haberse pasado horas imaginándolos víctimas de toda clase de desastres mortales, en parte porque sabe muy bien que si hay algo que su madre no tolera son las preguntas o comentarios sobre su aspecto físico que ella misma, de un modo explícito, no haya invitado a hacer o no haya hecho primero. Lo sabe desde siempre, desde la tarde en que, tendidos en la playa en Mar del Plata —ella de costado, untada con ese bronceador que parece laquearla de arriba abajo, la cabeza apoyada sobre el brazo extendido y el bretel del traje de baño bajado hasta la mitad del otro brazo, él inquieto, desesperado por encontrar la posición en la que pueda cumplir con relativa comodidad la condena atroz de la siesta, con su veda de baño en el mar y de toda actividad física—, él descubre el extremo reluciente, como de plata, de una cicatriz que asoma en diagonal por el borde de la parte inferior del traje de baño y se le ocurre preguntar por ella, y su madre, sin decir una palabra, se pone boca abajo y tuerce la cabeza en la dirección opuesta, como quien, dormido, sortea el débil sabotaje que le tiende el mundo despierto y sigue desdeñosamente su camino. Es así: descubre la belleza de su madre en el momento mismo en que la ve peligrar, como se descubre la perfección del día recién cuando una nube negruzca, arrastrándose hacia el sol con una lentitud de reptil, tiñe de miedo el azul eléctrico del cielo. Pero no son sólo esos racimos morados que se agolpan alrededor de los ojos. Hay algo en su cara, probablemente ligado a esas manchas pero más general, y más indefinible, que parece haber expulsado a su madre del mundo pleno, soberano, arrogante, en el que le daba derecho a vivir la belleza: una especie de miedo glacial, mucho más glacial que la belleza, que se ha alojado en ella y la estremece.

Es entonces, de hecho, también, cuando la ve temblar por primera vez. Busca las llaves en su cartera y apenas las encuentra las deja caer, y permanece una fracción de segundo inmóvil, perpleja, con la mano culpable suspendida a mitad de camino, sacudiéndose apenas en el aire, como electrizada por un enjambre de descargas simultáneas. Todo viaje hacia una copa de vino es inestable y escarpado, llenar un cheque deja de ser el juego de niños que era. Ya no descuelga el teléfono sin hacer bailar antes el tubo en la horquilla, de modo que gira y esconde el temblor de la mano con su propio cuerpo, como protegiéndolo de miradas burlonas. Una tarde, apremiada por el encargado, que ha estado horas arreglando la persiana del living y ahora se demora junto a la puerta, fingiendo examinar una cerradura enclenque para darle tiempo a que busque una propina, le pide a él la cuota habitual de dinero chico y cuando la recibe —tres billetes pequeños, doblados en dos, con una pilita de monedas encima—, el cuenco trémulo que es su mano cede un poco, como si fuera a desfondarse por el peso.

No, no es gracias a la muerte accidental de su madre o el marido de su madre como se hará rico. Ni así, de esa manera innoble que tiempo más tarde, cuando vuelve sobre esos dos meses de mil novecientos setenta y cinco y revive la excitación que lo asalta cada vez que se entera, vía teléfono, de que su madre y el marido de su madre emprenden un nuevo tramo en avión, o vuelven a subirse a la Giulia para unir dos pueblitos de la Costa Azul, lo avergüenza como nada en el mundo, ni de ninguna otra manera, negado como estará siempre no tanto para ganar dinero —porque lo ganará, y a veces en cantidades considerables, aunque siempre sin esperanza alguna, puesto que recién toma conciencia de lo considerables que son una vez que las hace humo, *humo radical*, disipadas, ni un puto centavo en el fondo del arca, cero— como para multiplicarlo o sólo conservarlo como está, intacto, al amparo de toda contingencia, fuera de la historia, como un óvulo en un banco genético, un trofeo en una vitrina de club, una obra de arte en un museo. Daría todo lo que no tiene ni tendrá jamás por saber *hacer* dinero. Hacerlo literalmente, fabricarlo, como lo hacen los empleados de la Casa de la Moneda o los ex empleados reconvertidos —más tarde o incluso simultáneamente— en falsificadores, o *hacerlo aparecer*, como de hecho hace su padre durante años dos viernes por mes, de once de la noche a siete y media de la mañana, cuando *tiene mesa*, según la expresión con que él mismo nombra sus noches de póquer una vez que las hace públicas en la familia, y sobre todo en sus visitas al casino de Mar del Plata, excursiones relámpago que emprende también los viernes, uno de los dos que le dejan libres las noches en que tiene mesa, verdaderos *raids* de furiosa ludopatía que arrancan al salir de la oficina, siempre en taxi, cuatrocientos cuatro kilómetros desde Maipú y Córdoba, pleno centro de Buenos Aires, hasta el dos mil cien del bulevar marítimo Patricio Peralta Ramos, donde se pasa un promedio de siete horas jugando sin parar, nunca ruleta, que es para aprendices, siempre punto y banca o *black jack*, a veces punto y banca y *black jack* simultáneamente, siete horas sin comer ni dormir y en ocasiones sin siquiera levantarse para desentumecer las piernas, alimentado a base de whisky y cigarrillos rubios, mientras el chofer del taxi —el mismo tucumano que su ex suegro contrata para seguirlo y le presta los seiscientos pesos con los que revierte la famosa mesa adversa— lo espera a unas cuadras con la radio prendida, cabeceando de sueño en el coche estacionado junto a la plaza.

En cuanto a él, si hay algo que sabe hacer en relación con el dinero, eso es pagar. Es lo único de lo que podría jactarse, por patético que sea. Lo acepta como el papel que le asigna un reparto arbitrario pero inobjetable. No le ha tocado hacer dinero, como a su padre, ni heredarlo, como a su madre. De todas las misiones posibles, a él le toca saldar, ser el que cancela. Algunos dan de comer a los hambrientos, otros curan enfermos. Su manera de cicatrizar heridas —una pasión no siempre bien entendida— es pagar. La asume con la misma convicción resignada con la que declara, cuando se lo preguntan —por lo general mujeres, mujeres que no desea y que lo desearán más que todas las que él pueda desear—, su signo astrológico, lejos, para él, el que peor prensa tiene en todo el zodíaco, pero la ejecuta con una satisfacción inexplicable, en estado de euforia, como cuando después de explorar largamente el fondo azulejado de una pileta, agotadas sus reservas de oxígeno, saca la cabeza fuera del agua y con el último resto de energía abre la boca inmensa y se llena los pulmones de aire. Hay una extraña urgencia en pagar, siempre, no importa si se está en fecha o no, un suspenso que la naturaleza más bien sumisa del acto parece contradecir. Mientras sus amigos gastan el dinero que roban de los abrigos que sus padres dejan colgados en el perchero o distraen de la mesada familiar en discos, cerveza, ropa, cigarrillos, algún que otro turno de hotel alojamiento, él, su primer dinero, el dinero que cobra de su primer trabajo —la traducción de un artículo sobre las excentricidades *gourmet* de un dramaturgo inglés que veinte años más tarde, consumido por un cáncer de estómago, gana el Premio Nobel—, lo destina en parte, pero en primer lugar, a pagar la deuda que contrae meses atrás con un compañero de colegio, el sátrapa rico y olvidadizo que lo saca de un apuro no del todo infrecuente —una vez más, su madre, necesitada de efectivo a altas horas de la noche, le ha usado sin avisarle el dinero que él guarda para comer al día siguiente— y le paga el almuerzo, y es por supuesto el primer sorprendido cuando él pretende devolvérselo, a tal punto el préstamo y hasta el almuerzo han pasado por su vida sin dejar rastro alguno. Él vacila. En dos segundos ve desfilar todo lo que podría hacer con esa plata si no la devolviera, todas las cosas que el dinero señala y barniza con su luz y vuelve disponibles y que de pronto, ahí parado, en la puerta de la parrilla nefasta donde intenta devolver el dinero que le prestaron, la misma donde meses atrás lo invierte en un bife de cuadril dejado a medio comer y una ensalada mustia, se ponen de algún modo a tentarlo, como sirenas deslumbrantes. Pero está tan cerca de pagar, tan cerca de cerrar lo que permaneció tanto tiempo abierto... ¿Cómo podría, tan cerca, habiendo llegado tan lejos, renunciar a completar? Es un lujo que no puede permitirse: el despilfarro por excelencia. Claro que ¿de qué clase de pago se trata si su mismo acreedor no reconoce la deuda que él jura haber contraído? No recuerda el episodio, no recuerda la suma que le prestó, nada. Tampoco el bife de cuadril, ni la ensalada, ni la ropa que él le asegura que llevaba ese día —pantalones de gimnasia con las rodillas encallecidas por generaciones y generaciones de remiendos, la remera de piqué blanca, el *blazer* reglamentario con las mangas anudadas al cuello, como una parodia de bufanda. No hay caso: no hay manera de que haga memoria. Entonces, en parte para sentir que, como el personaje de Kafka ante la ley, hace todo lo que está a su alcance, en parte arrastrado por el envión de su propio recuerdo, se deja arrebatar por los detalles de ese mediodía que ya ni él sabe a ciencia cierta si ocurrió o sólo es el pretexto que inventa su deseo de pagar para saciarse. Primavera: las ventanas a media asta, olor a carne asada en el aire, la televisión sintonizada en un programa de chismes, las aspas de los ventiladores de techo que nunca terminan de detenerse. Entra —desplazando una masa de aire que él siente en la cara como una bofetada— la chica de tercer año que enardece a todos los de quinto, la estrábica, la que matan junto a las vías del tren tres semanas después del golpe de Estado, pide una tortilla de papas para llevar —almuerza debajo de la escalera del colegio, siempre sola, abrasiva como una pordiosera—, se vuelve hacia el salón y, apoyando los dos codos en el mostrador, como una chica *cowboy* en busca de líos, los mira a los ojos a los dos, a los dos simultáneamente. El otro piensa unos segundos y niega con la cabeza, pero acepta el dinero igual. Entran a la parrilla, que todavía está desierta, se sientan. "Pedí lo que quieras", dice, "yo invito".

Pagar, sí, y todo su cortejo de deleites sibilinos: dar media vuelta y alejarse de la ventanilla con el corazón todavía en la boca, como si acabaran de indultarlo, y guardarse en el bolsillo la joya del recibo sellado con una emoción que le cuesta disimular, y engramparlo más tarde —crujido adorable— con la factura, y tacharlo de la lista de pagos pendientes y archivarlo, por fin, en la carpeta de plástico traslúcido donde uno a uno van a parar los recibos de las cuentas que paga, trofeos de un vicio que no se atreve a compartir con nadie. Le costaría incluso confesarlo, a tal punto le parece ruin, un poco miserable, como el goce que siente el cajero de banco al rastrear en la yema de sus dedos el perfume sucio del dinero y la seborrea, o el del sereno que espía parejas por las cámaras de seguridad del garage. Y después, una vez archivada la factura, la sensación de poder empezar de cero otra vez: joven de nuevo, virgen, limpio para buscar en la lista el próximo pago... Es eso, creer o reventar, lo que lo exalta tanto cuando se va a vivir solo por primera vez. Ese goce de burócrata, mucho más que la posibilidad de organizar el tiempo y el espacio a su voluntad, no tener que rendir cuentas a nadie, la libertad de recibir a quien sea a la hora que sea en el estado en que esté. Eso: pagar sus cuentas, mucho más que todo lo que se entiende normalmente por soberanía, en momentos —apenas ha cumplido veintiún años— en que la experiencia de la soberanía, después de cuatro aplastantes años de terror, sólo sobrevive en la dimensión privada de la existencia, casas particulares, habitaciones, sótanos, fondos lo más alejados posible de la calle y la vida pública. Para él, emanciparse, esa palabra vaciada de cualquier sentido que no sea el abandono individual del nido, ha sido ante todo descubrir una alquimia inesperada, la que transfigura en placer, incluso en gloria, una pesadilla típica de los años de adolescencia: ¿podré pagar todos los meses las cuentas con mi dinero? Pagar, pagar: goce número uno de la vida adulta recién estrenada. Qué deleite llegar a principios de mes y tener que pagar.

Nadie para llevar los libros del tiempo como su padre. Su padre, que al final habrá muerto sin un centavo, pelado, como se dice, dejando medio limón reseco y una planta de lechuga mustia en la heladera y una colección de discos de jazz cubiertos de polvo en dos estanterías sostenidas por ladrillos, llevándose a la tumba la calculadora mental con la que no para un segundo de barajar cantidades, sumar y multiplicar años y dinero, calcular edades, tiempo de vida de matrimonios, duraciones de tramos aéreos y diferencias horarias entre países, traducir dólares a pesos, pesos a dólares, dólares oficiales a dólares paralelos, deducir niveles de asistencia a manifestaciones políticas, partidos de fútbol, estrenos de películas, profetizar la suerte comercial de emprendimientos teatrales, prorratear números de boletería por cantidad de salas de cine. Él, por supuesto, pierde rápidamente toda cuenta, pero sabe que años más tarde, diez, quince por lo menos, no es cada principio de mes cuando le toca el goce de pagar sino, para su alborozo, cada viernes de cada semana, cuatro veces por mes —como un reloj, según la expresión que su padre usa para describir la regularidad con la que hace tres cosas en su vida, cagar, cojer, jugar al póquer—, durante los once eternos meses que termina comiéndose la refacción del departamento comprado a medias con su mujer, dos veces y media los que el arquitecto anuncia de entrada sin titubear. Todos los viernes a las seis y media, siete de la tarde, sube a toda velocidad los tres largos pisos por escalera con los bolsillos que revientan de dinero en efectivo. Los albañiles esperan fumando en el living del departamento, entre vigas de madera y pilas de ladrillos. Entra, los saluda con un monosílabo y una inclinación de cabeza —la misma moneda con la que ellos se comunican con él a lo largo de toda la obra, no importa si les ha caído simpático o no— y se instala en la cocina del departamento, más bien el tugurio en ruinas donde los planos del arquitecto prometen que habrá alguna vez algo parecido a una cocina, y con un fajo de billetes en la mano grita: "¡Que pase el primero!". Así da por inaugurada la ronda de pagos de la semana. Y así todos los viernes.

Otro en su lugar ya habría explotado. No sólo por el modo en que los plazos de la obra se dilatan, una contrariedad molesta y hasta un poco insultante a la luz de la sonrisa y las palmadas de espalda con que el arquitecto pretende aplacarlo cada vez que le pide explicaciones, mientras lo distrae señalándole las planchas de venecitas de colores, las baldosas antiguas que encuentra en el corralón de materiales de demolición, los sanitarios de época que esperan su turno en un rincón, tres motivos más que suficientes, al parecer, para que él acepte las dilaciones como el precio a pagar por la inspiración y el buen gusto de un arquitecto sublime y hasta las apruebe entusiasmado. El verdadero infierno, en realidad, es la debacle inflacionaria en la que el país arde todos los días, que se dispara quince días después de empezada la obra, acompaña los trabajos de refacción de principio a fin, centrifugando los presupuestos pactados y volviendo irrisoria cualquier previsión, y la sobrevivirá todavía un año y medio más, un lapso demencial en el que se devora todo lo que le salga al paso, no sólo su dinero, su tiempo, sus nervios y la relación desde el vamos inestable con el arquitecto sino también el amor. El amor: la única razón que lo lleva a invertir todo su dinero —el único que tiene y tendrá nunca, si deja de lado el que vuelve literalmente del pasado, como un fantasma, y le llueve la tarde misma en que le toca cremar a su padre— en comprar un departamento que es, además, lo que se llama una oportunidad: bajo precio, escrituración inmediata, condiciones de pago casi abusivas que la parte vendedora aceptará sin chistar. Pero esas ventajas mal pueden compensar los problemas que él y su mujer descubren más tarde, cuando, consumidos por los once meses de obra, once meses de pesadilla, se mudan y sufren en carne propia la hostilidad atrabiliaria de los vecinos —todos mayores de setenta y cinco años, todos sordos—, las vibraciones que las maquinarias de la empresa textil vecina trasmiten de ocho a cinco de la tarde a la pared sur del departamento, los desagües precarios del barrio, los aprendices de criminales que se reúnen en la esquina, los regueros de vidrios rotos de autos brillando junto a los cordones de las veredas, los productos siempre vencidos de los almacenes, el olor a podrido de las verdulerías y a insecticida de los bares, las estanterías ralas, los estrenos pasados de moda, los posters decolorados por el sol del videoclub, y sobre todo el calor insoportable, casi radiactivo, que derrite el asfalto de las calles sin árboles y pega durante todo el verano en la terraza todavía sin impermeabilizar del edificio, es decir en el techo mismo de la casa que estrenan y donde no alcanzan a vivir juntos dos meses.

Los precios cambian de la mañana a la noche, de hora en hora, a veces dos o tres veces dentro de la misma hora. En ocasiones vuelve del corralón de materiales con las manos vacías, sin haber podido comprar nada. "No tenemos precio", le dicen. En otras, muy a menudo, cuenta la plata que deberá pagar mientras hace la cola frente a la caja, pero al llegar a la ventanilla debe calcular todo otra vez. El precio ha trepado un diez, un quince, a veces un veinte por ciento, y eso en el lapso ínfimo, no más de diez, quince minutos, transcurrido entre la última remarcación y el momento en que le toca pagar. Lo mismo cada viernes por la tarde, diez, a veces cinco minutos antes de que cierren las operaciones financieras, cuando comparece con su dosis semanal de dólares en la cueva infecta de siempre en el microcentro de la ciudad, la guarida de un cambista de confianza de su padre, un hombre afable, ahogado por el sobrepeso, que aprovecha cada una de sus visitas para apartarlo de la cola y, bajando la voz, con el tono confidencial del que se dispone a revelar el secreto del porvenir económico del país, lo ametralla con anécdotas de la otra vida de su padre, la vida verdadera, cien por ciento fantástica, que su padre, cuando él se las repite tal como las oyó, escucha un poco desconcertado, sin negar ni asentir, y por fin, sonriendo, dice no recordar en lo más mínimo. Así, en los minutos que le lleva a ese padre de leyenda desplumar a un jeque árabe en Mónaco, hacer saltar la banca en Baden-Baden o caer preso por asumir la autoría de la micción con que un miembro del grupo de turistas a su cargo quiere dejar una huella en las ruinas de Pompeya, la depreciación del peso es tan vertiginosa que los bolsillos de la campera que se ha puesto especialmente para la ocasión, testeados y aprobados el viernes anterior en el mismo subsuelo, ante el mismo pagador pelirrojo que cuenta dinero con una mano mientras se despelleja las cutículas de los dedos de la otra a dentelladas, no dan abasto para alojar la parva de australes que le entregan a cambio de sus dólares.

Imposible seguir el ritmo. Nadie es tan rápido. Cuando empieza la obra, el billete más grande en circulación es de mil pesos, y cambiarlo es una verdadera odisea. Cuando termina, once meses más tarde, ya circulan los de cinco y diez mil, que reinan como monarcas, remotos, jóvenes, inalcanzables, y cuatro semanas después, tan plebeyos como los plebeyos sobre los cuales reinaron, se van sin pena ni gloria en pagar unas pocas cosas básicas. No hay manera de nombrar el dinero sin equivocarse. Como la expresión *palo* para denominar el millón, que él escucha por primera vez más de diez años atrás, en el velorio del muerto de los crostines, intercalada en una de las conversaciones subrepticias que se afanan por calcular la suma que el muerto lleva en el famoso *attaché* —*un palo verde, mínimo*, ésa es, textual, la frase que le llega en medio del tintinear de las cucharas contra los pocillos de café—, ahora se acuña *luca* para denominar los mil pesos, en parte para abreviar, en parte, probablemente, con la ilusión de que, mudándose del reino de los números al de las palabras, algo de ese caos en expansión que es el universo del dinero se aquietará, entrará en caja y quedará de algún modo bajo control, al menos bajo el control que el lenguaje de todos los días puede ejercer sobre aquello que es mudo y no tiene nada que decir y se limita a crecer hacia arriba y hacia abajo al mismo tiempo, como Alicia cuando cae en el agujero. Pero qué poco tarda *luca* en perder su brillo original, en empobrecerse. Qué rápido es reemplazada, y no por billetes sino por otras maneras de decir, ficciones de ocasión, un poco infantiles y de efecto inmediato, como *un colorado, un verde, un azul*, inspiradas en el color de los billetes, que taxistas, comerciantes y cajeros en general pasan a usar a diario pero mezcladas con denominaciones antiguas o en vías de desaparición, *son dos lucas, un colorado y dos azules*, por ejemplo, o *deme una luca y yo le doy tres verdes*, un alarde de pedagogía primitiva que no hace más que confundir a todo el mundo.

Es de locos. Hay días en que debe recorrer hasta cinco corralones diferentes —alejados entre sí y ubicados, por lo general, en puntos remotos de la ciudad, para llegar a los cuales pierde horas viajando— hasta dar no con el mejor, ni con el que le recomendaron, ni siquiera con el más barato, sino simplemente uno que tenga precio —un precio que él esté en condiciones de pagar, lo que, a esa altura del partido, con el costo de vida en alza a razón del ciento cincuenta por ciento mensual, quiere decir un precio razonablemente inadmisible— y no haya decidido acopiar lo que tiene para vender, como hacen la mayoría de los corralones, a la espera de que el precio vuelva a subir, ladrillos, arena, cemento, lo que sea que las hordas de maestros mayores de obras, arquitectos y albañiles, alertadas antes que él de la existencia del lugar, no se hayan llevado ya. Da con el lugar y llega, y cuando hace por fin su pedido, lleno de felicidad pero temblando, a tal punto sabe que la continuidad inmediata de la obra depende de la respuesta que le dé el capataz del corralón, una de tres: o le dicen que sí, que hay todo lo que pide y el dinero que le exigen por la compra no compromete de manera irreversible su ya diezmado presupuesto y todos contentos, o le dicen que sí, que hay todo, etcétera, pero llegado el momento de pagar no le piden pesos —que es lo que él lleva encima, menos por sentido práctico que por prudencia, porque, signo de los tiempos, basta la mera sospecha de que alguien esconde un puñado de billetes extranjeros para volverlo blanco de asalto— sino dólares, y dólares billete —moneda de asilo, por entonces, del ochenta por ciento de los comerciantes, que sin embargo seguirán atrincherados en ella cuando no haya motivos que lo justifiquen, un poco como los televisores que desembarcan en los bares con los primeros campeonatos mundiales de fútbol y terminan volviéndose parte del mobiliario cotidiano—, ese *cash verde* que él, si no quiere perder su pedido y que la obra se pare, deberá conseguir por las suyas antes del horario de cierre del corralón, a más tardar las seis de la tarde, es decir, dado que bancos y casas de cambio llevan ya media hora cerrados, rastrearlos en sórdidas galerías de barrio, trastiendas de agencias de viajes que son pura fachada, baños de bares, escaleras de playas de estacionamiento, todos esos nidos furtivos donde florecen desde hace meses los *arbolitos*, como se hacen llamar, bien a tono con el verde vegetal del dólar, esos lúmpenes que buscan hacerse el día y recién salen a comprar y vender cuando bancos y casas de cambio han bajado ya sus cortinas y no hay cotización de ningún tipo, ni oficial ni paralela, dólar libre total, fumando apostados detrás de columnas, dando vueltas sobre sí mismos, a primera vista ociosos pero con todos los sentidos alerta, atentos a la aparición de gente desesperada como él, que con el tiempo, a su vez, aprende a detectarlos enseguida, allí mismo, incluso, infiltrados en la cola del corralón, calentando en sus bolsillos los billetes que venderán con sobreprecios siderales.

Cómo no colapsa. Dos por tres se desvela y ya en la penumbra quieta de la madrugada siente los mordisqueos del día que ni siquiera ha comenzado. Prevé todo lo que puede salir mal, las cosas que no conseguirá, las oportunidades que le pasarán inadvertidas o será incapaz de aprovechar. Lo imagina todo con tal grado de nitidez y detalle que diez minutos más tarde tiene la cabeza en estado de efervescencia. Está sentado en la cama, duro, el cuerpo cubierto de sudor y la boca seca, preguntándose ya no cómo reanudar el sueño sino cómo hacer para sacar un pie de las sábanas y apoyarlo en el piso y empezar, ponerse en marcha. Ojalá estuviera blindado, como su padre. Ojalá tuviera su cintura, su flexibilidad, la mezcla de indiferencia y sangre fría con que se abre paso en ese campo minado. Si no fuera por su padre, de hecho, no habría para él departamento, ni refacción, ni arquitecto, ni esa cuadrilla de albañiles taciturnos a los que convoca todos los viernes desde el pozo inhóspito que alguna vez, de creerle al arquitecto, será una cocina, y donde ejecuta el rito de pagar, lo único que sabe cómo hacer y que lo salva de volverse loco a lo largo de esos once meses de infierno.

Es de hecho a su padre —para el que, a juzgar por la familiaridad con que se mueve en ese mundo, no hay mayor diferencia entre los repliegues de la especulación financiera y los que conoce después de años de frecuentar casinos— a quien él, sin pensarlo dos veces, decide confiar su dinero. No exactamente el suyo, porque propio, en verdad, no tiene un solo peso, sino el que un buen día le regala el marido de su madre sin aviso, sin darle al hecho demasiada importancia y sin otra razón aparente que la idea de una "herencia en vida", después de vender, de *hacer plata* —como traduce su padre cuando recibe de él el paquete de dinero, paquete en sentido literal, dado que lo que recibe es el fajo de billetes tal como la casa de cambios se lo entrega al marido de su madre y el marido de su madre a él: envuelto en papel madera, atado en longitud y latitud con el hilo de plástico de color que usan las panaderías para atar los paquetes de masas—, el lote de cosas, campos, ganado, maquinaria agrícola, que le tocan en suerte tras la muerte de su madre.

Diez mil dólares. La primera plata que tiene en su vida —la primera de verdad, la primera atendible, plata y no sueldo, ni remuneración, ni pago por servicios prestados— no la recibe de quienes se supone que podría recibirla por naturaleza o por ley, su padre, su madre, sino de alguien que, eximido de cualquier compromiso legal para con él, tendría todo el derecho de gastarse ese dineral —*patinarse*, en palabras de su padre— dejándolo a él fuera de la fiesta. Aunque patinárselo, de todos modos, se lo patina igual, y eso con la colaboración incondicional de su mujer y socia número uno, su madre, que aporta a su vez su parte de la venta de la fábrica de acero que deja su padre al morir, a lo largo de los diez o quince años que siguen: viajes, inversiones desafortunadas, negocios audaces sin pies ni cabeza, titubeos que el país no perdona y, sobre todo, la larga construcción de la Bestia, como pasan a llamar, menos de tres meses después de emprenderlo, y con una clarividencia a la que quizá les habría convenido prestar más atención, el proyecto de casa en la costa uruguaya, verdadero *coup de foudre* que los estrecha en una complicidad ciega, sin condiciones, como la que un crimen largamente acariciado implanta en las dos almas que lo traman y ejecutan, crece luego de manera desmesurada y se les escapa de las manos y por fin se les vuelve en contra, desangrándolos, y los destruye.

Creer o reventar, diez mil van para él. Ciento cuarenta mil pesos en enero, cuando el marido de su madre se los da, diecinueve millones quinientos mil en diciembre, cuando el departamento en el que no llegará a dormir dos meses le ha chupado casi hasta el último centavo. Él no sale de cierto estupor. El argumento de la herencia en vida no termina de convencerlo. Piensa que debe haber algo más. Si es una ética particular de padrastro, le gustaría saberlo, conocer quizá sus principios. Desconfía. ¿Y si el dinero es la cabeza visible de un plan que ignora y que lo comprometerá a vivir una vida indeseable? Pero el marido de su madre no da explicaciones —no es alguien de hablar mucho— y, contrariando sus peores sospechas, nunca ha sido con él tan respetuoso ni se ha interesado más por sus asuntos que desde que le hace entrega del dinero. Quién sabe si por disconformidad, celos o porque la decisión de su marido la toma tan de sorpresa como a él, su madre, en cambio, aprovecha cuanta ocasión le sale al cruce para darle a entender que ha sido ella, no directamente, porque nunca han hablado del asunto, sino con su influencia secreta, cotidiana, un poco por ósmosis, como se explica entonces que sucedan muchas cosas de otro modo inexplicables, la responsable de que ese *toco de plata*, como ella misma dice —y por el modo en que se le deforma la boca es evidente que es la primera vez que pronuncia la expresión—, haya ido a parar a él y no a un plazo fijo en dólares, otro terreno en Uruguay, un cero kilómetro japonés o el abono más caro de Forest Hills, que incluye hotel cinco estrellas y pasajes en primera. Se lo dice cuando él recibe el dinero, naturalmente, pero también después y siempre, como para que él no pueda olvidarlo: cuando lo usa para refaccionar el departamento que compartirá con su mujer, y aun más tarde, cuando, ya separado, vende con su ahora ex mujer el departamento recién refaccionado y se gasta la plata, se la *patina* —¡él también!—, con el corazón roto, en un viaje por Europa que no puede ser más deprimente, y aun mucho mucho después, con el temita de la herencia en vida totalmente olvidado, fuera de agenda, cuando su madre y el marido de su madre, al cabo de treinta y cinco años de matrimonio, se separan en medio de la bancarrota financiera y sentimental más calamitosa, convertidos uno en el enemigo mortal del otro, entre muchas otras cosas por el modo en que la construcción de la Bestia los corroe a lo largo de la casi década y media que les toca lidiar con ella. Pero él sabe que no. Sabe que el único responsable de la decisión, por extravagante que sea, es el marido de su madre, y que es a él, y a la razón secreta por la que la tomó, llámese amor, generosidad, tentativa de soborno o pura y simple insensatez, a quienes se lo debe y se lo deberá siempre.

Lo cierto es que apenas tiene el dinero en su poder rechaza de plano las opciones de colocación que el marido de su madre insiste en ofrecerle —cabezas de ganado, pastillas de semen *premium*, lotes de campo fértil en la provincia de Buenos Aires, precisamente los lastres de los que él acaba de deshacerse, feliz de la vida, de modo de tener plata contante y sonante y las manos libres, como él mismo dice, para disponer de ella en el momento en que quiera— y se lo da a su padre para que se lo administre. Confía en su padre. Confía incluso contra el recelo escandalizado de su madre, que apenas se entera suelta su mejor carcajada de sarcasmo y le dice que muy bien, que estupendo, pero que más seguro habría sido que se lo juegue en el hipódromo de Palermo o lo invierta en estampillas o cospeles de subterráneo, y le advierte que en caso de desastre —y un frondoso repertorio de catástrofes parece desfilar ante sus ojos que brillan— no acuda a ellos porque ya no recibirá más nada.

Qué hace su padre con la plata, misterio. Su padre no se lo dice y él prefiere no saberlo, convencido de que si se entera la inquietud por la suerte del dinero le hará la vida imposible. Tiene también una superstición: piensa que ignorando el juego del que participa su dinero neutralizará su naturaleza irracional, o la volcará mágicamente a su favor. Lo único que sabe, porque es lo primero que su padre le comenta, es que durante los cinco meses en que pondrá su dinero a trabajar —plazo en el que, dice, su capital alcanzará la máxima rentabilidad que puede ofrecer el mercado paralelo— no habrá recibos, ni constancias por escrito, ni nada oficial, con firma y sello y fecha de vencimiento, nada de lo que sucede con los depósitos a plazo fijo de bancos y entidades financieras, que pruebe que ese dinero existe y da dividendos en alguna parte y le pertenece. Sabe también que, hablando con propiedad, el hecho de que le entregue a su padre el fajo de cien billetes nuevos de cien dólares no quiere decir absolutamente nada, como tampoco quiere decir nada el hecho de que su padre se lo guarde en el bolsillo interior del saco así como está, sin desenvolverlo ni contarlo, como si lo hubiera estado esperando durante años. No es en manos de su padre donde pone su dinero, una evidencia que su padre, por otro lado, no hace más que ratificar ante sus propios ojos unos veinte minutos después, en la oficina de una compañía aérea europea, cuando se acerca a la empleada de caja, una mujer joven, vestida con uniforme de azafata, con restos de delineador en los párpados, y después de los pavoneos de rigor, las frases de doble sentido, las bromas que hacen ruborizar —todo ese mariposeo que él, que lo ha visto en acción desde chico, desde que lo acompaña todos los viernes en sus recorridas de trabajo por el microcentro, ya toma como la segunda lengua de su padre, un idioma básico pero crucial, sin el cual ninguna de las transacciones que su padre se ve obligado a hacer a diario tendrían el resultado feliz que parecen tener—, su padre saca del bolsillo interior del saco los diez mil dólares que él acaba de darle y salda una cuenta pendiente.

Confía en él quiere decir: confía en que él sabrá en quién confiar. Su padre es el eslabón de una cadena, un reclutador de plata. Sin él, ese dinero, por modesto que sea, no entraría nunca en el juego. Pero es el eslabón de una cadena larga y sinuosa, cuyos otros eslabones su padre no conoce y probablemente no se conozcan ni se conocerán entre sí, no por seguridad ni afán de preservar las jerarquías —los dos principios más comunes que explican esa manía del tabicamiento en la que descansa a menudo la lógica de muchas organizaciones secretas, sin ir más lejos la organización armada que dicen que se carga el helicóptero que transporta al muerto de los crostines, *attaché* con dinero y piloto incluidos—, sino porque lo que los une no es más que una cifra, una entidad puramente nominal, diez mil dólares en este caso, una más, por otro lado, de los millones de cifras anónimas que activan el juego y lo mantienen en movimiento. Eso es todo lo que tiene que saber de ese magma que lo fascinará y se le escapará siempre, la lógica financiera. No, no hay "su" dinero, no existen el dinero "del marido de su madre" ni el "de su padre". El dinero no es personal, no es una propiedad, no es de nadie. El dinero es lo que está siempre antes que el dinero. Es ese océano sin límites, puro horizonte, en el que desembocan segundo a segundo millones de fajos como el suyo que llegan de todas partes, pierden su identidad apenas se sumergen en él, sobreviven en un estado informe durante meses, amnésicos, borrada toda huella de origen y hasta toda definición de cantidad, y en el mejor de los casos vuelven a ser quienes eran cuando alguien, desde alguna orilla surgida de la nada, los recuerda y reconoce y devuelve a la circulación de todos los días, enriquecidos por las cicatrices que las aventuras y el peligro dejaron en ellos.

Eso en el mejor de los casos. En el peor, que, con el país centrifugado por la llamada *espiral inflacionaria*, es también el más frecuente, el dinero se pierde y desaparece para siempre, tragado por el océano común, y recién le recuerda al mundo que alguna vez existió cuando su dueño, que lo ha esperado ansioso durante el plazo pactado y luego, vencido el plazo, en vano, semanas, meses más, golpeando puertas que no se abren, discando números de teléfono desconectados, acorralando a empleados atónitos ante ese rostro de loco que los mira por primera vez, se da cuenta de que lo ha perdido todo, deja su saco doblado con prolijidad en uno de los bancos de la estación y se arroja a las vías del subte. Más de una vez, a lo largo de esos cinco meses, él, sobresaltado por el festival de hecatombes que lee en los diarios, quiebras, bancos que se desploman, gerentes de financieras prófugos, motines de pequeños inversores estafados que dispersa la policía, se siente un poco como ese energúmeno fuera de sí que, con la mano perpendicular a la frente a modo de visera, escruta desesperado el mar abierto buscando algún rastro de su dinero. Si no lo es, si sólo se siente como, es porque su padre sabe cómo tranquilizarlo. Saca el tema antes que él —lo saca como tema, no como terror—, le habla de la plata con una mezcla de nostalgia y admiración, como si evocara la figura de un pariente muy querido y sensato que, llegado a cierta edad, hubiera decidido cambiar de vida y protagonizara ahora toda clase de intrigas apasionantes en países remotos, que lo cambiarán para siempre pero de las que volverá sano y salvo y hasta mejorado, más fuerte, capaz de hacer frente, ahora sí, a los monstruos de los que alguna vez huyó. Y así como saca el tema por las suyas, así lo abandona y lo archiva, y reanuda la rutina que comparten desde hace veinte años: un rato en la oficina, almuerzo en el falso restaurante italiano de Esmeralda y Córdoba, café en el bar de Florida y Paraguay, recorrido por las compañías aéreas, las agencias, las casas de cambio, visita a la librería del subsuelo de la galería Jardín, despedida en Plaza San Martín.

Lo ve moverse tan como pez en el agua que sus terrores se disipan. Piensa que nada de todo eso podría estar pasando si su dinero estuviera en peligro. Algún hábito, al menos, debería alterarse. Su padre no comería a toda velocidad, como siempre, midiéndose con algún rival invisible. No limpiaría el plato con esos pedazos de miga de pan que después se arroja dentro de la boca. No haría chistes sobre fútbol con el *maître*. No dejaría las propinas exorbitantes que deja. No se detendría a mirar zapatos en una vidriera. No discutiría los anuncios del ministro de economía con el tono distante y sarcástico del que se sabe a salvo de ellos, como si fuera extranjero. Hay algo en esa normalidad enérgica, un poco acelerada, que lo sosiega. Mal que mal, las cosas se las arreglan para seguir su curso. De modo que se olvida del dinero. Y cuando lo recuerda, estimulado por algo que codicia o descubre de pronto que necesita, algo demasiado caro para lo que lleva en el bolsillo o guarda en el placar, en la vieja caja de zapatos, acusa el impacto y siente la estocada de la frustración, pero el malestar se disipa pronto, apenas ve ese dinero que le falta como lo que es, una patria de la que ha debido ausentarse por razones de fuerza mayor, a la que sin embargo está de algún modo prometido y que lo espera, más opulenta que nunca, con los brazos abiertos.

Así durante cinco meses. Hasta que su madre, un día, bajando de un taxi, descubre como de costumbre que no tiene plata chica —como sólo la llama cuando es ella la que no la tiene—, le pide que pague el viaje y ya desde la vereda, atravesada por una brusca iluminación, le pregunta si no es en esos días cuando debería estar recuperando su plata. Por un momento, como hace siempre que algo lo asusta, se deja atraer por el acento burlón que envenena el tono de su madre y lo ignora para distraerse del miedo. Pero después, cuando se despiden y su madre, dándole la espalda, empieza a alejarse despacio, con ese paso que ya empieza a cansarse, los brazos casi inmóviles a los costados del cuerpo, la cabeza baja, lo primero que hace, ahora que está a salvo de su mirada, es abrir su agenda y, con toda la velocidad de que son capaces sus dedos asustados, dejar atrás los días ya vividos, las cuentas pagas, las servilletas de bar donde anota las cosas pendientes que se promete en vano pasar a la agenda, hasta corroborar por fin —con la página del día ante los ojos y la hora crucial encerrada en un círculo fluorescente, flanqueada por prominentes signos de admiración, como una combinación de ajedrez inspirada— que su madre tiene razón. Es el día. Cómo, por qué ella tiene tan presente la fecha en que debería recuperar su dinero —ella, a la que él, previendo el uso tóxico que podría hacer de esa información, cree haberse cuidado muy bien de ponerla al tanto del asunto—, eso no lo sabe. De su padre y él, del dúo de secuaces que arman tan pronto como el matrimonio estalla en pedazos, es decir prontísimo, y en particular de lo que le ocultan, su madre siempre parece jactarse de saberlo todo, saberlo incluso antes de que suceda, y aunque a menudo se engañe y dé por blanco lo que es negro, por seguro lo que sólo existe en su imaginación, la convicción con que le hace sentir que lo sabe no le es indiferente, siempre lo hace zozobrar, entrar en duda, obligándolo a confirmar por segunda o tercera vez lo que ya daba por hecho y acababa de confirmar segundos antes de encontrarse con ella. Es algo que la acompaña siempre, probablemente lo único que conserva intacto del reino efímero y desgraciado que compartieron los tres: una cierta vocación de sospecha, la voluntad de conocer lo que trama el enemigo.

Diez días más tarde tiene la plata otra vez con él —*cash*. No la recupera de una vez, toda junta, como esperaba, sino por partes, en cuatro entregas, dos pequeñas al principio, envueltas en papel de diario, las dos más grandes al final, en bolsas de papel madera, a veces en parvas de dinero argentino, a veces en dólares, el cambio más chico y los billetes más arrugados mezclados con los billetes más grandes y más nuevos, tan nuevos, por momentos, y tan crujientes, que él se pregunta si no le estarán dando dinero recién falsificado. Son trámites rápidos, sin preámbulos ni emociones especiales, que su padre ejecuta como si no quisiera dejar rastros, con gestos expeditivos y en decorados de rutina: la oficina, un bar lleno de olor a comida y empleados con caspa que gesticulan en mangas de camisa, incluso la puerta de calle de la casa de él, donde su padre hace parar un segundo el taxi en el que viaja, le alcanza el último paquete de plata sin bajarse, a través de la ventanilla, y sigue su camino sin darle tiempo a nada, ni siquiera a decirle gracias. Así, fraccionada, la entrega le deja un sabor vagamente decepcionante. Lo que no está mal, después de todo. Como pasa a menudo con ciertas emociones menores pero inesperadas, capaces de eclipsar, sólo por la sorpresa que causan al aparecer, emociones mucho más fuertes pero también más previsibles, la decepción empaña y disipa la inquietud, que es lo que razonablemente debería haber sentido cuando su padre, de entrada, le anuncia la forma escalonada en que recuperará su dinero. Pero esa desprolijidad de recaudación urgente, atolondrada, amortigua también el alivio de haber recuperado el dinero y sobre todo la felicidad que debería provocarle el milagro de su multiplicación. Tiene casi tres veces lo que tenía al principio, mucho más de lo que otros, con la misma suma inicial, habrían obtenido u obtienen colocándola en un banco en ese mismo momento, mientras él se ensucia los dedos contando su pequeña fortuna. Lástima que el milagro de la multiplicación se marchite un poco cuando despliega la plata sobre la mesa, cuando contempla ese conjunto de pilas, tamaños, colores, monedas y texturas dispares, que no terminan de encajar unas con otras y nunca —es lo que más lo entristece— formarán una unidad, ese todo que formaba el fajo de dólares inicial, por escuálido que fuera.

Él querría agradecerle. Al menos eso. Lo busca en los días que siguen, le propone almorzar, una película en el cine, tomar un trago juntos. Juraría que su padre lo esquiva. Las pocas veces que se encuentran, siempre en la oficina, el único lugar donde él sabe que puede emboscarlo, y a las apuradas, porque no hay vez que su padre no deba acudir a una reunión o no tenga gente esperándolo, él aprovecha los pocos minutos que tiene y habla. Basta que saque el tema del dinero para que su padre salte a otra cosa, un teléfono que se pone a sonar en un despacho cercano, el amasijo de servilletas de bar garabateadas, tickets de cafés escritos al dorso, trozos de diarios arrancados con números de teléfono que llama mi agenda, o frunza el ceño y parezca incluso molestarse, como esas personas que, demasiado modestas o demasiado vanidosas, adoran el reconocimiento ajeno cuando los toma de sorpresa pero se ponen hostiles cuando les elogian talentos que ya saben que tienen.

Tendrá que esperar años (la entrada de su padre en la fase última de la vida, última en sentido estricto, en el sentido *fase hospital*, porque tan pronto como entra a la clínica y ve la corte de médicos y enfermeras arremolinarse a su alrededor —él, que si pisó dos veces un consultorio médico en setenta y dos años es mucho, y en ambos casos por las razones menos pertinentes, para cobrar unos pasajes a Cancún en el primero y una deuda de una noche de póquer en el segundo—, sabe que no hay vuelta atrás, que de esa fase sólo saldrá con los pies para adelante) para enterarse de las verdaderas razones del comportamiento de su padre. Es cierto que salen de él, de su boca, una noche en que le toca montar guardia junto a su cama, pero no es exactamente su padre el que se las confiesa. En todo caso no es el mismo hombre que una semana atrás llega a la clínica por su propia voluntad. Está muy cansado, bañado en sudor. Tiene los muslos acalambrados por un dolor que no conoce y la presión sanguínea por las nubes, pero también el brío suficiente para bajarse del taxi sin interrumpir el sermón futbolístico-político —una cruza que se le da muy bien, y a la que su presión sanguínea es particularmente sensible— con el que ha venido martirizando al taxista. La prueba de que todavía está en sus cabales es la reacción que tiene ante el mareo que lo asalta en la calle, el último de una serie de episodios que ha mantenido en secreto: ir de inmediato a la clínica, decisión en su caso absolutamente insólita, tan proverbiales son el desdén que ha profesado siempre por el mundo médico y la salud —o la soberbia— que le han permitido prescindir de él y, ya en la clínica, confinado a una silla de ruedas que primero rechaza y muy pronto lo apasiona, igual que una estúpida joya adulta al niño atrabiliario que descubre qué uso darle para volverla contra sus dueños, objetar las medidas que los médicos proponen para estabilizarlo, tratarlos de inútiles y escapárseles a bordo de la silla, lanzándose a toda velocidad por las rampas de la guardia de la clínica. Entre uno y otro, entre el descontrolado irascible que se interna motu proprio en la ciudadela médica para volver locos a sus habitantes y el espectro de ojos vidriosos que de buenas a primeras, en la sala de cuidados intensivos donde pasará casi dos semanas, se pone a recordar todo en voz alta —cómo nunca estuvo seguro de poder recuperar su dinero, cuántas veces, durante esos diez días, estuvo a punto de llamarlo y confesarle que lo perdió todo, cuántas, incapaz de enfrentarlo, pensó en desaparecer del mapa—, hay una angioplastia a la que se entrega con una alegría contagiosa y beligerante, el calamitoso cuadro coronario que arroja como resultado y casi cinco horas de cirugía a corazón abierto, cinco horas de carnicería brutal de las que nadie sabe a priori cómo volverá, si es que tiene la suerte de volver, y de las que termina volviendo reducido a una vida mínima, entubado, con el pecho rajado de garganta a diafragma envuelto en un corsé de vendas que no tardan en ensangrentarse.

Le toca a él acompañarlo esa noche, tres o cuatro días después de la operación, cuando la enfermera le anuncia con una sonrisa de oreja a oreja que le han sacado el respirador para probar si puede valerse por sí mismo. Ha ido a la clínica un poco porque sí, porque no puede hacer otra cosa, no porque sea útil. Sólo lo dejan estar en la habitación de manera intermitente, media hora cada dos. El resto del tiempo lo pasa en la sala de espera, leyendo con mala luz y cabeceando, lleno de asombro y envidia por la víspera de campamento —termos, mantas, una heladerita de plástico, juegos de mesa, un velador— que han desplegado sus vecinos, más previsores o experimentados que él en materia de internaciones. Nada desea más que estar en la habitación. Apenas sale, alertado por una enfermera que le recuerda el plazo de visita, a la luz opaca de la sala de espera, añora la oscuridad estrellada y palpitante donde su padre duerme boca arriba como si fuera alguna clase extraña de paraíso, un reino fresco, moderno, lleno de emociones mecánicas y entretenimientos electrónicos. Una hora y media después, cuando vuelven a dejarlo entrar, sin embargo, no siente más que desolación: tristeza, impotencia, un aburrimiento penoso que lo desangra. No hay nada que hacer. Querría tocar a su padre pero no sabría dónde, a tal punto los tubos, sondas y cables le vedan todo acceso a su cuerpo. Y si supiera dónde tampoco es seguro que lo tocaría. Lo aterra que un gesto, mucho más un gesto de amor, pueda alterar irreversiblemente el equilibrio delicadísimo que lo mantiene vivo. Ni sillas hay en cuidados intensivos —todo ha sido pensado para ahuyentar las visitas—, de modo que dormita de pie, con el libro que no leerá, porque la luz es insuficiente, aferrado entre las manos.

En un momento cree escuchar algo que viene de su padre, la estela de una frase humana, y abre los ojos. Cuando se le ocurre pensar que quizá la haya escuchado dormido, dicha por uno de esos enterradores sonrientes y aseados con los que últimamente le toca conversar cuando sueña, ve a su padre entreabrir la boca y mover la cabeza sobre la almohada, un movimiento lento, típico de un cuerpo olvidado de sí, pero perceptible. Se acerca y se inclina sobre él. Mal aliento, drogas, sudor, desinfectantes: le cuesta soportar el olor que despide su cuerpo. Lo ve tragar con dificultad y embebe en el vaso de agua que hay junto a la cama un cuadrado de gasa con el que le humedece los labios. Una inspiración profunda, casi un gesto de fastidio, y su padre se hunde en lo negro otra vez. Nunca lo ha visto tan pálido. La piel de la cara parece tan fina que podría desgarrarla con el filo de una uña. Como un beso clandestino, un hematoma le mancha de morado un costado del cuello. Se aleja un poco, apenas lo suficiente para volver a percibir la forma general de su rostro, y cuando hace foco salta dos pasos hacia atrás, golpeado por la sorpresa. Su padre ha abierto los ojos y lo mira. Por un momento no sabe qué pensar. ¿Ha vuelto en sí? ¿Se está muriendo? Después, como si retomara la frase perdida, y la lengua oscura y mohosa en la que la pronunció, su padre emite un sonido largo, arrastrado, una especie de suspiro sonoro que zigzaguea en el aire y de golpe, a mitad de camino, como acuciado por una urgencia súbita, se articula abruptamente en una palabra, en dos palabras que se atraen, nítidas, y habla.

Algo inminente parece preocuparlo, un peligro tan próximo y al parecer tan serio que ha conseguido lo que no consiguieron los fármacos ni las visitas: repatriarlo de noventa y seis horas de coma, un limbo que después, en algún momento del breve interregno en el que su padre parece convencer a todo el mundo, incluidos los médicos, de que se saldrá con la suya, se pone a recordar con el mayor de los regocijos, como muchos de sus clientes judíos, la estadía en el centro de baños termales de Király que intercala sin avisarles en sus itinerarios, como una cortesía secreta. Está muy agitado. Mueve una mano, apunta con el índice a un costado, un punto impreciso entre las pantuflas de toalla que sigue negándose a usar y el pie tridáctilo del portasuero. Pide, reclama que le den su pantalón. Reclama así, en general: no a él, a quien mira fijo y del que lo separan ahora menos de veinte centímetros, su hijo, que nada agradece ni agradecerá nunca tanto como la gracia de haber vuelto a escuchar su voz después de cuatro días de coma, sino a nadie, o quizás al mismo interlocutor ignoto y brumoso con el que hablaba unos minutos antes, mientras soñaba. Necesita su pantalón, la plata que está en el bolsillo de su pantalón, ya mismo. Tiene que darle la propina a la enfermera de la mañana antes de que se vaya. Porque después, ¿quién sabe lo que harán las demás con la plata? De nada sirve que él le diga que son las dos de la madrugada, que faltan cinco horas para que la enfermera de la mañana se presente a trabajar, que no hay ninguna urgencia. No escucha. Inclina apenas la cabeza hacia un costado con una desconfianza risueña, como los perros cuando los amos juegan a hablarles en su idioma, pero nada de lo que suena a su alrededor parece atravesar el estupor que lo blinda. Ahora, quiere el pantalón ya, antes de que cambie el turno y la enfermera se vaya. La única enfermera que habla alemán. Ahí, en el bolsillo. Le pide ese favor: que le busque la plata en el bolsillo del pantalón. Él cambia de táctica. Quizá siguiéndole el tren se haga oír mejor que contradiciéndolo. ¿Cuánto quiere darle? Su padre vacila. Frunce el ceño, como calculando, y sus ojos que dudan recuperan algún destello de humanidad. ¿Veinte mil pesos? Él se ríe. Es probablemente lo que cuesten los ocho días que su padre lleva internado en la clínica. ¿Veinte mil?, le repite, ¿te parece? Su padre lo mira otra vez. No sé, dice: ¿treinta mil? La enfermera habla un alemán perfecto. Es linda, además, y usa zapatos zapatos, no esas porquerías sin talón que arrastran las enfermeras. Y conoce de memoria todas las canciones: *Hans hat Hosen an, Laterne, Laterne, O Tannenbaum, Der Kuckuck und der Esel*. Ahí, en el pantalón, dice, y vuelve a señalar con su dedo ciego, y de pronto clava un codo en la cama y se incorpora a medias, barriendo los costados de la habitación con unos vistazos ávidos y recelosos. Él se abalanza para detenerlo y aprovecha para tocar el timbre que cuelga de la cama. Está tan débil que bastan la sonda y los cables de monitoreo para frenarlo. Se mira por primera vez los brazos, el pecho, empieza a remontar la línea de la sonda que brota de su muñeca y a los pocos segundos, exhausto, abandona. Todas las evidencias están ahí; ninguna tiene la fuerza suficiente para imponerse y acceder a su conciencia. Vuelve a barrer el cuarto con ojos confundidos. No ve su pantalón. Pregunta dónde está su pantalón. Uno de corderoy azul, corderoy grueso, azul. Estaba ahí, en la silla, antes de que le trajeran la cena. Alguien tiene que habérselo robado. Él le acaricia la cara, le peina esas matas de pelo que afloran indómitas cuando despega la cabeza de la almohada. Se lo deben haber llevado para lavar, le dice. Y le ofrece poner él el dinero para la enfermera. Su padre lo mira con extrañeza, como si la idea no lo convenciera pero tampoco fuera tan descabellada para descalificarla. Él saca un poco de plata y se la muestra. Vos decime cuánto y yo le doy, le dice. Su padre señala unos billetes con el mentón. Cuáles, dice él. Los azules, dice su padre. Cuántos, dice él. Dos, dice su padre: dos azules. Y parece arrepentirse y pregunta: ¿es mucho? Él vuelve a sonreír.

Es menos de lo que cuesta uno de los dos paquetes de cigarrillos diarios que su padre fuma desde que tiene trece años, y el doble de lo que paga la enfermera que acude al llamado del timbre por el paquete de chicles de *peppermint* que compra siempre que le toca pasar la noche en cuidados intensivos, uno de cuyos ejemplares, largamente mascado, libera en su boca los últimos, lánguidos efluvios de sabor. No, no es demencia: es desorientación, dice la enfermera, y la palabra, cargada de un matiz técnico inesperado, destella como si la escuchara por primera vez. Algo común en pacientes quirúrgicos que pasan un tiempo largo en terapia intensiva, aislados, sin ese contacto vital con el mundo —el día, la noche, los otros, las noticias que difunde la televisión— que, regulado y todo, subsiste aun en una habitación normal de una clínica. Y es en ese trance, suerte de mareo benigno y cándido, como de niño ebrio, capaz a la vez de acongojar y hacer llorar de risa, que puede seguir así horas, sin que nada ni nadie lo resquebrajen, y arrastrar al náufrago a los desvaríos más extremos, es entonces cuando su padre, de pronto, llevado por el tema de la conversación —el dinero: los cuatro, cien, veinte o treinta mil pesos que es imperativo darle a la enfermera de la mañana, la única de toda esa clínica seudoalemana con la que puede compartir canciones infantiles alemanas, único tesoro, por otra parte, además de esa lengua que ya no habla con nadie y se le pudre adentro, que le queda de la Alemania que abandonó sesenta y ocho años atrás—, se pone a exhumar esos diez días de infierno.

A él se le hace difícil seguirlo. Se da cuenta de lo básico: que la naturalidad, casi la indiferencia, con que su padre le anuncia en su momento que la restitución de la plata será escalonada no ha sido sino un *bluff*, la fachada, sostenida con un esfuerzo mayúsculo, que le permite a su padre ganar tiempo para buscar y, si tiene suerte, encontrar a la pareja de crápulas a cargo de la mesa de dinero donde se supone que ha ido a parar el dinero, dos hermanos mellizos que llevan días sin contestar el teléfono y sin pasar por las oficinas fastuosas que apenas usaban para tomar un café, revisar la correspondencia o admirar las pantorrillas de todas esas secretarias que pronto quedarán en la calle. La cosa se complica con el correr de los días, las horas, los minutos —porque es así, subdividiéndose, empequeñeciéndose cada vez más, hasta concentrar todo el peso de los hechos en un solo punto, el presente, que acaso no lo resista, es así como suceden las cosas en la economía demente de la época. Llegan rumores de que los mellizos están en Uruguay, no se sabe si presos, comprando campos o compitiendo a brazo partido en una regata *offshore*, en cualquier caso muy lejos, geográfica pero sobre todo moralmente, de asumir cualquier responsabilidad ante los inversores y ahorristas que han dejado pagando en Buenos Aires, que se multiplican como hongos y montan guardias vanas —apretando en sus puños los recibos caseros que les firmó algún empleaducho— en los bares de las inmediaciones de la oficina, la playa de estacionamiento donde los mellizos dejan sus coches último modelo, las casas del *country*, también mellizas, donde viven o vivían antes del desfalco con sus mujeres rubias, bronceadas en pleno invierno de sol de nieve. Es difícil decidir qué sucede antes y qué después según el relato de su padre —si pueden llamarse relato esas volutas de recuerdos que trenza y destrenza hundido en la penumbra del cuarto de cuidados intensivos, los ojos abiertos como platos, ojos de poseído, de hipnotizado, de sonámbulo, los ojos secos y como vidriosos de los psicofármacos, que parecen siempre iluminados desde adentro—, pero al rato parece que no, que en Montevideo sólo han visto a uno de los dos, el verdadero cerebro de la estafa. El otro, al parecer tan víctima como las víctimas si no más, porque al perjuicio económico debe agregar el daño emocional que sólo causan las traiciones de la propia sangre, se ha quedado en Buenos Aires, escondido, cosa de respirar un poco y también ganar tiempo, pero con la intención última de dar la cara y hacer frente a los compromisos contraídos. Su padre agota los recursos. No deja contacto sin tocar, golpea todas las puertas, pasa horas junto al teléfono. En la voz de su padre los personajes tienden a confundirse, intercambian nombres, apodos y profesiones que rara vez vuelven a su portador original: de golpe, el mellizo que hoy capea el temporal refugiado en el garage de la casa de un primo tiene las facciones, el bigote cepillo y los vicios de un viejo ex socio de su padre que cae preso por tener una línea de teléfono clandestina, y en los métodos con que intenta reunir el dinero que debe resuenan demasiado los ardides que su padre pone en práctica para hacer lo único que está entrenado para hacer, *levantar muertos*, sin ir más lejos el que le deja la compañía farmacéutica a la que le organiza el viaje de fin de año con el que premia a su personal, que, aduciendo dificultades financieras, le paga con seis meses de atraso los casi noventa pasajes de avión que su padre ha debido pagar con estricta puntualidad a la compañía aérea. Lo que es evidente, de cualquier modo, es que su padre se arremanga, activa contactos de los que no se enorgullece, renuncia a ciertos derechos a cambio de información y da por fin con el mellizo, y una vez ahí, en ese garage húmedo y mal iluminado donde el otro, en musculosa, con la barba de días, los párpados enrojecidos y ese aire de embrutecimiento que da el encierro —el mismo aspecto con el que quince años atrás recuperan la libertad los rehenes de las organizaciones armadas—, ha montado una parodia de oficina con una mesa y unas sillas de plástico de jardín y un viejo teléfono de baquelita, escucha de sus labios lo que ha temido oír desde el principio: que no tiene el dinero, que no sabe cuándo lo tendrá, que ni siquiera puede asegurarle que lo tenga alguna vez.

Empieza a clarear. Lo percibe no por la luz, demasiado débil todavía, que se deshace apenas pega contra las ventanas polarizadas de la clínica, sino por el rumor del cuartel general de la unidad de cuidados intensivos que crece, se vuelve más vivo, más intenso: el sonido de una maquinaria que empieza a desperezarse. Es de madrugada y todo se mezcla en la voz blanda de su padre ante los monitores que parpadean, impasibles, mientras en el cuarto de al lado una mujer casi sin pelo agoniza abrazada a la almohada y en el de enfrente, destapado, ronca un joven deportista con el corazón hecho pedazos. De modo que tendrá que *dibujar* ese dinero —un uso malhechor del verbo que siempre le ha gustado. Tendrá que dibujarlo en tiempo récord, con la mayor discreción, sin que él, su hijo, tenga siquiera una sospecha de lo que está pasando. No importa si son diez, trescientos cincuenta o cincuenta mil dólares, según los altibajos que sufre la cifra en su delirio confusional, casi tan caprichosos y extravagantes como los orígenes que su padre va atribuyéndole al dinero a medida que habla —un trabajo muy bien pago que en verdad nunca le tocó, la venta de un auto que nunca tuvo, la indemnización por despido con la que todavía sigue soñando y, perdido entre esos impostores, el verdadero, la herencia en vida que le da el marido de su madre—, su padre va consiguiéndolo a los ponchazos, un poco de acá, otro de allá, desviando fondos de sus destinos naturales, usando a discreción partidas que no le corresponden, aplazando pagos urgentes. Nada diez días entre el escándalo y el delito, la cabeza bajo el agua, aguantando la respiración. Una sola de esas maniobras sale a la luz y es el derrumbe total. Al cabo de un par de días, nada o casi nada lo distingue del crápula que lo ha estafado. Ha mentido, ha prometido cosas que no cumplirá, se ha quedado con dinero ajeno. Todavía duerme en su cama, todavía se baña y se cambia de ropa, todavía anda por la calle a cara descubierta y despacha clientes a Río, Nueva York o Roma. Pero esos privilegios no durarán mucho. Una noche, inexplicablemente, retrasa la vuelta a casa. Se ve en el monitor de un circuito cerrado de televisión en la vidriera de un negocio de electrodomésticos y no se reconoce. Se demora en un bar, en otro, luego en otro más, y a medida que pasan las horas los sótanos son más sórdidos, el aire más viciado, la bebida —whisky, siempre, y solo: cualquier otra cosa no es alcohol sino un mal chiste— de peor calidad, la náusea el único sentimiento posible. La vergüenza: una especie de lava fría y negra que alguien vuelca dentro de él y lo inunda de la cabeza a los pies y se petrifica muy rápido. Y todo, dice su padre, fijando en él esos ojos abiertos, radiantes, que ya no pueden mirarlo, todo ¿por trescientos cincuenta dólares? ¿Por un Buenos Aires-Río-Buenos Aires?

Lo conmueve la vergüenza, mucho más que los malabarismos de que se entera que ha hecho su padre para devolverle el dinero que le confió, multiplicado por tres en ese plazo asombrosamente corto. La vergüenza, antes que el calvario de urgencias, peligros y manotazos de ahogado por el que ha debido pasar. Lo conmueve que su padre, una vez conseguido el dinero, haya mantenido en secreto los esfuerzos que le costó recuperarlo. Pero lo que más lo conmueve —ahora que su padre, extenuado por el trabajo de recordar, tan titánico como la epopeya que vive en esos diez días de desesperación, cierra los ojos y se abandona otra vez en el sueño— es verlo confundirse y naufragar en los números, ahí donde ha sido siempre una luz. No sabe en qué día vive, es incapaz de calcular el tiempo que pasa entre dos hechos, años y fechas son partículas que se mezclan en el caos, a ciegas. Temperaturas, cantidades, costos: todo lo que se mide y se enumera, que ha sido siempre su elemento, es ahora la ciénaga donde patina y cae y hace el ridículo —el ridículo: la pesadilla que toda su vida se empeña en evitar, a costa de pagar los precios más altos. A menudo, en los días que siguen, se queja de que le toman la fiebre o le sacan sangre cinco, seis veces al día, lo que sólo sucede en su imaginación, o protesta indignado porque en cuarenta y ocho horas no ha recibido más que una comida y una visita, cuando en verdad el suministro de comidas es perfectamente regular y las visitas tan profusas que la jefa de enfermeras ha tenido que intervenir para moderarlas. Ya pasado a una habitación normal, cuando por un momento hace creer a todo el mundo que pronto esa larga estadía en la clínica no será sino un mal recuerdo, cuántas veces se asombra reconociendo en televisión —un elemento que le es casi tan connatural como los números—, vivitas y coleando, a actrices que daba por muertas, y cuántas se sorprende preguntando por gente que lleva años bajo tierra, animadores o periodistas cuya muerte él, siempre tan sensible a las primicias del mundo del espectáculo, ha sido de los primeros en hacer circular. Cuántas veces la famosa enfermera germanohablante —la única de toda la clínica, según su padre, una de las cuatro o cinco que patrullan regularmente el piso, según averigua él mismo un buen día, un poco harto del retrato exaltado que su padre no para de hacer de ella, en todo caso la única a la que su padre, pasando por alto naturalmente que ha delegado esa misión en otros, se las ingenia una y otra vez, cuando ella se inclina sobre él, según él para cantarle *Schlaf, Kindlein, schlaf!*, según ella para darle una pastilla o cambiarle un apósito, para ponerle plata en un bolsillo del uniforme— lo llama a él con un gesto discreto, cosa de que su padre no se entere, y junto a la puerta de la habitación, con una incomodidad enternecida, como si hubiera sufrido el avance lascivo de un alumno de escuela primaria, le devuelve las monedas escuálidas o la suma exorbitante que su padre le desliza de propina sin que se dé cuenta.

Por lo demás, qué pronto desaparece todo eso, tragado por el hambre del presente. Del dinero, de ese pequeño capital que su padre, temerario o no, ya no importa, protege de la depreciación entregándolo a la ruleta rusa de la especulación financiera, y él mismo, siguiendo sus consejos, convierte a dólares de inmediato, un año después ya no queda nada, ni un cobre, comido por la obra, la inflación, los honorarios del arquitecto, que el día del último pago, decepcionado porque no recibe la compensación que espera, se manda mudar de un portazo, haciendo añicos el vitral junto a la puerta de entrada, el aporte a la casa que más lo enorgullecía. Tiene sin embargo una casa, una casa flamante, la primera de su vida. Y cuando lo asalta la nostalgia y añora la presencia del efectivo, la servicialidad siempre reconfortante que ofrecen los billetes, a menudo se consuela diciéndose que no, que no lo ha perdido, que el dinero sólo ha cambiado de aspecto, y que basta con que él lo decida para que vuelva a su aspecto anterior.

Dos meses después de estrenar la casa, espantado por el caudal de agua que luego de cuarenta y ocho horas de diluvio se acumula en las canaletas tapadas del techo, pudriendo por fin el cielorraso y cayendo en cascada dentro del dormitorio, directamente sobre las pantuflas de lana de cordero que, sea invierno o verano, suele calzarse cuando se despierta, sigue los pasos del arquitecto y se hace humo. En seco: se va del departamento y no vuelve. Durante un tiempo su ex mujer vegeta en camisón en el living todavía deshabitado, sin salir de su asombro. Después, pensando menos en la casa que en el neceser de baño, la ropa, los libros, los discos, las pilas y pilas de videocasetes que él ha dejado en el cuarto de arriba y nunca volverá a buscar, consigue rápidamente un comprador, malvende el departamento y le da su mitad. Grosso modo, excluidos gastos y extras, la misma cifra en dólares que el marido de su madre le regala un año y medio atrás. El famoso fajo de cien billetes de cien. Magia: dieciocho meses abolidos de un golpe, como si nada hubiera sucedido. Contempla esos billetes parejos, nuevos, crujientes, y no lo puede creer, y se pregunta si no serán *los mismos*. Sin duda: el dinero no cambia. Es una de sus leyes secretas, milagrosas. Todo lo demás sí. Él, por lo pronto: más viejo, más vil, más cobarde. Como siempre que decide quedarse solo, en esa oscuridad húmeda pero siempre acogedora que conoce tan bien, que no tarda en volvérsele irrespirable pero a la que vuelve periódicamente sin esperanzas, con una sed de adicto o de huérfano, sabe que si cuenta con alguien, ése es su padre. De modo que va a la agencia de viajes, deposita el fajo de dólares sobre su escritorio y le pide que le arme un viaje a Europa a medida. De modo que el dinero vuelve a desaparecer, a traducirse: países, puentes, pocilgas, periódicos, paraguas. Vuelve enfermo, más gordo, con una muela partida (un falafel criminal, preñado de durezas no identificadas), una tendinitis en el tobillo derecho (semanas caminando con el canto del pie para no mojarse la suela agujereada del zapato con las lluviosas veredas europeas) y sin ropa (su valija varada en el purgatorio de los equipajes).

Da lástima. Si al menos tuviera el sentido de la economía de los *clochards*. Buena parte de la estadía en París la pasa observándolos enternecido, luego corroído por una envidia irremediable. Sus favoritos: el que se atrinchera con su botella de vino y sus periódicos en una de esas cabinas de teléfono públicas, vidriadas, que ya nadie usa y cuyas puertas es tan difícil abrir sin dislocarse un hombro; el que patrulla la cuadra descalzo, pleno invierno, lanzando cada tanto un grito de alarma o de amenaza que nadie entiende; la que duerme abrigada por su corte de perros en un descanso de las escaleras del metro. Jamás les da dinero. No es que no tenga —aunque es el final del viaje y atesora ese último puñado de *traveller checks* con devoción, como si fueran obras de arte no descubiertas. No sabe cómo acercárseles, cómo abordarlos, con qué modales dejar caer la moneda en el sombrero o el abollado tazón de aluminio. No quiere insultarlos. Los mira contar las limosnas y lo conmueve hasta las lágrimas la delicadeza ensimismada con que examinan y clasifican las monedas, guardándose algunas en un bolsillo, conservando otras, las que pronto habrán de usar, en la palma de una mano ennegrecida. Él, por su parte, vuelve tan sucio como ellos, igual de asocial y de indiferente, pero lo que en ellos es distancia y dandismo en él es pura desesperación.

¿Con qué cara golpeará a la puerta de su madre? ¿Con qué ropa? ¿Con ese gamulán ridículo, raído, ya pasado de moda diez años atrás, que no se quita desde que baja del avión aunque en Buenos Aires sea pleno verano? Si la buscara, de todos modos, no la encontraría. Está en la costa uruguaya, mitad de vacaciones, mitad ocupándose de la Bestia, que ya tiene dos pisos (no uno, como estipulaban los planos), cuatro habitaciones (no dos), dos pequeñas terrazas que miran al mar (no una) y una pileta con forma de riñón que abarca casi todo el lote originalmente previsto para el jardín, la pequeña glorieta y los canteros de flores, un homenaje a la mansión de Mar del Plata que el marido de su madre deberá reubicar, después de reducirlo al consuelo de dos o tres floreros con hortensias, en alguno de los múltiples *halls* que le han brotado últimamente al proyecto. Escuchándola por teléfono describir cómo crece, no sabe si su madre habla de una casa o de un organismo vivo, que sólo obedece las órdenes que él mismo se dicta. Todo es entusiasmo y alarma, y la comunicación amenaza siempre con cortarse. Gastos, plata, pagos y más pagos: un pozo sin fondo, que él conoce bien, por otra parte —pero la casa es espléndida: un extraño cubo verde que pone algo de rigor en un paisaje colonizado por el *kitsch* de la estética chalet. No, la disuade: no irá a verla por ahora —aunque cómo le gustaría sorprender in fraganti, desenmascarar por fin a ese arquitecto del que ha sospechado lo peor, en especial desde que se entera de que se gana la vida como entrenador de rugby profesional y recién desempolva su título universitario cuando su madre y el marido de su madre, que acaban de conocerlo en una fiesta, le confiesan que por fin han decidido hacer algo con esos cuatro terrenos que tienen sobre la barranca. Iría, pero acaba de llegar a Buenos Aires, tiene que ocuparse de sus cosas, conseguir algo de trabajo. Europa es cara, le queda poca plata —hasta que una salva de risas de madre lo interrumpe. "¿Qué problema hay?", le dice ella: "¡Dásela a tu padre para que te la trabaje!".

Es extraño. Su vida amorosa se desmorona en unos meses y no ha soltado una lágrima. Hasta el día en que va al banco a dar de baja la caja de seguridad (caja dos, módulo tres) que ha compartido con su ex mujer, que de hecho comparte todavía, como lo prueban las dos llaves gemelas que devuelve y el electrocardiograma en miniatura de la firma de ella abajo de la de él en la ficha de registro. Entran, franquean las dos rejas corredizas de cárcel, y cuando la empleada del banco lo invita a abrir la caja de metal para comprobar que está vacía, requisito indispensable para darla de baja, las rodillas se le aflojan de golpe, y debe apoyar una mano en el hombro frágil de esa mujer que lo mira consternada para no derrumbarse. Sentado en el borde del banco que se apuran a arrimarle —uno de esos taburetes altos, incómodos, en los que se sentaba a veces a solas cuando guardaba o retiraba algo de la caja, y de pronto, atraído por los dos cofrecitos rojos acolchados que aparecían en el fondo, los abría y se quedaba un rato contemplando la belleza modesta, un poco infantil, de esas dos joyas que su ex mujer amaba como a nada en el mundo—, se pone a llorar sin pudor, larga, ruidosamente, gimiendo como una bestia apaleada, y sus lágrimas caen y golpean contra el piso de la caja vacía y estallan en mil esquirlas microscópicas, mil diamantes de agua que son de él, que de hecho *son él*, pero que quedarán ahí para siempre, encerradas en ese pequeño féretro achatado.

El cierre de la cuenta es más agónico, y lo obliga a volver varias veces. Falta una firma, se olvida el documento, acaban de girarle un dinero que todavía espera acreditarse. Cada vez que empuja la puerta de vidrio y entra en el banco siente que el pecho se le contrae en un espasmo de dolor. No lo sorprende la primera vez, cuando se sienta ante la oficial de cuentas que lo atiende desde siempre y le comunica su decisión de cerrar la cuenta, y después de escuchar el arsenal de alternativas promisorias con que la mujer trata de frenar su decisión, todas escritas en rojo rabioso en el manual de instrucciones para retener clientes, todas formuladas con una claridad y una benevolencia igualmente sospechosas, escucha su propia voz trastabillar y se descubre confesando lo único que se juró no confesar ni siquiera bajo tortura: que se ha separado, y que ya no tiene sentido seguir con una cuenta conjunta. Las veces siguientes se le hace más difícil. Sin embargo, el banco no es la primera escena del crimen a la que vuelve. Ha bebido en los mismos bares donde se daba cita con su ex mujer, ha fumado en el frío de la plaza inhóspita donde la acorraló y la besó contra un árbol, raspándole imperdonablemente los codos con la corteza del tronco. Ya lo sorprendieron solo, con la guardia baja, canciones que solían escuchar juntos, amigos acostumbrados a verlos de a dos, olores o impulsos que para él sólo tenían sentido y olía y seguía si estaba con ella. Ninguno de esos zarpazos lo deja indiferente, pero el efecto nunca va más allá de un *déjà-vu* amable, como de museo romántico, más un *souvenir* o una forma de conservar que la piedra llegada del más allá para astillar el cubo de cristal donde trata de recuperar el aliento. El aire impersonal del banco, en cambio, la luz de los tubos fluorescentes, los tapizados sucios de las sillas, el uniforme de las empleadas, siempre mal cortado, lleno de hilachas sueltas, por no hablar de la condescendencia con que lo han tratado siempre (dado el cliente de poca monta que es), las colas que lo obligan a hacer, las veces que llama y no lo atienden, la estafa cotidiana y silenciosa a la que lo someten: lo más insípido o aborrecible de ese lugar que rara vez pisan juntos —"Todo el mundo debería ir al banco al menos una vez en la vida. Pero a asaltarlo", le gustaba repetir a ella, soplando el humo de un Colt 1873 Peacemaker invisible—, y al que ahora vuelve para despedirse, todo eso se une y forma de golpe un mundo, una suerte de atmósfera única, envenenada y sensible, al contacto con la cual él, el impasible, queda a la intemperie, tan desguarnecido que la evocación más tímida de su vida extinguida corre el riesgo de matarlo.

Una tarde hace una cola, probablemente la última. Tiene en la mano el puñado de papeles firmados y sellados que lo liberarán —al menos de ese banco, o de esa sucursal, o de ese amor que ha subestimado tanto. Ha llevado algo para leer. Le gusta ese escudo de arrogante indiferencia que los libros interponen entre él y el mundo, sobre todo cuando detecta cerca a uno de esos agitadores de colas que resoplan, alzan los ojos cansados al cielo, se quejan buscando complicidad, reclaman los tormentos más infernales para el banco y sus empleados y cuando les toca el turno de pasar se paran frente a la ventanilla y deslizan su cheque o su factura con los modales de una geisha. Lee, más bien sobrevuela con indolencia una página con el ángulo derecho marcado —señal de que no es la primera vez que pasa y se detiene en ella— donde un joven discípulo abandonado por sus fuerzas declara su impotencia radical y se rinde ante su maestro agradeciéndole todo lo que hizo por él, todo lo que le dio, las verdades a las que le permitió acceder, pero le pide que lo olvide para siempre, cuando la cola avanza dos lugares, pone frente a la ventanilla una nuca lacia, azabache brillante, que él, tres lugares más atrás, toma por una peluca, y la empleada que la atiende, después de verificar algo en una ficha, alza los ojos hacia ella y pronuncia la frase fatídica, la que él nunca imaginó que escucharía, la única que debió imaginar que escucharía: "Caja dos, módulo tres". *Su* caja, con *su* vacío y *sus* lágrimas cautivas.

Usa zapatos náuticos azules, sin medias. Se rasca la pantorrilla de una pierna con el huesito del tobillo de la otra, con esa idoneidad distraída con que ciertas partes del cuerpo hacen cosas sin que el resto tenga que enterarse. Decide seguirla. Ni siquiera tiene que pensarlo. Todo lo demás —el cierre de la cuenta, los últimos pesos que le roban y él paga sin chistar, con la misma impaciencia con que estrecha la mano desganada que le tienden a modo de despedida por el agujero de la ventanilla— lo hace con sensatez, imperceptiblemente, en uno de esos segundos planos borrosos donde los sonámbulos ejecutan sus simulacros de gestos. Busca a la mujer, se pregunta cuál de los pliegues secretos del banco se la habrá tragado, hasta que la ve encaminarse hacia la puerta que da a las cajas de seguridad. Suena la chicharra eléctrica. La mujer forcejea con la puerta unos segundos (que él podría aprovechar para acercarse y entregarle las claves que ya no necesitará: el leve tirón hacia sí, el pujo posterior que le permitirán abrirla) y desaparece del otro lado. Es como si pudiera verla, como si la viera ya con una de esas cámaras de seguridad que instalarán algunos años más tarde, para cuyo ojo insomne las sucesoras de la empleada que lo atendió a él destaparán otras cajas de seguridad de otros clientes, de modo de dar fe ante un tercero, ante nadie, que están vacías. Sabe perfectamente lo que hará ahí adentro. Sabe cuánto tiempo pasará aislada del mundo, inexpugnable, ella misma por un momento convertida en riqueza, cuánto le llevará cruzar las rejas, abrir la puerta del módulo, extraer el cofre alargado, guardar sus tesoros, embutir la caja otra vez, firmar los papeles, salir. Y cuando sale él está esperándola afuera, mirando sin ver los libros de vidriera de la librería de al lado. Ya no tienen precio: los valores cambian tan rápido que los libreros han renunciado a seguirles el rastro.

Cinco meses después, el mismo encuadre de la vidriera de la librería —pero los libros son otros, y ya no cotizan en australes sino en pesos, a razón de diez mil australes por peso—, la misma porción visible de la fachada del banco, con la columna de granito rojo y la hoja de la puerta de vidrio con la huella insultante que dejó un aerosol, y él reaparece con el pelo más corto, un bigote anacrónico, como de actor de cine porno de los setenta, y un montgomery de un elegante azul marino suplantando el viejo gamulán. Reaparece, entra al banco y se para frente a la ventanilla, y sin rastro alguno de emoción repite: "Caja dos, módulo tres". Como le cuenta a su padre, que sigue sus aventuras sentimentales con un interés vago, demasiado perezoso para sobrevivir a la sorpresa de la novedad, tal vez la haya seguido y abordado y por fin enamorado, después de un cortejo silencioso y tenaz, sólo por eso, obsesionado por ese ataúd metálico que ella ha heredado de él sin saberlo, para poder decir una vez más las cuatro palabras de la jerga bancaria que lo nombran, o simplemente porque no soporta la idea de tener que dejar de decirlas. Es eso que los expertos en amor llaman un encuentro, nombre que describe como un milagro romántico algo que en rigor no es mucho más que un fenómeno de compensación mecánica, no muy distinto, en el fondo, del que protagonizan un ojo présbite y el cristal de anteojo que lo corrige o la plataforma de madera que prolonga lo justo una pierna demasiado corta. Otra vez en carrera. ¿Será posible? Su heredera —como la llama para sí, con el regocijo secreto con que un acreedor piensa y goza en su imaginación de la inocencia de un deudor todavía no enterado de todo lo que debe— tiene cuarenta y dos años, un marido dramaturgo, o guionista de cine, o letrista de canciones folclóricas, en los tres casos un hombre de éxito, dotado del mal gusto necesario para morir durante un viaje por el interior del país —se le cruza en plena ruta una vaca en busca de material para un pastoreo de trasnoche— y la delicadeza suficiente para no olvidarse de sus deudos, a quienes envía remesas periódicas de dinero desde el más allá (como llaman los dramaturgos, guionistas de cine y letristas de canciones a las recaudadoras de derechos de autor), y un hijo intratable, con la cara sembrada de acné, que usa ropa dos talles más grande de lo que debería, aborrece con todas sus fuerzas el acervo literario de su padre, que nunca ha leído ("¿Para qué, si lo aborrezco con todas mis fuerzas?"), y está más o menos en guerra con el mundo. Sonia, la viuda y su corte de pelo Príncipe Valiente. Una obsesión inmemorial: ya lo lleva en las fotos —todas movidas— de su fiesta de quince. Y no, no usa peluca, como él lo comprueba —con la decepción del caso— cuando la toma de la nuca y atrae su cabeza hacia él la primera vez que la besa, en la luminosa antecocina de la que pronto, muy pronto, será su nueva casa, unos segundos después de que la bombita de la lámpara estalle casi sobre sus cabezas, echando un manto de oscuridad sobre la escaramuza, y algunos antes de que el vándalo adolescente irrumpa a bordo de sus patines y por poco no los atropelle contra la pared empapelada.

Esa clase de atentados son moneda corriente los primeros tiempos. El chico lo deja esperando, le cuelga el teléfono, no trasmite sus mensajes. Le dice que Sonia no está (cuando se ha servido una copa de vino para esperarlo), que no quiere verlo (cuando acaba de perfumarse para él), que no vuelva a poner un pie en la casa (cuando él ya tiene dos pares de zapatos en el placar). La botella de champagne que ha llevado (y que se vuelve loco buscando) aparece dos días después en un armario de la cocina, entre las cosas de limpieza, por supuesto que vacía, y el kilo de helado en el último cajón del escritorio del padre, derramando sus jugos multicolores sobre los originales de *Peligro*, el oratorio que el dramaturgo escribe cuando incrusta la trompa de su Honda Civic en el flanco fofo de la vaca. Va a buscar su gamulán después de una velada inesperadamente fogosa en el *couch* y encuentra un par de chicles bloqueando los ojales. Vuelve a su casa, y cuando va a abrir la puerta descubre que le faltan las llaves —ocupadas, mientras tanto, en manos del chico, en destapar el desagüe de la bañadera de una mata de pelo y semen antediluviana. Él no se deja intimidar. Le basta ver cómo trata el forajido al repartidor del supermercado, al chico del videoclub o a su profesor de guitarra para entender que el problema no es personal, aun cuando ni el repartidor del supermercado, ni el chico del videoclub, ni el profesor de guitarra sean acusados a voz en cuello, casi al borde de la convulsión, como un Hamlet epiléptico, de pretender un trono que no les corresponde. De dónde sacará —él, para quien toda novedad suele tener el rostro del mal y del peligro— ese temple, esa distancia extraña, como de domador de leones. Hay algo que lo inmuniza contra esa clase de ira, algo que ni él mismo sabe que tenía y que, como todas las armas fortuitas —lo aprende muy temprano gracias a las historietas de superhéroes, leyendo los capítulos donde se cuenta cómo el superhéroe descubre que tiene los poderes que tiene—, es doblemente eficaz, porque es poder en estado puro, usado sin control ni cálculo. Poco a poco, como quien reconoce que los sueños que viene teniendo, las ideas que lo asaltan, las cosas que compra, los rituales a los que se abandona, todos esos signos, dispersos como están en el tiempo y en el espacio, forman en realidad una sola cosa, un solo deseo crucial, al que de ahí en más no vacilará en sacrificar su vida si es necesario, descubre que le gusta estar donde está, *en el medio*, ni en una posición central, como el amante que irrumpe en medio del velorio y rapta a la viuda todavía tibia de llanto, ni en una posición subordinada, como el esclavo que compensa toda esa desolación con servicio. Es él, de hecho, el que intercepta con su cuerpo las municiones caseras —miga de pan rellena con monedas— que el chico dispara alegremente contra su madre. Es él el que parlamenta con el vándalo cuando se atrinchera en su habitación. Va y viene, lleva y trae, anuncia y trasmite. Y la suerte, por una vez, está de su lado. Una tarde, en uno de esos barrios de casas bajas que todavía sobreviven en la ciudad, tropieza con una farmacia casi abandonada y detecta en una de sus vidrieras polvorientas, desvalido, como si fuera la estrella de una película muy antigua, nunca estrenada, un envase del jabón astringente que él usa a los veintiséis años para frenar una intempestiva crisis de acné. Entra, compra todos los jabones que tienen —cómo lo embriaga el perfume a azufre a lo largo del viaje de regreso— y promete darle uno al chico si desiste, como amenaza, de hacer una fogata con toda su ropa en medio de su cuarto. El chico acepta. Tres días más tarde, sus pómulos y su entrecejo —tierras de nadie estragadas por las tropas de la seborrea— lucen limpios, suaves, tersos, y esa noche el chico vuelve a su casa besuqueándose con una especie de novia. Una noche comen juntos (si comer es la palabra para describir ese lento, parsimonioso descuartizamiento de dos berenjenas a la parmesana) hasta que el chico pide permiso para levantarse de la mesa, no se lo dan y, como siempre, se levanta y se va, dejando caer la servilleta y regando el piso de migas de pan. Sonia solloza, se seca las lágrimas con una servilleta algo sucia, él la consuela y termina sentado junto a ella, en su misma silla, incómodos, liquidando las berenjenas que el llanto dejó a medio comer. En un momento él se levanta y va al baño, y en el camino sorprende al chico en la habitación de la madre, robándole dinero de la cartera. Va a seguir de largo sin decir nada pero de pronto se queda quieto, mirándolo fijo, hasta que el chico, sobresaltado, deja de contar los billetes y lo mira.

Pero a él lo que le importa es la caja, la caja de seguridad, ir cada tanto al banco y decir: "Caja dos, módulo tres", y meter la llave en la cerradura —la misma que usa en su otra vida, con la clásica dificultad de no recordar nunca en qué sentido meter la llave, si con el borde dentado hacia la derecha o la izquierda— y extraer la caja y abrirla y refugiarse en el box, al amparo de miradas intrusas, para preñarla dulcemente de todo lo que Sonia le pide que le guarde, alhajas, bonos, escrituras, moneda extranjera. Es eso, ese ceremonial ridículo, solitario, que le arranca de vez en cuando unas lágrimas y del que sale agotado, como de un vía crucis emocional, no el dinero, contra la hipótesis gigoló que le enrostra su madre cuando él la pone al tanto de las novedades de su vida. "¿O vivir de las mujeres no fue siempre una de tus fantasías secretas?", le dice con una sonrisa de oreja a oreja, volviendo un poco achispada de una sesión de osteopatía. Que él sepa, la sede central de sus fantasías secretas no tiene llave, y si la tiene su madre nunca ha tenido una copia, no por él, en todo caso —a menos que toda madre, por ley, por madre, tenga línea directa con el laboratorio donde fermentan las fantasías secretas de sus hijos. Cómo llega ella a esa idea, de dónde la saca, de dónde le viene sobre todo la convicción con que la enuncia, no son cosas que esté entonces en condiciones de saber. Tal vez más tarde, cuando el agujero negro de la Bestia se haya devorado todo, dinero, otras propiedades, reservas, créditos, incluso a sí misma, hasta dejarla en la ruina, y su madre, duplicando la apuesta —ella, que a lo largo de su vida apenas si juega a la lotería, y si juega compra siempre el billete más chico, pensando en perder lo menos posible—, decida, a los sesenta, renunciar a lo único que le queda, treinta y cinco años de matrimonio, irse a vivir por su cuenta a un departamento de cuarenta y cinco metros cuadrados, menos de lo que ocupa uno de los baños en suite que el ex rugbier metido a arquitecto se las ingenia para meter en la Bestia, y reanudar la carrera de traductora que deja trunca cuando recién la empieza, cuando se encuentra sola, con un hijo, y elige volver a casarse para no caer en la red infernal de su propia familia.

No es el dinero sino la caja (dos), el objeto mismo, que saca cada vez del módulo (tres) con el cuidado y la solemnidad con que los funebreros sacan los nichos en los cementerios. La caja es su muerto propio: lo único que en verdad tiene para oponer, o equilibrar, al vacío atroz que el dramaturgo de éxito deja en esa mujer y ese chico cuando encandila a la vaca en medio de la ruta (lleva prendidas las luces altas, según consta en el parte de la policía) y se la lleva por delante. (¡Y qué alivio, casi qué placer ocupar literalmente el lugar de otro, el hueco tibio en la cama, las perchas en el placar, la cabecera en la mesa!) La caja es su tesoro, su fetiche privado, su pasión. Si viviera en una película depravada, una de esas rarezas sombrías y taciturnas que, como los antiguos compendios de psicopatía sexual, escudan tras un repertorio de tortuosos síndromes clínicos el único propósito que tienen, despertar ese hormigueo inconfundible que le recuerda la entrepierna que existe, su álter ego en la ficción —probablemente más viejo, más calvo, con las uñas roídas, caspa en los hombros y el dobladillo de una botamanga del pantalón arrastrándose por el piso— temblaría más que él al insertar la llave en la ranura, se mordería un poco los labios al retirar la caja y se la llevaría al box apretándola contra su cuerpo, como robándosela, como si la sofocara con el calor de su deseo, y ya en el box, después de destaparla con los ojos muy abiertos, ávidos, de pie frente a ella, con el taburete haciendo presión contra la puerta para trabarla, se desahogaría hasta desfallecer, dándole en custodia lo que ningún dinero podría pagar, lo que a nadie se le ocurriría robar, o bien porque no tiene valor alguno, o bien porque su valor es incalculable. Él no. Si deja algo en la caja cada vez que va al banco —algo más, se entiende, que lo que Sonia le encarga que guarde—, no son las gotas de su pobre savia, que él mismo estrangula con un nudo resbaladizo en la vaina de látex donde van a morir dos o tres veces por semana, preferentemente por la mañana. Son chucherías, cosas sin mayor valor, efectos personales que expuestos a la luz, en la intachable visibilidad de un estante de biblioteca o una cómoda, no llamarían la atención de nadie: una libreta de apuntes (su diario de sueños), una medalla del único torneo de ajedrez que juega en su vida (sale tercero, pero tiene apenas dieciséis años y el campeón, a quien tiene durante toda la partida contra las cuerdas pero no sabe cómo rematar, unos experimentados cincuenta), un sobre con fotos de infancia (playa, playa con un perro salchicha, playa con su abuela y el perro salchicha), un dado (que rueda y cae en la cara del seis y le da la única generala servida que sacará nunca), una rana verde con rayas negras, pinceladas celestes y ojos desorbitados, de lata, a cuerda, que apenas él cierra la tapa de la caja, como resistiéndose a que la entierren viva, activa unas vueltas de cuerda que le habían quedado pendientes y se pone a saltar como loca entre títulos de propiedad, fajos de libras esterlinas y estuches de terciopelo con collares de perlas. En términos técnicos, que son los que su madre adopta cada vez que discuten la cuestión, vive de la viuda, por supuesto. Todo es tan fluido, tan natural, sin embargo, que él ni siquiera tiene tiempo de avergonzarse. Le franquean el acceso a todo, cuentas de banco, chequeras, extensiones de tarjetas de crédito, incluso a esas provincias del mundo del dinero con las que no sabría qué hacer, depósitos a plazo fijo, inversiones, y en las que se limita a ejecutar instrucciones. Es frugal, mucho más frugal ahora, que "tiene dinero" —la que entrecomilla es su madre—, de lo que era cuando el dinero era verdaderamente suyo o cuando no lo tenía. Su madre no lo tolera. Almuerzan, por ejemplo. Su madre, *gourmet* diletante, ha elegido el comedor de un ex convento en pleno microcentro, un territorio en el que se aventura de vez en cuando sólo con afán de provocar, para que él no dé por sentado tan suelto de cuerpo que tiene dueño y que ese dueño es su padre. Mientras ella se pierde en el menú entre suspiros de placer, tentada por la monástica variedad de los platos como una polilla por los parpadeos de la luz, él, que ni siquiera lo ha mirado, despliega la servilleta con un vago ademán de mago y pide un panaché de legumbres, o una papa hervida con aceite de oliva, o un arroz blanco. "Basta, farsante", lo increpa su madre cerrando de golpe el menú, que emite una explosión sorda: "No te hagas el faquir, que la viuda no te está mirando, y pedite algo como la gente". Paga él, así ha quedado convenido desde siempre. Pero ¿cuándo ha empezado "desde siempre"? ¿Y por qué? ¿Y quiénes convinieron que fuera así, si él, damnificado principal del convenio, aunque haga memoria, no termina de recordarse conviniendo nada con nadie? Tal vez, si buscara mejor... El cambio. ¡Ah, el cambio! Quizás el convenio no sea sino la continuación por otros medios —la "etapa superior", en palabras del hermano mayor del único amigo al que consigue arrastrar al cine del partido comunista, un trotskista emprendedor que durante un año y medio, valiéndose de los golpes bajos más extorsivos —las fotos del cráneo de León Davídovich hendido por la pica de Ramón Mercader, entre otros—, le saca una mensualidad para, según dice, contribuir al periódico del partido— de su vieja y proverbial función de prestamista de dinero chico en casos de emergencia. Quizás.

Él, por lo pronto, no discute. Más lo intriga, en cierto sentido, el interés de su madre por su situación sentimental. Ese entusiasmo mixto, a la vez sospecha y rivalidad... Esa extraña expectación... La última vez que recuerda haber experimentado una sensación parecida tiene dieciséis años y acaba de empezar a salir con una novia extraordinariamente seria, militante de una agrupación juvenil de izquierda, que no lee libros de menos de seiscientas páginas, tiene una puntería perfecta para los regalos (un juego de patas de rana, un telescopio, una lapicera a fuente que le durará veintidós años) y lo visita con una regularidad profesional cada vez que se enferma. Basta que su madre los deje solos para que eche una mirada reprobadora a la caja de antibióticos y con uno de sus pases de magia bilabiales —besar, adoctrinar: ¿qué viene antes y qué después?— busque convertirlo al dogma homeopático. "Sé que lo que te voy a decir no te va a gustar, pero te lo digo igual", le dice su madre esa misma noche, un minuto después de que su novia-prodigio se haya ido, no sin antes recoger con un temple sorprendente la parva de pañuelos de papel impregnados de moco para tirarlos en el tacho de basura. "Ni se te ocurra casarte con esta chica. Haceme caso: ¡viví un poco y después casate!". Después, nada, ni una palabra, ni a favor ni en contra, nunca más, y con razón, curada sin duda de espanto, como se dice, por el hecho de que él no le lleva el apunte ni esa vez, con su precoz Florence Nightingale bolchevique, con la que termina yéndose a vivir y flota casi diez años en un voluptuoso mundo engripado, ni la siguiente, con la musicoterapeuta, ni nunca. Y cuando sucumbe al último amor, el que se derrumba en los mismos once meses que demora en ponerse en pie la casa que debería cobijarlo, está tan en sus cosas, tan absorbida por la marcha enloquecida de la Bestia que ni siquiera se acuerda de regalarle las persianas de junco que le prometió para la galería. Y, sin embargo, es evidente que la viuda le interesa. Se cuida muy bien de demostrarlo, como si preguntarle por ella sin rodeos fuera una señal de debilidad o el reconocimiento de una derrota. Pero la traiciona la atención con que sigue los cambios que aparecen en él. Nada le pasa inadvertido. Nota que él luce un color de camisa inesperado, o que desliza en una frase una palabra inaudita, todavía algo rígida, crujiente, como un juego de sábanas recién estrenado, o que asimila y neutraliza sin esfuerzo, en un alarde de buen humor, los raptos de ansiedad de ella que antes lo sacaban de quicio, y todos sus sistemas de alarma se activan en el acto, movilizando su legión de espías moleculares alrededor del único cuerpo extraño sospechable de haber inspirado esas novedades. A veces toma como indicio el comportamiento del forajido. Puede que la divierta ver a su hijo lidiando con el inadaptado que él, a la misma edad, nunca fue, pero festeja tanto la crónica de sus vandalismos —que él por otro lado le narra con lujo de detalles, como si buscara resaltar el contraste entre la pesadilla que le ha tocado a él, padre postizo inocente, completamente incauto, y el bajo perfil paradisíaco del hijo que alguna vez le tocó a ella— que los consejos con que después se empeña en recompensarlo, todavía temblando de risa, todos perfectamente inconducentes, por otro lado, se confunden para él con variantes disfrazadas de la apología del delito. Pero así como deduce la personalidad de la viuda a partir de la camisa color verde botella con que lo ve aparecer, el corte de pelo que de golpe lo aniña o los raptos de caballerosidad con que la agasaja, así también se la representa a partir de las fechorías que comete el chico —sin confesarle nunca, por supuesto, el identikit al que llega, ese camafeo monstruoso, mezcla de arpía manipuladora y esperpento pasivo-agresivo, según la jerga de la parroquia psicológica de la que es devota durante décadas, y con los efectos más contraproducentes.

Para él eso no cambia nada. Desde esa primera vez en que desoye la objeción contra su novia bolchevique, su vida amorosa transcurre lejos de su madre, en otro plano, no blindada —porque nada demasiado visible la protege—, más bien inmune y terca, amparada por reglas y protocolos propios, como esos paraísos fiscales que por entonces se ponen de moda, localizados por lo general en islas más o menos remotas, protectorados herméticos, países minúsculos, débiles a primera vista, pero cuya fuerza única es la discreción, la capacidad que tienen de atesorar los secretos que el resto del mundo se desvive por conocer. Él, por su parte, ha perfeccionado tanto el sistema que ya ni siquiera tiene que preocuparse por preservar nada. No tiene miedo. Puede decirlo todo —lo dice todo, de hecho, y no sólo cuando admite que la camisa verde botella, como las cortesías pasadas de moda o el pelo corto, es fruto directo de la voluntad de Sonia, sino literalmente, cuando la describe física (alguna dificultad, debida a la ignorancia supina de su madre en materia de historietas, para explicar la noción de corte Príncipe Valiente) o moralmente (da plata en todos los casos, a todos los que piden en la calle, sin razón ni excepciones, y borra de su lista de amigos a cualquiera que tenga mucama con cama adentro) o cuando se explaya sobre sus hábitos (una hora de yoga entre el sexo matutino y el desayuno, televisión racionada, ventanas abiertas de par en par en pleno invierno)— y sin embargo el secreto seguirá estando ahí, intacto, inaccesible para su madre, como esas frecuencias que se producen a plena luz pero sólo son audibles para oídos muy entrenados. Un día, esperándola, sentado en la única mesa potable de la casa de tortas donde lo ha citado, uno de esos lugares atrabiliarios a los que su madre es fiel, con efe de fanática, sólo porque le ofrecen algo que no puede resistir, una sola cosa, anómala pero no necesariamente imprescindible, papel higiénico de doble hoja en el baño de damas, por ejemplo, o manteles blancos de puro algodón, o música renacentista, o el empalagoso licor de whisky al que se hace adicta en el *ferry* que la lleva hacia la Bestia, él revisa unas fotos que acaba de hacer revelar, *souvenirs* de "una escapada" —uno de los viudismos que más erizan la piel de su madre— a Misiones que empieza mal, en las cataratas del Iguazú, a bordo de un gomón inestable que el forajido, hostil desde niño a los chalecos salvavidas, amenaza tajear con la Victorinox que convence a su madre de comprarle en la tienda del *lobby* del hotel, y termina peor, en la celda de la comisaría de la Triple Frontera donde pasa seis horas de animado cónclave trilingüe (prostituta brasileña, *dealer* argentino, contrabandista paraguayo), acusado de haber puesto una *pornochanchada* en los veinticinco televisores color de una casa de electrodomésticos de Foz de Iguazú. Se pregunta por enésima vez por qué lo que ve por el visor de la cámara en el instante de sacar la foto nunca tiene el color de lo que aparece en las copias nueve por trece que deberían haberlo registrado, por qué, por Dios, ve ahora lo que creía haber dejado fuera de cuadro (la cola de un Renault 12 amarillo, la mano con el dedo índice apuntando y la muñeca llena de pulseras de oro falso del turista de Minas Gerais que los persigue con su afabilidad y su mal aliento) y no encuentra, aunque lo busca con desesperación, pensando incluso en volver a la casa de revelado y protestar, lo que estaba seguro de haber retratado (el perfil ligeramente aquilino de la viuda dormida y sonriente, recortado contra la almohada), y en eso llega su madre y se queda de pie junto a él, mirando las fotos desde arriba mientras él las revisa, y después de paladear unos flashes de intimidad trivial —la viuda en traje de baño, sesión de masajes junto a la pileta, desayunando en bata en el balcón del hotel, pasmada ante la jaula de los tucanes en el museo de los pájaros, sonriendo contra la almohada, dormida y con los labios entreabiertos— se sienta y se saca los lentes de sol con una mano temblorosa y le dice: "¿Cómo podés sacar fotos tan feas? ¿No es hora de que te compres una cámara como la gente?". No, no tiene miedo de decir y mostrar todo, porque sabe que confiarle el secreto a su madre, ofrecérselo así, gratis, a su necedad, es la mejor manera de guardarlo.

Pero si su madre desdeña las fotos es porque el secreto que la desvela no es ése, no está ahí, en esas imágenes estúpidas, efectivamente desencuadradas, sino en otra parte: encriptado en los resúmenes de las cuentas de banco, en las cantidades de dinero que entran y las engrosan cada tres meses, con una regularidad suiza, sin que nadie mueva un dedo para que existan. *La plata de los muertos.* Es eso lo que la hace delirar. Él lo sabe: ¿o no es lo que lo hace delirar también a él? ¿Hay acaso algún dinero mejor, más perfecto? La plata que cae, la plata que llueve sola, sin que nadie la gane ni se tome el trabajo de enviarla ni responda por ella, la plata que viene y llega desde el más allá, neutra, bienhechora, impersonal como una estación del año, una floración, una marea. Comparten eso, la envidia inenarrable, sin consuelo, casi delictiva en el caso de su madre —que de joven, en el lapso aturdido entre dos maridos, concibe en un instante de descabellada inspiración el plan de seducir a un trompetista de jazz, un tipo afectuoso y lampiño, en el filo del autismo pero extraordinariamente prolífico, capaz de componer tres *standards* intachables en el viaje en taxi hasta la empresa familiar donde lo obligan a trabajar para no sentir que lo mantienen—, que les despiertan esas criaturas privilegiadas, superiores a cualquier burgués acaudalado y cualquier aristócrata, superiores sobre todo a esas pirañas que se forran con las mesas de dinero, que son los beneficiarios de derechos de autor y regalías, inventores e hijos de inventores, autores y descendientes de autores, herederos de iluminados que tuvieron una idea y la ejecutaron y la largaron al mundo para que fuera ella, la idea, y no ellos, los iluminados, con su sudor, sus lágrimas, su sangre, la que se dedicara de ahí en más a producir dinero.

"¿Por qué?", le grita su madre (que ha vuelto a ponerse los lentes de sol, como hace siempre que sufre un rapto de emoción), mientras tiende los brazos a través de la mesa, haciendo trastabillar el aceitero, y lo zamarrea de las solapas de su saco de *tweed*, última contribución de Sonia a su guardarropas. "¿Por qué mierdas no fuiste un autor? ¿Por qué no fuiste un genio, un escritor, un físico, uno de esos músicos precoces, enfermizos, muertos antes de tiempo, antes de conocer mujeres y tener hijos, que les dejan a sus madres los derechos de todas sus obras?". Si lo dice así, con ese furor y ese desconsuelo, cuando todavía goza del dinero de *sus* muertos, cuando le basta con despertarse una mañana con una idea fija y traducir ese dinero —traducción, a su vez, del paquete que le deja su padre al morir, viejo, sí, pero sobre todo envenenado de rencor por la media docena de operaciones de cataratas estériles a las que se somete, casi ciego y aun así lo suficientemente perspicaz para darse cuenta, antes de morir, de que todo eso que deja, la fábrica de acero de Villa Devoto, el piso de Belgrano R, el chalet de Miramar, los dos autos, todo lo deja a pérdida pura, lo entrega en realidad a la dilapidación y al desastre— al idioma de lo que se le ocurra, cosas, bienes, viajes, incluso emprendimientos ambiciosos como la Bestia, una de las muchas inversiones que reclama el dinero de sus muertos y luego, bastante rápido, la inversión principal y hasta la única, a tal punto ese proyecto que empieza como casa de veraneo y termina como mansión-tumba, palacio-catástrofe, acaba comiéndose todo lo que tiene, el dinero del banco, naturalmente, pero también el piso de Belgrano R, el chalet de Miramar, etc. —si lo dice así entonces, cuando, como se dice, todavía nada en dinero, cómo lo dirá siete, ocho años después, cuando ya no haya una sola gota de agua en la pileta, cuando del paquete de plata de sus muertos no le quede mucho más que lo que atina a conservar de los muertos que se lo dejaron, fósiles cubiertos de polvo, recuerdos vagos, el eco distorsionado de una voz que balbucea insensateces en la oscuridad.

Sí, heredar tiene lo suyo. Él, ex heredero, heredero nonato, muerto al nacer, llamado a esperar lo que nunca sucederá, lo sabe de primera mano. Conoce la impaciencia, la avidez malsana, la soberbia del que sabe que todo no es más que una cuestión de tiempo. *Tarde o temprano*: el lema del heredero, la frase-talismán que se repite para tranquilizarse por las noches, antes de dormir, al final de un día que lo ha humillado reclamándole ya, ahora, inmediatamente, lo que todavía no tiene, lo que el infarto, el cáncer o el conductor achispado de un camión de reparto de botellas que dobla la esquina a toda velocidad le darán alguna vez, tarde o temprano. La risa del heredero es ácida, atronadora. Es la risa del que ríe último, una carcajada de resentimiento y de venganza largamente fermentada, que no deja títere con cabeza. Pero si al menos se tratara de eso. Porque hasta heredar implica una responsabilidad. Hay que estar a la altura de una herencia. Si su madre, púdica como es, acorazada de orgullo, cede a la atracción que ejerce en ella la viuda, es porque reconoce cuánto más lejos ha sido capaz de llegar. Comparado con el milagro que ha logrado —dinero que *cae* periódicamente, ráfagas de plata que soplan, se renuevan sin pausa, sin agotamiento posible, como cartas que su folclorista enamorado le escribiera después de muerto, con su amor eternizado en el mismo formol que impide que su cuerpo se pudra—, heredar suena como un prototipo fallido, una de esas ideas ingeniosas que el apuro, o la codicia, o la torpeza, o una combinación fatídica de las tres, reducen a un pobre borrador descartable.

Por lo demás, su madre ya ha heredado, el marido de su madre también, y todo heredero de ley —todo aquel cuya vida queda en algún momento atada a una herencia, palpitando a la sombra de su promesa, y permanece en suspenso, siempre a la espera, tendida hacia ese futuro que habrá de concederle por fin lo que le corresponde— sabe, una vez que ha heredado, hasta qué punto ese tiempo pasado es la hipoteca que pende sobre la euforia que siente al ser rico. Recibida la herencia, lo único que queda, abrupto o paulatino, razonado o demente, es el proceso fatal de su erosión. Es lo que su madre y el marido de su madre han comprendido bien, demasiado bien, a juzgar por la rapidez con que ponen en práctica ese programa de liquidación de riqueza del que la Bestia, a fin de cuentas, es menos la causa que la ilustración ejemplar.

En poco más de cinco años, ese paralelepípedo imponente, que irrumpe entre los árboles como un *búnker* de hormigón apenas los autos salen de la curva de la ruta que sube, deja de ser el remanso hedonista que está llamado a ser —que de hecho es al menos los primeros tiempos, mientras su madre y el marido de su madre y algunos amigos íntimos, todos igualmente víctimas del hechizo inexplicable del ex *rugbier* puesto a arquitecto, confunden las dimensiones exageradas de la casa con una excentricidad atractiva, un lujo a explorar, y, como niños que proceden a ocupar la mansión de la que sus padres acaban de irse, duermen un día en un ala y otro en otra, reparten las cenas en los distintos comedores, se duchan todos los días en un baño distinto, se pasean y besan en los pasillos, acampan en los *playrooms* desiertos con sus reposeras de playa, sus copas de vino, sus discos de Mel Tormé y Tony Bennett— y se convierte en una preocupación. Nada define peor, nada más engañoso que describir una casa como un bien inmueble, y mucho más una casa construida desde cero. Se cree que, instalado el último zócalo, colocado el tapalámparas que quedaba pendiente, ajustado el tornillo del último picaporte, ya está: la casa deja de exigir, es el turno de los otros, los que la habitarán. Después de la Bestia, su madre no tolerará que nadie repita esa falacia. Es al revés. Es una vez terminada cuando una casa empieza realmente a vivir, a necesitar, a pedir. Es entonces cuando se revela su naturaleza verdaderamente viva, animal. Pero entonces ya es tarde.

Cada vez que se van, bronceados, con ese agotamiento feliz, esa rara juventud experta que dejan en el cuerpo seis semanas de ocio y de mar, y ella gira hacia atrás en el auto y ve —como en una película proyectada al revés— la casa que retrocede y vuelve a ser tragada por los árboles, tiene la impresión inquietante de dejar una piedra preciosa a la intemperie, indefensa, a merced del primero que pase. Eso, y algunos robos en la zona, los convencen de contratar caseros. Una vecina del lugar, uruguaya, les recomienda que busquen una pareja (los caseros hombres y solos tienden a la indolencia y al alcohol, sobre todo en invierno, cuando lo único vivo que merodea en el lugar son viejos hippies desdentados que perdieron el rumbo y perros vagabundos), y su marido que la contraten en blanco, con todas las cargas y seguros que fija la ley, más por miedo a las inspecciones que por fidelidad a una ética social. Tres meses más tarde, después de un *casting* no del todo riguroso, que su madre y el marido de su madre usan más bien como pretexto para huir de Buenos Aires, una familia tipo jovial, con esa jovialidad atragantada de los uruguayos y dos *gurises* ariscos pero hiperquinéticos, se instala en la planta baja de la Bestia, donde vivirá casi una década, testigos taciturnos de una decadencia de la que nunca alertan, sin duda porque temen que la primera medida para frenarla sea despedirlos, pero que detectan desde el principio, a la primera señal, con toda claridad.

Cambia el gobierno uruguayo y las autoridades entrantes, necesitadas de dinero, reevalúan las tasas impositivas territoriales de todo el país y se ensañan con los lugares de veraneo, donde saben que abunda el dinero fácil y sobre todo extranjero. Los impuestos municipales se disparan a las nubes. El agua, antes casi gratuita, ahora es oro puro. El clima se rebela. Hay una seguidilla de veranos desapacibles, traicioneros, con furiosas descargas de lluvia que los sorprenden siempre al llegar a la playa, los obliga a volver y se interrumpen, despejando un cielo impecable y soleado, cuando acaban de desensillar el auto junto al garage de la casa. Podrían consolarse con la pileta, ahora que solucionaron por fin el inexplicable desnivel estructural (¡*rugbier*!) que impedía el abastecimiento normal de agua, pero la tala brutal de árboles acometida por el flamante comprador del terreno vecino —que en su momento ellos son los primeros en festejar, pensando lo mucho de paisaje que ganan sin tener que gastar un centavo— la ha vuelto inhabitable, un corredor de viento anárquico, siempre al borde de alguna tormenta, como una pista de aterrizaje.

Empiezan a ir menos, menos semanas. La Bestia se resiente. Un invierno particularmente lluvioso (sumado a una obra en construcción no del todo legal que prospera en la montaña, un poco más arriba, apuntalada por andamios endebles) descarga un alud de tierra, escombros y algún que otro albañil desprevenido que sepulta parte del ala derecha de la casa y pone en evidencia cierto déficit constitutivo en los cimientos (¡*rugbier*!), mucho más permisivos con la humedad de lo que deberían, lo que obliga a una obra de excavación y resellado que exige toneladas de dinero (pero el dinero *siempre* se mide en toneladas cuando se trata de arreglar algo) y un verano y medio (tiempos uruguayos) de abstinencia en el uso de la casa. Se malhumoran. Les roban (con la casera adentro, a la que encierran en el cuarto de planchar, y los chicos, que ni se enteran, en el jardín, sacando cuises de sus madrigueras con pastillas de gamexane). Les llega el rumor de que alguien planea un *bed & breakfast* para mochileros donde crece esa colonia gigante de magnolias que tanto les gusta contemplar. Les cuesta conseguir amigos que los acompañen. El salitre empaña las ventanas: cuando desayunan sólo ven un velo blanco grumoso y triste y el mar y la costa y los techitos de tejas atrás, desdibujados, como la postal antigua de un lugar perdido. La casa es inmensa, inútil, imposible de calefaccionar. No hay cerramiento por el que no se filtren latigazos de aire. Se suelta un postigo (uno de esos bellos postigos mediterráneos por los que el *rugbier* tanto aboga) que se pone a golpear y pueden pasarse veinte minutos rastreándolo, ateridos de frío. Hay veces —sobre todo de noche, cuando los asalta ese espantoso insomnio de vacaciones y cada uno se retira a lidiar con él por su lado, avergonzado, como un animal herido— en que se sienten perdidos y solos como intrusos.

Al borde de la quiebra (si tuvieran alguna empresa que quebrar, algo más sólido que ese caos de operaciones a tientas, malabarismos financieros, negocios sin horizonte y cuentas cada vez más menguadas en que han convertido sus respectivas herencias), hartos de que el dinero se vaya en la Bestia con la misma regularidad con que le llegan a Sonia las remesas del más allá, deciden que es hora de que la casa dé dinero. No tienen pretensiones. No quieren hacerse ricos. Sólo que la casa se autofinancie. Alguien —probablemente un apuntador a sueldo del ex *rugbier*— les sopla la idea de convertirla en un complejo de departamentos de tiempo compartido. Cuando lo llaman para comentársela, el ex *rugbier* puesto a arquitecto y ahora a telépata, dado que cuando descuelga el teléfono ya parece estar enterado de todo, despliega los planos (que misteriosamente lleva encima) y les detalla con un entusiasmo desbordante el plan de reformas. Dice bien: reformas. Lo ha previsto todo, nada le importa más que tranquilizarlos de entrada. Amplia y generosa como es —¡es casi como si hubiera visto el futuro cuando la dibujó por primera vez!—, a la casa no se le agregará absolutamente nada, ni un ladrillo —salvo, naturalmente, lo que exija la reglamentación vigente para los tiempos compartidos: espacios comunes, tres, o quizá dos, sí, sólo dos bañitos más, los dieciséis metros cuadrados suplementarios que necesitará la pileta y las cocheras —fundamentales: ¿a quién se le ocurriría parar ahí arriba sin coche?— para una media docena de autos. Trabajar con lo que hay. Subdividir lo que ya existe. Podrían sacar media docena de departamentos y un séptimo, un dúplex, el mejor y el más caro del complejo, que ellos tendrían asegurado tres semanas por año, a su elección, sin pagar un centavo. La obra puede empezar hoy, ya, ayer mismo, si es necesario. Casualmente el ex *rugbier* tiene gente en la zona lista para trabajar —un complejo de *bungalows* de estilo filipino que quedó trunco por un problemita de financiación. No tendría más que derivarlos a la casa. ¿Cuándo tendrían el anticipo para arrancar?

El proyecto fracasa. Prevén inaugurarlo en diciembre, con la apertura de la temporada, cosa de amortizar rápidamente los costos de la obra. Pero un invierno hostil, impedimentos legales que tardan en destrabarse (el contacto del *rugbier* en la municipalidad cae preso por un asuntillo de corrupción de menores) y el mes y medio que el *rugbier* pasa desaparecido (según él, internado en una maloliente clínica de Maldonado por un rosario de neumotórax; según la pareja de caseros, que se lo cruzan dos veces en la casa de cambio del centro, encerrado en el casino en ojotas, con anteojos ahumados y una camisa floreada con el logo del complejo de *bungalows*), en todo caso muy lejos de la obra, que se interrumpe y motiva un reclamo sindical encendido, con dos días de toma pacífica de la Bestia y una perfumada choriceada en el futuro *lobby* del complejo, posponen el corte de cinta para el fresco mes de mayo, cuando sólo un *outlaw* en fuga vería con regocijo una estadía en un tiempo compartido en la costa uruguaya, y disparan el caso de lucro cesante más triste de la historia de la arquitectura estival.

Son diez años —más o menos los mismos que se toma Sonia para viajar de la adoración al hartazgo, hasta que lo pone en la calle con una caja de cartón llena de ropa (menos las cosas que le va comprando ella mientras están juntos, de un gusto exquisito, sobre todo ese saco de *tweed*, que ahora le van al vándalo como a medida), una bolsa de supermercado con su diario de sueños, su medallita, su sobre de fotos de niño, su dado y su rana de lata, que, como los gatos mal castrados, que invierten sus migajas de instinto en copular como autómatas desmemoriados con muñecos de peluche, sigue saltando ahora en el vacío, y un pedazo de papel arrancado de mala manera del bloc del teléfono con los días y horarios de visita al forajido, que para mal o para bien ha terminado por encariñarse con él. En diez años, la Bestia cambia de identidad más de una vez, siempre con la pareja de caseros como mascarones de proa (es la única exigencia que su madre y el marido de su madre consiguen imponer durante todo el proceso), siempre en vano. Hay una primera versión tiempo compartido, que despega bien (ocupación al ochenta por ciento) pero se apaga pronto, eclipsada por el furor de los *resorts all inclusive* y el hedonismo exclusivista. Siguen tres años (pintada de un feo verde pino, con paneles solares que nunca se deciden a funcionar) como posada ecológica. Luego, segunda chance como tiempo compartido, fórmula que en el ínterin (crisis económica, recesión, desempleo) ha vuelto a ganar adeptos. De ahí en más, caída libre. Sede central de una pujante inmobiliaria de la región, fundida al año de instalarse y cuyos dueños, un par de primos incestuosos, recién desalojan la Bestia con la fuerza pública, dejando impago un año de alquiler, servicios e impuestos municipales. Sede parcial, sólo los fines de semana largos (tan aptos para maratones de psicodrama, sensopercepción, meditación trascendental, yoga), de cierta fraudulenta "clínica de bienestar integral" que los contacta a través del *rugbier*, recientemente nombrado cónsul o agregado militar o primer secretario de la embajada argentina en Sudáfrica, donde sus viejos amigos de los *All Blacks* lo esperan con ansiedad. Productora de cine y, más tarde, estudio de filmación, primero para *spots* publicitarios (la pileta que aparece en ese comercial de gaseosa, la escalera de caracol donde el marido le da los dos pasajes a Punta Cana a la esposa, el amplio living con chimenea y bibliotecas empotradas que los hermanos mellizos usan como campo para su guerra de galletitas de chocolate), luego para dos o tres películas de cine experimental, nunca estrenadas, en las que el director de la productora termina invirtiendo (y perdiendo) lo poco que ganó, y que, según los pocos sobrevivientes del elenco que aceptan hablar del asunto, derivan en grandes orgías inútiles (el tipo es diabético, hipertenso, incurablemente impotente). Al final del túnel, la Bestia es territorio arrasado, un Xanadú sin luz, casi sin vidrios en las ventanas, que el viento usa para modular sonoridades estrafalarias y los animales para dormir o reproducirse, del que hasta los caseros han huido (rematando los pocos muebles que quedan, única manera de cobrarse los sueldos que quedaron debiéndoles) y que ni siquiera les pertenece del todo. Esperanzados con una posible inyección de capital, han puesto el cuarenta por ciento de la sociedad en manos de dos socios —otro arquitecto, un empresario turístico— aún menos avispados que ellos.

"Ya está. *Pasó*", le dice su madre una tarde, con el tapado todavía puesto y la cartera deformada por la presión de sus dos manos que tiemblan, sentada en el borde del sillón de caña de dos cuerpos, el único mueble digno de ese nombre, aunque de una fealdad impertinente, que tiene en la pocilga de un ambiente donde vive desde que Sonia lo echa: "Me separé. Estoy viviendo en un hotel. Y se me terminó la plata". Él, de pie, sólo atina a preguntar: *Qué quiere decir*. Tiene puesta la bata de toalla naranja que tiempo más tarde, cansado de verlo patrullar los pasillos con esos viejos pantalones de *jogging*, llevará a la clínica donde está internado su padre. Es lo único que se le ocurre decir. Pasa por alto el detalle de la separación. Es algo en lo que ha pensado tantas veces que es como si ya hubiera ocurrido. Ni siquiera le interesa su madre. Le interesa la frase. Qué quiere decir la frase *se me terminó la plata*. La frase sola, en sí misma, más allá de la mueca de maravillado estupor de la boca que la dice, más allá del tono de la voz, bajo, apagado, el tono de quien habla en sueños o medicado. Lo sabía, lo supo siempre. Pero ahora es ella la que lo sabe, su madre, y él —es tan simple y radiante como la visión de un idiota— no lo puede creer. Es como si de golpe sucediera en la realidad algo que hemos visto suceder mil veces en el cine, o en los sueños, o en las historias de vida de otros, y que ya conocemos con todo detalle y no puede sorprendernos. No: nos congela la sangre. No el hecho en sí, sino el cambio de dimensión sobrenatural, absolutamente milagroso, que ha sido necesario para que el hecho rompa la cáscara del mundo donde solía ocurrir y viaje hasta el nuestro y lo dé vuelta como un guante. "'¿Qué quiere decir?'", repite su madre mirándolo por primera vez, con una mezcla de desprecio y compasión. Y se contesta: "Nada. No quiere decir nada".

Ah, si él hubiera podido responder eso cada vez que le han hecho esa pregunta. ¿Cómo nunca se animó? ¿Por qué ha preferido siempre tener algo que decir, en vez de nada? ¿Quién lo manda, quién lo ha nombrado custodio de eso que se supone que quieren decir las cosas? Su grupo de inválidos, sin ir más lejos, tan desesperados, siempre, por saberlo todo. Durante unos meses, sin duda para disimularse la evidencia de que es un mantenido, acepta proyectar y comentar películas —una especie de cineclub privado— para un grupo de sexagenarios con inquietudes culturales. Se reúnen una vez por semana, siempre en casa de un miembro del grupo distinto. No pagan mucho pero es una paga rítmica, regular, lo más parecido a un trabajo que tiene en muchos años. Los inválidos —los llama así por el líder de la pandilla, un contador retirado brillante y extrovertido confinado a una silla de ruedas por una enfermedad degenerativa— son amables y hospitalarios. Las mujeres cocinan grandes banquetes étnicos —*hummus*, falafel, *gulasch* con *spätzle*— con los que coronan cada reunión, le ofrecen reforzarle el botón que cuelga de su abrigo, le muestran sus álbumes de familia, señalándole con aire casual la sobrina o la nieta que podrían convenirle. Los hombres le convidan puros, le palmean una rodilla con confianza antes de preguntarle por quién piensa votar —casi todos vienen de la izquierda, un pasado al que ya no pertenecen pero que sigue dictándoles gestos, conductas, reacciones, maneras de hablar, como un país del que alguna vez se exiliaron, al que nunca piensan volver pero al que deben todo y no olvidarán jamás—, le ofrecen sus versátiles carteras de contactos por si necesita un crédito, comprar una heladera con descuento o hacerse imprimir invitaciones de casamiento gratis. Todos confían en él, le confieren una autoridad que no tiene, se tragan sin chistar, hundidos en un silencio reverencial, los mamotretos soviéticos o checos o húngaros que les pasa para congraciarse —o quizás acabar para siempre— con sus legendarias juventudes militantes.

Muy pronto, sin embargo, el pudor se disipa, entran en confianza y cuando tropiezan en la pantalla con una de esas imágenes densas, deliberadas, que no pueden explicarse pero reconocen llenas de sentido, cargadas de sentido hasta reventar, se animan, por fin, y levantan una mano trémula y preguntan: "¿Qué quiere decir?". Así empieza el desastre, la epidemia, el efecto dominó. ¿Qué quiere decir el trineo azotado por la nieve en la burbuja de vidrio que cae de la mano del moribundo? ¿Qué quiere decir la vieja bota de trabajo sin cordones abandonada en el refugio antiaéreo en ruinas? ¿Qué el zurcido al que se aboca la heroína en la escena final, rodeada de crápulas sin dientes ni techo? ¿Qué el viejo trompo que no para de girar? ¿Qué los dos versos de la canción que el protagonista busca en vano recordar y recién lo asaltan al final de la película? ¿Qué el cristal roto, el pétalo manchado, el reloj que marca las horas al revés en ese viejo bar de puerto portugués?

Contesta, naturalmente. Contesta como el buen esclavo que es del único trabajo verdadero que tiene nunca, que nadie le ofrece ni le asigna, para el que nadie lo contrata, por el cual no debe comparecer ante nadie, con el que nace y con el que morirá: hacerse responsable del significado de las cosas. Pero no los soporta. Los abandonaría, se mandaría mudar dando un portazo, haciendo temblar, y en lo posible resquebrajarse, la bella cristalería que los inválidos guardan sin usar en esas estanterías de oscura madera pesada que amenazan siempre con desmoronarse, y que lograron, nadie sabe cómo, traer intactas de Europa, la misma Europa salvaje que pasa a degüello o llena de plomo o gasea a todos sus parientes, si no lo distrajera de pronto el nuevo integrante que se suma al grupo, un hombre flaco, alto, de perfil aguileño, seco como un enterrador, con un vago prontuario militante (proveía, según dicen, de máquinas de impresión a la organización Montoneros), que pasa seis años exiliado en Brasil, donde escucha y pronuncia por primera vez la palabra *reciclaje*, y vuelve y hace fortuna importando (primero) casetes de video vírgenes, fabricándolos (después) en una remota planta patagónica, hasta que se retira y monta con el *stock* que le quedó de videocasetes un pequeño sello de video consagrado al cine de arte, La Tierra Tiembla, cuyos títulos —vanguardia soviética, neorrealismo italiano, expresionismo alemán, Jancsó, Wajda, *El chacal de Nahueltoro*— figuran por orden alfabético en la *brochure* que el contador le desliza una noche en un bolsillo y están a su disposición —no tiene más que pedirlos— para las reuniones del grupo. Los otros inválidos lo llaman el Rey, apócope benigno del Rey de la Cinta Magnética (pero el Rey, modesto como es, y antimonárquico, no tiene que enterarse). No importa cuáles sean sus potestades, el Rey no detiene la epidemia; más bien todo lo contrario. Los qué quiere decir arrecian. Quizá la novedad que representa en el grupo aliente todavía más el deseo de intervenir y de saber; quizás el hecho de que las películas que el grupo empieza a ver y discutir provengan del grupo mismo les dé más derecho a hacerse oír. Chaplin: qué quiere decir. *Cenizas y diamantes*: qué quiere decir. *Stalker*: ¡qué diablos quiere decir! Uno más y revienta. Ahora sí: se irá. Cobrará la última sesión y no volverán a verlo. Pero viene *Iván el Terrible* —es uno de los títulos estrella de La Tierra Tiembla, junto con *La tierra tiembla*—, y si se fuera antes, como planea, se perdería lo mejor. Se perdería la lección del Rey de la Cinta Magnética.

Viernes de lluvia. Un piso amplio y cómodo en un barrio próspero (no lujoso). Impermeables y paraguas goteando en penitencia en el baño de servicio. Humean el café, el té, el puro cubano del Rey, que, como siempre que proyectan una película de su catálogo, contempla el televisor con una amplia sonrisa de satisfacción. Él monta guardia cerca del aparato. Una pierna le tiembla de impaciencia. Tiene el control remoto en la mano, los dedos listos para disparar tan pronto como alguno de los cazadores de sentido habituales —la pálida hermana del fabricante de chocolates, el industrial gráfico que no para de frotarse la nariz, incluso el contador, que de un tiempo a esta parte, envalentonado por sus compañeros, lanza sus qué quiere decir con grandes gestos acusatorios, como si la silla de ruedas fuera un púlpito y él un tribuno postergado— alce la mano y escupa la estúpida petición que él, una vez más, quizás la última, para su vergüenza, hará todo lo posible por contest —pero ¡shht!: acaban de coronar al joven y resistido zar. Ya ciñe la corona su cabeza, ya le han entregado el cetro (por no decir que él mismo, señal de avidez poco elegante, se lo arrebata con su mano anillada a esa especie de arzobispo) y el globo con la cruz, y ya el viejo energúmeno lleno de pelos entona su himno con su voz de ultratumba cuando dos cortesanos entran en cuadro y toman posición a los costados de Iván, dos escalones más arriba, donde reciben de un par de siervos dos grandes cuencos que sostienen junto a sus hombros. Estalla el coro. Los cortesanos vuelcan los cuencos y una lluvia de monedas de oro cae sobre la cabeza del zar, cae, cae, no deja de caer, una larga cascada de oro que resbala sobre la corona y los hombros y se derrama en el piso, y cuando todo indica que la lluvia de oro no se detendrá nunca, la hermana del fabricante de chocolates despega apenas sus blandas nalgas del sillón de pana mostaza y, apuntando al televisor, dice: "Profesor, ¿qué quiere decir?". Él, que se lo veía venir, ha apretado pausa enseguida, sin siquiera volverse hacia el televisor (conoce la película de memoria), y con solemnidad o algún cansancio se ha puesto de pie para hablar (es la última vez, piensa, ¡la última!), y cuando abre los ojos, volviendo del brevísimo *black out* donde se interna en busca de bibliografía sobre rituales de coronación, ve ocho rostros desfigurados por el estupor, ocho máscaras atónitas y una, la del Rey, que, suspendida en una mueca de espanto, enrojece de golpe y estalla en un ataque de tos. Él —puro envión— empieza a hablar: "Bueno, en los fastos de la Rusia de los zares, el oro era...". Nada cambia en la cara de los inválidos. Nadie lo escucha, nadie registra siquiera que existe, hechizados como están por la monstruosidad que contemplan. Entonces se vuelve y descubre en el televisor un primer plano descolorido, con el grano inflado de una filmación de aficionados, donde dos vergas colosales, nudosas como troncos, embisten sincronizadas contra una mujer acostada boca abajo. No sabe si lo suelta o se le resbala, pero el control remoto, también atónito, cae al piso boca abajo y la cinta se echa a andar otra vez. Un cambio de plano. Un metro, un metro y medio de distancia, y la escena es clara como el agua, como la cascada de oro que diluvia sobre el joven zar de todas las Rusias, como el portugués de las exclamaciones de éxtasis que chisporrotean, luciérnagas obscenas, en el living: un semental mulato de pie, con las piernas ligeramente flexionadas, abastece el agujero del culo; el otro, blanco, acostado bajo la mujer, arremete contra su concha mientras le exprime la carne de las nalgas con sus largos dedos de masturbador. Cinco segundos después, como un monstruo tragado por los labios de la caverna que lo escupió, el trío brasileño vuelve al más allá de donde vino y las monedas de oro reanudan su interminable caída.

Cómo querría eso, ella, su madre, ahora, con toda la fuerza de su alma desvalida: que el dinero le llueva. Lo dice así, con los ojos perdidos en la moldura del techo, como si esperara ver gotear los primeros billetes de ese pequeño recodo que alguien restauró con un tosco implante de yeso, donde una araña duerme hecha un ovillo en el fondo de su tela mientras el olor de su presa se desliza en su sueño. Él tarda un poco en darse cuenta de hasta qué punto ese deseo no es hijo de la ambición, ni de ese rencor tóxico, tan amorosamente cultivado, que una monarca acumula a lo largo de décadas de exilio, indiferente en público a las mismas noticias de su comarca que por la noche recorta y atesora en la privacidad siempre un poco húmeda, o sofocante, o ruidosa, de su cuarto alquilado. Lo primero que piensa, en rigor, cuando ella confiesa su bancarrota, es que lo que confiesa en verdad es un delito, un delito de lesa majestad, como el abuso de niños o la matanza de un pueblo, y que la víctima del delito es él, el hijo, desposeído, por el simple acto de la confesión, de todo lo que le correspondería por derecho. Él podrá deberle la vida, como se dice. Pero ella le debe dinero, mucho dinero. Por una fracción de segundo ajetreada, llena de madrugones, aspirantes a letrados cargados de expedientes, pasillos con eco, cafés de máquina, se imagina arremetiendo contra su madre y llevándola a la justicia, se oye incluso vociferando su alegato de hijo expoliado ante el juez, súbitamente degradado —porque la justicia real es inmune a la imaginación— en la figura de un secretario estrecho de hombros, con caspa, que deja de teclear para preguntarle: "'Exceso' va con *x* y *c*, ¿no?". Pero ¿a quién citará como testigos? Su abuelo. Su abuelo, repatriado por el lapso solemne de una audiencia mediante algún subterfugio mediúmnico... Su abuelo, del que su madre, tiempo después, cuando de la nada que confiesa esa tarde que le ha quedado le quede todavía menos, le contará, roja de ira, como si hubiera sucedido recién y no hace cincuenta años, la historia de cuando vuelve del colegio y, todavía entusiasmada con el adoctrinamiento en la materia que ha tenido por la mañana —"El ahorro es la base de la fortuna"—, le pide tener una libreta de ahorro y él, empujándola un poco, como si obstruyera su campo visual, le dice que él tiene "cuenta de banco, no libretitas de ahorro".

No, no es la ambición sino la falta absoluta de esperanza, el vacío súbito, helado, que abre en su pecho la evidencia de que ya no tiene un peso. Es eso lo que condena a su madre a la espera de ese milagro demencial: que llueva dinero. Menos por convicción que por tenerlos al alcance de la mano, frescos como llagas, empieza por los milagros sensatos y se aferra con uñas y dientes a la idea de que la Bestia tarde o temprano se venderá, no importa el estado en que esté, no importa lo que el tiempo y los inviernos y la humedad y la maleza y las bandas de *squatters* con mochila hayan hecho con ella, y le devolverá al menos una parte de todo lo que perdió. Hace mucho tiempo que no va, no ha sido testigo de la mitad de las metamorfosis que sufrió, ya no consigue imaginársela. Todas las imágenes que tiene de la casa son anacrónicas. Sólo la recuerda en sueños las pocas veces que logra dormir de corrido, cuando la recompensa por ese interludio robado al insomnio —un milagro casi más inaudito que la lluvia de dinero: tiene su mesa reservada en el bar del hotel y al sereno apalabrado para que le prenda alguna luz y le sirva su té o su copa de coñac cuando baja con los ojos como platos a las tres y cuarto de la mañana— es la visión en cámara rápida de una especie de ciudadela reptante que crece todo el tiempo en todas las direcciones, incluso bajo la tierra, según un sistema de cubos encastrados de los que salen y entran toda clase de animalitos asustados, cuises, topos, tatús carreta, cobayos de un experimento inútil que algún vestuarista psicótico decidió abrigar con unas minúsculas camisetas de rugby. "Algo tiene que valer", piensa. Y si no es la casa, si no son los terrenos, el cemento, las baldosas, los marcos de las ventanas, las lajas, los azulejos, algo tiene que valer, al menos —como es ley que suceda en esas aventuras en que el héroe, por carismático y virtuoso que sea, le debe buena parte de su propio valor a la monstruosidad del archienemigo con el que se enfrenta—, el papel trágico que la Bestia ha desempeñado en su vida, el modo en que en diez años la casa arrasa literalmente con todo.

Sentada junto al ventanal del hotel, en camisón, con su bello impermeable italiano sobre los hombros, sueña despierta, un poco embriagada por los vahos del coñac, con un cazador de truculencias inmobiliarias, una de esas aves de carroña que patrullan en Hollywood los barrios de las estrellas con la chequera y la birome listas, en busca de mansiones abandonadas o decrépitas pero con el mármol del baño salpicado de sangre, los techos de oro labrado con agujeros de bala, los cobertizos estampados de restos de masa encefálica. Por qué no. Por qué no puede tocarle a ella la bendición de uno de esos tasadores de desdichas. Algo tiene que valer. Pero si le preguntaran qué quiere decir "algo", cómo mide ella "algo", no sabría qué decir. *Nadie* sabría qué decir —como no sabe qué decir o no se pone de acuerdo el cónclave de especialistas reunidos para cotizar la obra maestra de un artista idiota, la obra idiota de un artista maestro. Cuando baja a tierra y recapacita, y decide que sólo la modestia la salvará, piensa en poco, piensa apenas en un extra, la diferencia que la aleje sin exageraciones pero de manera nítida de la pesadilla de la que no consigue despertar. Pero espera, y espera, y ese poco modesto que la contentaría no llega, y la Bestia, una vez más, vuelve a ser todo para ella, lo que le quitó todo y lo que puede devolvérselo todo, y entonces abre la ventana de su habitación de hotel en plena noche y así, en camisón, con el impermeable italiano resbalándole de los hombros y cayendo al piso sin una arruga, sólo con las arrugas que previeron sus diseñadores, le grita al mundo, al dormido mundo de la calle Uriburu, la cifra astronómica por la que estará dispuesta a conversar —sólo a conversar, luego se verá— sobre la venta de la casa. Lo que es evidente, en todo caso, es que lo que su madre no tiene en mente nunca, ni cuando es modesta y sólo desea olvidar, ni cuando la vence la voluntad de venganza y exige a gritos que pongan el mundo entero a su nombre, es la cifra ridícula, mezquina, desproporcionadamente triste, que termina pagándole una constructora uruguaya, el último —el único que acepta *ver* la casa— de una larga lista de compradores que desertan uno por uno después de ver las fotos: diez mil dólares, a dividir por la mitad con su ex marido.

A punto de llorar, le muestra sus cinco mil —una parva de billetes de cincuenta que abultan un sobre sucio, deforme, y, pegado al sobre, como un polizón, un billete de lotería que asoma la cabeza sin pedir permiso y ella esconde con una vergüenza contrariada, empujándolo al fondo de la cartera— a la luz fluorescente del bar donde lo cita después de cobrarlos, un lugar extraño, todo vidrios polarizados, con mozas que atienden en ropa interior y llevan la misma peluca morocha, como réplicas de un original del *Crazy Horse*, a dos cuadras del sótano donde funciona la filial Buenos Aires de la constructora, o quizá la guarida de su equipo de contadores y abogados. Alza la mano con el sobre para llamar a la *stripper* más cercana —un antro, sí, pero la *cheesecake* es imbatible— y él pesca la mirada de codicia asesina con que un parroquiano vecino sigue su gesto. "Que me roben", se desentiende su madre, y sin dejar de llorar agita alegremente los billetes en el aire, tratando de distraer a la *stripper* del cliente que le pide precisiones sobre el menú mientras le mira los pechos: "Qué son cinco mil dólares comparados con todo lo que perdí".

No era exactamente eso lo que tenía en mente cuando pensaba en plata que llueve. De modo que no la usa para paliar o prever necesidades sino como una suerte de compensación reparadora, para indemnizarse por el malentendido del que una vez más ha sido víctima. Hace su pequeña valija, cancela su cuenta en el hotel y espera hasta la noche para despedirse del sereno. Y luego se muda y se gasta hasta el último billete de cincuenta en un hotel un poco mejor (tres estrellas y media, aunque la media estrella se olvida a veces de brillar en el cartel de neón) sobre Juncal, a dos cuadras del anterior, que tiene ascensor, televisión por cable y un cesto con paraguas en el *lobby* para los días de lluvia. Pensaba en algo más imprevisto y más drástico, el tipo de diluvio que se desencadena sin aviso y, para bien o para mal, lo cambia todo, como cuando un médico pone una placa a contraluz, se aclara la garganta y apunta un dedo hacia la irrisoria nubecita blanca que duda en formarse en el centro del páncreas. Pensaba en un acontecimiento, eso que en los viejos folletines irrumpe de manera siempre intempestiva, a través de un llamado —el timbre que rasga de golpe la quietud de un hogar poco familiarizado con el mundo exterior— o una carta, un sobre manoseado y exhausto, con la dirección mal escrita, de modo que antes de llegar a destino ha tenido que perderse, ir y venir varias veces, correr incluso el peligro de no llegar nunca.

Ángela, por ejemplo. A los doce años se hace amiga de una chica flaca y hosca, de rodillas muy huesudas, que se pasa los recreos aferrada a la reja del patio, tratando de esconder el monstruoso zapato con plataforma que remata su pierna derecha. Le presta a menudo su transportador y su regla, comparte con ella sus almuerzos, se deja copiar en las pruebas. Vaya ganando o perdiendo —el hastío es el mismo en ambos casos—, deserta de la rayuela o el juego del elástico y cruza cabizbaja todo el patio hacia la reja y entra con algún recelo en la órbita de su ostracismo. Se queda con ella todo el resto del recreo, la espalda contra la reja, hablando mal y rápido, como una espía apurada por transmitir la información que ha cosechado, de todos y cada uno de los compañeros con los que simpatiza o finge simpatizar durante el día, hasta que Ángela, después de un breve interludio de asombro y timidez, se le une con un frenesí atrasado y empieza a repartir sus propios azotes, los zapatos descosidos de Berio, el mal aliento de Melnik, los granos de Venanzi, las tetas falsas de Serrano. Pasan así meses. El último día de clase están saliendo del colegio en manada, como siempre, y Angela, aprovechando la confusión, le mete un papel doblado en la mano, le pide que lo lea cuando se haya ido y ya llegando a la puerta, cuando el chofer se despega del auto y empieza a dirigirse hacia ella, la besa muy rápido, rozándole el costado de la boca con los labios. No la vuelve a ver. Se mudan y cambian de escuela, o se van a vivir a otro país. Pero cincuenta años después, más millonaria, tullida y sola que nunca, a quién si no a ella, a su madre, le escribirá Ángela otra carta pidiéndole verse, a quién si no a ella le dirá que está enferma, poniendo en orden sus asuntos, y que después de evaluar, y descartar, una nómina bastante exigua de candidatos naturales ha decidido dejarle a ella toda su fortuna.

Esa clase de lluvias espera. Pero ¿llegarán, si las espera tanto? ¿Llegarán, si más que lluvias son pagos postergados, la clase de satisfacción pendiente que ningún acreedor jamás olvida de veras, aunque más no sea porque sabe que ha quedado anotada en algún rincón de su cuaderno de deudores? Venciendo el pudor que le da comunicar su cambio de vida, hace circular la dirección y el teléfono del hotel donde está viviendo. Entre los llamados que recibe, y que, feliz de la vida, hace filtrar por la recepción del hotel, hay uno solo que no reconoce. Repite en voz alta el nombre que le anotaron, lo rastrea (sin encontrarlo) en su agenda de teléfonos. Consulta con un par de esas viejas amigas que el tiempo convierte en memorias de emergencia. Nadie lo recuerda. Desconocido, sin rastros ni rostro, inubicable. "Es ése", piensa. Ahí está el secreto: que no haya nubes ni truenos, que la lluvia venga realmente del más allá. Se arma de valor (una siesta, una ducha, dos copas de coñac, tres renglones donde escribe cómo debería oírse su asombro, con qué tono y cuánto debería agradecer) y llama. Lo atiende una voz nasal, que se afina cada tanto en unos artificiosos falsetes de dramatismo. Se le escapa su apellido de casada —la emoción del llamado devuelto, sin duda—, desliz que trata de disimular tosiendo hasta que cae en la cuenta de que no conoce el de soltera. Fue agente de bolsa. Alguna vez manejó con bastante solvencia unas acciones que su madre compró por consejo de su ex marido (y luego malvendió, entre la fase Posada Ecológica y la fase Tiempo Compartido II, para cambiar todos los pisos de la Bestia). Ahora trabaja por su cuenta, siempre en finanzas. Está ofreciendo algunas colocaciones muy ventajosas, y revisando su cartera de viejos buenos clientes... ¿Podrían encontrarse a tomar un café? Consiguió su teléfono nuevo por su ex marido. A propósito: ¿qué tal eso de vivir en un hotel?

Es ella la que sueña con dinero que llueve, pero el que termina mojándose es él. Su padre ha muerto. Una noche espera que pase la última ronda de enfermeras, se deshace de cables y sondas (el mórbido placer del chasquido que la cinta adhesiva emite al despegarse) y cruza descalzo, con su bata naranja, hasta la habitación de enfrente, donde un viejo mediocampista de Boca Juniors conectado a su máquina de diálisis lo espera para jugar una partida de póquer. La enfermera del turno noche —la que, alta y severa, no acepta propinas— lo encuentra sentado en una silla junto a la cama del mediocampista, muy tieso, con una pierna de sietes en la mano, la cabeza apenas inclinada hacia la izquierda, en actitud de elegante desconfianza, y la otra mano apoyada en el borde de la mesa rodante que hace las veces de tapete, donde la esperaban el mazo de cartas (con el siete de trébol en primera posición) y un vaso de plástico con dos dedos de whisky.

El ataúd lo empequeñece y lo afea. Un pelo muy blanco y largo emerge del bigote, hace un doble salto mortal y se incrusta en el labio superior, a un costado, muy cerca de la comisura. ¿Le habrán recortado la barba? Discute con un empleado de la casa de velatorios por la mortaja que le han puesto, blanca, de hilo, muy parecida a la que usa en el hospital cuando no tiene más remedio, pero más vaporosa, casi transparente, una ropita ridícula y femenina, como de ángel. "¿Por qué no le ponen un arpa, también?", dice, y se va dando un portazo. En un momento, a solas con el cuerpo, se inclina sobre su rostro, vuelve a ver de cerca las arrugas de la frente, que conoce tan bien, y lo besa. La temperatura del cuerpo lo hace retroceder. Un frío de caverna, de mármol, abismal y compacto, un frío que nada nunca alterará, que seguirá así para siempre. Su madre, la primera que llega, para su sorpresa, la única que se toma al pie de la letra el horario de comienzo del servicio, ha velado todo el tiempo de pie, con su paraguas y su cartera en la mano. Fiel a una vieja ley (la puntualidad y el estoicismo como formas de compartir el dolor ajeno), no ha querido sentarse, no ha querido agua, ni café, ni esos repulsivos caramelos mentolados que un demacrado cuervo de traje pasa a ofrecer de vez en cuando en un plato, con el otro brazo ligeramente plegado contra la espalda, como el mozo de un restaurante pretencioso.

Hay poca gente en el velorio, caras en su mayoría difusas, que no reconoce pero que se empeñan en hacerle señas desde algún lugar del pasado. *Conocidos*. Su padre ha vivido rodeado de gente transitoria y furtiva, unida a él por lazos coyunturales o contingentes. Trata de recordar en quién le hacen pensar mientras acepta los abrazos, las palmadas en la espalda, las palabras de congoja o de aliento. Reconoce a un par de empleados de la agencia, al cambista —ya decididamente obeso— que le cambia dólares durante la refacción de la casa, al portero de un edificio de Belgrano donde cada dos por tres queda atrapado en el ascensor, a la mujer rubia, ligeramente estrábica, empleada de Air France o de Alitalia, que de chico, cuando acompaña a su padre en su ronda de pagos, siempre le pregunta, señalándolo, si no puede hacerle uno igual a ella. No son ellos, sin embargo, sino cinco desconocidos compungidos —uno de los cuales, muy bronceado, intenta sofocar un ataque de alergia apretándose un pañuelo contra la nariz— los que comparten con él la carga del cajón cuando llega la hora, y los autos de la cochería se ponen en doble fila, y la gente empieza a dispersarse en racimos de oscura tristeza, algunos para unirse a la caravana hacia el cementerio, otros para irse. Su madre se irá. Lo abraza una última vez, clavándole un poco el mango del paraguas entre los omóplatos, y él, de golpe, rompe a llorar como un chico, como se rompe un chico cuando llora. En los brazos de ese cuerpo encogido, donde jamás hubiera dicho que cabría, tiene por primera vez la certeza de ser el único lazo que existió jamás entre su madre y su padre. Ella le escurre con un dedo las lágrimas de la cara, le explica que la cremación es demasiado para ella, le pide veinte pesos para un taxi.

Golpes de puertas cerrándose, se prenden motores, una palanca de cambios que gruñe, la espuma monosilábica de las despedidas. La normalidad —el semáforo en rojo, la tienda de artículos de limpieza abierta, la mujer barriendo su balcón con un pañuelo en la cabeza— lo hiere como un escándalo. Alguien despega del cartel de paño negro las letras blancas que componían el nombre de su padre y las reemplaza por otras. Deletrea: G-R-O-L-M-A-N. Juraría que es con doble ene. ¿Señor? ¿Señora? Tendrá que volver a las tres, cuando empiece el servicio Grolman, para averiguarlo. Busca algo o a alguien que le diga qué hacer, qué decir, dónde ponerse: un cartel, un manual de instrucciones, una de esas promotoras pintadas como puertas y vestidas con polleras ajustadas que en dos minutos enseñan a sacar créditos o configurar teléfonos de última generación. Cómo es posible que "comportamiento en el velorio de los propios padres" no sea materia escolar obligatoria. Le sale al paso una puerta abierta y se zambulle sin pensar en un auto que huele a cuero, a un cuero tan fragante que parece falso. Esperan unos minutos. Un trío de cuervos deliberan junto al coche de adelante, el que lleva el ataúd. El chofer del suyo tiene orejas como pantallas, el pelo muy corto y un collar de verrugas diminutas que le cruza la nuca. Él se distrae contemplando la ciudad polarizada, opaca y oscura y amortiguada, como en un atardecer nublado de invierno. Le pesan los párpados, siente el cuerpo entumecido, como acolchado por capas de lana húmeda. Lo roza de pronto un recuerdo muy antiguo de su padre: se ha quedado dormido mirando televisión, con la boca muy abierta, y ronca con un estrépito de historieta, como si tuviera alguna máquina defectuosa embutida en la nariz. Con qué felicidad se quedaría dormido. Empieza de hecho a dormirse, a soñar —una subjetiva de su mano empuñando un picaporte, una puerta que da a un jardín alfombrado de agua, el graznido de una especie de tucán de papel que pasa aleteando—, cuando se abre la puerta y con una delicadeza suprema, como si fuera invisible o parte de su sueño, se le sienta al lado el desconocido que estornudaba mientras llevaba el ataúd.

En menos de un minuto —el tiempo que le lleva al chofer arrancar, eludir el coche de adelante y salir a la calle bajo la mirada hostil de los cuervos de la casa de velatorios— disipan el malentendido de los autos. No, el coche no forma parte del cortejo: sólo estacionó donde no debía. Es el remís que el desconocido toma en Ezeiza, recién llegado de Brasil, para ir directamente al velorio de su padre y ahora al cementerio. No, no tiene por qué bajarse. Al contrario: es un honor para el desconocido compartir el viaje con él (estornudo), por más triste que sea. Él sonríe, un poco atontado. Avanzan por una avenida flanqueada de casas de repuestos para coches. Como un mago enguantado o un experto en infecciones, el chofer controla el volante casi sin tocarlo, por el mero roce de la piel de sus dedos, y parece meter los cambios con el impulso de un gesto, sin entrar del todo en contacto con la palanca. "Esto es Warnes, ¿no?", dice el desconocido, admirando los exhibidores con neumáticos, los banderines de fórmula uno en las vidrieras, los carteles tatuados con marcas de autos, los muñecos inflables que gesticulan para atraer clientes. Hace veintidós años que no pisa Buenos Aires, y esa vez (suspiro) tampoco pudo encontrarse con su padre. Le tiende una mano blanda y sudada, con una muñequera hecha de mostacillas multicolores. "Beimar", dice. "Milo Beimar".

"Beimar... Beimar...", repite su madre, como paladeando un bocado poco confiable. El nombre no le dice nada. Le queda su imagen del velorio: recuerda su traje elegante, bien cortado, caro, y la camisa y la corbata negras de mafioso, y ese tostado naranja zanahoria, tan Sapolán Ferrini... Pero su cara es como una pared blanca. Recuerda haberse preguntado quién es, pero lo mismo se pregunta del noventa por ciento de las caras con las que tropieza en el velorio. No reconoce a nadie, y no le extraña. Ya es así mientras está casada con su padre. Todos los días una cara nueva, gente que aparece y desaparece sin dejar rastros, voces que llaman, preguntan por él y cuelgan y nunca más vuelven a oírse. No tiene tiempo siquiera de registrar sus nombres, de modo que tampoco puede preguntarle por ellos. ¿Qué fue de Barbat? ¿Y Desrets? ¿No lo ves más a Desrets? Amigos fantasma. En algún momento se le da por pensar que son todos extras, figurantes que su padre, siempre tan sensible a la mirada de los otros, contrata para simular una vida social, una red de contactos versátil, capaz de crearle la imagen de hombre de mundo sin la cual no podría vivir, igual que las camisas con monograma o los gemelos en los puños de las camisas le sirven para arrogarse la estirpe que no tiene.

Le gusta la idea de su madre. Es tortuosa, precisa, tiene la dosis justa de encono que necesitan las ideas para abrirse paso en el mundo y dar en el blanco. Figurante o no, sin embargo, Beimar era y es alguien. Por lo pronto era el Hombre que le Debía Plata a su Padre —y en el momento mismo en que lo dice ve el título impreso en un afiche de película de terror barata, en grandes letras rojas que tiemblan como llamas—, o (un sutil cambio de punto de vista o de género: terror para niños) el Hombre que su Padre Sale a Buscar todas las Noches en Río de Janeiro dejándolo Solo y en Vela en el Hotel Gloria. Para resumir la anfractuosa foja de servicios que Sapolán desglosa entre estornudos entre la avenida Juan B. Justo y un cementerio de Ingeniero Maschwitz sin tumbas ni lápidas, parecido a una cancha de golf, pura alfombra de un césped tan verde y parejo que no ha nacido en la tierra la tierra capaz de engendrarlo: Milo Beimar, cineasta de base precoz, procaz, eyectado por razones de rivalidad sexual de la minúscula célula clandestina que registra las primeras imágenes de *La hora de los hornos* —media hora de zafra salvaje en la provincia de Tucumán— y de la Argentina por motivos político-delictivos; portador, al embarcarse en el aeropuerto de Ezeiza, de un pasaporte falso intachable y un pasaje Buenos Aires-Río de Janeiro y un puñado de dólares auténticos sospechosos (las tres cosas fruto de la gestión de su padre); exiliado en Brasil, reconvertido a la industria del cine publicitario, ahogado en dinero y en drogas, en las jóvenes drogas de fines de los años setenta; náufrago, en los ochenta, del dinero y las drogas de los setenta, que le cuestan un tabique nasal, un matrimonio y la parte que no va a parar a manos de su ex mujer del patrimonio adquirido trabajando más de diez años en la imagen publicitaria de la *rede* Globo. En eso está, sin trabajo, sin dinero, sin familia, viviendo de prestado en la habitación de servicio del espléndido departamento de Ipanema del redactor junior de la agencia cuyos guiones se ha pasado una década filmando, cuando le cambia la suerte. Una noche sale de la casa de un amigo, uno de los pocos que le quedan, además del redactor junior, completamente trastornado después de horas de ver televisión, tomar la mala cerveza y fumar la buena marihuana brasileña, camina unas cuadras sin rumbo (es una noche fresca, sopla desde la Lagoa una brisa agradable que le seca el sudor y en el cielo sin luna ni estrellas cruza de este a oeste el Boeing 747 que se precipitará de cabeza en el Atlántico en las primeras horas del día siguiente) y sufre de pronto el bajón de glucemia cuyo asalto esperaba sufrir algo más tarde, cuando ya estuviera sano y salvo en su covacha en lo del redactor junior, con, al alcance de la mano, las raciones demenciales de helado que su anfitrión acumula en el *freezer* para casos como el suyo. Tiene la boca muy seca, le pican los contornos de los labios. En un rapto de autoconciencia sinestésica, los ve brillar en la oscuridad, trazados por cuatro finísimas líneas de bombitas amarillas que parpadean, como una pista de aterrizaje en plena noche, y van apagándose de a poco, como si los labios estuvieran a punto de desdibujársele. Se muere por algo dulce y no hay kioscos a la vista. Lo único que tiene encima son dos de esos chicles de menta sin azúcar que unos seudoodontólogos de ojos claros y piel muy tirante promueven últimamente por televisión con pizarrones, punteros y argumentos falaces, redactados por el junior que lo ha asilado y sus secuaces de la agencia. Mejor que nada son. Se mete los dos chicles juntos en la boca. Un minuto más tarde, el tiempo que les lleva perder por completo todo rastro de sabor, ya no siente el menor deseo de dulce. Los niveles de azúcar en sangre se le han estabilizado por completo. Se va a dormir. A la mañana siguiente se levanta temprano, se ducha y llama desde un teléfono público —nadie menos confiable que el redactor junior— al abogado que le llevó el juicio de divorcio, al que le debe el doble o el triple del dinero que le debe a su padre, y lo pone al tanto de su descubrimiento nocturno. Dos meses después, juntos, en el sigilo más absoluto, sellan un acuerdo extraoficial con la corporación que fabrica los chicles de menta sin azúcar: la compañía le transfiere a su casi desangrada cuenta corriente una cifra millonaria (de la que ha vivido, vive entonces y probablemente viva sin necesidad de trabajar hasta que se muera), y él, por su parte, se compromete a retirar la demanda penal por estafa masiva y atentado contra la salud pública que su abogado redacta en una mañana y parte de una tarde.

De ahí, de esa iluminación genial experimentada en una noche tóxica, sin esperanzas, parece llegarle de pronto —como una aparición sagrada abriéndose paso entre un follaje de nubes negras— el cheque que Beimar llena con su letra tosca, y firma y arranca con un seco tirón de experto y le entrega en el remís mientras vuelven de la ceremonia de cremación. No hace media hora que terminó y ya recuerda muy poco, casi nada, como si las mismas llamas que calcinan el cuerpo de su padre se hubieran tragado los rastros de la ceremonia. Se animaría incluso a jurar que no ha sucedido, que sólo fue un truco de su imaginación, si no fuera por la urna que viaja a su lado, en el asiento trasero del coche, y por la estampita que sostiene entre el pulgar y el índice. ¿Cómo ha ido a parar hasta ahí? Uno de los cuervos ha debido repartirla entre los deudos al final de la ceremonia. Él no le saca los ojos de encima desde que dejan el cementerio, admirado por la técnica gráfica —una foto de su padre retocada, coloreada con tonos pálidos, como de historieta o ilustración de cuento infantil— que endulza los rasgos de su cara y le da la bonhomía sonriente de un santo. Hasta que debe cambiarla de mano para recibir el cheque con que Beimar da por saldada la deuda que tiene desde hace cuánto, ¿cuarenta años?

Alguien, quizá para tranquilizarlo, quizás harto de escuchar sus alegatos sobre lo errático del comportamiento financiero de su familia, le dice alguna vez que las deudas no se heredan. La frase le produce un efecto bálsamo inmediato. Tiene el aire impersonal, a la vez sereno y apodíctico, de una ley que no se discute. Más tarde, un amigo al que se la confía con un alivio entusiasta, como quien comparte el remedio recién descubierto que lo salvará, le dice que no, que efectivamente no se heredan —siempre y cuando el muerto, al morir, no haya dejado nada con que pagarlas. El matiz es inesperado pero no llega a sobresaltarlo. Sabe que su padre, aparte del limón seco, la planta de lechuga mustia, las dos viejas valijas llenas hasta reventar de fotos, postales y cartas, los sacos de *tweed* en el placar y los discos de jazz, no ha dejado nada. Pero con el cheque en su poder siente cierta alarma. Ahora *hay algo*. ¿Qué pasaría si ahora, de golpe, como ejércitos de hormigas hambrientas, acudieran en masa los acreedores que antes no movieron un dedo porque, como él, daban por sentado que no había nada? Lo consuela que el cheque, como la deuda, no vaya acompañado de ninguna prueba, ni recibos, ni documentos, nada, ningún testigo, ningún testimonio. Es otra de esas operaciones informales, ejecutadas en furtivos *têtes-à-têtes* entre particulares, fuera de todo marco legal, según reglas no escritas y hasta nunca establecidas, más emparentadas con una cita de amor clandestina que con una transacción económica, que poco a poco, a una escala macroscópica, van ganando espacio y consolidándose y terminan imponiéndose como un orden alternativo, lleno de vicios, contagioso como un organismo apestado pero tan vital y poderoso como el organismo legal con el que nacieron para rivalizar.

Pero por alguna razón, aun en éxtasis como está, sabiéndose millonario de la mejor manera imaginable, la única que él y su madre encuentran irresistible, incomparable, millonario por obra y gracia de los muertos, no lo cobra enseguida. Pospone el momento una y otra vez, justificándose con toda clase de razones insostenibles. Tiene miedo, eso es todo. Ni siquiera debe imaginar los ojos de los acreedores centelleando, emboscados entre arbustos, para dejar con un gesto aprensivo el cheque en el fondo del cajón donde lo guarda al volver del cementerio. Con mirar el fondo del cajón alcanza. El cheque es la prueba, el testigo, el documento. De camino al banco, el día que se decide, se detiene y piensa: ¿y si es falso? ¿Y si no tiene fondos? ¿Y si apenas lee el nombre del titular de la cuenta o teclea el número, la cajera frunce el entrecejo y deja de sonreír, le pide un minuto de paciencia ("se cayó el sistema") y oprime con el dedo que se despelleja a dentelladas desde que tiene trece años el botón rojo disimulado debajo de su escritorio, alertando a la media docena de agentes de Interpol que montan guardia de civil en el banco?

Y sin embargo nada sucede. O sí, pero no lo que más teme, lo que el terror ya ha dado por hecho en su imaginación —único lugar, dicho sea de paso, donde acepta que sucedan las cosas—, sino alguna otra cosa, no necesariamente mejor que lo que teme pero distinta y por lo tanto irreconocible, espejismo y pesadilla a la vez, y él permanece unos días hundido en un asombro sin forma, una especie de imbecilidad, viviendo una vida de prestado, irreal, que no podría describir, como si los hechos efectivamente consumados, lejos de devolverlo a la realidad, lo hubieran confinado al páramo abstracto donde vaga, ni imaginación ni realidad, más bien lo que queda, desolado y brillante y sin matiz alguno, cuando se ha perdido el reino de la primera y la segunda es la tierra de lo opaco por excelencia, lo que no se soporta.

Ni siquiera piensa en lo básico: el cálculo que Beimar ha de haber hecho para llegar a la cifra que escribe en el ángulo superior derecho del cheque sin la menor vacilación, como si la tuviera en la cabeza desde hace mucho tiempo, mucho antes incluso de recibir por teléfono, a través de un amigo común, la noticia de la muerte de su padre, a quien no ha visto en más de treinta años, y decidirse a tomar el primer avión a Buenos Aires para llegar a tiempo al velorio. "Te estafaron, seguro", le dice su madre cuando él le confiesa que aceptó el cheque sin hacer preguntas. Él omite decirle el monto, pero apenas se lo guarda para sí, por prudencia, la palabra misma, *monto*, destella un rato en su cabeza, preñada de extrañas posibilidades, más valiosa que cualquier cantidad de dinero que pudiera designar. No le dice cuánto, sólo que es suficiente. Su madre tampoco pregunta nada. Pero es precisamente la modestia de la palabra "suficiente", su razonabilidad, lo que le inspira sospechas. Nadie paga una deuda de treinta años de buenas a primeras, sin que medie reclamo alguno, con una cifra "suficiente". Y quien la paga tan razonablemente sin duda paga menos de lo que debe, mucho menos de lo que debería deber si hiciera bien las cuentas, con el cálculo de intereses, moras y penalizaciones que exige la actualización de una obligación impaga a lo largo de tanto tiempo. Aunque no le niega crédito del todo —porque la cantidad, fantástica como es, no deja de despertar en él especulaciones igualmente fantásticas—, él toma la suspicacia de su madre como lo que es: el acto reflejo de alguien para quien el dinero, por definición, es lo que nunca es suficiente, y mucho menos el dinero que viene de los hombres, raza despreciable de prófugos, de pusilánimes, de solitarios, pero por sobre todas las cosas raza de avaros incurables. Tiene sensibilidad para lo que es mucho o poco, es incluso buena, muy buena —como si el talento o el sentido común de los que carece para las cosas de dinero de índole práctica florecieran aplicados a elucubraciones ociosas, sin la menor consecuencia— para evaluar hasta qué punto lo que piden o se paga por tal o cual bien o producto es sensato o un disparate inadmisible. Pero que no le vengan con que una cantidad de dinero "es suficiente". No a ella, por favor. Dicho sea de paso, necesita algo de efectivo para retirar sus anteojos de leer: una patilla rota, una nueva corrección, algo por el estilo que enuncia a las apuradas y no se toma el trabajo de explicar, como si explicar fuera humillarse y contradijera el tono de derecho adquirido con que siempre se dirige a él. Él duda un segundo. Ella, sin mirarlo, como hace cada vez que pide, se deja distraer unos segundos por el broche apenas descosido de su cartera, la costura floja de una manga, la nueva peca que salpica el dorso de su mano, cualquiera de esas sorpresas banales en las que se refugia cuando corre peligro, con la misma seriedad de un chico que cree que basta con cerrar los ojos para volverse invisible. "¿Cuánto necesitás?", le pregunta, buscándose él, en el dorso de su propia mano, su primera mancha de vejez. "Doscientos cincuenta. Mejor dos setenta, así me puedo tomar un taxi y llego. La óptica cierra en quince minutos".

No, no se pregunta cómo calcula Beimar, y tampoco hace cálculos él, y ni siquiera le pide ayuda a su madre para hacerlos. Le da el dinero para los anteojos y punto, y le para un taxi y la ve subirse lenta, un poco atolondrada, con ese aire de contrariedad o de afrenta que suele asaltarla al tener que maniobrar con las cosas del mundo, la puerta del taxi, la cartera, la altura del asiento, el ruedo de su impermeable, la distancia a la que le queda, una vez que se sienta, el picaporte de la puerta que tiene que cerrar, cosas que —como lo comprueba por enésima vez con un suspiro de desaliento, colando su indignación en el tono de patroncito impaciente con que le da la dirección al taxista— no han sido hechas pensando en ella, ni en ella cuando es joven y bella y reina y no las necesita (pero ¿cuándo, por Dios, cuándo ha sido eso?), ni en ella ahora que no reina y las necesita más que nunca. En vez de hacer cuentas en las que se perdería a mitad de camino, desorientado por la inmensa cantidad de cosas que ignora, sin llegar a nada, prefiere perderse de entrada, deliberadamente, pensando en el camino sinuoso y accidentado que ese dinero ha hecho antes de llegar hasta él, un poco como un astrónomo, piensa —como si las cosas de la astronomía le fueran más familiares que las del cálculo financiero—, saca la cuenta de los años luz que ha debido viajar una estrella para ser eso que hoy es, un mero chispazo en el paño negro del cielo. No importa qué haya hecho su padre por él —y Beimar no abre la boca al respecto, sólo repite como una letanía la expresión *lo que tu padre hizo por mí*—, sea cual sea el precio que haya costado en su momento, él se lo representa como un bólido que atraviesa la historia a velocidades diversas, a veces a toda carrera, indetenible, a veces con dificultad, a paso de hombre, batiéndose con resistencias formidables, una especie de jinete intrépido que, como el personaje de una novela que lee de joven con extraordinario interés, termina de leer en la más triste decepción y sólo muchos años después, cuando ha dejado de pensar en ella, le hace efecto, un impacto tal que decide que jamás ha leído ni leerá un libro mejor en su vida, se la pasa traspasando épocas sobrehumanas, rompiéndolas como rompen las fieras los discos de papel en el circo, y cambia sin cesar, de personalidad, de clase, sobre todo de sexo, pero nunca de edad, y en un recodo no especialmente memorable de ese camino tortuoso se cruza con un chico rubio, asustadizo, que no alcanza a verlo pero no deja de pensar en él, en el fantasma sin forma que es para él, mientras intenta conciliar el sueño en el cuarto de hotel donde lo han dejado solo. Qué ruin, qué desagradablemente obtuso parece el dólar, el así llamado *verde* o *billete* a secas —como si sólo él tuviera derecho a encarnar en la forma papel—, siempre cauto, siempre idéntico a sí mismo, comparado con este paladín de las metamorfosis en cuya piel no cesa de imprimir sus marcas la historia: pesos moneda nacional, pesos ley dieciocho mil ciento ochenta y ocho, pesos argentinos, australes, pesos a secas... Un peso de hoy, piensa, uno solo de los trescientos que sin ir más lejos le da esa tarde a su madre —razonando que, vergonzosa como es para pedir, si pide doscientos setenta necesita en realidad al menos trescientos—, equivale a diez billones de los quién sabe cuántos pesos moneda nacional que le cuestan a su padre el pasaporte falso, el Buenos Aires-Río de Janeiro y el fajo de dólares norteamericanos verdaderos con los que Beimar salva el pellejo y accede a una vida nueva. Pero, por pasmosa que sea, la equivalencia es neutra y no dice nada, más bien desconoce y pretende hacer olvidar el prodigioso repertorio de aventuras que la hizo posible, los callejones sin salida, las selvas y abismos en los que se funda, el peligro y la demencia que la han alimentado.

De modo que cuando va al departamento de su padre, la intención que lo mueve, en el fondo, no es limpiar, como le dice al portero cuando se lo cruza en el hall de entrada, ni poner en orden las pocas cosas que su padre deja al morir, como le dice a su madre, ni llenar las dos bolsas de residuos tamaño consorcio que lleva con todo lo que haya para tirar, sino encontrar la prueba de que la deuda existió. El departamento es una mugre. Lo intuye al entrar, mientras avanza a tientas en la penumbra, un poco inquieto —recién ahora se da cuenta de lo ajeno que le resulta ese espacio, las pocas veces que ha visitado allí a su padre—, y siente el perfume rancio del encierro y la madera húmeda —ah, el fanatismo de su padre con la madera, casi tan ferviente como el del papel— y un olor áspero que se le mete en la nariz y le hace cosquillas, como lana vieja. Levanta la persiana hasta la mitad —algo obstruye el proceso y la correa, de golpe, cuelga muerta en sus manos—: paredes amarillentas, un zócalo de pelusas acumuladas, pisos manchados, alfombrados de polvo. Una cucaracha huye con el cuerpo ligeramente ladeado. La aplasta con el pie y una galaxia de corpúsculos estalla en el aire y baila suspendida en el rayo de sol que entra por la ventana. Su padre ha muerto y el sol entra por la ventana.

Abre la heladera, descubre el medio limón y la planta de lechuga mustia, solos en el estante de vidrio rajado, tan huérfanos como él, mirándolo con un aire molesto, como si los hubiera interrumpido en una escena íntima, y la cierra sin tocarlos. No los tocará nunca, ni siquiera cuando llegue el momento de deshacerse de la heladera, que un vecino le compra por monedas, junto con los viejos parlantes, el velador de tallo flexible, la balanza, la máquina de escribir Continental y un triturador de nueces sin uso, con el precio todavía pegado —un lote que el mismo vecino arma luego de inspeccionar con aire profesional el departamento—, y que termina cargándose a la espalda con toda naturalidad, como si fuera una mochila llena de plumas. Si fechara esa mugre, piensa, podría fechar el momento en que su padre empieza a morir. No es la internación en el hospital, no son los diagnósticos médicos ni las operaciones, no es la dieta clandestina de whisky y *pretzels* que comparte durante un par de noches con su rival de póquer de la clínica. Es el momento en que, todavía en el departamento, en posesión de todas sus facultades, rodeado del elenco mínimo que lo rodea —cosas ni siquiera deseadas o elegidas por él, cosas que pertenecieron a su madre, por ejemplo, de las que no tiene el valor de deshacerse y que arrastra a lo largo de mudanzas y de años y siempre resisten, y terminan imponiéndosele—, mira a su alrededor con los brazos en jarra y decide que no limpiará, que no vale la pena. Y se derrumba en el sillón de ver televisión. Es entonces cuando su padre empieza a morir.

Todo está sucio pero en su lugar. Polvo y orden sólo son incongruentes en los seres vivos. En los moribundos van siempre juntos. Los discos por autor y por orden alfabético, igual que los libros. Las primeras perchas para los abrigos, las siguientes para los sacos, las últimas para los pantalones, y poco importa que cada prenda tenga el tacto áspero de las cosas que nadie toca en años, la pátina de mugre que se adhiere como cera a las yemas de los dedos. En la mesa baja, haciendo ángulo con la esquina, encuentra los cuadernos. Un reguero de semicírculos y paréntesis impresos en la madera —rastros de vasos y tazas húmedas: la señalética del abandonado— lleva hasta ellos. Abre el primero con ilusión, esperando toparse con la letra de su padre, esa extraña aleación de mayúsculas y minúsculas con serifas al vuelo, como hilos sueltos, siempre peinada hacia la derecha y decreciendo en altura, como si algo la fuera aplastando a medida que la mano avanza, la letra que nunca le gustó pero que durante tanto tiempo imitó, que tantas veces le reprocharon sus profesores y sus novias, incapaces, al parecer, de descifrar sus composiciones escolares o de reconocer los nombres y números que deja anotados en los blocs junto al teléfono.

Encuentra cifras. Más que encontrarlas le saltan a la vista, insectos ávidos de una vida tridimensional con la que acaso hayan soñado durante años. Series, ristras, columnas enteras de números que arrancan en el primer renglón, marginadas a la izquierda, y siguen renglón por renglón hasta el pie, y suben y vuelven a empezar en la parte superior de la página, como ecos de la columna que acaba de completarse, y siguen hasta el pie y vuelven a empezar en el primer renglón, a la derecha de la columna que acaba de terminar, y así de seguido, durante páginas y páginas. Cada tanto, una variación, que convierte la página en una especie de oasis privilegiado, un espejismo de frescura gráfica: las columnas son más cortas y están acompañadas de palabras que permiten descifrarlas —palabras como "viáticos", como "extras", palabras como "ingresos" y "egresos", palabras como "Enrique", "luz", "propina". De vez en cuando aparecen papeles sueltos, intercalados, una carta con membrete, páginas de agenda dobladas, postits, servilletas de bar, volantes recogidos en la calle, hallazgos que brillan un segundo como promesas, sobre los que se abalanza ilusionado y que devuelve al cuaderno enseguida, entristecido, apenas comprueba que tampoco ellos escapan a la fatal órbita contable: los gastos de un fin de semana en el Tigre anotados al dorso del volante de una parrilla de río, una nómina de pagos pendientes en el sobre de un gran hotel, la lista de las comisiones cobradas durante un mes en la cartulina rectangular de un señalador de libros. De la primera página a la última, del primer cuaderno al último —son siete, todos de la misma marca, comprados en el mismo lugar, una vieja librería de la zona de los tribunales—, las cifras van empequeñeciéndose, apretándose más, suprimiendo los pasillos de aire que hacían posible distinguirlas, entregadas al afán de colonizar el espacio entero con su hormigueo. Al final, en el último cuaderno, el único de la pila con espiral, las columnas se tuercen y rozan entre sí, los números ya no se reconocen, las páginas son cielos cubiertos de langostas a contraluz.

Vierte ahí, sentado en el brazo del sillón de ver televisión, inclinado sobre los siete cuadernos abiertos, todas las lágrimas que no ha llorado en la clínica, ni en el velorio, ni la tarde, casi una semana después, en que está preparándose un café en la cocina y de golpe, con un sobresalto de inquietud, como dándose cuenta de que lleva demasiado tiempo olvidando algo importante, se le ocurre pensar: "¡Tengo que llamar a mi padre!" —y en ese mismo instante se le impone la evidencia de que está muerto. El departamento está tan callado que puede oír golpear cada lágrima sobre el papel. Los números estallan, se difuminan en rastros de tinta negruzca, rojiza, violácea, que tiemblan, ondean un poco —el tiempo que le lleva al papel absorber la humedad— hasta que se quedan quietos. Se le cruza una escena de una película sobre la vida de Chopin: el gradual, delicado goteo de genuina sangre pulmonar que salpica el teclado mientras Chopin arremete apasionadamente contra él. Por un momento ha vuelto a admirar el orgullo, la jactancia beligerante con que su padre proclama que nunca ha tenido cuentas de banco, jamás manejado cheques, rechazado a brazo partido toda oferta de tarjetas de crédito, aun las más ventajosas —las peores, según él, leal, como siempre, al principio de que nunca el mal es tan despiadado como cuando se presenta con el rostro de la benevolencia. No quiere ser controlado por el dinero. No quiere ver su vida compendiada todos los meses en los resúmenes elaborados por un pobre empleado de banco con el cuello de la camisa sucio y los dobladillos del pantalón descosidos, uno de esos muertos en vida que arrastran los pies y de chico le enseña a reconocer por la calle, y de los que lo conmina a mantenerse apartado. No quiere que otros sepan quién es sabiendo qué compra, en qué gasta, cuánto paga por lo que quiere, y mucho menos que se lo hagan saber. Pero, bien mirados, esos siete cuadernos son eso mismo que detesta, sólo que de su puño y letra: su autobiografía contable. En cierto sentido, la obra de su vida: el único testimonio que decide dejar de sí, el documento que prueba a qué dedica su constancia, su fe, su escrúpulo, su ensimismamiento —las fuerzas valiosas que tan a menudo lamenta no haber tenido. Revisándolos, cualquiera con dos dedos de sentido común y un poco de cuidado podría reconstruir todo lo que su padre es y hace durante los últimos años de su vida, todo lo que nadie que haya estado a su lado sería capaz de reconstruir a partir de lo que vio o presenció junto a él. Cualquiera —no él, que sabe que ni siquiera se tomará el tiempo de desbrozar esa selva y rastrear lo único que le importa, el monto original de la deuda de Beimar. Y esa misma tarde, después de probarse dos sacos de *tweed*, tratar de barrer con un largo chorro de pis la borra de moho y óxido del inodoro y romper definitivamente la persiana, deja caer los cuadernos en el fondo de una bolsa de basura. No es ese afán de una higiene imposible —morir sin un peso pero con las cuentas claras— lo que lo hace llorar. No es el candor con que su padre termina negándose él mismo la libertad que acusa al mundo de pretender quitarle. Llora porque acaba de sorprenderlo en privado, en una intimidad frágil, obscena, y lo ha visto hacer sin freno, sin pudor alguno, como en verdad desea hacerlo, lo único que hace porque no tiene más remedio, porque se moriría si no lo hiciera. Llora porque nunca antes lo ve así, desnudo, entregado a su causa —la causa de los números—, y por el fervor grave y descabellado de su causa, y por la soledad acérrima, sin consuelo, a la que su causa siempre lo ha condenado.

Y su madre, entonces, entra en el delirio de pedir. Ya no es sólo la ayuda que necesita cuando llega el invierno para comprarse una estufa o un tapado nuevo, o renovar la alfombra del pequeño departamento al que se muda, o cambiar por fin el armatoste en el que compone a duras penas sus traducciones, una máquina lenta, ronroneante, sacudida regularmente por recónditos crujidos digestivos, que hereda de la típica amiga rica que tres veces por año, sólo para cambiar de aire, sufre un infarto de generosidad y se pone a hacer donaciones a derecha e izquierda, usando a los miembros de su corte para liberarse de los desechos que la incomodan en su palacio, muebles, lámparas, obras de arte, ropa, electrodomésticos que ignora cómo usar y ni siquiera ha liberado de sus cajas.

A veces, tarde, muy tarde, a esa hora en que todo lo que sucede sin aviso es un error o una tragedia, el teléfono se pone a aullar y él atiende medio en sueños, creyendo que buscar los anteojos en la mesa de luz, donde cree haberlos dejado, y ponérselos aunque sea al revés, le permitirá escuchar mejor, entender mejor lo que escucha o simularlo mejor ante un interlocutor que no puede verlo, y la voz de su madre vuelca en el laberinto de su oído unas cuantas gotas de su lucidez desesperada. No grita, no hace presión, piensa muy bien todo lo que dice, pero su voz le llega de otro hemisferio, un extraño mundo polar, o desértico, donde siempre es de día y la gente está siempre despierta. Son las dos. Revisando una parva de cuentas que creía pagas ha dado con un aviso de deuda de la compañía de electricidad: amenazan con cortar si no se pone al día mañana. Las tres y media y la aspiradora, después de atragantarse con un transformador, o un llavero, o un ovillo de lana, ronca y tose y sopla en vez de aspirar. ¿Con qué va a pagar el arreglo, si no lo tenía previsto? Las seis: acaba de descubrir espantada la alerta de gastos extraordinarios que viene —en letra chica— en la liquidación de expensas del mes.

Es el mundo prodigioso de la contingencia, al mismo tiempo variado y monótono, el que irrumpe con cada uno de esos gritos de socorro de trasnoche. Su madre, la única presencia que su vida no puede no reconocer como una necesidad, una causa básica, originaria, indiscutible, es ahora el reino del accidente y la incertidumbre, lo que descalabra todo programa. A veces, cuando se resigna a sufrir esos asaltos en plena madrugada, piensa que quizá preferiría que tuvieran otro estilo. Añora —como si alguna vez los hubiera experimentado— cierto descontrol, el dramatismo de una voz que grita y se quiebra, una desesperación operística, capaz de mover con gestos pomposos grandes masas de aire en espacios inmensos, claves de un realismo emocional en el que no necesariamente cree —a fin de cuentas es hijo de su madre— pero que compensaría, quiere creer, al menos en términos estrictamente histriónicos, la crispada playa de vigilia en la que queda varado cuando cuelga el teléfono, una vez prometido que le alcanzará el dinero a primera hora de la mañana. Pero su madre detesta, ha detestado siempre, la ampulosidad del teatro y sus arrebatos, su sentimentalismo, su sentido de la exageración. Pide y está desesperada, en efecto, pero el modelo retórico de su desesperación no es la escena de catástrofe, impactante y húmeda pero vulgar, y siempre un poco humillante, sino el rocoso insomnio, que tiene todas las propiedades que necesita su dignidad de monarca destronada:

impavidez, sequedad, tensión, y la impresión —que sólo los *gourmets* entrenados saben apreciar— de que todo está bien, todo en su lugar, en orden, donde debería estar —menos *una* cosa, una sola, nada evidente, el párpado que late desde hace horas, las manos temblorosas, la nitidez enceguecedora con que se ven los objetos más pequeños o lejanos, que es la que lo hará volar todo en pedazos.

Un día es un tratamiento de conducto, otro la cuota anual de la tarjeta de crédito, otro un leve sobregiro en su caja de ahorros. Cuando quiere darse cuenta se ha convertido en alguien crucial, un salvavidas, una ambulancia financiera que acude, o debería acudir, con dinero fresco en el bolsillo, a la primera señal de alerta que recibe. Se convierte en la droga de su madre. Hay veces en que cruza media ciudad para pagar el almuerzo frugal que la demora en un bar de mala muerte, y la cara con que lo recibe le hace correr frío por la espalda. Sentada en la peor mesa del lugar, la más cercana a los baños, en el paso de una corriente de aire o amenazada por la punta de una ventana asesina, está muy seria, muy concentrada en algo que sólo ella ve o escucha o siente, siempre con el tapado puesto, las manos aferradas a su cartera, como si hubieran querido robarla. Dice cosas horribles de los mozos, se queja del volumen del televisor, aparta con un gesto de asco el plato a medio comer, mientras alrededor de su boca, alborotando la hilera de estrías que con los años han ido juntándose sobre su labio superior, se incuba una terrible efervescencia.

Nunca lo llama para que pague él. Quiere el dinero ella. Quiere la cantidad exacta que le hace falta, no importa si lo que debe pagar es una ensalada de zanahoria y lechuga, la consulta de un osteópata o el saldo postergado de un trabajo de plomería que le saca el baño de circulación durante una semana. De hecho él llega, su madre le dice cuánto necesita —sumas siempre precisas, a menudo con centavos—, y apenas se hace con el dinero, bruscamente impaciente, se queda callada o contesta rápido, sin ganas, lo trata con distancia y aun con desdén, como a un conocido que se tomara demasiada confianza con ella, con el mismo rencor, la misma mezcla de despecho y soberbia con que el adicto pasa a despreciar a su proveedor apenas tiene en el bolsillo la dosis que diez minutos antes hubiera hecho cualquier cosa por procurarse.

¿Por qué no le da de una vez lo que quizá pida: una reserva? No hay nada especialmente enigmático en vivir al día, con lo justo. Es un arte que no requiere malabarismos, como se cree a menudo, sino virtudes modestas: sobriedad, un poco de orden, cierto cálculo. Pero para alguien acostumbrado a contar con lo que se llama respaldo, alguien que se ha movido siempre a la sombra indulgente de bienes, ahorros, inversiones, dándose el lujo de ignorar en qué consisten, dónde están, cuánto valen y cómo se multiplican, pero no el sosiego que trasmiten, no la sensación de levedad con que permiten enfrentar el futuro, tan radiante y optimista como la del viajero que llega a una ciudad extranjera después de un viaje agotador, bien temprano a la mañana, y sin dormir, recién bañado, sale a perderse en calles desconocidas —para alguien así, bendecido durante años por la presencia de esa provisión secreta, puede ser la más atroz de las pesadillas. La que lo ha perdido todo ha perdido mucho más que su fortuna. Ha perdido el margen precioso de tiempo que su fortuna le concedía, ese intervalo, esa especie de colchón mágico que la separaba de una experiencia inmediata de las cosas. Perderlo todo la ha condenado a un infierno peor que la pobreza: el infierno de vivir en el presente.

Simplemente no confía en su madre. Sin condenarla, más bien disculpándola, a tal punto su lógica le resulta familiar, piensa que si le diera la famosa reserva sería incapaz de conservarla y se la gastaría enseguida, en una especie de trance, por temor a morirse dejando intacto un capital que la habría hecho feliz, o arrebatada por ese frenesí de revancha que acecha siempre, en grados dispares de hibernación, en toda arruinada. Pronto volvería a ser la misma desesperada que antes: ahogada por la estrechez del día a día, corroída por el miedo a que aparezca su peor fantasma, el gasto extra, y encima devorada por la culpa de haber gastado el dinero que le habría permitido afrontarlo.

Ella misma se lo confiesa al contarle que cuando sueña con tener dinero —lo que sucede cada vez más a menudo, no sólo por la noche, dormida en el decorado espartano del que ha decidido rodearse, como dice, para tomar el toro del dinero por las astas, sino en esas narcolepsias en las que cae en cualquier momento del día, viajando en colectivo, o en la sala de espera del reumatólogo, a veces incluso mientras traduce, entre dos párrafos ariscos—, hay una sola cosa capaz de arruinarle el sueño de manera definitiva, mucho más incluso que la conciencia de estar soñando, también frecuente: la certeza de que todo dinero será poco, demasiado poco para sus pretensiones, demasiado poco para el tamaño del agujero que la necesidad, con los años, ha ido abriéndole en el pecho. *Mi deseo de venganza ha crecido demasiado.* Habría reserva si se pudiera volver el contador atrás y empezar de cero. Pero en su madre no hay cero posible. Siempre hay un saldo previo que crece cada día un poco más, en silencio, incesante, fuera de toda proporción —menos cinco, menos veinte, menos mil—, y del que toda reserva no tendría más remedio que ocuparse. Pero qué clase de reserva perversa sería esa que niega el futuro —lo único que por definición debería importarle—, encadenada como está a la obligación de cancelar la cuenta pendiente del pasado.

Sueña con dinero, a menudo sólo con verlo o tocarlo. Vuelve de esos sueños sacudida por un vago escozor, como rozada por el ala de uno de esos monstruos lascivos que asoman el hocico entre cortinados y acechan a las mujeres que duermen en los cuadros. Puede estar ensimismada trabajando, absorta en sus cosas, en ese estado de anestesia por repetición al que se reduce desde hace tiempo su vida cotidiana, pero basta que una señal imprevista sacuda ese sopor, el chillido del portero eléctrico, el teléfono, dos cosas que, para su vanagloria, tienden a sonar cada vez menos entre las cuatro paredes de su casa, y cuando suenan es por lo general para fastidiarla, el afilador, un vendedor ambulante, una pareja de predicadoras, alguna venta telefónica, para que se despabile de golpe, emprolije a toda velocidad su aspecto frente al espejo de su habitación y se ponga encima algo, un pañuelo de seda, el único par de aros que no ha vendido, esos enormes anteojos negros de langosta, cualquier cosa con tal de dar la buena impresión que el abogado o el escribano que supone que ha venido a verla querría tener de la misteriosa beneficiaria de la cesión, la donación, el legado que la voluntad última de algún muerto o muerta le ha encomendado que trasmita.

Apenas se entera de que alguien del pasado la busca, se obliga a hacer memoria, se pasa una tarde entera limpiando de telarañas ese galpón atestado de trastos inútiles, y no cede hasta identificar el nombre del que la busca, figurarse su cara y encontrar por fin, traspapelados en los pliegues de una mañana escolar, un cumpleaños, una escena de vacaciones de infancia, el favor secreto, la prueba de complicidad, el amparo que brindó entonces desinteresadamente, por pura amistad, y por los que ahora, sesenta años después, el beneficiario de su generosidad ha venido a recompensarla. Se asoma a su niñez, su juventud, y lo ve todo ligeramente cambiado: el mismo teatro de tormentos, la misma oscuridad, el mismo frío húmedo calándole los huesos, pero mientras arrastra los pies como un alma en pena, sin que nadie la vea, a veces incluso sin que ella misma lo sepa, sus manitos heladas dejan caer unas semillas como mensajes secretos destinados a la posteridad.

A su alrededor, de pronto, germina una pequeña corte de amigos nuevos. Revolotean con una lánguida intensidad, como las polillas viejas que son, y se apagan rápido, el tiempo que tarda su loca ilusión de heredarlos en extinguirse. Le presenta a un viejo huraño, elegantísimo, encogido como una pasa de uva, con quien comparte, dice, el ritual de leer los diarios en el bar las mañanas de domingo. Eso, y la *Luisa Miller* de Verdi: es lo único que tienen en común. Él es irascible, vanidoso, descortés. Jamás le ha pagado un café. No cede un solo suplemento —ni siquiera el de mujeres— hasta tanto no haya terminado de leer el diario entero. Pero está solo como un perro, muy enfermo, probablemente no sobreviva al invierno, y qué imperdonable dejar huérfanos ese palco en el teatro Colón, ese auto con chofer, esa casa de fin de semana en Colonia. Cuando él, que la conoce, que se ha cansado de verla repeler gruñendo cualquier acercamiento de un desconocido, le pregunta qué le gusta de esas relaciones circunstanciales, ella aduce razones íntimas —le gusta poder *conversar* con un hombre, por ejemplo— o de un egoísmo descarnado: quiere hacer ese viaje, necesita ese aire, esas termas, esa tranquilidad. Sólo en ese retiro de monjes trapenses en Córdoba podrá terminar la traducción que la tiene a maltraer, pero cuando vuelve, después de dos semanas de voto de silencio y disciplina militar, muerta de hambre y sin haber avanzado una línea en su trabajo, se dedica a despellejar viva a la lesbiana depresiva a la que en realidad fue a acompañar, que la vuelve loca con sus millones y sus viajes pero cuando va a pagar las dos estadías en el convento, como le prometió, descubre que se ha olvidado la billetera. Ella misma cambia de bar, deja de saludarlos, pierde sus teléfonos, harta de todo lo que se obliga a soportar para estar con ellos, asqueada de sí, de lo descabellado de sus propias pretensiones. Sale triste y ensombrecida, como con resaca, pero las crónicas de sus aventuras fallidas tienen una gracia, un sentido del detalle y una crueldad que él jamás le hubiera imaginado.

Más de una vez lo llama para pedirle auxilio y lo cita en medio de una de sus reuniones de chicas quebradas, como bautiza esos cónclaves de nostalgia, tortas, gin y canilla libre de maledicencia que celebra con media docena de compañeras de ruta en la confitería del subsuelo del paseo de compras más antiguo de la ciudad, el más rancio, del que jura adorar la música funcional —*bossa nova*, Henry Mancini— y el desparpajo casi prostibulario con que las chaquetas y los pantalones de los mozos —rojas con botones negros, negros con rayas rojas verticales a los costados, réplica del viejo estilo *bell boy* de hotel— les marcan los músculos de la espalda y las nalgas. Al llegar, dos de cada tres veces las encuentra hablando de dinero. Dos de cada tres frases empiezan así: "Cuando yo tenía plata...". El resto, para variar: "Cuando vos tenías plata...". Su madre siempre se sienta en el mismo lugar, de cara a la puerta que da a la avenida. Así puede verlo llegar y levantarse a tiempo y atajarlo antes de que se acerque demasiado, de modo de llevar a cabo el salvataje lejos de la mirada de las demás (que, por supuesto, proceden de inmediato a comentarlo).

Con el tiempo se pone impaciente, como si algo empezara a agotársele. Es una impaciencia tiránica, que preexiste al pedido y lo vuelve enconado, áspero como una orden. Ya no la conforma que él le diga que le alcanzará el dinero. Siente que la tratan como a un chico, que no quieren socorrerla sino apenas distraerla, aplacar su ansiedad, como si su necesidad de dinero fuera sólo la fachada de una inquietud mayor, a la vez más profunda y más vaga, que no se aliviará con dinero sino con palabras dulces. Quiere saber a qué hora, dónde, cómo. Cualquier distancia entre el pedido y su satisfacción es demasiado. Podrían surgir obstáculos, pasar toda clase de cosas. Él podría sufrir un accidente, ella infartarse, la economía colapsar, el peso devaluarse, todo en el transcurso de una noche, y la plata no llegaría nunca. La necesita ya, de inmediato. De otro modo no podrá dormir, quedará atontada, incapaz de trabajar (traduce un promedio de tres mil palabras por día, lo que implica que un día sin trabajar son trescientos pesos perdidos) y aun de vestirse, y terminará metiéndose otra vez en la cama deshecha, no para dormir, porque sabe que no hay nada más esquivo que el sueño perdido, sino para quedarse boca arriba, con los ojos muy abiertos, preguntándose lo que se pregunta siempre: cuánto tiempo esperará esta vez antes de tomarse las pastillas que la desnucan.

La urgencia no plantea mayores problemas —salvo la incomodidad— cuando los raptos de necesidad la asaltan a horas razonables. Pactan un lugar y una hora, que le permiten a él reorganizar sus actividades alrededor del salvataje y que cumple con escrúpulo, menos por sentido de la responsabilidad que por pragmatismo, como esos médicos que sólo son puntuales para ahorrarse los reproches de sus pacientes. Ella se lo agradece —a su manera, por supuesto, excluyendo toda manifestación explícita, o más bien ahogándola en un despliegue de compasión, lamentando los contratiempos que le habrá ocasionado la emergencia, las obligaciones que habrá debido postergar, etc. Pero hay algo en el cuidado con que él ejecuta sus misiones que muy pronto empieza a sacarla de quicio, un celo como de burócrata, tan eficaz y confiable como impersonal, a tal punto parece inmune a toda circunstancia específica, que enseguida pasa a elegir como blanco para su mordacidad. Lo trata como trataría a un empleado irreprochable e insípido, con elogios de doble filo, exaltando su virtud y haciéndole sentir la inmensa región de deseos que no satisface. Una mañana, muy temprano, lo ve llegar recién bañado, vestido con esa elegancia promedio, perfecta para un largo día de exigencias dispares, y medio entre risas se le ocurre proponer pagarle: pagarle no por el dinero que le da (de cuya devolución, puesto que se trata siempre de "préstamos", nunca se dice una sola palabra) sino por llevárselo. Sería simple: sólo tendría que quedarse con un pequeño porcentaje de cada suma que le lleva. Pero pronto recrudecen los llamados de trasnoche, y a las tres y diez de la mañana, con los brazos dormidos, los ojos llenos de lagañas y la ciudad congelada, los buenos oficios del mensajero ejemplar no se le dan tan bien, y la sonrisa con que de día acoge y desactiva el sarcasmo de su madre se degrada en una mueca de hartazgo. Así y todo cede una vez, alarmado por el estado crítico en el que la escucha y los estrépitos que se superponen a su voz —el tubo del teléfono que cae, algo de vidrio que estalla, el volumen de Verdi que sube y baja alocadamente—, cede una segunda, y mientras viaja en medio de la noche, *dealer* de plata, tiene una certeza que lo escandaliza y maravilla al mismo tiempo: no debe haber otro hijo cruzando la ciudad a esa hora para llevarle plata a su madre. Se jura no hacerlo más, y la sola decisión ya lo alivia. Pero sabe cuánto extrañará la luz vibrante que se apodera del rostro de su madre en esas dos madrugadas demenciales, cuando sale del ascensor y se acerca muy tiesa, sonriendo, entera, a abrirle la puerta, como si hubiera recuperado el único bien cuya pérdida realmente lloró, mucho más incluso que su fortuna: la belleza radiante de la juventud.

Le ofrece de ahí en más mandarle el dinero por radio taxi. "Lo único que falta", le grita ella del otro lado del teléfono: "Yo temblando por que la plata no llegue y vos querés dársela a esa manga de chorros". La convence: tiene una agencia de taxis de confianza, conoce a varios de los choferes, a los que ya ha usado de mensajeros, y nunca ha tenido problemas. El sistema parece funcionar. Es simple, expeditivo y, en la medida en que se funda en el dinero —la cuenta corriente que él ha abierto en la agencia de taxis—, es inequívocamente profesional, una dimensión para la que su madre siempre ha mostrado una sensibilidad particular, entre otras cosas porque vuelve imposibles los tortuosos malentendidos que entrañan las relaciones personales. Le gustan los profesionales. Confía en los uniformes, los guardapolvos, los diplomas universitarios, pero sobre todo en la medida en que accede a esas *expertises* por la mediación del dinero. La seducen los médicos locuaces, de patillas canosas, que escriben con plumas de oro, barajan tecnicismos como naipes y saben palparle los ganglios a ciegas, pero recién se rinde a sus pies cuando recibe la factura de sus honorarios firmada y sellada, cuando el diagnóstico, el tratamiento y la suave palmada en el hombro con que la despiden se reducen a una cifra, no importa lo elevada que sea, cuanto más alta mejor.

Hay noches en que lo llama, le pide el dinero y después, bajando un poco la voz, con una timidez apenas veteada de lascivia, pregunta si no será mucho pedir llamar al chofer de la agencia que le tocó la última vez, Walter, Wilson, Wilmar, en todo caso un uruguayo de pómulos salientes, increíblemente narigón, náufrago de los años cincuenta que usa pulóveres escote en ve y camisas a cuadros con el último botón abrochado, lleva los zapatos siempre lustrados y declina las propinas con un vago aire de asombro, como el último representante de la civilización declinaría una vieja costumbre bárbara, mientras ladea la cabeza y se roza con dos dedos el ala del sombrero. Una semana más tarde, sin embargo, todo peligra. Son las cuatro menos cuarto, su madre llama en carne viva. ¿Dónde está el chofer, que debería haber pasado por su casa hace una hora? ¿Por qué no se lo ha mandado? Él (que recuerda perfectamente haber pedido el taxi) llama a la agencia. Una voz cavernosa, lijada por el cigarrillo, le dice que el envío —un sobre cerrado, con el nombre de la destinataria escrito en letras de imprenta— fue entregado a las dos cuarenta y cinco en punto en la dirección pactada. A propósito, dice la voz, luego de una carraspera larga y profunda que parece llevarse un par de siglos de limo mucoso, ¿el señor es familiar de la señora que lo recibió? ¿Podría aclararle en ese caso que los choferes de la agencia —mucho menos Wilson, que además es abstemio, casado y con dos espléndidas hijas— no están autorizados a beber alcohol con clientes en zaguanes a las dos y cuarenta y cinco de la madrugada? Llama a su madre. "La plata nunca llegó", dice ella sonándose la nariz. "Vos pensá lo que quieras: es la palabra de ellos contra la mía". Está indignada pero tiembla de frío, de puro desprotegida, como si hablara desde un páramo barrido por un viento helado.

La escena se repite dos veces más. En los dos casos —en parte porque no soporta oír a su madre lloriquear por teléfono, en parte porque todas las discusiones con el hombre de la voz cavernosa acaban igual, abruptamente, con una salva de toses que lo ponen al borde del síncope— termina levantándose de la cama y yendo a su casa a darle el dinero, la segunda versión del dinero que ya le dio. Las dos veces, cuando llega, lo sorprende la metamorfosis que se ha operado en su madre: está rozagante, serena, como recién salida de alguna clase de baño floral milagroso, vestida como para salir, y le ofrece desayunar juntos. Pero hay una tercera vez, idéntica en todo a las anteriores, y él decide que es demasiado. Después de dejarse rociar por las vociferaciones de su madre ("¡Te lo dije, querido! ¡Son unos estafadores!"), se abriga y va hecho una furia hasta la central de la agencia de taxis, y cuando está por empujar la puerta reconoce al Wilson-Wilmar-Walter —su sombrero que asoma, la botamanga estrecha de sus pantalones de traje, el cuero de sus zapatos de suela, reluciente, como de porcelana— lustrando el volante de su taxi con una franela naranja, mientras el equipo de música del coche escupe una vieja canción engominada: "Palomita linda / Vidalitá / Palomita triste / Qué poco te queda / Vidalitá / De lo que antes fuiste". Se detiene en seco. ¿Cuánto hace que no le grita a alguien? ¿Cuánto que no tiene otra cara humana tan cerca? Lo último que recuerda de la escaramuza es la imagen muy en primer plano del botón de la camisa a cuadros de Walter, flojo, colgando de un hilo que no resistirá, el eco suave de un perfume antiguo y un pequeño lunar con forma de trébol, probablemente maligno, pegado como un *sticker* contra su nuez prominente. Pero qué derecho tiene él a atesorar esos jirones de realidad si el que se desmaya, llevándose la franela naranja al pecho, como si la adorara, y mirándolo con ojos perplejos mientras se le van venciendo las rodillas, es el frágil Wilmar, el pobre Walter, el incorruptible Wilson, inocentes los tres, los tres víctimas, que, como lo han dicho mil veces, aceptarán cualquier viaje, los más peligrosos, Barracas, Fuerte Apache, Lugano, menos a esa especie de diva trasnochada que baja a recibir los sobres que le manda el hijo con una botella de Grand Marnier y dos vasos.

Lo último que sabe de su madre, contado por ella misma cuando lo llama para pedirle la plata del taxi, y que archiva junto con la visión del botón de la camisa a cuadros, el perfume y el lunar (falsa alarma: era benigno), es que va de visita al hospital —una angina de pecho: nada que el temple uruguayo no sea capaz de sortear sin esfuerzos ni quejas, con ese donaire casual, de mercado de pulgas—, y que el paciente de las tres W termina por aceptar ahí, en el espacio ultravigilado del hospital, el trago clandestino al que se ha negado siempre en la puerta de la casa de su madre. Después, por un tiempo, no tiene noticias. Se da cuenta de que no las tiene una tarde en que está solo en su casa y el silencio, a su alrededor, parece volverse sólido. Entiende entonces que esos pedidos imperiosos, esos llamados telefónicos de madrugada, que lo exasperan pero que termina por aceptar, han sido el único contacto que tiene con su madre desde hace mucho tiempo. Y ahora, que lleva días sin recibirlos, lo invade un raro pavor. Tiene miedo de llamarla. Miedo de llamarla y que no lo atienda, miedo de pasar por su casa, tocarle el portero y no obtener respuesta, miedo de convencer al encargado de que le abra la puerta y encontrarla en la cama, con el control remoto en la mano, o tendida sobre los cerámicos negros del baño, fulminada cuando iba a enchufar el secador de pelo. Tiene miedo, en verdad, de que encontrarla así sea la última voluntad que su madre haya tenido con él. No piensa exactamente en la escena de un suicidio, tan solemne y trabajosa, tan deliberada que, dada la conciencia del ridículo que ella siempre ha tenido, jamás podría ejecutarla sin reírse, malográndola a mitad de camino. No: teme que sea una muerte accidental, fortuita, pero tantas veces imaginada que el espectáculo de su consumación ya no podría existir sin él, su destinatario, la única razón que explica que la haya imaginado tanto. Y, por supuesto, piensa en cómo se las estará arreglando sin pedirle plata. Apenas considera las opciones que se le presentan, rápidas, como en un *slide show* —su madre mendiga, su madre ladrona, su madre engordando una traducción con largas perífrasis inútiles para aumentar la cantidad de palabras que tendrán que pagarle—, otra idea las eclipsa: qué hará *él* con la plata que no le da a ella. Qué destino le dará, ahora, a ese goteo de billetes. Tampoco es que sea mucho. Era una sangría, sí, pero más por lo rítmico, lo incesante, que por las cantidades involucradas. Y sin embargo, modesto como es, ese sobrante imprevisto lo hace sentirse acaudalado y magnánimo, lo llena de una energía nueva, uno de esos ímpetus de filántropo obvios, ejemplares, nacidos no de una sensibilidad, una voluntad o una ética particulares sino del dinero mismo, de la lógica particular a la que se pliega por sí solo una vez que alcanza ciertos umbrales de abundancia, tan denostados por él en estrellas de rock, artistas plásticos de éxito, jerarcas de corporaciones tecnológicas y otros magnates contemporáneos. Sí, ser un benefactor. ¿Por qué no? Inyectar *cash* en una fábrica y dar vuelta su estructura como un guante. Y que el dinero, por fin, reemplace a la revolución.

Pero ¿por dónde empezar? Si al menos siguiera publicándose el bello mensuario trotskista, todo tipografía negra sobre páginas rojas, al que lo insta a contribuir el hermano mayor de su amigo de la adolescencia y que apoya como puede, con donaciones pequeñas que distrae de una mesada bastante insuficiente, ya, para satisfacer sus necesidades naturales, comida rápida, cine, los primeros cigarrillos negros. Claro que entonces no lo hace por el dinero: ni por lo que significa el dinero para la economía del mensuario trotskista, tan prendida con alfileres, como se dice, que, como la de su madre —su madre que ha desaparecido y no da señales de vida—, no puede darse ningún lujo, no, sin duda, el de los gastos extra, y mucho menos el de despreciar los aportes de simpatizantes como él, no importa lo insignificantes que sean; ni por lo que significa tener dinero, puesto que él, hablando con propiedad, no lo tiene en absoluto. No, lo hace por terror. (Lo comprende ahora, cuarenta años después, cuando su madre da un paso al costado y desaparece de la escena dejando vacante un espacio vital, donde pueden desperezarse fuerzas largamente dormidas que después se agruparán y saldrán a dar batalla otra vez, como si el sufrimiento de su madre, al final de los finales, no fuera sino una manera tardía de decir eso que otros llaman o llamaban *el pueblo*). No terror en el sentido de la intimidación, por lo demás siempre teñida de cierta excitación, que ejercen sobre él el hermano de su amigo y sus compañeros de militancia, que se llenan la boca hablando de clase obrera, burguesía, partido, imperialismo, huelga general, revolución permanente —palabras que siempre escucha en mayúsculas, sólo visualiza bajo la forma de unos colosos arremetedores, una brigada de monstruos monumentales que dan tres pasos y ya han cruzado todo el planeta y que reducen a una triste dimensión pigmea el mundo de novias, fútbol, discos y plazas que él comparte con su amigo—, a quienes sólo ve juntos y en acción una vez, en una reunión en la que consigue filtrarlo su amigo y que, como la mayoría de los cónclaves trotskistas, se dedica interminablemente a fumar, beber café, mate y, bien entrada la noche, ginebra, y sobre todo a "caracterizar la situación", un arte en el que el trotskismo no ha tenido, tiene ni tendrá jamás rivales. No, terror en el sentido de terror: terror de ser identificado, secuestrado, encapuchado, torturado, terror de morir como un perro, arrojado al río o dinamitado, por haber donado esos centavos a un mensuario que él mismo, pese a que lo apoya con fervor y suscribe todo lo que dice, de la primera letra a la última, o quizá precisamente por eso, cierra treinta segundos después de haberlo abierto, con la misma determinación, la misma falta de culpa con que un cirujano cierra el tórax que acaba de serruchar después de haberse asomado a su interior putrefacto. Si entrega ese dinero todos los meses, alegremente, es para experimentar ese terror en una dosis infinitesimal, una dosis de ficción. ¿Qué terror lo moverá ahora a meter la mano en el bolsillo?

Le llega una carta. Lo despierta, a decir verdad (y sólo ese detalle le susurra que su madre puede tener algo que ver en el asunto), porque le tocan el timbre a las ocho de la mañana y un cartero muy joven, estrábico, más cautivo de las fuerzas del sueño que él y con la impronta fresca de un beso de vampiro en la carótida, le entrega un sobre apaisado en el que reconoce la letra de su madre, la letra que su madre, al revés de todas las personas de este mundo que alguna vez han escrito algo a mano, ha preservado intacta, más bella y elegante de lo que es cuando joven, cuando en un puñado de renglones firmes, parejos, trazados como con regla, sin el menor rastro de emoción o de duda, le avisa a su padre que volverá al departamento de Ortega y Gasset a las seis de la tarde y que no quiere encontrárselo cuando vuelva, ni a él ni sus cosas. Dentro del sobre hay una postal casera, que alguien no muy ducho en trabajos manuales ha montado, menos para engañar que impresionar, pegando una foto contra una plancha de cartón y olvidándose de limpiar la cola sobrante, cuyos rastros, endurecidos sobre la imagen, parecen brotarle como quistes. La foto es en blanco y negro. Con ese fervor con que los artistas fracasados se abalanzan sobre cualquier imagen ya hecha, sobre todo si es mecánica, para imprimirle su mezquina huella humana, la misma mano torpe ha subrayado sombras y volúmenes con unos trazos finos como juncos y entrecruzados, de modo que todo parece envuelto en una especie de malla de alambre. Es una casa victoriana, una de esas mansiones del norte de la ciudad, rodeadas de parques y de árboles, que se jactan de ser longevas o rumian su decrepitud con una indiferencia altiva. Se cae a pedazos, pero a su madre no parece importarle. Lo único que le reprocha es que ya no pueda verse el río. Y los mosquitos, que al caer la tarde bajan en brigadas rabiosas y la rondan —sin picarla: privilegio de las reinas en el exilio— mientras se instala en la galería a leer los extravagantes manuales que saca de la biblioteca de la clínica.

No está enferma. No quiere visitas (pero no le desagradaría recibir cartas: ¿podría pasar por la agencia de taxis y darle su nueva dirección al señor doble ve?). Y no, no necesita dinero. Con lo que ganó en el loto le alcanzará para arreglárselas un tiempo (aunque ¿qué premio no sería una bicoca comparado con lo que ha perdido en años de jugar?). Por lo demás, en circunstancias que no vienen al caso pero todavía ahora, cuando las recuerda, la ruborizan, el pasado, "un verdugo cruel, pero siempre más generoso que los hombres", tuvo la delicadeza de regurgitar en su vida a su psiquiatra de los veinticinco años, una pionera de las terapias lisérgicas cuyo último experimento —tiene cáncer, pero calva es la psiquiatra más preciosa de la tierra— consiste en reunir, o proponer reunir —porque no todos los candidatos reciben la proposición con el despreocupado regocijo con que la acepta ella, que mete dos o tres tonterías en una valija y se va en tren a San Isidro—, a los damnificados de sus tratamientos de los años sesenta, jóvenes brillantes y promisorios cepillados por el ácido y los psicofármacos, y asilarlos en su clínica gratis, por tiempo indeterminado, aprovechando que la última paciente paga que tiene —una mujer sorda, casi centenaria, hija única de un *marchand* centroeuropeo cuya colección de pintura quema en las carreras de caballos— ha muerto hace meses, dejando entre su ropa, envuelto en el papel de una casa de masas vienesa, un pastel pequeño (20 × 25) del joven Matisse. No necesita nada. Juraría que ya no sabe lo que es necesitar. El mundo se ha vuelto una idiotez sin estilo. Sólo en un sanatorio puede hacer lo único que sabe hacer, lo único que desea, lo único para lo que le queda tiempo: esperar que le llueva dinero.

Primero su padre. Ahora su madre. Mete la llave en la cerradura, empuja la puerta con la rodilla —es julio, la madera se ha hinchado con la humedad del invierno— y piensa si liquidar departamentos de padres no será su oficio, su vocación secreta, su verdadera misión en el mundo. De hecho, las bolsas de basura que lleva en la mano son las que le sobran de la limpieza que no tuvo necesidad de hacer en el departamento de su padre. Entra sin saber qué hará. ¿Vender, tirar todo, donar, quedarse con algo? No tiene instrucciones claras. La falsa postal de su madre se interrumpe a las puertas del asunto, cuando acaba de pedirle que se encargue de vaciar y devolver el departamento antes de fin de mes, de modo de no tener que pagar otro mes de alquiler. "Me llaman", le escribe, como si estuviera hablando por teléfono —un tipo de quiasmo que también practica al revés, insertando tics epistolares en la conversación telefónica más pedestre—, y él cree oír unas campanadas dulces, como amortiguadas, que suenan en el atardecer del norte, entre trinos de pájaros y copas de árboles agitadas por la brisa que viene del río, alertando a media docena de sobrevivientes vestidos con ropa clara, cara, raída, que no se conocen pero sin duda comparten enemigos, objetos de maldición o de rencor, e invitándolos a sentarse a cenar, o al *vermouth* de las siete, o a alguna clase de juego de mesa complejo, eterno, en cuya dinámica acechan implicancias psicológicas que lo sorprenderían.

Recoge la correspondencia acumulada bajo la puerta. Promociones, panfletos vecinales, la revista del Automóvil Club (a nombre del dueño del departamento), un par de facturas vencidas, entre ellas la de la luz, sin abrir, con el recargo bestial que motiva el último de sus pedidos desesperados de dinero. No hay nada que esté dirigido a su madre, nada en ese derroche de papel que la nombre. Nada, tampoco, que la delate en el orden que reina en el lugar, estricto, anodino, perfectamente impersonal, tan parecido, como cree notar ahora, cuando por primera vez está en el lugar de su madre, al de esos departamentos de alquiler temporario íntegramente pensados según un criterio promedio —tamaño, disposición de los muebles, decoración, equipamiento, materiales—, donde nadie, ni esforzándose, podrá dejar jamás una huella, a tal punto todo en ellos es indiferente a las vidas que podrían llegar a habitarlos.

¿Por qué entonces se le caen las cartas de las manos? Se desorienta, todo le resulta extraño y nítido, como un decorado de sueño. No hay huellas, es cierto. Pero tampoco se trata del vacío de las limpiezas fúnebres, escrupuloso y terrible, que sólo rejuvenecen un espacio al precio de intensificar el eco de la tragedia que lo marcó. A fin de cuentas, su madre siempre se ha jactado de tener ese talento: hacer como si no hubiera estado. Por lo demás, está viva, más viva que nunca en su fastuoso ostracismo húmedo, sin calefacción, bajo esas vigas podridas que a duras penas sostienen los techos. Y quizá lo que lo acongoja sea eso: la idea de que se ha salvado, y que salvada esté más lejos de él de lo que estaría si estuviera muerta. Mira a su alrededor. No sobra ni falta nada. No sabe por dónde empezar. En vez de abrir las persianas prende todas las luces. No quiere aire. No quiere que nada altere la escena tal como su madre la dejó al irse. Quizá piense que así, manteniéndola encerrada, sin comunicación alguna con el exterior, la escena pierda poco a poco ese aire civilizado, se recaliente, fermente y se pudra —con él adentro. No hay llamados en el contestador: sólo la voz de su madre fingiendo estar interesada en recibirlos, con esas largas pausas que hace entre las palabras, como si hablara con un extranjero o un retardado, cuando en realidad sólo teme haber malentendido el manual de instrucciones del aparato y estar haciendo las cosas mal. Abre cajones un poco al azar, sólo para sentir que hace algo, que la excursión no ha sido inútil. Unas hojas de papel en blanco, dos lápices negros, un par de sobres, la tarjeta de una inmobiliaria de la zona. Peor que un cuarto de hotel.

Va a la habitación y se deja caer boca abajo en la cama. Le gustaría quedarse dormido, soñar algo extravagante y aleccionador —una aventura en un castillo con escaleras vertiginosas, mesas de ping-pong, tortugas peleándose a cabezazos o fornicando y una niebla que sube y lo acorrala todo—, despertarse sin saber dónde está y volver en sí de a poco, demorando los ojos en lo que encuentren cerca hasta reconocerlo y, por fin, recordarlo todo. Las patas de la mesa de luz, por ejemplo, que se afinan, estilizadas, como las piernas de una heroína patizamba de dibujo animado. El cable del velador, que serpentea y sale de cuadro, como disimulando. El zócalo pintado, que ha empezado a curvarse y pronto se despegará de la pared. Una porción de alfombra gris. Ese pedazo de lana o de cable que traza una zeta roja sobre la alfombra. Lo recoge: es uno de esos alambres finos, flexibles, forrados en plástico, que se usan para estrangular bolsas o fundas. Se da vuelta y queda boca arriba, con el eje punzante del ventilador de techo apuntado directo a su pecho, y recién entonces nota el único elemento personal que discrepa con el aire impasible del lugar: ese olor. Flota —en un segundo plano, antiguo pero mantenido a raya— un perfume sucio y viejo, el aroma inconfundible de lo que ha pasado por muchas manos, el olor de la ropa usada, por ejemplo, sobre todo cuando permanece mucho tiempo encerrada en un armario. O el del dinero.

No hay ropa usada en el placar de su madre. O sí, pero está impecable, recién lavada, vestidos y abrigos recién salidos de la tintorería, envueltos en sus fundas de plástico, pantalones planchados, zapatos lustrados, todo perfectamente colgado en esas perchas de madera oscura, un poco cóncavas, pensadas como para hombros y espaldas de otra época, que su madre sigue siendo capaz de cruzar toda la ciudad para comprar. El armario está lleno de ropa, lleno hasta reventar, tanto que se pregunta intrigado qué puede haber quedado afuera, cuáles habrán sido las dos o tres tonterías que carga en la valija el día en que decide internarse. Y cuando baja la vista y mira las dos hileras de zapatos que cubren el piso —la segunda en puntas de pie, con los talones apoyados contra la pared, de modo de ganar un poco de espacio—, ve algo brillar, una especie de chispazo, en el fondo de unas botas cortas de lluvia. Se agacha —un impermeable le acaricia la cabeza, despeinándolo, mientras entra en esa nube de cuero— y exhuma un paquetito de celofán transparente, como los de confites o cotillón, anudado en un extremo con un alambre rojo como el que encontró caído en la alfombra. Adentro hay dinero, unos pocos billetes arrugados. Lo mantiene suspendido a la altura de sus ojos, mirándolo con sorpresa y recelo, como se estudian esos regalos perturbadores en los que el envoltorio delata lo que contiene pero también lo contradice, porque el envoltorio, suntuoso, ha sido objeto evidente de cuidados, y el contenido carece de valor, es incluso difícil de imaginar como regalo, o al revés, el envoltorio es un recurso de emergencia, improvisado con materiales baratos, y el contenido una joya incalculable. Pero ¿un regalo? Ni siquiera está seguro de que sea algo destinado a alguien y no una forma de conservación. Abre de par en par las puertas del placar, deja que la luz del cuarto lo invada y, después de barrer en cuclillas las dos filas de zapatos, da con otro paquetito escondido en un par de mocasines, y con otro aplastado bajo la suela de una sandalia, y con otro más que apretujan de mala manera dos botas de caña alta.

Siempre es poco dinero, caja chica, y siempre cantidades diferentes, muy específicas, que parecen responder a alguna necesidad puntual: veinticinco pesos, cuarenta, treinta y dos, doscientos veinte, ciento diez. No es plata ahorrada. Es plata no gastada: plata originalmente destinada a pagar o saldar algo que a último momento quedó paralizada y demorada de este lado, en el invernadero al que su madre la confina y donde lleva viviendo esa vida estéril ¿desde hace cuánto tiempo? ¿Cuánto hace que su madre colecciona dinero? Esos ciento doce pesos, por ejemplo. Es el importe exacto de la cuenta de luz que recoge del piso apenas entra en el departamento, para la que su madre le pide la última dosis de dinero. Es *esa* plata. No sólo la misma cantidad sino los mismos billetes que él le da: dos de cincuenta, uno de diez, uno de dos. En uno de los de cincuenta reconoce el texto de la cadena supersticiosa que su madre lee en voz alta, riéndose, cuando los recibe. De modo que se interna en el placar poseído por una furia rara, dispuesto a rastrillar hasta el último centímetro cuadrado. Encuentra más dinero, nidos de dinero sembrados entre pulóveres, en el cajón de los corpiños, disimulados entre medias, en el estante de las remeras, donde brotan como minas de naftalina o sorpresas de Pascua. Siempre *su* dinero: todo lo que le presta, todo lo que le da para que gaste, pague, cubra, se salve de esas emergencias que la ahogan. Aparecen en los cajones de la mesa de luz, entre tapones para los oídos y pares de anteojos rotos; en el botiquín del baño, haciendo pareja con frascos de analgésicos; en la cocina, en el cajón de los cubiertos, en la alacena y hasta el horno —dos paquetitos de plata brillando en lo oscuro, parados en el centro de una asadera, como estrellas precoces de un teatro negro, y va abriendo los paquetitos y descubre que el dinero retrocede en el tiempo, involuciona, siempre más joven y más viejo a la vez. Hay billetes y monedas de hace cinco, diez, veinte, cuarenta años: australes, pesos argentinos, pesos ley, pesos moneda nacional, cantidades volubles y a la vez extrañamente obtusas, tres mil doscientos cinco, veintidós mil, cuatrocientos cuarenta, veintisiete, sumas únicas cuyos bordes irregulares, como las piezas de un rompecabezas, sólo encajan en ciertos huecos, una hora, un lugar precisos, donde la vida de su madre se anuda con la suya. Está lleno de dinero, ahora. Tiene más dinero del que tuvo ni tendrá jamás. Pero es un dinero perdido, al mismo tiempo yermo y glorioso, tan desolador como esos fósiles que se excavan y festejan como hallazgos providenciales para la humanidad, a tal punto lo que parecen decir del mundo es único, pero tiempo después, examinados con escrúpulo y paciencia, deparan amargura y terminan desalentando, porque la lengua en que lo dicen es una lengua muerta, no impenetrable sino literalmente muerta, que sólo dos personas hablaron y casi siempre sin saber que la hablaban, y a menudo sin saber tampoco qué se decían, ni para qué, ni qué valor especial, qué brillo, qué oscuro privilegio honraba eso que ellos, ciegos, tomaban por moneda corriente.

Historia del dinero se terminó de escribir en julio de 2012 en la residencia de artistas del Castello di Fosdinovo, bajo el ala protectora de Pietro Malaspina y Maddalena Fossombroni, artistas de la hospitalidad, y el influjo benévolo de Bianca Maria Aloisia, fantasma.

ÍNDICE

Historia del llanto 7
Historia del pelo 89
Historia del dinero 243